SEU ROSTO AMANHÃ

FSC
www.fsc.org
MISTO
Papel produzido a partir de fontes responsáveis
FSC® C019498

A marca FSC é a garantia de que a madeira utilizada na fabricação do papel deste livro provém de florestas que foram gerenciadas de maneira ambientalmente correta, socialmente justa e economicamente viável, além de outras fontes de origem controlada.

JAVIER MARÍAS

Seu rosto amanhã

3. *Veneno, sombra e adeus*

Tradução
Eduardo Brandão

COMPANHIA DAS LETRAS

Grafia atualizada segundo o Acordo Ortográfico da Língua Portuguesa de 1990, que entrou em vigor no Brasil em 2009.

Título original
Tu rostro mañana

Capa
Warrakloureiro

Foto de capa
José Julio Perlado, extraída de seu blog "Mi Siglo"
www.misiglo.wordpress.com

Preparação
Silvia Massimini Felix

Revisão
Angela das Neves
Márcia Moura

Os personagens e as situações desta obra são reais apenas no universo da ficção; não se referem a pessoas e fatos concretos, e sobre eles não emitem opinião.

Dados Internacionais de Catalogação na Publicação (CIP)
(Câmara Brasileira do Livro, SP, Brasil)

Marías, Javier
Seu rosto amanhã / Javier Marías ; tradução Eduardo Brandão. — São Paulo : Companhia das Letras, 2010.

Título original : Tu rostro mañana.
Conteúdo: 1. Febre e lança – 2. Dança e sonho – 3. Veneno, sombra e adeus
ISBN 978-85-359-1728-4

1. Romance espanhol I. Título.

10-07862 CDD-863.64

Índice para catálogo sistemático:
1. Romances : Literatura espanhola 863.64

[2010]

EDITORA SCHWARCZ LTDA.
Rua Bandeira Paulista 702 cj. 32
04532-002 — São Paulo — SP
Telefone: (11) 3707-3500
Fax: (11) 3707-3501
www.companhiadasletras.com.br

Sumário

Para Carmen López M,
que teve a gentileza
de continuar me ouvindo
pacientemente até o fim

E para meu amigo sir *Peter Russell,*
e meu pai, Julián Marías,
que generosamente me emprestaram
boa parte de suas vidas,
in memoriam

Prólogo

Os intérpretes de vidas

Pode-se saber como são as pessoas e como evoluirão no futuro? Até que ponto podemos confiar em nossos amigos, conhecidos e sócios, em nossos amores, em nossos pais e em nossos filhos? Quais são as tentações e fraquezas, ou seu grau de lealdade e sua fortaleza? Como saber se fingem ou se são sinceros, se interessados ou desinteressados na manifestação de seu afeto, se seu entusiasmo é verdadeiro ou só adulação, calculada lisonja para ganhar nosso apreço e nossa confiança ou para se tornar imprescindíveis e assim nos persuadir de qualquer projeto e influir em nossas decisões? Tem mais: podemos prever que amigos vão nos dar as costas um dia e se transformar em nossos inimigos? Quero dizer: imaginar a possibilidade quando ainda são os melhores amigos e por eles poríamos a mão no fogo e deixaríamos cortar nosso pescoço? Podemos confiar em nós mesmos, em que não seremos nós que mudaremos e entortaremos e trairemos, que invejaremos um dia quem hoje mais queremos e não poderemos suportar seu contato nem sua presença, e decidiremos nos reger só pelo ressentimento?

"Os indivíduos levam suas probabilidades dentro das veias, e é só uma questão de tempo, de tentações e de circunstâncias, que por fim as levem à sua consumação", diz sir Peter Wheeler, um dos personagens principais do meu romance *Seu rosto amanhã*. E Wheeler teria em princípio idade, saber e governo. Com oitenta e muitos anos, esse hispanista e professor de Oxford já aposentado trabalhou para o MI6, o serviço secreto britânico no exterior, durante a Segunda Guerra Mundial, como muitos outros dos seus colegas de universidade e também de Cambridge. Suas missões o levaram ao Caribe, à África Ocidental e ao Sudeste asiático. Mas também participou, durante e depois da guerra, de um grupo criado em plena contenda, que jamais teve nome ("Só do que não tem nome se pode negar a existência, ou ocultá-la") e que não se dedicou a ações de espionagem convencionais, mas sim a algo mais modesto, menos aparatoso, menos aventureiro e seguramente mais poderoso. Talvez também mais arriscado para quem era objeto de sua atenção e deciframento. A ideia surgiu em consequência da campanha contra a *careless talk* (as "conversas imprudentes") que o governo britânico levou a cabo por meio de cartazes, avisos, anúncios, propagandas radiofônicas e nos jornais. A mensagem dessa campanha (dirigida não só às tropas e aos políticos com informação privilegiada, mas a toda a população civil) veio a ser esta: "Calem-se, não falem, porque não se sabe quem pode estar escutando e que utilização fará dos nossos comentários mais triviais". O país temia os quinta-colunas, os espiões nazistas que haviam pulado com seus paraquedas em solo inglês, escocês, galês; os agentes infiltrados, os britânicos traidores por convicção ou por suborno. Qualquer um podia ser inimigo, e a língua solta de cada um podia se transformar numa arma mortífera contra os compatriotas, sem que a pessoa se desse conta.

Essa campanha a favor do silêncio, da discrição, até da mudez completa, obteve resultados parciais. Uns se calaram e outros, em compensação, falaram mais que nunca, ao se sentirem pela primeira vez na vida "importantes" e pensarem que o que dissessem podia ser cobiçado por alguém. O MI6 e o MI5 (o equivalente do primeiro no interior da Inglaterra; as iniciais significam Military Intelligence) logo perceberam os efeitos colaterais contraproducentes e decidiram invertê-los, usá-los em seu benefício. A ideia foi a seguinte: "Mesmo que os mais loquazes não digam, o mais das vezes, nada interessante nem decisivo, ao falar dizem quase tudo sobre si mesmos. Basta fitar e escutar com atenção as pessoas, basta interpretá-las, sem frivolidade mas também sem medo, para saber como é e que probabilidades encerra. Quase tudo está aí, à vista, ao ouvido, o caráter das pessoas, quase sua essência. Só é preciso se atrever a vê-lo e a reconhecê-lo, e é isso que quase nunca ninguém faz".

Isso também crê o narrador dos três volumes de *Seu rosto amanhã* (*Febre e lança*; *Dança e sonho* e *Veneno, sombra e adeus*), Jaime ou Jacobo ou Jacques Deza, um espanhol que anos antes havia ensinado na Universidade de Oxford e que, depois de se separar da mulher, volta à Inglaterra para completar esse tempo de desorientação que costuma acompanhar as "convalescenças sentimentais". "Tudo está aí, à vista, na realidade tudo é visível desde bem cedo nas relações [...], basta se atrever a encará-lo, um só instante encerra o germe de muitos anos vindouros e quase da nossa história inteira [...], e se quisermos a vemos e a percorremos já, em grandes traços", assim pensa Jacobo Deza num momento do romance. E conclui sua reflexão deste modo: "Mas ninguém quer ver nada e assim ninguém quase nunca vê o que está na sua frente, o que nos aguarda ou com que depararemos mais cedo ou mais tarde... Tentamos fazer que as coisas sejam diferentes do que[...], empenhamo-nos insensatamente para que goste de nós quem gosta pouco desde o princípio, e em poder confiar em quem nos inspira desconfiança aguda, é como se fôssemos frequentemente de encontro ao nosso conhecimento, porque é assim que sentimos muitas vezes, mais como conhecimento do que como intuição, impressão ou palpite, as premonições não têm nada a ver com isso, não há nada de sobrenatural nem misterioso nisso, o misterioso é que não esperemos. E a explicação tem de ser simples [...]: é só que sabemos, e detestamos saber; que não toleramos ver; que odiamos o conhecimento, a certeza, a convicção; e ninguém quer se transformar em sua própria dor e em sua febre".

Ninguém, salvo uns poucos: os componentes desse grupo sem nome que ainda funciona hoje e do qual, quase sem saber, Jacobo Deza passa a fazer parte. E mesmo sem nome, entre si se chamam às vezes de "intérpretes de vidas", ou "tradutores de pessoas", ou "antecipadores de histórias". Nada sobrenatural, de fato, neles, nem tampouco psicologias. Não são visionários nem muito menos videntes, nem profetas nem adivinhos, nem se regem por regras mais ou menos psicológicas preestabelecidas. Não, são apenas indivíduos que têm "a coragem de ver" e que assumem a "irresponsabilidade de ver", e contam o que veem. Suas apostas são narrativas. Como funciona esse grupo hoje em dia — quando já não há guerra, nem mesmo guerra fria — é algo que vai se ver neste romance.

Mas à sua frente está Bertram Tupra, e o acompanham principalmente em suas tarefas "decifradoras" seu segundo, Mulryan; a jovem Pérez Nuix, de pai espanhol e mãe inglesa, educada no país materno mas plenamente bilíngue; um austríaco de nascimento chamado Rendel, cujo nome, ao que se diz, foi "Rendl, Randl, Redl, Reinl ou até mesmo Handl, tinha se britanizado um pouco, Randall, Rendell, Rendall ou Randell teriam sido mais verossímeis, o que não se daria com Haendel"; e agora Deza. Um observatório para assistir ocultos a visitas e conversas; vídeos e gravações de toda classe de pessoas, gente anônima e célebre, políticos, magnatas, juízes, atores, escritores, cantores. E então "O que você vê?" é a principal pergunta feita aos "intérpretes de vida". O que veem nesses indivíduos, como são, o que se pode esperar. E os intérpretes informam segundo seu critério, oralmente e por escrito. Com muitas incógnitas: quem encomenda tais relatórios narrativos, por quê, que uso se faz deles se é que se faz algum, se é que não se arquivam "por via das dúvidas". Tupra, Mulryan, a jovem Pérez Nuix, Rendel e Deza trabalham num edifício também sem nome perto da Vauxhall Cross em Londres, onde se encontra a espalhafatosa sede atual do MI6, nada discreta nem dissimulada, ao contrário de seu último chefe, Richard Dearlove, de quem quase nada se sabe e do qual não há fotos recentes.

Há no entanto um relatório sobre ele nos arquivos, assim como há de gente desconhecida, e da senhora Thatcher, e do ator Michael Caine, e de Keith Richards dos Rolling Stones, e do escritor John Le Carré, e do ministro das Relações Exteriores do governo Blair, Jack Straw, e de Bill Clinton, e de alguns mortos... E também há de Deza: o mínimo a esperar é que os "intérpretes" sejam por sua vez interpretados. O dele é, de fato, o único dos mencionados que se pode ler por inteiro no romance que se publica agora.

JAVIER MARÍAS

5. VENENO

— A gente não deseja, mas sempre prefere que morra quem está a seu lado, numa missão ou numa batalha, numa esquadrilha aérea ou sob um bombardeio ou nas trincheiras, quando existiam, num assalto na rua ou a uma loja, ou num sequestro de turistas, num terremoto, numa explosão, num atentado, num incêndio, tanto faz: o companheiro, o irmão, o pai ou até o filho, ainda que seja pequeno. E também a amada, também a amada, em vez de nós mesmos. Todas essas ocasiões em que alguém cobre com seu corpo um outro, ou se interpõe à trajetória de uma bala ou de uma facada, são exceções extraordinárias e por isso se destacam, e a maioria é fictícia, está nos romances e nos filmes. As poucas que ocorrem na vida real são impulsos irrefletidos ou ditados por um sentido de decoro ainda muito forte e cada vez mais raro, há quem não poderia suportar que seu filho ou sua amada se fossem para o outro mundo com a ideia derradeira de que você não impediu sua morte, não se sacrificou, não deu sua vida para salvar a deles, como se você tivesse, interiorizada, uma hierarquia de vivos que já está ficando antiquada e pálida, as crianças merecem viver mais que as mulheres, as mulheres mais que os homens e estes mais que os velhos, algo desse tipo, era assim antes, e esse velho cavalheirismo sobrevive em algumas pessoas, cada vez menos, nas que têm esse decoro tão absurdo porque, pensando bem, o que deveria importar o pensamento último, o despeito ou a decepção fugazes de quem um instante depois já estará morto, sem capacidade de decepção nem de despeito nem de pensamento? É verdade que ainda há uns poucos que têm essa preocupação arraigada e para os quais isso é importante, e que portanto atuam para a testemunha que salvam, para ficar bem diante dele ou dela e ser recordado com admiração e gratidão eternas; sem se lembrar de verdade, no momento decisivo, sem plena consciência então de que nunca desfrutarão dessa admiração nem dessa gratidão, porque serão eles que um instante depois já terão morrido.

E enquanto ele falava me veio à cabeça a expressão dificilmente compreensível, se não intraduzível, que por isso eu não disse na hora, teria levado um tempo para explicá-la a Tupra: "É o que chamamos de vergonha toureira", me acudiu ao pensamento, e em seguida: "Claro que os toureiros têm um monte de testemunhas, uma praça de touros inteira e milhões de telespectadores às vezes, e pode-se entender melhor caso pensem: 'Saio daqui com o fêmur arrebentado, saio daqui cadáver mas não como um covarde, diante de tanta gente que depois contaria sem parar e para sempre minha covardia'. Esses toureiros temem o horror narrativo mais que a peste, o mau passo último que os definiria. Para eles seu fim, sim, conta muito, como para Dick Dearlove e quase qualquer outro personagem público, imagino, cuja história está à vista de todos em todos os seus trechos, ou em seus capítulos, até o desenlace que acaba marcando-a por inteiro, ou que lhe dá um sentido injusto e falaz". E depois não pude evitar o comentário, embora interrompesse Tupra por um momento. Mas era uma contribuição ao que ele dizia e uma maneira de simular o diálogo:

— Em espanhol chamamos isso de "*vergüenza torera*". — E disse tal qual as duas palavras, para em seguida traduzi-las. — "*Bullfighter's shame*", literalmente, ou "*sense of shame*". Outro dia te explico em que consiste, aqui vocês não têm toureiros. — Mas naquele momento eu nem sequer estava seguro de que fosse haver outro dia. Nem mais um dia ao seu lado, nenhum dia.

— Está bem, mas não se esqueça. Não, não temos. — Tupra sempre tinha curiosidade pelas expressões da minha língua, sobre as quais de tempo em tempo eu o esclarecia, quando eram apropriadas e sugestivas. Mas agora ele é que estava me esclarecendo (eu já sabia aonde ele queria chegar, e ele ou seu caminho também provocavam minha curiosidade, para lá do repúdio ao término do trajeto que previa), de modo que prosseguiu: — Daí a deixar morrer um outro para se salvar há apenas um passo, e a procurar que seja esse outro que morra em seu lugar e até mesmo propiciar sua morte (sabe como é, ou ele, ou eu), só mais outro e muito curto, e os dois são fáceis de dar, principalmente o primeiro, ou quase todo mundo dá esse passo numa situação extrema. Por que nos incêndios de teatros e discotecas morre mais gente esmagada e pisoteada do que queimada ou asfixiada, por que no naufrágio de um barco há quem nem sequer espere encher o bote antes de baixá-lo, contanto que se afaste logo e sem carga, por que existe a própria expressão "salve-se quem puder", que supõe prescindir de toda consideração para com os outros e reinstaurar de repente a lei da selva, que todos fazemos naturalmente nossa e à qual não levamos nem um segundo para voltar, embora levemos mais de meia vida com ela em suspenso ou mantendo-a sob controle. Na realidade, nós nos violentamos para não segui-la e não obedecer a ela a todo momento e em qualquer circunstância, e mesmo assim a aplicamos muito mais do que reconhecemos fazê-lo, só que de modo dissimulado, com um verniz de civilidade nas formas ou sob o disfarce de outras leis e regras respeitosas, mais lentamente e com numerosos rodeios e procedimentos, tudo é mais trabalhoso, porém no fundo é a lei que rege, é ela que manda. É assim mesmo, pense bem. Entre as pessoas e entre as nações.

Tupra tinha dito o equivalente inglês de "salve-se quem puder", que talvez denote menos escrúpulos ainda, "*Every man for himself*", isto é, "Cada homem por sua conta" ou "Cada um por si": que cada um trate da sua pele e cuide apenas de si mesmo, de se pôr a salvo por qualquer meio, e os outros que se virem, os mais fracos, desajeitados, ingênuos e tontos (também os mais protetores, como meu filho Guillermo). Nesse instante cada um se permite implicitamente empurrar, jogar, passar por cima dando coices ou abrir com o remo a cabeça do desgraçado que tentar reter nosso bote e entrar nele quando já desliza rumo à água comigo e os meus dentro, e não cabe ninguém mais, ou não queremos compartilhá-lo nem correr o risco de virar. Apesar de as situações serem distintas, essa voz de comando pertence à mesma família ou gênero de outras três, as que ordenam fogo à vontade, uma matança e uma debandada, uma fuga em massa: a que autoriza a abrir fogo cerrado e sem nenhum critério, em quem avistar e em quem pegar, a que insta a passar à baioneta ou à faca e não fazer prisioneiros nem deixar ninguém vivo ("Sem quartel", é o aviso, pior ainda se for "À degola"), e a que urge a sair correndo, a se retirar com as fileiras rompidas e indisciplinadas, *pêle-mêle* em francês ou o copiado *pell-mell* em inglês, isto é, em tropel ou atropeladamente; ou então dispersas, cada soldado talvez numa direção, e não há direções suficientes para separá-los, cada um atento somente a seu instinto de sobrevivência e indiferente à sorte de seus companheiros, que não contam mais e na realidade deixam de sê-los, embora ainda estejamos todos fardados e sintamos o mesmo medo na fuga única, mais ou menos.

Fiquei olhando para Tupra à luz das lâmpadas e à luz do fogo, a qual tornava sua tez mais acobreada que de costume, como se tivesse sangue índio da América — talvez seus lábios fossem de sioux, ocorreu-me então —, e mais do que cor de cerveja parecia da cor do uísque. Ainda não tinha chegado ao destino, acabava de iniciar seu percurso e não o faria muito lentamente, e era certo que mais cedo ou mais tarde tornaria a me perguntar aquilo, "Por que não se pode? Por que não se pode sair por aí batendo e matando, como você disse?". E eu ainda não tinha respostas que valessem para ele, precisava continuar pensando no que nunca pensamos porque damos por universalmente convencionado, isto é, por imutável, sabido e certo. As que me rondavam a cabeça valiam para a maioria, tanto que qualquer um podia enunciá-las; mas não para Reresby, ele talvez ainda fosse Reresby ou nunca deixava de sê-lo e era sempre todos, ao mesmo tempo Ure e Dundas e Reresby e Tupra, e quem sabe quantos nomes mais ao longo da sua vida agitada em tantos lugares distintos, se bem que agora parecia estabilizado. Seguramente eram legião, seus nomes, e ele não se lembrava de todos até o último, ou até o primeiro, quem acumula experiência costuma se esquecer do que fez em alguma época, ou em várias. Nem sequer há rastro neles de quem foram então, é como se não tivessem sido.

— Também existe quem dá uma mão, nessas situações — murmurei sem a menor ênfase. — Há quem ajuda o outro a subir no bote ou quem o tira de entre as chamas, arriscando a própria vida. Nem todo mundo sai apavorado, para se pôr a salvo. Nem todos deixam para trás os desconhecidos.

E minha vista ficou congelada nas chamas. Quando chegamos ainda havia rescaldos de um fogo anterior na lareira, Tupra não teve muito trabalho para reavivá-lo, sem dúvida por gosto ou para economizar na calefação, notei que ela estava baixa, muitos ingleses têm essa mania de economizá-la assim, mesmo se estão montados na grana. Isso significava que tinha empregada ou que não vivia sozinho, ali na sua casa de três andares que de fato ficava em Hampstead, era quase luxuosa ou pelo menos de gente endinheirada, talvez ganhasse muito mais do que eu supusera (também não tinha parado para pensar nisso), não deixava de ser um funcionário, por mais alta que fosse sua hierarquia, e eu não acreditava que fosse tão alta. De modo que a casa talvez não fosse dele mas de Beryl e Tupra a devia a seu casamento ainda não desmanchado, ou antes ao primeiro e a um divórcio vantajoso, Wheeler me dissera que ele tinha se casado duas vezes e que Beryl cogitava reconquistá-lo por não ter melhorado em nenhum aspecto desde que tinham se separado. Ou então Tupra contava com outras fontes de renda à parte da sua profissão conhecida, ou os extras que esta lhe proporcionava ("as gratas surpresas frequentes, e em espécie", segundo Peter) excediam em muito minha capacidade imaginativa. Parecia-me improvável que ele tivesse herdado uma casa assim do primeiro Tupra britânico, ou mesmo do segundo, um ou outro devem ter sido emigrantes de algum país de escasso nível. Mas quem sabe, pode ser que o avô ou o pai dele tenha sido esperto e acumulado uma fortuna rápida, tudo pode acontecer, talvez suja, ou de usura, ou bancária, são a mesma coisa, essas aí voam como relâmpagos, só que ficam e crescem, ou eles é que fizeram um bom casamento, inverossimilmente, a não ser que possuíssem a sabedoria irresistível com as mulheres e isso fosse um legado deles a seu descendente.

Estávamos num salão amplo, que não era o único da casa (eu tinha visto outro de um corredor, ou era apenas sala de bilhar, tinha mesa com forro verde), bem mobiliado, bem atapetado, com estantes caras (isso eu sei calcular) e nelas livros nobres e valiosos (isso eu sei ver de longe, e de uma só olhada), e avistei nas paredes com certeza um Stubbs de cavalos e o que me pareceu um provável Jean Béraud de tamanho grande, cena de cassino antigo elegante, Baden-Baden ou Montecarlo, e um possível De Nittis de dimensões mais discretas (pois isso eu também distingo), cena de sociedade no parque com puros-sangues no fundo, não acreditava que fossem cópias. Alguém ali entendia de pintura ou havia entendido, alguém aficionado por corridas de cavalos ou pela aposta em geral, e claro que meu anfitrião era pelas corridas, como era pelo futebol ou em todo caso pelos blues do Chelsea. Para adquirir quadros como aqueles não é preciso ser multimilionário em libras nem em euros, mas é preciso sim ter um dinheiro de sobra, ou estar convencido de que ele vai continuar a entrar depois de cada dispêndio. O ambiente era mais próprio do lar de um diplomata abastado ou de um professor eminente para o qual o salário é prescindível, dos que exercem o ofício nem tanto para ganhar a vida quanto para gozar de reconhecimento, do que de um funcionário do Exército destinado a indefiníveis e obscuras tarefas civis, eu não esquecia que as iniciais do MI6 e do MI5 significavam Military Intelligence; e então me dei conta de que Tupra podia ter uma alta patente, coronel, major ou talvez comandante ou capitão de fragata como Ian Fleming e seu personagem Bond, principalmente se provinha da Marinha, do antigo OIC, que dera os melhores homens segundo Wheeler, o Operacional Intelligence Centre, ou da NID que o englobava, a Naval Intelligence Division, pouco a pouco eu ia estudando e me pondo a par da organização e da distribuição desses serviços nos livros que Tupra guardava em seu escritório e que às vezes eu folheava, quando ficava sozinho até tarde no edifício sem nome ou chegava cedo para adiantar ou completar algum relatório, e então podia encontrar a jovem Pérez Nuix enxugando o torso com uma toalha, porque tinha passado a noite ali, ou era o que me dizia.

Fixei os olhos cansados no fogo que Reresby tinha acendido e que contribuía bastante para fazer do seu salão um lugar de conto ou de encantamento, me veio à memória a imagem da Londres mais acolhedora e na realidade infrequente, se é que nunca existente, como dizer, o da casa dos pais de Wendy na versão de *Peter Pan* de Walt Disney, com suas cristaleiras quadriculadas por caixilhos de madeira laqueada de branco e suas estantes igualmente brancas, suas pencas de lareiras e seus aprazíveis quartos de mansarda, ou assim eu me lembrava daquele lar visto às escuras na infância, de desenhos animados tão reconfortantes que a gente desejava ir viver neles. Sim, era cômoda e suave a casa de Tupra, das que ajudam você a se abstrair e se apaziguar, tinha algo também da do professor Higgins encarnado por Rex Harrison em *My Fair Lady*, se bem que a dele ficava em Marylebone e a de Wendy em Bloomsbury, creio, e a de Tupra ali, em Hampstead, mais ao norte. Talvez necessitasse desse ambiente tranquilo e benigno para se compensar e se isolar das suas muitas atividades entrecruzadas e turvas, e até violentas, talvez sua ascendência estrangeira de baixa categoria ou suas origens em Bethnal Green ou em outro bairro deprimente o tenham feito aspirar a um modelo de decoração totalmente oposto ao sórdido que quase não se encontra mais a não ser nas ficções, para crianças se forem de Barrie ou para adultos se forem de Dickens, com certeza ele tinha visto aquele filme inspirado no primeiro, no dramaturgo, como todas as crianças da nossa época em qualquer país do nosso mundo, eu tinha visto um monte de vezes, no meu.

Puxou um dos seus cigarros egípcios e me ofereceu, agora era meu anfitrião e tinha maquinalmente consciência disso, também havia me oferecido um drinque que eu declinara por ora, ele tinha se servido um Porto, não de garrafa comum mas daquelas com medalhinha pendurada no gargalo, como as que os comensais passavam velozmente entre si (eram várias, nunca paravam), no sentido dos ponteiros do relógio, nas sobremesas das *high tables* a que às vezes eu era convidado pelos colegas em meus remotos tempos de Oxford, talvez os dele ainda lhe mandassem garrafas de fabricação própria, das que não se conseguem no mercado, extraordinárias. Não estava a par de quanto Tupra havia bebido ao longo da interminável noitada que ainda não terminara, mas não menos que eu, supunha, e a mim não apetecia ou não cabia nem mais uma gota, o álcool não parecia afetá-lo, ou seus estragos não se faziam visíveis. Não haviam sido produto da bebida seu terror e seu castigo, ou surra, ou *trashing* em De la Garza, naquilo tudo ele tinha agido com precisão e cálculo. Mas quem sabe não o foi a decisão de lhe mostrar sua morte variante — suas variadas mortes — e de deixar-nos vivos, ambos, para que as recordássemos sempre, raras vezes coincidem a resolução de fazer alguma coisa e a execução do ato, embora se sigam e até pareçam simultâneas, talvez tivesse tomado aquela decisão com a cabeça vaporosa, fumegante, e a tenha clareado e gelado nos poucos minutos em que eu havia permanecido à sua espera com nossa confiante vítima no banheiro dos entrevados, eu a tinha levado para lá enganando-a e com a falsa promessa de uma boa carreirinha, mas ignorava então para que eu a pusera, a vítima, onde ele tinha pedido, e que a promessa era um pretexto. Devia ter imaginado, devia ter previsto. Devia ter me negado a tudo. Eu a tinha preparado para Tupra, eu a tinha servido a ele, havia acabado por tomar parte naquilo. Eu ia perguntar a ele por curiosidade: "Era coca de verdade o que você deu ao pobre-diabo?". Mas, como ocorre depois dos silêncios, nós dois falamos ao mesmo tempo e ele se adiantou uma fração de segundo, para responder à última coisa que eu tinha dito:

— Oh, sim. Sim, claro — murmurou Reresby com certa preguiça. — Sempre há quem se vê agir, quem enxerga a si mesmo como numa representação contínua. Quem acredita que haverá testemunhas que relatarão sua morte generosa ou ruim, e que isso é o mais importante. Ou os que ficam imaginando se pode não haver, o olho de Deus, o cenário universal, o que você quiser, tudo isso. Quem acredita que o mundo depende dos seus narradores e dos fatos que se contam, embora seja muito improvável que alguém vá se dar ao trabalho de contá-los, ou de contar esses fatos, concretos, quero dizer os de cada um. A imensa maioria das coisas apenas acontece, e não há nem nunca houve registro delas, aquilo de que nos chega notícia é uma porção infinitesimal do acontecido. Quase todas as vidas, para não falar das mortes, já nascem esquecidas e não deixam o menor rastro, ou se tornam desconhecidas ao fim de pouco tempo, uns anos, uns decênios, um século, isso na realidade é muito pouco tempo, você sabe. Pense nas batalhas, por exemplo, em quão importantes foram para os que as travaram, e às vezes para seus compatriotas, de quantas nem mesmo o nome nos diz nada, hoje em dia ignoramos até a que guerra pertenceram e, além do mais, nos deixam indiferentes. O que significam hoje para alguém Ulundi ou Beersheba, ou Gravelotte e Rezonville, ou Namur, ou Maiwand, Paardeberg e Mafeking, ou Mohacs, ou Nájera? — Ele não pronunciou corretamente esta última localidade. — Mas há muitos que resistem a isso, incapazes de se aceitar como insignificantes ou como invisíveis, eu me refiro a uma vez mortos e convertidos em matéria passada, quando não estão mais presentes para defender sua existência, para gritar: "Ei, estou aqui. Posso intervir e ter influência, fazer o bem ou causar o mal. Salvar ou afligir, e até mudar o curso do mundo, já que ainda não desapareci". — "Ainda sou, logo é seguro que fui", pensei ou lembrei que tinha pensado enquanto limpava a mancha vermelha da escada de Wheeler e sua auréola não se apagava totalmente (se é que houve tal mancha, eu duvidava cada vez mais), o esforço das coisas e das pessoas para evitar que digamos: "Não, isso nunca foi, nunca houve, não cruzou o mundo nem pisou na terra, não existiu e nunca aconteceu". — Você falou desses indivíduos — prosseguiu Reresby, que viera tomando um estranho impulso para elevar o tom. — Não são muito diferentes de Dick Dearlove, segundo a interpretação que você fez dele. Padecem de horror narrativo, foi essa sua expressão, se bem me lembro, ou repugnância. Temem que o final apague e condicione tudo, um episódio tardio e último lançando sua sombra sobre o que veio antes, cobrindo-o e anulando-o: que não se diga portanto que não dei uma mão, que não me arrisquei pelos outros ou me sacrifiquei pelos meus, pensam nos momentos mais absurdos, quando não há ninguém para contemplá-los ou os que veem vão morrer, a começar por eles mesmos. Que não se propague que fui um covarde, um desalmado, um carniceiro, um assassino, pensam quando se sentem em foco, mas na verdade ninguém os focaliza e nunca vai falar deles, por sua pouca importância. Serão vivos anônimos e serão mortos anônimos. — Ficou calado um instante, tomou um gole do seu Porto e acrescentou: — Você e eu seremos desses, dos que não deixam marca, dará na mesma o que tivermos feito, ninguém se preocupará em contar, nem sequer em averiguar. Não sei você, mas eu não pertenço a essa classe de gente, os que são como Dearlove, embora não sejam celebridades, muito pelo contrário. Você falou deles. Dos que sofrem do complexo K-M, conforme nosso jargão, em alguma das suas modalidades. — Parou, olhou de banda para o fogo e acrescentou: — Eu sei que sou invisível, e serei mais ainda quando estiver morto, quando já for somente matéria passada. Matéria muda.

— K-M? — perguntei, passando por cima das suas últimas frases proféticas ou vaticinadoras. — O que quer dizer, Matar-Assassinar? — Com ele falávamos obrigatoriamente em inglês, logo disse "*Killing-Murdering*", assim as iniciais coincidiam.

— Não, não significa isso, embora pudesse, não tinha percebido — respondeu Tupra sorrindo levemente através da fumaça. — Mas Kennedy-Mansfield. O segundo sobrenome foi por insistência de Mulryan, que sempre foi fascinado pela atriz Jayne Mansfield, era sua favorita desde a infância, apostou que perduraria na memória de todo mundo e não só por sua morte singular, se enganou redondamente. A verdade é que ela era o sonho de qualquer garoto ou adolescente, não? E de qualquer caminhoneiro. Lembra dela? Certamente não — continuou, sem me dar tempo de replicar —, o que demonstraria ainda mais o caráter inadequado e gratuito, exagerado do seu *M* para nomear esse complexo. Mas, bem, chamamos assim já faz tempo, é de costume, e quase sempre é para uso interno. Mesmo que você não acredite — retificou —, acabaram chamando assim alguns altos funcionários, por contágio nosso, e o termo apareceu até em alguns livros.

— Acho que me lembro da Jayne Mansfield, sim — falei, aproveitando uma pausa mínima.

— Ah, sim? — Tupra se mostrou surpreso. — Bom, você tem idade para tanto, mas não sabia que no seu país de origem chegavam a ver esses filmes frívolos. Durante a ditadura.

— O único aspecto em que não estávamos isolados era no cinema, Franco adorava cinema e tinha uma sala de exibição em El Pardo, o palácio onde vivia. Víamos quase todos os filmes, salvo uns poucos que a censura proibia terminantemente (não para ele, claro: gostava de se escandalizar, como os padres, e de ficar pasmo com as infâmias do mundo exterior, das quais nos protegia). Outras eram projetadas cortadas ou com diálogos alterados na dublagem, mas a maioria passava. Sim, acho que me lembro de Jayne Mansfield. Não é que seu rosto me apareça agora, mas sua estampa sim. Uma loura platinada e voluptuosa, não é?, cheia de curvas, fazia comédias nos anos 50 ou 60. Um bocado peituda.

— Um bocado? Meu Deus, você não se lembra dela nem um pouco, Jack. Espere aí, vou te mostrar uma foto divertida, está aqui por perto — Tupra não demorou muito para encontrá-la. Levantou, foi até uma estante, agitou os dedos como se fosse ativar com perícia a combinação de uma caixa-forte e tirou dela o que parecia um livro grosso, mas que afinal era uma caixa de madeira, e não metálica, que fingia ser um volume. Deitou-a, abriu-a ali mesmo e procurou uns poucos minutos entre as cartas que guardava, sabe lá de quem seriam para tê-las tão bem localizadas, tão perto. Enquanto buscava jogou cinza no tapete, o polegar contra o filtro do seu Rameses II, como se não se importasse. Tinha criadagem, com certeza. Permanente. Por fim tirou um postal de um envelope, com cuidado, o indicador e o médio pinçando-o, estendeu-o a mim. — Aqui está. Olhe. Agora vai se lembrar melhor, com toda nitidez. Em certo sentido é inesquecível, para quem a descobriu em criança. Dá para compreender o fascínio de Mulryan. Nosso amigo deve ser mais luxurioso do que parece. Sem dúvida privadamente. Ou foi, na sua época — acrescentou.

Peguei a foto em branco e preto com os mesmos dedos que Tupra tinha empregado, e de fato ela me fez sorrir na mesma hora, enquanto ele a comentava com palavras similares às do meu pensamento. Sentadas a uma mesa, lado a lado, em pleno jantar ou antes de começar ou na sobremesa (há umas xícaras grandes que desorientam), duas atrizes então célebres, à esquerda da imagem Sofia Loren e à direita Jayne Mansfield, seu rosto deixou de ser desvanecido assim que tornei a vê-lo. A italiana, que precisamente nunca foi uma tábua mas sim exuberante — outro sonho de muitos, de longa duração —, exibe um decote bem pudico e olha de lado mas sem dissimular, as pupilas lhe escapam sem que ela possa dominá-las, com um misto de inveja, perplexidade e susto ou seria com incrédulo alarme, para os peitos muito mais abundantes e descobertos da sua colega americana, chamativos e destacados mesmo (fazem o busto da italiana parecer exíguo, em comparação), ainda mais numa época em que a cirurgia aumentativa era improvável, em todo caso infrequente. As tetas de Mansfield, pelo que dá para julgar, parecem naturais, sem rigidez, sem hieratismo, com uma moleza agradável e movimentos imagináveis ("Quem dera umas assim tivessem me tocado esta noite e não as rochosas de Flavia", pensei fugazmente), e devem ter sido apoteóticas naquele restaurante romano ou americano, quem sabe, meritória a impassibilidade do garçom que se avista entre as duas, no fundo, só a figura, o rosto fica na sombra, se bem que coubesse perguntar se ele não utilizava o guardanapo branco como escudo ou como biombo. À esquerda de Mansfield há um comensal masculino de quem se vê a mão segurando uma colher, os olhos dele deviam escapulir para a direita tanto como os de Loren para a esquerda, com diferente avidez, decerto. Ao contrário desta, a loura platinada olha de

frente para a câmara com um sorriso cordial um pouco gelado e, se não com despreocupação — está bem consciente do seu mostruário —, com tranquilidade absoluta: ela é a novidade em Roma (se é que estão em Roma), e fez minguar a glória local, transformou-a em pacata. Uma mulher de traços bonitos, Jayne Mansfield me trouxe, sim, uma recordação de infância e com ela veio um título, *Apuros de um xerife*: grande a boca e os olhos grandes, toda ela beleza vulgar e grande. Para crianças, era certo; também para muito adulto, como eu mesmo.

Isso dizia Tupra e pensava eu, enquanto ele ia me aclarando. Intercalava risadas breves, achava graça da foto e da situação, e é verdade que tinham mesmo.

— Posso ver como a intitularam? Posso virar? — perguntei, não queria ver sem permissão as palavras de quem um dia a enviara.

— Claro, vire — respondeu com um gesto de generosidade.

Nada notável, nem imaginativo, nem divertido, o postal só dizia "Loren & Mansfield", The Ludlow Collection, cheguei a ver isso, não me detive tentando ler o que tinham garatujado com caneta hidrográfica tempos atrás, duas ou três frases, um ponto de exclamação gozador, com uma letra talvez feminina, ampla, um tanto redonda, minha vista caiu um segundo sobre a assinatura, nada mais que uma inicial, "B", podia ser Beryl, e também sobre a palavra "*fear*", medo em inglês. Uma mulher com humor, se era mesmo mulher quem o enviou. De fato, com um humor manifesto, fora do comum, porque uma foto como essa diverte principalmente os homens, por isso eu ri com gosto do rabo de olho de Sofia Loren, do seu desalento e receio ante o vitorioso e intimidador decote transatlântico, rimos em uníssono Reresby e eu, com o riso que une desinteressadamente, igual àquela vez no seu escritório, quando lhe falei dos possíveis tamancos do tiranete eleito, votado, e da estampa de estrelas patrióticas que eu tinha visto na camisa dele na tevê, e ao dizer eu "liki-liki", essa palavra cômica que é impossível ouvir ou ler sem querer repeti-la imediatamente: liki-liki, pronto. Eu tinha me perguntado naquela ocasião, ao reparar nas risadas que tanto desarmam, na dele e na minha unidas, se no futuro ficaria ele desarmado ou ficaria eu, ou talvez os dois. Parte daquela manhã já estava aqui, e por ora, me dei conta, o desarmado era eu.

"Tem culhões", pensei com uma grosseria à De la Garza, irritado; "conseguiu fazer que eu risse descontraído em sua companhia. Há apenas um instante eu estava furioso com ele, e na realidade ainda estou, isso vai durar; faz muito pouco assisti à sua brutalidade, temi que matasse um desgraçado com frieza metódica, que lhe fatiasse o pescoço sem razões de peso, se é que alguma pode sê-lo; que o estrangulasse com a redinha ridícula dele e o afogasse na água azul; e vi de perto a surra que lhe ministrou sem recorrer às mãos para lhe acertar um só golpe, apesar das luvas postas, ameaçadoras." Tupra não tinha se esquecido delas: a primeira coisa que fez depois de avivar o fogo foi tirá-las do bolso do sobretudo e jogá-las nas chamas com os pedaços de papel toalha em que as enrolara. Por fim ia se dissipando o cheiro de couro e lã queimados ou era predominante o de lenha, teriam secado bastante desde nossa saída do banheiro dos incapacitados, "A peste não durará", dissera ao atirá-las com gesto quase maquinal, como depositar chaves ou moedas ao voltar da rua. Ele as conservara até poder destruí-las, isso não tinha me escapado, e em sua própria casa, ainda por cima. Era cauteloso até com o que não precisava ser. "E agora já está tão tranquilo, me mostrando uma foto gaiata e comentando-a com jovialidade. (A espada continua no sobretudo, quando vai sacá-la, quando a guardará.) Eu também estou bem tranquilo, vendo a graça da cena e rindo com ele, oh, sim, é um homem simpático, em primeira e em penúltima instância, e não podemos evitá-lo, tendemos a nos dar bem, a simpatizar com ele." (Já em última ele não era, mas esta não costumava chegar, naquele dia chegou.) Rastreei rápida, mentalmente (já era alguma coisa, mas não muita para minha renovada irritação) a origem do cartão-postal. Por uns instantes até tinha perdido de vista o que aquela foto fazia ali e o que fazíamos ali ele e eu. Não era uma noite para risadas, e no entanto tínhamos rido juntos pouco depois dele ter se convertido em *Sir Punishment*. Ou no Cavaleiro da Vingança, quem sabe *Sir Revenge*. Mas, nesse caso, tinha se vingado de quê?, era um exagerado, um drástico: de uma coisinha à toa, de uma estupidez.

Devolvi o postal, Tupra estava ao lado da minha poltrona, olhando por cima do meu ombro como eu olhava as duas atrizes ou símbolos sexuais pretéritos — um muito mais remoto que o outro —, compartilhando, ou antes contemplando minha inesperada diversão.

— O que acontece com Jayne Mansfield? — perguntei. — O que tem a ver com Kennedy? O presidente Kennedy, suponho? Também foi amante dele? Não foi Marilyn Monroe que dizem que teve um caso com ele e não sei que história de aniversário sensual? Mansfield deve ter sido uma imitação, não é?

— Oh, sim, houve várias — respondeu Tupra enquanto punha a foto de volta no envelope, o envelope na caixa e a caixa na estante, tudo em ordem. — Até na Inglaterra tivemos uma, Diana Dors, não se lembra de Diana Dors? Foi quase só de consumo nacional. Era mais grosseira, apesar de não ser feia nem má atriz, com cara um pouco bruta e sobrancelhas escuras demais para suas melenas louras platinadas, não sei por que não pintaram tudo por igual. Eu a conheci já quarentona; nos encontrávamos em casas noturnas do Soho que estavam na moda, em fins dos anos 60 ou início dos 70, ela já começava a virar uma matrona então, sempre fizera suas incursões na boemia, achava que isso a rejuvenescia ou a modernizava. Sim, era mais grosseira que

Mansfield, e também um pouco mais nebulosa, menos jovial — acrescentou como se houvesse pesado suas palavras um instante. — Mas, se estivesse sentada naquela mesa do postal, não sei quem teria assustado quem. Em sua juventude tinha uma forma de clepsidra. — E fez com as mãos o antigo movimento de muitos homens para desenhar uma mulher cheia de curvas, creio que a garrafa de coca-cola imitou esse traço no ar, e não o contrário. "*She had a hourglass figure*", foi o que Tupra disse em inglês. Fazia muito tempo que eu não via ninguém fazer aquele gesto, os gestos também caem em desuso, como as palavras, porque quase sempre são substitutivos delas e enfrentam portanto sua mesma sorte: na verdade, são dizer sem dizer, às vezes com gravidade, e eram motivo de duelo, ainda o são de desafio e morte. E assim, inclusive quando ainda não se diz nada, se fala, se significa e se conta, que maldição; se eu tivesse batido duas ou três vezes seguidas no papo com o verso da mão em presença de Manoia, ele teria compreendido o gesto italiano de menosprezo ou de ouvidos moucos ao interlocutor e teria desembainhado sua espada contra mim, se é que também levava uma oculta, vá saber, a seu lado Reresby parecia sensato e manso.

Sim, Tupra estava me distraindo com suas anedotas, com sua conversa, ou era lero-lero. Eu continuava zangado, se bem que às vezes me esquecesse disso por alguns instantes, e desejava mostrá-lo, cobrar explicações para sua ação selvagem, mais ordenadamente, mais a sério do que durante nossa falsa despedida na porta da minha casa na Square ou na praça, mas ele ia me conduzindo de uma coisa a outra sem se deter em nenhuma, sem ir ao cerne do que tinha me anunciado ou quase exigido que eu ouvisse, duvidava que finalmente me contaria o que quer que fosse de Constantinopla ou de Tânger, havia mencionado aqueles lugares sentado ao volante, tinha se especializado em história medieval, quem diria, em Oxford, e nesse campo, sim, podia ter sido discípulo oficioso de Toby Rylands, que a contragosto foi Toby Wheeler por um breve tempo, em sua distante e apagada Nova Zelândia, assim como do irmão Peter. Tupra também tinha me prometido uns vídeos que guardava em casa e não no escritório, "não são para qualquer um ver", dissera, em compensação ia exibi-los para mim, de que seriam e por que eu tinha de vê-los, eu talvez preferisse não tê-los nunca diante dos meus olhos; poderia fechá-los, claro, se bem que quando você resolve fazer isso eles se fecham inevitavelmente um pouco tarde, um pouco tarde demais para não vislumbrar algo e ter uma ideia horrível, e para não tomar conhecimento. Ou então crê que, uma vez fechados, a visão ou a cena terminaram quando isso ainda não se deu — o som engana, e o silêncio engana ainda mais —, e então os abre cedo demais.

— O que aconteceu com Jayne Mansfield? O que teve a ver com Kennedy? — insisti. Não ia permitir que continuasse errando, com divagações, não naquela noite prolongada por exigência sua; que passasse de uma coisa principal para outra secundária e desta a um parêntese, e do parêntese a um inciso, e que, como fazia às vezes, não voltasse nunca de suas intermináveis bifurcações, chegava quase sempre um momento em que seus desvios não davam numa vereda, mas apenas no mato ralo ou na areia ou no pântano. Tupra era capaz de entreter qualquer um indefinidamente, de ir interessando você no que carecia de interesse e era acessório, pertencia a essa rara classe de indivíduos que levam o interesse consigo ou o criam, como dizer, eles o trazem e ele reside em seus lábios. São os mais escorregadios de todos, também os mais persuasivos.

Fitou-me com ironia, sei que cedeu porque quis, poderia até ter guardado um longo silêncio, tê-lo sustentado tempo bastante para como que diluir no ar minhas duas perguntas e assim apagá-las, conseguir fazer que se perdessem como se ninguém as houvesse formulado e eu não estivesse ali. Mas estava.

— Nada. Só que são pessoas marcadas por seus episódios finais. Exageradamente marcadas por eles, a tal ponto que eles as definem ou as configuram e quase anulam o que fizeram antes, ainda que tenham sido coisas importantes, e as de Mansfield não foram. Essas duas pessoas teriam tido motivo para padecer de horror narrativo, como você disse de Dick Dearlove, se houvessem sabido o que as ameaçava em seu fim. Tanto John Kennedy quanto Jayne Mansfield teriam sofrido de seu próprio complexo, K-M, conforme chamamos, se houvessem adivinhado ou temido suas respectivas mortes. Claro que haveria muitos mais, sei lá, de James Dean a Abraham Lincoln, de Keats a Jesus Cristo. A primeira coisa que todo mundo se lembra deles, quase a única, é seu final espetacular ou anômalo, ou demasiado prematuro, ou extravagante: Dean morto aos vinte e quatro anos num desastre de automóvel, quando tinha diante de si uma extraordinária carreira de astro e o mundo inteiro o adorava; Lincoln assassinado por John Wilkes Booth, bem teatralmente, num palco, prestes a ganhar a Guerra de Secessão e de ser reeleito; Keats falecido em Roma, de tuberculose, aos vinte e cinco, a literatura perdeu tantos poemas; Cristo na cruz, um adulto consumado para sua época, um homem-feito, quando muito algo tardio em sua obra, mas malogrado, jovem sem o ser, do ponto de vista dos nossos apáticos e longevos tempos. Eu já te disse que se chamamos de K-M foi por vontade de Mulryan. Teria servido qualquer um desses outros nomes, e muitos mais, não são poucos os que devem sua celebridade máxima ou seu não esquecimento à sua forma de morrer, ou à sua hora, quando se diria que ainda não era a vez deles, ou que era injusto. Como se a morte entendesse de justiça ou se preocupasse com ministrá-la, ou quisesse entender, é absurdo. No máximo é arbitrária, é caprichosa, quero dizer que estabelece uma ordem que nem sempre cumpre, e escolhe ou descarta: às vezes vem decidida e, com todas as probabilidades, se aproxima, nos sobrevoa, olha, e de repente decide deixar para outro dia. Há que ter muita memória para se lembrar de cada vivo sem deixar escapar ninguém. Sua tarefa é infinita, e mesmo assim a realiza com uma minúcia exemplar há séculos. Que servo eficaz, que nunca cruza os braços nem se cansa. Nem se esquece.

Sua maneira de se referir à morte, de personalizá-la, me fez pensar de novo que tinha mais negócios com ela que os de costume, que a vira atuar muitas vezes e talvez a tivesse encarnado umas tantas. Naquela mesma noite tinha ido resoluto ao encontro de De la Garza, tinha se aproximado dele, sobrevoara-o com sua espada de lansquenete como aquele helicóptero com suas pás que nos assustou, a Wheeler e a mim, em seu jardim à beira-rio: no fim apenas nos despenteou, Tupra tinha se limitado a cortar o falso rabicho, enfiar a cabeça de De la Garza na água e surrá-lo, havia deixado para outro dia, como se fosse efetivamente *Sir Death*, numa noite de eliminações. Ou talvez, como medievalista, embora não praticante, Tupra estivesse acostumado à visão antropomórfica dos velhos séculos: a velha decrépita com a foice ou o Cavaleiro Morte com sua armadura completa e sua espada e sua lança, de quem a consideraria um "eficaz servo", de Deus, do Demônio, dos homens ou da vida que só assim abre passagem.

— Sei o que aconteceu com ele, sei como o presidente Kennedy acabou, como todo mundo sabe — respondi. — Mas ignoro o que aconteceu com Jayne Mansfield. Na verdade, ignoro quase tudo sobre essa perturbadora clepsidra. — E, depois de citá-lo assim, humoristicamente, acrescentei uma nota espanhola ao que ele tinha dito: — Suponho que o nome de García Lorca também teria valido para o complexo. Não seria o mesmo em nossa lembrança, não o recordaríamos nem leríamos do mesmo modo se não tivesse morrido como morreu, fuzilado e jogado numa vala comum pelos franquistas, antes de fazer quarenta anos. Bom poeta como foi, não o choraríamos nem o exaltaríamos tanto.

— Claro, esse é outro caso bem nítido de final determinante, de morte sempre presente que envolve e arrasta o personagem — replicou Tupra sem fazer grande caso de mim; perguntei-me se ele estaria suficientemente a par das circunstâncias do assassinato. — Jayne Mansfield, ao longo da sua breve carreira brilhante e sua não muito extensa carreira declinante, fez o que esteve a seu alcance e, com certeza, ao alcance do seu busto para chamar a atenção da imprensa e fazer autopromoção. Sempre mantinha as portas abertas para os repórteres, onde quer que estivesse, inclusive nos hotéis, quando viajava, nas suítes e até nos banheiros; adorava que viessem fotografá-la em sua mansão de estilo espanhol no Sunset Boulevard, em Beverly Hills, toda cor-de-rosa e cheia de cachorrinhos e gatos, vestida com roupas insinuantes e em poses provocativas, não achava nada ridículo nem desdenhável, recebia qualquer idiota ou mal-intencionado da mais medíocre publicação. Posou nua para a *Playboy* um par de vezes, casou-se com um húngaro musculoso, mostrava com deleite sua piscina e sua cama, ambas em forma de coração, ao último aprendiz de província. Divorciou-se do parrudo e de mais algum outro marido, foi ao Vietnã animar as tropas com sua picardia e seus jérseis justos, e, quando até Las Vegas se tornou inalcançável para ela, errou pela Europa com espetáculos de pouca importância e figurou em filmes italianos de Hércules. Começou a beber, armou confusões, escandalizou laboriosamente, porque no declive da sua trajetória só a duras penas conseguia fazê-lo, ninguém dava muita bola para ela e, além do mais, não era talentosa. Contaram que tinha se tornado adepta da Igreja de Satanás, um disparate inventado por um tal de Anton LaVey, o sumo sacerdote desta, um careca com uma pueril pera diabólica e chifres postiços na calva, de suposta e falsa origem húngara ou transilvana, igualmente ávido de publicidade e um farsante compulsivo: dizia-se autor da *Bíblia satânica*, plagiada de quatro ou cinco escritores díspares, entre eles o famoso alquimista renascentista John Dee e o romancista H. G. Wells, bem rastreáveis; dizia ter mantido relações sexuais com Marilyn Monroe e não teria feito menos com Mansfield. Ambas as aventuras fantasiosas, mas você sabe, as pessoas acreditam em qualquer baixeza das celebridades, qualquer mau gosto. Ele estava louco por Jayne e ela às vezes lhe telefonava de Beverly Hills, rodeada de amigos, para rir e debochar dos seus demoníacos ardores, esquentava a cabeça rapada dele à distância. Mais tarde correu o boato de que o despeitado LaVey lançou uma maldição sobre o amante dela na época, um advogado de nome Brody, e aqui começa a lenda da morte de Jayne Mansfield. Viajava numa noite de junho de 1967, já de madrugada, de um lugar chamado Biloxi, no Mississippi, um de cujos clubes se apresentava substituindo sua exuberante amiga e rival Mamie van Doren, a caminho de Nova Orleans, onde no dia seguinte ia ser entrevistada num programa da televisão local; fazia tudo o que aparecia, nada era insignificante para ela. O Buick em que se deslocava ia lotado: um rapaz que dirigia, o tal Brody, ela com três dos cinco filhos, os que tivera com o musculoso húngaro, e quatro cachorros chihuahuas, não é de estranhar que tenham brigado. A umas vinte milhas do destino, o carro trombou a alta velocidade num caminhão que tinha freado ao topar com um lento veículo municipal que borrifava os charcos com um inseticida mata-mosquitos, Mulryan insiste sempre nesse detalhe sórdido, pantanoso e sulista. O choque foi tão violento que cortou fora o teto do Buick. Mansfield, o motorista e o amante morreram no ato, seus corpos foram ejetados para a estrada. Os três filhos, que dormiam no banco traseiro, apenas se machucaram, e dos chihuahuas não se teve notícia, na certa porque não houve nada com eles e talvez tenham fugido. — Tupra fez uma pausa, atirou alguma coisa no fogo, para mim foi invisível, talvez um cisco que tenha tirado do paletó ou um fósforo que eu não o vira acender e que segurava entre os dedos. Contava tudo como se fosse um relatório que tinha na cabeça, memorizado. Ocorreu-me que, dada sua profissão, podia guardar centenas ou milhares deles, do acontecido e do possível, do comprovado e do aventurado, não só por ele, mas por mim, por Pérez Nuix, Mulryan, Rendel e outros; e também por outros do passado como Peter Wheeler e quem sabe se sua mulher Valerie e Toby Rylands, e até a senhora Berry. Talvez Tupra fosse um arquivo andante. — A ostentosa peruca loura de Jayne Mansfield caiu em cima do para-lamas — continuou —, o que deu origem a dois boatos igualmente desagradáveis e que talvez por isso tenham se instalado na imaginação das pessoas: segundo um deles, a atriz tinha sido escalpada no acidente, seu couro cabeludo arrancado pela raiz como por um índio do Oeste selvagem; segundo o outro, teria sido decapitada junto com o teto do Buick, e a cabeça teria rodado pelo asfalto até cair na zona pantanosa infestada de mosquitos e larvas, à beira da estrada. Ambas essas ideias eram irresistíveis demais para a malignidade popular: não bastava que a mulher cuja abundância ornamentou as paredes das oficinas mecânicas e similares, dos botecos, dos caminhões e dos armários de estudantes e soldados durante uma década tivesse morrido com grande violência aos trinta e quatro anos, quando ainda era desejável (apesar da sua veloz decadência) e podia ter tirado maior proveito dos seus esplendores; era muito melhor se, além disso, tivesse ficado careca e feia na morte, ou grotescamente descabeçada e com a cabeça na lama. As pessoas gostam dos castigos cruéis, das voltas sarcásticas da fortuna, do despojamento repentino de quem teve tudo, para não falar do despojamento absoluto que é a morte inesperada, ainda mais se for com sangue.

"Por que me fala precisamente de cabeças cortadas", pensei, "se esteve a ponto de ceifar uma diante dos meus olhos, agorinha mesmo?" E pensei que Tupra me conduzia para algum lugar, mais próximo de Nova Orleans e Biloxi, com aquela truculenta história. Mas não o interrompi com perguntas e me limitei a citá-lo, com aquelas palavras suas bem conhecidas desde nosso primeiro encontro:

— E além do mais tudo tem seu tempo para ser acreditado, não é o que você pensa?

— Você não sabe direito, Jack, até que ponto tudo tem seu tempo — ele respondeu e, em seguida, reatou seu relato: — Foi então, depois da morte de Jayne, que LaVey começou a se gabar publicamente da sua aventura com ela (sabe como é, os mortos são calados e não levantam objeções) e a propagar na imprensa que o espetacular acidente se devia à maldição lançada por ele contra o amante Brody, de tamanha força que tinha sido estendida a ela sem nenhuma condescendência, por ir ao lado dele, no lugar de risco. A gente também adora as confabulações e os acertos de contas, o esotérico, o exótico, os perigos consumados. A maior parte da gente nega o acaso, detesta-o, a maior parte da gente é boba. — Lembrei-me de ter ouvido Wheeler dizer a mesma coisa ou algo parecido, vai ver era uma das convicções, uma das bases sobre as quais nosso grupo sempre havia trabalhado, assim como todo o governo. — Se Jayne Mansfield tinha ficado fascinada ou flertado com a Igreja de Satanás, nada menos, pouco havia de estranho em que seu gracioso rosto tivesse acabado assim, num pântano, mordiscado pelos vermes até o recolherem; ou com sua célebre cabeleira loura platinada desprendida do crânio, tinha sido sempre seu segundo traço mais destacado depois do que salta aos olhos no postal que te mostrei. A chusma quer explicações para todas as coisas — Tupra utilizou essa palavra, "*rabble*", "chusma", hoje tão malvista — mas quer explicações ridículas, inverossímeis, arrevesadas e conspiratórias, e, quanto mais o são, mais são aceitas e engolidas, mais satisfazem. Incompreensível, mas é esse o estilo do mundo. De modo que aquele bufo careca e chifrudo foi ouvido e acreditado, até o extremo de que, naqueles que se lembram dela e inclusive a veneram (e não são poucos, dê uma espiada na internet, vai ficar surpreso), o que prevalece de Jayne Mansfield não são suas quatro ou cinco divertidas comédias de Hollywood, nem suas duas clamorosas capas de *Playboy*, nem seus voluntariosos escândalos libertinos, nem sua mansão rosa demente do Sunset Boulevard, nem sequer o audacioso fato de ter sido a primeira estrela da era moderna a mostrar os peitos num filme convencional americano, mas a tétrica lenda da sua morte, humilhante para um símbolo sexual como ela, talvez provocada por um satanista, um depravado, um bruxo. Isso, ironicamente, causou mais sensação e lhe trouxe mais publicidade do que tudo o que havia inventado ao longo da sua vida para obtê-la, renunciando a toda intimidade diariamente, para não falar no que o angustiante homem comum costuma chamar de dignidade. Foi uma pena não poder aproveitar as mil reportagens que houve sobre sua figura e sobre o sucesso, ver as páginas inteiras dedicadas ao seu falecimento tão horrendo e romanesco. De nada adiantou que o caixão em que a enterraram também fosse rosa: seu nome ficou para sempre envolto no negro, na negrura de uma maldição mortal e diabólica e de uma vida pecaminosa coroada pelo castigo, de uma estrada lúgubre, rodeada de charnecas, e de uma linda cabeça separada de seu voluptuoso corpo até o fim dos tempos. E hoje, se não tivesse morrido desse modo, com esses elementos atribuídos que atiçam a imaginação da chusma, estaria quase totalmente esquecida. Kennedy não, é óbvio, se tivesse se limitado a sofrer um enfarto em Dallas, mas não tenha dúvida de que o lembrariam infinitamente menos e com emoção apenas discreta, se seu nome não se associasse no mesmo instante ao assassinato a tiros e com complexas conjuras jamais deslindadas. Nisso consiste o complexo Kennedy-Mansfield, no temor de ficar marcado para sempre pela forma de terminar, desvirtuado, e em que a vida inteira pareça ter sido apenas uma tramitação, um pretexto, para chegar a um fim estrepitoso que nos retratará eternamente. Esse perigo, veja bem, todos nós corremos, mesmo que não sejamos personagens públicos mas indivíduos obscuros, anônimos e secundários. Cada qual assiste à sua história, Jack. Você à sua e eu à minha.

— Mas nem sempre é temor, o que se tem disso — falei. — Há quem deseje e procure finais assim, cênicos, espetaculares, inclusive com recursos somente verbais se não têm outros à mão. Você não sabe quantos escritores se esmeraram em pronunciar uma última frase memorável. Embora seja difícil calcular qual vai ser de fato a derradeira, e mais de um a desperdiçou, ao se precipitar e falar fora de hora. Depois não lhe ocorreu mais nada, ou soltou uma besteira qualquer, no momento extremo.

— Oh, sim, claro. É sempre o temor. Quem anseia por esse final chamativo é porque teme não estar à altura da sua reputação, ou da sua grandeza, atribuída por outros ou por si mesmo a sós, dá na mesma. Aquele que sente o horror narrativo, conforme seus termos, como Dick Dearlove, segundo seu critério, teme estropiar sua figura, ou a história que foi sendo contada, tanto como o que prepara para si um desenlace brilhante e até teatral, e até excêntrico, isso depende do caráter de cada um e da índole do apagamento, que alguns confundirão com rubrica, e a morte é sempre apagamento. Porque não é a mesma coisa matar alguém, suicidar-se ou ser morto por alguém. Ser carrasco, desesperado ou vítima, nem vítima heroica ou vítima estúpida. Dentro do mal de morrer antes do tempo e, além do mais, estupidamente, a lenda de morta não teria parecido desdenhável à Jayne Mansfield viva, embora sem dúvida tivesse preferido não estar de peruca naquela viagem. E não creio que seu Lorca nem aquele cineasta italiano rebelde e provocador, Pasolini, teriam ficado muito insatisfeitos com a classe de apagamento que lhes coube em sua sorte, de um ponto de vista estético, ou de novo narrativo, se você preferir. Eram artistas e eram um tanto exibicionistas, e a memória deles foi beneficiada por suas mortes injustas e violentas, quase assimiláveis ao martírio, não é? Quero dizer para os campônios. Você e eu sabemos que nem um nem outro se sacrificaram conscientemente, de forma alguma, só tiveram azar.

Tupra havia empregado duas vezes a palavra "chusma" e agora falava de "campônios" (não me lembro mais se o que disse foi "*boors*" ou "*yokels*"). "Não deve ter muito apreço pelas pessoas", pensei, "para que solte esses vocábulos com tanta facilidade e desenvoltura, e com desprezo natural, não sublinhado. Se bem que no último esteja incluindo pessoas cultas e cafonas, de biógrafos a jornalistas, sociólogos, literatos e historiadores, quantos de fato veem como mártires de causas políticas e até sexuais aqueles dois assassinados célebres, mais célebres ainda por seus assassinatos. Reresby não deve considerar a morte grande coisa, não deve achá-la extraordinária; talvez por isso tenha me perguntado por que não se pode sair por aí ministrando-a, talvez a julgue um acaso a mais, e o acaso ele não nega nem detesta, nem requer explicações para todas as coisas, ao contrário da gente boba, que necessita ver sinais, concatenações, vínculos em toda parte. Pode ser que deteste tão pouco o acaso que não ligue de se misturar com ele às vezes e erigir-se em *Sir Death* com sua espada, e fazer-se servo do servo eficaz. Ele deve ter sido um campônio um dia, ou muito tempo atrás."

— Você não faz grande caso das pessoas, não é? — falei. — Você não faz grande caso da morte. Da morte das pessoas.

Tupra molhou os lábios, não com a língua mas com os próprios lábios, como se os esfregasse um contra o outro e isso bastasse para umedecê-los, afinal de contas eram muito carnudos e extensos, e sempre teriam um tanto de saliva. Depois tomou um gole do seu drinque, tive a sensação inquietante de que o lambia. Ofereceu-me novamente um Porto, agora sim aceitei, o paladar como que pastoso ou velado, serviu-me da garrafa até eu dizer com a mão "Basta".

— Agora você finalmente está chegando lá — retrucou, e isso me fez pensar outra vez que ele me conduzia, mesmo quando era eu que o cobrava, era ele que conduzia. Mau réu e má testemunha. Olhou para mim com complacência lá dos seus olhos azuis ou cinzentos, lá das suas pestanas como meias-luas, o fogo lhes emprestava brilho. — Agora vai tornar a me fazer censuras, por que fiz o que fiz e tudo o mais. Você é da sua época, Jack, é por demais da sua época, e isso é o pior que alguém pode ser, porque é péssimo se você sofre pelo que todos sofrem, não há esperança quando todo mundo está de acordo e vê a mesma coisa, e dá importância às mesmas coisas, e as mesmas coisas parecem graves e as outras mesmas insignificantes. Na unanimidade não há clareza nem respiro, não há ventilação, nem no lugar-comum tão compartilhado. Você tem de sair disso para viver melhor, mais à vontade. Também mais de verdade, sem a aderência do tempo em que nasceu e em que vai morrer, nada oprime tanto, nada nubla como esse carimbo. Hoje se dá enorme importância à morte individual, faz-se uma falsa tragédia por cada pessoa que morre, ainda mais se for com violência, ainda mais se for assassinada; embora o pesar e a condenação durem pouco: ninguém mais veste luto, e isso tem sua razão, rápido o pranto porém mais veloz o esquecimento. Falo dos nossos países, claro, em outros lugares da terra não é assim, que remédio lhes resta, se neles têm as mortes incorporadas ao transcorrer do dia. Mas aqui é uma coisa tremenda, na hora pelo menos. Tal pessoa morreu, que horrível desgraça; tantas se esborracharam ou voaram pelos ares, que catástrofe, ou que infâmia. Os políticos têm de se multiplicar para assistir a funerais e enterros e não faltar a ninguém, a dor aguda, ou soberba, os reclama como ornamento, porque consolo não dão nem podem dar, é tudo aparato, trejeitos, vaidade e posição. Dos vivos, a posição, pomposos e exagerados. No entanto, pensando bem, que direito teríamos, qual é o sentido de nos queixar e montar um drama com algo que visitou todo bicho vivo para transformá-lo em bicho morto? Que pode haver de tão grave nisso, em algo tão sumamente natural, tão corrente? Acontece nas melhores famílias, você sabe, há séculos, e nas piores então nem falemos, com menores intervalos ainda. Acontece, aliás, o tempo todo, e sabemos perfeitamente disso, apesar de fingirmos nos assombrar e nos assustar: conte os mortos mencionados em qualquer telejornal, leia o obituário de qualquer jornal, numa só cidade, Madri, Londres, a lista é longa todos os dias do ano; olhe as notas de falecimento, e são muito poucos os que as publicam, olhe os elogios fúnebres, menos ainda os que os merecem, uma minoria infinitesimal, mas não faltam nenhuma manhã. Quantos perecem cada fim de semana nas estradas e quantos morreram nas incontáveis batalhas. Nem sempre se viram como hoje as perdas, ao longo da história, ou melhor, quase nunca. A gente estava mais familiarizada e mais conformada também, aceitava o acaso e a sorte, boa ou má, admitia estar exposta a ela a cada instante; a gente vinha ao mundo e desaparecia, era o normal, às vezes mal entrava nele, a mortalidade infantil foi enorme até oitenta ou setenta anos atrás, assim como a das mães no parto, elas se despediam do filho mal viam a cara dele, se lhes restasse vontade ou se tivessem tempo para tanto. As epidemias eram frequentes e quase qualquer doença matava, das que agora nem ficamos sabendo ou cujo nome não nos diz nada; havia fome, havia guerras contínuas e, além do mais, eram verdadeiras, de luta diária e não esporádica como agora, e os generais desdenhavam as baixas, os soldados caíam e não acontecia grande coisa, eram indivíduos só para si mesmos, nem sequer tanto para suas famílias, nenhuma delas se livrava dos cadáveres prematuros, era a regra; os governantes faziam um ar de circunstância e efetuavam novas convocações, recrutavam mais tropa e a enviavam para a frente de batalha onde continuavam caindo, quase ninguém reclamava. Contavam com a morte, Jack, não havia tanto pânico em relação a ela, não era uma calamidade insuperável nem uma tremenda injustiça; era o que podia acontecer e com frequência acontecia. Nós nos tornamos moles demais, temos a pele muito fina, acreditamos que deve ser assim para sempre. Deveríamos estar acostumados com a provisoriedade, ao contrário. Nós nos empenhamos em não estar, por isso é tão fácil nos meterem medo, você viu, basta desembainhar uma espada. E assim saímos perdendo diante dos que ainda veem os mortos como simples cavacos do ofício, os próprios e os alheios, como acidentes do dia. Diante dos terroristas, por exemplo, ou diante dos narcotraficantes graúdos, ou diante dos mafiosos multinacionais. É assim que é, Iago. — Eu não gostava quando ele me chamava pelo nome do semeador de discórdias; soava-me sujo, não me reconhecia nele (eu, que me reconheço em tantos). — É necessário que alguns de nós não façamos grande caso da morte. Da morte das pessoas, como você disse escandalizado, notei que estava, apesar do seu tom neutro, bem dissimulado mas insuficiente. Convém que alguns de nós saiamos da nossa época e olhemos como em tempos mais duros, os passados e os futuros (porque voltarão, te garanto, só não sei se você e eu os veremos), para que não aconteça coletivamente conosco o que disse um poeta francês: "*Par délicatesse j'ai perdu ma vie*". — E se deu ao trabalho de traduzir para mim, no que vi um resto do campônio deixado para trás: "Por delicadeza perdi minha vida".

Olhei para seus pés, seus sapatos, como havia feito num dos

nossos encontros iniciais, temendo que calçasse alguma aberração, botas curtas de cor verde, pele de jacaré como o marechal Bonanza, ou até tamancos. Não era assim, usava sempre elegantes sapatos marrons ou pretos, de cadarço, de modo algum eram de campônio, só eram meio duvidosos os coletes de que raramente prescindia, embora fossem mais antiquados e datados do que tudo, como que um vestígio dos anos 70 nos quais ele devia ter começado a aparecer seriamente na vida, quero dizer com verdadeiro conhecimento de causa e com responsabilidades, ou com sentido cabal das suas opiniões. Havia nele algo dissonante, de qualquer modo: com seu trabalho, com seus gestos, com seu ambiente, seu sotaque, até mesmo com sua casa tão de inglês acomodado, tão de manual ou de filme caro, ou de ilustração de conto. Talvez fossem as abundantes madeixas sobre o crânio avultado, ou os cachinhos nas têmporas aparentemente pintados, talvez a boca mole e como que carente de consistência, um chiclete ainda não endurecido. Sem dúvida parecia atraente a muita gente, apesar do elemento repulsivo nele, eu nunca sabia identificá-lo plenamente, isolá-lo com exatidão, assinalá-lo, pode ser que não dependesse de um traço e que fosse, em vez disso, o conjunto. Quem sabe só eu visse, as mulheres não deviam captar. Nem sequer as perspicazes, como Pérez Nuix, acostumada a perceber e adivinhar tudo, com a qual seguramente ele foi para a cama. Teríamos isso em comum, Tupra e eu, ou seria Reresby e eu. Ou Ure, ou Dundas.

— E em vista disso você se permite dar uma surra e um susto mortal num pobre idiota inofensivo, além do mais com minha ajuda; se eu viesse a saber o que você lhe preparava. Por nada, porque sim, porque não há que fazer grande caso da morte. Eu não poderia estar mais em desacordo. Creio que esse verso é de Rimbaud — acrescentei para complexá-lo, ele já tinha me comido terreno demais. Arrisquei-me, não estava cem por cento seguro.

Mas ele não prestou atenção no dado; eu era culto, conhecia línguas, havia ensinado em Oxford no passado, não me concedeu nenhum mérito. Grande coisa eu reconhecer uma citação. Riu com secura, uma só vez, como se imitasse amargor.

— Não existe ninguém inofensivo, Jack. Ninguém — falou. — E você não parece levar em conta que a culpa foi sua. Pense um pouco.

— O que você quer dizer? Por tê-lo deixado se aproximar, se dar bem com a senhora? Ela estava desejando ser cortejada pelo primeiro capadócio, por quem quer que fosse. Não precisa ir muito longe. Você mesmo me avisou. — Aquela palavra tinha ficado me rondando desde que Manoia a confirmou em italiano, e as palavras não se dissipam até que alguém as solte tantas vezes quantas forem necessárias. Claro que em inglês soava mais rebuscada, "*cappadocian*", e inapropriada, não tem nem sequer nosso mais frequente significado.

— Não só por isso. Eu pedi que você os encontrasse, que trouxesse Flavia de volta, que não se distraísse e se livrasse daquele Garza. Você não foi capaz de fazer isso. Tive de ir eu mesmo atrás de vocês e resolver o assunto. E você ainda se queixa. Quando os encontrei, a senhora Manoia já estava com o rosto marcado. Se eu não tivesse me encarregado, a coisa teria sido pior, você não conhece o marido, eu sim. Não podia me limitar a fazer que expulsassem o espanhol de merda. — Pensei que ele às vezes se esquecia de que eu também era espanhol, talvez de merda. — Com um sinal, com uma ferida na cara de Flavia, ele não teria ficado satisfeito com isso. Teria pegado seu amigo e, com sorte, arrancado um braço dele, se não a cabeça. Você me reprova por umas bobagens sem a menor importância, vive num mundo minúsculo que mal existe, protegido da violência que foi a norma em todos os tempos e continua sendo em quase todas as partes, é como confundir um intervalo com o espetáculo inteiro, vocês nem imaginam, vocês que nunca saem desta época e destes nossos países nos quais até anteontem a violência também mandou. O que eu fiz não foi nada. O mal menor. E por culpa sua.

O mal menor. Quer dizer que Tupra pertencia àqueles homens inconfundíveis que sempre existiram e que também conheço em minha época, são sempre tantos. Aos que se justificam dizendo: "Foi necessário e evitei assim um mal maior, ou era o que acreditava; outros teriam se encarregado de fazer a mesma coisa, só que com muito mais crueldade e mais dano. Matei um para que não matassem dez, e dez para que não matassem cem, não me cabe castigo, mereço, isso sim, um prêmio". Ou aos que respondem: "Foi necessário, eu defendia meu Deus, meu rei, minha pátria, minha cultura, minha raça; minha bandeira, minha legenda, minha língua, minha classe, meu espaço; minha honra, os meus, minha caixa-forte, meu moedeiro e minhas meias. E, em resumo, tive medo". O medo, que escusa tanto quanto o amor, do qual é tão fácil dizer e crer "É mais forte que eu, não está ao meu alcance evitar", ou que me permite recorrer à frase "É que te amo tanto" como explicação dos atos, como álibi, desculpa, atenuante. Quem sabe pertencia inclusive aos que aduziriam: "Ah, não, foi a época, quem não a viveu não pode entender. Ah, não, foi o lugar, era malsão, era opressivo, quem não esteve lá não pode nem imaginar nossa alienação e seu feitiço". Não seria, em compensação, pelo menos, dos que tirariam o corpo fora, ele nunca pronunciaria estas outras palavras: "Oh, não, eu não queria, não tive nada com isso, aconteceu independentemente da minha vontade, como nas fumaças tortuosas do sonho, isso foi coisa da minha vida teórica ou entre parênteses, daquela que na realidade não conta, passou apenas em parte e sem meu consentimento pleno". Não, Tupra não chegaria a essa baixeza a que eu sim cheguei às vezes, para explicar algumas ações. Mas preferi não entrar nesses aspectos, e repliquei à última coisa que ele tinha me dito:

— Eu trabalho para você, Bertram, mas no que trabalho. Não me peça mais. Sirvo para interpretar e fazer relatórios, não para dominar grosseirões bêbados. Nem mesmo para distrair senhoras declinantes e cravá-las no meu peito até o esterno.

Tupra não conseguia evitar achar graça do que tinha graça. Até agora não tínhamos nos dado a oportunidade de comentar o suplício, ainda menos rir deste, ou ele de mim, do meu azar e do meu estoicismo imperfeito.

— Que bicos duros, hein? — E soltou uma gargalhada sincera. — Nem louco eu teria aceitado seu convite à dança, com aqueles bastiões. — Disse "*bulwarks*", talvez fosse mais justa sua tradução por "baluartes".

Ele tinha conseguido de novo. Eu também acho graça do que tem graça. Não pude conter o riso, a irritação se desfez momentaneamente ou se adiou quando já não era o caso. Por uns segundos rimos os dois ao mesmo tempo, juntos, sem dilação nem adiantamento, com o riso que une os homens desinteressadamente entre si e que suspende ou dissolve suas diferenças. O que significava que, apesar do meu mau humor e da minha apreensão crescente — ou já era mal-estar, aversão, repugnância —, eu não havia retirado totalmente meu riso. Talvez estivesse em via de racioná-lo, mas ainda não tinha me subtraído a ele nem o havia negado a Tupra. Não totalmente ainda, o riso.

Teríamos isso em comum, ter ido ambos para a cama com a jovem Pérez Nuix, estava quase certo, embora não me ocorrera perguntar, a ele e muito menos a ela, e olhe que compartilhar uma cama acordados marca arbitrariamente a fronteira entre a discrição e a confiança, entre o segredo e as revelações, entre o silêncio deferente e as perguntas com suas respostas ou com suas evasivas, às vezes, como se entrar no corpo de outro com brevidade suprimisse, além das físicas, outras barreiras de passagem: biográficas, sentimentais, sem dúvida as da dissimulação, ou da precaução, ou da reserva, é um pouco absurdo que duas pessoas, depois de se enlaçar, se sintam mais facultadas ou impunes para indagar sobre a vida e os pensamentos de quem estava em cima ou embaixo, ou de pé, de costas ou de frente, se a cama não fez falta, ou para relatá-los prolixamente, verbosos e até absortos, há quem transe com alguém só para depois tagarelar sem parar, como se tivessem ganho uma patente no entrecruzamento. Isso me incomodou com frequência nas minhas aventuras ocasionais, de uma só noite, manhã ou tarde, e todas são assim em primeira instância, enquanto a repetição não aparece, todas são assim quando começam e não dá para saber se irão se encerrar ato contínuo, ou uma das partes sabe sim e não diz nada educadamente, dando lugar ao mal-entendido (a educação é um veneno, nos perde); finge que a coisa não vai se interromper logo, mas que de fato algo se abriu que não tem por que fechar, e isso então dá lugar a um grande pepino. Às vezes a gente sabe antes mesmo da entrada no novo corpo, sabe que quer provar só dessa vez, certificar-se, talvez se gabar consigo mesmo ou escandalizar-se consigo mesmo, e quem sabe até anotar o fato tendo em vista rememorá-lo ou, antes, recordá-lo; ou, mais tênue ainda, constar: "Isso aconteceu na minha vida", você então poderá se dizer sempre, sobretudo na velhice ou na idade madura, quando o passado invade muito o presente e este, desinteressado ou cético, raras vezes olha para a frente.

Sim, me aborreceu amiúde que depois tenham me exposto suas características e intimidades, que tenham desenhado um retrato das suas personalidades, inevitavelmente alterado, ou que tenham tentado me singularizar ("Isso nunca tinha me acontecido com nenhum homem"), em parte para me adular, em parte para salvar sua reputação que ninguém havia posto sob suspeita. Irritou-me que a partir desse momento tenham se movimentado pela minha casa, se estivéssemos nela, com excessiva familiaridade ou desenvoltura e atitude apropriativa ("Onde você põe o café?", por exemplo, dando por assentado que eu guardava café e que elas mesmas podiam prepará-lo; ou então "Vou ao banheiro", em vez de perguntar se podem ir, como teriam feito um instante antes, ainda vestidas ou sem ainda ter sido comidas; um exagero, esse verbo). Revoltou-me que tenham se disposto a dormir uma noite inteira na minha cama sem nem sequer me consultar, dando por certo que estavam convidadas a ficar nos meus lençóis por terem jazido um instante na colcha ou apoiado as mãos nela para se equilibrar enquanto permaneciam de pé, inclinadas, de costas para mim, *more ferarum*, saia levantada, os saltos firmes dos sapatos calçados. Deixou-me irado que um ou dois dias mais tarde se apresentassem sem avisar na minha casa, para me cumprimentar carinhosa e espontaneamente, mas na realidade para repetir com premeditação e instalar-se, com a segurança infundada de que eu as faria entrar e lhes dedicaria tempo a qualquer hora e em qualquer circunstância, estivesse eu atarefado ou não, acompanhado ou não de outras visitas, contente ou arrependido (porém mais provavelmente esquecido) de lhes ter permitido pôr o pé ontem no meu território. Desejoso de estar só ou sentindo falta de Luisa. E me deixou uma fera que me telefonassem mais tarde dizendo, "Oi, sou eu", como se o contato carnal já pretérito conferisse exclusividade ou unicidade, ou acentuasse a identidade, ou garantisse um alto grau de ocupação de meus pensamentos, ou me obrigasse a reconhecer uma voz da qual talvez — e isso com sorte — só tenha brotado um gemido, ou uns tantos educadamente.

Porém o que mais me enfureceu, às vezes, foi me sentir em dívida (absurdamente, nestes tempos) por ter ido para a cama com elas. Sem dúvida um vestígio da minha época de infância, quando ainda se considerava que o interesse e a insistência vinham sempre do homem e que a mulher cedia ou, melhor ainda, concedia ou outorgava, e era ela que dava um presente valioso ou fazia um grande favor. Nem sempre, mas com demasiada frequência, eu me julguei artífice ou responsável último pelo que ocorrera entre elas e eu, embora eu não houvesse procurado nem antecipado — se é que não vi a coisa vir na maioria das ocasiões, não tive a malícia de desconfiar — e supus que lamentariam o feito assim que fosse concluído e eu me retirasse ou me pusesse de lado, ou enquanto elas se vestiam ou alisavam a roupa e a ajeitavam (houve uma casada que me solicitou um ferro: sua saia plissada parecendo um acordeão, ela ia diretamente a um jantar de casais finíssimos sem poder passar em casa antes; emprestei-lhe meu ferro e ela se foi toda prosa, sua roupa silenciosa e sem sinal de aventuras), ou senão mais tarde, quando ficassem a sós e meditativas ou rememorativas, olhando para a mesma lua da qual eu não faria caso, das suas janelas sentidas de repente como nupciais, no meio-sono da madrugada.

Assim, tive muitas vezes o impulso de compensá-las na mesma hora, me mostrando delicado, paciente ou propenso a escutá-las; atendendo suavemente suas angústias ou sustentando sua conversa; velando seu sono desconhecido ou fazendo-lhes carícias que não tinham porquê e que não saíam espontâneas, mas a que eu me forçava; forjando desculpas arrevesadas para ir embora das suas casas antes do amanhecer, como um vampiro, ou para sair da minha em plena noite e lhes dar a entender que não podiam pernoitar lá e deviam se vestir, me acompanhar até lá embaixo e dirigir seus carros ou pegar um táxi (paguei de antemão o motorista), em vez de lhes confessar que agora eu não queria continuar a vê-las, nem ouvi-las, nem respirar adormecido a seu lado. Algumas vezes o impulso foi o de recompensá-las, simbólica e ridiculamente, e então improvisei um presente ou lhes preparei um bom café da manhã, se a hora chegava e ainda nos encontrava juntos, ou acedi a um desejo que estivesse a meu alcance satisfazer e que não tivessem exprimido a mim mas ao ar, ou a um pedido realmente feito a mim mas implícito ou não formulado, ou distanciado o bastante no tempo para não ser associável, ou somente se houvesse empenho de vincular verbo com carne. Não, em compensação, se o pedido era explícito e próximo, porque nesses casos eu não conseguia escapar de uma desagradável sensação de transação ou barganha, que falsificava o conjunto e o tornava sórdido, ou de fato o suprimia, como se não tivesse acontecido.

Talvez por isso Pérez Nuix tenha me pedido seu favor muito antes, quando ainda não havia passado pela minha cabeça que pudéssemos acabar aquela noite tão próximos, e inclusive chegar à manhã sem ter nos soltado totalmente um do outro. Ou então, sim, tinha cruzado meu pensamento, mas não como possibilidade possível e sim como improbabilidade hipotética (ideias de alcova, saber que uma pessoa aceitaria o que de modo algum vai ocorrer), e a primeira vez foi enquanto ela se abaixava, subia o zíper das botas e se secava com minha toalha, e o ponto de uma meia sua se soltava degenerando num desfiado largo e comprido, e suas coxas se mostravam sem preocupação, e ao fazê-lo não me excluíam. "Ela não me descarta, nada mais do que isso", eu havia pensado. "Nada mais, só isso, eu é que percebo e levo em conta. Na realidade, não é nada." E também: "E ainda há um abismo entre o desejo e o não repúdio, entre a afirmação e a incógnita, entre a voluntariedade e a pura ausência de projeto, entre um 'sim' e um 'pode ser', entre um 'claro' e um 'veremos', ou é menos que isso, é um 'enfim' ou um 'ah, bom', ou é nem sequer pensá-lo, um limbo, um oco, um vazio, não tenciono isso, não me ocorre, nem sequer passou pela minha mente". Para ela eu ainda era invisível quando me pediu o favor, ou fui invisível toda a noite, e também de manhã. Exceto talvez o breve instante da noite em que me pôs nas faces as palmas bem abertas das mãos como se professasse afeto, nós dois caídos e já deitados na minha cama para dormir, as palmas suaves; em que me olhou nos olhos, sorriu para mim, riu e com delicadeza pegou meu rosto, como Luisa às vezes fazia quando sua cama ainda era a minha e ainda não estávamos com sono, ou não o bastante para nos darmos boa-noite e as costas até a manhã.

Mas esse instante veio mais tarde. E, como acontece quase sempre quando se faz mais de uma pergunta sem pausa, a jovem Pérez Nuix começou respondendo a última. "Você ainda não me pediu o favor por completo, ainda ignoro em que consiste, exatamente. E que particulares são esses, que particulares particulares", haviam sido minhas duas perguntas, repetindo a expressão dela, "particulares particulares".

— Por mais estranho que nos pareça hoje, Jaime, com os nervos sempre à flor da pele e o permanente pânico do terrorismo — disse ela —, houve certos anos, recentes aliás, embora os consideremos distantes, em que digamos que faltou trabalho ao MI5 e ao MI6. Desde a queda do Muro de Berlim suas funções diminuíram tanto quanto suas preocupações, e as verbas de que dispunham desabaram, agora se vê que foi uma grande imprudência. Passou, por exemplo, de quase novecentos milhões de libras para o MI5 em 1994 a menos de setecentos em 98. Depois foram subindo outra vez, timidamente e pouco a pouco, mas até os atentados das Torres Gêmeas em 2001, que fizeram os alarmes disparar, trouxeram autocríticas e destituições de cargos intermediários, houve um período de sete ou oito anos em que boa parte dos Serviços de Inteligência do mundo, e dos nossos, é claro, se sentiu quase inútil e supérflua, como dizer, desocupada, prescindível, ociosa e, o pior, entediada. Muitas das pessoas dedicadas durante décadas a estudar a União Soviética se viram, se não desempregadas, quase sobrando, com a sensação de ter perdido não só o tempo, mas uma grande porção da sua vida, que de repente terminava. Com a abrupta sensação de ser passado. Quem sabia alemão, búlgaro, húngaro, polonês, tcheco deixou de ser chamado com a frequência habitual, e até os peritos em russo perderam protagonismo e tarefas. De repente havia uma espécie de excedente não reconhecido, de repente pessoas fundamentais não serviam mais, ou só para assuntos menores. Foi tão deprimente que até os chefes se deram conta do quanto a situação era desmoralizante, e garanto a você que eles são sempre os mais cegos, como em todos os trabalhos e em todas as partes, para perceber os problemas dos seus subordinados. Bom, a verdade é que eles perceberam, com incrível atraso, e apenas uns dias antes do Onze de Setembro, se bem me lembro, a imprensa, acho que o *The Independent*, noticiou que o MI5, através do então diretor-geral sir Stephen Lander, se preparava para oferecer seus serviços de espionagem às grandes empresas do país, como British Telecom, Allied Domecq, Cadbury Schweppes e outras, às quais podia proporcionar informação muito útil sobre seus concorrentes estrangeiros. Ao que parece, foi a agência que se ofereceu às companhias, e não o inverso, no decorrer de um seminário realizado em sua sede, lá em Millbank, para o qual foram convidados, pela primeira vez na história se não me engano, representantes da indústria e das finanças, tanto do setor público quanto, e sobretudo, do setor privado. O álibi era que era tão patriótico e vital ajudar a economia britânica e torná-la mais competitiva no mundo, assim como resguardar nossas grandes firmas dos espiões dos outros, que sem dúvida existem, quanto proteger a nação dos perigos e ameaças contra sua segurança, internas e externas, políticas, bélicas e terroristas. A ideia era, de fato, comercializar as atividades do SIS — lembrei-me da sigla, eu a ouvira de Tupra ou de Wheeler: Secret Intelligence Service, ela saiu em inglês embora falássemos em espanhol, *s*, *i*, *s* ou *es*, *ai*, *es*, aos nossos ouvidos —, e conseguiram lucrativos contratos que equivaliam a privatizar parcialmente a agência, obter de imediato grandes lucros e resgatar o fastio de bom número de ociosos e deprimidos, destinando-os ao serviço mais ou menos direto das empresas. E isso, é claro, implicava o risco seguro de eles dividirem sua fidelidade. Lander negou tudo taxativamente através de um porta-voz, o qual garantiu que se oferecer a espionar para companhias privadas em troca de remuneração estava fora das competências do MI5 e que semelhante proposta seria ilegal. Admitiu que o MI5 já montava, fazia tempo, operações com vistas a descobrir a presença de espiões estrangeiros em nossas companhias e que assessorava, gratuita e principalmente, as indústrias de defesa e de novas tecnologias quando estas se dispunham a firmar contratos importantes ou ante suspeita de fraude informática. Mas asseverou que a controvertida fala de Lander durante aquele seminário, cujo tema havia sido *Trabalho secreto numa sociedade aberta*, tinha versado apenas sobre a ameaça crescente dos hackers e que, sem pagamento algum, haviam aconselhado empresas públicas e privadas acerca dos melhores métodos para se precaver deles e combater a pirataria informática. Vários dos convidados, porém, reconheceram em off que a iniciativa de Lander havia sido outra e que ele tinha prometido beneficiá-los em seus negócios com informação privilegiada e constante sobre companhias e indivíduos, "se eles pedissem".

A jovem Pérez Nuix fez uma pausa e agora sim aceitou beber alguma coisa, sua boca devia estar seca com a preleção, boca de atraentes lábios, firmes e encarnados, lábios de Sigrid ou de gibi, a gente sempre olha para os de quem fala seguidamente, os alunos para os dos professores, os ouvintes para os dos conferencistas, os auditórios para os dos intérpretes, os espectadores para os dos locutores e dos políticos (estes ficam tão prejudicados). Levantei, fui à cozinha e dali (não muita distância, meu apartamento não era grande) disse-lhe o que havia em casa, só coca-cola, cerveja, vinho e água, um mau anfitrião porque em Londres eu não tinha o costume de sê-lo, quase todas as pessoas que vinham me ver, muito poucas, vinham apenas para isso, para estar brevemente ocupadas comigo. Ofereci também café e leite, ou café com leite, se ela quisesse algo quente, respondeu que vinho, se fosse branco e estivesse gelado. Lembrei-me que também guardava seis garrafas intactas de Sangre y Trabajadero, que um velho e amável amigo de Cádiz tinha me mandado, mas me deu preguiça de abrir àquelas horas uma caixa lacrada.

— Aqui está. Para meu gosto, está gelado, não sei para o seu — disse a ela, depositando diante dos seus joelhos, em dois descansos (sou um homem preocupado com a limpeza), a garrafa de um Ruländer que abri ali mesmo (entendo pouco de vinho) e uma taça não muito adequada, que ela me permitiu encher até a borda. "Como bebe por ter sede, logo vai ficar bêbada", pensei ao ver que nunca erguia a mão na horizontal para me interromper. O desfiado da meia crescia sempre, cada vez que ela fazia um movimento, por pequeno e delicado que fosse, ou cruzava as pernas, e as cruzava e descruzava frequentemente, com o conseguinte retrocesso da saia, mínimo em cada cruzada porém mais subida paulatinamente a saia (até que com um puxão a baixava). Continuava sem notar o estrago em andamento, quando talvez já devesse percebê-lo. Sendo os fios puxados o que são, eles até que não iam mal às suas pernas, embora este parecesse destinado a converter em andrajos sua meia se nossa conversa durasse o bastante, e ela já tinha esquecido inteiramente seu anúncio de "um minutinho", e talvez eu também, em parte. Dei-me conta de que, depois da estranheza e do sentimento de provisoriedade iniciais, me agradava ter uma visita demorada, além do mais com um cachorro aos pés, se eles ficam quietos fazem que a gente se sinta mais tranquilo e até à vontade. O animal, aparentemente já muito mais seco, continuava cochilando com um olho aberto, deitado perto da sua dona. ("*Sleep with one eye open, when you slumber*", cantarolo e cito às vezes para mim mesmo.) Parecia bonzinho, ingênuo e educado, o contrário de um alegre e assanhado.

— Você não bebe? — perguntou Pérez Nuix. — Não me diga que não vai me fazer companhia. Que chatice, beber sozinha. — E superou-a no mesmo instante, porque deixou a taça vazia de um só gole, como se fosse lorde Rymer, o Frasco, em seus momentos mais ávidos. Estava com sede, sem dúvida, era normal depois de uma caminhada debaixo da chuva, estranho era não ter pedido algo antes. Tornei a encher, não muito.

— Daqui a uns minutos eu me sirvo — respondi. — Continue. — E, para que aquilo não soasse como uma ordem, me inclinei e acariciei outra vez o cachorro na cabeça e no lombo, ossos miúdos. Agora ele nem sequer ergueu o pescoço, tinha se acostumado com minha presença e não me deu a menor bola, era muito digno aquele pointer. Mas todo mundo crê mostrar-se doce manifestando afeto pelos animais, e com minha manobra busquei esse efeito. (Se tem uma coisa que não suporto são esses escritores, há centenas, que se fotografam com seus cachorros e gatos para passar uma imagem afável, quando só passam uma afetada e cafona.) Aproveitei minha inclinação amistosa para espiar as coxas da jovem Pérez Nuix da altura destas e detidamente, não vou negar que me tentavam. Suponho que ela fingiu não perceber, não as cobriu nem as afastou um milímetro. Agora sim eu me senti tão pueril quanto De la Garza, mas a admiração sexual prévia ao sexo é sempre pueril, que podemos fazer.

— Não sei no que deram essas medidas, possivelmente foram levadas adiante, mas por baixo do pano e com menos ênfase que o previsto — ela prosseguiu então, depois de liquidar também, sem pausa, metade do vinho da segunda taça: eu esperava que ela não ficasse com a língua pastosa. — Porque pouco depois veio o Onze de Setembro e a partir daquele dia ninguém voltou a ser inteiramente supérfluo. Mas essas medidas, sobretudo se fossem certas, chegavam tarde demais e não eram originais, e sim a oficialização do que já vinha ocorrendo havia anos sem intervenção e quase sem conhecimento da alta direção, bom, conhecimento havia em parte, mas acompanhado de passividade, vista grossa, alguma curiosidade e muita tolerância. Os agentes mais desocupados, uma vez superado o longo período de desconcerto depois da queda do Muro, tinham ido procurar seus clientes externos, ocasionais ou não, cada um dentro de seus respectivos ramos e possibilidades. Uns poucos insulados até pediram demissão, os que puderam pediram transferência (conforme a responsabilidade adquirida isso não é fácil aqui, às vezes nem é factível). Mas a maioria não conseguiu ou simplesmente não quis, e no entanto começou a trabalhar aqui e ali continuando dentro, e a servir, portanto, a diferentes amos. Ofereceram suas habilidades a quem dava mais ou aceitaram as tarefas mais bem pagas. E que classe de pessoas ou de entidades particulares tinham ou têm interesse em contratar agentes? Sim, alguns foram incumbidos de tarefas próprias de detetives, provar uma infidelidade, investigar desfalques ou malversações, cobrar dívidas de inadimplentes; ou de guarda-costas, proteger celebridades do mundo dos espetáculos ou altas personalidades em atos públicos, coisas assim. Outros deram uma mão ou as duas a ex-colegas que se tornaram mercenários, desses houve uns tantos, não lhes falta atividade na África. Mas o círculo de trabalhos foi se ampliando, com o tempo os agentes de campo rasos propuseram e depois proporcionaram trabalhos aos de cargo intermediário, e imagino que por volta de 2001 estes haviam convencido os dirigentes das vantagens de trabalhar não apenas para o Estado. O caso é que por sete ou oito anos, durante aquele longo intervalo sem inimigo principal, criou-se uma rede paralela de clientes diversos, de todo tipo. Mais de uma vez, com certeza, membros do MI5 e do MI6, ignorando ou sabendo, ou não querendo saber mas intuindo, devem ter prestado serviços a delinquentes e até ao crime organizado, ou talvez a governos estrangeiros no final da cadeia, na sombra remota. Pode ser, ninguém sabe nem vai averiguar, a esta altura nada é muito nítido e tudo está muito misturado. A gente se acostuma a não perguntar nada a quem nos recompensa, e além do mais quase tudo é tratado e ventilado através de intermediários e de testas de ferro. Se a gente tivesse de levar a cabo uma investigação prévia para saber quem está por trás de cada empreita, não acabaria mais nem começaria nunca, e o negócio não valeria a pena.

A jovem Pérez Nuix parou e deu cabo da segunda metade da sua segunda taça. Hesitei, mas por cortesia fiz um gesto mínimo de tornar a enchê-la, sem chegar a tocar na garrafa. Até agora não havia notado nenhum titubeio nem dificuldade na sua fala, mas se continuasse naquele ritmo poderia aparecer a qualquer instante a incoerência ou a sonolência, e eu já queria ouvir tudo. De nada disso havia indícios, ela devia estar habituada ao vinho. Até seu vocabulário era escolhido e preciso, de pessoa lida, não tinha me escapado sua utilização de vocábulos não muito frequentes, "insulados", "empreita", "rasos". Talvez, apesar da sua ascendência paterna, ela fosse como esses ingleses que aprenderam minha língua mais nos livros do que falando, e seu espanhol resulta livresco. De modo que levantei e anunciei, antes que ela pudesse dizer "sim" ou "não" a meu esboço de gesto interrogativo:

— Vou buscar uma taça para mim, agora me deu vontade. — E em seguida me permiti a advertência, ou a reserva: — Não sei se te conviria uma terceira, em tão pouco tempo. Seria beber como uma inglesa, não como uma espanhola. Vou trazer alguma coisa para beliscar, em todo caso.

Quando voltei com minha taça, umas azeitonas e um pacote de batatas fritas servidas numas tigelas, peguei-a inspecionando o fio puxado. Do corredor, antes de entrar, quase escondido dela — parei e espiei-a uns segundos: um, dois, três; e quatro —, eu a vi examinando-a e passando o indicador com cuidado por ela (talvez um dedo ensalivado, ou quem sabe uma gota de esmalte de unhas, como punham antigamente as mulheres no ponto solto para frear o desfiado, para ver se a meia aguentava pelo menos até voltarem para casa; embora para frear alguma coisa já fosse tarde). Quando voltou a me ter diante de si, de braços cruzados e pernas também, não fez referência alguma ao defeito indumentário, o que era estranho: teria sido o momento de se mostrar surpresa, se lamentar e até se desculpar, se tivesse querido, pelo aspecto teoricamente barato que o rasgão lhe conferia, a mim não desagradava nem me produzia um mal efeito, e até me entretinha, observar com discrição seu avanço. Perguntei-me quanto tempo mais ela manteria a ficção de não ter percebido e por que a mantinha, aquilo já era indissimulável. E então tive pela primeira vez naquela noite — e pela primeira vez sempre — a ideia de que não só não me descartava, mas que, sem palavras e sem rodeios, sem nem ao menos olhar para mim — ou só me olhava frontalmente quando falava comigo, como se ali não houvesse mais olhar que o da fala explicativa e neutra —, estava me dizendo que podia acontecer o que finalmente aconteceu, bem mais tarde e quando não era de se esperar, apesar da nossa proximidade insistente em minha cama, que não era tão ampla: a abertura da seda ou nylon como simulacro e como promessa ou anúncio, seus progressivos encompridamento e alargamento, não suprimi-la nem remediá-la indo ao banheiro para tirar a peça ou até trocá-la (conheço mulheres que levam sempre na bolsa um par de reserva, Luisa é uma delas), deixar o corrido ir crescendo e desnudando uma maior superfície da coxa e, possivelmente, alguma da parte anterior da panturrilha, que nunca soube como se chama ou se tem nome, vai ver que é mocotó, talvez canela, nenhum lhe cai bem; embora essa zona fosse coberta pelas botas, que no entanto também tinham sido abertas fugazmente antes, corrido o zíper, mal sua dona chegou ensopada e sentou; sim, o fio corrido da meia como zíper sem dentes, incivilizado, autônomo e incontrolável, com o elemento selvagem do que na realidade se rasga, só que esse era um rasgão em que não intervinha minha mão nem a de ninguém, o tecido se separava por si só e mesmo assim ficava grudado na perna, cobrindo e descobrindo ao mesmo tempo, e marcando o contraste, avançando em ambas as direções a carne sem véu, para baixo e para cima, para o joelho suave e para a coxa alta, e quase todos os homens sabem o que se encerra ou se abre no final de uma coxa feminina alta. (Eu o distinguiria sem querer mais adiante — um bico escuro — na toalete feminina de uma discoteca, onde me diriam com audácia: "*You come and see*", isto é, "Venha ver você mesmo".)

Eu me senti um tanto envergonhado, quase violento, ao me dar conta de que estavam me ocorrendo esses pensamentos, ao pensar neles. Eram totalmente inadequados, tinham me assaltado de relativa surpresa, e o ruim é que, quando uma ideia entra em nossa mente, é impossível não a ter tido e é muito difícil expulsá-la ou apagá-la, tanto faz qual seja: quem concebe uma vingança é muito provável que tente consumá-la, e, se não puder por pusilanimidade, ou por sua vassalagem, terá de esperar muito tempo pelas circunstâncias, o mais seguro é que viva com ela e que amargue o sono com sua palpitação noturna; se aparecer uma antipatia a alguém, será estranho que não se traduza em maquinações, difamações e atos de má-fé, dos que buscam prejudicar ou ficam ali, à espreita, na retaguarda, exalando aversão pelo adiado amanhã; se surge a tentação de uma conquista amorosa, o normal é que o conquistador ponha mãos à obra, com infinitas paciência e urdidura, se necessárias, ou que, se não se atreve, tampouco possa descartar o projeto até o distante dia em que se chateia com as irrealizações e com sua atividade somente teórica ou futura, imaginária, e se dissipe a condensação que oprime seus despertares brumosos; se o que abre caminho é a possibilidade de matar alguém — ou mandar matar, é mais frequente —, será fácil que a pessoa acabe averiguando pelo menos as tarefas dos sicários e diga que estarão sempre ali, ou senão seus filhos, para recorrer a eles quando as vacilações e o antecipado remorso forem vencidos; e, caso se trate de um desejo sexual repentino, tão inesperado como os dos sonhos, tão involuntário talvez, será difícil não senti-lo a cada instante, enquanto não se satisfaça e quem o aviva ainda esteja ali, mesmo que não estejamos dispostos a dar nenhum passo para fazê-lo nem o consideremos factível em nenhuma hora da nossa existência, a que temos pela frente. A que ficou para trás já não conta, nem para os anseios nem para as fantasias, e nem sequer para a cobiça. Nem para o lamento. Mas sim, em compensação, para as especulações.

Ao recordar isso na casa de Tupra, em seu confortável salão que convidava a uma confiança que beirava a conciliação, eu me perguntei se ele não teria olhado para o fio corrido e as coxas de Pérez Nuix naquela noite com os mesmos olhos apreensivos e descontrolados que Sofia Loren lançava para o busto branco de Jayne Mansfield pairando sobre a toalha de um restaurante, só que com admiração e desejo em vez de inveja e desconfiança. Nesse caso, ela teria notado e, além do mais, na mesma hora (olhares assim alertam o observado). Servi-me de vinho e a jovem aproximou um pouco sua taça, eu não podia deixar de enchê-la, senão pareceria paternalista ou tacanho em matéria de vinho, e como são feias ambas as coisas; de modo que ela deu início à sua terceira taça seguida, só um gole moderado, pelo menos comeu um par de azeitonas e uma batata. Julguei que meu pensamento tinha sido vaidoso e idiota, mas tive a convicção de que havia sido igualmente acertado, às vezes também se acerta com o idiota. "Pode ser", pensei, "pode ser que deixe seu rasgão se estender livremente para me assinalar um caminho de improvisada luxúria e me guiar, mas cuidado: ela vai me pedir um favor, ainda não pediu em detalhes, continuamos na fase em que não deve me contrariar e em que achará aconselhável me oferecer algo, quem sabe inclusive me entregar esse algo, embora não tenha havido exigência minha a esse respeito nem tampouco insinuação, e que durará no mínimo até que eu responda "sim" ou "não", ou mesmo "vou ver o que posso fazer, vou ver o que dá para fazer" ou "em troca vou querer isto". E seria natural que essa fase se prolongasse mais tempo ainda, vários dias, até que eu tivesse realmente feito o favor, com irreversíveis palavras ou fatos, além da promessa ou do anúncio ou da possibilidade entreaberta com um "vou pensar" ou um "veremos" ou um "depende". Mas ela não me formulou seu pedido ainda, não por completo, e portanto não chegou minha vez de me pronunciar, de conceder nem de negar, de enrolar, de me fazer de rogado nem de me mostrar ambíguo.

— Seja como for — continuou então a jovem, na mão outro dos meus cigarros Karelias do Peloponeso —, uma vez ampliado o campo é muito difícil voltar a acurtá-lo, sobretudo se não existir verdadeira vontade de fazê-lo. O que quer que eu diga? — Sim, Pérez Nuix falava muito bem as duas línguas ("acurtar" não é tão frequente), mas de vez em quando lhe escapavam anglicismos esquisitos ao utilizar a minha, ou a de ambos. — Você abre uma fresta e, se lá fora há um vendaval, depois não há jeito de fechá-la. O que cresce não está disposto a diminuir, mas sim a se expandir, e quase ninguém renuncia aos proventos que estão a seu alcance, ainda mais se já experimentou ganhá-los e está acostumado com eles. Os agentes de campo foram pioneiros em aceitar encomendas externas durante a etapa de vazio de atividades, vamos chamá-la assim, embora não seja muito exato, e não acredite que mesmo agora, quando tudo voltou ao pleno rendimento, são recompensados com salários muito altos, a maioria não recebe mais que você ou eu, e é pouco, ou assim pensam, para os riscos que correm às vezes e o tempo que empregam para averiguar um dado insignificante. Muitos têm família, muitos contraem dívidas, passam longas temporadas viajando e nem tudo é reembolsado. Pedem que justifiquem seus gastos, e há ocasiões em que não é possível: como você vai pedir um recibo a uma pessoa que você suborna, ou a quem paga por uma dica, os dedos-duros, os informantes, os infiltrados, ou a quem faz um trabalhinho para você, ou te dá cobertura, ou esconde, para não falar nos capangas que você contrata na última hora para sair de um aperto ou se desembaraçar de algum obstáculo, ou quem você compra para que poupe sua vida, o único meio pode ser cobrir a quantidade oferecida por quem o contratou para te matar, uma espécie de leilão. Como vão te dar uma fatura? A burocracia financeira é irracional, contraproducente, absurda, não ajuda nada, é um fardo, e entre esses agentes lavra sempre o descontentamento, eles têm a sensação de que fazem mais do que lhes é reconhecido, de que sujam as mãos e muitas vezes levam uma vida de cão para proteger uma sociedade que ignora não só seus sacrifícios, sua coragem, suas ocasionais selvagerias, mas também, por definição ou princípio, até seus nomes. Ela os ignora até quando morrem em serviço, é proibido revelá-los, você sabe, mesmo que estejam comendo capim pela raiz há décadas. É gente que fica deprimida e se pergunta diariamente por que está metida nisso. Não são indivíduos abnegados ou meramente patrióticos, para os quais basta saber que fazem o máximo pelo seu país sem que ninguém fique sabendo, nem suas amizades nem seus vizinhos nem mesmo suas famílias, na maioria das vezes. Isso é de outra época, ou das idades ingênuas que ficam para trás rapidamente. Talvez alguns tenham sido assim no começo, quando se alistaram; mas garanto a você que essa satisfação íntima não dura, chega um dia em que todo mundo anseia por prosperar e necessita do agradecimento, do tapinha no ombro, do afago, de ver seu nome e seus méritos mencionados, nem que somente num comunicado interno da empresa para a qual trabalha. E já que isso não existe, querem pelo menos dinheiro, largueza, algum luxo, viver bem quando estão de folga, proporcionar o melhor aos filhos, dar bons presentes para suas mulheres ou seus maridos, manter amantes e conseguir fazer que não os abandonem, se você não está muito disponível tem de poder compensar isso, e as compensações custam grana, divertir-se sai caro, agradar sai caro, exibir-se sai caro, desfrutar sai caro. Querem o que todo mundo quer num mundo em que não há mais disciplina, e assim não olham muito de quem vêm as tarefas extras. E como os chefes tampouco desejam que esses agentes de quem dependem se virem contra eles, fazem vista grossa para essas missões alheias, quando chegam ao seu conhecimento, e depois alguns acabam por transitar o mesmo caminho. Por que acha que você e eu ganhamos tanto, comparativamente? É pouco para um agente de campo, que pode se ausentar por muito tempo, sofrer certas penalidades ou até arriscar o pescoço, e que na melhor das hipóteses, num caso extremo, tem de decidir se faz picadinho de outro homem. Mas é muito para o que fazemos e para onde e como fazemos, com horários não muito rígidos e sem nenhum perigo, com comodidade considerável, um vidro como instrumento e sem nos afadigar. — Tornei a pensar que seu léxico era abundante para o que se gasta na Espanha, sem dúvida de pessoa lida de literatura elevada, não como a rebaixada de agora, qualquer ignorante publica um romance que é posto nas alturas: meus atuais compatriotas nem saberiam usar direito "lavrar", "largueza", "transitar", "afadigar". Nunca tinha ouvido Pérez Nuix falar tanto nem tão seguidamente, era como se eu a estivesse conhecendo de novo, uma segunda impressão tão nova quanto a primeira. Parou um instante, tomou outro parco gole e concluiu: — Como você imagina que Bertie vive tão bem e tem tantas posses? Claro que todos nós trabalhamos para particulares particulares, de vez em quando, sabendo ou não sabendo, talvez com maior frequência do que acreditamos, já te disse que na realidade não é da nossa conta, quando recebemos ordens. Além do mais, por que não haveríamos de fazê-lo, por que não aproveitar nossas habilidades? Dá na mesma, Jaime, vem acontecendo em todos os níveis faz anos e não importa muito. Não tenha dúvida de que nada essencial muda por causa disso, nem aumenta a insegurança dos cidadãos. Ao contrário. Talvez ao contrário. Quanto mais instrumentos toquemos, em mais campos teremos poder, mais os protegeremos.

Fiquei calado um momento, não pude evitar de dar mais uma olhada, sub-reptícia, lorenesca, no fio que continuava correndo. Achei que não faltava muito para que as meias se soltassem, e então ela teria de tirá-las, o que aconteceria?

— Supõe-se que James Bond seja um agente de campo, não é? — falei inesperadamente, para ela em todo caso, porque riu sem querer, com surpresa, e respondeu em meio ao riso breve:

— Sim, claro. Por que pergunta?

— Não sei, mas gasta uma nota e nunca achei que lhe criem problemas de verba.

A jovem Pérez Nuix tornou a rir, e talvez não só por cortesia mas porque tivesse achado autêntica graça na minha piada fácil. Fosse pelo vinho ou por suas crescentes comodidade e confiança, as gargalhadas, notei, brotavam nela sem afetação e sem que as poupasse, como em Luisa quando estava de bom humor ou desprevenida. Não era uma faceta totalmente nova para mim, eu a vira no edifício sem nome e numa ou outra saída noturna com Tupra e os outros, mas no trabalho os traços e características se apresentam amortecidos: contêm-se as irritações e se adiam as diversões, nele lhes falta margem e têm pouco tempo. O riso também contribuía para destroçar a meia ferida.

— Considere — ela me respondeu — que os agentes da vida real nunca contaram com a fortuna de Fleming nem com o respaldo dos Broccoli. Sem eles, tudo é mais árduo, mais tacanho e mais prosaico.

Falou isso como se eu devesse saber quem eram estes últimos, de nome gaiato, se é que era um nome ("*broccoli*" em italiano significa o que parece, isto é, brócolis, e a coisa não melhora em sentido figurado, o equivalente mais exato talvez fosse "brocoió"). E a verdade é que eu não sabia.

— Não sei quem são — confessei sem bancar o sabido. Deviam ser conhecidos na Inglaterra, apesar da origem evidente, mas eu não tinha a menor ideia.

— Durante décadas Albert Broccoli foi o produtor dos filmes de Bond, junto com outro sujeito chamado Saltzman. Nos mais recentes aparecem em seu lugar uma tal de Barbara Broccolu e um tal de Tom Pevsner. Suponho que ela deve ser filha de Albert e que ele deve ter morrido, acho que vi um obituário faz uns anos. Essa família deve ganhar muito dinheiro, os filmes existem desde 1962, já pensou, e ainda são feitos, creio, então procuro vê-los se fico sabendo.

"Tenho de perguntar a Peter", pensei, "antes que ele morra", e estranhei que me aparecesse tal temor e me ocorresse essa ideia: apesar da sua idade provecta nunca imaginava o mundo sem ele, ou ele sem o mundo. Não era desses velhos que levam seu desaparecimento já pintado no rosto, ou na dicção, ou no andar. Ao contrário. O jovem que havia sido, e o homem adulto, continuavam tão presentes nele que parecia impossível que deixassem de existir todos ao mesmo tempo, apenas por uma questão de absurdo tempo acumulado, não tem o menor sentido que seja o tempo que determina e dita, mais forte que as vontades. Ou talvez, como dissera seu irmão Toby Rylands fazia muitíssimos anos, "Quando estamos doentes, assim como quando somos velhos ou estamos perturbados, as coisas são feitas em partes iguais por vontade própria e por vontade alheia. O que nem sempre se sabe é a quem pertence a parte da vontade que já não é nossa. À doença, aos médicos, aos medicamentos, à perturbação, aos anos, aos tempos passados? Ao que já não somos... que ela levou consigo?". "A nosso rosto ontem", podia ter acrescentado; "esse teremos sempre enquanto se lembrarem de nós ou enquanto algum curioso se detiver diante de nossas fotografias, e em compensação chegará um amanhã em que todo rosto será caveira ou cinzas, e então serão indiferentes e nos pareceremos todos, nós e nossos inimigos, os mais queridos e os mais odiados." Sim, tinha de perguntar a Wheeler sobre aquelas dedicatórias do afortunado e desventurado Ian Fleming, que tivera grande sucesso mas escassos anos para desfrutá-lo, por que tinham se conhecido e até que ponto, "*... who may know better. Salud*!", em 1957 Fleming tinha escrito isso no exemplar de Peter. Desde que havia começado a trabalhar com Tupra eu dispunha de menos tempo para ir a Oxford vê-lo, ou quem sabe era que antes me sobrava, e me pesava mais o ânimo, e enchia o primeiro e levantava o outro um pouco, assim, com minhas visitas. Não deixávamos passar duas semanas, contudo, sem nos falar um pouco por telefone. Ele me perguntava como eu ia com meu novo chefe e meus colegas e no meu novo e impreciso trabalho, mas sem exigir detalhes nem indagar sobre os atuais assuntos do grupo, isto é, sobre as traduções de pessoas nem as interpretações de vidas. Talvez soubesse melhor que ninguém como minha reserva era fundamental, ou quem sabe não necessitasse inquirir, tinha contato direto com Tupra e estava a par das minhas principais atividades, de meus progressos ou meus retrocessos. Às vezes, no entanto, acreditava perceber nele certa vontade de não se imiscuir, de não arrancar nada de mim e até de não me ouvir, se eu iniciava algum relato relacionado às minhas tarefas, como se não quisesse saber ou estar fora lhe causasse inveja — era possível, enquanto alguém como eu estava dentro, um estrangeiro afinal, um adventício —, ou se sentisse um tanto magoado por ter perdido em parte minha companhia e ter ele próprio propiciado essa perda com seus ofícios de intermediário, suas intrigas e suas influências. Não chegava nunca a notar nele um ressaibo de despeito, nem de sarcasmo para comigo, nem de rancor por meu distanciamento, mas sim algo parecido com um misto de pesar e orgulho, ou de arrependimento amordaçado e satisfação afogada, que assalta por instantes os protetores quando os protegidos se emanciparam deles, ou os mestres quando se veem superados por seus discípulos em audácia, talento ou fama, embora uns e outros finjam que isso jamais aconteceu nem vai acontecer enquanto viverem.

O maior interesse de Peter era por Pérez Nuix, dentro do seu distanciamento geral daquele grupo a que ele tinha pertencido em outros tempos, tão remotos e tão distintos. Não estava convencido, por mais que tenha ouvido Tupra falar das suas qualidades ("Aquela moça meio espanhola que ele tem", assim Wheeler tinha se referido a ela quando eu ainda não a conhecia, "nunca consigo me lembrar do seu nome, diz que será com o tempo a melhor de todos, se conseguir retê-la." E havia acrescentado como se se lembrasse de outra: "Essa é uma das dificuldades, a maioria se cansa e logo o abandona") ou porque em algum momento pensava que eu poderia me vincular à jovem e sair, assim, do meu aturdimento sentimental e das minhas ocasionais aventuras sexuais, muito mais infrequentes do que ele supunha, os velhos tendem a considerar promíscuos — quero dizer, exitosos, bem-sucedidos — os que julgam estar na idade viril e portanto ainda jovens. Wheeler via que os meses passavam e que a situação com Luisa não se resolvia, como ele tinha preferido — nem sequer havia sinal dos últimos estertores; nem um vaivém, mesmo dos que deixam as portas mais fechadas que antes; mas pelo menos há uma leve ansiedade, enquanto se entreabrem —, de modo que da sua distância, às apalpadelas se não às cegas, com um pouco de ingenuidade e respeitoso paternalismo, atuava de casamenteiro, tenuemente, quando um nome feminino aparecia em nossas conversas, e o de Patricia Pérez Nuix era por força o mais persistente e duradouro.

"Como você se entende pessoalmente com ela? Há algum companheirismo entre vocês?", ele me perguntou em certa ocasião. "Ao contrário do que se acredita, o melhor que se pode ter com o sexo oposto é companheirismo, é o mais eficaz para as conquistas e também o que leva mais longe." Noutra, indagou sobre suas aptidões: "Você se interessa pela conversa dela, por sua visão das coisas, pelos elementos a que se prende? É tão boa quanto Tupra garante? Você se dá bem com ela?". E numa terceira foi ainda mais direto e curioso: "É bonita essa moça? À parte sua juventude, entenda-se. Ela te atrai?".

E eu havia respondido a cada pergunta, sem alacridade mas com deferência: "Sim, há, incipiente, quero dizer que poderia haver. Mas ainda é cedo para isso, não nos encontramos numa situação inequívoca de nos ajudar, de um tirar o outro de um apuro ou de um dilema, são essas coisas que criam o companheirismo. Ou o costume, o tempo que já não se nota". E depois: "Sim, é boa, enxerga e aquilata bem; matiza, mas sem floreios, não se distrai nem se exibe; sim, é agradável, quando me cabe interpretar junto com ela não costumo me irritar nem me chatear, sempre a ouço de bom grado e sem me esforçar". E, mais adiante: "Sim, é bem bonita, sem exagerar. Mas tem humor, é sensual e não guarda o riso, que é o mais atraente nas mulheres, tantas vezes. Mais do que me atrair a ponto de eu me dar a trabalhos a que já não me dou, de fazer um movimento nesse sentido, digamos que eu não torceria o nariz se a oportunidade se apresentasse de bandeja". Eu me lembro que recorri ao espanhol para toda essa frase, não há rival para "torcer o nariz" em outras línguas, e acrescentei: "Não é mais que uma hipótese: não me ocorre, nem a considero. Estaria fora de lugar, ela é muito mais moça que eu. Em teoria, eu não poderia aspirar a ela".

Wheeler me respondeu com sincera estranheza:

"Ah, não? Desde quando você se impõe limites? Desde

quando se freia? Se não me engano, você é mais moço que Tupra e, pelo que sei, ele ainda não os impõe, nem nesse nem em nenhum outro campo."

Poderia estar falando em geral ou fazendo uma referência concreta à *liaison* entre ele e Pérez Nuix de cuja passada existência eu tinha tantas suspeitas. Foi mais um dado a favor delas.

"Nem todos são iguais, Peter", respondi. "E, quanto mais velhos os homens, mais se diferenciam, não acha? O senhor deveria saber. Tupra e eu somos muito diferentes. Seguramente, sempre fomos, desde nossas respectivas infâncias."

Mas ele não me deu atenção, ou levou na brincadeira.

"Oh, vamos, vamos. Você não vai conseguir me fazer acreditar que ficou tímido a esta altura, Jacobo. Ou que pegou complexo de idade e desenvolveu esse tipo de escrúpulos. Que importam dez anos a mais, ou vinte? Quando a gente é adulto, é adulto para sempre, e tudo se iguala muito rápido a partir de então. É algo sem volta, por sorte, se bem que haja algumas pessoas que nunca chegam a sê-lo, nem no aspecto vital nem no intelectual, cada vez há mais delas e são uma peste, eu não as aguento, estão cheias delas as lojas, os hotéis e os escritórios, e até os hospitais e os bancos. É algo deliberado, provocado por nossas sociedades. Embora eu não entenda por quê, gostam de criar irresponsáveis. Não sei como você explica. É como se lhes conviesse criar inválidos. Quantos anos tem essa moça tão esperta?"

"Não mais de vinte e sete, acho. Nem muito menos."

"Bah, é uma mulher feita, já deve ter atravessado o que Joseph Conrad chama de linha de sombra, ou está a ponto de cruzá-la. Sabe, a idade em que a vida se encarrega da gente, se é que a gente não se encarregou dela antes. A linha que separa o fechado do aberto, a página escrita da página em branco: ali onde começam a se esgotar as possibilidades, porque as que a gente descarta vão se tornando irrecuperáveis e estão mais perdidas cada dia que passa. Cada dia de penumbra; ou de memória, que é a mesma coisa."

"Devia ser assim nos tempos de Conrad, Peter. Agora, aos vinte e sete, a maioria das pessoas continua se sentindo sem estrear, como dizer, com todas as portas abertas de par em par e a vida de verdade ainda não iniciada, esperando eternamente. Sai-se em idade mais tardia dessa escola dos irresponsáveis. E como o senhor acaba de dizer: quando se sai."

"Seja como for. A sua idade será indiferente a essa moça, se ela se interessar por você ou te achar charmoso. Se tem tanto olho como você diz, não deve ter dormido na puberdade nem na infância, não deve ter se enfiado dentro da sua concha, mas deve estar plenamente incorporada ao mundo, chegada a hora subiria nele com pressa, quem sabe obrigada por suas circunstâncias. E não vai ser das que se divertem com homens muito jovens, se age com tanto tino. Para ela, eles serão transparentes, excessivamente decifráveis, com o livro fechado já saberá toda a história." Wheeler fez uma longa pausa, das que anunciavam seu cansaço de falar, no telefone se cansava logo, para a mão do velho até o fone pesa, para seu braço é custoso mantê-lo no alto. Antes de se despedir, acrescentou: "Tupra e você não são tão diferentes, Jacobo. São. Mas não tanto quanto você acredita ou gostaria. E você deveria estar menos só aí em Londres, como tenho dito, mesmo que agora você esteja mais distraído e mais ocupado. Não é a mesma coisa".

Ali tinha eu agora a moça tão esperta, e bonita sem exagerar, na minha casa, de noite, no meu sofá, com seu cachorro, sua meia aberta, para me pedir um favor, bebendo vinho demais, e lá fora se via a chuva alojada, cômoda, tão sustentada e forte que parecia iluminar sozinha a noite com suas fileiras contínuas como varas metálicas flexíveis ou como lanças intermináveis, era como se excluísse para sempre o raso e descartasse todo outro tempo futuro no céu e não permitisse nem conceber sua ausência, tal como os abraços quando se dão com sentimento e vontade e repugnância, quando é repugnância a única coisa que existe agora entre os mesmos dois que se abraçaram antes; um antes e depois a outra, quase sempre as coisas ocorrem nessa ordem, não na inversa. Ali estava a jovem Pérez Nuix me falando, provavelmente já era a melhor, sem esperar que se passasse mais tempo, a que melhor aquilatava e a mais dotada do nosso grupo no edifício sem nome, a que mais arriscava e quem enxergava mais profundamente de nós cinco, mais que Tupra, mais que eu e mais que Mulryan e Rendel, eu me perguntei se adivinharia ou saberia quais seriam minhas reações e minha resposta quando por fim me pedisse abertamente o que tinha vindo me pedir depois da sua caminhada, molhada debaixo do guarda-chuva. E pensei que sem dúvida devia ter feito suas medições, seus cálculos e seus prognósticos, e que seguramente saberia o que eu ainda ignorava sobre mim mesmo — talvez tivesse sua presciência —; eu devia ir pisando em ovos e me afastar das suas previsões, ou contrariá-las de propósito, mas isso era difícil, porque ela também era capaz de prever quando e em que eu me afastaria, intencional e previdentemente, das suas previsões por mim previstas. Assim, podíamos acabar anulando um ao outro e nossa conversa não teria verdade nem sentido, como nada do que fizéssemos. Quando as forças estão iguais, é então que se depõe as armas: quando se joga a lança para o lado e se baixa o escudo para deixá-lo cair na relva, a espada se finca na terra e sobre sua empunhadura pendura-se o elmo. Era melhor que descansasse e não tentasse me antecipar, menos ainda ir contra mim; melhor não ser artificial e beber mais do meu copo, despreocupado, tranquilamente, sabendo que no fim das contas estava em minhas mãos responder "sim" ou "não", e ainda conduzir a conversa.

— Broccoli, Saltzman, Pevsner, todos nomes estrangeiros,

quero dizer não britânicos. Chama a atenção, não?, é um pouco estranho que os produtores de Bond sejam de origem alemã ou italiana. — Respondi ao mesmo tempo que tomava um gole, cedendo às minhas curiosidades onomástico-geográficas e sem apressá-la a entrar no assunto. Deviam ser outros ingleses postiços, membros daquelas famílias endinheiradas. Por umas e outras razões, na verdade havia uns tantos. — Embora possuam a nacionalidade ou tenham nascido aqui. Soam como falsos britânicos.

— Bom, isso é mais que normal, não sei o que você quer dizer com falsos. Tem-se a ideia equivocada de que aqui não há muita mistura ou de que a presença estrangeira é muito recente, com esse Abramovich que comprou o Chelsea e esse Al Fayed e outros árabes milionários. Faz séculos que a Grã-Bretanha está cheia de sobrenomes não ingleses. Veja Tupra, veja eu mesma, veja Rendel e veja você. O único de nós cujo nome não vem de fora é Mulryan, e até certo ponto, tem toda pinta de ser irlandês.

— Mas eu não sou inglês, não conto — falei. — Para todos os efeitos sou espanhol e estou aqui temporariamente. Bem, é o que acredito, eu me sinto assim, mas quem sabe não acabo ficando. E você só é pela metade, não?, quero dizer britânica. Seu pai é espanhol. Nuix é catalão, suponho. — Pronunciei como devia ser, não à castelhana, mas como se escrevesse "Nush". Em compensação, eu tinha observado que os ingleses a chamavam de "Niux", isto é, como se para eles se escrevesse "Nukes".

— Ele foi espanhol, sim, deixou de ser — replicou a jovem Nukes. — Mas eu não sou mais meio nada, só inglesa. Tanto quanto pode ser Michael Portillo, o político, você conhece, esteve a ponto de ser candidato *tory* a primeiro-ministro, seu pai era um exilado da Guerra Civil. Afinal o candidato foi esse Howard, que trocou de sobrenome mas é romeno de procedência. E na Irlanda houve faz muitos anos aquele presidente de nome inequivocamente espanhol, De Valera, tão nacionalista quanto qualquer O'Reilly, imagine que veio do Sinn Fein. Há os Korda, que dominaram durante décadas a indústria cinematográfica do país, o pintor Freud, aquele músico, Finzi, o regente sir John Barbirolli e aquele cineasta que fez o filme *Ou tudo ou nada*, não me lembro se é Cattaneo ou Cataldi. Tem Cyril Tourneur, um contemporâneo de Shakespeare, e os poetas Dante e Christina Rossetti, aquele amigo lúgubre de Byron, o doutor John Polidori, e Joseph Conrad, com sua prosa, se chamava Korzeniowski. Gielgud era sobrenome lituano ou polonês, e ninguém recitou melhor inglês num palco; Bogarde era holandês e também havia o velho ator Robert Donat, que interpretou mr. Chips, o nome dele era abreviatura de Donatello, acho. Havia editores de prestígio, como Chatto e Victor Gollancz, e o livreiro Rota. Há lorde Mountbatten, que era Bettenberg originalmente, e até os Rothschild. Para não falar nos Hanover, que reinaram aqui durante séculos e ainda continuam, por mais que dissimulem, chamando agora sua dinastia de Windsor, fizeram a mudança outro dia, com Jorge v. Não sei, há um monte faz tempo, e a maioria é ou foi tão britânica quanto Churchill, ou quanto Blair ou Thatcher. Ou como Disraeli, *for that matter*, primeiro-ministro sob a rainha Vitória, e me diga o que esse nome tem de inglês. — Deteve-se um momento. Era mais informada e culta do que eu imaginara, com certeza também estudara em Oxford, como tantos funcionários; ou, por seu sobrenome ser estrangeiro, tinha bem sabidos seus precedentes e se identificava com eles. Sentia-se plenamente inglesa, era interessante saber, nunca sofreria conflitos de lealdades; acho que sua reação denotava inclusive certo patriotismo, e isso já era preocupante, como o de qualquer um. Tomou sua terceira taça até o fundo; acendeu outro dos meus cigarros do Peloponeso e deu duas tragadas seguidas, como se estivesse por fim decidida a abordar seu assunto e estes houvessem sido os derradeiros preparativos, o equivalente do impulso mental que eu tomava com frequência no trabalho quando ia me dirigir a palavra além do cumprimento ou da pergunta ou resposta isoladas: beber, fumar, fazer oralmente um ponto e parágrafo. Com a leve agitação, suponho (havia gesticulado enquanto se proclamava britânica e me esclarecia que não era meio compatriota minha, ao contrário da minha crença, ou antes, das minhas sensações), o fio da meia avançou mais para baixo, ia se aproximando da bota; acima, tinha alcançado a beira da saia, depois não daria mais para ver o corrido crescer a não ser que a saia subisse um pouco ou ela a subisse, e por que haveria de fazer isso, não era de se descartar que o fizesse distraidamente, ou vai ver que era meu desejo. Mas foi ponto, na mesma linha: — O que eu quero pedir a você — disse em outro tom, mais dubitativo e composto — tem a ver justamente com ingleses de sobrenome estrangeiro, e também com uma filha e um pai, a filha sou eu e o pai é o meu, por isso é um grande favor. Não somos tão ricos quanto devem ser os Broccoli, claro, e parte do problema é esse. — Parou, como se não estivesse segura de que fosse conveniente encaixar ou não pequenas piadas, hesitava entre a solenidade e a leveza, quase todos os que pedem alguma coisa acabam incorrendo na primeira, ou temem que sua solicitação não tenha força. E o exagero é obrigatório, há de reduzir a gravidade quem lhes presta ouvido. E se a mentira ou a fabulação não o são tanto, mais vale contar com sua probabilidade, a credulidade absoluta ante o relato de um drama ou perigo deixará em maus lençóis quem der ouvido a ele. Assim, não me preparei para interrompê-la, mas para combatê-la e miná-la, porque sou crédulo por natureza, até ouvir a nota falsa.

— Diga do que se trata. Diga e verei o que posso fazer, ou se posso fazer alguma coisa. O que acontece com mr. Pérez Nuix, os dois sobrenomes são dele, não é? — Também não consegui evitar que escapasse a condescendência de quem está disposto a ouvir, avaliar, pensar, ser um enigma momentâneo, manter na expectativa e conceder, ou negar, ou se mostrar ambíguo. A gente sempre se sente um pouquinho importante, sabe que encontrará prazer no "sim" e no "não" e no "pode ser" ("Como me porto bem", dirá consigo; ou "Como sou duro, como sou inabalável, não sou bobo e ninguém me faz de trouxa"; ou "Se não me pronunciar já, serei dono da incerteza"), e convida a falar com magnanimidade e paciência: "Fale", ou "Diga", ou "Explique-se"; ou com intimidação e pressa: "Desembuche", ou "Tem dois minutos, aproveite e vá direto ao assunto" (ou "*Make the story short*", se estivermos falando em inglês, "Abrevie"), eu estava dando à jovem todo o tempo do mundo daquela noite, a chuva lá fora nos tirava a pressa.

— Sim, minha mãe se chamava Waller em solteira. Ele usa hífen, Pérez-Nuix — respondeu, e desenhou esse hífen no ar —, eu não. Eu, como Conan Doyle. — Sorriu, pensei que seria a última vez por um bom momento, o momento que levaria a expor seu caso. — Meu pai é um homem idoso, me teve tarde, do segundo casamento, tenho uma meia-irmã e um meio-irmão muito mais velhos que eu, nunca tive muito contato com eles. Minha mãe morreu faz seis anos, de um câncer galopante, embora fosse consideravelmente mais moça que meu pai. Ele já estava aposentado, na época; bem, até onde pode se aposentar quem fez muitas coisas, quase todas improdutivas e vagas, e sem nunca abandoná-las totalmente. Sempre foi mulherengo, ainda é na medida das suas possibilidades, mas ficou desamparado então, ou talvez desconcertado; até perdeu o interesse pelas outras mulheres. Claro que isso foi passageiro, uns tantos meses de repentino viúvo envelhecido, rejuvenesceu logo. Tinha passado maus pedaços na infância, na Espanha, durante a guerra e depois, até que seu pai conseguiu tirá-lo do país e trazê-lo para a Inglaterra, meu avô havia saído em 39 e não pôde buscá-lo até 45, quando acabou a guerra aqui contra a Alemanha; meu pai veio já com quinze anos e sempre esteve entre os dois países, tinha deixado irmãos mais velhos em Barcelona, que não queriam mais mudar de país quando isso foi possível. Também não teve vida fácil a princípio em Londres, até encontrar seu caminho. Casou-se bem, as duas vezes; não teve maiores dificuldades, era um homem encantador e bonito. Um enorme erro e uma injustiça, nas suas palavras, que lhe tocasse passar aflições no começo da vida, mas, é claro, esqueceu-as e logo se recuperou. Dizia isso rindo, de qualquer modo. Ele sempre sustentava, sustentou, que a gente vem ao mundo para cair na gandaia e quem não entende assim errou de lugar, diz ele. Ele tinha muito bom humor, tem, é dessas pessoas que fogem de gente triste e que se chateiam com o sofrimento; ainda que tenham motivos, acabam por descartá-lo, parece-lhes um disparate e uma perda de tempo, como um período de tédio involuntário, imposto, que interrompe a permanente festa e pode até vir a estragá-la. Sentiu muitíssimo a morte da minha mãe, eu vi, sua dor foi muito sincera, beirou o desespero por alguns dias, andava como um transtornado, trancado em casa, o que era insólito nele, passou a vida indo a locais sociais e procurando diversões. Mas era incapaz de ficar empacado no pesar mais de uns meses. Ele só tolera o lamento como um coquetismo breve, o alheio e o próprio, como um jogo em busca de ânimo ou de manifestações de consideração, e demorar-se nele teria lhe parecido aproveitar mal a existência, um desperdício.

Era essa a palavra que Wheeler havia utilizado, e também meu pai, para se referir a outra coisa bem diferente, aos mortos das guerras, sobretudo depois que as contendas são concluídas e se vê que na realidade tudo continua em seu lugar, mais ou menos, como seguramente teria continuado, mais ou menos, poupando-nos a carnificina. É assim que se sentem as guerras, com exceções, quando o transcorrer dos anos as afasta e a gente ignora até as batalhas cruciais que possibilitaram seu nascimento. Segundo o pai da jovem Nuix, também era um desperdício dedicar tempo ao desconsolo, ao pesar. E me passou pela cabeça que talvez sua ideia não fosse tão diferente da dos meus dois velhos, se bem que mais taxativa: não só eram um desperdício os mortos, bélicos ou pacíficos, mas também que nos deixassem sombrios e nos arrastassem com eles, sem nos permitir que nos recuperássemos nem voltássemos a nos alegrar. Fincaram-nos o joelho no peito e pesaram sobre nossa alma.

— Como se chamava seu pai, como se chama? — perguntei, me corrigindo logo. Eu tinha me contagiado com suas oscilações temporais, "sustentava, sustentou", "dizia, diz isso", "tinha, tem", supus que lhe escapavam tempos verbais inadequados porque seu pai já era velho e seria cada dia mais difícil ver nele o pai da sua infância; acontece com a gente, os filhos, que tomamos os pais e mães de quando éramos crianças pelos mais verdadeiros, os essenciais e quase os únicos, e mais tarde, mesmo os reconhecendo e respeitando, mesmo os apoiando, nós os vemos um pouco como impostores. Talvez eles nos vejam por sua vez assim, a nós, quando jovens e quando adultos. (Eu estava me ausentando da infância de meus filhos, sabe-se lá por quanto mais tempo; a única vantagem seria, se eu prolongasse muito o distanciamento, que logo não nos veríamos como impostores, nem eles a mim, nem eu a eles. Mas antes como tio e sobrinhos, algo assim, algo estranho.)

— Alberto. Albert. Bem, Albert. — A segunda forma ela disse à catalã, isto é, com acento agudo, e a terceira à inglesa, com acento na penúltima sílaba. Deduzi que era dessa última maneira que o pai teria acabado se chamando em seu país de adoção: como o chamariam seus conhecidos e amigos, e sua segunda mulher em casa, e como a menina Pérez-Nuix o ouviria, antes de renunciar a seu hífen pretensioso. — Por quê?

— Por nada. Se me falam de alguém que não conheço, faço uma ideia melhor da pessoa se souber seu nome de batismo. Esses nomes condicionam bastante, às vezes. Por exemplo, não é indiferente Tupra chamar-se Bertram. — E me aproveitei, com a frase seguinte, da minha passageira posição de comando, foi uma tentativa para deixar a jovem insegura ou lhe impor uma pressa que já não existia, eu estava acomodado à situação e à sua presença agradável, definitivamente minha sala era mais aconchegante com ela dentro, e mais divertida. — Ainda não sei por que você está me contando tudo isso sobre seu pai. Não é que eu não me interesse, ouviu? Gosto de saber de você, além do mais.

— Não se preocupe, não estou fazendo rodeios; ou não totalmente, já vou ao assunto — respondeu, um tanto aflita. Minha frase tinha surtido efeito, às vezes é muito simples deixar alguém nervoso, inclusive os que não ficam. Ela era destes, como Tupra, e Mulryan, e Rendel. Eu também devia ser, se tinham me admitido no grupo deles, embora eu não acreditasse possuir essa virtude ou não tivesse consciência dela, muitas vezes percebo os nervos dentro de mim como alfinetes. Vai ver que talvez todos nós fingíssemos, ou mantivéssemos a calma no trabalho, e fora dele não fôssemos tão eficazes. — Bem, desde a morte da minha mãe... Meu pai está há seis anos mais perdido que nunca, mais necessitado de atividade e companhia. E, a partir de certa idade, por mais sociável e encantadora que a pessoa seja, sustentar as duas coisas pode custar dinheiro; ele gastou o seu a rodo, por estar sem o controle da minha mãe.

— O quê? Ele se deixava administrar por ela?

— Não exatamente. É que o dinheiro vinha dela, ela tinha mais, de família, e mais ou menos em ordem e garantido. Não que fosse rica, não uma fortuna, mas o bastante para não passar sufocos, digamos, durante uma vida ou até uma vida e meia de conforto. O que ele ganhou foi sempre esporádico. Metia-se com otimismo em negócios arriscados e variados, produção cinematográfica e televisiva, editoras, bares da moda, incipientes casas de leilão que não deslanchavam. Um ou outro dava certo e lhe proporcionava grandes lucros um ano ou dois, mas nunca eram estáveis. Outros eram um desastre, ou o roubavam e ele perdia de repente o que tinha investido. Entre uma maré e outra, nunca mudou seu estilo de vida nem se privou das suas diversões e festejos. Minha mãe se encarregava de freá-lo um pouco, de que o esbanjamento não disparasse a ponto de constituir um perigo para sua economia. Isso acabou faz seis anos. Agora, há coisa de um mês, fiquei sabendo que ele contraiu dívidas de jogo enormes. Sempre foi um entusiasta do turfe e das apostas em seus queridos cavalos; mas é que agora aposta em tudo, no que for, e além do mais ampliou o campo para a internet, onde a variedade é ilimitada; frequenta baiucas e cassinos, lugares em que sempre há pessoas excitadas, o que mais o atraiu desde que tenho memória, de modo que esses lugares se transformaram na sua principal maneira de continuar hoje com a farra em que, para ele, o mundo consiste; e para ter acesso a eles não é preciso cair nas graças de ninguém nem esperar ser convidado, o que é uma grande vantagem para um homem já entrado em anos. Depois, desaparecia de casa por várias temporadas, e eu não tinha notícias dele até que se lembrava de me avisar uma noite, de Bath, ou Brighton, ou Paris, ou Barcelona, ou de um hotel daqui de Londres, quando lhe dava na telha se hospedar num, imagine só, na própria cidade em que tinha sua casa, e nada má, para se sentir mais participante da animação e do burburinho, perambular pelo saguão e entabular conversa nos salões, normalmente com absurdos turistas americanos, os mais desejosos de travar contato com nativos. Fiquei sabendo também, faz uns meses apenas, que pagou durante décadas um aluguel fixo por uma pequena suíte num hotel tradicional da Basil Street, que não é de luxo e é considerado um pouco antiquado, mas imagine a despesa e imagine para que o alugava, e hospedagem é o que sai mais caro. Essa dívida, pelo menos, já está saldada, o pessoal do hotel foi compreensivo e cheguei a um acordo com eles. Não as do jogo, claro, que ficaram altas demais, como costuma acontecer com os fanáticos ingênuos e que fazem de tudo para cair nas graças de seus novos conhecidos, e meu pai adora renovar seu círculo de amizades. — A jovem Pérez Nuix tomou fôlego (mas sem exageros), descruzou e cruzou as pernas, invertendo a posição delas (a de baixo em cima e a de cima embaixo, acreditei até ouvir o avanço do rasgão, não tirava o olho dele), e aproximou sua taça de mim pela base, uma polegada. Eu preferia que não bebesse tanto, embora parecesse aguentar bem a bebida. Eu me fiz de desentendido, esperaria que ela insistisse ou que a empurrasse mais umas polegadas em minha direção. — Por sorte, não estão muito dispersas, as dívidas, isso é raro. Dentro de tudo, não carece absolutamente de sensatez, de modo que foi pedindo créditos a um banco; bem, mais propriamente a um banqueiro amigo, a título semipessoal, era amigo da minha mãe, em princípio, seu só por proximidade ou aliança. Esse senhor, no entanto, mr. Vickers, usou como intermediário um testa de ferro, acho que para não envolver seu banco nem de longe: um homem de negócios muito variados, relacionado com loterias e apostas entre mil outras coisas, e portanto agiota ocasional. As somas procediam sempre do banqueiro, neste caso, mas o testa de ferro ficou encarregado de passar o dinheiro e também reavê-lo, com juros, digamos, bancários. E como, se não conseguir cobrar, vai ter de responder a Vickers e devolver essas somas de seu próprio bolso, não sei se você faz uma ideia do aperto em que meu pai se encontra.

— Bem, não sei, vão denunciá-lo, não? Ou em que pé está a coisa? Você não pode chegar a um entendimento com esse Vickers, se era amigo da sua mãe?

— Não, não está nesse pé, você não entendeu — disse Pérez Nuix, e nas três últimas palavras houve um acento em que pairava o desespero, o primeiro que eu notava nela. — O dinheiro é originalmente dele, sim, mas para todos os efeitos práticos é como se não fosse. É só como se ele houvesse dado a ordem: "Empreste a este cavalheiro, até tal máximo, e que ele o devolva a você com estes juros e em tal prazo. Ou não devolva, para mim tanto faz; você me paga". Oficialmente ele não toca no dinheiro, nem para dar nem para cobrar. Lidar com as transações não é assunto dele, elas estão aos cuidados do testa de ferro desde o primeiro ao último passo, sobre elas o banqueiro não exerce nenhum controle; ele trata justamente de se livrar do problema; em consequência, renuncia a intervir, nem iria querer. Não vai nem querer saber se o que recebe na data marcada vem do devedor ou não; recebe de quem recebeu antes dele, como deve ser. Só isso. O resto não é assunto dele. De modo que o problema do meu pai não é com Vickers, e sim com esse homem, e não é dos que vão numa delegacia prestar queixas inúteis. Não estamos nos tempos de Dickens, quando as pessoas iam para a cadeia por uma dívida ridícula qualquer. Além do mais, o que ganhariam com isso, botar detrás das grades um homem de setenta e cinco anos? Isso na hipótese de que fosse possível.

— Não podem embargar seu pai?

— Deixe de vias legais e lentas, Jaime, esse homem não recorreria a elas para saldar uma conta pendente e suponho que por isso Vickers e outros recorrem a ele, para que ninguém tenha de perder tempo e tudo saia conforme o previsto.

— Seu pai não pode vender nada? A casa, o que lhe restar. — O olhar da jovem, um lampejo impaciente apesar da sua posição de inferioridade ou desvantagem (havia começado a me pedir), me fez compreender que essa solução não entrava em linha de conta, seja porque já tinha vendido, seja porque ela não estivesse disposta a que seu pai ficasse sem seu teto de sempre, isso é a única coisa que consola e acalma os velhos e os doentes quando têm de parar, por mais andarilhos que tenham sido. Não insisti, mudei logo de assunto. — Bem, se o que você está me dizendo é que teme que deem uma surra ou até uma facada nele, não vejo o que ganhariam com isso, nem o banqueiro nem seu testa de ferro. O cadáver de um quase ancião no rio. — "Filmes antigos demais", pensei no mesmo instante. "Sempre imagino o Tâmisa devolvendo os corpos inchados, cinzentos, balançando."

— O primeiro seria pago pelo segundo, esqueça-se dele, está fora do jogo; só o desencadeou, e, embora o dinheiro provenha dele, já não provém. — "Segundo isso", pensei, "as coisas não são desencadeadas por quem pede, mas por quem aceita o pedido que lhe chega; é bom eu aplicar a regra a este caso." — Quanto ao testa de ferro, desta vez sofreria uma perda, mas em outras deve ter obtido e continuará obtendo lucros. O que ele não pode é se permitir um precedente, que alguém não honre o compromisso e não lhe aconteça nada. Quero dizer, nada de ruim. Entende? — E aqui voltou a aparecer o tom, talvez mais de exasperação incipiente do que por causa do que falei antes. — Não é que fossem maltratar à força, fisicamente, meu pai, se bem que isso também não seja de se descartar, em absoluto. Em todo caso, eles o prejudicariam gravemente, isso é certo. Quem sabe através de mim mesma, se não encontrassem outro meio melhor para puni-lo, ou, do seu ponto de vista, para aplicar as regras, penalizar uma falta de pagamento e fazer justiça. Não poderiam deixar sem retaliação um navegante temerário, que ignorou o pedágio. Contudo, não é o que mais preocupa, o que podia acontecer comigo, e não é muito provável que me convertam em seu objetivo, sabem que conheço gente, que estou blindada por alguns flancos, que sei me defender; não de um espancamento ou de uma facada, claro, mas não era assim que agiriam comigo, tentariam me desacreditar, fazer que eu não tornasse a trabalhar em nada do que me interessa, comprometer meu futuro, e conseguir isso com uma pessoa moça não é nada fácil, o mundo dá tantas voltas... que, não sei, muitas vezes gira ao contrário. O que temo acima de tudo é que lhe façam mal, física ou moralmente, ou biograficamente. Vai tão prosa pela vida que não compreenderia o que estivesse acontecendo com ele. Isso seria o pior, seu desconcerto, não levantaria a cabeça. Não sei, arruinariam o que lhe resta de vida ou a encurtariam. Isso caso não decidissem tirá-la, bato na madeira e cruzo os dedos. — Bateu e cruzou, diante dos meus olhos. — Um homem mais velho, sim, é fácil arrasá-lo totalmente. Não vou dizer matá-lo, cruzo os dedos. — E de fato cruzou de novo. — É só empurrá-lo que ele cai.

Calou-se um momento e ficou olhando para seu copo vazio, mas desta vez não quis ou não se lembrou de aproximá-lo de mim. Acariciou com os mesmos dois dedos a base. Era como se visse nela seu alegre, frívolo e frágil pai, bastaria derrubá-lo para que se quebrasse em pedacinhos.

— E o que eu posso fazer a esse respeito? Como entro nisso tudo?

Ergueu de imediato a vista e me fitou com seus olhos velozes e vivos, eram castanhos e jovens e ainda não deviam estar muito carregados com pegajosas visões que não vão embora.

— Esse homem que você vai interpretar depois de amanhã ou no dia seguinte, ou no mais tardar semana que vem — ela me respondeu quase atropelando minha segunda pergunta, como quem estava há muito tempo esperando ver um farol na neblina e por fim o distingue e grita para ele —, é esse testa de ferro, nosso problema, o problema. E é outro inglês com sobrenome estrangeiro. Ele se chama Vanni Incompara.

Vanni ou Vanny Incompara, foi assim que ela disse que era conhecido, embora seu nome fosse John oficialmente, era inglês sem dúvida, não estava certa se por nascimento — era um homem esquivo, ela estava agora recopilando dados sobre seu passado, com inesperadas trevas no rastreamento — ou por ter adquirido com rapidez a cidadania, valendo-se de contatos influentes ou mediante algum subterfúgio discreto e especial, e assim não constava se era um imigrante de primeira geração ou de segunda, como eram Tupra e ela, ambos já nascidos em Londres, ignorava se Bertram era na realidade de terceira, quarta ou enésima, vai ver que sua família estava há séculos instalada na ilha. Nunca tinha lhe perguntado por isso, nem pela origem estranha do seu sobrenome, não sabia se era finlandês, russo, tcheco, armênio ou turco, como sugeri a ela e Wheeler havia sugerido a mim da primeira vez que me falou de quem viria a ser meu chefe, brincando um pouco com o nome dele, quando eu ainda não o conhecia, nem se era indiano, sugeriu ela prontamente, a verdade era que não tinha a menor ideia, quem sabe um dia se lembrava de averiguar, ele nunca mencionava suas raízes, nem parentes vivos nem mortos, nem remotos nem próximos, isto é, consanguíneos — deve ter pensado em Beryl ao explicitar, claro que eu pensei nela —, como se houvesse surgido no mundo por geração espontânea; também era certo que não tinha por que fazê-lo, na Inglaterra as pessoas tendiam a ser reservadas, quando não opacas, no pessoal, Tupra falava de si mesmo e do que havia vivido às vezes, mas sempre com vagueza, sem nunca situar nem datar com precisão as andanças que evocava, cada uma isolada das outras e quase sem contexto, como se nos mostrassem tão somente pequenos fragmentos de lápides destroçadas.

Era possível que esse John Incompara houvesse chegado à Inglaterra não fazia muitos anos, isso explicaria por que ainda gostava de ser chamado pelo diminutivo do seu nome italiano, Vanni era diminutivo de Giovanni, ela me explicou didática e amavelmente, caso eu não tivesse percebido. Em todo caso, começou-se a ter notícia das suas atividades em tempos bastante recentes, e com certeza era um sujeito hábil: rapidamente fizera dinheiro — ou vai ver que trouxe consigo — e amizades de relativa importância, e se delinquia, como era provável, tomava o cuidado de disfarçar ou maquiar as ilegalidades com negócios limpos e não deixar provas nem marcas das suas suspeitadas ações mais drásticas, ou mais brutais. Não havia nada contra ele, ou ela não tinha nada de efetivo com que pudesse tentar negociar, por exemplo, o perdão puro e simples da dívida paterna, sem maiores rodeios. A única coisa de que dispunha agora era de mim. Vanni Incompara ia ser examinado, estudado, interpretado pelo grupo, e caberia a mim trabalhar com Tupra no caso. Pelo que ela sabia, tratava-se de uma encomenda de terceiros, de algum particular particular que certamente estaria pensando em fazer negócios com ele e gostaria de se precaver e saber mais, até que ponto era confiável e até que ponto enganava, até que ponto era constante e até que outros pontos era rancoroso, ou paciente, ou perigoso, ou decidido, coisas assim, as costumeiras. De passagem, Incompara queria tentar, se seu previsível encontro com Tupra lhe desse oportunidade para tanto, estabelecer um início de contato ou até de confiança com ele, que sabia ser excelentemente relacionado em quase todos os ambientes, uma fecunda via de acesso a muita gente endinheirada e a celebridades. O que Pérez Nuix me pedia não era grande coisa, considerando bem, disse ela. Um imenso favor para ela, para mim nem tanto esforço, reafirmou apesar dos meus protestos anteriores, agora que estava me explicando do que se tratava. Só que ajudasse Incompara, na medida das minhas possibilidades e da minha prudência, a sair do escrutínio com um notável ou um aprovado; que emitisse uma opinião favorável no que concerne à sua confiabilidade, à sua falta de periculosidade e rancor por seus sócios e seus aliados, à sua capacidade de resolver problemas e superar dificuldades, à sua coragem pessoal; que também não exagerasse e não me afastasse excessivamente do que Tupra visse nele, ou que eu acreditasse que Tupra percebia (não costumava se pronunciar muito em nossa presença, mas nos perguntava, nos apertava, e assim intuíamos para onde nos dirigia e se encaminhava); que introduzisse matizes e sombras, o que seria fácil para mim, de modo que nosso chefe não deparasse com um quadro de uma só luz e uma só cor, do qual se inclinasse a desconfiar por princípio e por ser demasiado nítido; que em caso algum o prejudicasse. E que, se porventura notasse a mais leve corrente de afinidade ou simpatia entre os dois homens, a fomentasse e depois a comemorasse, também sem insistir, com discrição e também com indiferença; só um eco baixinho, um rumor, um murmúrio. “Um murmúrio sossegado e paciente, ou desanimado e lânguido”, pensei, “de palavras que vão deslizando suave ou desmaiadamente, sem o obstáculo do alerta nem da veemência, e que assim se absorvem passivamente ou como um presente e parecem algo que não computa nem custa nem traz proveito. Como os que os rios levam e soltam no meio da noite de febre, uma vez aplacada; e esse é um dos tempos em que tudo pode ser acreditado, até o mais inverossímil e descabido, até uma mancha de sangue que limpamos mesmo que não tenha existido, como cremos nos livros que falam então à gente, ao nosso cansaço, ao nosso sonambulismo, à febre, aos nossos sonhos, embora estejamos ou nos creiamos bem despertos, e nos convençam do que quiserem, inclusive de ser um fio de continuidade entre vivos e mortos, eles em nós e nós neles, e de nos entendermos." E em seguida me vieram à memória as aproximadas palavras de Tupra no jantar de sir Peter Wheeler à beira do rio Cherwell em Oxford: "Às vezes dura só uns dias, esse tempo, mas às vezes dura para sempre".

— Mas se esse indivíduo não perdoa a dívida de um homem idoso e indefeso — eu disse a Pérez Nuix depois de ficarmos calados por alguns segundos, eu havia encostado a face direita no punho enquanto a ouvia, e ainda a mantinha assim; e me dei conta de que ela havia feito a mesma coisa enquanto falava, os dois com a postura idêntica, como um casal estável que se contagia com seus gestos —; se você o considera capaz de ações brutais e é isso que você mais teme da parte dele com seu pai; se além do mais ele não é um tipo que engane, como você me disse ainda há pouco ("eu sei, eu o conheço", você disse); então não vejo de que modo eu poderia persuadir Tupra a não perceber o que será manifesto. Talvez você me atribua dotes que não possuo, ou muita influência, ou ache Bertram um tonto e um palerma, o que não creio. Ele é muito mais veterano que eu, e mais traquejado, e mais aguçado. E mais que você também, seguramente. Veterano, quero dizer. — Fiz essa observação desnecessária pensando na opinião do próprio Tupra sobre suas capacidades, segundo Wheeler, e porque tampouco queria diminuí-la. Mas ela não percebeu o cumprimento indireto.

— Não, você não me entendeu, Jaime — respondeu com sua nota de desespero ou exasperação de novo, mas a reprimiu no ato. — Não consegui me explicar, quando disse isso. Estive com Incompara, sim, já nos encontramos uma ou duas vezes, para ver o que eu podia arrancar dele, o que dava para fazer por meu pai, para tentar acalmá-lo e ganhar tempo, ver que coisas lhe interessam e se eu tinha na mão alguma moeda de troca que ignorasse, e o caso é que tenho. Se você me ajudar. Não é do tipo que engana muito, de fato. Quero dizer que a gente percebe na hora que ele não terá escrúpulos se tiver de deixá-los de lado ou for conveniente. E sua brutalidade provável. Não tanto pessoal (não o imagino espancando alguém) quanto nas ordens que der e nas decisões que tomar. Percebe-se sua dureza nos pactos, seu apego obcecado aos cumprimentos, uma espécie de maníaco das regras, se bem que poderia ser uma encenação para justificar sua intransigência no meu caso. Apego aos cumprimentos alheios, é claro, não aos próprios. Um traço, aliás, hoje tão comum a tanta gente, nunca os olhos estiveram tão satisfeitos com trazer suas *beams* bem visíveis. — Aqui não lhe saiu a palavra espanhola, "traves"; isso lhe acontecia muito raramente, mas algumas vezes; afinal de contas era inglesa, como dizia. — Mas isso tudo não é ruim, não é negativo nem dissuasório na hora de avaliar a eficácia de alguém com quem se vai contar como sócio. Ao contrário, e por isso recorrem a ele e o utilizam pessoas como mr. Vickers, um homem honrado que simplesmente não quer se preocupar nem saber nada dos detalhes confusos ou desagradáveis. Bertie distinguirá tudo isso em Incompara, é evidente, e nisso você não vai contradizê-lo, porque você também o observará e seria inútil discutir algo tão óbvio com ele. Claro que Incompara é perigoso (se não minha situação não seria tão grave), e nesses aspectos não é que não engane, mas que lhe seria muito difícil fazê-lo. Não estou pedindo que você minta em muita coisa, Jaime, principalmente no que não adiantaria. Nenhuma mentira serve se não for crível. Bem, se não for acreditada. Perdoe se insisto nisso, mas o que peço é pouco, e eu ganharia muito.

— O que você ganharia, exatamente?

— Vanni Incompara estaria disposto a perdoar a dívida do meu pai, em troca disso. Integralmente.

— Em troca de quê, exatamente? — Tornei a empregar o mesmo advérbio. — Com que esse indivíduo ficaria contente? Qual seria a consequência, em que se concretizaria a parte que caberia a você? E você acredita nele.

— Sim, nisso eu acredito. Ele não hesitaria em escarmentar meu pai ou qualquer um que não cumprisse com o acertado, mas tenho certeza de que sempre prefere se poupar de fazê-lo. Não lhe importará não receber o dinheiro se for compensado com algo que valha, dinheiro já está sobrando para ele. Ele sabe que pediram um assessoramento sobre ele ao nosso grupo. Bem, a Bertie, que é quem recebe as instruções de cima e a maioria das encomendas privadas. As de valia. Não sei quem solicitou seu relatório, Incompara não me disse, mas para nós dá na mesma, não é? Quase sempre ignoramos, de todo modo. Sejam quem forem, para ele é importante que o aprovem e o aceitem, ou chegar a acordos com eles, ou entabular negócios, ou participar de seus projetos. Ele me daria por saldada a dívida se no fim isso acontecer, isto é, se essa gente que vai submetê-lo a exame não o rechaçar, isso é o bastante para ele. Atribuiria o fato à minha intervenção, à minha colaboração, pelo menos em parte, suficientemente, é o que diz, não deve ter todos do seu lado, deve conhecer seus próprios pontos fracos e acreditar que são detectáveis a um olho treinado, como acontece com todos nós quando sabemos estar sob a lupa. Demoraríamos uns dias para saber o resultado, talvez uma semana, mas enquanto isso... No pior dos casos contaríamos com a concessão de um prazo para meu pai. — Sim, seu espanhol era decididamente livresco: "traves" não saía, mas sim "escarmentar", "entabular" ou "de valia". Havia tomado para si a questão, devia querer deixar o pai o mais de fora possível, livrá-lo até das formalidades, ela tinha assumido a dívida dele e por isso dizia "me daria por saldada a dívida", ou "minha situação", ou "meu caso". Nem sequer "nós" e "nosso".

— Por que você está tão segura de que sou eu quem vai interpretar esse tal de Incompara? Não poderia ser você? Assim não haveria problemas, você não teria de pedir favor a ninguém.

— Já estou há alguns anos com Bertie — ela respondeu. — Costumo saber a quem vai atribuir cada pessoa, quando não é trabalho rotineiro e estou a par de antemão. Quando há dinheiro grosso no meio ou se requer um tato especial pela razão que for. Não sei, se tivesse de realizar um estudo da atual noiva do príncipe, por exemplo (e isso vai acabar acontecendo, mais cedo ou mais tarde vai cair nas nossas mãos), ele recorreria a mim para a tarefa. Para ajudá-lo, vai, como segunda opinião, como contraste, porque esse caso ele não delegaria a ninguém. Além disso, ele segue um rebuscado sistema de turnos, dentro das nossas características. Não é muito rígido, mas conforme esse turno e meus cálculos, também cabe a você. Quisera eu ser escolhida para Incompara. Quem dera! Se estiver enganada e isso acontecer, não tenha dúvida de que serei a primeira a ficar contente, mais que você e mais que ele, mais que ninguém. Facilitaria as coisas para mim, preferiria não depender de você. Não te importunar com isso, não te envolver. Hesitei muito antes de pedir alguma coisa. Hesitei estes últimos dias e agora mesmo durante a caminhada, mais de uma vez estive a ponto de dar meia-volta e ir para casa. O que não posso fazer é me oferecer nem mostrar predisposição a me encarregar de alguém, porque Bertie se perguntaria por que no ato, e lhe despertaria suspeitas, ele não as esquiva nem as deixa adormecer nunca, não descarta tê-las de ninguém. Nem da sua mãe, se ainda tem mãe, nunca ouvi Bertie falar de alguém da família, já te disse. E aqui tem outro elemento: pelo que sei, Incompara já deve andar metido num número muito grande de lugares. Bertie considerará, entre outros fatores, que você é o menos exposto, digamos, a contaminações casuais prévias, por não estar aqui em Londres há muito tempo.

Fiquei olhando para ela e servi a dose que antes eu havia negado, a quarta. Achei-a cansada, ou talvez começasse a acusar o esforço de convencer e pedir, isso custa, e tensa, e isso esgota, e há um momento em que, por maior que seja o ímpeto com que se acomete o ataque, a gente duvida da concessão e do êxito. Pensa que tudo é em vão, que a pessoa é capaz de negar ou se compraz em negar e nega, e sempre encontra para isso desculpas inapeláveis: "agora estou mal de dinheiro", "não quero me envolver", "está me pedindo demais, entenda", "não me sairia bem, sou péssimo nisso", "tenho minhas lealdades", "não posso assumir tanto risco", "se fosse por mim, faria, mas há outros implicados"; ou mais claro ainda: "o que ganho em troca". Talvez a jovem Pérez Nuix já estivesse se perguntando, perdida a fé de repente, por qual dessas fórmulas eu me inclinaria. Sim, o que eu ganhava em troca. Não via o benefício, e ela devia saber que era impossível para mim vê-lo, porque não havia nenhum. Ela nem sequer tinha enveredado por esse caminho, até agora, nem sequer havia tentado cogitá-lo. Olhei para seu fio corrido de novo — olhei para suas pernas cada vez mais descobertas —, naqueles instantes de distração sua, quase de abandono. Esperava que reagisse antes que a meia rebentasse (isso seria assustador), ou ficasse frouxa, dependurada (isso é repugnante), ou caísse subitamente no chão (isso é embaraçoso), nenhuma dessas três possibilidades me agradava, quebrariam todo o encanto do tecido rasgado mas ainda justo. De modo que apontei para suas coxas erguendo o queixo e disse (escapou-me, minha vontade não interveio ou pareceu não intervir):

— Que senhor corrido na sua meia, não sei se você percebeu. Deve ter sido durante a caminhada. Ou o cachorro.

— Sim — respondeu com naturalidade, sem sobressalto —, vi agorinha mesmo, mas não queria te interromper. Vou ao banheiro um instante, será melhor tirá-la. Que vergonha. — Levantou-se (adeus visão) e pegou a bolsa, o cachorro se ergueu, disposto a segui-la, ela o freou em inglês com duas palavras (era um cachorro autóctone, naturalmente), convenceu-o a permanecer deitado, desapareceu. "Que vergonha", disse já no corredor, fora do meu campo visual. Mas não notei a vergonha, ela não a sentia. "Não está tão cansada nem tão desalentada nem tão abatida", pensei. "Interromper-me, a mim? Não pode ter sido uma confusão nem um despiste. Nem por causa do vinho. Ela é que está falando, que está contando, que veio até aqui e está implorando, embora ainda não tenha feito propriamente isso, nem com o tom de voz nem com o vocabulário nem com o peso nem com a insistência. Mesmo assim está implorando, só que sem arriscar a provocar a rejeição e ser contraproducente. Pede sem patetismo e sem se humilhar, quase como se não pedisse. Também não o faz com soberba. É como se expusesse." Quando ela voltou já não usava meia, logo não era dessas mulheres precavidas que levam uma sobressalente; ou sim, mas tinha decidido não pô-la, as botas sobre a pele, não fazia frio em casa. Cruzou as pernas como se nada houvesse acontecido (voltou a visão, melhor, em parte), pegou duas azeitonas, pegou uma batata, bebeu um tímido gole, talvez controlasse o que bebia mais do que eu acreditara.

— Diga, Jaime, o que me responde? Posso contar com sua ajuda? É um grande favor.

Eu estava sentado havia muito tempo. Levantei-me e me aproximei da janela, subi-a, abri-a por uns segundos, pus a cabeça para fora e espiei o céu, a rua, molhei ligeiramente as faces, a nuca, a chuva não ia parar por vários dias e várias noites, tinha toda pinta de que ia ficar sobre a cidade por algum tempo, ou sobre o país que para ela era "*country*" e talvez também fosse "pátria", o perigoso e oco conceito e a perigosa e inflamadora palavra, a que permite uma mãe dizer para justificar o filho: "A pátria é a pátria, e as mentiras não são mais mentiras quando se trata dela". Pobre e cativa mãe, a do traidor não dessa pátria, mas do velho amigo, sempre é mais seguro fazer uma falseta com um só indivíduo, por mais próximo que seja, do que a ideia abstrata e vaga, da qual qualquer um pode se erigir em representante, e assim a cada passo a gente poderia se ver às voltas com acusações de desconhecidos, de paladinos que a gente nunca viu, que se sentirão traídos por nossas ações ou passividades; é o ruim das ideias, que saiam representantes delas de debaixo das pedras, em todas as partes, e todos podem aderir a elas de acordo com sua orfandade ou conveniência, e proclamar que as defendem com o que for, baioneta e delação, perseguição e tanque, morteiro e difamação, ou sanha e adaga, vale tudo. Talvez fosse mais fácil para mim do que para Pérez Nuix fazer uma falseta com Tupra. Para mim era só um indivíduo, e só isso, enquanto para ela talvez representasse sua pátria, em alguma medida, ou pelo menos encarnava uma ideia. O embuste viria dela, mas pela pessoa interposta que eu seria, e essas pessoas ajudam indescritivelmente a diluir a culpa, fica parecendo que o embusteiro não tem muito a ver com o embuste ou, depois deste consumado, nada, claro que ante os outros mas também ante si mesmo, por isso recorre tanto a elas, a testas de ferro, sicários, soldados, capangas, laranjas, assassinos de aluguel e à polícia; e inclusive à justiça, que com frequência faz as vezes de braço executor das nossas paixões, se conseguirmos primeiro envolvê-la e depois convencê-la. Custa menos acabar com alguém ou procurar sua ruína se somente damos a ordem, ou ativamos as maquinações, ou pagamos a soma, ou deduramos à pessoa devida, ou urdimos a trama, ou fazemos a denúncia e conspiramos, e são outros que conduzem nossa vítima ao calabouço, para não falar em justiçá-la depois de passar por incontáveis intermediários, todos eles legais, que vão dividindo a culpa entre si pelo longo caminho até que só nos devolvem os restos frios, migalhas de pouco peso, e a única coisa que recebemos no fim do processo a que demos origem é uma frase sucinta, um mero comunicado, às vezes um subentendido: "foi ditada a sentença", ou "fato consumado", ou "problema resolvido", ou "não precisa mais se preocupar", ou "acabou-se o tormento", ou "pode dormir sossegado". Ou então "Fiz o fato" ou "Cometi o ato" (o que outrora foi "*I have done the deed*", na boca de um escocês antigo). Seria menos sinistro no meu caso, era só chamar Patricia um dia ou nem mesmo isso: sussurrar-lhe no escritório, quando nos cruzássemos e nos roçássemos: "Engoliu-o". O principal nome da traição, Del Real esse nome, também havia atuado por pessoas interpostas contra meu pai: primeiro recrutou o segundo nome, aquele professor Santa Olalla que emprestou sua assinatura para reforçar uma denúncia contra quem ele não conhecia, e depois... Não tinham ido pegá-lo eles dois, pegar Juan Deza, no dia de santo Isidro de 1939, haviam enviado a polícia de Franco para detê-lo e jogá-lo no cárcere, depois intervieram testemunhas, promotor, advogado e juiz de farsa, quase nada costuma ser direto nem cara a cara, nem vemos o rosto de quem nos desgraça, quase sempre há alguém no meio, entre você e eu, ou o morto e eu, entre ele e ela.

— Por que você não pediu diretamente a Tupra? Não acha que ele se mostraria compreensivo, que te faria o favor se você explicasse a ele o mesmo que explicou a mim, o caso do seu pai?

Abriria seguramente uma exceção. Você o conhece muito melhor do que a mim, me dá a impressão de que vocês têm intimidade e até um certo afeto irônico, por assim dizer, como se vocês se relacionassem fora do escritório também. — Não quis continuar nessa direção, não quis insinuar o que suspeitava que teria existido entre eles; o que eu não acreditava é que ainda existia, imaginava mais como coisa passada, e pode ser que passageira na época, ou só em parte voluntária. Agora falava com ela mais distante que antes, com as costas contra a janela aberta, notava o ar atravessar minha camisa, por sorte não chovia oblíquo, eu teria de abaixar novamente a janela de guilhotina quando a fumaça houvesse se dissipado. — Na verdade, você me conhece muito pouco. O que te levou a pensar que sou mais acessível que ele, mais propenso a fazer o que você pede, mais útil? Não sei, ele deve ter alguma gratidão para com você, quando mais não fosse, pelos anos de colaboração e bom trabalho. Eu, em compensação — hesitei um momento, fiz uma recapitulação fugaz, não achei nada —, ainda não tenho por que tê-la, que eu saiba ou que me lembre.

— Você é espanhol — ela me disse —, e portanto é menos rígido em matéria de princípios. Você acaba de entrar, pode ser que saia logo, e é um assalariado. Não que Bertram tenha muitos, nem que sejam mais nobres, segundo o entendimento comum da gente; claro que é capaz de abrir exceções, nesse ofício não há meio de não abrir, como na maioria deles, aliás. Mas ele observa os princípios que tem, e um deles é não brincar com o trabalho. Se acontece uma falha, ele aceita, mas não quer que ela se deva à negligência nem que seja deliberada, quer dizer, falsa. Só aceita as inevitáveis, quando de fato nos equivocamos, ou nos enganam, ou estamos ruins em matéria de perspicácia, acontece com todos nós de vez em quando, estar com a vista curta e meter os pés pelas mãos. Não, ele não me faria esse favor, não esse, precisamente. Ele me instaria a procurar outras soluções, pensaria que elas devem existir, eu sei que não, já virei e revirei o assunto. Mais ainda, se ele ficasse sabendo da história, ele a tomaria como mais um dado sobre Incompara, aproveitaria esse dado no relatório e quem sabe em prejuízo dele, Incompara, e eu me arriscaria a que, por minha culpa, tudo saísse ao contrário do que necessito. Ele preza muito seu prestígio, gaba-se da sua experiência. Não se considera infalível, mas está convencido de prestar grandes serviços, ao Estado e aos clientes, os que recorrem a ele não são gente insignificante. Também preza muito seu olho para escolher colaboradores. Aqui não entra qualquer um, se é que você não percebeu. Você começou como tradutor de línguas. Se passou para outras coisas foi porque ele te achou capacitado e porque você conquistou sua confiança. Você foi rápido. A última coisa que ele esperaria é que um de nós deformasse de propósito uma interpretação ou lhe pedíssemos para fazê-lo. Eu acho que para você, em compensação, nada disso importa muito. Tenho a impressão de que você está aqui apenas esperando, e ganhando dinheiro enquanto isso, com uma coisa que te custa pouco e te diverte mais que a rádio. Esperando para saber o que fazer, para ver o que fazer, ou ser chamado de Madri, que alguém te diga "volte". Não leve a mal, mas acho que você não empenhou seu orgulho nisto. Daí por que peço a você e não a Bertie. Que importância tem para você. Verdade, é um grande favor.

"Venha, venha, eu estava tão enganada antes", pensei. "Ocupe de novo este lugar ao meu lado, eu não soube te ver. Venha. Venha comigo. Volte. E fique aqui para sempre." As noites continuavam passando e eu não ouvia palavra nenhuma que se assemelhasse a essas, nada equivalente, nem um murmúrio contraditório ou um falso eco. Talvez Pérez Nuix tivesse razão, talvez eu estivesse ali somente à espera, "*waiting without hope*", como disse um poeta inglês que tantos copiaram depois. Mas, se a voz não chegava nunca, por telefone ou por uma carta inesperada, ou em pessoa quando por fim eu fosse visitar meus filhos, haveria um dia em que eu acordaria com a sensação de não estar mais esperando ("Ontem à noite ainda sim, mas e hoje? Estou um dia mais velho, é a única diferença, e no entanto minha existência mudou. Não espero mais"). Descobriria nessa manhã que eu tinha me acostumado a Londres, a Tupra e a Pérez Nuix, a Mulryan e a Rendel, ao escritório sem nome e a meu trabalho diário, e a Wheeler de vez em quando, o qual havia conhecido Luisa e se transformaria de pronto no vínculo com meu esquecimento. Descobriria que tinha me acostumado totalmente, quero dizer, a ponto de não estranhar ao abrir os olhos nem me perguntar mais por nenhum deles. Seriam minha cotidianidade e meu mundo, o que é sem porquê e o ar, e não sentiria falta de Luisa, nem das minhas cidade e vida passadas. Só das crianças.

Abaixei a janela, começava a sentir algum frescor e sobretudo observei que ela também sentia: já não estava de meia, via que estava tentada a puxar a saia para proteger as coxas e assim me privar daquela visão que me agradava. Mas ainda fiquei ali, dando as costas para a rua, para o céu, para a chuva. E também pensei: "Esta mulher está quase me convencendo, como sem dúvida havia previsto. Mas ainda está em meu poder responder 'sim' ou 'não', ou 'pode ser'".

— Você disse antes que eu não precisaria mentir em quase nada — repliquei. — Qual seria exatamente esse "quase"? O que eu teria de dizer a Tupra que não vejo ou vejo em Incompara e que verei ou não verei, provavelmente? Seja o que for, ele também verá ou não verá, não acha?

A jovem Pérez Nuix já não bebia. Ou sua sede furiosa tinha passado ou conhecia perfeitamente seu limite, e o media. Mas fumava, isso sim. Acendeu outro cigarro Karelias, deve ter apreciado o leve ardor. Descruzou as pernas com o isqueiro na mão e não as deixou muito juntas, e então, de onde eu estava, me pareceu ver o fundo entre as duas, o bico de uma calcinha branca. Tentei fazer que meus olhos não ficassem fixos nele, ela logo teria percebido. Só lhes permiti fugazes passadas.

— Algumas coisas fundamentais não são fáceis de perceber num encontro, numa conversa ou num vídeo, não sei se há algum de Incompara que Bertie possa te mostrar. Não é provável, mas pode ser, ele consegue vídeos de quase todo mundo. Não é fácil perceber, por exemplo, que uma pessoa é covarde e que no momento de maior perigo vá te deixar na mão, principalmente se o perigo for físico ou, sei lá, a prisão. Tive a impressão de que Incompara é assim, nas poucas vezes que o vi. Posso estar errada, mas não conviria, em caso algum, que o relatório refletisse isso, lhe causaria um mal irreparável. Os que o encomendaram com certeza não iriam querer saber dele se essa característica lhe fosse atribuída. Ninguém gosta disso, ela faz as pessoas se sentirem frágeis e inseguras. De fato, é o que mais dá medo, ter a convicção de que, se um caso desanda ou fica feio, quem deveria nos ajudar vai pular fora, vai se esquivar e nos deixar em maus lençóis ou, pior ainda, jogar o peso em nossas costas para se salvar. Se você também perceber isso, não deve contar a Bertie, aí seria preciso que você mentisse, ou que não dissesse nada, vai. E se ele perceber, você deve tentar persuadi-lo, com muito tato, de que Incompara não é assim, que ele não tem essa característica. — Fez uma pausa mínima e seu olhar ficou absorto, como se estivesse mesmo pensando ou decifrando ao mesmo tempo que falava, e isso não é frequente em ninguém. — É uma das coisas mais difíceis de apreciar, tanto quanto seu contrário. É no que mais patinamos, e até quando acreditamos saber sempre nos fica um resto de dúvida que não se dissipa enquanto não se apresenta uma ocasião para comprovar. Não é preciso se esforçar, portanto, para semear a dúvida. O que as pessoas anunciam ou proclamam a respeito dessa questão, a respeito de seu caráter corajoso ou pusilânime, não serve. Na verdade é o que melhor escondem, e nem sequer essa palavra é muito apropriada: na maioria das vezes fazem isso tão bem porque na realidade ignoram que são assim, tal como o novato que ainda não passou por seu batismo de fogo. A gente imagina como responderá de acordo com nossos desejos ou com nossos temores; mas quase nenhum de nós tem certeza de como reagirá numa situação de risco. No máximo averiguamos quando somos postos à prova, mas isso não acontece com frequência em nossas vidas normais e pode não acontecer nunca, o habitual é que atravessemos nossos dias sem sobressaltos nem grandes perigos... Nem tampouco é garantia alguma descobrir que numa oportunidade concreta nos conduzimos com coragem ou com covardia, porque na seguinte poderíamos nos comportar de maneira bem diferente, inclusive da maneira oposta. Nunca temos garantidos o arrojo nem o pânico, e se nós mesmos nos desconhecemos nessa faceta, é um mérito enorme que um observador, um intérprete consiga distingui-lo com acerto em alguém, quer dizer, consiga prever o que até o interessado ignora, o interessado vai meio cego nesse campo. Por isso você está aqui, entre outras razões: você tem um bom olho para discernir essa característica, melhor até que o de Rendel, e não sou eu quem diz, ouvi Bertie comentando isso, e ele faz elogios a conta-gotas. Com certeza, nesse terreno ele tem mais confiança em você que em qualquer outro, inclusive em si próprio. De modo que não te custaria muito fazê-lo vacilar aí, o que você dissesse não cairia no vazio. Já em outros aspectos seria mais difícil para você, por exemplo no relativo à falta de escrúpulos, à dureza de Incompara com quem ele tem nas mãos, à sua brutalidade por delegação de que te falei. Mas em todas essas coisas você não teria de mentir, nem mesmo calar; não seriam obstáculo, já te disse, para os que o investigam se associarem a ele ou o admitirem ou seja lá o que for, mas sim vantagens e virtudes. Já a covardia, não, nela não há nenhum benefício. Isso é indesejável para todo mundo. Falo na do outro, claro, não na própria. Com a própria todos chegamos a termos. — Aqui também lhe escapou a expressão espanhola, e ela traduziu ao pé da letra "*to come to terms with*", que significa "adaptar-se", ou "aceitar", ou "chegar a um compromisso" ou "chegar a um acordo". Ou quem sabe "entender-se". Talvez estivesse um pouco cansada, ou bebera demais sem deixar transparecer. É quando as línguas mais falham.

Era verdade, quase ninguém sabe, nem depois de submetido a prova. Se naquela noite tivessem me perguntado como reagiria diante de um homem que sacasse uma espada num banheiro público e ameaçasse cortar o pescoço de outro na minha presença, não teria tido a menor ideia ou teria me enganado, se houvesse arriscado. Teria achado tão improvável, tão anacrônico, tão inverossímil, que talvez tivesse me atrevido a responder, com o otimismo que a imaginação do que vai ocorrer traz consigo, ou o que é apenas hipotético e portanto impossível: "Eu o impediria, agarraria seu braço e deteria o golpe, obrigaria a soltá-la, o desarmaria". Ou então, se a imagem tivesse se apresentado vívida a mim e eu houvesse lhe dado crédito ou título de realidade por um instante, teria podido responder: "Que coisa, que pesadelo, que espanto. Sairia correndo sem me virar para trás, daria no pé, vai que me acerta uma estocada, vai que meu pescoço é que é cortado". Isso havia acontecido não muito depois daquela noite chuvosa e eu tinha ficado no meio do caminho, para me expressar de alguma maneira. Nem tinha enfrentado o homem nem tinha fugido. Não tinha me mexido nem tinha fechado os olhos, como De la Garza fechou e eu fechei mais tarde na casa de Tupra, com menos perigo real e físico porém mais perigo moral, talvez, ou para a consciência; tinha permanecido ali atônito e aterrado e tinha gritado com ele, tinha recorrido à palavra, que às vezes detém tanto quanto a mão e é mais rápida, e às vezes não serve para nada, nem sequer é ouvida, e também havia olhado com impotência, ou quem sabe terá sido com prudência, mais preocupado com minha pele ainda a salvo que com a da vítima já condenada, a qual eu não podia livrar de seu destino. Não sei se isso é natural ou é covardia. Sim, Pérez Nuix tinha razão: a gente quase nunca nem sequer sabe o que é, em que consiste essa atitude. Há infinitos disfarces e máscaras para ela, ou ela jamais se apresenta em estado puro. Na maioria das vezes a gente nem a reconhece, porque não há modo de separá-la do resto que nos configura, de despregá-la do núcleo de cada um, nem de isolá-la ou defini-la. A gente não a reconhece em si mesmo, mas nos outros sim, neles sim a distinguimos, estranhamente, quando se manifesta. Eu não estava nada seguro do que ela afirmava e, ao que parece, Tupra também, de que eu era especialmente capacitado para percebê-la nas pessoas antes da hora, para predizê-la. Do que eu tinha certeza era de que em mim eu não sabia vê-la, como tampouco a coragem, nem antes nem depois de se manifestar. É deprimente ignorar isso e, além do mais, saber que nunca vamos aprender, mas assim é a vida.

— Acho que você superestima minha influência — respondi —, a que eu possa exercer sobre Tupra e suas opiniões, nesse terreno difícil ou em qualquer outro. Não creio que nenhuma visão minha o faça abandonar ou modificar uma dele, quero dizer quando ele tiver uma, quando houver captado algo, e ele sempre capta muitas coisas. Desde a primeira vez que o vi, seu olhar chamou minha atenção, de tão receptivo, tão abrangente e apreciador. Aqueles seus olhos lisonjeiros e ao mesmo tempo temíveis, nunca indiferentes ao que têm à sua frente, com uma disposição tão ativa que dão a impressão de que vão decifrar na mesma hora o que quer que avistem, uma pessoa, um objeto, um gesto, uma cena. Como se absorvessem cada imagem que se põe diante deles, e a capturassem. Olhe, por mais escorregadiça que seja a covardia, uma coisa dessas não passaria batida para ele. E se eu a notar no seu amigo, conforme você diz, ele também notará, e formará sua ideia. Eu não vou alterá-la, nem que me empenhe. Nem que o embebede.

A jovem Pérez Nuix desatou a rir, um riso simpático, levemente maternal, sem zombaria ou não mais do que a que se faz de uma criança por uma resposta ou uma irritação ingênuas, e aproveitei sua desprevenção momentânea para dirigir a vista aonde procurava não fixá-la, ela ainda não tinha voltado a cruzar as pernas.

— Desculpe — falou —, é que acho engraçado verificar isso em você também, tão esperto. É incrível como todos nós nos enxergamos mal, como avaliamos e calculamos mal nossas forças e fraquezas. Até os mais dotados e os mais treinados em penetrar no próximo e decifrá-lo ficam cegos e tontos quando se olham. A falta de perspectiva, deve ser isso, e a impossibilidade de nos observarmos sem saber ao mesmo tempo que estamos nos vendo. Quando temos espectadores é quando mais representamos, e falseamos, e nos fazemos decentes. — Parou e olhou para mim com um misto de estupefação jovial e piedade involuntária. Tinha me chamado de "esperto", e o qualificativo saíra com espontaneidade; se era adulação, a dissimulara bem. — Você não percebe, Jaime, o quanto caiu nas graças de Bertie? Quanto você o estimula e diverte? Que agora mesmo ele tem tanta simpatia por você que fará um esforço para se aproximar do que você vê, desde que não seja disparatado, do que você disser que vê, nem que só para confirmar a si mesmo que fez uma magnífica aquisição, uma grande contratação? Considere, além disso, que você veio recomendado não só por Wheeler, mas também por Rylands lá do além-túmulo, seu mestre. Nem sempre será assim, claro; um dia ele vai se cansar ou você será rotineiro; até te desaprovará às vezes, te desdenhará, Bertie não é nada constante e logo se aborrece com quase tudo, ou quase tudo lhe agrada e desagrada alternadamente. Mas agora você é novidade, e além disso vocês se deram bem, à maneira varonil e sóbria de vocês, ou tácita, ou seja lá o que for, eu sei a que estou me referindo. Nesses momentos você tem sobre ele muito mais ascendência do que imagina, e acho que você nem se deu conta disso. Um tanto transitório, se você quiser, e moderado, Bertie nunca deixa de desconfiar de ninguém e não há forma de manipulá-lo, quase nem de conduzi-lo ou desviá-lo. Mas sim de lhe criar dúvidas nuns poucos terrenos, e você está agora em condições de fazê-lo. Eu sei disso porque passei pelo processo e o conheço bem. Conheço sua complacência e seu agrado, como a relação com você o diverte e estimula, mais ou menos como minha companhia o animava antes. Eu o diverti muito, por muito tempo. Não de um modo varonil, precisamente. E não é que agora isso não aconteça, eu não me queixo da estima pessoal nem da consideração profissional que ele tem por mim. Mas já não há em mim o elemento de pequena festa cotidiana que representei para ele no início e por mais um tempo, a verdade é que durei bastante para ele, não fica bem eu dizer mas foi assim, pergunte a Mulryan ou a Rendel, ou a Jane Treves, por ser mulher sentiu mais ciúme, você já vai conhecê-la, ela se sentia preterida quando nós duas estávamos juntas. Você pode persuadi-lo agora, Jaime. Certamente não depois de amanhã, nem hoje, de qualquer coisa, mas sim daquilo em que ele esteja inseguro e ache que você é proeminente. É o caso da coragem e da covardia, já te disse, ele está convencido da sua competência nisso. Como eu estou, aliás, você é muito bom nisso. É o que te peço, Jaime. Esse homem cancelaria a dívida e meu pai ficaria a salvo. Está vendo: é um grande favor.

Ela havia empregado essa fórmula várias vezes, era uma maneira de dizer "por favor" sem dizer diretamente e com as palavras de praxe, as que indicam súplica ou rogo, principalmente quando são repetidas, "Por favor, por favor. Por favor. Por favor". Cruzou as pernas e deixei de ver, já podia espiar sem impertinência para qualquer lugar, ainda via as coxas sem meia. Bebeu o vinho, um gole curto, e levou outro Karelias a seus lábios vermelhos — uma remota imagem publicitária da infância —, sem acendê-lo. O cachorro estava completamente adormecido, como se tivesse se acostumado à ideia de que ia ficar ali o resto da noite, e assim, tão imóvel, parecia mais branco ainda. Olhei pela janela e me afastei, não havia alterações, as varas flexíveis ou as lanças intermináveis continuavam caindo, como se excluíssem para sempre o céu limpo, cada vez mais dominantes. Dei uns passos e tornei a me sentar onde estivera antes. Tive a sensação de que o silêncio não era mais uma pausa, mas que a exposição de Pérez Nuix tinha acabado; de que agora dava seu pedido por feito e concluído, inclusive os elogios tímidos e as argumentações, e as persuasões prudentes para me convencer. Senti que eu devia responder de uma vez, que ela não ia acrescentar mais nada. Responder "sim" ou "não", ou "pode ser", ou "veremos". Ou lhe dar um pouco mais de esperança sem me comprometer a nada: "Vou ver o que posso fazer, vou tratar de fazer". O que não poria fim à conversa nem à visita seria um "depende". Eu não estava certo de querer esse fim, de modo que ainda não respondi, mas fiz outra pergunta:

— De quanto é essa dívida, exatamente?

Acendeu o cigarro e acreditei vê-la ficar vermelha um instante, era o fogo, ou o rubor apenas insinuante, como quando no escritório sem nome juntava um pouco de energia antes de se dirigir a mim para conversar um instante, quer dizer, além do cumprimento ou da consulta isolada, como se tomasse impulso, e com isso eu notava que ela não me descartava, mesmo sem saber que não, certamente, nem ter pensado nisso. Pensei: "Tem vergonha de me confessar a quantia. Por ser baixa, e eu saber então que não pode pagá-la, ou por ser alta, e assim eu ficar sabendo como seu pai é um descontrolado, ou de quanto está louco, e talvez ela também, portanto".

— Umas duzentas mil libras — respondeu passados uns segundos, e ergueu as sobrancelhas numa expressão que não foi inglesa, claro, como se acrescentasse: "O que é que eu posso fazer?". O que ela acrescentou não foi muito diferente, de fato:
— O que me diz?

Fiz um cálculo rápido. Aquilo eram cerca de trezentos mil euros, ou de cinquenta milhões das antigas pesetas, eu não tinha voltado a me acostumar totalmente com a libra e talvez nunca me acostume totalmente com o euro, para as grandes somas com que não lido cotidianamente.

— Esse Incompara é muito generoso, com todos os seus defeitos — repliquei. — Ou esse relatório vale muito para ele. — E em seguida fiz mais uma pergunta, talvez a que eu menos esperava, e não sei se ela, dependia de quanto me conhecia, de quanto sabia mais de mim do que eu mesmo, de até que ponto ou com que profundidade tinha me traduzido ou interpretado durante aqueles meses de convívio próximo, para manter os termos que empregamos às vezes para nosso vago trabalho. Ocorreu-me como que um gracejo e não vi motivo para resistir. Assim, além do mais, eu a forçaria a pôr algo em cima da mesa, a valorizar minha participação, a pensar em mim e em meu risco, em meu possível prejuízo e em meu improvável ganho. Pedir um favor é fácil e cômodo, o difícil e desconcertante é você ouvir o pedido e ter de decidir se consente ou nega. Uma transação supõe mais trabalho e mais cuidado e cálculo para as duas partes. No favor, só um decide e calcula, aquele que vai ou não vai prestá-lo, porque ninguém é obrigado a retribuí-lo, nem sequer a agradecê-lo. Você pede, espera, e recebe ou não; depois, em ambos os casos, pode ir embora tranquilamente, depois de ter passado adiante um problema ou ter criado um conflito. Não, os favores feitos não amarram, não há neles nem contrato nem dívida, ou somente moral, e isso não é nada, é ar, isso não é prático. De modo que para minha surpresa o que eu disse foi: — E o que eu ganho em troca?

Mas Pérez Nuix não tinha caído na armadilha, na minha improvisada e semi-inconsciente armadilha. Não passou a me oferecer algo no ato, uma compensação, uma soma, uma porcentagem, um presente, nem sequer a promessa de sua gratidão eterna. Sem dúvida sabia que esta última coisa não significava nada tangível, nem tampouco simbólico, provavelmente. As pessoas dizem até em demasia "você terá minha eterna gratidão", é uma das frases mais vazias que se pode ouvir e, no entanto, se ouve com frequência, sempre com esse epíteto invariável, sempre o mesmo e irresponsável "eterno", mais um indício da sua absoluta falta de concretude, de verdade e até de significado, inclusive às vezes se acrescenta: "Qualquer coisa que eu possa fazer por você, agora ou mais tarde, enquanto eu existir, é só pedir", quando a verdade é que quase ninguém vai e pede no ato — parece então um *do ut des*, um aproveitamento —, e se o fizer no futuro a frase oca já estará esquecida, além do mais ninguém apela para ela, é raro alguém lembrar ao outro: "Tempos atrás você me disse..."; e, caso se atreva, é possível que tope com esta resposta:

"Eu disse isso? Não sei, é estranho, duvido, não me lembro mais", ou então "qualquer coisa menos essa, essa não, é a única impossível, é a pior, não me peça isso", ou então "sinto muito, quisera eu, não está em meu alcance, quem dera você tivesse me procurado faz uns anos, agora não é mais como antes". De tal modo que quem só quer seu velho favor retribuído acaba pedindo um novo, como se não tivesse havido história, e talvez tendo de suplicar ("Por favor, por favor. Por favor, por favor"). Ela era bastante esperta para não me prometer quimeras nem extravagantes recompensas em espécie, nada palpável nem impalpável, presente nem vindouro.

— Nada — disse. — Por ora, nada, Jaime. É só um favor, e você pode negá-lo, não vai ganhar nada com ele, não há contrapartida, mas também não creio que te custará muito nem que você vá correr algum risco. Sempre poderá ter se enganado diante de Bertie, se a coisa sair mal e não colar, acontece com todos nós, até com ele próprio, ele sabe perfeitamente que ninguém é infalível. Não era seu admirado Rylands, nem era Wheeler, e isso bem que pesou neste último, segundo dizem. Não eram nem sequer Vivian, Cowgill, Sinclair nem Menzies, gente de outra época, alguns dos melhores e dos mais reputados, nisso e em tudo. — Sabia pronunciar o nome como boa inglesa ou como boa espiã, ela também disse "Mingiss". — Não foram os mais poderosos dos tempos recentes, nem Dearlove nem Scarlett nem Manningham-Buller nem Remington, todos meteram os pés pelas mãos em algum assunto, em algum aspecto. Não o foram Ewen Montagu nem Duff Cooper nem Churchill. Por isso eu disse antes que o favor era grande para mim e, para você, nem tanto. Isso te incomodou; esta é a verdade, contudo. Não, não creio que você obteria nada em troca, nenhum ganho. Mas tampouco desgraças nem perdas. De modo que você só tem de decidir se vai dizer sim ou não, Jaime. Nada te obriga. Não me ocorre nada com que eu poderia tentar você.

— Dearlove, você disse? Quem é? Richard Dearlove? — Lembrei que era um dos nomes inverossímeis e para mim desconhecidos que tinham surgido nos arquivos de uso restrito que eu fuçara no escritório um dia. Tinha me parecido um nome mais próprio de um grande ídolo de massas do que um alto dirigente ou um funcionário, por isso eu o atribuí ao cantor-celebridade que chamo aqui de Dick Dearlove para resguardar sua verdadeira identidade, vão esforço. A curiosidade imediata me dominou e com isso adiei um pouco mais minha resposta. E ainda tinha outra curiosidade para satisfazer, mais mediata porém mais forte.

— Sim — respondeu. — Sir Richard Dearlove. Por muitos anos, até não faz muito tempo, foi nosso invisível chefe máximo, não sabia? O chefe do MI6, "C" ou "mr. C". — Ela pronunciou essa inicial à inglesa, "mr. Si", digamos. — Nunca foi publicada uma foto contemporânea dele, é proibido, ninguém o viu nem conhece seu aspecto; nem mesmo agora que já não ocupa o cargo. De modo que nenhum de nós sabe como ele é, ninguém o reconheceria se cruzasse com ele na rua. Isso é uma grande vantagem, não acha? Bem que eu queria tê-la.

— E nunca fizemos um relatório sobre ele? Quero dizer com vídeos, imagino que não tenha sido levado ao escritório de Tupra, para espiá-lo às escondidas do nosso vagão de trem, da nossa cabine. — Na mesma hora me dei conta de que tinha me saído "fizemos", como se eu já me considerasse parte do grupo, antes mesmo da minha chegada. Estava desenvolvendo um senso de pertencimento esquisito, inteiramente involuntário. Mas preferi não me deter nisso então.

— Quem sabe — ela respondeu sem vontade. — Pergunte a Bertie, ele tem vídeos de todo mundo, já te disse. — Ela me deu a impressão de estar ficando impaciente com minha demora, ou com minha moleza, eu ainda não tinha ouvido aquela ordem ou espécie de lema, "*Don't linger or delay*", "Não se distraia nem espere", além do mais nunca dei bola para ele, nem depois nem antes. Devia querer saber já a que se ater e ir embora. Pelo menos se minha resposta final fosse "Não", ir embora então, não perder mais tempo noturno comigo, sair com seu cachorro manso e com uma provável sensação de ridículo e um rancor instantâneo, ou até com duradoura ofensa. Se fosse "Sim", em compensação, talvez ainda ficasse um momento, para comemorar seu alívio, pensei, ou para me dar novas instruções, com o que viera buscar já no papo. Devia irritá-la que lhe perguntasse agora por sir Dearlove, o autêntico, ou por qualquer outra pessoa ou assunto. Que naquela altura eu abrisse um parêntese ou inventasse meandros. Mas teria de aguentar, ainda era eu que conduzia a conversa e determinava seu curso, e ela não podia se permitir me contrariar, ainda. É o único cálculo que quem pede tem de fazer, pensando bem, uma vez que se lançou e que pediu (antes sim, antes mais, deve esclarecer até que ponto lhe compensa, ou lhe convém desnudar suas carências e suas incapacidades): é preciso ser amável e paciente e até meloso, seguir os tempos que são marcados, medir seus passos e suas palavras e sua insistência, até conseguir o solicitado. Salvo se for alguém tão importante que lhe fazer um favor já constitui uma honra para quem o faz, um privilégio. Este não era o caso, de modo que mudou de tom e acrescentou: — Não, não creio, mas tudo é possível. Suponho que existir, sim, existem imagens, hoje há de quem a gente quiser; e, se só uns poucos têm acesso às dele, não seria nada estranho que Bertie fosse um desses.

— Por que você disse que Wheeler lamentou tanto não ser infalível? O que foi que aconteceu com ele? A que você se refere? — Essa era minha curiosidade mais firme, e mais profunda.

Notei de novo seu fastio, seus nervos destemperados, seu esgotamento oscilante, que ia e vinha. Era fácil que eu a estivesse deixando farta e fazendo-a sair dos eixos. Mas se reprimiu outra vez, ou se controlou, sua vontade não fraquejava.

— Não sei o que aconteceu, Jaime, foi há muito tempo, foi durante a Segunda Guerra Mundial ou no fim dela, e eu não o conheço pessoalmente. Contam, dizem que ele cometeu um erro de apreciação que lhe custou muito caro. Não previu algo que o fez sentir-se muito mal, ou culpado, ou um inútil, ou morto em vida, não sei com exatidão. Ouvi comentários uma vez de passagem, como exemplo de azar, mas não perguntei ou não me responderam, a maioria das nossas atuações continua sendo secreta ao cabo de sessenta anos ou mais, pode ser que sejam para sempre, pelo menos oficialmente. Os vazamentos costumam se produzir de fora e muitas vezes são especulativos, não muito confiáveis. Ou de gente com ressentimentos, que se desligou ou foi expulsa, e depois distorce. É difícil saber algo preciso do nosso passado, de dentro principalmente, os de dentro são, ou somos, os mais discretos e os menos curiosos, é como se não houvéssemos tido história. Os mais conscientes do que não se deve contar, porque vivemos nisso. De modo que sinto muito, não sei dizer. Você teria de perguntar a ele, a Wheeler. Você, sim, o conhece bem, ele foi seu avalista, seu introdutor, foi seu padrinho.

Ela sim empregava o "nós" e o "nosso" sem reparar, de forma natural e frequente, estava incorporada ao grupo fazia muito mais tempo e se sentia herdeira do original, do que haviam criado contra os nazistas aqueles Menzies, ou Ve-Ve Vivian, ou Cowgill, ou Hollis, ou inclusive Philby e o próprio Churchill, Wheeler supunha que este último foi quem deu à luz a ideia, por ser o mais esperto e o mais ousado, e o que menos temia o ridículo.

— Quem você ouviu comentar? Tupra? Lembra se o que

aconteceu tinha a ver com a mulher dele, a de Wheeler? Ela se chamava Valerie, te diz alguma coisa?

— Não sei de quem ouvi, Jaime. Pode ser que de Bertie, é o mais provável, ou de Rendel, ou de Mulryan, ou talvez de outra pessoa em outro lugar, não me lembro. Porém não sei mais, nada mais que isso, que aconteceu algo de grave, que ele falhou em algo ou assim pensou, e esteve a ponto de se aposentar, creio, de abandonar tudo. Foi há muito tempo.

Não soube se dizia a verdade ou se não se considerava autorizada a me contar ou se queria se safar daquelas intermináveis perguntas minhas, não adentrar — a noite avançada — num episódio distante e alheio, e talvez extenso, que no melhor dos casos conheceria de segunda mão e que não tinha nenhuma relação com seus problemas atuais, os que a haviam trazido à minha casa depois de muito pensar e depois de muito andar debaixo da chuva: com seu pai, e aquele Vanni Incompara, e o banqueiro Vickers, e a tresloucada dívida de duzentas mil libras, me admira a capacidade que certas pessoas têm de acumular quantidades de que não dispõem, e de certo modo me dá inveja — é toda uma habilidade, se não um dom; uma alegre mentalidade, com certeza —, uma inveja somente teórica ou de ficção, literária e cinematográfica, a posição temporária de Pérez Nuix não era invejável naquele momento. Fiquei com pena pela primeira vez (a pena sempre intervém), talvez porque seu cansaço a estivesse infantilizando, ou era a ansiedade contida que de vez em quando assomava em seus olhos fugazes e vivos, e nas comissuras dos lábios, que procuravam esboçar sorrisos leves e atemorizados, para me agradar. Decidi que já era hora de lhe tirar a dúvida: tinha se esforçado bastante, tinha me seguido por um bom caminho se empapando pela cidade semivazia, tinha ruminado, tinha exposto seu caso, tinha me dedicado indecisão e tempo, e depois decisão e mais tempo.

— Está bem, Patricia — falei, encerrando minha rodada de interrogações e adiamentos. — Vou tentar, apesar de continuar acreditando que Tupra vai ver o que houver para ver, e que vai ser mais do que eu perceberei. Mas vou ver o que posso fazer, vou ver se dou um jeito.

Esse era o grau de aceitação que menos me comprometia. A gente podia falhar, se enganar e não estar à altura das suas intenções, ela mesma tinha dito isso e não poderia me acusar por um fracasso. Nem sequer se decepcionar, eu a tinha avisado. Assim eu ficava mais livre do que se minha resposta tivesse sido "Vou querer tal coisa em troca", mais que nada para não correr o risco de começar a desejar ou a esperar o que quer que eu houvesse exigido e, assim, a temer por meu malogro. Mais ainda, se a gente não temer, as possibilidades de êxito serão sem dúvida maiores e sempre haverá tempo para levantar mais tarde a mão, reclamar um prêmio e dizer: "Quero isso em recompensa". Claro que essa recompensa pode nos ser negada então sem condescendência nem explicações nem desculpas: não há nem obrigação moral, então, não há vínculo nem combinação, não expressos, e pode ser até que nem reste rastro, logo em seguida, do imenso favor que você fez, como da mancha e da auréola de sangue depois de tentado seu desaparecimento e de limpas e raspadas a fundo, ou dos infinitos crimes e nobres atos que permaneceram ocultos desde seu cometimento, ou que os lentos séculos se encarregam de diluir até apagá-los, tão lentamente, e em fazer que não tenham sido. Como se tudo sempre caísse como neve sobre os ombros, escorregadia e mansa, até o que provoca estrondo e propaga incêndios. (E dos ombros vai para o ar, ou se derrete, ou vai para o chão. E a neve sempre para, depois.)

Quase não sobrou rastro do que veio depois, ou sobra um vestígio titubeante em minha mais lânguida memória e talvez também na dela, mas nunca o verificaremos, quero dizer entre nós, frente a frente, com nossas palavras trocadas. Sucedeu como se já no mesmo momento de suceder nós dois quiséssemos fingir que não acontecia, ou não nos dar por cientes do acontecido, não registrá-lo e que não valesse, ou silenciá-lo até o extremo de poder negar mais tarde, um ao outro, e diante dos demais, se um soltasse a língua ou o outro falasse e se gabasse, inclusive cada um de si mesmo, como se nós dois soubéssemos que não vem a existir aquilo que não consta e de que não há reconhecimento explícito, ou que jamais é mencionado; aquilo que, por assim dizer, se comete às escondidas ou pelas costas dos seus autores, ou sem seu consentimento pleno, ou com sua cochilante consciência: o que fazemos nos dizendo que não estamos fazendo, o que acontece enquanto nos persuadimos de que não está acontecendo, não é tão estranho como soa ou parece, mais ainda, isso acontece o tempo todo e mal nos causa alarme nem nos faz duvidar do nosso juízo. Convencemo-nos de não ter tido tal pensamento indigno nem tal outro maligno, de não ter desejado aquela mulher ou aquela morte — a morte de nenhum inimigo, de nenhum marido, de nenhum amigo —, de não ter sentido momentâneo desprezo ou aversão por quem mais reverenciávamos ou a quem mais gratidão devíamos, nem inveja de nossos cansativos filhos que vão continuar vivendo quando já não existirmos e se apropriarão de tudo e ocuparão com pressa nosso lugar; de não ter intrigado, nem traído, nem tramado, nem ter procurado a perdição de ninguém quando buscamos, sim, a de vários com verdadeiro afinco, nem ter nos visto tentados a nada que nos envergonhe; de não ter agido de má-fé ao contar algo danoso a alguém para que se defendesse — repreendemo-nos por isso e já somos virtuosos, caritativos —, e para que saísse assim da sua inocência e soubesse com quem estava lidando; mas também, e isso é ainda mais extraordinário porque afeta os fatos e não só a enganadiça mente, por não termos fugido quando saímos correndo, sim, e deixamos para trás todo lamento, de não ter empurrado ou pisoteado uma criança para arranjar um lugar no bote para nós quando o navio estava afundando, de não termos nos protegido detrás do outro no pior instante, para que as pancadas, ou as facadas, ou as balas caíssem nesse outro ao lado, que talvez esperasse nossa proteção: quem sabe se nosso ser mais querido, aquele por quem declamamos mil vezes que daríamos sem hesitar a vida, e o caso é que hesitamos, sim, e não a damos nem demos, nem a daríamos tampouco se uma segunda oportunidade se oferecesse; de não ter jogado nossa culpa em ninguém nem ter acusado mentirosamente para nos salvar, nem ter agido nunca com egoísmo e por medo horrendos. Acreditamos que não nascemos quando e onde viemos ao mundo, que somos mais moços e de outro lugar mais nobre ou menos obscuro, que nossos pais não são aqueles que foram nem tinham sobrenome tão vulgar; que conseguimos por mérito próprio aquilo que furtamos ou que nos presentearam, que herdamos com justiça qualquer cetro ou trono, ou mero bastão, ou mera cadeira sem utilizar malefícios e sem usurpá-los, que demos à luz ocorrências e ideias lidas ou escutadas de outros mais sábios ou mais pensativos, cujo temido nome silenciamos sempre e a quem detestamos por terem se antecipado a nós, embora no fundo saibamos, em algum raro recanto da consciência a salvo, que não há essa antecipação e que sem sua precedência essas ideias tão deles seriam menos nossas ainda ou nem sequer poderiam ser, em absoluto; acreditamos ser a pessoa que mais admiramos, e tratamos de aniquilá-la para que assim isso se consume, acreditamos poder suplantá-la totalmente e fazê-la ser esquecida com nossos feitos que devemos inteiramente a ela e expulsá-la da instável lembrança do mundo, e nos tranquilizamos, dizendo-nos que foi somente um pioneiro que superamos e que abarcamos, e assim a tornamos prescindível; nos persuadimos de que o passado não nos pesa porque jamais o atravessamos ("Não fui eu, não aconteceu comigo, não vivi isso, não vi nada, eu não fui, é uma fantasia, uma lembrança alheia que estranhamente se transplantou em mim ou me contagiou"), e do qual nunca dissemos o que dissemos, nem roubamos o que roubamos, de que nunca demos vivas ao ditador nem delatamos nosso melhor amigo que tão intoleravelmente foi melhor desde o primeiro até o último dia ("Foi ele que procurou, eu não tive nada a ver, eu calei, ele foi um imprudente, forjou sua própria sorte, destacou-se no que não convinha e não mudou de lado a tempo, nem mesmo quis mudar"); e até de não nos chamarmos por nosso verdadeiro nome, mas somente pelo falso ou pelos que vão se sucedendo ou se somando e vão variando, sejam Rylands, ou Wheeler, ou Ure, ou Reresby, ou Tupra, ou Dundas, ou Jacques, o fatalista, ou Jacobo, ou Jaime.

A gente acredita no que quer acreditar, por isso é tão lógico e fácil que tudo tenha seu tempo para ser acreditado. De pés juntos: até o manifestamente falso e o contrário do que estamos vendo, também isso é acreditado em seu tempo de credulidade, cada acontecimento no seu e todos no tempo ido. Todo mundo está disposto a virar para outro lado e se distrair, a negar o que está diante de si e a não ouvir nada do que se grita, e a sustentar que não há alaridos mas um imenso e aprazível silêncio; a modificar o que é preciso, dos fatos e do acontecido — o perneta a sentir sua perna, o maneta a sentir seu braço e o decapitado a dar três passos como se ainda não tivesse perdido a vontade nem a consciência —, mas sobretudo de seu pensamento, de seus sentidos, de sua memória e de sua antecipação do futuro, que às vezes se toma por presciência. "Isso não foi assim. Isso que vai acontecer não acontecerá ou não terá acontecido. Isso não vai passar", é a constante litania que deturpa o passado, o futuro e o presente, e assim nunca nada está fixo nem a salvo, nem é seguro nem tampouco certo. Tudo o que existe não existe ou traz em si sua não existência, a passada e a vindoura, não perdura ou não se sustenta, e até os acontecimentos mais graves são precários e acabarão por visitar e percorrer o tortuoso esquecimento, que tampouco é firme nem estabiliza nem salvaguarda nada. Por isso, todas as coisas parecem dizer "Ainda sou, logo é seguro que fui", enquanto ainda duram e se dilatam e não cessaram. Talvez seja sua derrotada forma de se agarrar ao presente, sua resistência a desaparecer que também opõem os objetos e o inanimado, não só as pessoas, que se aferram, se desesperam e quase nunca se rendem ("Mas é ainda não, ainda não", resmungam em pânico, com suas escassas forças), talvez seja a tentativa de deixar sua marca de todas as coisas, de tornar mais difícil sua negação, ou seu desaparecimento, ou seu esquecimento, é sua maneira de dizer "Eu fui" e de impedir que os demais digam "Não, isso não foi, ninguém viu nem lembra nem nunca lhe sucedeu, não houve, não cruzou o mundo nem pisou a terra, não existiu e nunca aconteceu".

Não foi um acontecimento grave, mas sim leve para este nosso tempo, e agradável, o que se deu sem se dar entre a jovem Pérez Nuix e eu naquela noite já bem avançada, talvez na hora que os romanos chamavam de *conticinium* e que na realidade não existe mais em nossas cidades, pois não há nelas hora alguma em que tudo está parado em silêncio. Ela respirou com satisfação ou alívio e me agradeceu por minha promessa que não era uma promessa, quer dizer, por meu anúncio de que ia ver se dava um jeito, isso não é um grande compromisso. De repente pareceu muito cansada, mas só durou um momento, logo em seguida se pôs de pé com energia, foi até a janela e olhou mais de perto a chuva que não se cansa. Estirou-se com discrição — só os pulsos, não os braços, e as coxas, sem ficar na ponta dos pés nem do calcanhar —, e então me pediu para ficar. Tinha muita preguiça de ir agora, tão tarde, disse, eu não precisava me preocupar, levantaria bem cedo para levar o cachorro a passear, sairia a tempo de ir em casa tomar banho e se trocar ("E pôr uma meia nova", pensei de passagem), não precisaríamos ir juntos para o edifício sem nome, como um estranho casal que não se separasse ao ir para o trabalho. Ninguém ali imaginaria que tínhamos nos encontrado para conspirar nem que tínhamos nos despedido tão pouco antes. Concordei, como podia negar uma coisa tão insignificante depois de ter concedido a principal (bem, tentá-la), embora fossem de natureza distinta; a noite estava asquerosa para sair de novo na rua e quem sabe quanto tempo levaria para aparecer um táxi, e primeiro seria necessário chamá-lo, se os telefones respondessem. Também preferia, por delicadeza cênica, que não fosse embora assim que obteve o que buscava (ou seu anúncio), isso teria transformado a visita em exclusivamente utilitária. Era mesmo, e nós dois sabíamos, mas não podia nos agradar que isso fosse realçado, nem era conveniente para o que nos restava por fazer nos dias seguintes, principalmente a mim, que devia interpretar e quem sabe ver Incompara. Ofereci-me para dormir no sofá e lhe ceder a cama; ela não aceitou, a intrusa e inesperada era ela, não ia me privar do meu colchão e dos meus lençóis.

— O sofá para mim — falou. Mas, ao olhar para ele com outros olhos e vê-lo desconfortável, e talvez ainda molhado por ela mesma e pela chuva que havia trazido, propôs o que lhe cabia, por idade e por desenvoltura: — Também não acho que vá acontecer nada se dormirmos os dois na cama, desde que você não se importe. Eu não me importo, claro. É larga?

Claro que não me importava, minha juventude tinha transcorrido na época em que a gente se deitava em qualquer cama e junto com recém-conhecidos, onde nos pegasse a noite selvagem ou de induzido êxtase ou de suposta espiritualidade ou de farra, os anos 70 tão esforçadamente espontâneos e tão pouco asseados, se é que não sujos às vezes, e parte dos 80, que ainda se pareceram com eles. Claro que me importava, eu já não era aquele jovem nem costumava dormir em outro lugar senão na minha própria cama, e há muitos anos estava acostumado a fazê-lo somente ao lado de Luisa, nem sequer ao de minha breve e estúpida amante que pôs a perder muito do que havia, ou do entesourado, embora Luisa com toda a certeza nunca tenha sabido dela; e depois, em Londres, só ao lado de algumas esporádicas mulheres — três até então, exatamente — com as quais o desasseio, ou a sujeira, se preferirem, tinham se produzido já antes e as quais portanto não havia perigo de querer tocar pela primeira vez em sonhos ou na modorra, nem procurar seu contato com a respiração contida e fingindo acasos, nem de observar às escuras mas com os sentidos despertos e os olhos bem abertos, e inutilmente intensos.

Foi assim que me vi metido na cama com a jovem Pérez Nuix, tão alerta ante seu calor, sua presença, que a duras penas eu conseguia adormecer, e me deixava ainda menos conciliar o sono a incógnita que me rondava de se estaria acontecendo a mesma coisa com ela, se estaria aguardando ou temendo uma maior proximidade minha, uma aproximação paulatina, discreta, inicialmente tão insensível que daria para duvidar que existisse, como a dos mãos-bobas do ônibus, do bonde ou do metrô, que, a pretexto do aperto e dos vaivéns, acabavam se esfregando e até se espremendo contra o sofrido busto da mulher escolhida, sempre sem utilizar as mãos — logo a palavra "mão-boba" não é de todo adequada —, e portanto com o álibi do involuntário das suas fricções, em toda ocasião atribuídas à avassaladora pressão da multidão, às curvas, aos sacolejões. Se falo disso no passado é porque faz tempo que não assisto a esse espetáculo vergonhoso em nenhum transporte público, e ignoro se ainda ocorrem nestes tempos, que são mais respeitosos unicamente nesse campo; na minha infância e na minha adolescência, sim, eu os via com frequência, e inclusive não descarto ter participado de algum, tímido, nos meus treze ou catorze anos, quando tudo é sexo imaginário ou frustrado nas mentes dos incipientes homens. E foi por associar tais cenas a esse passado remoto, suponho, que me calhou de falar em bondes, fantasmas faz décadas, do mesmo modo que os agradáveis ônibus madrilenhos de dois andares, idênticos aos de Londres que foram retirados faz pouco, só que de cor azul em vez de vermelho, e com a entrada sem porta — só uma barra vertical para se agarrar e a partir da qual tomar impulso — à direita, e não à esquerda, de acordo com o lado pelo qual o trânsito circulava em meu país.

Os sexos também são entradas sem portas, quero dizer que, se estão livres de roupas, já não é preciso abri-los para penetrar neles, os sexos de mulher, se entende. Deixei que ela se metesse na cama antes, sozinha, esperei na sala um instante para que se preparasse e se trocasse à vontade, de modo que quando por fim apareci no quarto, ao cabo desses minutos, a jovem Pérez Nuix já se encontrava debaixo dos lençóis e eu não tinha maneira visual de saber de quais nem de quantas peças do vestuário se despojara para se deitar. Eu tinha lhe emprestado uma camiseta limpa, de manga curta, porque é o que uso para dormir quando prevejo frio, pijama propriamente não tenho. "Isto está bom, obrigada", tinha dito, logo o mais provável era que só vestisse isso e não cobrisse as pernas com nada, embora também fosse quase certo que teria conservado as calcinhas por pudor, ou por consideração, ou por asseio e para não manchar o lençol alheio, como eu conservei minhas cuecas samba-canção e pus outra camiseta, não tanto porque sentisse frio naquela noite quanto para evitar algum roçar casual, pele contra pele, carne contra carne, isso só poderia se dar na altura das nossas pernas, as minhas com pelos e as dela bem lisas, era espanhola pura em sua depilação tão cuidada. Mas, antes de apagar a luz que ela tinha deixado acesa para que eu não entrasse às cegas — a da mesa de cabeceira —, pretextei pôr alguma ordem entre a minha roupa e a dela, que havíamos depositado na mesma poltrona, e então pude ver e contar as peças que ela havia tirado, e não só contei o sutiã, como imaginava, mas também sua lingerie, como de modo algum imaginava, estavam ali sua brancas calcinhas dobradas, uma só dobra, eram exíguas, quer dizer normais, e pensei logo: "A camiseta deve ser bastante comprida para ela, sou mais alto, deve ter bastado para ela se sentir coberta". Mas esse pensamento não me serviu e, a partir do instante em que o quarto ficou às escuras e me enfiei nos lençóis, me dei conta de que a noite toda não ia esquecer o dado estranho e inesperado e de que seria quase impossível dormir assim, quebrando a cabeça e procurando um significado: que sentido tinha tê-las tirado e que seu sexo estivesse — por assim dizer — a descoberto, tão perto de mim e do meu, só nos separavam uns poucos centímetros e dois tecidos finos ou nem isso, o das minhas cuecas com a abertura apropriada e o da sua camiseta emprestada, se é que a borda desta não havia subido quando ela se meteu na cama e não tinha se preocupado em puxá-la, era possível que agora sua bunda — tinha se chegado para o lado oposto ao que eu ocupava, logo me dava as costas — estivesse nua e bem próxima do meu membro irremediavelmente espreguiçado, um desastre, não ia pregar os olhos por culpa do alerta físico e da atividade mental repetitiva, pensando e pensando no fato, no membro, nas nádegas e mais abaixo, na proximidade de tudo e na ausência de portas e até de barra e de fio, hesitando em me aproximar dissimuladamente e me encostar com cuidado, fazendo ver que era inconsciente, que era em sonho, algo meramente instintivo, involuntário, animalesco quase, na tensa e desperta espera, porém, de ver se ela escapulia no ato, se se afastava ao primeiro contato ou tolerava e não se mexia nem se esquivava, não cedia nem me deixava cair no ar, no vazio, no oco; eu não me atrevia a esperar pressão ou estímulo, tudo isso era só com o pensamento, que logo se torna obsessivo nessa classe de circunstâncias, é o tipo de dúvida ou ideia que depois que raia não se dissolve nem se retira, ainda menos se o sangue se concentrou e impede todo amainar ou respiro, todo aplacamento ou distração ou trégua, e a tentação se torna fixa. Ao fim de um instante de espreitar sua respiração — não me parecia a de uma pessoa adormecida — e de me refrear, quase segurar a minha, pensei em me levantar e ir para o sofá com uma manta, mas na realidade não queria sair dali nem perder a inverossímil proximidade alcançada, era uma espécie de promessa que em si mesma satisfazia e que me permitia manter a ignorância mortificante e esperançosa, fantasiar com o que poderia acontecer a qualquer instante se se produzisse o roçar e nenhum dos dois o esquivasse nem se sobressaltasse, havia tão poucos centímetros de distância e tudo é questão de tempo e espaço e de se encontrar neles, já não tínhamos o tempo e quase tampouco o espaço, só faltava um leve deslizamento para tê-lo a nosso favor completamente, um deslocamento mínimo, era tão fácil que parecia impossível que não fosse acontecer, talvez um leve tenteio prévio e logo meu membro teria se colado no seu sexo e ambos estariam no mesmo lugar, um no interior do outro como que sem percebermos, até poderíamos fingir não perceber e continuar dormindo apesar de estarmos os dois bem acordados, eu sabia isso de mim e acreditava saber dela; firmemente mas sem certeza, claro, e esse era o freio ou um deles.

Aquela situação de iminência sexual calada não era nova para mim, isto é, era com a jovem Pérez Nuix mas não na minha vida, mais de uma vez tinha ocorrido assim com Luisa, no princípio em silêncio e calmamente, tinham se produzido esse leve tenteio prévio e o mínimo deslocamento que havia feito nos encontrar no espaço e no tempo, isso é o que determina e conta nos fatos importantes, e por isso é tão vital às vezes *not to linger or delay*, não esperar nem se distrair, embora isso também possa ser o que nos salve, nunca sabemos o que nos convirá e o que é o melhor, ninguém morre se não se encontram nos mesmos lugar e instante a bala e sua testa, ou a faca e seu peito, ou o fio da espada e seu pescoço, e por essa razão De la Garza ainda vivia, porque seu pescoço e a espada de lansquenete de Reresby, ou sua *Katzbalger*, não tinham se encontrado exatamente, apesar de terem estado a ponto disso várias vezes. Mas naquelas ocasiões com Luisa a aquiescência era segura ou quase, e se podiam esperar, sim, a pressão e o estímulo, afinal todas as noites íamos para a mesma cama, ela mais cedo e eu mais tarde, como se me aproximasse para visitá-la em sonhos ou eu fosse seu fantasma, e o resto entrava no previsível e provável, ou pelo menos possível. E se acontecia uma negativa, dela ou até mesmo minha, era uma recusa circunstancial, arrazoada e momentânea ("Hoje estou esgotada", ou "Hoje estou muito preocupado, com a cabeça em outro lugar", ou ainda mais desimportante, "Amanhã vou ter de madrugar"), não essencial nem à totalidade nem ao próprio ato, como, aí sim, poderia ser o da jovem Nuix com inequívocas e esmagadoras palavras: "Ei, que diabos você está fazendo, está pensando o quê?", ou mais suaves e diplomáticas, "Não continue, não te aconselho, você não vai chegar a lugar nenhum", ou outras mais humilhantes, "Ué, achei que você tivesse mais controle, fosse mais maduro, menos espanhol tarado, não tão espanhol quanto antes".

Não houve essas palavras ferinas nem de nenhuma outra índole quando por fim me atrevi a roçar e apoiei levemente meu membro em suas nádegas e notei no mesmo instante não o pano da camiseta, mas a firmeza e o calor da sua carne, era uma dessas mulheres certamente friorentas que expelem o calor que não sentem, são como estufas para quem está perto e as toca, embora elas talvez estejam sentindo frio, como as pessoas com febre. Não houve palavra nem reação alguma, de aproximação nem de afastamento, de dissuasão nem de alento, era como se estivesse de fato profundamente adormecida, perguntei-me se era possível que estivesse a ponto de não reparar no contato, de pele a pele sem nenhuma mediação, pensei que não e que devia estar fingindo, mas a gente nunca tem absoluta certeza de nada, de quase nada relativo aos outros, e talvez nem de si mesmo. Encostei-me um pouco mais, tão pouco ainda que nem tive certeza de tê-lo feito, às vezes a gente acredita ter se deslocado ou se movimentado, ou ter se mexido ou acariciado, mas a aproximação é tão tímida e aterrorizada que a gente pode se enganar, e o avanço não ser perceptível para o outro, talvez nem o tato. E nesse ponto estava, num sim e num não, num desejo irresistível e num derradeiro freio temeroso ou civilizado, numa pressão tão milimétrica que talvez nem o fosse, quando me lembrei de repente, ridiculamente: "A camisinha", pensei. "Não posso me atrever a tentar sem estar de camisinha, e para isso é preciso um mínimo de consentimento expresso, de permissão, de concordância. Se eu me levantar agora, for pegar uma e depois voltar com ela para a cama, terei perdido minha posição tão próxima, teria de começar o tenteio de novo, ela poderia se afastar e quem sabe não volte a deixar as portas tão abertas. E com a camisinha posta eu não teria álibi, não poderia dizer para ela, se ela brigasse e me detivesse bruscamente: 'Ai, desculpe, foi sem querer, já tinha adormecido e não percebi que te tocava. Não era minha intenção, desculpe, vou para o outro canto', porque a fronha ridícula seria uma prova irrefutável de que era minha intenção sim, e ainda por cima insidiosa."

Esse pensamento me levou a me distanciar um pouco, imediatamente, o bastante para perder o contato, e ao perdê-lo se reafirmou minha incerta ideia do que tinha acontecido, e com a fantasmal pressão minha que não havia sido esquivada nem repelida; e ao fim de alguns segundos abandonei minha postura ("Uma maldita camisinha", pensava, "na minha juventude nós a desprezávamos, nem me passava pela cabeça comprar, e agora em compensação precisamos dela sempre") e não fiquei mais atrás dela, em lugar privilegiado, mas deitado de barriga para cima, me perguntando o que fazer ou como fazer ou se devia desistir apesar das minhas ilusões mais fortes e procurar dormir e não fazer nada. Enfiei um braço debaixo do travesseiro para apoiar melhor a cabeça, um involuntário gesto meditativo, e com esse mesmo gesto descobri meu peito, quase até a cintura, e também os ombros dela. E isso foi o suficiente — ou foi o pretexto — para que a jovem Pérez Nuix acordasse ou fingisse acordar. Foi então que, pela primeira e única vez em toda aquela noite que passamos juntos eu não fui invisível para ela, apesar de estarmos no escuro: ela se virou e pôs sobre minhas faces as palmas bem abertas das suas mãos como se me professasse afeto, as palmas suaves; olhou nos meus olhos por uns tantos segundos (um, dois, três, quatro; e cinco; ou seis, sete, oito; e nove; ou dez, onze, doze; e treze), sorriu para mim e riu enquanto com delicadeza me pegava ou me prendia a cara, como às vezes Luisa fazia quando sua cama ainda era a minha e ainda não estávamos com sono, ou não o bastante para nos dar boa-noite e as costas até de manhã, ou quando eu a visitava tarde como um espectro com o qual se marcou encontro e que se espera, e me recebia. Só então não fui invisível para Pérez Nuix, justo quando não havia luz. Meus olhos estavam acostumados a enxergar na penumbra do meu quarto sem persianas nem venezianas, como quase todas as daquela ilha grande que dorme com um olho aberto; mas não os olhos dela, que não conheciam o espaço. Mesmo assim olhou para mim e sorriu e riu, foi breve. Depois tornou a dar meia-volta e me ofereceu as costas, adotou a mesma postura de antes como se não houvesse ocorrido aquele olhar-se na penumbra e se dispusesse a continuar dormindo. Mas ele tinha ocorrido sim, e esse foi para mim o sinal do consentimento, da permissão, da concordância, e me fez sair da cama um momento e ir pegar como um raio um preservativo, colocá-lo e voltar com mais segurança e compostura à minha posição de antes, e ao roçar, ao tentear, à leve mexida, agora não mais contra as nádegas mas um pouco mais abaixo, na direção da umidade e da passagem, na direção da serventia, *more ferarum*, à maneira das feras, assim se diz com latinório. Ela não se mexeu, ou não no começo do meu deslizar agora fácil ("Estou comendo ela", pensei ao entrar, e não pude evitar de pensar), me deixou fazer, não participou, se é que se pode dizer isso ou se isso é possível, em todo caso não falamos, não houve mais sinais de nenhum dos dois de que estivesse acontecendo o que acontecia, como dizer, fingimos fingir estar dormindo e não perceber, não reconhecer conosco mesmos, como se aquilo se produzisse em nossa ausência ou sem nosso conhecimento, embora em alguns instantes lhe tenham escapado sons e talvez de mim também quando terminei, eu os reprimi conscientemente, pelo meu critério me limitei apenas a respirar mais fundo, a no máximo suspirar, mas quem sabe, a gente ouve tão pouco a si mesmo, em todo caso os sons e até os gemidos são admissíveis dentro do sonho, inclusive há quem solte falas inteiras dormindo e nem por isso é acusado de estar consciente. Não se ouvia nem se via nada, eu só via sua nuca na escuridão e perto demais, sem dúvida por isso tive visões, as que eu acabava de contemplar por um bom tempo na sala ("Não vai demorar, só um minutinho", ela tinha anunciado da rua, até que ponto teria sabido o quanto isso era falso), os zíperes das suas botas descendo e subindo, o corrido da meia que avançava por toda parte mas principalmente coxas acima, como se indicasse o caminho; e também outra visão mais antiga, a do seu peito descoberto, uma saia estreita, na mão uma toalha e um braço erguido que acrescentava um suplemento de nudez à imagem ao mostrar sem pudor a axila limpa, lisa, recém-lavada e, claro, raspada, naquela manhã cedo no edifício sem nome, daquela vez em que o rubor não a assaltou e me fez pensar que a jovem Nuix não me descartava, ou não me excluía inteiramente, embora tampouco se sentisse atraída, depois de se ver vista por mim e decidir não se cobrir, ou talvez nem tenha havido decisão aí. Foi tudo silencioso e tímido, na verdade foi fantasmal e mal houve mudanças, só passado um instante notei também a sua mexida, já não era só a minha e nenhuma era mais dissimulada nem leve, era como se nos abraçássemos com força sem utilizar os braços, ela se comprimia contra mim e eu contra ela, mas apenas com uma parte do corpo, a mesma em ambos, como se só fôssemos essa parte ou só consistíssemos nela, parecia que tínhamos nos proibido de nos enlaçar de qualquer outra forma, nem com os braços nem com as pernas nem pela cintura nem com os beijos. Creio que nem sequer nos apertamos a mão.

Sim, isso quase com certeza nós devíamos ter em comum, Tupra e eu, ou Ure, ou Reresby, ou Dundas, ou quem sabia quantos nomes mais teria empregado em outros países e que talvez já nunca usasse nesta sua época mais sedentária, bastante assentado em Londres, era possível que se aborrecesse um pouco ali, embora viajasse de vez em quando em compromissos breves, ou talvez não e já estivesse muito cansado das suas antigas correrias, de seus surtos esparsos de cólera, e de malária, e de peste, e de seus incêndios em terras distantes. Sua casa não era a de um homem provisório nem apressado, a de quem sai, entra, dá uma olhada, vai embora, volta, fuma um cigarro e nunca se demora em lugar nenhum. Possivelmente era um comum muito escasso, porém, o que tínhamos: eu havia ido para a cama com Pérez Nuix daquela maneira demasiado tácita e clandestina, não só com respeito aos outros mas também a nós mesmos. Já ele (era nada mais que uma suspeita, muito forte no entanto) a teria frequentado intimamente por um período talvez longo ou pelo menos não desdenhável, vai ver que quando ela foi uma novidade e quem mais o estimulava e divertia e era para ele como um elemento de pequena festa cotidiana, ou grande. Em todo caso, devem ter visto o rosto um do outro enquanto transavam, ter conversado depois, contado algo das suas vidas e opiniões (embora Tupra só contasse a seu modo fragmentado, quer dizer, pouco), e ao se encontrarem num quarto deviam ter tido a certeza de que acontecia o que acontecia, ao contrário de mim, que nem mesmo a tive — ou a tive menos ainda, já que se iniciava justo então o passado do acontecido — quando me retirei da passagem que jamais se atravessa e saí com o mesmo cuidado e jeito dos meus tenteios e da minha entrada; quando me afastei uns centímetros e virei para meu lado e pela primeira vez dei à jovem as costas que ela tinha me oferecido quase o tempo todo — exceto quando olhou para mim e segurou minha cara — e pus um braço debaixo do travesseiro, desta vez não para pensar nem amaldiçoar, mas para chamar o sono.

Talvez a única coisa que Tupra e eu tínhamos em comum fosse um vago e pálido parentesco que os homens costumam ignorar e que as línguas não registram, mas o sentimento sim, e em certas ocasiões os ciúmes, e em certas ocasiões a camaradagem; exceto a língua anglo-saxã, segundo li uma vez num livro, não de um inglês mas de um compatriota meu, e não um ensaio nem uma obra linguística mas uma ficção, um romance, cujo narrador recordava a existência de uma palavra nesse idioma pretérito que designava o parentesco ou a relação adquiridos por dois ou mais homens que tivessem se deitado ou tivessem jazido com a mesma mulher, mesmo que em diferentes épocas e com os diferentes rostos dessa mulher em sua vida, seu rosto de ontem ou de hoje ou de amanhã. Essa noção curiosa ficou na minha memória, conquanto aquele narrador não estivesse seguro se era um verbo, cuja inexistente correspondência moderna seria "cojazer" (ou "cofoder", em grosseiro e contemporâneo), ou de um substantivo, que consequentemente denominaria os "cojazentes" (ou "cofodedores"), ou a ação em si mesma (a "cofoda", digamos). Um dos possíveis vocábulos, não sei qual, era "*ġe-brȳd-guma*", eu o retirara sem querer e sem fazer esforço, às vezes me vinha à ponta da língua, ou do pensamento: "Meu Deus, agora eu sou, agora me tornei um 'guebrídguma' dele, que degradação, que horror, que depreciação, que espanto", se eu via ou ficava sabendo que uma ex-amante ou namorada minha se juntava ou andava demais com alguém desprezível ou odioso, com um imbecil ou com um infra-homem, acontece com grande frequência ou assim nos parece, e além do mais sempre estamos expostos e não podemos nos opor. (Eu tinha decidido que a pronúncia era essa, "guebrídguma", embora não tivesse a menor ideia, naturalmente.)

Quando conheci Tupra tinha pensado ou temido adquirir com ele esse parentesco através de Luisa, de alguma maneira irreal e rocambolesca — ou antes, havia me alegrado que ela estivesse em Madri e que nunca viessem a se encontrar, de modo que isso não pudesse acontecer —, quando tinha visto com clareza que quase nenhuma mulher resistiria a ele e que eu sairia perdendo se competisse com ele nesse campo algum dia, chegasse eu em primeiro lugar, empatado ou em segundo. E agora o fato era que eu provavelmente o adquirira por outra via, inesperada e mais leve, e que me fazia ser o que vem *depois* e não o que já estava *antes* ou havia estado: aquele que tem certa posição de vantagem, porque pode ouvir e averiguar coisas deste, mas também é quem se arrisca ao contágio, se houver alguma doença no meio, e na realidade é isso, a doença se houvesse, a única manifestação tangível desse estranho e débil vínculo com quem ninguém conta conscientemente hoje em dia, embora efetivamente exista sem ser nomeado e sobrevoe desatento as relações entre os homens e entre as mulheres, e entre os homens e as mulheres. Não há quem fale ou sequer conheça essa língua medieval. E, olhando bem, há algo mais que em alguns casos se transmite por interposta pessoa, desde quem esteve *antes* com ela até quem esteve *depois*, mas que não é tangível nem visível: a influência. Ao longo da conversa daquela noite com a jovem Pérez Nuix eu tivera por momentos a impressão de ouvi-la falar pela boca de Tupra, mas isso podia se dever também a seus vários anos de trabalho em comum e de contato contínuo, não por força da sua condição de ex-amantes. O certo é que nunca sabemos de quem provêm originalmente as ideias e as convicções que vão nos moldando, as que calam em nós e que adotamos como guia, as que retemos sem nos propor a tal e fazemos nossas. De um bisavô, um avô, um pai, não necessariamente os nossos? De um mestre distante que nunca escutamos e que educou o que tivemos? De uma mãe, de uma babá que cuidou dela em criança? Do ex-marido do nosso amor, de um "guebrídguma" que jamais vimos? De livros que não lemos e de uma época que não vivemos? Sim, é incrível o que a gente fala, o que diz, conta, deixa escrito, este é um fatigante mundo de transmissão incessante, e assim nascemos com a obra bem avançada mas condenados a que nada nunca acabe totalmente, e trazemos acumuladas — retumbam em nossas cabeças, indistintas — as vozes esgotantes dos incontáveis séculos, acreditando ilusoriamente que alguns pensamentos e histórias são novos, jamais ouvidos nem lidos, e como poderia ser assim, se as pessoas não pararam de contar irremediavelmente desde que tiveram a fala e acabam soltando tudo mais cedo ou mais tarde, o interessante e o fútil, o privado e o público, o íntimo e o supérfluo, o que deveria permanecer oculto e o que há de ser difundido, a dor e as alegrias e o ressentimento, as certezas e as conjecturas, o imaginário e o sucedido, as persuasões e as suspeitas, as ofensas e a adoração e os planos para a vingança, as proezas e as humilhações, o que nos orgulha e o que nos envergonha, o que parecia um segredo e o que pedia para sê-lo, o sabido e o inconfessável e o horroroso e o manifesto, o substancial — o apaixonamento — e o insignificante — o apaixonamento. Sem pensar duas vezes, vai e conta.

— Eu também não, pode crer, se houvesse tido essa opção — respondi a Tupra quando paramos de rir juntos desinteressadamente, contra minha vontade, a respeito dos "*bulwarks*" ou baluartes contra os quais ele tinha me atirado. — Mas você me obrigou, como a tudo o mais esta noite, inclusive ainda estar aqui numa hora destas. — Bem, "*at an unearthly hour*", foi o que eu disse, no meu inglês às vezes livresco; "numa hora não terrestre", literalmente. — Não sei se você se dá conta, mas faz quase um dia inteiro que você só me dá ordens, a maioria delas fora do horário. Já está ficando na hora de eu ir embora. Quero dormir, estou cansado. — Assim, passei de novo do riso traiçoeiro e breve à seriedade mais duradoura, se é que não à irritação. E fiz menção de pensar em me levantar, não mais que pensar, porque ele ainda não me permitiria: queria me falar de Constantinopla e de Tânger em séculos remotos, sempre mais palavras cansativas e histórias que não conhecemos. Mas não o fazia e certamente não ia fazer, são essas coisas que se anunciam para não voltar depois a elas, se semeiam para abandoná-las, como chamarizes verbais; e pretendia me mostrar suas fitas particulares, ou eram discos. Também não chegava a isso. — Se você não me contar bem depressa a história de Tânger e Constantinopla, pico a mula, Bertram. Estou morto, estou que não me aguento. E não estou de humor para continuar conversando.

Tupra soltou uma espécie de rugido leve, algo indeciso, entre a gargalhada seca e uma expressão afogada de desprezo. Pôs-se de pé e disse:

— Não se impaciente, Jack, que a pressa não cabe neste caso. Vou mostrar esses vídeos de que te falei, vai aprender com eles e vai ser bom para você vê-los. Não na hora, não são agradáveis e é bem possível que você perca o sono, que eles te tirem o sono pelas próximas horas, já te dei licença para não ir trabalhar amanhã, melhor dizendo hoje, não percamos tempo. — Olhou para o relógio muito velozmente, eu também: para Londres a hora não era terrestre, para Madri sim. As crianças já deviam estar dormindo, mas quem sabe o que Luisa estaria fazendo, ainda podia estar acordada, com alguém ou com ninguém. — Mais tarde, no entanto, vai ser bom para você tê-los visto. Daqui a uns dias, e te servirão para sempre. Talvez você já não dê importância ao que não tem, é a primeira coisa que se deveria ensinar a todo mundo, mas ninguém se preocupa com isso, ao contrário: educa-se para que qualquer idiota faça um drama por qualquer bobagem. Educa-se para sofrer sem verdadeiro motivo, e sofrendo com tudo não se ganha nada, ou se atormentando. Isso paralisa, aflige, impede as pessoas de se mexerem. Mas, você sabe, hoje em dia as pessoas batem no peito até se alguém maltrata uma planta, nem falemos se for um animal, oh, que crime, que escândalo. A gente vive num mundo irreal, delicado, de mentira, brando. — "Brega", pensei, "falta ao inglês essa palavra tão útil e tão ampla." — O espírito entre algodões, permanentemente. — E tornou a rugir um pouco, soou desta vez como uma tossezinha sarcástica. — É assim em nossos países. E quando neles irrompe o que é normal em outros lugares, o que é moeda corrente neles, nos vemos desprotegidos e sem reflexos, petiscos tenros, e só depois de um tempo reagimos, e o fazemos então desmedida e cegamente, errando o alvo. Com excessivo medo retrospectivo, como aconteceu com os atentados, os daqui e os da sua cidade, dos de Nova York e Washington nem preciso falar.

— Em Madri nada mudou muito — disse a ele. — É como se não tivessem acontecido.

Mas ele não prestou atenção, estava concentrado em seu assunto. Sua voz grave tinha se tornado aflitiva. Costumava sê-lo quase sempre um pouco, com sua tonalidade de corda, como se surgisse da passagem do arco sobre o violoncelo. Mas às vezes essa qualidade se acentuava e produzia em quem a ouvia uma sensação suave, quase grata, enfraquecedora de aflições; em mim pelo menos produzia.

— Não é que se deva ter medo, entenda. É que devíamos ter tido já antes, ter contado com o medo como contamos com o ar, e também tê-lo infundido. Infundi-lo e tê-lo, o tempo todo, esse é o estilo invariável do mundo, que esquecemos. É coisa natural em outras partes, mais alertas. Mas aqui ninguém se dá conta e adormecemos sem manter um olho aberto, tudo nos pega de surpresa e então não damos crédito. O medo retrospectivo não serve para nada, menos ainda que o antecipado. Não é que esse sirva muito, mas pelo menos põe à espera, mais que em guarda. Sempre é melhor infundi-lo. Bom, venha, vou te mostrar essas cenas, não são longas. Vou passar algumas mais rápido.

Serviu-me seu porto de garrafa sem me consultar — vai ver pensou que eu ia precisar para enfrentar o instrutivo não agradável —, pegou seu cálice e eu o meu por insistência sua — fez um duplo gesto com a cabeça e um dedo —, e me levou a uma sala menor, que abriu com uma chave do seu chaveiro. Eu me perguntei quem mais moraria na casa, para Tupra não querer que entrasse ali sem sua licença ou seu acompanhamento, talvez só fosse a criadagem. Acendeu um par de abajures. Era uma espécie de escritório que no mesmo instante me lembrou o dele no edifício sem nome, estava cheio de livros tão caros quanto os da sala de estar ou mais — talvez suas joias de bibliófilo —; em compensação não havia nenhum quadro, só o desenho emoldurado de um busto de militar com bigode levemente curvo, talvez algum ídolo seu do MI6 ou como quer que se chamasse antigamente, à primeira vista me pareceu da Primeira Guerra Mundial, ou no máximo dos anos 20; não acreditava que fosse um antepassado, um Tupra, vestia farda britânica de oficial, não soube distinguir a patente. Havia uma mesa e, em cima, um computador; uma cadeira de rodinhas detrás da mesa, era ali que Reresby devia se fechar quando trabalhava em casa; dois pufes. Com um pé os dispôs em frente de um armariozinho de pouca altura cujas portas de madeira abriu para aparecer uma televisão dentro, estava absurdamente camuflada, como os frigobares em alguns hotéis finos que se envergonham de tê-los. Fez sinal para eu sentar num dos pufes, e assim fiz. Foi até a mesa, contornou-a e tirou de uma gaveta, que também abriu à chave, um DVD, depois de remexer por alguns segundos, logo devia guardar ali uns tantos, ou muitos. Ligou a televisão, o aparelho de DVD que ficava embaixo e enfiou o disco. Tomou assento no outro pufe, à minha esquerda, quase à minha altura mas um pouco atrás, ligeiramente às minhas costas, os dois muito perto da tela ainda azul, eu mais um pouco, pegou o controle remoto, eu precisava olhar com o canto dos olhos para poder vê-lo e, para captar sua expressão, tinha de virar o pescoço. Cada um de nós segurava seu cálice na mão, ele fez tudo com uma só mão, ou com o pé, como já contei.

— O que vamos ver, o que vai pôr para mim? — perguntei com um misto de impaciência e naturalidade. — Não é um filme, é? Não é hora disso.

Eu ainda não sentia nenhum temor, a irritação e o cansaço impediam, achava improvável que alguma coisa pudesse me tirar o sono. Além do mais, eu já tinha visto bastantes coisas desagradáveis e dificilmente instrutivas naquela noite, e não num vídeo mas na realidade palpável e respirável, a meu lado, ainda trazia no corpo, se bem que já amortecido, o espanto da espada pairando sobre o pescoço do capadócio, e no meu cérebro ainda ecoavam os pensamentos inúteis que tinham me assaltado: "Vai matá-lo, não, não pode ser, sim, vai decapitá-lo aqui mesmo, separar sua cabeça do tronco, este homem de ira ardente, e eu já não posso evitar porque a lâmina vai descer e é de dois gumes, é como um raio silente que despedaça calando e vai ceifar de qualquer modo". Não acreditava que pudesse ver piores, e o que Tupra pusesse diante dos meus olhos seria além do mais já passado, algo já sucedido, irremediável, filmado, algo em que minha intervenção não contaria. Não haveria página virada, a cada visão tudo se repetiria de modo idêntico. Mas devo tê-lo sentido, o temor, a apreensão, o retraimento, o susto, desde o momento em que a voz de Tupra tinha se tornado mais aflitiva que de costume e tinha produzido em mim um prenúncio de angústia sem motivo nem significado, como a da música quando é dolorosa e não há razão objetiva — sim, violoncelo ou violino ou viola de gamba, são somente notas, ou um piano às vezes —, como se ele já houvesse penetrado em desastres retrospectivos que no entanto não podem se reproduzir e voltar a se fazer presentes infinitas vezes, por estar gravados ou registrados, dos quais eu não tinha conhecimento, nem sequer a menor suspeita.

— Isto que você vai ver é secreto. Nunca fale do que viu nem mencione, nem mesmo a mim depois desta noite, porque amanhã eu já não terei te mostrado. São filmagens que guardamos, caso necessitemos delas um dia. — "Caso necessitemos", pensei, "esse é o lema do nosso trabalho, parece." — Nelas há casos vergonhosos ou embaraçosos, também delitos que não foram denunciados nem processados, cometidos por indivíduos de certa envergadura contra os quais não se tomaram medidas nem se abriram ações, porque não convinha ou não convém ou porque ainda não é o momento ou porque se ganharia pouco com isso. Vale muito mais tê-las, guardá-las, prevendo uma utilidade futura, com algumas daria para obter muita coisa em troca. Em troca de que continuem aqui sepultadas e nunca vistas por ninguém, entenda-se, fora de nós. Com outras já se obteve, já tiramos bom proveito delas, e além do mais seu possível benefício nunca se esgota, porque nunca destruímos nem entregamos o material, só o mostramos ocasionalmente a quem aparece nele, aos interessados, se não confiam ou não creem que existam gravações semelhantes e querem certificar-se e vê-las. Não precisam vir aqui, não se preocupe (dá para contar nos dedos as pessoas que vieram aqui), agora se fazem cópias facilmente, podem ser mostradas até no celular ou enviadas a eles. De modo que estes discos são um tesouro: podem persuadir, dissuadir, conseguir somas importantes, fazer um candidato insalubre se retirar, calar bocas, obter concessões e acordos, abortar manobras e conspirações, adiar ou mitigar conflitos, provocar incêndios, salvar vidas. Você não vai gostar do conteúdo, mas não os deprecie nem os condene. Tenha em mente o que valem e para o que valem. E o serviço que prestam, o bem que às vezes fazem ao país. — Havia utilizado essa mesma expressão logo que nos conhecemos, no jantar de Wheeler em Oxford, quando eu perguntara sobre suas atividades e ele havia sido esquivo em sua resposta: "Negociar sempre foi minha habilidade maior, em diversos campos e circunstâncias. Inclusive prestando serviço ao meu país, a gente deve procurar fazer isso se puder, não?, ainda que seja feito à parte e vise antes de mais nada aos próprios interesses". Agora tinha voltado a dizer isso, "o país", a palavra "*country*" que também podia significar "pátria" na minha língua, e nela, dados a nossa história e os nossos precedentes, tornou-se um vocábulo desagradável e perigoso que revela muito, negativo em tudo, sobre quem o emprega; seu equivalente inglês carece pelo menos da sua emotividade e da sua pompa, um equivalente imperfeito. "O país", o país, era curioso. Tupra tinha se esquecido de novo que seu país e o meu não eram o mesmo, que eu não era britânico mas espanhol, provavelmente um espanhol de merda. Essa foi a vez que estive mais perto de acreditar que havia conquistado sua confiança sem que ele tivesse se dado conta, quer dizer, sem que interviesse sua decisão de concedê-la: quando perdeu de vista, bem avançada aquela noite, em sua casa à qual quase ninguém ia, diante da tela ainda em branco, a ponto de me mostrar suas imagens reservadas, que eu servia a ele enquanto servia, e por um salário, mas não ao seu *country*. Nem tampouco ao meu, claro. Quanto a ele, era impossível adivinhar até que ponto eu lhe prestava serviços à parte ou inclusos no dele ou se ia sempre atrás do seu interesse próprio. Talvez já fossem coisas indistinguíveis na sua cabeça. Acrescentou: — Prepare-se, vamos lá. Nem uma palavra a ninguém, ficou claro?

E apertou no controle remoto o botão play.

O que vi em seguida não deveria ser contado, e devo fazê-lo apenas salteadamente. Em parte porque ele passou algumas cenas mais rápido, como tinha anunciado, e por sorte só as vi truncadas, mas sempre o suficiente e mais do que eu gostaria; em parte porque em certos instantes — um, dois, três, quatro; e cinco — virei o rosto ou cerrei as pálpebras, e em uma ou duas ocasiões pus a mão a modo de viseira sobre os olhos, na altura das sobrancelhas, com os dedos prontos para eu poder ver ou não o que já estava vendo. Mas vi ou entrevi o bastante de cada filmagem ou episódio, porque além do mais Reresby me instava a manter a vista para a frente ("Não, não se vire, aguente, olhe, não estou passando isso para que você se afaste, não se esconda", me ordenava quando eu fugia da visão de um modo ou de outro, "e me diga agora se o que você assistiu antes é tão terrível, me diga se exagerei, me diga se tem a menor importância"; e por "antes" se referia ao que ocorrera ou ele tinha feito ocorrer no banheiro dos entrevados, na minha presença e ante minha impotência, ou ante minha passividade e meu medo, ou minha simples covardia). Em parte, por fim, porque não me atrevo a contar ou não sou capaz de fazê-lo, cabalmente.

À medida que olhava, entrevia e via, um veneno foi entrando em mim, e se utilizo essa palavra, veneno, não é de forma alguma leviana nem só metaforicamente, mas porque se introduziu em meu conhecimento algo que nunca estivera nele antes e me provocou uma sensação instantânea de estar adoecendo gradativamente, algo alheio ao meu corpo, à minha vista e à minha consciência, na verdade uma inoculação, e este último vocábulo é preciso etimologicamente, pois contém o termo latino "*oculus*", de que de fato provém, e por aí penetrava minha inesperada e nova enfermidade, pelos olhos que absorviam imagens, e as registravam, e as retinham, e eles já não poderiam apagá-las como se apaga o sangue do chão, ainda menos não tê-las visto. (Talvez só quando se curassem eu poderia duvidar delas: quando houvesse passado o tempo que nivela, esfuma e mistura.) De modo que entrou em mim, como através de uma agulha lenta, o que era bem externo a mim e que eu desconhecia completamente, o que eu não havia previsto nem concebido nem sequer sonhado, e tão de fora vinha tudo que não me adiantava nada ter lido na imprensa sobre casos parecidos, que ali sempre resultam remotos e exagerados, nem nos romances, nem tê-los visto no cinema, jamais lhes damos todo crédito, porque no fundo sabemos que é fingido, por mais que nos desvelemos pelos personagens ou nos identifiquemos com eles. No entanto, as primeiras cenas que Tupra me mostrou na tela tiveram um enganoso elemento de comicidade relativa, por isso ainda não foi difícil fazer piada nem perguntar a respeito delas (se tivesse começado pelas seguintes, eu teria emudecido desde o princípio, seguramente):

— Que é isto? Pornô?

Foi como se desse a Reresby vênia para me esclarecer até onde ele queria — sempre pouco, concisamente — acerca daquela gravação inicial e também das outras ou da maioria, pois sobre duas ou três guardou um estranho e total silêncio — ou talvez fosse significativo —, como se não coubesse dizer nada sobre elas.

— Não na intenção. Nem nos resultados — respondeu muito frio, não tinha achado graça no meu comentário. — Essa mulher é uma alta dirigente do partido conservador, da sua ala mais rançosa, hoje em dia com altas expectativas de ascensão, como contrapeso tranquilizador para os eleitores mais rígidos; e como costuma lançar anátemas contra a degradação moral e os costumes, o sexo desenfreado e tudo o mais, é interessante ver o que faz nesta fita, e um dia poderia ser útil passá-la para ela ver. Não é seu marido que está aí.

A cena era sem prolegômenos, quero dizer que provavelmente tinha sido montada só a partir do fundamental, ou do que interessa, o que lamentei bastante, pois teria gostado de saber de onde tinham saído, ou o que haviam proposto, ou como haviam chegado àquilo, os dois caras — *in media res* o episódio, insisto — já estavam praticando um sanduíche com ela, os três enrolados num carpete verde um pouco descorado, ou vai ver que era um problema de filmagem, de qualidade regular embora nítida o bastante para que eu reconhecesse a alta dirigente, isto é, achei tê-la visto antes na tevê, no Parlamento ou no noticiário. Até me lembrava da sua voz de vento, ou antes, como que de secador de cabelo, uma dessas pessoas que, ainda que queiram, não podem ou não sabem falar baixinho nem fazer a mais mínima pausa, para seus próximos um tormento. Por sorte essa gravação não tinha som, ou de outro modo, à vista de seus gestos de grande e duplo êxtase ante as investidas simultâneas dos caras posterior e anterior — ou eram intermitentes, uma sincronização defeituosa, e de vez em quando um encaixe malfeito, se soltavam —, seus uivos teriam parecido um vendaval ou um serrote. Aqueles dois sujeitos tinham pinta de funcionários públicos, na medida em que sua escassa roupa permitia fazer apostas, e nenhum era muito jovem nem muito esbelto, e um deles — com a calça apenas aberta, uma característica mais de preguiça que de urgência — usava bem suspensos sobre a nudez do seu torso uns suspensórios que lhe conferiam um ar incongruente, como se fosse uma mescla impossível de empregado de escritório e açougueiro. Quanto à mulher, rondava os quarenta anos e conservava por sua vez a saia, convertida em mero cinto amarrotado, e não era muito atraente apesar de seu notável busto à vista, nenhum peito operado. Podiam estar num quarto de hotel ou num escritório, o estreito campo visual não ajudava a esclarecer esse ponto, a câmera centrada apenas nos personagens fornicantes, aqueles dois camaradas sim eram uns "guebrídgumas" totais, estavam sendo no ato. Claro que parecia um filme pornô, de baixo orçamento ou caseiro e com intérpretes suplentes. Quem rodou a cena e como teria rodado era, obviamente, uma incógnita, mas hoje qualquer um é capaz de fazê-lo, até com um celular e inclusive sem estar presente, à distância, e assim ninguém está livre de ser captado nas situações mais íntimas ou mais desmesuradas.

Tupra acelerou ao fim de um minuto ou menos, e eu o agradeci por isso, não valia a pena contemplar tanto esforço para um final sem surpresas. Cheguei a distinguir uma expressão, na alta dirigente, de comprazido desconcerto na conclusão do seu misto quente, como se estivesse dizendo: "Que bárbara, como fui capaz de tanto. Vou precisar experimentar de novo, para ver se foi mesmo como eu creio". Talvez fosse sua primeira duplicidade, uma ousadia. Meu chefe recuperou a velocidade normal então, para passar ao segundo episódio, este sim com som, que mostrava dois conhecidos atores e um terceiro indivíduo, para mim anônimo, soltando besteiras entre risadas alteradas e cheirando cocaína numa sala, num sofá, as carreiras preparadas numa mesinha de centro, grossas se é que não monstruosas, eles as faziam diminuir como quem toma goles num copo.

— Não sei quem é aquele — falei apontando para o cara da direita e dando a entender a Tupra que tinha reconhecido os dois astros juvenis.

— Um membro da família real. Muito distante na linha de sucessão, muito secundário. Teria sido uma maravilha para nós se tivesse sido um mais eminente, mais próximo. — E acelerou a imagem de novo, era monótona, consistia em gargalhadas lelés e no festim de pó.

Aquele comentário me fez pensar fugazmente, me perguntei por que teria sido como sopa no mel para eles (eu entendia aquele "nós" mais pelo MI6 ou pelo conjunto dos Serviços Secretos do que por nosso grupo) alguém se drogar, ou que fosse adúltero, ou corrupto, ou delinquente. Deveriam se alegrar com que os principais parentes da rainha não ficassem cegos de coca, como aquele trio.

— Não entendo — expressei minha incompreensão. — Por que teria sido conveniente para vocês? — E assim achei melhor não me incluir.

Tupra congelou a imagem para responder.

— Que pergunta mais ingênua, Jack, você às vezes é decepcionante. Para nós, isso sempre convém, com qualquer um que tenha importância, peso, capacidade de decisão, nome, influência. Quanto mais máculas e mais altas, melhor para nós. Como convém a todo mundo, aliás, com as pessoas que o rodeiam. Te interessa que seu vizinho esteja em dívida com você, ou tê-lo pegado em alguma falta e poder fazer a desfeita de lhe contar ou lhe fazer o favor de calá-la. Se as pessoas não infringissem as leis, se não burlassem os códigos nem nunca cometessem baixarias nem erros, não conseguiríamos nada, seria muito difícil para nós dispor de uma moeda de troca e quase impossível dobrar a vontade de alguém, obrigá-lo. Teríamos de recorrer à força e à ameaça física, e esse estilo está em desuso, faz tempo que se procura abandoná-lo, você nunca sabe se vai se sair bem ao aplicá-lo ou se acabarão te processando e te desgraçando. Os indivíduos poderosos de verdade podem fazê-lo, complicar sua vida e conseguir que destituam você, mexer os pauzinhos e conseguir fazer que acabem te sacrificando. Com as pessoas insignificantes sim, como seu amigo Garza. Com elas, o estilo continua em uso, e não há outro mais eficaz, posso garantir. Os que nem sequer reclamariam. Mas com outros é sempre um risco. Com eles também não adianta o dinheiro, quando já possuem muito. Mas, em compensação, quase todos são capazes de medir e fazer cálculos, de chegar a um entendimento, de ver o que compensa. Você sabe até que ponto se ocultam coisas, nunca conheci ninguém que não estivesse disposto a ceder, pouco ou muito, para que alguma coisa se calasse, para que não transpirasse, ou pelo menos não chegasse ao conhecimento de determinada pessoa. Como não vai nos convir que as pessoas sejam fracas, ou vis, ou ambiciosas, ou covardes, que caiam em tentações e se atolem até o pescoço, inclusive que participem de crimes ou os cometam? É a base do nosso trabalho, é a substância. Mais que isso: é o fundamento do Estado. O Estado necessita da traição, da venalidade, do engano, do delito, das ilegalidades, da conspiração, dos golpes baixos (as heroicidades, em compensação, só a conta-gotas e de vez em quando, pelo contraste). Se não existem, ou não o bastante, ele teria de estimulá-los, e já o faz. Por que você acha que se criam cada vez mais delitos novos? O que não era passa a ser, para que ninguém nunca fique limpo. Por que acredita que intervimos em tudo e regulamos tudo, até o ocioso e o que não nos diz respeito? Precisamos da violação, da transgressão. De que nos serviriam as leis se ninguém deixasse de cumpri-las? Sem isso não iríamos a lugar nenhum. Não poderíamos nem nos organizar. O

Estado precisa das infrações, até criança sabe disso, embora sem saber que sabem. São as primeiras a se prestar a elas. Somos educados para entrar no jogo e colaborar desde o começo, e nele continuamos até o último dia, e mesmo depois de mortos. As contas nunca são saldadas.

Eu virava um pouco o pescoço para olhá-lo de viés de vez em quando, mas o caso é que Tupra, recuado com relação à minha posição em seu pufe, falava principalmente às minhas costas. Sua voz chegava muito próxima e muito suave, era quase um murmúrio grave, não tinha por que elevá-la, não havia em volta nada mais que silêncio. Aquele penúltimo "nos" ("nos diz respeito") havia sido mais amplo até que o anterior, ele se sentia parte do Estado, seu representante, talvez guardião, talvez servidor da pátria, apesar de sua tendência a buscar antes de tudo o benefício pessoal. Supus que ele próprio seria capaz de traição, nem que fosse apenas para abastecer o país, para satisfazer as necessidades deste.

— O Estado necessita da traição? — perguntei estranhando um pouco (só o necessário, começava a vislumbrar seu sentido).

— Claro, Jack. Principalmente em tempos de cerco, de invasão ou de guerra. É o que mais se comemora, o que mais une, o que as nações mais recordam com o passar dos séculos. O que seria de nós sem ela.

Pensei que eu talvez houvesse lhe sido útil então, sem querer, em sua qualidade de homem de Estado, quando o havia traído com a interpretação de Incompara, mas isso não me ajudou a sentir minha dívida saldada. Sem dúvida era por isso, em parte, porque tinha tanta tolerância para com ele — eu sempre podia ir embora —, ou tanta consideração, ou tão pouca severidade, ou assim acreditava eu, por aquele mal-estar duradouro e por aquela minha falha voluntária, ainda não estava seguro de que ele tinha se dado conta de quão deliberado havia sido. E também porque tínhamos simpatia um pelo outro, a meu pesar às vezes, quem sabia se ao dele também, a jovem Pérez Nuix era otimista demais. Naquela noite Tupra tinha posto a minha à prova, e ainda continuaria a fazê-lo, com a sessão de cinema.

Parou de falar e tornou a apertar o play. A cena anterior terminou no mesmo instante e apareceu uma nova na tela, e com ela o veneno começou a entrar em mim. Dois indivíduos de camiseta e calça de camuflagem e botas curtas, soldados presumivelmente, mantinham um terceiro, encapuzado, sentado num tamborete e acorrentado pelos pés e mãos. Tinha som, mas a única coisa que se ouvia era um arquejo exagerado, o do cativo, como se acabasse de correr quinhentos metros ou tivesse um ataque de ansiedade ou pânico. Tornava-se angustiante aquela respiração forte e rápida e como que implacável, era bem possível que o medo a provocasse, estar acorrentado e não ver nada deve fazer temer cada segundo futuro, e não há trégua com os segundos. Havia uma luz zenital cuja origem ficava fora de quadro — com certeza uma lâmpada com quebra-luz pendurada no teto — e que iluminava os três homens, melhor dizendo, os dois camuflados não o tempo todo, davam voltas ao redor do encapuzado e em seus percursos pisavam sombra. Fora do facho de luz, no fundo da imagem, havia mais duas ou três pessoas, sentadas em fila contra uma parede, de braços cruzados, mas não se distinguiam seus rostos e quase nem suas figuras, demasiado na penumbra. Os soldados pararam de rodear e com maus modos obrigaram o prisioneiro a se levantar e pôr-se de pé no tamborete, guiaram-no para que subisse. Eu os vi manejar uma corda, e embora a cabeça do encapuzado agora saísse do enquadramento — o plano era fixo, câmara estática —, tudo fazia supor que a tinham posto em torno do seu pescoço e que estava amarrada numa viga ou em alguma barra horizontal e alta, porque um dos encamisados deu um chute no tamborete e a vítima ficou pendurada sem poder pôr os pés no chão, apesar de bem perto, aquilo era um enforcamento.

Tive um sobressalto, talvez tenha arquejado inesperadamente, virei-me para Tupra e disse alarmado:

— O que é isto!

Em seu desabar o cativo devia ter batido ou antes roçado a lâmpada invisível, porque o facho de luz fez durante uns instantes um vaivém ou balanceio leve.

— Não se vire, continue olhando, ainda não acabou — replicou-me Tupra com imperiosidade. E me bateu com as pontas dos dedos rígidos no cotovelo, como se eu fosse um menino desobediente.

Quando fixei de novo os olhos na televisão, ainda vi como os pés do enforcado pateavam em busca de apoio enquanto seu arquejo cedia a vez a uma espécie de grunhido gutural, mas era algo que não saía, não podia, algo afogado. Aqueles pés, porém, logo encontraram apoio: um dos camuflados abraçou suas pernas com força e as ergueu o máximo possível, e o outro pegou o tamborete e posicionou-o outra vez sob as solas. Uma vez estabilizado, tiraram a corda e o fizeram descer ao chão. Com um empurrão sentaram-no e os dois soldados reiniciaram a vagar em torno do prisioneiro, que agora tossia, devia estar congestionado. As botas curtas faziam mais barulho nesta ronda, como se seus donos marchassem em uníssono e pisassem firme com esse propósito, o de fazer um barulho ameaçador, evocavam o rufar de tambores que anunciava no circo a iminência de um crescente risco, ou nas praças públicas a execução ansiada. E ao cabo de uns trinta segundos — ou talvez tenham sido noventa — repetiram a operação, isto é, fizeram o encapuzado subir no tamborete e simularam que o enforcavam, ou não exatamente, de fato começaram a enforcá-lo — o chute, o mesmo método —, e depois pararam. Nessa ocasião o cativo perdeu um sapato em seu patear, talvez tenha durado um pouco mais que o primeiro. Eram sapatos normais, velhos, de cadarço mas sem os cadarços. Não usava meia. "É como Tupra no toalete", consegui pensar perturbadamente, "quando ergueu e baixou a espada e tornou a erguer e baixar. Cada vez eu ignorava se cortaria a cabeça do babacão, e agora, embora o que me mostre já tenha acontecido e além disso se possa parar a ação no vídeo, ou até deixá-la para outro dia como se já desse na mesma (a cena continuará ali e não vai mudar nunca), naquele instante eu ignoro se aqueles caras acabarão enforcando o pobre-diabo em alguma das suas ameaças, e quero saber já, apesar de ele ser um desconhecido e eu nem sequer ver que cara tem. Ele também ignoraria então, e então não era passado. Não devia ser um homem jovem, com aqueles sapatos marrons bojudos." Calçaram o que tinha caído antes de tornar a sentá-lo, mistérios da minúcia e da ordem. Um dos soldados abanou a mão, agitando-a de cima para baixo diante do nariz, como se tivesse sentido um horrível e repentino cheiro proveniente do pendurado. Continuavam sem falar, ninguém falava, tampouco os espectadores obscuros, e isso deve infundir mais medo em quem se encontra às cegas e imobilizado, mais que vozes desabridas ou insultos, a não ser que sejam numa língua desconhecida, o que dá mais pavor é não entender o que se diz a alguém, acho eu, numa situação de vida ou morte.

Ainda repetiram a operação uma terceira vez, tudo idêntico, a cabeça do cativo fora de quadro e depois reaparecendo junto com a corda já esticada, o corpo caindo a prumo num trajeto muito curto para que nada fosse irremediável na queda, o facho de luz oscilando uns instantes por efeito de algum roçar ou talvez do sacolejão, pode ser que da segunda e da terceira vez o tenham mantido menos segundos se enforcando, embora minha angústia me enganasse e eles fossem mais longos para mim. A vítima devia estar mais fraca a cada brincadeira, alguma coisa devia ter desconjuntado, e com o coração na boca. Obviamente a traqueia não tinha se partido, teria sido definitivo, os camuflados não davam tempo para isso, gente bem treinada, devia saber a partir de que momento seria tarde demais, e também não seria muito grave, supus, se errassem a mão e o homem ficasse teso, talvez não houvesse ninguém no mundo que estivesse a par da sua sorte nem do seu paradeiro. Todos pareciam relativamente tranquilos, verdugos e testemunhas, diligentes ou atentos mas sem sanha, como se efetuassem ou assistissem a um procedimento desagradável, mas procedimento afinal de contas.

Tupra congelou a imagem com o preso já despendurado e com tosse, as pernas muito bambas e irresponsáveis, e nessa ocasião não o sentaram. O capuz negro sempre posto, com sua única abertura para boca e fossas nasais (mas na boca fita adesiva), para os olhos não havia. Pareciam a ponto de levá-lo, quem sabe de volta a uma cela, quem sabe à enfermaria. Pouco a pouco recuperava seus arquejos.

— Você o viu? — perguntou Tupra. E em seu tom de voz percebi uma excitação quase divertida, para mim inexplicável, eu já notava o veneno.

— O que você está fazendo — repliquei. — Quero ver como isso termina, se matam o infeliz.

— A cena acaba aqui, não tem mais nada, passa para outra. — Você o viu? — "*Did you see him*", foi o que disse, referindo-se portanto a alguém e além do mais masculino, não a um objeto nem a um detalhe nem ao episódio em si mesmo, teria utilizado "*it*" nos três casos.

— Quem? — "*Whom?*", perguntei, talvez incorrendo em hipercorreção, com essa forma do dativo quando aquilo era acusativo, outro mistério da ordem e do esmero excessivo, em meio à comoção que sentia.

Tupra estalou a língua com desdém espontâneo.

— Nisso você também está lerdo, Jack. Vamos ver, para que você tem olhos, o olho é rápido e capta tudo. Você fez isso melhor outras vezes, está perdendo suas faculdades ou vai ver que está cansado. — Então rebobinou as imagens com o controle remoto que ele controlava, buscou um ponto da gravação e deixou-o congelado, fez isso com celeridade e perícia, estava acostumado a esses manejos. Era um dos momentos em que o cativo caía, a corda retesando-se, o tamborete indo à merda e o facho de luz balançando mesmo breve e ligeiramente, com pouca força e a cada vaivém com menos, também com menos percurso. Dois, não mais de três mínimos vaivéns, mas nesse instante os três sujeitos do fundo apareciam iluminados pelo facho deslocado, tinha sido uma fração de segundo, olhei para eles, não conseguia distingui-los totalmente mas havia alguma coisa familiar.

— Está vendo ele agora?

— Espere — respondi ainda inseguro, piscando os olhos para ver mais nítido. — Espere.

Tupra não esperou, ativou o zoom e ampliou seus rostos numa janela, ele tinha um aparelho de DVD com funcionalidades que eu desconhecia no da minha casa de Madri, ainda não havia comprado um em Londres. E então vi com clareza o conhecido rosto quadrado e sulcado, conhecido por meia humanidade, a que vê televisão e lê jornal, com seus óculos inconfundíveis e seu aspecto de médico ou químico alemão, ou antes de médico ou químico ou cientista nazista, sempre que o vi na tela ou em fotografia não me custou nada imaginá-lo de jaleco branco em torno da gravata, melhor dizendo, sua cara pedia aos gritos, necessitava desse jaleco branco, era incoerente não usá-lo. Ele, como todos os políticos e dirigentes democráticos mundiais, havia negado publicamente cem vezes ter algo a ver, ter dado ordens, ter aprovado ou consentido ou estar a par de práticas como aquela e até das menos brutais, as apenas vexatórias. Ninguém no mundo exterior sabia o que eu sabia agora: que, ao contrário, ele tinha assistido, uma vez pelo menos, ao tríplice enforcamento incompleto de um indivíduo acorrentado pelos pés e pelas mãos, e que havia feito isso literalmente de braços cruzados, impassível, sentado, e como máxima autoridade presente, como também teria sido em quase qualquer outro lugar em que houvesse estado. Tupra já tinha dito, aqueles vídeos não eram para qualquer um ver (um jornalista teria dado pulos de alegria). E se os entesouravam como ouro em barra era porque em todos eles estava fixado — repetível indefinidamente — alguém famoso, ou poderoso, ou endinheirado, ou com prestígio ou com influência. No ato eu o esquecera e havia prestado atenção apenas na ação principal, como não ia prestar. Já para Tupra, talvez, a única coisa que contava era o fundo escuro, ou seu instante iluminado. Claro que ele já tinha visto a cena antes, ela não o pegava de surpresa. Sua atitude me confirmou, em todo caso, que não ligava muito para a morte possível e que tampouco era um sádico. Pelo menos não se deleitava com o sofrimento alheio, aquelas ameaças de enforcamento o deixavam indiferente, ou eram só a moldura necessária do que lhe interessava.

— Sim, agora estou vendo — falei. — Mas por que você guarda isso? É o americano, é aliado, é dos seus. — Na mesma hora me dei conta de que não tinha dito "dos nossos", como talvez houvesse parecido lógico a Tupra e teria sido mesmo naquela altura, pensei que eu tinha adentrado um terreno lamacento sem me dar conta. Sim, estava dentro e sabia, estava de fato num bando, apesar de não me sentir em nenhum. E, o que era ainda mais inesperado e teria sido impensável um ou meio ano antes: eu tinha visto o que era vedado a quase todos os demais olhos do mundo, ou ainda não havia acabado de ver.

— É. E que importa? Nunca se sabe. — Tomou um gole do seu drinque, o meu já não me apetecia muito. Puxou e acendeu um Rameses II. Só me ofereceu depois, com seu cigarro já fumegante, e isso sim eu peguei, o fumo. — Não se sabe quem é dos nossos, nem se será amanhã, nisso é melhor não se deter. Também não sei isso de você nem você de mim. Prossigamos.

E continuou a sessão, a injeção de veneno, enquanto sua voz a meu lado, ligeiramente às minhas costas, soava vez por outra para fazer algum breve esclarecimento ou comentário, quase como quando, nas velhas sessões de fotos, com projetor e tela, depois de uma viagem então infrequente — por exemplo, na minha infância —, os viajantes, os que as mostravam aos parentes ou aos amigos situavam cada slide em seu contexto e os explicavam: "Aqui estamos no alto do Empire State, o arranha-céu mais alto do mundo", quando ainda era; "olhem que vertigem". E que vertigem, sim, que vertigem o que fui sentindo a cada nova cena. Algumas eram inócuas, mais gente pilhada em atos sexuais normais, mas que, caso se tornem públicos ou sejam presenciados, se transformam estranhamente em anômalos, principalmente se praticados por personagens célebres, ou muito sérios, ou de certa idade, ou respeitáveis, sempre tem algo de laborioso e ridículo no sexo objetivado, não dá para compreender como, agora, há tantas pessoas que se filmam nisso por gosto, para se divertir depois em parcial rubor. Também indivíduos oferecendo e aceitando subornos, alguns em espécie, alguns de rosto conhecido, alguns espanhóis ou antes espanholas, que loura hipócrita, mas Tupra acelerava todas essas coisas e só voltava à velocidade real quando a cena era violenta e insólita. Insólita para mim, entenda-se; não para ele, claro; quem sabe se para Pérez Nuix, Mulryan, Rendel, era possível que eles nunca houvessem visto imagens como aquelas ou que estivessem a par de tudo e conhecessem de cor estas mesmas; quem sabe se para Wheeler, ou talvez ele tenha visto equivalentes de sobra ao longo da sua vida jovem, e não na tela. Mas eu não, eu nunca tinha visto uma execução, a não ser em filmes, ou ultimamente na televisão, que embora deem notícias estas são tão fictícias quanto o próprio cinema, três homens e uma mulher à beira de um mar, esperando imóveis de pé com as mãos livres, estavam perdidos, para que iam amarrá-las, uma luz de madrugada, lembrei-me na hora daquele quadro que está em Madri, Gisbert o pintor, ou me acudiu esse nome, o fuzilamento de Torrijos e seus companheiros liberais em Málaga, via-se a areia e viam-se ondas, talvez algo de paisagem no fundo

e nutrido o grupo de condenados, e ao procurá-lo na internet mais tarde, já de manhã, verifiquei que eram dezesseis, se se incluíssem a mulher e a criança que um deles abraçava, mas seguramente essa família se despedia apenas do seu pré-morto e não ia ter a mesma sorte que o marido e pai, em todo caso eram catorze e mais quatro no chão já abatidos, com os olhos vendados e junto de uma cartola que quem sabe um cadáver havia conservado tenazmente posta até o momento de começar a sê-lo, talvez fossem por turnos que não acabavam mais, ali caíram cinquenta e tantos em 1831 ("Bem de noite o mataram com toda a sua companhia", me lembrei da romança do bom Lorca, citei para mim mesmo), os seis mais bem-vestidos agrupados à direita, a tropa junta à esquerda e o do barrete frígio depreciativo e excessivo (até na morte compartilhada há classes), mais ainda que o de óculos no núcleo dos senhores, Torrijos deve ser o louro ("o general nobre, de fronte limpa"), ou não, talvez o das botas curtas que segurava as mãos de dois camaradas ("Cavalheiro entre os duques, coração de prata fina"), traído ao voltar ao país pelo governador de Málaga ("Atraíram-no com enganos em que ele acreditou, para sua desdita"), também havia estado na Inglaterra fugido durante vários anos, regressar à Espanha sempre é perigoso, onde de hoje para amanhã tanto mudam os rostos, mesmo que tenha sido um herói da Guerra Peninsular ou da Independência ("O visconde de La Barthe, que comandava as milícias, deve ter cortado a mão antes de tal vilania"), e ali estavam os frades que nunca faltaram em nossos acontecimentos sombrios (se não eram padres e se não eram freiras), um lendo ou rezando e dois vendando olhares, os três agourentos, o pelotão de execução mais atrás, à espera e esfumado ("Grandes nuvens se levantam sobre a serra de Mijas"), é possível que o que comandava deixasse cair o pano branco que segura com a mão esquerda, talvez da ponta do sabre, ao mesmo tempo que gritava "Fogo!" ("Entre o ruído das ondas soou a fuzilaria, e morto ficou na areia, sangrando por três feridas... A morte, mesmo sendo a morte, não desfolhou seu sorriso"); e também me lembrei dos executados sem julgamento ou com farsa nessas mesmas praias de Málaga por quem a tomou mais de um século depois com suas hostes franquistas e mouras e com os camisas-negras de Roatta ou "Mancini": duque de Sevilha seu inoportuno título, o título de quem semeou de cadáveres a orla e a água e os quartéis e cárceres e os hotéis e muros, dizem que uns quatro mil, e mesmo que não fossem tantos; e em frente dos justiçados dois tipos de metralhadora ou com armas que se assemelhavam a elas, não entendo disso, dois tipos engravatados e muito bem penteados, com certeza levavam o pente no bolso como eu, como meridionais, e quando um deles disse "*Dai*", ambos lançaram intermináveis rajadas, dispararam e dispararam esbanjando balas como se precisassem gastá-las, enquanto tombavam os corpos e também, uma vez caídos, a mulher e um homem de boca para cima e os outros dois de lado, se aproximaram mais, continuaram, buscaram a verticalidade das armas, a areia dava pulos e também pareciam dá-los a carne e as roupas modestas dos já mortos mortíssimos, sangrando por vinte ferimentos, a cada impacto gratuito. "Isso é um ajuste de contas em alguma praia escondida do golfo de Taranto, seguramente não longe de Crotone, na Calábria, já faz uns tantos anos", murmurava Reresby acentuando bem o nome esdrúxulo, "Táranto", e falava tão de dentro que era como se a voz surgisse de um elmo. "É interessante. Um dos verdugos fez carreira, primeiro na construção, depois na política, e agora tem um bom cargo no atual governo. O outro não vive mais, em compensação, mataram-no logo em seguida, na represália por isso. Útil agora, não?, este vídeo." E na pergunta se notava uma espécie de orgulho de colecionador, talvez tivesse motivos para senti-lo.

Eu também nunca havia visto, nem sequer concebido, uma

violação desumana induzida, com espectadores como numa tenda, uma arena pequena, quase um quintal, homens bem trajados sob toldos brancos, vermelhos, verdes, um sol daninho, bigodes bastos e chapéus texanos e não poucos havanas entre os dentes, soava uma festiva charanga de fundo, vozes de algazarra e incentivo em espanhol e em inglês, e no picadeiro uma mulher, um cavalo, uns peões, uns rasgões, não suportei, fechei os olhos. "Não feche!", de modo que desviei o olhar. "Não afaste os olhos!" Mas mantive o olhar apartado salvo num ou noutro instante, aquilo sim não pude aguentar porque além do mais não dava crédito, nunca tinha imaginado algo assim nem que fosse possível no mundo e só para se divertir, aquilo sim é que era mortal veneno, aquelas imagens entraram em mim — o que cheguei a vislumbrar delas, logo me salvaram as pálpebras depois o pescoço virado — como se fossem um réptil mau, uma cobra, ou talvez uma enguia ou sanguessugas debaixo da pele, como dizer, internas, se introduzissem como um corpo estranho que me causasse uma dor imediata e uma opressão e um sufocamento e a necessidade urgente de que a tirassem ("Pese isto sobre tua alma"), mas o que entra pelos olhos não há maneira de extirpar, como o que entra pelos ouvidos também, lá se instala e não há remédio, ou é preciso esperar algum tempo para poder se persuadir de que você não viu ou ouviu o que viu e ouviu — e sempre fica uma dúvida ou sua marca —, de que fossem imaginações ou mal-entendidos ou miragens ou perturbações ou interpretações mal-intencionadas, nenhum de nós está a salvo delas quando nosso pensamento e nossa percepção se torcem e julgamos tudo sob uma luz enviesada e sinistra. "Isto é Ciudad Juárez, no estado de Chihuahua, no México, você sabe", murmurou Tupra com sua voz cada vez mais cava e um tom nada indiferente, mas quase lutuoso, grave, não soava a imitação, "e aí você tem uma das mil mulheres lá desaparecidas, das que a imprensa tanto falou. O importante para nós não é isso, apesar de ser e muito, mas aquele homem dali, à direita na segunda fila, o que está todo de branco com uma gravata vermelha." Isso me obrigou a olhar um momento, de esguelha e resistindo — como a curiosidade se deixa vencer por aquilo que um dedo nos aponta —, distingui o homem entre o público, um gordo risonho de meia-idade, pele lustrosa e cabelos bastos, mas não pude evitar de ver também o irracional e mais rasgões e já algum sangue — como uma espada ou uma lança — e virei de novo a cabeça, para o lado de Reresby, seus olhos fixos na tela mas agora muito cerrados, como se necessitasse de óculos ou se preparasse para fechá-los também a qualquer instante, talvez aquele episódio, embora o tivesse visto mais vezes e soubesse como terminava, lhe produzisse uma forte fisgada nos dentes ou angústia ou até repugnância ("Manchado de sangue e culpado, culpadamente desperto"), não há ninguém que suporte tudo e eu já disse que ele tampouco era um sádico. "Então, isso faz uns anos, era um empresário muito rico, sem chegar a ser um magnata. Agora já é, e se apresenta como candidato a uma prefeitura importante, em outra região, em outro estado fronteiriço com os Estados Unidos, Coahuila. E vai ganhar. Será vantajoso para nós tê-lo aqui, à vista, desfrutando o espetáculo." Pronunciou mal esse nome, à inglesa — não tão conhecido quanto Chihuahua —, disse aproximadamente "Couruaíla". O pior era que aquela arena não parecia algo excepcional, não fazia pensar que tinha sido montada para uma ocasião única, a charanga, os toldos, o animal e os experientes guias de seu membro, o convite, certamente pela internet e cifrado, ou por mensagens de celular, certamente em voz baixa. O que entrevi era muito provável que ocorresse mais vezes, não quis continuar nesse rumo e arranquei toda suposição pela raiz.

— É Coahuila — apressei-me a corrigi-lo ou foi impossível não fazê-lo, mais mistérios da ordem e da precisão impertinente, custe o que custar. Disse isso ainda encarando-o. Mas ele não olhava para mim, continuou com os olhos cravados na televisão mais uns segundos, entrecerrados quase, sua expressão era de desprezo e asco pelo que via, claro que não era o rosto de um homem impassível ante a crueldade e o padecimento alheios, estava julgando severamente; depois acelerou com o controle remoto e logo em seguida parou a imagem.

— Pode olhar, você está a salvo. Já parei em outra cena. Mas Jack — acrescentou com irritação amortecida, compreensiva até —, não estou te mostrando isso tudo para que você não veja, mas para que veja. Se não, que sentido tem.

— Não quero ver mais, Bertie — respondi. — Se tudo for assim, não quero ver nada. Acho que sei onde você quer chegar, não preciso, e tem mais: como é que vocês não utilizam essas imagens para evitar tudo isso? Poderiam servir para averiguar, através desse gordo que identificaram tão bem e que está tão à vontade, o que está acontecendo naquele lugar, e para pôr fim aos acontecimentos. Não entendo a passividade de vocês. Não entendo vocês.

— O que você acha, que uma cópia dessa cena não está em poder dos mexicanos, dos americanos? Se eles não tomam providência, pouco mais podemos fazer daqui; e nem sempre é fácil atuar, um vídeo assim não seria admitido como prova em alguns países, a maneira de obtê-lo o invalidaria. E de que o gordo seria acusado, de assistir a um espetáculo ilegal? De passividade? De omissão de socorro? Bah. Também entendo que o guardem e o arquivem para uma ocasião melhor, por via das dúvidas. Não posso criticá-los por isso, fazemos a mesma coisa com a maioria dos que nos dizem respeito, com os de nossos territórios. Pode salvar mais vidas obrigar alguém marcado a fazer alguma coisa, mais tarde, que apelar para a ignorância por meio de subalternos. E nós sempre queremos salvar vidas. Estamos sempre fazendo cálculos, pesando se vale a pena deixar morrer agora uma pessoa para que vivam muitas outras com isso. Em primeiro lugar, vidas britânicas, claro, a prioridade se entende. Como na guerra. Devemos tirar o máximo proveito de tudo, ainda que seja preciso esperar vários anos. Como no trabalho diário de escritório, às vezes é preciso aguardar que alguém esteja em condições de realizar o que previmos em suas capacidades. Inclusive o que você prevê, Jack, o que você nos anuncia. Tudo do que você me diz conta, nada se perde. Com isso é a mesma coisa. — Sim, ele tinha olhado para mim durante as últimas frases, suas pestanas já separadas, assomando o grisalho na penumbra, seus olhos absorventes já abertos, que faziam a gente, qualquer um, se sentir digno de atenção e deciframento; e me pareceu que suas palavras haviam sido destinadas a acentuar em mim esse sentimento. Eu ainda não tinha me voltado novamente para a tela, apesar de ele ter me tranquilizado a respeito. — Vamos, olhe. Você vai ter de ver pelo menos mais uma gravação. Vou avançar mais rápido, pularei umas tantas, já que te afetam tanto. — Não poupou o deboche aqui.

Não me importava. Levantei dois dedos para indicar que ainda não era o momento, que desejava esclarecer uma coisa. Talvez necessitasse de um minuto para me recuperar do já visto e outro para me habituar à ideia de que ainda restava algo mais a ver, sem dúvida ingrato, mais veneno. Mas dissimulei perguntando, como se minha curiosidade tivesse urgência:

— De onde saem? Qual a maneira de obtê-las? O que você me mostrou até agora... Nada possibilitava que houvesse câmaras.

— De qualquer lugar, de todas as partes e de mil maneiras, hoje a oferta é incomensurável. Contamos com nossos meios tradicionais, por um lado: com nossos instaladores, e nossos infiltrados e subornados que filmam. Mas também se vendem imagens, há todo um mercado negro e compramos o que nos interessa, saem baratas quando quem oferece ignora a identidade dos que aparecem nelas. Nós sim costumamos saber ou podemos averiguar, se se trata de simples paus-mandados ou de remotos sicários ou de gente de certo peso. É como a arte: se quem compra conhece o valor e quem vende desconhece, o resultado é uma pechincha. Hoje qualquer imbecil possui e leva uma minicâmara no bolso ou incorporada ao celular, e se um turista pilha por acaso algo grave, inclusive um crime, é mais provável que tente ganhar dinheiro com isso do que entregue à polícia. Ela não paga, nós sim e outros também, através de intermediários. Do mesmo modo que, quando pegam alguém famoso trepando ou pelado, põem no mercado das revistas e televisões sensacionalistas, convém ter alguém que saiba das coisas. Outras vezes quem nos manda vídeos são nossos colegas de outros países, e nós correspondemos com o que pode lhes servir, os satélites conseguem bastante coisa. Agora é a coisa mais fácil do mundo surgirem gravações de qualquer coisa. A gente não tem mais nem sequer ideia de onde há câmaras ou ainda não acredita que existam tantas, o mais sensato é partir da ideia de que existem em todo lugar e tempo, até nos quartos de hotel, nos prostíbulos, nas saunas, nos banheiros públicos (não nos de entrevados, claro, aí não costumam pôr), e até nas casas particulares. Ninguém hoje está a salvo de ser filmado em qualquer atitude e circunstância, portanto em pleno cometimento de um delito ou de perversas touradas sexuais, isso é sempre possível. Apesar de não termos tanta sorte, claro, e em conjunto é uma parte mínima a que chega até nós e que vemos. Podemos fazer uso imediato de muito pouco, estou falando do uso legal. Mas não estão nada mal nossos arquivos para o futuro ou para o hipotético, com vistas a acordos privados. Importa sobremaneira às pessoas sua imagem e elas estão dispostas a renúncias e a pactos. Você ficaria surpreso com quanto importa a elas, mesmo quando não se trata de gente famosa, mesmo que sejam empresários anônimos para a maioria, por exemplo, para quem vê televisão e lê jornal, eles sabem que logo deixariam de sê-lo, de ser anônimos. É muito extenso esse pânico, o pânico narrativo, ou essa repugnância, como você chamou, todo mundo está convencido de que pode ter uma história ou de que pode constituir a possível matéria desta, basta que alguém a conte, basta que decida contá-la. E, de fato, nada é tão simples quanto tirar uma pessoa do anonimato. Muitos indivíduos lutam e se desdobram para sair dele por si mesmos, sabe como é, oferecem sua cotidianidade na internet, vinte e quatro horas, maquinam escândalos ou vigarices estrepitosas, tentam se alçar a uma celebridade ainda que seja a mais horrorosa, inventam fofocas disparatadas para que os convidem a contá-las no mais mísero e obscuro programa da madrugada, buscam o contato indireto de qualquer fama alheia ainda que nefasta ou brigam no estúdio de tevê e se xingam, e procuram tirar fotos idiotas e fúteis em companhia de um ator, de um jogador de futebol, de um cantor, de um milionário, de um político, de um membro da realeza, de uma modelo. Até dão cabo de um conhecido ou de um desconhecido de maneira truculenta e esquisita, especialmente cruel ou chamativa ou arrepiante, a criança que mata uma criança menor; o adolescente, seus pais; a mocinha, uma companheira mais moça, o adulto monta uma carnificina num lugar ou manda em segredo sete para o beleléu, um depois do outro, à espera de ser por fim descoberto e provocar assombro. Porque isso está ao alcance de qualquer um, matar alguém, ao alcance do maior paspalhão. E não sabem que bastaria seguir com suas vidinhas e que alguém descobrisse alguma graça nelas e adotasse o ponto de vista apropriado e então decidisse contá-las, ou pelo menos se interessasse por elas e lhes desse importância. Que alguém visse nelas um elemento vergonhoso ou ocultável, uma nódoa ou uma anomalia. E isso no fundo não é tão difícil, Jack, porque todos encerramos alguma, às vezes sem nem mesmo saber ou sem saber assinalá-la. Dependemos de quem nos olha. E o pior que pode acontecer com as pessoas é ninguém olhar para elas. As pessoas não suportam e sofrem com isso. Tem gente que morre disso, ou que mata por isso.

E me deu tempo de pensar: "Tupra se apropriou da minha teoria, ou de retalhos dela. Tem a delicadeza de não utilizar exatamente minhas palavras, ou reconhecê-las nas exceções, 'assim você chamou', 'de acordo com seus termos', diz citando a mim quando me cita *verbatim*. Tem o bom gosto de não se apropriar, pelo menos na minha presença, da ideia de que as pessoas detestam ser omitidas ou desdenhadas e sempre preferem ser vistas e julgadas, para o bem ou para o mal ou até para o fatal, até necessitam e anseiam isso; de que ainda não foram capazes de prescindir do suposto olho de Deus que tem nos observado e vigiado durante tantos séculos, do acompanhamento que supõe pensar que algum ser presta atenção em nós a todo instante e sabe tudo sobre nós e acompanha nossa trajetória detalhadamente como quem acompanha um relato do qual somos protagonistas; de que o que suportam mal ou não consentem é não ser vistas por ninguém nem ser aprovadas ou desaprovadas, premiadas ou castigadas ou ameaçadas, não contarem com nenhum espectador ou testemunha a seu favor nem contra; e assim procuram ou inventam substitutos para esse olho já fechado ou ferido, ou cansado ou inerte, ou chateado ou cego, ou que desviou a vista como estou fazendo; talvez por isso as pessoas hoje não se importem tampouco com ser espiadas e filmadas, e até tendem a propiciar o serem com frequência, com exibicionismo, embora possa prejudicá-las e atrair sobre elas precisamente o que as horroriza tanto, a transformação da sua história num desastre. É como uma dupla necessidade contraditória: quero que saibam que sou e que fui, e que reconheçam meus feitos, o que me causa pavor ao mesmo tempo, porque pode arruinar para sempre o quadro que estou pintando de mim mesmo. De modo que, quando eu não estiver presente, Tupra se apropriará, com certeza, de tudo sem o menor escrúpulo, do que eu disse ao falar de Dick Dearlove e que me ocorreu outras vezes, e acreditará ter pensado nisso ele mesmo (e aí não se distinguirá de um chefe vulgar). Talvez Pérez Nuix tivesse razão e eu o influencie muito mais do que creio, o estimule e o divirta. Talvez por isso sinta um fraco por mim e me convide ou me arraste para sua casa e me mostre esta coleção de horríveis vídeos, e tenha tanta paciência comigo, e deixe passar tanta coisa que faço, até mesmo eu cobrir os olhos e afastar minha vista do que me mostra generosamente, num ato de grande confiança, e com isso me cegue".

E também pensei na hora: "Mas tudo chega ao fim, a gente gasta os cheques até o saldo negativo, e eu não devo confiar muito no meu taco". E em seguida falei:

— Está bem, ponha logo o que tem de pôr e acabemos com isso. Já é muito tarde e quero voltar para casa.

— Ah, sim, é verdade — respondeu com ironia. — Suas luzes acesas. Acha que ela ainda está te esperando? Se for assim, não será fácil você se livrar, mais tarde, da insistência dela. — Olhou para o relógio e acrescentou: — Que cano, hein? Diga de minha parte que lamento muito, sim?

Era o tipo de homem a quem excita pensar em mulheres, quaisquer que sejam, na mera ideia e mais ainda nas mulheres de amigos, e enviar mensagens através de seus maridos ou namorados para as desconhecidas. Pensa que assim saberão dele, que pelo menos se inteirarão da sua existência e poderão sentir curiosidade e imaginá-lo, e assim pratica um galanteio fictício e sem objetivo.

— Já disse que ninguém me espera nem tem minhas chaves,

Bertram. — Esvaziei meu copo de um gole só, como que para ir encerrando algo. — Bom, vamos lá, o que mais quer que eu veja? — E apontei para a televisão com o queixo.

Ele apertou de novo o play e imediatamente o de aceleração, mas não no máximo, apenas na segunda velocidade, de modo que ainda pude ver com relativa clareza as imagens, embora sem som, e eram todas desagradáveis em maior ou menor grau, com as piores continuou entrando o veneno, uma ou outra chata ou sórdida no melhor dos casos, dois sujeitos de cabelos grisalhos e pele avermelhada estirados numa cama, cheirando cocaína de cueca (quanto material a droga dava a eles, talvez por isso nenhum governo queira legalizá-la, seria como diminuir os delitos), não tinham nenhum interesse nem produziam impressão alguma, abstive-me de perguntar quem eram, devia ser gente conhecida ou importante, sabe lá se locais ou do Canadá ou da Austrália, talvez comandantes da polícia, um deles tinha um incongruente quepe azul-marinho posto de lado; estive a ponto de marcar um gol contra, de ceder a uma curiosidade jocosa quando apareceu na tela um político espanhol nacionalista que todos nós vimos até fartar (bem, no caso do espanhol ele teria se recusado), no minucioso processo de se fantasiar de mulher na frente de um espelho de corpo inteiro, ou antes, de antiquada puta, ele tinha a maior dificuldade de deixar as meias retas, elas se torciam e se enrugavam o tempo todo, e toma tirá-las e começar de novo, rasgou dois pares e jogou-as fora com pesar, também pelejava com uma espécie de cinta, a visão era cômico-patética, em meu país teriam pago uma boa soma por ela, eu me senti tentado mas me refreei e consegui não pedir a Tupra que a passasse a seu ritmo, queria terminar o quanto antes; quatro indivíduos sinistros espancavam num salão de bilhar um pobre coitado de idade avançada e aspecto distinto, jogavam-no estendido no pano verde e batiam nele com os tacos, empunhando-os pela parte mais fina e esbordoando-o com a mais grossa, viravam-no de boca para cima e com a primeira bordoada quebravam os óculos, continuavam batendo em sua cara com os cacos das lentes saltando e com certeza incrustando-se nele a cada nova porrada, e depois por todo o corpo, nas costelas e nas cadeiras e nas pernas e nos testículos, às vezes acertavam neles com o taco na vertical, devem ter quebrado as rótulas e as tíbias, o homem não sabia com que se cobrir, devem ter lhe quebrado também as mãos com as quais tratava de se proteger em vão, quatro são muitos paus que sobem e baixam e tornam a subir e sempre baixam, como os ombros. Aqui não pude reprimir um comentário:

— Não vá me dizer que um desses selvagens ficou importante, que agora tem algum cargo. Não posso acreditar, com uma pinta dessas.

Tupra parou a imagem na mesma hora, não ia deixar passar bestialidades sem que eu as visse, ainda que aceleradas. Ficou congelada no pobre coitado quando seus castigadores já tinham se retirado, imóvel em cima da mesa, sangrando pelo nariz e pelas sobrancelhas, talvez pelos pômulos e por outras brechas, uma massa informe cheia de cortes e inchada.

— Não seria impossível, em absoluto. Mas não — respondeu às minhas costas, desta vez eu não tinha me virado para fitá-lo, e menos mal que tenha sido assim, pensei na mesma hora. — Aqui o importante é o velho, a quem esta cena envergonharia. Leve em conta que há quem deseje ocultar ter sido vítima, tanto ou mais do que ter sido verdugo. Que há gente disposta a muito para que não se saiba o que aconteceu com ele, o que lhe fizeram de tão humilhante e bárbaro, e até a mais que isso para que ninguém saiba. Para que seus entes queridos não vejam nem fiquem sabendo, por exemplo, pois sofreriam desconsolados e não poderiam esquecer nunca, imagine que esse homem era seu pai. Mas sua importância é diferente da dos outros que você viu, é de outra índole. Ele não tem poder nem influência, ou não os tem diretos. Mas você não sabe quem é, sabe? — E sem me deixar responder "Não", me disse. — É mr. Pérez Nuix, o pai da nossa Patricia. — E pronunciou o duplo sobrenome à inglesa, soou como se houvesse dito em sua língua "Pears Nukes", mais ou menos.

Foi então que pensei que era melhor que ele não estivesse vendo meu rosto. Senti nele e no pescoço um calor repentino, abarcador, e em seguida por todo o corpo, como quando pilham você no colégio com as mãos na massa, sem possibilidade de desculpas nem de embustes. "Não o enganei", pensei no ato, "e ele certamente deve saber que tentei conscientemente enganá-lo. Que menti a ele sobre Incompara, talvez tenha se dado conta desde o primeiro instante e assim tudo ficou sem efeito, não adiantou nada, ele não caiu nessa e Incompara não obteve nada do que pretendia, e assim a dívida não foi saldada, ou a cobraram do homem com essa surra brutal, filmada sabe lá por quem, devem ter marcado encontro com o pai naqueles bilhares para resolver o assunto, uma cilada, e o mais provável era que Reresby tenha sabido isso de antemão, que tenha sabido o que de fato o aguardava, mandado instalar lá uma câmara oculta ou pago ao encarregado, ou a um quinto sinistro que não aparecia na tela porque não participava da tunda e só a dirigia ou presenciava para informar mais tarde da sua consumação, e de passagem a gravou com seu celular ou sua minicâmara." Os pensamentos se atropelaram e também uma vergonha intensa com ramificações diversas, ou vai ver que eram vergonhas distintas, apesar de simultâneas. Mas eu não podia me descobrir tão facilmente, depois de semelhante revelação o normal não era meu silêncio, teria sido como reconhecer que eu estava a par daquilo, ou de uma parte, de algo.

— E isso? — perguntei nervoso. Não era suspeito, o nervoso podia se dever à violência que eu acabara de ver, sem som, por sorte. — Por quê? A que ele se dedica, o que tinha feito a esses caras?

— Ele tinha muitas dívidas de jogo, e você sabe o que às vezes acontece nesse caso. Nunca perdoam, dependendo de com quem você as contraia.

"Está dissimulando", pensei, "conta como se eu não soubesse, quando deve supor que sei bastante. Está me testando. Quer ver se eu cedo e confesso ou se consigo bancar o inocente até o fim, sem entregar os pontos. Quer ver como me comporto quando me pegam com a boca na botija."

— De quando é esse vídeo, quando foi isso?

— Relativamente recente — respondeu. — Uns dois meses, mais ou menos.

— Patricia sabe? Quero dizer, ela viu isso?

Ela não tinha me contado nada, talvez pelo absoluto fracasso do meu favor ou do meu fingimento: para que me dar a má notícia que afinal de contas não me dizia respeito, ou me fazer sentir responsável, para que me envolver mais. Tampouco tinha me informado do contrário, quer dizer, de que tudo havia corrido bem e a dívida estava paga, graças em parte a meus bons ofícios. Mas nunca me ocorrera que tivesse de fazê-lo, se houvesse sido esse o resultado, e eu não havia tornado a perguntar, uma vez é uma vez e isso tem de ser respeitado, a primeira não dá direito à segunda, do que quer que seja, ao contrário do que muitos creem.

Tupra riu de novo com uma tosse seca, e isso indicava sarcasmo ou incredulidade ante o que ouvia.

— Não, como pode ter visto, por quem você me toma? Já teve o bastante com o que viu no hospital. O pai passou lá uma boa temporada, não sei se saiu faz pouco, e ainda há que ver como vai ficar, você viu, ele tem idade, não vai se recuperar totalmente de uma coisa dessas, bateram bem no pobre coitado.

Sim, ali estava o coitado do pai da jovem Pérez Nuix, que ela amava tanto, congelado ante meus olhos em seu mais triste momento, os dele semicerrados, a pouca expressão que tinham era de desengano, como se nunca houvesse esperado do mundo algo tão feroz em sua carne, ele era um homem frívolo que se aborrecia no sofrimento, eu me sentia culpado pelo que tinham feito com ele e essa era uma das minhas muitas vergonhas, talvez eu não tenha sido convincente ao opinar sobre Incompara, é difícil mentir quando não damos à nossa mentira o menor pingo de crédito, eu devia ter me esforçado mais, devia ter insistido com Tupra e ter subscrito minhas palavras com meu pensamento para transformá-las assim em verazes, ou talvez não fosse falha minha e ele havia visto o que havia visto, o que de resto era evidente: que aquele Vanni Incompara não era digno de confiança e ainda por cima era impiedoso, Pérez Nuix devia ter percebido mas precisava se enganar, é do que todos precisamos, até os que têm o dom, os mais dotados, quando a visão nos afeta e nos é insuportável. Talvez tenha sido uma tarefa impossível, a de persuadir do contrário meu chefe, que agora me passava esse vídeo sabe lá com que propósito, ou era pura coincidência e não havia propósito, afinal de contas eu podia ter engolido calado meu comentário e ele então não teria parado a cena, iria deixá-la prosseguir sem se referir a ela e sem me contar quem era a vítima. "E em vez disso parece que está me dizendo: 'Olhe bem, você não me enganou, olhe bem onde levou sua tentativa, Iago, sua ação marota não deu certo e não fiz caso das suas insídias, não engoli sua recomendação e assim não permiti que ele se aproximasse, ele ficou ainda mais furioso ante as falsas expectativas que você criou, teria valido mil vezes mais que não as tivesse criado, vai ver que então teria sido mais magnânimo com esse velho alegre e distinto, compatriota seu, que houvesse mandado um esbirro só e não quatro, ou com porretes curtos de borracha e não com tacos compridos e duros, ou que tivesse resolvido o assunto de outra forma, sem ira nem violência, quem sabe. Você meteu os pés pelas mãos e me subestimou, achou-se capaz de me tapear, mas para isso te falta muito, te falta a vida inteira'. Também pode ser que não esteja me dizendo nada."

— E como você não impediu? Afinal é o pai de Patricia.

— Continuei bancando o bobo, temos que seguir inclusive os caminhos que cortam mar, deserto, selva, precipício ou muro.

— Não vá me dizer que você não estava a par; que a câmara que filmou isso tudo estava ali por acaso, que você não teve nada a ver e que comprou a gravação na feira. Muita coincidência, não? O pai de uma colega espancado.

Mas Tupra não se alterou, ou assim supus. Eu continuava lhe dando as costas, preferia não ver sua expressão em troca de ele não ver a minha. Sua voz soou tranquila:

— Claro que não foi coincidência. Foi precisamente por dizer respeito a uma colega que trouxeram, que nos ofereceram. Pensaram que poderia nos interessar, para saber dos pontos fracos dela ou para fazer represália contra os agressores. Não creia que contemos muitos dos nossos problemas pessoais no grupo. Pat não conta quase nada. Não fosse por isso, eu teria ficado sabendo apenas em parte. Ela só me disse que seu pai tinha sofrido um acidente e estava hospitalizado. Não costumamos misturar, você sabe.

— E não fez, a represália? Neste caso vocês também não tomaram medidas? E por que guarda o vídeo?

— Aqui não se joga fora nada, já te disse, não se entrega nem se destrói nada, e essa surra está em lugar seguro aqui, não é para ninguém vê-la. Talvez um dia convenha mostrá-la a Pat, isso sim, quem sabe, para convencê-la de alguma coisa, de que fique, de que não vá embora, nunca se sabe. Represálias por ora não valem a pena, esses quatro não são ninguém, fazem isso como cem outras coisas para cem patrões diferentes, e aparecem por conta própria de vez em quando sem necessidade de ir até eles, afeitos à prisão. Quanto aos que estão por trás, é melhor esperar, como tantas vezes, para uma maior utilidade futura, já te expliquei.

— Era isso que você queria que eu visse? — Eu sabia que não, se fosse não teria passado acelerado, arriscando-se a que eu não falasse nada e assim não lhe desse oportunidade de me fazer saber. Ainda lhe restava mais veneno para me inocular ou mais tormento a me submeter.

— Não, não é isso. Bom, prossigamos.

E tornaram a aparecer mais cenas velozes embora não muito, mudas, eu continuava podendo ver o principal delas, vi como um homem berrava com outro metido num carro, numa garagem, quero dizer, uma garagem particular, não um estacionamento público, berrava com ele de pé, inclinado, um cotovelo na janela aberta impedindo o outro de subir o vidro, as duas caras tão juntas que devia lhe vomitar saliva, vi como tirava uma pistola do paletó, um movimento muito rápido, e encostava o cano sob o lóbulo da orelha do adversário ou daquele que espinafrava, vi como não demorava nem três segundos para apertar o gatilho e disparar ali, sob o lóbulo, à queima-roupa. Levei a mão aos olhos, para ver só entre os dedos, é uma estupidez, vi saltar sangue e pequenos ossos, mas assim acreditava ver menos ou não ver em algum instante, embora não chegue esse instante porque os dedos nunca se fecham totalmente. O sangue salpicou no assassino, isso não parece tê-lo incomodado, devia haver um chuveiro ali perto ou tinha outra camisa, outro terno em seu carro, ou vai ver que aquela era sua garagem, a da sua casa, deu meia-volta e saiu do enquadramento devolvendo a pistola ao bolso, foi uma sequência muito breve, pelo tipo de calça — um pouco curta e estreita, cinza mas abrilhantada — eu diria que era um americano, para que Tupra conservasse o vídeo devia ser da CIA ou algo assim, do Exército, mas me abstive de fazer perguntas, talvez estivesse agora em sua direção, quem poderia saber, Reresby talvez soubesse.

Logo em seguida vi uma morte a marteladas ou deduzi que era uma morte, uma mulher empunhava a arma, de trinta e tantos, usava saia, salto alto e um colar de pérolas caindo sobre um suéter justo de gola em V, as três peças em tons de verde, parecia saída dos anos 50 ou início dos 60, uma secretária ou uma executiva ou uma bancária, em todo caso uma mulher que trabalhava em escritório, derrubava um homem muito mais alto que ela com uma selvagem martelada na testa, ele era da minha idade ou da de Tupra porém mais pesado e largo que nós, num quarto de hotel seguramente, o homem corpulento caía de costas, ela montava a cavalo nele e continuava batendo com o martelo, massacrando-lhe o crânio, por isso dei por certa sua morte, quanto pânico tinha ela ou como devia odiá-lo, o colar dançava, a saia se arregaçou, estranhamente não usava meia apesar da roupa de outono, talvez houvesse tirado antes e talvez as calcinhas também para trepar vestida ou não precisa de calcinhas, ou ele é que as tirou para estuprá-la e teria desejado tê-la assim, em cima ou embaixo, com as pernas abertas, quem seria ela então, quem era agora e quem a vítima, continuei sem dizer nada, essa gravação terminou abruptamente, a mulher com o martelo no alto como Tupra com sua espada, ainda não tinha posto fim a seus golpes, não pude deixar de me lembrar da excepcional atriz Constance Towers naquele filme antigo, *The Naked Kiss* era o título e na Espanha *Una luz en el hampa*,* meio ridículo, fazia algo parecido na primeira cena mas não com um martelo, e sim com seu sapato afiado ou com um telefone, e sua cabeleira caía na meta-

* *Uma luz no submundo*. No Brasil, *O beijo amargo*. (N. T.)

de do crime, era uma peruca loura e ela ficava careca diante dos espectadores, talvez isso fosse o que mais impressionava, como no falso caso de Jayne Mansfield, e também me cruzou o pensamento a temida imagem de Luisa com a qual eu havia fantasiado em meus piores momentos ou nos mais alterados, atacada por aquele que me substituíra, o homem tortuoso que não lhe dará um minuto de sossego e a isolará totalmente, e que talvez numa noite de chuva e reclusão cerre suas mãos grandes sobre o pescoço dela enquanto as crianças — minhas crianças — olham de um canto espremendo-se contra a parede como se quisessem que esta cedesse e desaparecesse, e com ela a visão aterradora, e o impedido pranto que anseia brotar mas não consegue, o pesadelo aterrador, e o barulho prolongado e estranho que a mãe faz ao morrer, tomara que tenha um martelo à mão para que não seja ela que morra mas o homem tortuoso, o despótico e possessivo que não é assim nos primeiros passos e encontros, mas deferente, respeitador e até precavido, o que não fica nunca para dormir nem mesmo que lhe implorem, como eu mesmo, e se veste de cima a baixo novamente apesar da hora e do desgrenhamento e do frio, e ao sair à rua está de novo com as luvas postas, esse homem tão parecido com Tupra. É possível que eu não dissesse nada também por meu abatimento, à medida que se sucediam as cenas eu me sentia mais murcho, diminuído, atrofiado ("Continue, continue sonhando, com morte e fatos sangrentos"), como se a faceta do mundo que estava sendo mostrada a mim estivesse expulsando as outras, as habituais, não só as risonhas e alegres mas também as anódinas e neutras, as indiferentes, as rotineiras, que são — principalmente estas — nossa salvação e essência. É essa a faculdade do veneno, ele se infiltra e contamina tudo. O abatimento era por acúmulo, no entanto, porque ao mesmo tempo me dava conta de que nada do que desfilava ali produzia em mim, apesar de tudo, tanto nem tão daninho efeito quanto o que havia ocorrido diante dos meus olhos sem a mediação de uma tela, no toalete dos deficientes. Não é a mesma coisa a violência que está ao lado e se respira e mancha, e a que a gente vê projetada, por mais que a saiba real, não fictícia, a televisão não salpica, só nos assusta. E de vez em quando me voltava à cabeça a pergunta de Tupra, a que ele tinha feito no carro antes de pô-lo em movimento e o levado a decidir que fôssemos à sua casa. "Por que não se pode sair por aí batendo, matando? Foi o que você disse." Semelhante bobagem, não há ninguém que não saiba, qualquer um pode responder a ela. Mas à luz do que ele me mostrava ("Pesem essas visões sobre tua alma; caia tua espada sem fio e rode teu escudo; tira teu elmo e solta tua lança"), eu continuava sem encontrar mais respostas além das bobas e pueris, as herdadas e nunca alcançadas, as sabidas por todos e vazias, as que todo mundo aprendeu e tem prontas para soltar sem ter lhes dedicado um pensamento próprio, nem o mais mísero e distraído, nem tê-las questionado: porque não fica bem, porque a moral condena, porque a lei proíbe, porque se pode ir para a cadeia, ou para o patíbulo em outros lugares, porque não se deve fazer a ninguém o que não quero que façam comigo, porque é um crime, porque há piedade, porque é pecado, porque é feio, porque a vida é sagrada, porque é irremediável e não tem volta e o feito não se desfaz. Mas era certo que Tupra tinha me perguntado bem além de tudo isso.

Vi mais flashes, talvez não deva contá-los, vi menos bem, sequências mais confusas, quase encavaladas, Reresby aumentou a aceleração, ele também tinha de dormir, podia estar ficando com sono embora parecesse bem acordado, talvez ele por fim se unisse aos meus desejos de acabar o quanto antes, eu queria terminar com a febre, minha dor, a palavra, a dança, a imagem, o veneno, o sonho, pelo menos por aquele dia ou por aquela longuíssima noite, as coisas que comprometem ou culpam afinal não são variadas, sexo singular, sexo violento, sexo adúltero ou meramente irrisório, espancamentos, consumo de drogas, um pouco de tortura, crueldade e sadismo, corrupções, subornos, roubos e delações e dívidas, conspirações falidas e traições descobertas, homicídios improvisados e assassinatos previstos, pouco mais resta, quase tudo se reduz a isso e também há as matanças, vi outro metralhamento, esse em massa, de civis num país africano, umas vinte mulheres e homens e crianças e velhos, caíram em câmara rápida como se fossem peças de dominó e assim não parecia tão grave nem mesmo factual, executado por soldados ou atiradores negros mas ordenado por um oficial branco de uniforme, não sei se regulamentar ou de semifantasia, talvez fosse um mercenário então, que mais tarde teria se reincorporado ao seu Exército, houve ingleses, sul-africanos e belgas que fizeram a viagem de ida e volta, e creio que também franceses. Se assim fosse, Tupra tinha esse militar no papo, talvez o houvesse deixado ascender, fazer carreira, com certeza não o avisara da existência da gravação nem o denunciara, estaria à espera de vê-lo na cúpula, em sua nação, na OTAN, para então lhe pedir um favor imenso, ou antes, obrigá-lo a fazê-lo, pela força da imagem.

E por fim parou, quero dizer que recuperou a velocidade normal para uma sequência concreta e com ela o som, teve de rebobinar um pouco para pegá-la desde o início.

— Aqui está — falou. — É isso que quero que você veja antes de voltar para casa. Preste bem atenção, e quando estiver na cama pense em mim e pense nisto.

Como todas as outras, foi uma cena curta, nisso ele não havia mentido embora a visita houvesse se tornado eterna, quase todas estavam montadas naquele DVD sem preâmbulos sequer, interessava a brutalidade, o delito ou a farsa, não o que houvesse antes nem o que viesse depois, mas o aproveitável apenas para chantagear o filmado. Havia três homens numa espécie de abrigo, ao fundo se vislumbrava um rabo de animal chicoteando, provavelmente de vaca ou de boi, no chão havia palha esparramada, imaginei o cheiro ali de dentro. Os dois homens de pé tinham amarrado o terceiro, sentado numa cadeira de palha, com as mãos nas costas e cada pé amarrado a uma perna, naturalmente as da frente. Havia uma fita cassete ou um rádio tocando, ouvia-se uma melodia que reconheci parcialmente, minha memória musical tão confiável: Comendador tinha ficado fã das canções locais durante sua estada na prisão de Palermo depois de ser detido naquela alfândega por culpa da gota de sangue que em má hora ou na boa apareceu numa das suas fossas nasais e levantou a suspeita de um carabineiro com olho crítico ou dedutivo, que soltou literalmente em cima dele os cachorros que farejam cocaína. Ele tinha me mandado dois CDs de presente, um de Modugno, outro de um tal de Zappulla, e eu estava quase certo de que era a voz deste que soava no estábulo em alto volume, entoando uma canção que constava do meu disco, eu me lembrava de alguns títulos, era "*I puvireddi*", ou "*Suspirannu*", ou "*Luntanu*", ou "*Bidduzza*", ou "*Moro pe ttia*", bonitas, graciosas, um tanto bregas na sua melancolia, eu as ouvira com insistência e prazer durante um período melancólico e um tanto brega, aquele abrigo devia ficar na Sicília, também me fez pensar assim a *lupara* que uma das sentinelas trazia pendurada no ombro por uma correia, a escopeta de cano curto com que por lá se caçou e talvez ainda se cace, e se ajustaram contas e talvez ainda se ajustem, o outro indivíduo deixava aparecer um pistolão enfiado num coldre debaixo da axila, o paletó jogado com garbo sobre os ombros, as mangas vazias e as da camisa arregaçadas, no pulso um relógio grande, quadrado, apoiando a mão no encosto da cadeira do prisioneiro, mais gordo e mais velho que eles, que eram jovens e magros, e os três moviam os lábios acompanhando a letra da canção, todos a sabiam de cor e a cantarolavam junto com Zappulla, e embora cada um o fizesse por conta própria, por assim dizer, absorto, isolado, como que para dentro e não em coro, resultava curiosa essa sintonia que lhes permitia compartilhar algo momentaneamente, como se não fossem os guardiães e seu cativo ou dois verdugos e sua vítima e esta não aguardasse algo de ruim, e os rabos dos animais, no fundo, pareciam se mover ao mesmo som, os seres vivos do lugar recôndito em estranha e incongruente harmonia, o homem da *lupara* até balançava levemente sem levantar os pés do chão, só dançavam suas pernas e o torso com a escopeta de cano duplo, ao cadenciado ritmo de "*I puvireddi*" ou de "*Moro pe ttia*", em dialeto.

Isso durou poucos segundos, porque logo a porta se abriu — entreviu-se a relva, um campo ameno — e entraram outros três sujeitos que a fecharam detrás de si, e o que ia na frente e mandava era Arturo Manoia. Lá estava ele com seus óculos de estuprador ou de funcionário público que ele levantava constantemente com o polegar embora não escorregassem, vi que também fazia isso estando assim, de pé e ativo, ocupado, com seu olhar quase invisível por causa das grandes lentes e da excessiva mobilidade de seus olhos baços cor de café com leite, como se tivesse dificuldades para fixá-los mais de alguns segundos, ou aversão a que os escrutassem. Reconheci-o na hora, tinha acabado de vê-lo durante toda uma noitada inesquecível e nem sequer aparentava menos anos, devia ser uma gravação recente ou era um homem sem idade e que, ao contrário de sua mulher, não mudava, estava ali com seu queixo invasivo, a mandíbula comprida demais que não chegava a transformá-lo num prognata mas talvez num *bazzone*. Com sua disposição geral para a represália. Assim que o conheci, havia pensado que a exerceria à menor provocação ou pretexto e até sem necessidade deles, que seria um indivíduo irascível embora com fama de ponderado, porque não deixaria quase nunca a cólera escapar. Mas também havia pensado que as poucas vezes que ela lhe aflorava deviam ser temíveis, "melhor não presenciá-las". E agora, quando já tinha me despedido dele e o havia perdido de vista em pessoa, no final da noite, inesperadamente, me cabia assistir a um ataque de ira dele na tela. Senti aquilo como uma maldição e soube disso mal o vi aparecer no vídeo, de terno e gravata, pela porta do abrigo. Eu me preparei, me firmei no propósito de não apartar a vista nem tapá-la, acontecesse o que acontecesse. Queria demonstrar a Tupra que ao longo da sua sessão eu já tinha me endurecido, ou já havia criado dentro de mim o antídoto contra seu veneno; ou a resistência, pelo menos.

A música não se interrompeu quando entraram os três novos, nem sequer baixou seu volume, de modo que ouvi pouco do que Manoia dizia ao manietado e ainda compreendi menos, me pareceu que exagerava o sotaque meridional ou então misturava o dialeto com o italiano. Mas falava com altivez, com indignação, com desprezo, com sua voz ferina agora elevada, agitando as mãos e soltando uma bofetada ou outra de passagem, como se elas fizessem parte da gesticulação, como se fossem sublinhados de suas broncas, sopapos quase involuntários ou nem percebidos por ele, isso só pode acontecer quando o esbofeteado já não vale nada e foi coisificado. O outro respondia o que podia, sem dúvida em dialeto porque eu não entendia uma palavra, eram frases entrecortadas, abortadas pela catarata incessante e veloz de Manoia, eu não quis prestar atenção apenas no prisioneiro, quanto menos o individualizasse menos me importaria o que acabasse acontecendo com ele, algo horrível ia acontecer, era certo, a situação pedia e além do mais a cena constava daquele DVD escolhido e montado, de episódios ruborizantes ou atrozes sem encheção de linguiça, prestei atenção apesar de tudo, pelo costume, era um homem gorducho, com boca de pinhão numa cabeça grande, cabelo muito curto e crespo, olhos saltados, pele curtida de pequeno fazendeiro que ainda percorre os campos a pé, bem-vestido num estilo aldeão, não mais de quarenta anos. Por fim Manoia parou a cascata — mas não a ira — ou fez uma pausa breve, e em seguida entendi uma coisa: "*Tappategli la bocca*", ordenou aos sequazes, se bem que tenha soado mais como "*Dabbadegli la bogga*", com suas consoantes sonoras onde deviam ser surdas, e talvez tenha entendido a posteriori pelas imagens, ao ver como o cara do pistolão e o da escopeta enfiavam panos na boca do cativo, um depois do outro, quase com pressão, como cabiam, e botavam em cima uma tira de fita adesiva, de orelha a orelha, sem deixá-lo tossir livremente como necessitava, seu rosto se avermelhou e se inflamou, os olhos pareceram a ponto de sair das órbitas durante uns instantes, os pômulos inchados como se com tumores, os panos eram de quadrados vermelhos e brancos, talvez guardanapos de uma *trattoria*, por cima da fita apareciam pontas e por baixo, que teria ele feito de tão descomunal ou tão grave, delatar como Del Real, trair, se acovardar, falhar, fugir, ficar dormindo, não parecia um simples inimigo, podia ser, talvez alguém tenha morrido por sua culpa, um agente do Sismi cuja vez ainda não deveria ter chegado, se é que Manoia era do Sismi. Este tirou então um objeto do bolso do paletó, não pude enxergar, era curto, um canivetinho, uma colherinha, uma lima pontiaguda e metálica, um lápis. "*Adesso vedrai*", disse, "Agora você vai ver", isso sim soou claro apesar da canção que continuava. A cabeça do homem sentado ficava na altura do seu peito, de seus braços. Aproximou-se mais dele, só precisou de um par de passos, e com o que quer que levasse na mão efetuou dois movimentos rápidos sobre seu rosto, o gesto era de dentista antigo que se dispõe a arrancar um molar na marra, um, dois, e os arrancou, acredito, totalmente, não os molares, ele os fez saltar como quem tira com a faca de sobremesa os caroços de dois pêssegos partidos, ou sementes de uma melancia, ou nozes das suas cascas por fim abertas depois de forcejar, e eu tive de fechar os meus apesar do meu firme propósito, que remédio, procurei não tapá-los com a mão para que Tupra ficasse em dúvida se eu os aguentava abertos, enquanto Zappulla cantava e eu captava apenas um vocábulo solto de vez em quando, "*sfortunate*", "*mangiare*", "*cerco*", "*soffro*", "*senza capire*", "*malate*", "infelizes", "comer", "procuro", "sofro", "sem entender", "doentes", insuficientes para adquirir sentido embora a gente sempre possa dar sentido a tudo, infelizes as órbitas de meus olhos vazias, me obrigam a comer guardanapos ou panos, procuro me salvar e sofro mutilações, sem entender a crueldade dessas bestas doentes... "*E quando son le feste di Natale*", isso não ajudava de modo algum apesar de ser o mais longo que meu ouvido captava, porque ouvir eu continuava ouvindo, e também as desumanas bufadas de incredulidade e desespero e dor, que não gritos, não podia dá-los com os incrustados panos de quadradinhos, e em compensação eu já não via, já era alguma coisa, embora tentasse fazer Reresby acreditar no contrário e talvez conseguisse.

Em resumo, tive medo ("Pudera eu esquecer o que fui ou não recordar o que devo ser agora"). Medo de Manoia e medo de Tupra e também vagamente de mim mesmo, que me misturava com eles ("Sim, pudera eu não recordar o que devo ser agora"). Tupra deteve a imagem, congelou-a com o controle, já tinha me inoculado até a última gota do seu veneno e além do mais pelos olhos, como dita a etimologia. Soube que a tinha parado porque não ouvi mais nenhum som. Abri-os, me atrevi a olhar, por sorte o momento gelado era um em que as costas de Manoia tapavam a cara do homem já cego.

— Já viu bastante — disse Tupra —, mas a cena ainda não terminou: nosso amigo insulta mais um pouco sua vítima e depois a degola, vou te poupar isso, é muito sangue. Por sua vez, ele podia ter se poupado o que você viu, por que acrescentar esse sofrimento prévio a quem ia matar de todas as formas, em poucos segundos? — Disse isso sinceramente intrigado e como que deplorando o fato, e como se tivesse quebrado a cabeça sobre esse "por quê" sem nunca penetrá-lo. — Não compreendo, e você, Jack?, você compreende, Jack?

Eu tinha ficado calado, por uns momentos não queria articular palavra porque temia que se falasse eu desabaria e minha voz se quebraria, e eu podia até chorar, e isso não devia acontecer em hipótese alguma, eu me havia proibido ali e então. Apertei as mandíbulas, continuei a apertá-las e por fim me senti com controle suficiente para responder com o que quis fosse uma imitação de sarcasmo:

— Devia ter perguntado a ele. Perdeu a oportunidade. Teve a noite inteira para averiguar. — Achei que isso o desconcertou um pouco, não devia esperar essa saída. Acrescentei: — Talvez ainda não soubesse, quando fez aquilo, que ia matá-lo. Talvez não houvesse decidido. Às vezes a fúria não se vai com o primeiro castigo e é preciso ir mais longe para satisfazê-la. Talvez não tivesse outra alternativa senão matá-lo. Tem gente para quem nem mesmo isso basta, e tenta matar duas vezes, matar o morto inutilmente. Mutilam o cadáver ou profanam o túmulo, e lamentam ter matado por não poder voltar a fazê-lo. Aconteceu muito em nossa Guerra Civil. Acontece agora com o ETA, para o qual uma vez não satisfaz. — E em seguida insisti no primeiro ponto: — Que conversa é essa, Manoia é seu amigo, devia ter perguntado a ele.

Tupra acendeu um novo cigarro, ouvi o som do isqueiro, ainda não olhava para ele. Parou o DVD totalmente, levantou, tirou o disco, ficou de pé na minha frente, segurando-o delicadamente entre os dedos, falou:

— Oh, não, Manoia não sabe que tenho essa gravação, nem imagina. Bem, deve supor que eu tenho alguma coisa relativa a ele, mas não sabe o quê. Nem lhe passará pela cabeça que é isto. Em todo caso, como você vê, é provável que eu tenha salvado a vida desse imbecil, esse Garza. Em vez de ficar irritado comigo você devia me agradecer por eu ter me encarregado do castigo dele, para usar suas palavras. Não teria ido embora sem um, isso é certo.

Fazia um instante que sabia aonde ele queria chegar, "Foi necessário e evitei assim um mal maior, ou era o que acreditava; matei um para que não matassem dez, dez para que não caíssem cem, cem para salvar mil", e assim ao infinito, a velha desculpa que tantos levariam séculos preparando e elaborando em suas sepulturas cristãs e não cristãs, à espera do Juízo que não chegava, quantos ainda acreditavam nesse Juízo na hora da partida, quase todos os assassinos da longa história, e os instigadores. Mas eu não queria fazer agora recriminações, e sim me manter inteiro, eu não estava, quanto não teria dado para me mostrar indiferente. Experimentei com uma pergunta verdadeira, quer dizer, uma que eu gostaria de ter feito de todas as formas, também se estivesse inteiro.

— Se ele supõe que você tem alguma coisa e, ainda por cima, que você tem nada menos que isto, como é que vi você cheio de dedos a noite inteira? Parecia que você é que queria agradar a ele, e não cobrá-lo. Pelo que você me explicou, estas gravações servem sobretudo para vocês conseguirem concessões sem problemas nem resistências e fazer chantagens, mas tive a impressão de que não era fácil para você convencê-lo do que quer que fosse, ou arrancar dele o que tentava arrancar.

Tupra me olhou entre levemente divertido e levemente irritado. Eu ainda não tinha me movido do pufe, de modo que ele olhou para mim de cima.

— Quem te disse que ele não tem outra gravação nossa? A vantagem pode ser perdida, ficar anulada nesses casos. — Disse "nossa", não "minha", pensei que podia ser de Rendel ou de

Mulryan, se bem que este me parecia muito cauteloso, eu era incapaz de imaginar Pérez Nuix se comportando como Manoia naquele estábulo. Ou de Tupra, claro, ou de alguém acima de todos eles e de todos nós, eu também era "nós". Ou um vídeo comprometedor de outra índole, não equivalente, não equiparável, não tão atroz, tomara que não fosse. O que eu havia visto no vídeo da Sicília era repugnante, também nos de Ciudad Juárez e outros lugares, seria impossível esquecer, ou o que teria sido mais desejável, apagar: como se nunca houvesse existido nem pisado na terra ou cruzado o mundo, nem passado diante dos meus olhos.

— Aquilo era na Sicília, não? — perguntei então; empreguei um tom técnico, é o que mais ajuda quando você está a ponto de desabar.

— Muito bem, Jack, sempre melhorando — respondeu, e fez gesto de aplaudir, não pôde com o disco entre uns dedos e o cigarro entre outros. — Quem te disse, a canção, a língua ou as duas coisas?

— As três. Também o tipo da *lupara*. Não há mérito nisso. — Supus que ele conhecesse o termo, apesar de não saber italiano. Me enganei, ele estranhou.

— A quê?

— A *lupara*. — E soletrei em inglês. — É assim que chamam a escopeta de cano duplo.

— Ora, você é sabido mesmo. — Talvez ele estivesse incomodado por eu ser capaz de aparentar estar inteiro; depois de tanto tapar a vista, ele devia ter estado seguro de que eu viria inteiramente abaixo, ao ver o homem com quem tinha compartilhado jantar e bebidas, cuja mão tinha apertado, com cuja mulher tinha dançado, arrancando os olhos de alguém. E claro que eu teria ido abaixo, eu me sentia trêmulo por dentro e queria me soltar de uma vez, mas não queria que Tupra visse, naquela noite ele já havia me atormentado bastante e eu não estava disposto a lhe dar mais esse gostinho. Flavia não devia ter a menor ideia da faceta cruel do marido, é assombroso como os rostos mais queridos nós não conhecemos nem hoje, nem ontem, e amanhã então nem falar.

— Eu gostaria de saber como é que havia uma câmara lá, no que imagino ser um curral distante, perdido no meio do campo, não é esquisito? — Tentei manter o tom técnico, não estava indo mal com ele, em meu esforço de me superar.

Tupra tornou a me olhar de cima, agora mais divertido que irritado.

— Sim, teria sido muito esquisito, Jack, se o tipo da *lupara*, olhe como aprendo com você — soou como se houvesse dito em inglês "*looparrah*", não tinha ouvido muito bom —, não a tivesse escondido ali previamente. Poderia ter terminado como o da cadeira, se o tivessem descoberto.

O que perguntei em seguida na verdade não me importava; só perguntei para me escorar, à espera de poder ir embora, no mesmo tom de sempre.

— Não vá me dizer que é inglês, com essa pinta? Não vá me dizer que é um agente nosso. — Estive a ponto de dizer "de vocês", mas me corrigi ou mudei a tempo, talvez ironicamente, talvez por vaga conveniência minha.

A resposta era óbvia, "Para que serve o dinheiro", ou "Para que servem os contatos", ou "Para que as chantagens", mas Tupra quis se fazer de interessante na última hora. A verdade era que ele tinha se feito intermitentemente de interessante ao longo da noite inteira.

— Isso é querer saber demais, Jack. — Afastou-se de mim, voltou à gaveta de onde havia tirado o disco, guardou-o cuidadosamente, fechou a gaveta à chave, a gaveta dos seus tesouros. E então voltou a me perguntar, do outro lado da mesa, na penumbra. Disse com sua boca grande, com sua boca mole e carnuda, com extensão de mais e consistência de menos, enquanto soltava a fumaça: — Você deve ter pensado bem no assunto esse tempo todo, me responda agora ao que te perguntei no carro. Agora você viu coisas que não tinha visto nem tornará a ver, assim espero. Agora me diga: por que não se pode sair por aí batendo, matando? Como você disse. Você já viu quanto se faz e com que despreocupação às vezes, em toda parte. Então me explique por que não se pode.

Nenhuma das respostas clássicas me valia diante dele, soube disso desde o primeiro momento. Não tinha acreditado que Reresby fosse voltar ao assunto, não sei por que não, ele nunca perdia o fio nem esquecia o que estava pendente nem soltava sua presa se não queria, igual a mim, igual a Wheeler. Olhei ao meu redor bobamente, como se fosse encontrar a resposta nas paredes, a sala meio na sombra, com as luzes baixas. Detive-me uns instantes na única imagem, talvez para descansar das outras, das da televisão maldita e da viva de Tupra: o retrato de um oficial britânico de gravata e bigode curvo e com sua Military Cross, a condecoração assim chamada, o cabelo com bico de viúva, as sobrancelhas espessas e o olhar elegíaco, como seguramente era o meu, e era esse olhar dolente em que vi refletido meu abatimento que me delataria ante Tupra, apesar do tom impostado. Distingui a duras penas a assinatura do desenho. "E Kennington. 17", dizia, eu tinha ouvido esse nome na boca de Wheeler ao me falar da campanha da *careless talk*, 1917, em plena Primeira Guerra, a que ele e meu pai tinham vivido em criança, parecia incrível que ainda não houvessem se apagado do mundo, que não estivessem já meio a salvo no tortuoso e inseguro olvido como estaria o oficial do retrato, a não ser que Tupra conhecesse sua identidade, naquela contenda se havia matado pior que em qualquer outra, quero dizer, de pior maneira, com técnicas aper-

feiçoadas mas também corpo a corpo e com baioneta, e os que haviam caído nas frentes eram incontáveis, ou ninguém se atreveu a contá-los. Tentei uma manobra de mínima diversão, tentei ganhar tempo:

— Quem é aquele militar ali? — E apontei para o desenho.

O que Reresby disse foi contraditório, como se só quisesse se livrar da pergunta:

— Não sei. Meu avô. Gosto da cara dele. — Mas insistiu logo em seguida: — Diga por que não se pode.

Eu não sabia o que responder, ainda estava muito tocado, ainda estava consternado e abalado. Mas me saiu uma frase, quase sem querer, claro que sem pensar, só para não ficar calado:

— Porque ninguém poderia viver.

Não pude verificar seu efeito nem se havia algum, fiquei sem saber se ele teria ou não rido, se teria zombado, se a teria rebatido ou a teria deixado cair com desdém sem nem sequer pegá-la, porque então ouvi a voz da mulher nas minhas costas, mal eu a pronunciei:

— Bertie, com quem você está, o que está fazendo, você não me deixa dormir, sabe que horas são, não vem se deitar?

Era um tom doméstico. Virei-me. A mulher havia acendido a luz do corredor e sua figura na sombra se recortava contra a luz, no umbral, tinha aberto a porta e não dava para ver sua cara. Vestia um penhoar transparente até os pés, de gaze ou coisa parecida, com cinto ou apertado na cintura e o resto era ligeiramente rodado, dava essa impressão, sua silhueta aparecia nítida e como que nua através da gaze, embora provavelmente não estivesse, se tinha ouvido minha voz, ou vozes; calçava chinelos de salto alto e fino, como se fosse uma antiga modelo de lingerie ou de camisolas e penhoares, uma *pin-up girl* dos anos 50 ou início dos 60, uma mulher da minha infância. Parecia uma imagem de calendário. Tinha um cheiro bom, um cheiro sexuado que da porta penetrou na sala, criando a ilusão de dissipar seus horrores. Não tinha uma figura de clepsidra nem de garrafa de coca-cola, mas quase, delineava-se perfeita e atrativamente contra a luz forte às suas costas; era alta e de pernas compridas, um tobogã pelo qual deslizar, logo era possível que fosse sua ex-mulher, Beryl, que tanto havia excitado e alterado De la Garza. Lembrei-me dele, talvez ainda estivesse estirado no chão do banheiro dos deficientes, já não tão limpo, ferido seriamente e sem poder se mexer. Minha consciência ficou pesada, mas não ia ser eu, naquela noite, que iria buscá-lo e verificar, eu me sentia destroçado e rendido. Outro dia procuraria por ele na embaixada, com certeza mais cedo ou mais tarde alguém o tiraria de lá e chamaria uma ambulância. Os Manoia, em compensação, devia fazer um bom tempo que dormiam em suas camas do Hotel Ritz, placidamente e reconciliados, e Flavia satisfeita e contente por ter obtido um triunfo noturno e provocado um incidente, embora também deva ter se perguntado, ao fechar os olhos: "Esta noite ainda sim, mas e amanhã? Serei um dia mais velha". Fosse quem fosse a mulher do umbral, sua aparição me obrigava a ir embora, ou por fim me permitia ir. Não me pareceu que Tupra pensasse em apresentá-la.

— Um pouco de trabalho tardio com um colega. Já vou, querida — disse de detrás da mesa. Na verdade, chamou-a de "*my dear*", "minha querida".

"Então alguém o esperava e não vive sozinho, ou pelo menos não lhe falta companhia querida algumas noites", pensei pondo-me de pé. "Então tem um ponto fraco, uma pessoa a seu lado. E gosta do velho estilo, que não é precisamente o que ele chama de estilo do mundo. Talvez esse estilo estivesse na tela, e no banheiro dos entrevados, e com ele acaba de me envenenar."

6. SOMBRA

Não me apressei, *I did linger and delay*, ou esperei e me distraí, e deixei transcorrer uns dois meses até que se apresentou aquele "outro dia" em que decidi procurar pessoalmente por De la Garza, na embaixada. Não que sua sorte não me preocupasse, pensava frequentemente nela com intranquilidade e pesar, e nos dias seguintes àquela noite desagradável e comprida estive atento aos jornais londrinos para ver se traziam alguma notícia a seu respeito, mas nenhum fez eco ao incidente, sem dúvida Rafita nem tinha prestado queixa da agressão na polícia. A intimidação de Tupra, ou a minha ao traduzir suas palavras com instruções precisas, na certa havia surtido efeito. Comprei também *El País* e o *Abc* diário (este por estar mais interessado do que outros pelas vicissitudes dos diplomatas, bem como pelas dos bispos), mas também não apareceu nada neles durante os primeiros dias. Só passados uns dez, numa reportagem sobre a insegurança comparada das capitais europeias, o correspondente de *El País* em Londres mencionava de passagem em seu texto: "A colônia espanhola foi tomada por certo alarme quando se soube, faz umas semanas, que um funcionário da embaixada havia sido hospitalizado em consequência de uma surra que desconhecidos haviam lhe dado uma noite, sem motivo aparente e em plena rua, segundo sua versão inicial. Mais tarde, confessou que a brutal agressão (numerosos hematomas e várias costelas quebradas) ocorrera numa discoteca da moda e que havia sido produto de uma contenda, o que tranquilizou os ânimos, ao possibilitar ser entendida como um fato meramente casual, isolado e talvez até merecido, ou pelo menos personalizado".

Deve ter sido impossível para De la Garza ocultar seu estado a seus superiores e colegas, e deve ter tido de justificar suas faltas, de modo que teria contado isso, talvez que uns caras da pesada o tenham provocado, ou que saiu em defesa de uma dama (os ofensores das damas gostam de passar pelo contrário: ainda se lembrava da sua frase "As mulheres são todas umas putas, e as mais bonitas são as espanholas"), ou que alguém havia insultado a Espanha e ele não teve outro remédio senão ficar bravo e partir para a briga, me mordeu a curiosidade de saber que fantasia teria inventado para sair um tanto airoso do episódio (airoso de acordo com seu critério e somente no relato, era evidente que tinham lhe dado uma tunda): "Me deixaram moído, sim, mas vocês não sabem a saraivada de sopapos que eles levaram, sentei a mão neles que foi uma beleza", deve ter se pavoneado, sempre misturando o grosseiro e o antiquado, como tantos dos nossos escritores passados e presentes, que praga. Só a antipatia que deviam ter por ele em seu círculo podia explicar o "talvez merecido", era um tanto impróprio, certamente o correspondente teria levado uma reprimenda pela opinião. Divertiu-me imaginar como um sujeito encrenqueiro e rude, e pelo menos fiquei sabendo que Tupra havia acertado em cheio, tinha diagnosticado ali mesmo no toalete duas costelas quebradas, três, no máximo quatro, vai ver que era dos que calculavam o efeito de cada golpe e de cada corte, conforme o lugar escolhido e a força com que os dava, como cirurgiões ou açougueiros, talvez tivesse experiência e havia aprendido a medir a intensidade e a profundidade e nunca deixava a mão lhe escapar, sabia exatamente quanto dano infligia e procurava não se exceder, se isso não entrava nos seus planos. Com ele era melhor não brigar, quero dizer fisicamente.

De modo que deixei o tempo correr, preferia telefonar para De la Garza ou ir vê-lo quando estivesse mais recuperado e o rancor e o susto houvessem se aplacado um pouco; e o medo, o mais profundo. Pelo que eu soube tinha nos obedecido, a Tupra e a mim, tinha nos levado em conta: não havia nem sequer contado a Wheeler, nem a seu influente pai de já minguante influência, dom Pablo. O primeiro, fazia bastante tempo que eu não visitava, mas continuava falando com ele pelo telefone cada dez ou quinze dias, conversas encantadoras e estimulantes, como quase sempre, porém algo rotineiras. Uma vez mencionei despreocupadamente Rafita e ele me atalhou logo: "Oh, não soube o que aconteceu com ele? Uma coisa terrível, deram uma sova nele e ainda está no hospital, creio. Não soube por ele diretamente, ainda não está em condição de falar com ninguém, mas por gente da embaixada e pelo pai dele, que veio a Londres para acompanhá-lo e cuidar dele nos primeiros dias, ficou com ele o tempo todo, nem sequer pôde vir a Oxford e, como já não saio de casa, nem pudemos nos ver". "Meu Deus, como foi que aconteceu?", perguntei hipocritamente. "Não sei direito", respondeu. "Devia estar bêbado e ao que parece se desdisse de suas explicações uma ou duas vezes, se contradisse, aliás ele mesmo não sabe direito, ou não se lembra por causa dos vapores, você sabe como ele entornava a garrafa, logo fez amizade com lorde Rymer aqui em casa, lembra? Deve ter sido impertinente, suponho, com aquele léxico grosseiro e para mim incompreensível que às vezes emprega, pelo visto foram compatriotas dele, quer dizer, de vocês, que lhe surraram a badana no banheiro de uma discoteca, como se estivessem ali para brigar, soa a coisa de colegiais, combina com ele. Mas o caso é que o massacraram, e não foi coisa de crianças, quebraram-lhe vários ossos fundamentais. No toalete dos incapacitados, claro: todo um presságio." Wheeler não podia evitar de ver um lado cômico em quase tudo, de modo que acrescentou com leve malícia (imaginei facilmente o sorriso ocular em seu rosto): "Agora creio que é pura bandagem. Alguns enfermeiros o avistam do corredor e o confundem com a Múmia". E passou para outro assunto, relativo à peculiar expressão que havia intercalado em espanhol, obviamente: "Ainda se diz isso, '*zurrar la badana*', ou é muito antiquado? A propósito, nunca soube o que significava '*badana*', você tem ideia?". Eu me dei conta de que não tinha nem de longe, uma vergonha semelhante à que me faziam passar meus alunos oxfordianos tantos anos atrás, quando eu me via obrigado a lhes mentir em classe diante de suas perguntas mal-intencionadas e a improvisar etimologias descabeladas e falsas de que tomavam nota seriamente. "O espanhol é uma língua, muito mais que o inglês e que outras, em que com frequência a gente ignora o que está dizendo", continuou sir Peter, "e no entanto a gente diz tudo com grande orgulho e desenvoltura: que diabos significa '*joder la marrana*', por exemplo? Quero dizer, literalmente. Ou '*a pie juntillas*' (há autores ignorantes que escrevem '*a pies juntillas*', já observei, não sei agora, mas antes não era admitido)? Ou '*a pie enjuto*', ou '*a dos velas*', ou '*caérsele los anillos*'? Os anéis nunca caem, ao contrário, é difícil tirá-los. E por que vocês chamam de '*manzanas*' os blocos de edifícios entre ruas? Ao que parece, ninguém sabe, perguntei até a membros da Real Academia Espanhola e todos dão de ombros, sem se preocupar nem se envergonhar. Hummm, '*manzanas*', não é absurdo? Não tem nenhuma semelhança com a fruta,* nem mesmo vistas de cima... E por que vocês fazem esse gesto esquisito que equivale precisamente a '*a dos velas*'?** Vocês levam dois dedos às fossas nasais e os descem até o lábio superior, é muito estranho, não vejo relação com nada. Vocês falam muito com trejeitos e gestos e a maioria não tem sentido, são pouco transparentes, muitas vezes incoerentes com seu significado, como o de apoiar os dedos estendidos na palma vertical da outra mão, sabe qual é?, eu faria para você se você estivesse me vendo, não te vejo nunca mais, você aparece pouco, Tupra te explora ou você está namorando?, acho que com esse gesto se indica, 'pare, não prossiga', ou será 'Vamos embora'...?" Wheeler era incansável com as questões linguísticas e os modismos, detinha-se e demorava-se neles e se esquecia do resto momentaneamente, e eu, como soube desde que pela primeira vez dei aulas de tradução e de espanhol ali em Oxford, tinha um profundo desconhecimento da minha língua, coisa de resto gravíssima, que compartilham comigo quase todos os meus compatriotas, e sentem-se leves e fagueiros. Eu começava a pensar que às vezes a cabeça dele estava se indo, como estava indo a fala. Não da mesma maneira, não é que lhe desse um branco, em absoluto, nem que desvairasse ou se confundisse, mas divagava um pouco demais da conta e não ouvia com a mesma alacridade e atenção com que havia feito sempre, como se o exterior lhe interessasse menos e o interior ganhasse terreno, suas disquisições, suas lucubrações, seu pensamento insistente como costuma ser o dos velhos, talvez suas lembranças, embora essas não fosse muito propício a contar nem a compartilhar, mas talvez sim a rememorar mentalmente, a ordená-las,

* *Manzana*: maçã. (N. T.)

** A *dos velas*: duro, sem dinheiro. (N. T.)

a estendê-las diante de si mesmo e explicá-las e pesá-las, ou talvez só dispô-las bem retas e a contemplá-las, como quem dá uns passos atrás e olha sua biblioteca e seus quadros ou seus soldadinhos de chumbo enfileirados, caso os colecione, o que se acumulou e se dispôs ao longo de uma vida inteira, seguramente sem outro propósito além deste — e este a gente encontra —, o de retroceder e olhá-los.

Essa espécie de loquaz ensimesmamento que notava nele por telefone me fazia temer às vezes que já não me restasse muito tempo para lhe perguntar o que sempre queria lhe perguntar e ia adiando por discrição, por respeito, por minha aversão a arrancar revelações das pessoas e despojá-las do que se reservam ou guardam, a me mostrar excessivamente curioso ou até impertinente, por minha natural tendência a esperar que as pessoas me digam somente o que desejem plenamente me dizer e não o que estejam tentadas a me contar pelo rumo ou enredo da conversa ou pela bajulação ou a veemência — a tentação de contar é tão forte quanto passageira, e é fácil desaparecer quando se resistiu ou se cedeu a ela, só que neste último caso não há mais remédio a não ser o arrependimento ou, como dizem os italianos, *rimpianto*, lamento ruminado para suas entranhas. E o certo é que eu queria lhe perguntar essas coisas antes que ficasse muito dificultoso ou impossível, queria saber da sua passagem pela Guerra Civil, que tanto havia marcado meus pais, embora tivesse sido anedótico e breve, ignorado por mim até fazia pouco; de suas andanças com o MI6, de suas missões especiais no Caribe, na África Ocidental e no Sudeste Asiático entre 1942 e 1946, conforme rezava o *Who's Who*, em Havana e em Kingston, e em outros lugares desconhecidos, embora ainda fosse proibido revelá-las, ao cabo de sessenta anos e sem dúvida dos que lhe restavam de vida, levaria o relato para o túmulo se eu não o arrancasse dele, aquele tenente-coronel provisório* Peter Wheeler, nascido Rylands nas antípodas; de sua calada relação com seu irmão Toby, que eu havia conhecido primeiro e admirado e pranteado, sem ter ideia do parentesco; também da sua atividade com o grupo para o qual, em sua criação, não houve nome nem devia ter agora, nem "intérpretes de pessoas" nem "tradutores de vidas" nem "antecipadores de histórias", havia criticado Tupra por empregar em privado tais termos: "Os apelativos, os motes, os apodos, os apelidos, os eufemismos fazem fortuna e permanecem sem que a gente se dê conta", dissera ele, "a gente acaba se referindo às coisas ou às pessoas sempre da mesma forma, e isso se transforma com facilidade num nome. E depois não há quem o tire, nem quem o esqueça"; e era verdade, eu não podia mais esquecê-los, porque fazia parte daquele grupo e eram esses que eu havia ouvido, ou de seus degradados herdeiros contemporâneos; e também queria saber da morte de sua mulher, Val ou Valerie, tão moça, embora preferisse deixar isso sempre para outro dia e além do mais eu pensara, no fundo, que nunca se devia contar nada. Inclusive eu achava — era menos uma comprovação que uma suspeita — que Wheeler podia estar afrouxando a mão que antes agarrava e não soltava a presa, como ainda fazíamos Tupra e eu e a jovem Pérez Nuix provavelmente, os três ainda em idades desassossegadas ou pelo menos interventoras, quanto duram na verdade os laboriosos anos, os da inquietação e da aceleração do pulso, os do movimento e do sobressalto, da vertigem, os daqueles e de tantos passos, tantas dúvidas e tamanho tormento, em que se forceja e urde e luta e se aspira a dar arranhões no outro e evitá-los em si mesmo e a torcer as coisas em seu benefício, embora este se disfarce com frequência em

* Dava-se o título de provisório aos que, depois de um rápido curso preparatório, se alistavam no Exército republicano espanhol durante a Guerra Civil. (N. T.)

nobres causas com tanta arte que engana até a nós, artífices dos disfarces. Quero dizer que Wheeler se afastava das suas maquinações e do que traçara para si, ou me dava essa impressão, como se sua vontade e sua determinação houvessem por fim minguado ou talvez de repente as desdenhasse e já não visse nelas compensação nem mérito, depois de décadas fortalecendo-as e cultivando-as e alimentando-as, e claro aplicando-as. Ele estava concentrado em si mesmo, pouco mais lhe interessava. Tinha mais de noventa anos, não podia ter saudade nem se recriminar tal coisa, já era hora.

E, apesar desses avisos, da minha crescente apreensão de não dispor de um tempo que com ele sempre havia sentido como ilimitado, eu continuava adiando minhas visitas e perguntas e não ia vê-lo. Também queria que me contasse mais de Tupra, dos seus antecedentes, da sua história, da sua periculosidade, do seu caráter, das "probabilidades no interior das suas veias" — ele devia saber mais delas, conhecia-o havia mais tempo —, sobretudo depois daquela noite da espada e dos vídeos cuja lembrança me havia fustigado durante semanas e o faria indefinidamente; mas sobre esse assunto, uma vez que decidi não ir embora nem tirar o corpo fora, não abandonar ainda meu cargo e com ele minha atividade, meu salário e meu aturdimento, talvez me esquivasse da possibilidade de averiguar para valer e de que, se Wheeler me agradasse e decifrasse cabalmente Tupra, isso me fizesse parar o que por ora, não sem violência, eu havia decidido que continuaria. Eu me dava conta de que havia chegado a um ponto em que cada dia que passava ficava mais difícil para mim dar marcha à ré, não vou dizer largar tudo e voltar para Madri — para trabalhar em quê, para viver como, para estar perto de Luisa enquanto ela se afastava de mim —, de onde no entanto eu tampouco havia saído inteiramente. Minha mente estava lá em grande medida, mas não meu corpo, e este ia se acostumando a perambular por

Londres e respirar seus odores ao despertar e ao adormecer (sempre com um olho aberto, pela falta de persianas ou como mais um habitante da ilha grande), a passar parte do dia em companhia de Tupra, Pérez Nuix, Mulryan e Rendel e ocasionalmente de Jane Treves ou de Branshaw, a certas rotinas inicialmente salvadoras em que, sem ter previsto, você se encontra de repente preso como numa teia de aranha, sem ser capaz de imaginar outra vida distinta da que leva, embora esta não seja grande coisa e tenha chegado como que por acaso e sem que ninguém a chamasse. Não, já não me era fácil pensar em outro trabalho menos cômodo e pior pago, menos atraente e variado, afinal de contas cada manhã eu me deparava com novos rostos ou aprofundava os conhecidos, e era um desafio decifrá-los. Apostar em suas probabilidades, vaticinar seus comportamentos, era quase como escrever romances ou pelo menos perfis. E de vez em quando havia saídas, traduções *in loco* e algumas viagens.

De modo que também ia retardando minha volta a Madri, refiro-me a uma visita a meus filhos, a meu pai, a meus irmãos e amigos, havia passado muitos meses sem pôr os pés na minha cidade e portanto sem ver nem perceber Luisa, que era o que mais me atraía e me assustava. Eu tinha dito a ela, dois dias depois daquela noite, quando lhe havia telefonado para inquirir sobre o *bottox* e as manchas mulheris de sangue, que ainda demoraria um pouco. "As crianças perguntam quando você vem", havia tido o cuidado de não fazer a pergunta e de não se incluir. "Não sei se vai ser logo", eu tinha respondido e mencionado que devia acompanhar meu chefe numa viagem, não se sabia quando, podia ser a qualquer momento, estava preso até então. E era verdade, assim Tupra tinha me anunciado, só que afinal foram várias as viagens para as quais me arrastou no mês seguinte, deslocamentos breves, de um par de dias, três dentro da ilha grande e um a Berlim, no continente. Nós dois fomos a Bath com Mulryan, a Edimburgo e a York com Jane Treves, que ao que parece era de Yorkshire e conhecia o terreno, mas não me pareceu necessário ser um perito para se locomover por aquelas cidades de tamanho bem humano. Ele não levava Pérez Nuix, talvez para castigá-la por sua tentativa de engano no caso de Incompara e de seu pai espancado, do qual eu me devia considerar cúmplice ingênuo e muito pouco responsável, ou talvez para que não estivéssemos ela e eu juntos nos hotéis, me ocorreu: às vezes eu pensava que ele conseguia se inteirar de tudo, e que assim estaria a par até do que aconteceu na minha casa, na minha cama, em silêncio e como se não acontecesse, na noite da chuva constante.

Em cada lugar tivemos uma só reunião na qual eu poderia ter sido útil como intérprete, de línguas ou de pessoas, e se Tupra viu mais gente, como supus, foi por sua conta e não me convidou para esses encontros. Em Bath, hospedou-se num hotel muito distinto (Mulryan e eu em outro apenas agradável, nossa hierarquia era diferente), o Royal Crescent se não me lembro mal do nome, no qual, disse meu chefe, morava "quase permanentemente" um milionário mexicano, "oficialmente aposentado mas ainda muito ativo à distância e da sombra", com o qual desejava chegar a uns acordos. Aquele homem, de idade avançada, cabelos e bigodes brancos, com vestígios de belo porte, ou este às vésperas de desabar, parecido com o ator César Romero e de sobrenome Esperón Quigley, falava um inglês esmerado com péssimo sotaque (acontece com muitos latinos dos dois continentes), e meu concurso só foi necessário numas tantas ocasiões, quando a dicção do cavalheiro resultava tão opaca para o ouvido inglês puro de Tupra e meio irlandês de Mulryan que as palavras corretas lhes eram irreconhecíveis, na extravagante pronúncia de Esperón Quigley. Como de costume não prestei atenção ao que discutiam, não era problema meu, a priori eu me aborrecia e preferia não ficar sabendo. Tive o resto do tempo livre e me dediquei a passear, a contemplar o rio Avon, a visitar os banhos romanos e algumas lojas de antiguidades e reler Jane Austen num lugar em que ela havia estado nuns anos de escassa fertilidade literária, assim como uma ou outra página de William Beckford, que ali se recolheu por um bom tempo e viveu e morreu desgostoso, longe da sua querida abadia ou mansão de Fonthill que o levara à ruína. Numa das minhas voltas pela cidade topei assombrado com uma loja, uma joalheria ou relojoaria de categoria mais para mediana, que se chamava inverossimilmente Tupra. Não ficava longe de outra com mais pretensões que, se não me falha a memória, se anunciava na vitrine como provedora do almirantado (imaginei que se referia somente a relógios, e não a bijuterias e miçangas para a marujada). Quando mencionei a coincidência a Tupra, ele me respondeu secamente:

— Oh, sim, já sabia. Nada a ver. Nenhuma relação, em absoluto. Nenhuma. — Poderia ser verdadeiro ou falsíssimo, e o relojoeiro ser seu pai. Mas não me atrevi a insistir.

Mesmo assim não pude deixar de fazer uma piada privada, como se diz em sua língua:

— Em todo caso, seria mais adequado que o fornecimento ao almirantado fosse feito pela relojoaria Tupra e não por outra próxima, que vi se encarregar disso por aqui. Nem que fosse apenas pelas suas relações, pelas nossas relações com o antigo OIC, não acha? — Eu me lembrava das palavras de Wheeler naquele domingo antes do almoço, em Oxford, quando ele me falou das dificuldades para recrutar os integrantes iniciais do grupo, mal foi criado: "Foi preciso garimpar o reino a toda pressa. A maioria proveio dos próprios Serviços Secretos, do Exército, alguns do antigo OIC, nunca ouviu falar?, o Operational Intelligence Centre da Marinha, eram poucos mas ótimos, os melhores talvez; e, nem é preciso dizer, das nossas universidades". E vi uma expressão de estranheza e vago receio em Tupra (como se se perguntasse o que mais eu sabia e se ele me subestimara em minha aprendizagem), ou ouvir da minha boca aquela sigla pretérita, era estranho que fosse conhecida de um espanhol do século XXI, e também da segunda metade do XX.

Também me deixou umas horas vagas durante os dias em Edimburgo, e lá passeei de novo e reli seus dois melhores filhos, Conan Doyle e Stevenson, alguns contos, e subi até Calton Hill para divisar a vista que mais entusiasmava o segundo, deslumbrante apesar do tempo transcorrido. Dele levei também uns poemas e um livrinho sobre a cidade, *Picturesque Notes* era o subtítulo, de 1879 nada menos. Falava ali de Greyfriars, e contava como perto desse cemitério ajardinado, da janela de uma casa já então demolida cuja localização lhe foi assinalada por um coveiro, ficava de vigia o ladrão de cadáveres Burke, que com seu comparsa Hare os tirava dos túmulos ainda frescos para vendê-los aos cientistas e anatomistas, e terminara assassinando gente para acelerar o processo e para que seu comércio não declinasse: "Burke, o homem das ressurreições", dizia Stevenson com ironia, "infame por tantos assassinatos a cinco xelins por cabeça, costumava sentar-se logo em seguida, com cachimbo e gorro de dormir, para ver passar os enterros a caminho da relva". Esse era um que não tinha paciência, pensei, para que lhe aparecessem os rostos amanhã, e preferia vê-los desfilar, fumando, como eram ontem e para sempre.

Li para Tupra em voz alta, na viagem de trem para Edimburgo, os dois sozinhos, uns versos que Stevenson tinha escrito no fim da vida nos Mares do Sul, em Apemama, com verdadeira e estranha nostalgia da "nossa cidade sisuda": "O vento vomitante do inverno, a chuva jateante, o infrequente e bem-vindo silêncio das neves, a manhã tardia, o dia macilento, a noite, o seboso sortilégio da cidade noturna, lembram-se? Ah, se a gente pudesse esquecer", dizia, sentindo sinceramente falta de tão desolador panorama. E mais adiante acrescentava: "Quando a luz dos meus olhos expirantes diminuir e ceder, e a voz do amor chegar insignificante aos meus ouvidos que se fecham, que som virá senão o velho grito do vento de nossa cidade inclemente? O que voltará senão a imagem do vazio da juventude, preenchido pelo ruído dos passos e por aquela voz de descontentamento e enlevo e desesperança?". E em outro poema ainda persistia o mesmo espírito, desdenhando os mares remotos e cálidos que com tanto afinco havia buscado, e sentindo terrivelmente saudade do "nosso borrascoso clima" de Edimburgo: "Um mar que não está nos mapas envolve e confina numa ilha sem luzes, em vão, o filho errante. A voz de gerações mortas me chama, sentado na lonjura, a me levantar, com diligência voltar atrás sobre meus numerosos passos e, acabada toda mudança, estender-me de comprido naquela notável cidade dos mortos". De modo que li esses versos, claro que em sua língua, na de Tupra e na dos versos: "*The belching winter wind, the missile rain, the rare and welcome silence of the snows, the laggard morn, the haggard day, the night...*".

— Você acha que é sempre assim que acontece, Bertram? — perguntei, ele estava sentado à minha frente, ele no sentido do trem, eu no contrário. —Você, que sabe de mortes — acrescentei com uma ponta de má intenção —, acredita que no fim todos voltamos para o lugar primeiro, por humilde ou deprimente ou tenebroso que seja, por mais que nossa vida tenha mudado e nossos afetos tenham se transformado e tenhamos alcançado inimagináveis fortunas e êxitos ao longo do trajeto? Acha que a gente sempre acaba olhando de novo para sua pobreza, ou seu degradado bairro, ou para a pequena cidade de província ou para o mortiço vilarejo de onde surgiu para o resto do mundo, e do qual durante tantos anos sair pareceu impossível, e que então sente falta disso tudo? Contam que os muito velhos se lembram sobretudo da sua infância e quase se encerram nela, mentalmente, e que têm a sensação de que tudo o que houve no meio, entre aquele período distante e seu presente declive, suas cobiças e suas paixões, seus combates e seus reveses, foi falso, um acúmulo de distrações e erros, e de imenso afã por coisas que na realidade não importavam; e se perguntam se não foi tudo um interminável rodeio, uma travessia inútil para regressar ao essencial, à origem, à única coisa que na verdade conta... quando se chega no fim das contas. — E pensei então: "Por que se enfrentaram e para que tanto esforço, para que guerrearam em vez de olhar e ficar quietos, por que não souberam se ver ou continuar se vendo, e para que tanto sonho e aquele arranhão, minha dor, minha palavra, tua febre, e tantas as dúvidas, e tamanho tormento". — Você deve saber muita coisa disso, esteve presente na morte de muitos. E está vendo o que acontecia com Stevenson: percorreu meio mundo e no final só pensava em sua cidade natal, lá da Polinésia. Veja como começa este outro: "Os trópicos se esfumam e me parece como se eu, do Halkerside, ou mais alto, do Allermuir, ou do escarpado Caerketton, em sonhos tornasse a mirar...".

— Esses montes são próximos de Edimburgo — interrompeu-me Tupra como se fosse uma nota de rodapé, e ficou calado. Eu esperei que respondesse às minhas perguntas, que acrescentasse algo mais. Não tinha lido os versos para ele só por gosto e para matar o tempo da viagem. E, se havia mencionado degradados bairros e provincianas cidades, tinha sido confiando em que talvez se desse por aludido e pensasse em Bethnal Green, se é que vinha de lá, ou no relojoeiro de Bath, se é que com ele havia passado parte da sua meninice, por exemplo, e me falasse um pouco deles. Mas Tupra só respondia ao que queria, eu sabia muito bem. — Stevenson foi para Samoa por causa da saúde, principalmente, que eu me lembre — disse ao cabo de uns segundos —, não por sede de aventuras. Além do mais, não era velho. Morreu aos quarenta e quatro anos.

— Isso dá na mesma — repliquei. — Quando escreveu esses poemas devia notar que seu fim estava próximo e só se lembrava, com enorme nostalgia, do inóspito lugar da sua infância. Preste atenção no que diz nestes versos: "... e quando a voz do amor chegar insignificante aos meus ouvidos que se fecham...". Viu, nem mesmo a proximidade de sua mulher conta, ou prevê que não vai contar, em sua última consciência do mundo, em seus últimos instantes, mas somente as momentâneas visões do passado que "refulgem e se esfumam e perecem"... E veja com que clareza termina: "Essas eu recordarei, e depois tudo olvidarei", assim diz.

Tupra ficou pensativo um momento. Ninguém resiste a uma análise de texto, eu sei por experiência.

— Como pode ser. Vamos ver. Repita o do amor insignificante.

E repeti:

— *"Yet when the voice of love shall fall insignificant on my closing ears..."*

— Tolices — cortou-me Tupra. "*Nonsense*", foi a palavra na sua língua. — Isso não foi o melhor que Stevenson escreveu. Claro que não era um grande poeta. — Tornou a ficar calado, como para sublinhar seu veredicto, depois acrescentou, para minha surpresa: — Leia mais, vamos.

Quase todo mundo gosta que lhe leiam em voz alta. E voltei a ler:

— "Situada ao longe entre campos e bosques, vejo a cidade surgir esplêndida dos seus bancos de fumaça, rochosa, com torreões e agulhas, sua fortaleza virgem embandeirada..." E enquanto continuava olhei dissimuladamente para Tupra e o vi satisfeito, apesar de não gostar dos poemas de Stevenson. — "Ali, sobre a extensão ensolarada de uma colina, junto da casa dos reis, repousam os mortos, meus mortos, os de palavra forte e pronta.

Suas obras, em que o sal se incrusta, ainda sobrevivem; o mar criva as torres que erigiram; a noite estremece atravessada por suas luzes intensas. Os artífices, um depois do outro, aqui nesta gradeada cela onde a chuva apaga e a ferrugem consome, mergulharam no silêncio eterno..."

E quem sabia se ninguém havia voltado a ler para ele desde a sua infância.

Ali, junto do Firth of Forth e do Fife, em Edimburgo, requereu meus serviços somente uma noite, para outro jantar-*cum*-celebridades ou *cum*-bufos que também era jantar-*cum*-Dick Dearlove, ou o cantor planetário que eu denominei assim. Por sorte não me obrigou a assistir ao concerto que ele deu antes no festival, mas sim a fingir na frente de todos que eu o engolira do primeiro ao último acorde com indescritível entusiasmo: "Lembre-se de mencionar a fabulosa interpretação de *Peanuts from Heaven* e a miraculosa de *Bouncing Bowels*, essas duas ele sempre inclui em versões heterodoxas, cada vez soam diferentes embora já sejam clássicos dele", avisou-me na eventualidade de alguém me perguntar ou o próprio Dearlove, perto do qual Tupra me arranjou um assento. "Com o pretexto de entreter aqueles dois compatriotas seus que agora ele leva com frequência em seu séquito, procure lhe dar trela, mesmo se arriscando a ser intrometido ou chato, o máximo que pode acontecer é ele não te dar bola ou mudar de lugar para te evitar. Fale do tremendo sucesso dele na Espanha, e não o circunscreva ao País Basco, por mais que você deseje: isso poderia ofendê-lo, apesar de ser verdade, por ser local e limitado. Chame a atenção dele, caia nas graças dele, convide-o a tomar confiança, arranque-lhe o que puder sobre seu suposto simbolismo sexual, o dele, aonde quer que vá, ele acredita nisso, em toda parte. Que ele se sinta lisonjeado e propenso a se gabar, invente gente espanhola que você sabe que é louca por ele, que daria o que fosse para agarrar o cacete dele, gente que você conhece, gente real que ele se excite ao imaginar, jovenzinhos, seus filhos mesmo, que idade eles têm?, não, são pequenos demais, então sobrinhas e sobrinhos, o que for, sonde-o para ver o que ele te conta, depois das apresentações fica exausto e ao mesmo tempo eufórico, solta a língua e baixa a guarda, pela excitação e os aplausos e pelo que tenha se inoculado antes para ter pique, não sei como ainda não se arrebentou, tantos anos se submetendo a essas superconcentradas sessões de glória. Ele me conhece bem demais, porém com um desconhecido que não vai tornar a ver (não creio que se lembre de você uma outra vez), com alguém como você pode ser que ele se solte muito mais do que comigo ou do que com qualquer outro inglês, vai se sentir mais impune e os divos gostam de se exibir sobretudo para os recém-chegados, também precisam renovar o auditório de impressionáveis. Quem dera te contasse uma aventura, algum triunfo sexual espetacular, alguma façanha, vá por esse caminho mesmo que ache impertinente, pode crer, o pior seria se você lhe desse as costas e não quisesse entrar no assunto. Vamos ver se confirmamos, se fazemos uma ideia mais clara de até que ponto ele seria ou é capaz de pôr em perigo a visão da sua biografia, de em que medida se arriscaria a se expor a esse horror narrativo seu, e a acabar engrossando as fileiras da irmandade Kennedy-Mansfield, das quais não há deserção possível." Assim falava Tupra com frequência, em particular quando nos dava instruções ou nos fazia encomendas, com um misto de coloquialismos e de expressões desusadas ou singulares dele, como se nessa fala se fundissem suas prováveis origens suburbanas e sua indubitável formação oxfordiana, era difícil eu recordar que de medievalista e na frequentação de Toby Rylands, ou vai ver que a figura deste ia se apagando da minha mente, absorvida pela de seu irmão Peter, há certos vivos que incorporam ou abarcam, ou se superpõem aos mortos que lhes foram próximos, e até os apagam.

O que Tupra me pedia parecia uma empreitada impossível: que Dick Dearlove me falasse, a mim, nesses termos e dessas coisas, ainda mais com gente ao redor, num jantar de vinte ou mais convidados, todos inebriados com sua apoteose. Tentei, contudo; Tupra não exigia resultados. Ele me fez sentar quase em frente ao ídolo, e embora as pessoas que o ladeavam tratassem de monopolizar seu interesse com bajulações, consegui meter algumas vezes minha colher, suscitando a curiosidade, mais por serem colheres peculiarmente espanholas do que por mérito meu.

— Como é que na Espanha vocês são tão permissivos sexualmente?— ele me perguntou depois de um breve intercâmbio de comentários sobre costumes e leis. — Por muito tempo tivemos a impressão contrária na Inglaterra.

— Essa impressão era correta — repliquei. E, precisamente para ver se lhe arrancava alguma coisa, me abstive de dizer que a que ele tinha atualmente também era, mas acrescentei: — Por que acha que somos tão permissivos agora, mr. Dearlove?

— Pode me chamar de Dick — disse na mesma hora. — Todo mundo me chama assim, com toda razão e maior tino ainda. — E soltou uma risada já gasta, a que seus vizinhos fizeram coro. Supus que fosse uma piada que devia ter feito mil vezes ao longo de sua vida de recepções e bajulações (mas sempre tem alguém que não ouviu, ele era um homem consciente disso, de que nada nunca se esgota de todo, por mais que se explore), jogando vulgarmente com um dos significados da palavra "*dick*", que outro não é senão "caralho". Afinal de contas, era célebre por sua hipersexualidade ou pansexualidade ou heptassexualidade, ou seja lá o que fosse, embora em público ele não a reconhecesse, quero dizer diante da imprensa. — Não sei que vida você leva no seu país, não sabe o que está perdendo — acrescentou com paternalismo —, mas cada vez que fui lá em turnê me faltaram energia e tempo para atender à descomunal demanda. Todo mundo nasce disposto a que lhe metam uma rola, mulheres, homens e quase até crianças. — E riu de novo, com uma gargalhada menos antiga. — Talvez com exceção do País Basco, onde parecem desconhecer o sexo ou se limitam a imitá-lo porque ouviram falar dele em outras bandas, no resto da Espanha tive de fazer castings para escolher os hóspedes da minha cama, ou do meu banheiro se a coisa ia ser rápida, de tanta oferta depois dos concertos, e antes também: nos vestíbulos dos hotéis se formaram filas para subir ao meu quarto um instante, e quase sempre valeu a pena interromper meu descanso. Muito mais fogosos que aqui, e muito mais fáceis. Na Grã-Bretanha há mais castidade, por incrível que pareça, para não falar na Irlanda, lá sim são recatados, como os bascos.

De repente me incomodou que falasse assim dos meus compatriotas, como se fossem hordas sexuais, com displicência. Incomodou-me pensar que aquele casca-grossa famoso levava garotas ou garotos para o catre sem mérito e sem esforço em Barcelona, Gijón, Madri ou Sevilha, dava na mesma, cada vez que pisasse na Espanha, e ali tinha dado uns tantos concertos ao longo dos anos. Até me alegrou saber que em San Sebastián e Bilbao era mais difícil para ele, já era alguma coisa; e ao notar essa minha reação pueril e idiota eu me dei conta de que nunca nos livramos inteiramente do patriotismo, tudo depende das circunstâncias e de onde estejamos e de quem nos fala para que de repente surja um vestígio, um resto. Posso pensar e dizer coisas terríveis do meu país, que hoje considero envilecido até a medula e embrutecido em demasiados aspectos; mas, se as ouço da boca de um estrangeiro desprezível e fátuo, sinto uma pontada estranha, se não inexplicável, algo semelhante ao que deve ter sentido De la Garza, tão primário ele, quando viu que eu não o defendia do inglês com espada que ia decapitá-lo, e talvez tenha pensado em delatar ao Juiz desta maneira, mais tarde, "quando todas estas pernas, braços e cabeças ceifados na batalha se juntarem no último dia e gritarem todos 'Morremos em tal lugar'", ao cabo dos incontáveis séculos: "Me matou este homem com uma espada e fez de mim dois pedaços, e este outro estava presente, viu, não mexeu um dedo; e o que assistiu e não fez nada falava minha língua e ambos éramos da mesma terra, mais ao sul, não tão distante, embora houvesse o mar entre elas: ficou ali olhando que nem uma estátua de cara espantada, um tipo de Madri, é foda, um conterrâneo, um cara da capital, e nem sequer tentou segurar o braço dele". Vê-se como um agravante ser da mesma terra, de fato, e assim eu sempre entendi quando meu pai me contava os atrozes relatos da nossa guerra: eram da mesma terra a miliciana e a criança que a primeira espatifou contra a parede de um quarto andar na Alcalá esquina com a Velázquez, e o eram Emilio Marés e os homens que o tourearam em Ronda, e também era o malaguenho de boina vermelha que investiu contra ele para matá-lo, espetou-lhe bandarilhas e depois não se privou de castrá-lo. Eram da mesma terra Del Real, o delator, e meu pai e também o outro, Santa Olalla, o catedrático que pôs sua assinatura de maior autoridade na denúncia, e também o romancista de sucesso barato, Darío Flórez, que depôs como testemunha de acusação e fez chegar aquele aviso sinistro ao delatado por mediação da minha mãe quando ela ainda não era minha mãe nem mãe de ninguém: "Se Deza se esquecer de que tem uma carreira, poderá viver; caso contrário, o liquidaremos". Para mim haviam sido sempre os nomes da traição, e esses nunca há por que proteger, e o foram porque vinham todos da mesma terra, meu pai e eles, e nos dois casos pela amizade preexistente, sem que ele nunca tivesse dado aos outros motivo para retirá-la nem cancelá-la, muito pelo contrário.

Afugentei meu ressentimento absurdamente patriótico. Não só devia fazê-lo se quisesse levar adiante o encargo de Tupra (tinha sido muito mais fácil que o esperado abordar o tema; e via os olhos cinzentos do meu chefe ao longe, perto da cabeceira, me observando absorventes, perguntando-se como eu estaria me saindo), como além do mais não tinha sentido abrigá-lo. Os comentários de Dearlove podiam ter sido feitos por qualquer compatriota meu, sem ir mais longe, De la Garza, se ele tivesse sido um cantor idolatrado e se tivesse podido escolher entre dúzias de garotas para levar para a cama durante suas turnês, e teriam me caído mal igualmente, por arrogantes e despeitosos. E no entanto, no entanto... havia uma mágoa a mais, era impossível negar isso, uma coisa irracional, inquietante, desagradável, atávica. Talvez Tupra sentisse a mesma coisa quando se falava com desdém da Grã-Bretanha ou dos britânicos, na sua presença e em lábios transcontinentais ou transoceânicos ou do verde Eire, onde é quase uma norma. E talvez por isso, por coerência última, não punha reparos em se dedicar ao que se dedicava, com mais empenho e afinco do que eu acreditava, e era verdade o que ele tinha me dito logo que nos conhecemos, assim o atenuara com ligeiro cinismo: "Inclusive prestando serviço ao meu país, a gente deve procurar fazer isso se puder, não?, ainda que seja feito à parte...". Compreendi naquele momento, extemporaneamente, que o mais provável era que o prestasse sem pausa quando não fosse contra seu benefício particular e que, chegada a necessidade, chegada uma guerra, chegado o dia, eu não seria para ele mais que um espanhol de merda que ele não vacilaria em mandar fuzilar, tal como Dearlove tinha sido para mim, durante minha fugaz reação patriótica, apenas um arrogante inglês filho da puta no qual eu teria dado um par de tabefes sem pestanejar.

Um dos convidados mais próximos, uma desenhista de modas extravagantes já entrada nos anos (ela própria vestia uma mistura incompreensível de saiotes, plumas e farrapos), me deu sem querer um gancho para que a conversa não esfriasse e prosseguisse por onde me convinha:

— Ah, sim? — ela lhe disse. — Eu acreditava que na Bretanha ninguém resistia a você, Dickie, e o caso é que é na Espanha onde você tem a cama e o banheiro cheios até a boca. — Não disse realmente "Bretanha", mas "*Britain*", que é a forma abreviada de se referir à Grã-Bretanha; em compensação, disse sim "cheios até a boca" ou "arrebentando de gente", isto é, "*jam-packed*".

Era evidente que eram amigos e tinham intimidade, ou então Dick Dearlove (assim parecia, isso também) falava com a maior desenvoltura até das coisas mais íntimas na frente de qualquer um, como eu; é o que acontece muitas vezes com os indivíduos muito célebres e perenemente bajulados, acabam imaginando que tudo o que disserem ou fizerem será bem recebido porque faz parte do seu contínuo espetáculo, e chega um momento em que não distinguem entre o público e o privado (salvo se há um fotógrafo ou um jornalista por perto, e então são mais discretos ou exibicionistas, conforme o caso): se são tão aplaudidos na primeira esfera, e tão paparicados, por que não seriam igualmente na segunda, se em ambas são eles os indiscutíveis protagonistas, todos os dias da sua vida até o término.

— Você sabe melhor que eu, Viva, apesar de ser mulher — respondeu Dick Dearlove entre irônico e pesaroso. — Na nossa idade, por mais famosos que sejamos, e eu sou muito mais que você, há ocasiões em que não nos resta senão pagar, em dinheiro ou em espécie. Há um certo tipo de petiscos pelos quais aqui na Bretanha eu tenho de pagar quase sempre, raríssimas vezes ainda me saem grátis, faz anos já, a metade da nação está enforcada; enquanto na Espanha, viu, nunca tive de gastar nem um euro com isso, parece que lá os jovens se dão por satisfeitos com o ato em si mesmo, também não vou me gabar a esta altura das minhas performances, como posso dizer, o corpo obedece cada vez menos à imaginação, que em troca é incansável, estou desejando que a minha se canse um pouco, quem me dera uma se adequasse ao outro um pouco mais, tudo está muito mal pensado, pelo menos para mim; ou então é para poderem contar logo aos seus amigos, se não em algum programa de televisão. É extraordinário o quanto eles vivem as coisas lá, não porque gostem de verdade, parece, mas só para contá-las depois, não?, um país muito dado à fofoca e à jactância, não? Um país muito narrativo, dos mais impudicos. — E as interrogações retóricas ele dirigiu a mim, como conhecedor dos bastidores. — Todo mundo conta e pergunta tudo, nas entrevistas coletivas e nas individuais eu rio de montão e fico me esquivando, eles são toscos, descarados e desconhecem o sentido da vergonha, é insólito para um país europeu. Houve trepadas espanholas em que notei claramente que tinham uma pressa louca de terminar, e não porque a coisa estivesse indo mais ou menos bem, ouviu, para alguma coisa eu ainda sirvo, mas por pura impaciência em dar a notícia, eu os imagino chegando todo prosas ao bar, ou ao colégio na manhã seguinte: "Sabem quem me meteu até o fundo e por todas as partes?". — Parou um instante e ficou sorrindo meio apatetado, como se achasse aquilo tão engraçado que podia recuperar a graça intacta decorrido um tempão, na metade de um jantar depois de um concerto edimburguês. Também como se se lembrasse de algo do passado, algo perdido que talvez não fosse voltar. — Não sei se os amigos acreditarão neles ou não, a coisa está dura, o que pode vir a ser um problema, porque faz algum tempo alguns vão com sua câmara de bolso ou com seu celular, creio que à caça de provas, embora todos digam que estão com eles porque estão sempre com eles, de modo que é preciso revistá-los antes de entrar, não seria divertido que tirassem uma foto minha em plena função. Tudo isso é confiscado, passo por eles um desses aparelhos de aeroporto, como varetas, vocês sabem qual é, e assim também vou batendo neles com o instrumento, o que eles adoram e os faz morrerem de rir, e você vai fazendo uma ideia do que te espera, gente bem formada em geral. Eles se deixam levar como carneirinhos, contanto que entrem no quarto. Aqui são muito menos complacentes e menos vivos, não tentam entrar com câmaras escondidas nem nada, e isso é o lado ruim: não compensa tanto a eles poder contar e se gabar, ou será que aqui já me viram demais? Vai ver que é em parte por isso que tenho de pagar, ou vai ver que correu o boato e todos já sabem que eu não resisto, que alguma grana poderão arrancar de mim. E às vezes nem pagando se consegue grande coisa, petiscos tenros, não é mesmo, Viva?, em nossas queridas Inglaterra, Escócia e Gales. Agora, não vá me deprimir dizendo que você consegue.

Quem estava deprimido era eu. Dick Dearlove já completara cinquenta, continuava sendo famosíssimo mas já tinha sido mais antes, em sua plenitude. Ainda abarrotava seus concertos e provocava delírios, no entanto talvez mais por seu nome e sua história do que por sua força presente, como acontece com a maioria dos cantores britânicos dos anos 70 e 80 que perduraram e mantiveram sua atividade, desde Elton John a Rod Stewart ou aos Rolling Stones. Usava um cabelo pateticamente comprido para sua idade, muito louro e muito encaracolado, parecia um ex-membro do Led Zeppelin ou do King Crimson ou de Emerson, Lake & Palmer, que trinta anos depois tentasse conservar sem alterações seu incrustado aspecto juvenil. De costas, com aquela melena quase frita, podia ser confundido com Olivia Newton-John no final de *Grease*, só que ele se virava ou oferecia o perfil, suas feições eram o oposto das edulcoradas daquela australiana ou neozelandesa ou lá o que fosse: o nariz, sempre aquilino, tinha se afilado sem curvatura, só na horizontal; os olhos, sempre miúdos, agora pareciam maiores, mas de um modo anômalo e algo arrepiante, como se houvesse conseguido realçá-los com o drástico método de barbear as pestanas ou recortar as pálpebras mediante cirurgia ou outra barbaridade assim; e seus indubitáveis esforços para não engordar tinham lhe pregado a peça de lhe deixar um pescoço encarquilhado e numerosos sulcos nas faces, no queixo e na testa (vai ver que sua ração de *bottox* tinha caducado), e em compensação não lhe haviam evitado ostentar uma branda barriga no meio de um corpo espichado e magro. Nada disso se notava de um pouquinho longe que fosse, quando se desconjuntava nos palcos, mas sim quando saía destes ou nos primeiros planos das telas gigantes, que aliás não eram profusos. Ele tinha se afastado da mesa, tinha se posto de lado para olhar de frente a desenhista Genevieve Seabrook e cruzara as compridíssimas pernas, de maneira que pude ver com surpresa e desgosto que ele tinha se achinelado em algum momento, isto é, no trajeto até o restaurante se desfizera de suas botas de cano alto características — não as dispensava em nenhuma atuação, havia três décadas ou mais, nem que fizesse calor — e calçara umas ridículas babuchas orientais douradas e pretas, pontiagudas, de bico curvo e virado para cima, e com os calcanhares ao ar (eram tatuados, observei com mal-estar), que lhe conferiam um ar doméstico ou quase de veranista, o que também contribuiu para minha depressão. O tipo continuava parecendo tão bufo quanto da primeira vez e até mais repelente, mas também me deu um pouco de dó, pelo candor com que reconhecia suas atuais dificuldades conquistadoras e não ter outro remédio senão bancar seus lances, pelo menos no caso dos britânicos com "petiscos tenros". Eu esperava não me inteirar de quão tenros podiam ser ao longo daquela aberrante conversa, eu não pensava em perguntar por mais que Tupra tivesse me encomendado uma deprimente missão. De fato, decidi não perguntar nem arrancar nada mais de Dearlove, o que eu ouvira dava para um relatório sumário (afinal de contas, minhas oportunidades eram escassas, com tanto convidado admirativo ou puxa-saco em volta, se não celebérrimo por sua vez), e o resto eu podia inventar se Ure insistisse ou exigisse (ocorreu-me que na Escócia Tupra teria de se chamar assim, ou talvez preferisse Dundas em Edimburgo).

— Não, não vou dizer, querido Dickie — respondeu Viva Seabrook com um sorriso tão carinhoso quanto malicioso na relativa medida em que posso qualificá-la, pois as camadas de maquiagem se matizavam e deviam ter uma grossura de máscara mortuária egípcia, quero dizer de faraó: — Mas você deve levar em conta que em suas idades mais prematuras os meninos estão dispostos a tudo para enfiar o coiso deles numa mulher. Essa é minha sorte, embora às vezes me tapem a cara com o lençol ou com minha própria saia, e isso me faz bastante mal. Agora já não tanto, mas da primeira vez que um me pôs um travesseiro em cima, me deu um ataque de indignação e o jovenzinho saiu fugindo, espantado com minhas palavras e insultos. Acho que ainda tenho uma boa aparência, mas claro que eles precisam não me associar a suas mães nem a suas tias, compreendo que isso é um anticlímax, e em geral são tão elementares, tão autenticamente impiedosos e brutos... Você sabe.

Estranhei que ela falasse com tanto *sans-gêne* diante de desconhecidos como eu. Talvez fossem o meio e a vaidade que lhe propiciassem isso; talvez as pessoas ao seu redor, como se só os muito famosos se captassem entre si e o resto do mundo fosse para eles uma nebulosa que não importava nem contava mais do que como público ou claque que incentiva e aplaude, ou que no pior dos casos guarda um respeitoso ou coibido silêncio e se limita a assistir ao diálogo das celebridades, como se se encontrassem às escuras num teatro. Em certo sentido, era como se estivessem a sós, eles dois. E o que Dearlove respondeu a ela, depois de apoiar um instante seus cachos no imenso decote de Seabrook, como se buscasse consolo ou refúgio no seio da velha amiga, fortaleceu essa minha impressão.

— Oh, Viva, quanto nos resta, ou quanto me resta. Chegará o dia em que só serei uma lembrança para os mais idosos, e essa lembrança será cada vez mais tênue à medida que vão morrendo os que a conservam, um depois do outro, a conta sempre minguante, nunca mais crescente, e durante tantos anos foi uma conta em aumento que agora não posso resistir. Não é só que a gente envelhece e desaparece, mas que também irão desaparecendo os que podem falar de mim, os que me viram e me ouviram; e os que foram para a cama comigo, por mais jovenzinhos que fossem no momento, se tornarão velhos e gordos e morrerão, como se todos sofressem uma maldição. Não é de esperar que minhas canções sobrevivam a mim e que as gerações futuras continuem ouvindo-as, o que será delas quando eu não estiver mais aqui para defendê-las e repeti-las, quando já não for capaz de aguentar concertos como os de hoje. Não voltarão a soar. Mal compus nos últimos quinze anos grandes melodias que outros pudessem recuperar e cantar amanhã, mesmo que em versões horrendas, e agora não tenho mais o ímpeto de me pôr a escrever. Não creio que saísse nada de memorável. — E acrescentou desconcertantemente: — Se nem sequer de McCartney e Lennon sai nada há séculos, como eu iria conseguir? Serei totalmente esquecido, Viva. Não vai sobrar rastro de mim.

Havia algo de teatral em sua voz e nos trejeitos com que acompanhou esses lamentos, mas também se notava que encerravam uma parte de verdade. Estendeu mais as pernas e eu me ergui um pouco para ver melhor os asquerosos calcanhares tintados, sentia curiosidade para distinguir o desenho ou o lema das suas tatuagens.

— Mas se Lennon já morreu faz trinta anos — não pude evitar de dizer. — Como diabos vai compor.

— Isso não importa — replicou rápido Dearlove. — Além do mais, também nunca fui tão bom. Se não tivessem lhe dado uns tiros, as pessoas hoje vomitariam ao ouvir suas canções. — "Outro da irmandade Kennedy-Mansfield", pensei. — Que cara mais pretensioso e chocho, e com voz ruim. — E em seguida me fulminou com seus arregalados olhos miúdos de cirurgiadas pálpebras, como se eu fosse um acérrimo defensor de Lennon, o que nunca fui nem serei. Até estava de acordo com o diagnóstico do doutor Dearlove, ex-dentista, mas fazê-lo saber disso então teria parecido puxa-saquismo do mais rasteiro.

Pelo menos minha imprudente intervenção teve a virtude de deixá-lo momentaneamente de mau humor, quer dizer, de animá-lo e tirá-lo da melancolia para a qual havia resvalado, e durante o resto do jantar voltou a ser um homem alegre e de impertinentes piadas tirando para o pesado. Eu fiquei quase calado, erguendo-me com dissimulação de vez em quando e espichando bem o pescoço para ler seus calcanhares, mas não consegui.

Mais tarde, bem farto, informei a Ure ou Dundas da maneira mais resumida possível:

— Confirmo o que disse da outra vez, e só faço esta matização: está tão preocupado com a posteridade que, quem sabe, cometeria um dia uma barbaridade para que pelo menos se lembrassem dele. Não acredita que sua música vá perdurar mais que ele. De modo que num momento de desespero, longe de evitá-la a todo custo, poderia pôr uma mancha em sua vida e cismar de ingressar deliberadamente para os Kennedy-Mansfield, como você chama. Mas teria de ser no meio de uma depressão profunda, de uma obnubilação, uma coisa assim, ou daqui a muitos anos, quando já estiver aposentado e não der concertos nem a multidão lhe der guarida. Está tão centrado em si mesmo que vê como uma maldição injusta que morram aqueles que o admiraram e o conheceram, como se isso não lhes dissesse respeito nem compartilhassem com os que pisaram na terra ou cruzaram o mundo. — E em seguida acrescentei: — Você que o conhece melhor, sabe que tem os calcanhares dos pés tatuados? — Achei conveniente formular a pergunta com essa absurda especificação — "dos pés", porque "*heels*" em inglês também pode significar os saltos dos calçados.

Mas Tupra não fez caso. Não se deu por contente e tive de relatar até a última frase trocada no jantar, com Dearlove, com Viva Seabrook, com meu compatriota da farândola que se sentava perto e com qualquer um que houvesse metido sua colher por mínima que fosse na conversa. Eu detestava que ele me solicitasse essas reproduções escrupulosas de diálogos, que me obrigasse a vivê-los pela segunda vez. Eu me sentia como esses vazios escritores de diários que registram suas vidas mesquinhas com grande detalhe e além do mais depois as dão ao prelo, para tédio de leitores incautos ou muito mesquinhos e vazios por sua vez.

A York não soube por que me levou. Passeamos longamente pelo alto da muralha compridíssima, circundando a cidade, como se fôssemos duas sentinelas ou dois príncipes. Ele quis que fôssemos de carro a Coxwold, um pequeno povoado vizinho onde fica a casa que dois séculos e meio atrás foi do escritor Laurence Sterne, Shandy Hall, assim chamada em homenagem a seu romance mais importante, *Tristram Shandy*. Atribuí seu empenho à influência de Toby Rylands, que estava havia anos trabalhando, quando o conheci, no "melhor livro que já se escreveu", conforme me disse uma vez — não tanto com imodéstia quanto com convicção —, sobre a outra obra principal de Sterne, *A Sentimental Journey* ou *Viagem sentimental*; como se Tupra quisesse render desse modo homenagem a seu ex-mestre de Oxford ou do MI6 ou de ambos, coisa a que não tive nada a opor, muito pelo contrário, e além do mais quem era eu para objetar. No entanto, mal chegou procurou o encarregado da casa-museu, um homem mais moço que ele e que eu, o qual me apresentou inverossimilmente como mr. Wildgust ("Rajada Selvagem", em sua literalidade), com o qual se trancou para conversar numa sala enquanto me instava a percorrer por conta própria o lugar. Em cada aposento daquela graciosa e aprazível casa de dois andares havia um ancião ou uma anciã — voluntários, aposentados sem dúvida — que, quisesse eu ou não, davam ao visitante extensas explicações sobre a vida e os costumes de seu dono setecentista e sobre as restaurações efetuadas na mansão, tanto em tempos de um tal mr. Monkman, venerado fundador da Laurence Sterne Trust, como na atualidade (contribuí de bom grado com uma pequena quantia para a causa). No amplo jardim cometi um ato provavelmente punido pela lei: arranquei uma pequeníssima planta, que escondi e mantive úmida durante o resto da viagem e que mais tarde, em Londres, quase sem nenhum cuidado nem esforço, se transformou em outra planta de extraordinário viço e pujança, mas nunca averiguei seu nome, nem em inglês nem em espanhol (alegrou-me muito levar e conservar algo vivo do jardim da família Shandy). Tupra não se deu ao trabalho de visitar a casa, já a conhecia, disse, e certamente era verdade. Ao cabo de uma hora saiu com Wildgust, um semijovem de aspecto afável, inocente e alegre, com óculos e cabelos alourados um tanto compridos, e regressamos a York, onde talvez tenha se encontrado com mais alguém, mas eu não. Não me pediu nenhuma interpretação de ninguém nem minha opinião sobre nada, nem tampouco sobre Sterne, sobre a interminável muralha, nem sobre Shandy Hall.

Difícil acreditar que um homem tão prático como Tupra tivesse outra relação com Coxwold ou com mr. Wildgust que não fosse a profissional, e por sua vez era difícil imaginar por que ia ver este último em pessoa e de que poderia lhe servir aquele encarregado de vida aparentemente contemplativa — não devia ter muito o que fazer: quando chegamos estava imerso na leitura de um romance, na lojinha dos objetos e dos postais, sem nenhum cliente — perdido numa aldeia de Yorkshire à qual haviam destinado outrora como pároco o não muito vocacional, mundano e irreverente reverendo Sterne. Tampouco parecia fácil imaginar quais eram seus assuntos com um dono de sapataria berlinense que fomos ver em sua diminuta e elegante loja, chamada Von T (sapatos só para cavalheiros, feitos à mão), da vez que viajamos ao continente, pouco depois desses outros deslocamentos na ilha grande. Claro está que Reresby experimentou e comprou sapatos, e que o senhor Von Truschinsky, da Bleibtreustrasse, tirou a pedido de Tupra, com uns bonitos e artesanais aparelhos de madeira que eu nunca havia visto até então, as medidas exatas e completas dos meus pés — largura e comprimento, altura, peito e tatuável calcanhar —, confiante, disse com modéstia e tato e num notável inglês, em que eu ficaria contente, que me animaria a imitar o exemplo de meu chefe e encomendaria mais pares no futuro, da Inglaterra ou da Espanha, pois a verdade é que eu também comprei dois, apesar do preço elevado, com excelentes resultados, isso sim, para a melhoria geral do meu aspecto abaixo da crítica. (E pensar que uma vez eu havia temido que Tupra calçasse botinas ou tamancos ou algo pior, se é que há.) O estranho era que tanto esses meus pares como os que Reresby adquiriu eram de marcas inglesas de que eu nunca tinha ouvido falar — talvez por serem refinadíssimas —, Edward Green, de Northampton, em atividade desde 1890, e Grenson, não sei de onde, desde 1866. Achei extravagante viajar até Berlim para comprá-los — ele escolheu um modelo Hythe e outro Elmsley, aquele em "*Chestnut Antique*" e este em "*Burnt Pine Antique*", eu um Windermere em "*Black*" e outro Berkeley em "*Tobacco Suede*" — em vez de fazê-lo em nosso país, quero dizer no de Tupra e no que eu vivia. Depois da cerimônia da medição, consumada com parcimônia e delicadeza extremas pelo dono e único empregado, Tupra foi com Von Truschinsky para os fundos da loja, e confabularam detrás da cortina uns quinze minutos, enquanto eu me distraía olhando catálogos de sapatos finos, daí que agora sei tanto sobre os verdadeiros nomes das suas cores e que alguns dos que uso foram criados pelo superlativo John Hlustik, cujo nome não me despertou nenhuma lembrança na hora mas soou importante e tcheco. O murmúrio que chegou a mim não foi de inglês, tampouco tive a impressão de que fosse de alemão.

Como em York, não me fez traduzir ninguém em Berlim nem conhecer mais ninguém. Deixou-me tempo livre, não me convidou para um jantar que teve com gente da cidade. Durante o voo de volta pensei que pelo menos me perguntaria pelo sapateiro, minha por força superficial opinião, e talvez pelo senhor Wildgust com atraso, embora eu não houvesse estado presente na parte substancial das suas conversações com nenhum dos dois. Mas como ao cabo de uma hora me aborrecendo no ar Tupra continuasse falando só de corridas de cavalo e de futebol (incomodavam-no muito as antinaturais riqueza russa e antipatia lusa do seu time da vida toda, o Chelsea), não resisti a perguntar a ele:

— Por curiosidade, em que língua vocês falavam a sós, mr. Von Truschinsky e você?

Olhou para mim com tão bem fingida surpresa que até duvidei se era real.

— Em que iríamos falar, em inglês. Na mesma que com você, que sentido tinha mudar. Além do mais sei pouco alemão.

Não era certo isso do inglês, mas não quis discutir. Assim, mudei de assunto, ou talvez nem tanto:

— Escute, Bertram. Entendo que você tenha me feito te acompanhar a Bath e a Edimburgo, espero ter sido de alguma utilidade lá. Mas não me explicou por que quis que fosse com você a York nem por que vim a Berlim. Você não me deu nenhuma tarefa, não vi para que podia servir. E não me diga que foi só para fazer companhia, porque não gosta de viajar sozinho. Em York você tinha a de Jane, embora nem a tenhamos aproveitado, afinal. — Jane Treves não havia feito parte da excursão a Coxwold nem passeou longamente pela muralha medieval. Só havíamos jantado com ela. Podia ser que Tupra a tivesse visto sem mim, podia ser, por que não, que ele a houvesse aproveitado e ela tivesse dormido em seu quarto.

— Estava muito ocupada com os parentes. Eu a incluí na viagem mais que nada para que tivesse a oportunidade de vê-los. Fazia muito que não os visitava. Estou muito contente com o trabalho dela. Não parou ultimamente.

— E, em compensação, com todas essas escapadas você está me obrigando a atrasar minha viagem a Madri. Não sei se você se dá conta de que faz séculos que não vejo meus filhos, nem vou reconhecê-los. Nem meu pai. Meu pai está muito velho, só tem um ano a menos que Peter. Às vezes tenho medo de não tornar a vê-lo. — E aqui insisti. — Por que me fez vir? Para comprar sapatos? Para renovar minha sapateira?

Tupra sorriu com seus lábios grossos que não afinavam nem mesmo quando os espichava.

— Convinha que eu te apresentasse a Clemens von T., já é um velho amigo e presta um magnífico serviço, pode-se confiar nele. Tenho certeza de que a partir de agora você se calçará muito melhor. Poderá tratar diretamente com ele, além do mais. Para o mês que vem não há viagens previstas, de modo que não haverá inconveniente em que você passe umas semanas em Madri. Se quiser. Duas ou três.

Uma licença tão longa. Fiquei desconcertado. Agradeci. Mas não havia maneira dele responder ao que decidia não responder, disso eu sabia bem, nem de que desse explicações do que não queria ou não devia explicar. Desisti. Supus que com aquelas frases se referia a outra coisa que não os sapatos, que mais adiante eu me encarregaria de tratar de algo que não fossem calçados com Clemens von T., mas o caso é que ainda hoje, já passado o tempo da febre e do sonho, já de volta a Madri, continuo a encomendar meus bonitos e duradouros pares à sua diminuta loja de Berlim.

Tupra não mentiu naquele avião, e organizei minha viagem a Madri para o mês seguinte, uma estada de quinze dias, me dei conta de que com isso teria o bastante e talvez até me sobrasse, quero dizer que não saberia o que fazer com meu tempo lá, depois de ter visto a todos uma vez.

É estranho e incoerente o processo das saudades, ou da falta, tanto se for pela ausência como por abandono ou morte. A gente crê a princípio que não pode viver sem alguém ou distante de alguém, a dor inicial é tão afiada e constante que a gente sente como que uma prostração sem limite ou como que uma lança interminável que avança, porque cada minuto de privação conta e pesa, se faz notar e fica atravessado em nossa garganta, e a gente só espera que as horas do dia passem, sabendo que sua passagem não nos levará a nada de novo a não ser a mais espera de mais espera. Cada manhã a gente abre os olhos — se nos beneficiamos do sono que não permite esquecer totalmente, mas que confunde — com o mesmo pensamento que nos oprimiu justo antes de fechá-los, "Ela não está e não vai voltar", por exemplo (seja voltar a mim ou da morte), e se dispõe não a atravessar a jornada cansativamente, pois nem mesmo é capaz de olhar tão longe nem diferenciar um dia do outro, mas os cinco minutos seguintes e depois mais cinco cansativamente, e assim continuará de cinco em cinco, se é que não de um em um, enredando-se em todos e no máximo tratando de se distrair durante dois ou três da sua consciência, ou da sua paralisia elucubratória. Não é por sua vontade que isso acontece, mas por algum azar bendito: uma notícia curiosa no telejornal, o instante de completar ou iniciar uma palavra cruzada, o telefonema irritante ou solícito de quem não suportamos, a garrafa que cai no chão e nos obriga a catar os cacos para não nos cortar quando por preguiça andamos descalços, a infame série de televisão em que achamos alguma graça — ou é porque nos acostumamos de cara com ela, de repente — e à qual nos entregamos com inexplicável consolo até os créditos finais, desejando que começasse no mesmo instante outro episódio que nos permitisse nos agarrar a um estúpido fio de continuidade. São as rotinas achadas que nos sustentam, o que sobra à vida, o bobo inócuo, o que não entusiasma nem nos pede participação nem esforço, o recheio que desprezamos quando tudo está em ordem e nós ativos e sem tempo para ter saudade de ninguém, nem sequer dos que já morreram (aproveitamos esses períodos para sacudi-los das nossas costas, de fato, embora isso só sirva temporariamente, porque os mortos se empenham em continuar mortos e sempre voltam mais tarde, para nos fazerem sentir a pontada do seu alfinete no peito e caírem como chumbo sobre nossas almas).

Passa então o tempo, e a partir de um dia difuso voltamos a dormir sem sobressaltos e sem lembrar no sonho, e a nos barbear não mais ao levantar nem fora de hora, mas de manhã; nenhuma garrafa se quebra e nenhum telefonema nos irrita, prescindimos da telenovela, da palavra cruzada, das salvadoras rotinas sobrevindas que observamos com estranheza na despedida porque já quase nem compreendemos que nos faltaram, e até das pessoas pacientes que nos distraíram e nos escutaram durante nossa temporada de luto, monótona e obsessiva. Erguemos a cabeça e olhamos ao nosso redor de novo, e embora não haja nada de promissório nem de chamativo, nem que substitua o saudoso e perdido, começa a nos ser custoso manter essa saudade e perguntamos se perdemos mesmo. Aparece uma preguiça retrospectiva com respeito ao tempo em que amávamos ou nos desvelávamos ou nos angustiávamos, a gente se sente incapaz de voltar a prestar tanta atenção em alguém, de procurar comprazê-la e velar por seu sono e lhe ocultar o ocultável ou o que machucaria, e na judiciosa ausência de alerta a gente acha um enorme descanso. "Fui abandonado", pensa, "pela amante, o amigo ou o morto, tanto faz, todos se foram, o resultado é o mesmo, fiquei sozinho. Vão acabar lamentando, porque todo mundo gosta de se saber querido e se entristece por se saber esquecido, e eu agora os vou esquecendo, e o que morre, mais ou menos, também sabe o que o espera. Eu fiz o que pude, aguentei firme, e mesmo assim se afastaram de mim." Cita então para si mesmo: "A memória é um dedo trêmulo". E acrescenta depois de sua lavra: "E nem sempre consegue apontar para nós". Descobrimos que nosso dedo já não aponta, ou que consegue apontar cada vez menos, e os que absorveram nossa mente noite e dia e noite e dia, e estavam fixados nela como um prego martelado e enfiado, se desprendem pouco a pouco e começam a não nos importar; tornam-se borrados, trêmulos eles próprios, e até se pode duvidar da sua existência, como se fossem uma mancha de sangue já esfregada, lavada e limpada, ou da qual só resta a auréola, o que mais demora a se tirar, e essa auréola já vai cedendo.

Passa então mais tempo e chega um dia, antes que desapareça o rastro, em que a simples ideia de se aproximar deles representa de imediato para nós um peso. Embora não vivamos contentes e ainda sintamos falta deles, embora ainda soframos por sua distância ou sua perda em alguma ocasião solta — uma noite olhamos da cama nossos sapatos sozinhos, deixados ao pé de uma cadeira, e nos invade uma profunda tristeza ao nos lembrarmos dos de salto alto dela que costumavam ficar ao lado deles ano após ano, frisando que éramos dois até no sono, na ausência —, o fato é que os que mais amamos, ainda amamos, se converteram em gente de outra época, ou perdida pelo caminho — o nosso, para cada um conta o seu —, em seres quase pretéritos, aos quais não apetece voltar porque já nos são costumeiros, e o fio da continuidade se rompeu com eles. Olhamos sempre para o passado com um sentimento de superioridade soberbo, para ele e para seus conteúdos, seja assim nosso presente mais baixo ou mais infeliz ou enfermo, e o futuro não nos augure melhora de nenhum tipo. Por mais brilhante e feliz que fosse, o passado nos aparece contaminado de ingenuidade, de ignorância, em parte de tolice: nele nunca sabíamos o que viria depois e agora sabemos, e nesse sentido, sim, é inferior, objetiva e efetivamente; por isso sempre leva consigo um elemento de irremediável tolice, e nos faz sentir vergonha por termos permanecido nas nuvens, por termos acreditado então o que hoje nos consta que era falso, ou talvez não o fosse então, mas deixou também de ser certo por não haver resistido ou perseverado. O amor que parecia firme, a amizade da qual não duvidávamos, o vivo com o qual contávamos como vivo eterno porque sem ele o mundo era inconcebível ou que o mundo ainda fosse tal mundo, e não outro lugar. Para nosso morto mais querido não podemos evitar de olhar um pouco de cima para baixo, mais ainda com o passar do tempo que o vai tornando mais caduco, não só com pena mas com dó, sabedores de que não ficou ciente — oh, foi um iludido — do que aconteceu depois da sua ida, enquanto nós sim estamos a par.

Assistimos ao seu enterro e ouvimos o que ali se dizia, também o que se murmurava entre dentes, como se os que falavam temessem que ele ainda pudesse ouvi-los, e vimos os que lhe fizeram mal se fazerem passar por íntimos e fingir que o choravam. Ele não viu nem ouviu nada. Morreu no engano como todo mundo, sem nunca saber o bastante, e é isso precisamente o que nos leva a compadecê-los, a todos eles, e a considerá-los pobres homens e pobres mulheres, pobres crianças adultas, pobres coitados.

Também já não sabem de nós os que deixamos para trás ou se foram do nosso lado, para nós ficaram fixos e inamovíveis tal como os mortos, e a simples perspectiva de voltar a encontrá-los e de ter de contar para eles e ouvi-los requer de nós um esforço tremendo, em parte porque nos parece que nem eles nem nós gostaríamos de contar nem de ouvir nada. "Que preguiça", pensamos, "essa pessoa não assistiu aos meus dias por muito tempo. Costumava saber quase tudo de mim, ou pelo menos o principal, e agora se criou nela um vazio que não poderá ser preenchido, mesmo que eu relatasse com todos os detalhes o que aconteceu sem seu conhecimento imediato. Que preguiça relacionar-se de novo, e se explicar, e que transtorno reconhecer no mesmo instante as velhas reações, os velhos vícios, as velhas inquietudes e os velhos tons, os meus com ela e os dela comigo; e até os mesmos ciúmes carcomidos e as mesmas paixões, só que aplacadas. Nunca mais poderei vê-la como uma nova pessoa, tampouco como meu ser cotidiano, ela será para mim desgastada ao mesmo tempo que distante. Irei em casa ver Luisa, e as crianças, e depois de passar um bom tempo com elas e começar a reacostumá-las, sentarei ao lado dela outro instante mais curto, talvez antes de sair para jantar num restaurante, enquanto esperamos a baby-sitter que demora, no sofá compartilhado durante tantos anos mas agora como uma visita estranha, de confiança e de desconfiança, e não saberemos como nos comportar. Haverá pausas e pigarros, e frases tolas e inauditas estando os dois cara a cara, do tipo 'Como você está?' ou 'Está com uma aparência ótima'. E então nos daremos conta de que não podemos nem estar juntos sem estar de verdade, e de que além do mais não queremos estar. Não haverá inteira naturalidade nem artificialidade completa, não se pode ser superficial com quem conhecemos profundamente e desde sempre, tampouco profundo com quem perdeu nosso rastro e escondeu o seu, e ignora tanto. E ao fim de meia hora, talvez de uma, de duas no máximo, finalmente consideraremos que já chega, e o que será mais esquisito, que com esta vez basta e me sobrarão treze dias. E mesmo que, impensavelmente, caíssemos um nos braços do outro e ela me dissesse o que estou há tanto tempo desejando ouvir, 'Venha, venha, eu estava tão enganada antes. Ocupe de novo este lugar ao meu lado. Não afugentei seu fantasma, este travesseiro ainda é o seu e eu não havia sabido te ver. Venha e me abrace. Venha comigo. Volte. E fique aqui para sempre'; mesmo que, em vista disso, eu fechasse meu apartamento em Londres e me despedisse de Tupra e de Pérez Nuix, de Mulryan e Rendel e até de Wheeler, e iniciasse a árdua tarefa de transformá-los em longos parênteses — mas até os intermináveis se fecham e depois a gente pode pulá-los —, e voltasse para Madri então com ela — e não digo que não o faria se tivesse essa oportunidade, se ela me desse —, faria isso sabendo que o interrompido não pode se reatar, que aquele vazio permanece sempre, talvez apagado mas constante, e que um antes e um depois nunca se soldam."

De modo que, apesar da minha sincera vontade de pisar outra vez na minha cidade e ver os meus, inclusive os que já não se sentissem meus; de enfrentar seus rostos de ontem depois de ter me ausentado do hoje e do hoje deles e ir me encontrar sem transição nem aviso com os de amanhã, não só planejei uma estada de duas semanas em vez das três que meu chefe havia chegado a me oferecer, como adiei um pouco mais minha ida, ao voltar de Berlim, para antes me ocupar de De la Garza.

Pensei em ligar para ele sem mais delongas e perguntar por sua saúde, mas me ocorreu que se eu dissesse meu nome talvez nem quisesse atender, e que se dissesse um nome falso e inventasse um pretexto ou consulta ociosa, ficaria difícil perguntar depois por seu estado físico, de repente e sem mais porquê, sendo eu um suposto desconhecido. Decidi, pois, ir visitá-lo de surpresa, isto é, sem marcar encontro. Mas como hoje em dia ninguém entra em nenhum lugar oficial sem especificar a que vem e demonstrar que perdeu alguma coisa lá, telefonei a um conhecido da BBC Radio com o qual havia compartilhado tediosos programas sobre terrorismo e turismo no início da minha vinda para Londres, antes de ser recrutado por Tupra, ou melhor, por Wheeler, e que, tal como eu, conseguira largar logo seu aborrecido cargo e melhorar sem dúvida nenhuma sua situação, com um cargo impreciso mas não, em absoluto, menor na embaixada espanhola na corte do meu patrono St. James, ou são Jacobo. Esse indivíduo, untuoso e traiçoeiro, com espírito de déspota ao mesmo tempo que de fâmulo (com frequência andam juntos, apesar da oposição de superfície), se chamava Garralde e carecia inteiramente de escrúpulos quando sua ascensão estava em jogo; sempre estava disposto a se mostrar servil, não com os poderosos e famosos somente, mas com aqueles que calculava poderiam sê-lo um dia, ainda que um pouco: o suficiente, no entanto, para fazer um favorzinho futuro ou ele poder reclamá-lo; da mesma maneira, era desdenhoso com os que, em suas previsões, nunca seriam de utilidade alguma, mas tampouco hesitava em se tornar encantador com eles subitamente e com o maior cinismo, se descobria com o tempo que havia se enganado. Tinha uma cara larga, de lua a ponto de ficar cheia; os olhos miúdos, a pele muito porosa, como se fosse polpa, e os dentes um tanto separados, e estes lhe conferiam um aspecto depravado que, pelo que eu soubesse, correspondia apenas à sua mentalidade ansiosa — era como se expelisse secreções sem pausa —, mas não com suas atividades: essa classe de sujeito que corteja todo mundo entre risos — provavelmente mulheres e homens, estes só de maneira implícita, como dizer, e interrogativa, interessando-se muito por eles —, mas que, chegada a rara hora de ser por fim requerido por algum de seus cortejados, também escapole entre risos, temeroso de não estar à altura. Usava um cabelo esquisito, parecia um gorro de Davy Crockett (sem o rabo de castor ou de texugo ou seja lá o que fosse, já havia suficientes penduricalhos nos de De la Garza naquela embaixada; ainda que não os usasse ali), e sempre me perguntei se aquele cabelo-gorro de caçador não era na realidade uma peruca tão aparatosa e espessa que por isso mesmo ninguém se atrevia a suspeitar que fosse. Cada vez que eu o via me vinha uma vontade de dar um bom puxão na dita cuja, mascarado de viril carinho ou de viril e pesada piada, para ver se não ficava com ela na mão, e de passagem experimentar sua textura (parecia repugnante mas aveludada).

Ele não tinha me dado importância quando nos conhecemos — um pobre coitado da rádio; sempre se acreditou mais que isso, embora na época eu também o fosse —, mas agora tinha me catalogado como alguém com influências e algum mistério. Desconhecia com exatidão a índole do meu trabalho e a quem eu servia, mas estava mais ou menos a par da minha ocasional ida a discotecas chiques, restaurantes de luxo, hipódromos, jantares com celebridades, Stamford Bridge, e também lugares assustadores onde nenhum espanhol se aventurava (às vezes os períodos multitudinários de Tupra duravam semanas), tudo isso em companhia de nativos, o que não é fácil na Inglaterra para quase nenhum estrangeiro, nem mesmo para os diplomatas. (Agora, além disso, ele me veria com os extraordinários sapatos de Hlustik e Von Truschinsky, Garralde era muito detalhista, e bocó até a repugnância.) Sentia por mim o melhor que os conhecidos podem sentir por alguém, o mais conveniente: desconcerto e curiosidade. Isso o levava a fabular sobre meus contatos e poderes, e assim ele se prestaria a qualquer coisa que eu solicitasse. Pedi a ele sem explicações um encontro na embaixada, e uma vez sentado à sua mesa esclareci o assunto logo de cara (em voz prudente, ele compartilhava o espaço com outros três funcionários, ainda precisava ascender muito, se é que pensava continuar naquele âmbito).

— Na realidade, não vim falar com você, Garralde. Quis marcar um encontro com você para não ter problemas na entrada.

Só vou te visitar por três minutos. Para falar das nossas coisas te convido para almoçar outro dia, te levo a um lugar novo, bárbaro, você vai se entusiasmar, lá se vê gente, todos acabando de acordar. Pulam o café da manhã, sabe como é. — Para ele o termo "gente" significava gente importante, a única que lhe interessava. Empregava expressões de mau gosto como "a nata da nata" ou, pior ainda, "*la crème de la crème*", "o must" e o "jet set"; falava de "*big names*" e de "figurões", dizia que nos fins de semana estava "*unplugged*" (falando em espanhol, entenda-se). Poderia ir bem longe com sua combinação de reverência e abuso, mas não deixaria nunca de ser um casca-grossa mundano. Também exclamava "*Ouro*!" quando uma coisa lhe parecia estupenda ou um achado, tinha ouvido de uma amiga italiana e achava originalíssimo. — Quando acabarmos aqui (será coisa de dois minutos), quero que você me indique a sala de um colega seu, Rafael De la Garza. É ele que eu quero ver, mas sem que ele me espere.

— E por que não pediu a ele o encontro? — perguntou o vil Garralde, mais por comadrice do que para me criar embaraços. — Ele teria marcado, com certeza.

— Não creio. Está ressentido comigo, por umas bobagens à toa. Quero pôr em pratos limpos, houve um mal-entendido. Mas ele não deve saber que estou aqui. Me mostre sua sala e eu me apresento sozinho lá.

— Mas não é melhor que eu te anuncie? Ele tem mais hierarquia.

Era como se não tivesse me ouvido. Hábil nas suas relações, mas em si mesmo lerdo. Ele me irritou, estive a ponto de me precipitar sobre sua nutrida cabeleira, era inverossímil que se parecesse tanto com o lendário gorro de Crockett, rei da selvagem fronteira (embora estivesse mais compacta que das outras vezes, talvez começasse a se parecer com um gorro russo de inverno). Eu me contive mais uma vez, afinal de contas ele ia me fazer um pequeno favor que tentaria me cobrar em breve, não era dos que aguardavam.

— O que acabo te de dizer, Garralde. Se você me anunciar, ele não vai querer me receber, além do mais pode sobrar para você, não entende?

Como ele era um homem rasteiro, este último argumento tornou sua mente um pouco mais ágil. Por nada do mundo queria se inimizar com seu superior nem contrariá-lo, mesmo que não fosse seu superior em escala direta. Senti comiseração por ele um instante; como podia ter acima de si Rafita De la Garza! Nosso mundo é mal-ordenado e é injusto e corrupto, já que permite isso, que haja gente às ordens de um babaca tão grande. Era o mais patético concebível. Claro que também era aberrante que alguém pudesse ter acima de si Garralde e tivesse de obedecer a ele.

— Está bem, como quiser — respondeu. — Deixe pelo menos ver se ele está sozinho. Se tiver uma reunião, não adiantaria muito você entrar de surpresa. Não poderia desfazer o mal-entendido, nem é preciso dizer, tendo testemunhas.

— Vou com você. Assim você me guia e me indica a porta. Espero do lado de fora, não se preocupe, e antes de entrar darei tempo para você se afastar. Não ficará sabendo que você teve alguma coisa a ver com a minha visita.

— E para quando marcamos nosso almoço? — perguntou antes de sairmos. Tinha de garantir seu pagamento, o menor, o imediato pelo menos. Depois tentaria me arrancar algo melhor, mais para a frente, a título de juros. Mas eu pensava deixá-lo esperando os juros sentado e, quem sabe, também o almoço. Ficaria furioso momentaneamente, mas aumentaria seu respeito por mim e sua curiosidade, ao me ver tão despreocupado com meus compromissos. — Adoraria conhecer o lugar de que você falou.

— Sábado, se der para você. Depois tenho de ir a Madri por uns dias. Amanhã te ligo e combinamos. Eu reservo.

— *Ouro*!

Não suportava que exclamasse isso. A verdade é que dele eu não suportava nada. Reservaria a mãe dele, ligaria para o pai dele, decidi então, depois inventaria algum pretexto.

Ele me conduziu por uns corredores acarpetados e toleravelmente labirínticos, viramos pelo menos seis vezes. Por fim parou a uma distância prudente de uma porta encostada ou quase aberta, ouvimos vozes declamatórias, ou era uma só, soava como se recitasse versos de ritmo maçante e esquisito, não era muito audível, ou vai ver que era uma litania.

— Está sozinho? — perguntei a ele num cochicho.

— Não estou certo. Poderia estar, apesar de falar. Espere, não, estou me lembrando: hoje veio o professor Rico. Vai dar uma aula magistral esta tarde no Cervantes. Devem estar ensaiando. — E em seguida considerou necessário me esclarecer: — O professor Francisco Rico, nada menos. Não sei se você sabe, é uma grande eminência, um figurão, e muito severo. Parece que trata a patadas as pessoas que acha idiotas ou que o importunam. É muito temido, muito impertinente, muito cáustico. Não deve interrompê-los por nada deste mundo, Deza. É acadêmico da Espanhola.

— É melhor que o professor não te veja, então. Espero aqui eles terminarem. Caia fora logo, vai que sobra para você... Obrigado por tudo e não se preocupe, eu me arranjo.

Garralde hesitou um momento. Não confiava em mim, com toda razão. Mas deve ter pensado que, acontecesse o que acontecesse ou fizesse eu o que fizesse, mais valia ele não estar presente. Afastou-se pelos corredores, virando a cada poucos passos e me repetindo sem articular nenhum som até que desapareceu da minha vista (dava para ler bem seus lábios):

— Não entre, nem pense interrompê-los. É acadêmico.

Eu havia aprendido com Tupra e Rendel a me movimentar quase sem fazer barulho, assim como a abrir portas fechadas, se não tinham complicações, e a trancá-las, como a do toalete dos deficientes. De modo que avancei até a altura da sala de De la Garza, mas me mantendo o mais distante dela que podia, pelo lado oposto do corredor. Dali vi a sala quase inteira, em todo caso vi os dois, o capadócio e Rico, a cara deste eu conhecia bem da televisão e dos jornais, e era inconfundível, um homem calvo que curiosa e audaciosamente não se comportava como calvo, com olhar displicente ou até amiúde enfastiado, devia viver farto da ignorância circundante, devia amaldiçoar sem cessar ter nascido nesta época iletrada pela que devia nutrir um desprezo enorme; em suas declarações à imprensa e em seus escritos (eu havia lido um ou outro artigo de jornal) dava a impressão de estar se dirigindo não a futuros leitores mais cultos, nos quais sem dúvida confiava, mas a outros do passado, bem mortos, como se acreditasse que, nos livros — de ambos os lados dos livros: falam no meio da noite como fala o rio, com sossego ou sem vontade, e seu rumor também é tranquilo ou paciente ou lânguido —, estar vivo ou estar morto fosse apenas uma questão casual e secundária. Talvez pensasse, como seu compatriota e meu, que "o tempo é a única dimensão em que os vivos e os mortos podem se falar e se comunicar, a única que têm em comum e os une", e que por isso todo tempo é forçosamente indiferente e compartilhado (nele estivemos e estaremos todos), e que coincidir nele fisicamente é apenas uma coisa acessória, como chegar tarde ou cedo a um encontro. Vi sua característica boca grande, bem traçada e como que esponjosa, lembrava um pouco a de Tupra, porém menos úmida e selvagem. Ele a mantinha fechada, quase apertada, não era dela que provinham os primitivos ritmos, mas da de Rafita, que aparentemente não só se sentia rapper negro da noite e das casas noturnas chique idiotas, mas também *hip-hopper* branco à luz do dia e em seu gabinete na embaixada, embora agora se vestisse convencionalmente e não usasse casaco rígido e grande, nem brinco de adivinho na orelha, nem rede pseudotaurina nem chapéu nem bandana nem gorro frígio nem nada posto sobre sua cabeça oca. Terminou seu recitado monótono e perguntou com satisfação a Francisco Rico, homem de grande saber:

— E então, o que achou, professor?

O professor usava óculos grandes, provavelmente grossos e com lentes antirreflexo, mas mesmo assim pude distinguir seu olhar gélido, de estupefação emburrada, como se, mais do que irritar, não desse crédito às pretensões ou à submissão de De la Garza.

— Não me emociona. Ps. Tah. Nem um pouquinho. — Foi assim que disse, "Ps". Nem sequer saiu o "Pse" mais clássico, que quer dizer "Regular" ou "Ni fu ni fa" (ninguém sabe o que isso significa, mas é empregado sem parar). "Ps" seguido de "Tah", era muito mais desalentador, muito dissuasório.

— Deixe eu lhe dizer outro, professor. É muito mais elaborado e tem mais sangue ruim, mais créu.

Lá estava ele com suas semigírias e suas semigrosserias, e ninguém dissuade o Rafita. Eu me senti mais tranquilo ao verificar que não tinha mudado nada desde a última vez que o vira, estirado no chão e espancado, com um susto de morte literal no corpo, trêmulo e suplicante em silêncio, os olhos desviados e turvos sem nem sequer se atrever a nos encarar, o castigador e seu acompanhante, que era eu, estava associado. Eu o via recuperado, a coisa não deve ter sido muito grave se continuava disposto a importunar qualquer um onde quer que fosse. Devia ser dos que nunca aprendiam, um sujeito sem remédio. Claro que não era previsível que o professor Rico sacasse uma espada ou uma adaga, nem que o agarrasse pela nuca e batesse sua testa contra a mesa várias vezes. No máximo soltaria uma grande bufada, ou o xingaria com crueza, de fato tinha fama de mordaz e ferino, como havia comentado o vil Garralde, e de não guardar para si suas opiniões cruas nem suas ofensas, quando as considerava justificadas. Estava indolentemente sentado numa poltrona, a cabeça jogada para trás como um juiz desinteressado e cético, as pernas cruzadas com garbo, o antebraço apoiado no encosto, na mão um cigarro cuja cinza deixava cair no chão dando pancadinhas tênues com a unha do polegar no filtro. Era óbvio que, se alguém não pusesse um cinzeiro bem debaixo, ele não se daria ao trabalho de ir buscá-lo. Soltava a fumaça pelo nariz às vezes, coisa um pouco antiquada hoje em dia, por isso ainda elegante. Sem dúvida não dava a mínima para a proibição de fumar em dependências oficiais. Estava bem-vestido e calçado, a camisa e o terno me pareceram de Zegna ou Corneliani, coisa assim, mas os sapatos não eram de Hlustik, isso é certo, também deviam ser meridionais. Rafita estava de pé diante dele, dava para ver que excitado, como se lhe importasse o juízo de Rico, que de resto não escutava, não sendo benévolo por ora. Cada vez há mais gente assim em todo o mundo, que só se inteiram do que gostam ou lhes massageia o ego, e o que não, é como se não ouvissem diretamente. Começou sendo um fenômeno próprio dos políticos e dos artistas medíocres sedentos de sucesso, mas eles contagiaram populações inteiras. Eu via os dois como que da quinta fileira de um teatro, e, se me centrasse bem em frente à porta entreaberta, ambos apareciam no meu campo visual sem cortes.

— Olhe, jovem De la Garza — disse Rico com insultuoso paternalismo no tom de voz —, está claríssimo que Deus não te chamou por esse caminho dos versos simplórios e sem sentido. Tu estás a léguas do *Struwwelpeter*, e Edward Lear te dá de dez a zero. — O professor era pedante de sã consciência, quer dizer, por gosto, já que sem dúvida Rafita nunca tinha ouvido aqueles nomes, eu conhecia por causalidade o de Lear, dos meus pedantes anos de Oxford, o outro naquele instante não me dizia nada, depois fui verificar. — Bem, não creio que devas contrariar os desígnios dele, derr, mais que nada para não perder tempo. Claro que ele também não te chamou pelo caminho dos refinados, a teu alcance não estaria nem *"Una alta ricca rocca..."*, e olha que com esta terias seis longos séculos de progresso. — Essa citação ou o que fosse ele pronunciou com cuidadoso sotaque italiano, mais tarde é que supus que não era em espanhol mas em italiano, apesar da coincidência das palavras; talvez fosse de Petrarca, em quem era especialista, como em tantos outros autores mundiais e até no *Struwwelpeter*, seguramente, seu saber era incomensurável. — Há coisas, ets, que não podem ser. De modo que não insistas, pf. — Chamou-me a atenção que, sendo membro da Real Academia Espanhola, recorresse a tantas onomatopeias inabituais em nosso idioma e em princípio indecifráveis, embora às vezes todas me parecessem perfeitamente compreensíveis e nítidas, talvez possuísse um talento especial, fosse um mestre da onomatopeia, um inventor, um criador, além do mais. "Derr" designava com toda a certeza proibição. "Ets" me pareceu uma advertência seriíssima. "Pf" me soou como caso perdido.

Mas Rafita pertencia à sua época e não queria entender ou na verdade não entendia, não sei se é a mesma coisa em muitos casos, atualmente. De modo que prosseguiu:

— O senhor vai ver que este lhe agrada, professor, vai deixar o senhor doido. Lá vai. — Então o vi mexer as mãos e os braços ridiculamente, como um rapper (não que ele fosse ridículo, e era, mas que ridículos são todos os que se dedicam a cantarolar com gesticulações esses lero-leros sem graça nem mérito, o triunfo do recitativo em aleluias, Deus do céu, a esta altura), dava umas braçadas mais ou menos ondulantes que tentava fazer passar por trejeitos airados de negro suburbano, embora de vez em quando lhe saltasse a cruel veia espanhola e ficava com uns dedos como que de dança folclórica em plena tourada. Era todo patético, em consonância com seus pavorosos versinhos, uma cantilena insuportável que soltou flexionando sem parar as pernas ao suposto ritmo de uma musiquinha imaginária e reles: — Eu te transformo numa pele que arranha meu uquelele — assim começava, com essa rima —, sou o pasto para as cobras, que me comem as minhas sobras, te inoculo o meu veneno, contra ele não tens dreno, não me crava a tua espora que eu te estouro bem agora, hu-iú, iú-hu. — E logo em seguida, quase sem tomar fôlego, atacou outra estrofe ou bloco ou o que fosse: —Minhas balas 'tão com fome de acabar com teu renome, elas miram tua boca p'a te deixar de cuca oca, te acertam a sobrancelha e arrancam tua telha, vomitando tua urina tu é merda de latrina, hu-iú, iú-hu.

— Basta! — O mui notável professor Rico o observara atento, outra coisa que quase ninguém mais usa mas que todo mundo entende; e suponho que o tenha escutado de igual modo, se isso é possível, do que duvido mas não sei. Havia empalidecido, em todo caso, ao ouvir esses versos enxovalhados, como eu também havia, imagino, por ali não tinha espelhos para verificar. Mas em seguida senti calor no rosto e devo ter enrubescido, por um misto de enfurecimento e de vergonha alheia: como era possível que aquele babaquara espetacular entretivesse e molestasse o admirável Francisco Rico com tamanhas sandices e baboseiras? Como ele podia acreditar que aquilo (grosseiro, ainda por cima) tivesse algum valor poético, nem mesmo como falso *Limerick*, e esperar um veredicto aprovativo de uma das nossas autoridades literárias máximas, de visita a Londres, grande luminar, talvez cansado da viagem, talvez necessitando de tempo para dar os últimos retoques em sua magistral lição daquela tarde? Fui tomado por uma indignação parecida com a que me invadiu ao descobri-lo na pista da discoteca, fustigando com sua redinha insensata a imprudente Flavia. Naquela noite me viera um pensamento único, breve e simples, e olhem que eu ainda desconhecia as iminentes consequências traumáticas daquele incidente: "Eu o enchia de sopapos até não poder mais". Eu tinha me lembrado disso mais tarde, com pesar, com uma espécie de arrependimento vicário (meu principalmente, mas também em nome de Tupra vagamente, ele não parecia se arrepender de nada, como era natural por costumar agir com determinação e consciência; pelo menos não se lamentava do que se relacionava com seu trabalho), durante e depois da tunda e, claro, antes, cada vez que a espada de lansquenete de Reresby subia e descia. Como De la Garza não tinha aprendido, como não se tornara mais discreto? Como podia compor alguma obra, por mais incoerente e grotesca que fosse, com elementos de violência, depois de tê-la sofrido bestialmente, pelas nossas mãos? Como podia mencionar a palavra "latrina" depois de ter estado a ponto de morrer afogado na água azul de uma delas? "Vai ver que é por isso", pensei, disse a mim mesmo naquele corredor, ainda sem ter sido visto, invisível, um voyeur e um *eavesdropper*. "Vai ver que está obcecado com o que aconteceu, e esta é sua única forma (idiota) de se ressarcir ou de superar o acontecido, acreditar que ele poderia ser Reresby (acreditar a seu modo pueril e torpe) e meter bala em alguém, ou pelo menos meter medo, ou envenená-lo, ou estourá-lo, ou fazer isso tudo com o próprio Tupra, de quem deve ter absoluto pânico e com quem rezará todo dia para não tornar a se encontrar, nesta cidade que compartilham. Fantasiar é grátis, sabemos disso desde crianças; depois continuamos sabendo, mas aprendemos a lhe dar menos importância, cada vez menos com os anos, por nos dar conta de que não nos serve." Me deu certa pena, no mesmo instante tornou a me dar certa pena, e esta temperou minha indignação, mas não a do professor egrégio, é claro, que nem tinha meus pensamentos nem dívidas pendentes com ele: — Basta! — gritou sem alçar a voz, a sensação de grito ele transmitiu com seu tom impostado, semelhante ao que empregam os garçons dos bares madrilenhos para fazer os pedidos à cozinha ou ao bar, acima ou abaixo do estrépito dos clientes. — Estás fora dos gonzos ou que vesânia te deu, De la Garza? Crês que pode me interessar ouvir essa enfiada de nescidades — hesitou — tantâmicas que estás soltando? Quanta imundícia! Reg. Que maçada! — Eram palavras antigas ou é que o léxico geral dos espanhóis se reduziu hoje a tal mínimo que quase todas assim parecem, antigas: "vesânia", "enfiada", "nescidades", "maçada", também a expressão "estar fora dos gonzos", gostei de ver que eu não era o único a empregá-las, por um segundo me senti identificado com Rico, o que me foi lisonjeiro, inopinadamente ou não tanto (é um homem exímio). Sua nova onomatopeia, "Reg", me pareceu tão transparente e bem-sucedida quanto as anteriores, equivalia a asco, moral e estético.

O professor não se mexeu, não se levantou, sem dúvida era capaz de controlar o corpo, bastava-lhe soltar a língua brevemente. Apenas jogou a guimba num cubo com lápis que estava à mão e tocou a ponte dos óculos, primeiro com o indicador, depois com o médio, duas vezes, como se quisesse se certificar de que eles não tinham saído disparados junto com sua irritação. De la Garza ficou paralisado, com as pernas momentaneamente flexionadas, uma postura pouco airosa, próxima da de ficar de cócoras. Mas se ergueu logo. E, como não devia ter bebido, pôde se sentir alarmado.

— Ai, desculpe, professor, não sei, não entendo, tinha lido num site que o senhor gostava do hip-hop, que o considerava relacionado com algumas formas poéticas arcaicas, com os versos dos cegos, aqueles folhetos de cordel, os cancioneiros, os romanceiros, isso tudo...

— Estás me confundindo com Villena — intercalou Rico, referindo-se a um conhecidíssimo e atentíssimo poeta espanhol (atento a todos os fenômenos). Não falou ofendido, só professoral e aclarador.

— ... que o considerava bem medieval, em suma...

E então aconteceu. Interrompeu-se porque aconteceu então. Ao mexer a cabeça de um lado para o outro enquanto não entendia e se desculpava, assustado pela reação franca de Rico, ou rude de Rico (mas ele é que tinha procurado), De la Garza me viu e me reconheceu na hora, como se levasse tempo temendo me encontrar ou sonhasse com frequência comigo e eu oprimisse seu peito nos pesadelos. Ao olhar para a direita me viu ali, em linha reta, de pé do outro lado do corredor como um convidado de pedra, e no mesmo instante soube quem eu era. E eu vi o efeito imediato daquela surpresa e daquele reconhecimento. De la Garza se encolheu instintivamente, todo ele, como se fosse um inseto que ao perceber o perigo se estreita, se contrai, se diminui, tenta desaparecer e se apagar para que a morte não o alcance, para não ser individualizado nem visto e não existir e assim se negar ("Não, não sou eu o que você vê, não estou, não se engane"), porque a única forma segura de evitar a morte é não ser mais, ou talvez, melhor ainda, nunca ter sido. Grudou os braços dos lados, mas não como o boxeador que vai se defender ou se cobrir, e sim como se repentinamente houvesse sido tomado por um grande frio e tiritasse. E encolheu também o pescoço, de maneira parecida a como havia feito no banheiro dos entrevados, quando virou a cara de lado e pela primeira vez avistou a rajada turva de metal no alto e viu o duplo gume de relance, com o canto do olho, a ponto de se abater sobre ele: afundou a cabeça entre os ombros com um espasmo, com o mesmo gesto que devem ter feito sem querer ou querendo todos os guilhotinados em duzentos anos e os que receberam a machadada ao longo dos cem séculos, e até as galinhas e os perus desde que ocorreu ao primeiro homem, aborrecido ou faminto, decapitar um deles. Também como então o lábio superior se levantou, quase se dobrou, foi um ricto, deixou-lhe descoberta a gengiva seca e nela se enganchou a parte interna do lábio ao faltar toda saliva. E em seus olhos vi um pavor irracional, predominante, excludente, como se minha simples presença o tivesse tirado da realidade e num segundo houvesse esquecido onde estava, na embaixada espanhola da corte de são Jacobo ou são Jaime, ali onde trabalhava ou passava o tempo diariamente rodeado de vigilância e de companheiros que o protegeriam, que se encontravam a pouca distância; havia esquecido que tinha à sua frente o prestigioso professor irritado, e que ali eu não podia lhe fazer nada. O mais incômodo para mim, o que me deixou desconcertado e imobilizado, era que eu não queria lhe fazer nada, antes pelo contrário, fora me interessar por sua recuperação, por sua saúde, verificar que nada havia sido irreparável, e até, se a oportunidade se oferecesse, e apesar de não ir com a cara dele, dizer que lamentava. Lamentava não ter feito mais, não ter impedido, não tê-lo ajudado a fugir nem defendido, não ter sido capaz de chamar Tupra à razão (embora este calculasse bem e com ele nada era questão de precipitação nem de razão perdida). E até teria gostado de convencer o babaca de que no fim das contas tinha tido sorte e tinha se livrado de uma boa, e de que meu colega Reresby, em que pese sua brutalidade e por incrível que fosse, lhe havia feito um favor imenso ao se adiantar e evitar assim que o sanguinário Manoia (eu o tinha visto e não visto atuar num vídeo, ele era *Sir Cruelty*, fechei os olhos, não quis tapá-los, aquilo requeria vendá-los) se encarregasse do seu castigo. Mas não podia nem devia lhe explicar nada disso, ainda menos diante de Rico, que ao ver a transformação de Rafita olhou com nada mais que displicente curiosidade para meu lado (devia desprezar tudo no outro, devia tê-lo por uma besta quadrada e por um destramelado).

Foi uma sensação muito desagradável, mas sobretudo inassumível, descobrir que eu provocava espanto. Era por associação, por assimilação sem dúvida, afinal eu não o tocara, talvez De la Garza temesse ver Tupra aparecer também em seguida, às minhas costas, como se para ele andássemos desde então sempre juntos. Mas eu vinha sozinho e sem que meu chefe soubesse, minha visita não lhe teria agradado. "Que não telefone para você tomando satisfações, que deixe você em paz, esqueça você", tinha me instado a lhe dizer da parte dele, a traduzir para o caído, antes de abandoná-lo e roçá-lo, ao sair, com a aba do seu sobretudo. "Que ele meta na cabeça que não tem que tomá-las, que não há razões para denúncias nem protestos. Que não conte nada, que se cale. Nem como aventura que tenha vivido. E que se lembre." E Rafita obedecera as instruções ao pé da letra, inventara uma patranha para justificar seu estado lastimável perante os da sua roda. E claro que teria se lembrado daquilo, mais ainda, não teria feito outra coisa desde então, convertido num feixe de nervos dia e noite, na vigília e no sono, noite e dia, por mais que se atrevesse depois a cantar um rap a Rico e outras inimagináveis capadoçagens. Ao me ver ali no corredor, tão perto, talvez ameaçador de sua perspectiva, deve ter pensado com pânico que eu é que não o deixava em paz e não o esquecia. "Podia ter ficado sem a cabeça, esteve a ponto", havia acrescentado Reresby. "E, como não a perdeu, diga a ele que ainda está a tempo de perdê-la, outro dia, um destes, sabemos onde encontrá-lo. Que não se esqueça disso, diga a ele que a espada estará sempre aí." Eu havia omitido a última frase, não havia traduzido, tinha me negado a endossá-la, apesar da minguada consciência que ele tinha depois do susto do aço agudo e da surra contra as barras rombudas:

"Sabemos onde encontrá-lo". Nada era mais verdadeiro, e agora eu o havia encontrado e era seu terror, sua ameaça.

"Tem um medo invencível de mim", pensei fugazmente. "Como é possível, não creio ter batido em quase ninguém antes, e agora este homem ficou imóvel e diminuído pelo pavor que sente ao me ver, apesar de eu estar aqui em seu gabinete inviolável, na embaixada, junto de um membro da Real Academia, objetivamente a salvo, bastaria gritar para que acudissem vários outros diplomatas e algum segurança ou guarda. E no entanto ele intui que chegariam tarde se eu tivesse uma pistola ou uma espada ou uma faca e as usasse contra ele naquele instante, sem me importar com minha sorte nem dizer uma palavra, isso é o que ele sabe intuitivamente, ou talvez tenha demasiado viva a recordação de que, quando vislumbrou o duplo gume, já não havia mais nada que pudesse fazer para se salvar: a morte chega num segundo, você está vivo e sem se dar conta está morto, assim acontece às vezes e, claro, o tempo todo nas guerras e em seus bombardeios do altíssimo ar, essa prática difundida e ilegítima sempre, costumeira e aceita mas desonrosa sempre, muito mais que a besta em tempos de Ricardo *Yea and Nay* ou Sim ou Não, daquele *Coeur de Lion* volúvel com o qual acabou uma seta de desonrosa besta no fim do século XII: você ouve o estampido e não ouve nem vê mais nada, e não será um, mas talvez outro que depois ainda continue vivo que ouvirá o assobio da bala que se incrustou na nossa testa. Sim, este homem está disposto agora mesmo a fazer o que eu mandar, seu temor a mim — ou é a Tupra, mas sou eu agora seu representante ou seu sequaz ou símbolo — não só foi vivido por ele na realidade durante minutos que devem ter se tornado eternos, tal como eu mesmo, mas além disso deve tê-lo antecipado muitas vezes, adormecido e desperto: talvez ele tenha visto nós nos aproximarmos como dois sicários com passo firme para despedaçá-lo, e tenhamos protagonizado seus pesadelos de perseguição e alcance e mais perseguição e alcance, e tenhamos sido chumbo repetitivo sobre sua alma desde então." Porque "até os sonhos sabem disso, que a pessoa costuma ser alcançada, e sabem desde a *Ilíada*", como Tupra tinha me dito naquela noite, um pouco mais tarde, os dois parados no seu carro em frente à porta da minha casa, na qual ele acreditava que alguém me esperava e não havia ninguém, só as luzes acesas e talvez o dançarino em frente.

Então dei três passadas rápidas e falei. Assomei à porta da sala e disse com naturalidade, quase jovialmente:

— Como vai, Rafita? Pelo que estou vendo, você se recuperou bem. — E acrescentei imediatamente, para que ele visse que eu manteria os modos e que minha intenção não era violenta nem rixenta: — Sinto interromper. Não vai me apresentar? — E fui direto ao professor Rico, que não fez nenhuma menção de se levantar, se limitou a estender muito o braço para cima como as antigas damas e aproximar assim a mão o mais possível de mim sem se mover, sua mão era distinta e o punho da sua camisa, muito refinado, no mínimo de Cuprì ou de Sensatini, grandes marcas, apertei-a com afabilidade (a mão). E, como De la Garza não reagisse nem pronunciasse ainda nenhuma palavra (só me fitava aterrado: tinha tanto medo de mim que não punha obstáculos à minha aproximação de Rico, na verdade não me impediria de nada, compreendi que podia fazer o que quisesse), disse meu nome: — Jacques Deza, Jacobo Deza. O senhor é dom Francisco Rico, não é? O famoso erudito Rico.

Agradou-lhe ser reconhecido e se dignou a me responder, seguramente por isso, pois sua atitude geral não denotou interesse real algum (fosse eu quem fosse, afinal de contas, eu estava estigmatizado por vir do adido rapper).

— Deza, Deza... O senhor não é amigo, ou conhecido, ou discípulo... ea, bué, o que for... de sir Peter Wheeler? Soa familiar. — Os dois eram grandes figuras e estudiosos, eu sabia que se conheciam e se apreciavam.

— Sim, sou amigo dele, professor.

— Soava familiar. Associava o nome. Deve ter mencionado alguma vez. Por quê, nem imagino. Soava familiar — disse satisfeito com sua memória.

De la Garza não participava desse intercâmbio vazio. Tinha se afastado de onde eu estava, tinha se posicionado atrás da sua mesa, de pé, como para se proteger com ela e poder correr, se preciso.

— Que caralho você quer? — disse de repente. Mas, apesar do palavrão, seu tom não foi hostil nem destemperado, foi mais para o suplicante, como se a única coisa que lhe importasse fosse me perder de vista como que por encanto (que desaparecesse a visão ruim, o sonho ruim) e desejasse com todas as forças que eu respondesse: "Já vou. Nada. Não vim".

— Nada, Rafita, só queria me certificar de que você estava recuperado do seu percalço, de que não tinham ficado sequelas. Passava por perto e me ocorreu entrar para perguntar, estava preocupado com você. É uma visita amistosa, já vou embora, não se impaciente. Você está bem? Completamente? Senti muito o que te aconteceu, garanto.

— O que foi? Que percalço? — interveio Rico com ceticismo. — Qualquer coisa que tenha acontecido contigo foi pouca, visto o visto e ouvido o ouvido — acrescentou para si mesmo, mas deu para ouvir perfeitamente.

Mas Rafita não fez caso do comentário cru, tinha posto num segundo plano o professor e sua irritação, estava ocupado demais comigo, alerta, tenso, como se temesse que a qualquer instante eu pulasse no pescoço dele como um tigre. Para mim foi uma sensação esquisita, de início divertida em parte, eu sabia que era incapaz de lhe fazer mal e não tinha vontade de fazer. Eu sabia, mas ele não, e o saber não é transmissível, ao contrário do que os docentes creem; só se pode persuadir. Eu achava certa graça no abismo entre sua percepção e meu conhecimento, e ao mesmo tempo me angustiava me ver sentido assim, com um perigo, como alguém ameaçador e violento. De la Garza estava quase fora de si, pisando em brasas.

— Verdade, só queria saber como você estava — tentei acalmá-lo, convencê-lo. — Você foi muito inconveniente, deu um fora dos feios, muito mais do que imagina, mas eu não esperava aquela reação do meu chefe. Sinto muito. Ela me pegou de surpresa e me pareceu desproporcionada. Eu desconhecia seus planos, não tive como evitá-la.

— Que chefe, sir Peter? Não estou entendendo nada, de que estão falando, élgar. Se ele teve uma reação ruim para com esse aí, não me espanta, não tem idade para imbecilidades. — Rico voltou à carga, não tanto porque o assunto lhe interessasse quanto porque se entediava. Parecia desses homens que não suportam ter a cabeça inativa, e, se alguém não entende o imediato alheio, fica com ela nada mais que esperando, algo intolerável para os que concebem sem cessar. "Élgar" denotava exigência.

— Vá embora, vá embora daqui, já — disse o capadócio com infantilismo. Ele não me escutava, não atentava para minhas razões, provavelmente nem me ouvia. Perdera totalmente o controle dos nervos e fizera isso num lapso muito breve, o que me fortaleceu em minha ideia de que tínhamos passeado longamente por seus pesadelos, Tupra e eu, com toda a certeza inseparáveis neles. — Por favor, vá embora, eu suplico, me deixe, o que mais vocês querem, porra, eu não disse nada, não contei a verdade a ninguém, chega.

Rico acendeu outro cigarro, tinha se dado conta de que o obscuro conflito era entre De la Garza e eu, exclusiva e quiçá patologicamente, e que não ia tirar nada a limpo. Fez um gesto de se desinteressar, de abandonar suas tentativas sem remorso e murmurou outra das suas onomatopeias:

— Esh — disse. Soou exatamente como "Dane-se esse par de idiotas, vou meditar minhas coisas, não posso perder mais tempo".

Vi Rafita desfigurado, com os punhos cerrados ainda grudados ao corpo (não como arma mas como escudo), o olhar turvo, a respiração muito agitada, tinha sido acometido por uma tosse intermitente mas incontível em cada acesso, presa de um pânico que revivia e talvez levasse meses temendo também. Ainda duraria um tempo sem fim essa nebulosa de perpétuo medo. Deve ter passado muito mal aquela noite, o perigo real de morte se percebe sempre e nele se acredita imediatamente, ainda que no fim só se tenha um susto de morte. Era inútil insistir. Perguntei-me o que teria acontecido se tivesse sido Reresby, e não eu, a aparecer imprevistamente na porta da sua sala. Teria perdido a consciência, teria tido um icto, um infarto duplo. Eu havia ido lá a seu favor (na medida em que isso era possível), não tinha sentido que ele continuasse padecendo com minha presença. Eu podia ir embora tranquilo, por outro lado. Via que estava bem fisicamente. Quem sabe lhe restava alguma dor, ou imperfeições, mas estava recuperado no conjunto. Outra coisa era sua insegurança presente e também futura, ela o acompanharia por muito tempo. Agora devia estar mal instalado no mundo, com um suplemento de medo e uma permanente sensação de angústia. Se bem que isso não o impedisse de continuar fazendo sandices, teria acabado com sua arrogância de fundo, com a mais profunda.

— Já vou, não se altere. Vejo que você está bem, embora não pareça neste momento. Suponho que sou eu. Enquanto você cantarolava seus versinhos, percebia-se que estava em forma. A gente se vê. — Notei que com esta última frase inocente eu o havia aterrorizado mais ainda. Sem dúvida, do seu ponto de vista, equivalia a uma ameaça. Mas não me importei com isso, não o tirei do seu erro, não teria conseguido, e no fim das contas para mim dava na mesma. Eu tivera um pouco de fraqueza e com minha visita já havia pago o tributo. — Adeus, professor. Foi uma honra conhecê-lo. Lamento que tenha sido um encontro tão breve e anômalo.

— Tudo é anômalo com o jovem De la Garza — ele disse com desdém, minimizando a importância do episódio, devia ter assistido a outros piores; e se pôs de pé, não para apertar minha mão mas para ir embora. Sua irritação tinha passado, nada daquilo ia dali com ele, sua mente vagava por melhores terrenos. — Espere, também vou. Vejo a ti esta tarde, Rafita. Não terei a sorte de faltares à minha conferência.

Ali o deixamos, a De la Garza, protegendo-se ainda detrás da sua mesa. Sem se atrever a sentar. Não se despediu, não devia ser capaz ainda de articular palavras civilizadas. E, enquanto percorríamos o labirinto tolerável, o professor e eu, a caminho da saída, não pude deixar de esboçar uma desculpa:

— Como vê, tivemos um incidente e ele ainda não o digeriu.

— Não — replicou. — O senhor pode se sentir satisfeito: ele estava se cagando todo, tremendo cagaço. Sorte a sua, mantê-lo assim distante. É pegajoso. Eu tenho alguma amizade com seu pai, por isso tenho de tolerá-lo. De vez em quando, ainda bem, só quando venho a Londres para uma dessas chatices oficiais.

Quando saí à rua e nos separamos (não foi antes, estranhamente), notei que aquele medo de Rafita também me lisonjeara. Impor respeito, infundir temor, ver-se como perigo tinha seu lado agradável. Fazia você se sentir mais confiante, mais otimista, mais forte. Fazia você se sentir importante e — como dizer —

dono. Mas antes de pegar o táxi também me deu tempo para que aquele inesperado envaidecimento me repugnasse. Não é que esta última sensação afugentasse o envaidecimento, mas conviveu com ele. As duas coisas estavam misturadas, até que se dissiparam, e mais tarde as esqueci.

Quando você está há algum tempo sem voltar a um lugar conhecido, mesmo que seja a cidade em que você nasceu e com a qual está mais acostumado, na que viveu por mais tempo e na qual ainda estão seus filhos e seu pai e seus irmãos e até o amor que você teve firme durante muitos anos (mesmo que esse lugar seja para você como o ar), chega um momento em que ele se esfuma e sua lembrança fica turva, como se a memória ficasse afetada de miopia e — como dizer — de cinematografia; as diferentes épocas se justapõem e você começa a não saber mais que lugar deixou ou de qual saiu da última vez: o da sua infância ou o da sua juventude ou o da sua idade viril ou já madura, na qual o entorno perde peso e custa admitir que na realidade equivale para você a um cantinho próprio em quase qualquer parte do mundo.

Assim eu chegara a ver Madri durante minha já prolongada ausência: esfumada e turva, acumulativa, oscilante, um cenário que me dizia pouco respeito apesar de eu ter investido tanto nele — tanto passado, também tanto presente à distância —, e que sobretudo podia prescindir de mim com indiferença (afinal de contas tinha me dispensado, tinha me expulsado da sua representação modesta). Claro que qualquer lugar pode prescindir de alguém, em nenhum você é imprescindível, nem sequer para as poucas pessoas que afirmam sentir sua falta ou até morrer sem sua presença, porque todo mundo procura substitutos e os encontra mais cedo ou mais tarde, ou acaba se conformando e na conformidade se vive comodamente e não se quer mais introduzir nenhuma mudança, nem sequer para que o perdido volte, ou o muito chorado, nem para nos recuperar... Sabe-se lá quem nos substitui, só sabemos que sempre nos substituem, em todas as ocasiões e em todas as circunstâncias e em qualquer desempenho, sem que importem o vazio ou a marca que acreditássemos ter deixado ou que tivermos deixado de fato, tenhamos desaparecido ou morrido como quer que tenhamos desaparecido ou morrido, malogrados ou já realizados, violenta ou calmamente: no amor, na amizade, no emprego e na influência, nas maquinações e no medo, na dominação e até na própria saudade, no ódio que também acaba se cansando de nós e no afã de vingança, que se nubla e muda de objetivo porque se distrai e espera ou *it delays and lingers*, como me disse Tupra que não fizesse; nas casas em que moramos, nos quartos em que crescemos e nas cidades que nos consentem, nos corredores pelos quais corremos loucamente na infância e nas janelas em que aparecemos quando jovens sonhadoramente, nos telefones que nos persuadem ou nos escutam pacientes com o riso no ouvido ou com um murmúrio de assentimento, no jogo e no negócio, nas lojas e nos escritórios, diante das nossas vitrines e diante das nossas mesas e na partida de xadrez e na de baralho, na paisagem infantil que críamos só nossa e nas esgotadas ruas de tanto ver murchar, uma geração depois da outra e todas tristes em seu fim; nos restaurantes e nos passeios, e nos amenos parques e campos, nas varandas e nos mirantes dos quais vimos passar tantas luas entediadas com nosso espetáculo, e em nossas poltronas e cadeiras e em nossos lençóis, até que não resta cheiro neles e nenhum vestígio e são rasgados para fazer tiras ou panos de chão, e em nossos beijos nos substituem e se fecham ao beijar os olhos para melhor nos esquecerem (se o travesseiro ainda for o mesmo, ou para que não nos intrometamos numa traiçoeira lufada da visão mental incontrolável); nas recordações e nos pensamentos e nas fantasias e em todas as partes, e assim todos somos somente como neve nos ombros, escorregadia e mansa, e a neve sempre para...

Fazia tempo que eu havia morado em Madri, eu também tinha me evaporado ou dissolvido, de mim já não restava nem sinal ou isso era o mais provável, ou talvez somente a auréola, o que mais demora para ser tirado, e também o nome, do qual não tinha me desprendido, não chegara ainda a algo tão estranho. Não na casa do meu pai, claro, lá eu não havia cessado, mas não me referia a ela e sim à que foi minha. E agora, talvez, sabe-se lá quem tinha me substituído em meu lugar, embora fosse alguém provisório e que de modo algum ia ficar, o definitivo se faz esperar ou aguarda paciente sua vez, o que nos substitui de verdade sempre tarda, deixa que outros passem e se queimem na pira que Luisa acendeu para nós um dia e que continua ardendo e consumindo os que se aproximam, sem se extinguir automaticamente depois de nossa calcinação. Com aquele que estivesse hoje a seu lado eu não devia ainda me preocupar, ou só o justo necessário, pelo simples fato de estar a seu lado, e ao de meus filhos.

Eu havia tomado a decisão de não avisá-los de antemão, de Londres, mas só quando estivesse instalado e que ao meu telefonema pudesse seguir-se uma visita de semissurpresa. Pensava me certificar de que estavam em casa — conhecia os horários, mas sempre pode haver exceções ou emergências — e então aparecer poucos minutos depois, com grandes risos e meus presentes. Ver a algazarra dos filhos e, de relance, o olhar divertido de Luisa, talvez nostálgica momentaneamente, isso já teria me suposto um simulacro de vitória e uma curta mecha de esperança ilusa, quem sabe suficiente para me manter durante aquela estada artificial de duas semanas, mal aterrizava já a vi longa.

Hospedei-me hum hotel e não na casa de meu pai, sabia por meus irmãos — mais que por ele, que calava o ruim — que sua saúde havia piorado muito nos últimos dois meses, depois dos médicos descobrirem três passados "enfartinhos" — assim os chamaram extraoficialmente — que ele nem havia percebido, não sabia dizer em absoluto em que momentos os teria sofrido; e embora meus irmãos, minha irmã, algumas netas e minhas cunhadas passassem com frequência para vê-lo, não havia tido outro remédio senão pôr uma acompanhante, uma colombiana muito doce que dormia no quarto que eu poderia ter ocupado e que, além disso, aliviava de algumas tarefas sua empregada de sempre, já entrada em anos. De modo que não quis alterar com minha presença a nova organização estabelecida. Eu podia bancar sem problema até mesmo o Palace, com meus ganhos atuais, e nele reservei um quarto amplo. Era mais fácil para mim estar ali que numa casa alheia, incluídas as do meu pai e as de meus melhores amigos ou amigas, as mulheres são mais hospitaleiras: nelas eu teria me sentido não só um intruso mas um exilado da minha, enquanto num hotel podia me fingir totalmente estrangeiro e visitante, já que não turista, e não ter tanta sensação ingrata de repudiado e recolhido.

Falei por telefone com meu pai, como sempre uma conversa breve, embora agora ele não tivesse o pretexto de que eu ligava da Inglaterra e supusesse que custava muito caro (ele pertencia a uma geração poupadora que utilizava esse aparelho apenas para dar ou receber recados, se bem que Wheeler não fosse assim, vai ver que era uma geração da Espanha), fiquei de ir vê-lo no dia seguinte. Achei sua voz normal, não distinta das últimas ocasiões de Londres, eu ligava para ele toda semana ou até em menor intervalo; um tanto cansada, não mais que isso, e ele não gostava de manter o braço erguido. No entanto, o estranho foi que me falasse sem nenhuma efusão nem tom comemoratório, como se tivéssemos nos visto uns dias antes, se não na véspera. Era como se de repente não tivesse muito sentido do tempo, ou do transcurso, e tivesse sempre presente o que lhe era conhecido ou muito próximo, como para não sentir falta, quero dizer palpavelmente, ou não se dar conta de que na realidade sentia. Eu era eu, um dos seus filhos, e portanto alguém invariável, estava suficientemente assentado em sua mente para não reparar de verdade na minha ausência física nem na minha distância nem no espaçamento anômalo das minhas visitas, ou antes, em sua inexistência. Ele já quase não saía de casa. "Vim de Londres, papai", disse a ele, "estarei aqui uns quinze dias." "Ah! E o que você conta?", perguntou sem ênfase. "Não muita coisa. Mas logo conversaremos, vou te visitar amanhã. Hoje quero ir ver as crianças, quase não vou reconhecê-las." "Estiveram aqui faz uns dias, com a mãe. Ela não vem muito, só quando pode. E telefona." Luisa não era tão fixa e estável quanto eu, por isso ele reparava em suas vindas ou não vindas, até certo ponto também era nova para ele. "Deve estar muito ocupada", respondi como se ainda fosse algo meu e eu devesse desculpá-la. Sabia que não era preciso, ela tinha muito afeto por meu pai e além do mais o dela havia morrido uns anos antes, ela tinha substituído essa figura perdida pela do meu no que foi possível. Se não ia vê-lo com mais frequência devia ser mesmo porque não podia. "Estava bonita?", perguntei tolamente. "É bonita, Luisa. Não sei por que você me pergunta, você vai vê-la mais do que eu." Ele sabia da nossa separação, eu não tinha lhe ocultado, como se faz às vezes com os velhos no caso de notícias que lhes desagradem. "Agora moro na Inglaterra, papai", lembrei-lhe, "e faz tempo que não a vejo." Ficou calado um momento e replicou: "Eu sei que mora na Inglaterra. Bem, filho, se é o que você quer. Espero que essa estada em Oxford esteja sendo frutuosa para você". Não é que ignorasse que eu agora estava em Londres, mas às vezes os tempos se misturam para ele, o que na realidade não tem nada de estranho, são um *continuum* e a gente está sempre nele, de todas as formas, até que deixa de estar aparentemente.

Tinha de ligar para Luisa antes de aparecer na sua casa, não só para me certificar de que as crianças estariam, mas por respeito a ela. Eu ainda conservava as chaves do apartamento e ela talvez não houvesse mudado as fechaduras; eu até podia entrar pura e simplesmente e sem avisar ninguém, primeiro susto, e surpresa em seguida; mas a possibilidade me parecia abusiva, ela não teria achado graça nenhuma, além do mais eu corria o risco de tropeçar com meu substituto provisório, fosse quem fosse, se já lhe houvesse sido concedido acesso habitual à casa. Não era provável, mas na falta de certeza é preciso se abster: teria sido violento e eu teria achado menos graça ainda. A simples ideia de me encontrar com um tipo desconhecido no sofá, no meu lugar, ou preparando alguma comida rápida na cozinha, ou vendo televisão com as crianças para se fazer de paternal e simpático, ou com Guillermo, o boa-praça, bulia com meu estômago. Eu estava preparado para o fato, não para a visão direta, que eu rememoraria mais tarde em Londres e não esqueceria na vida.

Digitei o número, era no meio da tarde, as crianças já deviam ter voltado do colégio. Ela própria atendeu, quando eu disse que estava em Madri ficou muito sem graça, demorou a reagir, como se estivesse calculando rapidamente como se comportar ante o imprevisto, e depois: por que não avisou, que ideia, não é coisa que se faça; queria fazer uma surpresa a vocês, bom, principalmente às crianças, ainda queria fazer, não diga que estou aqui, deixe eu aparecer na porta sem que saibam, não vão mais sair hoje, suponho, posso ir agora?

"Eles não, mas eu sim", respondeu com precipitação um tanto perturbada, a tal ponto que me perguntei — foi involuntário — se era verdade ou se acabava de decidir, quero dizer de sair de casa, picar a mula, pular fora quando se produzisse o encontro, para evitar me ver e não se encontrar comigo.

"Você tem de sair agora?" Eu havia contado com a presença dela, com seu olhar benevolente ante a reunião dos quatro, não tinha o mesmo valor se ela não testemunhasse.

"Sim, daqui a pouco, estou esperando a baby-sitter", disse. "Deixe eu ligar já para ela, antes que se ponha a caminho, para avisá-la que você vai vir. Ela não te conhece, poderia querer não te deixar entrar se não estivesse sabendo, mandei que não abra a porta a nenhum desconhecido sob nenhum pretexto, e para ela você seria um, sinto muito. Desligue para que eu a avise que depois telefono. Onde você está?"

Dei os números do hotel e do quarto. Era como se ela estivesse com uma pressa excessiva, e hoje todas as baby-sitters podem ser localizadas a qualquer momento, mesmo que não estejam em casa, todas têm um celular. Passou-me pela cabeça que talvez fosse ligar pela primeira vez para ela, para que viesse voando ante a situação criada, daí a urgência, e assim lhe desse tempo para chegar — e para ela sair — antes que eu me apresentasse. Se sua saída era improvisada, não ia deixar as crianças sozinhas nem um instante, me esperando sem saberem, e sem saber ela se minha chave servia. Tive a desoladora sensação de que ela queria me evitar. Mas não podia me fiar, talvez eu houvesse me acostumado muito a interpretar as pessoas, todas, as do trabalho e as de fora, a analisar cada inflexão de voz e cada gesto e a perceber algo oculto por trás de cada aceleração ou demora. Essa não era a maneira de andar pelo mundo, e sim a mais indicada para as elucubrações.

Demorou demais para ligar de novo, me deu tempo de me impacientar, de recuperar minhas suspeitas, de desejar que me comunicasse o cancelamento do seu encontro e assim dissipá-las. Também de pensar que estava ganhando tempo, quero dizer fazendo-o, dando-o à baby-sitter para se locomover e retardando assim, de passagem, minha locomoção na mesma direção, a da nossa casa que já não era minha. Aguardei sem me mover, sentado na cama, assim se faz quando é questão de um momento para o outro, maldita essa expressão que eterniza cada segundo e nos deixa em suspenso. Havia passado mais de um quarto de hora quando por fim o telefone tocou.

"Oi, sou eu", disse Luisa como tinha dito a jovem Pérez Nuix ao chamar à minha porta na noite da chuva sustentada e forte, em Luisa era mais justificado, afinal para mim ela tinha sido um "eu" inequívoco por muitos anos — costuma se dar por descontado que não há mais "eu" nos casais — e eu estava agora esperando-a há um bom tempo. Também estava no direito dela não duvidar que eu ia reconhecê-la sem necessidade de mais nada — quem se não, quem senão eu, senão ela —, desde a primeira palavra e o primeiro instante, e podia estar quase certa de ocupar muito ou bastante meus pensamentos, embora não deva ter considerado isso naquele momento, sua cabeça estava em outro lugar, ou tentava combinar esse lugar com minha indesejada presença, não conseguia me desfazer da impressão de que para ela eu era isso, um contratempo. "Desculpe, o telefone da baby-sitter estava ocupado até agorinha mesmo. Já avisei que você vai vir e que não deve estragar sua surpresa, não vai dizer nada às crianças. Quanto tempo vai levar para chegar?"

"Não sei, daqui a uns vinte minutos, calculo, vou pegar um táxi."

"Então faça o favor de só sair daqui a mais quinze ou vinte, para dar a ela tempo de se instalar e arrumar as crianças. Procure não alterar demais o horário deles, por favor, senão amanhã estarão mortos de sono e têm aula. Se for possível faça que vão para a cama não mais tarde que as onze, e isso já é muito para os costumes deles. Vai ter outras oportunidades para vê-los, quantos dias você fica?"

"Duas semanas", respondi, e voltou a parecer que isso supunha para ela outro problema imprevisto, se é que não uma contrariedade, algo que teria de enfrentar, um aborrecimento.

"Tanto?" Não foi capaz de se conter, soou mais alarmada que alegre. "Como se explica?"

"Eu te disse que tinha de acompanhar meu chefe numa viagem. No fim, foram quatro, uma depois da outra. De modo que me premiou, suponho, com uma viagem longa só para mim." E acrescentei: "Não vou ver você hoje, então?".

"Não, não creio, vou voltar quando as crianças já estiverem dormindo. A baby-sitter vai ficar quanto for preciso, por isso não se preocupe. Quando os puser na cama, pode ir tranquilamente embora, não me espere. Se tivesse me avisado que vinha, teria me arranjado de outra forma. Depois a gente conversa, vai ter tempo."

A cidade que um dia antes estava esfumada e turva se faz mais nítida no instante em que a gente torna a pisar nela; o tempo se comprime, desaparece o ontem — ou é um intermédio —, e é como se a gente nunca tivesse saído dali. De repente sabe outra vez que ruas tem de pegar, e em que ordem, para ir de um lugar ao outro, sejam quais forem, e também quanto tempo leva. Vinte minutos de táxi, tinha calculado, do Palace até minha casa com o trânsito abominável, e foram quase exatos. E em vez de pensar com ilusão em meus filhos, que por fim ia ver depois de uma longa ausência, não pude evitar de especular sobre Luisa durante o trajeto sem graça. Não é que esperasse uma grande acolhida de sua parte, mas pelo menos curiosidade, simpatia, as que tinha manifestado ao telefone cada vez que eu havia falado com ela de Londres, o que havia mudado, o que havia ocorrido com ela em relação a mim, por respirarmos o mesmo ar. Talvez tivesse essa simpatia por mim e sentisse essa vaga curiosidade somente à distância, se me sabia longe, se eu era uma voz no ouvido, sem rosto nem corpo nem visão nem alcance; então podia se permitir tê-las, mas não aqui, não onde havíamos vivido contentes e juntos e depois tínhamos nos machucado. Aqui havia prescindido, tinha se desacostumado de mim e não sabia bem onde me situar: eu já não rondava fazia tempo. Não havia aberto a boca sobre seu encontro, aquela saída que surgira ao saber que eu estava por perto em carne e osso, eu estava meio convencido disso. Não tinha obrigação de revelar, claro, nem eu tinha perguntado, nem havia insistido em que anulasse seu compromisso, isso é fácil e grátis e qualquer um faz com menores motivos ou por simples capricho ("Por favor, por favor, hoje é um dia especial, gostaria tanto de ver vocês todos juntos, com certeza você pode mudar, vai, o que custa tentar"); mas o normal é que todo mundo dê explicações mesmo que não peçam, e se desculpe sem necessidade, e conte sua vida inane e se espraie e matraqueie, pelo simples prazer de usar a língua, para ministrar a informação supérflua ou para evitar vazios, para provocar ciúmes ou inveja ou para não levantar suspeitas sendo enigmático. "O falar funesto", dissera Wheeler. "A maldição de falar. Falar e falar sem parar, para isso ninguém fica sem munição. Essa é a roda que move o mundo, Jacobo, acima de qualquer outra coisa; esse é o motor da vida, o que nunca se esgota nem para jamais, esse é seu verdadeiro alento." Luisa havia retido esse alento, tinha se limitado a me dizer: "Eles não vão sair hoje, mas eu sim, daqui a pouco", e nem sequer acrescentara o mínimo nesses casos, "É um encontro que não posso desmarcar, é de semanas", ou "Não dá mais tempo de avisar", ou "Não posso adiar, porque é com gente de fora que amanhã já não vai estar em Madri". Tampouco havia expressado o educado pesar que a coincidência lhe causava, embora o pesar fosse falso (mas consola, ou conforma, quem é deixado de lado): "Que raiva, que azar, que pena, adoraria ver as crianças te verem. Se tivesse sabido antes... Não quer esperar até amanhã, não é? Tanto tempo". Tinha ficado de bico calado, na realidade como se não soubesse que encontro tinha nem onde ia, como se acabasse de inventá-lo, mais do que como se quisesse ocultá-lo. Essa foi minha suspeita, talvez por deformação profissional, minha deformação inglesa. Teria onde ir de qualquer modo, onde se refugiar por umas horas, as que eu passaria em sua casa. Não lhe devia faltar um namorado, um amante, ainda que fosse passageiro. Bastaria localizá-lo, ou quem sabe nem isso, se ele tinha lhe dado as chaves. "Parece que não quer me ver", pensei no táxi. "Mas vai me ver, com certeza. Não vim até aqui para aguentar um dia mais sem olhar para ela, sem voltar a contemplar seu rosto."

A surpresa das crianças foi enorme. Marina a princípio olhou para mim fixamente e com desconfiança, depois se acostumou, mais como as crianças pequenas costumam fazer com desconhecidos — é questão de minutos, se o adulto tiver alguma arte — do que como se lembrasse de mim com precisão, quer dizer, com dados. Também ajudou o fato de seu irmão a instruir na mesma hora ("É o papai, sua boba, não está vendo?"). Os presentes contribuíram para facilitar o encontro, e o sorriso aprovador, quase beatífico da baby-sitter, uma moça muito jeitosa que veio abrir a porta para mim: não me atrevi a experimentar minha chave para ver se tinha caducado, toquei a campainha como qualquer visita. A menina fez perguntas absurdas ("Onde você mora?", "Você tem cachorro?", "Chove muito lá?", "Tem urso lá?"), Guillermo se encarregou das que continham censura ("Por que a gente nunca te vê?", "Lá você vive melhor que aqui?", "Conhece alguma criança inglesa?") e também das aventureiro-livrescas, via filmes sem parar e já lia bastante ("Visitou a escola de Harry Potter?", "E a casa de Sherlock Holmes?", "Não tem medo de sair de noite, com a neblina e os estripadores, ou não tem mais estripadores em Londres?", "É verdade que não dá para distinguir as figuras do Museu de Cera das figuras reais, se ficarem uma do lado da outra?"). (Não estive naquela escola, mas no 221B da Baker Street sim, na verdade morava bem perto e passava por lá com frequência; e em York havia descoberto o obscuro e descuidado túmulo de Dick Turpin, o bandoleiro de casaca vermelha, máscara, chapéu de três pontas e botas altas até as coxas, com ele estava enterrado seu fiel cavalo Black Bess, que na realidade era uma égua, e vira o lugar onde o haviam enforcado, em Tyburn, nos arredores, vestido elegantemente. Uma noite um cachorro branco tinha me seguido, tis tis tis, ao longo das ruas, praças e parques até minha casa, ele sozinho debaixo da chuva intensa, para as crianças era muito mais misterioso se eu omitisse sua dona; deixei-o se secar e dormir na minha casa, e sim, teria ficado com ele, mas foi embora na manhã seguinte, quando o levei para passear, e nunca mais tornei a vê-lo, talvez não tenha gostado da minha comida de gente, porque eu não tinha comida de cachorro. Outra noite eu tinha visto um homem sacar uma espada numa discoteca, de dois gumes, sacou-a do sobretudo e ameaçou as pessoas, que se afastaram apavoradas; cortou algumas coisas com grande habilidade e domínio, uma mesa, um par de cadeiras, umas cortinas, quebrou várias garrafas e cortou a saia de duas mulheres sem machucá-las, calculava muito bem, era um artista; depois embainhou a espada em seu sobretudo comprido, vestiu-o — o que o obrigava a andar muito rígido, como um espectro — e foi embora calmamente, sem que ninguém se atrevesse a pará-lo; nem eu, que ideia, vocês estão loucos, ele teria me cortado em pedacinhos num instante, era rápido com sua arma (era como um raio silente que despedaça calando). Estive a ponto de dizer que tinha passado uma noite na casa de Wendy, a namorada de Peter Pan, mas me abstive: a menina tinha idade de acreditar, o menino não, mas principalmente eu não queria recordar os vídeos que tinham me mostrado ali, na verdade não queria me lembrar deles nunca e lembrava constantemente ("O vento move o mar e os barcos se retiram, com os remos pressurosos e as velas estendidas. Entre o ruído das ondas soou a fuzilaria... Maldito o coração nobre que nos maus confia!... Nos barcos chorava a marinheiraria, e as mais belas mulheres, enlutadas e afligidas, também chorando vão pelo limoal arriba." A romança de Torrijos ficou para sempre associada, na minha cabeça, àquele bocado de cenas sinistras). E me dei conta — tinha me esquecido, fazia tanto tempo que não conversava com Guillermo e Marina — de que quase tudo o que acontece com alguém, quase sem alteração, pode se transformar facilmente numa história para crianças, histórias intrigantes ou tenebrosas, das que as protegem e as preparam, e lhes dão recursos.)

Depois que dormiram, tive pela primeira vez certeza, em muitos meses, de que estavam sãos e salvos; o tempo voltou a se comprimir ou a se achatar ainda mais, e por uns segundos tive a sensação de nunca ter saído do lado deles e nunca ter conhecido Tupra nem Pérez Nuix, Mulryan nem Rendel; quando pouco depois entrei na ponta dos pés em seus respectivos quartos, para apagar as luzes e ver como estavam, o menino tinha deixado cair sem sobressalto no chão o Tintim que estava lendo já quase adormecido, e a menina abraçava um ursinho fadado mais uma noite a se asfixiar sob o diminuto abraço de seus sonhos simples. Pouco ou nada havia mudado em minha ausência. Só Luisa não estava ali e, embora eu estivesse, continuava sem vê-la. Em seu lugar uma baby-sitter discreta tinha ficado apartada, sem interferir no encontro, tinha se limitado a ajudar com as crianças na hora de jantar e na de ir para a cama. Disse chamar-se Mercedes, embora fosse polonesa: talvez um nome adotado, para se espanholizar logo. Falava bem nossa língua, havia aprendido em seus três anos de estada, antes nem tinha ideia dela, disse, tinha um namorado madrilenho, pensava casar e ficar (vi um crucifixo pendurado em seu pescoço), tudo isso me contou enquanto eu preguiçava. "Não me espere", havia me avisado Luisa, soara um pouco como advertência. Era de seu direito não me querer ali enquanto ela não estava, poderia ter me dedicado a xeretar, a detectar variações e bisbilhotar a correspondência, a abrir seus armários e cheirar sua roupa, a entrar em seu banheiro e cheirar seu xampu e seu perfume, a ver se me conservava em foto no seu quarto (seria improvável), na sala permaneciam umas poucas de família em que eu estava presente, dos quatro juntos, procurava fazer que as crianças não me esquecessem totalmente, pelo menos do rosto.

— Você vem com frequência? — perguntei a Mercedes. — Parece que as crianças te conhecem bem e gostam de você. — Não foi uma pergunta inteiramente carente de segundas intenções.

— Sim, algumas vezes. Não muitas. Luisa não sai muito de noite. Mais, ultimamente. Mais à tarde. — E então a delatou, sem querer, claro, mas sem dilação nem espera. Basta que a gente fale para que logo conte demais, mesmo que não conte nada; as pessoas proporcionam dados mal abrem a boca, sem se darem conta de que são dados, e sem que lhes peçam, e assim delatam qualquer um sem se proporem a isso, ou traem a si mesmas, e mal flutuam as palavras já é tarde demais: "Ai, não me dei conta, que bobo, não pretendia". — Hoje teve sorte de me encontrar em casa. Normalmente não ligam para mim tão tarde, sempre um dia antes, pelo menos. Podia já estar ocupada em outra casa, vou a quatro famílias diferentes, cuidar das crianças. Quatro, além de Luisa.

— Ah, então teve sorte mesmo. Ela te avisou com muita antecedência?

— Nada. O tempo de vir para cá. Tenho de pegar um ônibus e um metrô até aqui, mas ela me disse que hoje pagava o táxi. Acontece que onde moro não passam muitos, por isso demorei. "Venha correndo", disse, "que surgiu uma emergência." Avisou que o senhor vinha, para que eu abrisse a porta. Mas teria espiado pelo olho mágico e teria aberto de qualquer forma, já conhecia o senhor das fotos. — E apontou timidamente para elas, como se se envergonhasse de tê-las visto.

Quer dizer que eu estava certo em minhas suspeitas, tanta prática no escritório sem nome talvez não fosse em vão. Luisa não ia sair, só saiu para não me ver. Não tinha ousado me obrigar a adiar o encontro com as crianças, para isso teria lhe custado mais ainda inventar um pretexto crível ("Tanto tempo", tinha dito, consciente de que de fato era tanto). Onde teria ido, não é tão fácil passar algumas horas fora de casa se não se tem nada em perspectiva, quando a tarde começa a cair, entre duas luzes. Poderia ter se enfiado num cinema, um qualquer, ou ter ido namorar as vitrines do centro, apesar de achar isso uma chatice; ter se refugiado na casa do amante ou ter ido visitar uma amiga, ou sua irmã. Teria de fazer hora de sobra até eu ir embora, até calcular que eu havia saído da casa, que tinha deixado o campo livre, e devia saber que custaria para eu sair, ali me sentia à vontade, tudo era tão familiar.

Eram onze passadas, o limite para que as crianças fossem para a cama nas ocasiões excepcionais, comigo tinham se distraído muito mas também vi que estavam cansadas, não havia sido muito difícil convencê-las a não continuar a farra muito além do seu horário, e a polonesa era em partes iguais persuasiva e autoritária. Luisa não tardaria a aparecer, não muito. Se eu ficasse ali meia hora, o mais provável é que nos encontrássemos. Cumprimentá-la pelo menos, lhe dar um beijo no rosto, quem sabe um abraço se o correspondesse, ouvir sua voz mas com imagem, perceber suas mudanças, seu leve fenecimento ou sua realçada beleza ao me ter agora longe e outro perto, mais lisonjeiro; ver seu rosto. Não queria mais, no entanto ante tão pouco sentia impaciência, uma impaciência insuportável. Agora tinham se somado a insegurança, a curiosidade, talvez uma ponta de despeito, ou era meu orgulho ferido: ela não compartilhava nem sequer minhas curiosidades elementares, como podia ser depois de tantos anos de termos sido um para o outro o principal motivo, me parecia um ultraje inadmissível de que não sobrasse rastro disso, que ela pudesse esperar outra dia e não amanhã necessariamente — ninguém podia me garantir que não me evitaria amanhã também, e depois de amanhã, e no dia seguinte, com diferentes pretextos, e durante toda a minha estada; que me instasse a pegar as crianças na porta do prédio das próximas vezes e a levá-las por aí, ou que quando eu subisse ela sempre tivesse saído, ou que deixasse as crianças na casa do meu pai para que me encontrasse lá com elas e assim aproveitassem para ver o avô. Sim, era ofensivo que não tivesse pressa de me reconhecer no homem mudado, no homem ausente, no homem só, no estrangeiro que volta; que não desejasse descobrir sem demora como era eu sem ela, ou em quem eu tinha me transformado. ("Que desgraça saber seu nome embora já não conheça seu rosto amanhã", citei ou recordei para mim mesmo.)

— Você se importa se eu ficar um instante, até Luisa chegar? — perguntei a Mercedes. — Gostaria de cumprimentá-la, nem que um instantinho. Não vai demorar muito para voltar, imagino. — "Que ironia ferina", pensei, "estou pedindo licença a uma jovem baby-sitter polonesa que nunca vi na vida para ficar um pouco mais na minha casa ou na que foi minha, na que escolhi e montei e mobiliei e decorei junto com Luisa, na qual moramos os dois durante muito tempo, e ainda a pago indiretamente. Você sai de um lugar e não pode voltar nunca mais, não do mesmo modo, qualquer vazio que deixemos é no mesmo instante ocupado ou nossas coisas são descartadas ou arrumadas, e se você reaparece é só como um fantasma, sem corporeidade, sem direitos, sem chave, sem pretensões e sem futuro. Nada mais que com passado, e por isso pode nos afugentar."

— Luisa me disse que eu ficasse até ela chegar — respondeu. — Vai me pagar também o táxi de volta, se for muito tarde. Para que eu não tenha de esperar os corujões, hoje não tem muitos, não é fim de semana. — A palavra, no contexto, não me soava estranha, eram os ônibus ou metrôs noturnos, achava eu, tinha me esquecido da existência deles. — Não é preciso que o senhor a espere aqui, não precisa — acrescentou. — Pode ser que ainda demore bastante. Estarei aqui e me encarregarei de tudo, se as crianças acordarem ou necessitarem de alguma coisa.

Era discreta, mas suas frases me pareceram dissuasórias, quase ordens. Como se Luisa a houvesse escolado ao chamá-la e na realidade estivesse me dizendo: "Não, é melhor você cair fora, porque Luisa não quer te encontrar. Também não lhe agrada nada que você esteja aqui na ausência dela, sem controle nem vigilância, eu não tenho autoridade suficiente, a que eu tenho não basta; ela não confia mais em você, deixou de confiar faz tempo". Ou então: "Ela te apagou, em todos esses meses limpou sua mancha e agora só luta contra sua auréola, a única coisa que ainda resiste. Não quer sua impregnação de novo, não quer ver seu trabalho arruinado. De modo que faça o favor de ir embora, ou será considerado um intruso". E foram essas interpretações que me fizeram definitivamente ficar.

— Mesmo assim vou esperá-la — disse, e sentei no sofá,

depois de pegar um livro na estante. Esta não havia mudado, os volumes permaneciam na mesma distribuição e ordem em que eu os deixara tempos atrás, minha biblioteca inteira continuava ali, quero dizer a nossa, não havíamos procedido a uma divisão e eu não tinha para onde levar os meus, na Inglaterra tudo era provisório e além do mais carecia de espaço, e eu não ia me meter em mudanças sem saber onde ia viver, a médio nem a longo prazo. Mercedes não se atreveria a se opor, não se atreveria a me botar para fora se eu sentasse e lesse e calasse, sem lhe fazer mais perguntas nem importuná-la nem lhe arrancar indiscrições. Destas últimas não tinha se dado conta, ou talvez só quando já era tarde demais. — Não estou com pressa — acrescentei —, acabo de chegar de Londres. Assim, eu dou boa-noite a ela. Dou em Madri e em pessoa.

Esperei e esperei, lendo em silêncio, ouvindo pequenos ruídos que me eram familiares ou que resgatei logo: a geladeira com seus humores cambiantes, passos distantes no andar de cima de vez em quando e um som como que de gavetas que abrem e fecham, esses vizinhos não haviam se mudado e mantinham seus costumes noturnos; também escutei as débeis notas do violoncelo que sempre praticava o menino que morava com a mãe viúva do outro lado do hall, era bem possível que já fosse quase um adolescente, seu domínio do instrumento tinha melhorado bastante, empacava ou parava menos, pelo que eu ouvi, que não era muito, o garoto procurava não tocar muito alto, era educado, costumava dar boa-tarde desde pequenino com amabilidade mas sem rapapés, tentei deslindar se interpretava algo de Purcell ou de Dowland, não teve jeito, os acordes muito tênues e minha memória musical destreinada, em Londres ouvia discos em casa e raramente ia a concertos, mas não ficava muito em casa, ali não havia o atordoamento que eu sofria diariamente em Londres e que me livrava da maldição de fazer planos. A única coisa que soube é que não era Bach, com certeza.

A baby-sitter polonesa pegou seu celular e fez uma chamada, retirou-se para a cozinha a fim de falar com o namorado e para que eu não a ouvisse, talvez por pudor, talvez para não me impor uma conversa melosa ou quem sabe obscena (nunca se sabe, por mais católica que fosse). Pensei que se eu não estivesse presente teria ligado do de Luisa, do fixo, para conversar mais despreocupadamente ao poupar-se todo o gasto, mesmo que só por isso, devia estar furiosa por eu não ter ido embora quando devia. Eu tinha pegado *Henrique* V na estante, já que Wheeler o havia citado em sua casa à beira do rio Cherwell e a ele tinha se referido, desde então eu o tinha à mão e lia aos pedaços ou folheava de vez em quando, apesar de já ter encontrado fazia tempo os fragmentos por ele evocados. Ou antes, tinha pegado *King Henry* V, por se tratar da versão inglesa, um exemplar da velha edição Arden de Shakespeare, comprado em 1977 em Madri segundo uma anotação de meu punho na primeira página, e em algumas ocasiões eu o havia marcado, impossível lembrar quando tinha feito isso — nem devia conhecer Luisa —, e minha cabeça não estava para prestar atenção no texto nem para puxar muito a memória, eu me limitava apenas a passar a vista e a me fixar no assinalado por aquele leitor jovem que eu havia sido, um dia remoto e inexistente, de tão esquecido. Minha cabeça estava atenta somente a um ruído, daí que os outros chegassem a mim, por estar o ouvido aguçado à espera do que me importava, o do elevador subindo, seguido do de uma chave. O primeiro chegou a mim várias vezes, mas parou em outros andares e só uma no nosso, e dessa vez não o acompanhou o segundo, não era Luisa que voltava.

Mercedes voltou à sala, com expressão mais contente e suavizada. Era uma moça graciosa, mas loura e pálida e fria até a diluição, logo como se não fosse. Perguntou se eu me importava se ligasse a televisão, disse que não mas era mentira, porque o som varreria o resto; mas eu era ali uma simples visita inesperada, se é que não efetivamente um intruso: eu ia me convertendo cada vez mais em um, cada minuto que me demorava ali. A jovem percorreu canais com o controle remoto e decidiu assistir a um filme de animais de verdade que interpretavam papéis, *Babe, o porquinho atrapalhado*, deduzi no mesmo instante, acho que tinha levado Guillermo para ver no cinema já fazia uns anos, era incompreensível que esses programadores tarados o pusessem numa hora daquelas, quando a maioria das crianças está dormindo. Olhei com agrado um instante, me exigia menos que Shakespeare, e o porquinho era um grande ator, ocorreu-me que talvez o tivessem indicado para o Oscar daquele ano, mas não acreditava que houvesse ganhado; ia procurar em DVD para Marina, se ela não tivesse visto, por ter nascido mais tarde. Estava pensando na triste sina dos atores — seu trabalho qualquer um pode fazer, crianças e cachorros, elefantes, macacos e porcos, enquanto ainda não se sabe de animal algum que tenha composto música ou escrito um livro; bom, conforme quão estrito a gente seja com a noção de animal, pensando bem — quando vi Mercedes se levantar de um salto, pegar suas coisas num segundo e, depois de murmurar um "até logo" sucinto, aproximar-se rapidamente da entrada. Só quando ela estava lá é que ouvi a chave e ouvi a porta, era como se o ouvido dela fosse finíssimo e houvesse sabido em que instante Luisa descia de um carro ou de um táxi, diante do portão do edifício. Devia ter muita pressa de ir embora, a baby-sitter, não queria demorar mais que o estrito necessário para que lhe pagassem a permanência e o transporte prometido, o caro, já era perto da meia-noite, Luisa tinha se ausentado pouco mais de quatro horas. Ou talvez não fosse só isso, mas queria avisar logo que não ia estar sozinha, ao contrário do que acreditava: que eu tinha me empenhado em aguardá-la, contrariando seus desejos, ou talvez desobedecendo às ordens que Mercedes havia recebido e deveria ter feito serem cumpridas.

Ouvi as duas cochicharem uns momentos, levantei do sofá, não me atrevi a me juntar a elas; depois ouvi a porta bater, a polonesa tinha ido embora. Em seguida os passos de Luisa no corredor — saltos altos, eu os reconheci na madeira, sempre usava para sair —, em direção ao banheiro e ao quarto, nem sequer pôs a cabeça na sala, devia ser urgente, supus, como tantas vezes acontece com alguém na hora que chega em casa; achei normal, se havia estado com gente e não havia querido se levantar — por exemplo — durante um jantar, da mesa de alguém ou de um restaurante. Ou talvez quisesse recompor sua imagem antes de aparecer diante de mim, se havia estado com meu substituto efêmero e voltava como voltam às vezes as mulheres dessa classe de prolongados encontros, com a saia amarrotada ou não muito reta, o cabelo desgrenhado, o lápis de lábio borrado por beijos, um fio corrido na meia e ainda pintados nos olhos os restos da veemência. Ou talvez sua irritação fosse tão grande que havia decidido se deitar sem me cumprimentar, me deixar na sala até eu me cansar, ou até compreender que, se ela tinha dito que não ia me ver naquela noite, naquela noite não me veria. Vai ver que pensava em se trancar no quarto e não sair mais, despir-se, apagar a luz e se meter na cama, fazendo como se eu não estivesse, como se continuasse em Londres e em Madri eu não existisse, ou na verdade fosse um fantasma. Era capaz disso e de ainda mais — eu a conhecia — quando eu tentava lhe impor alguma coisa e ela não aceitava. Mas teria de sair do quarto antes de fechar os olhos, pelo menos uma vez, e eu poderia interceptá-la então no pior dos casos: estava acima das suas forças não ir ver as crianças e comprovar que dormiam tranquilas e a salvo.

Esperei mais, não desejava me precipitar, ainda menos ir

bater na sua porta, pedir que se deixasse ver, fazer umas perguntas desastradas através de uma barreira, pedir explicações às quais não tinha direito. Teria sido um mau começo, depois de uma separação tão longa, melhor era evitar qualquer aparência de confronto ou reprovação desnecessários e absurdos, principalmente indesejados por mim. A partir daquele momento a iniciativa devia ser dela, eu já a tinha tomado ao me recusar a ir embora, uma vez acabado o pretexto de desfrutar dos meus filhos despertos. Ao ouvir a chave da entrada havia tirado o som da televisão, mas ainda tinha diante da minha vista as andanças daquele êmulo de De Niro ou John Wayne em porco — um porquinho educadíssimo — e de seus companheiros de elenco: cachorros, ovelhas, um cavalo, um pato mal-humorado, todos eles atores magníficos.

Ao cabo de uns minutos ouvi a porta do quarto se abrir e uns poucos passos, ela ainda estava de salto alto, logo não tinha mudado de roupa, mas andou mais silenciosamente, procurando não fazer barulho: foi até o quarto da filha e depois ao do menino, não chegou a entrar em nenhum ou apenas um metro para se aproximar, devia estar tudo em ordem. Eu ainda não quis ir a seu encontro, preferi que viesse ela à sala, se é que vinha, e quando por fim o fez — seus passos já mais firmes, normais, bastou-lhe ter respirado o sono profundo das crianças para não se preocupar em acordá-las —, acreditei compreender, apesar de seus esforços de disfarce recentemente levados a cabo em seu banheiro que também havia sido o meu, por que havia tentado me evitar, e que não tinha sido por não me ver, mas para que eu não a visse.

Tinha muito bom aspecto à primeira olhadela, bem-vestida, bem calçada, não muito bem penteada embora ficasse atraente com seu cabelo preso num rabicho, lhe dava um ar juvenil e ingênuo, quase como de garota pega *in fragranti* ao voltar tarde para casa, quem era eu para repreendê-la, nem sequer para me espantar. Antes de eu reparar no anômalo teve tempo de me dizer uma ou duas frases, com uma expressão em seu rosto que era um misto de contentamento ao me ver e de irritação por me encontrar, também de temor a que eu a flagrasse ou vai ver que era de vergonha em luta com o desafio, como se eu já a tivesse flagrado em algo que não podia me agradar ou ia me parecer reprovável, e não soubesse arriar a bandeira para reconhecer isso ou hasteá-la para se encastelar nesse algo, é estranho como os ex-casais, tempos depois de deixar de sê-lo, ainda se sentem responsáveis mutuamente e como que se devessem lealdades, embora só para se contar como vão sem o outro e o que acontece com eles, sobretudo se acontece algo estranho ou o que está se passando é ruim. A mim estavam ocorrendo coisas que eu havia calado na distância: tinha perdido o pé, sem dúvida, ou o senso de realidade, juízo, me dedicava a uma tarefa cujas consequências ignorava e inclusive se consequências havia, em troca de um salário suspeito de tão alto; tinham inoculado em mim venenos desconhecidos até então, e de fato eu levava uma existência mais fantasmagórica cada dia, imerso no estado onírico de quem vive em um país alheio e começa a não pensar sempre em sua língua, muito sozinho ali em Londres embora rodeado diariamente de pessoas, eram todas do trabalho e não quadravam como amizades puras, nem mesmo Pérez Nuix se tornara muito diferente para mim — nem minha amante não era, por não ter havido repetição nem risos — depois da noite compartilhada carnalmente com ela, havíamos dissimulado e silenciado em excesso, perante os outros e perante nós mesmos, e o que se finge que não aconteceu e é sempre tácito acaba não tendo acontecido, muito embora saibamos o contrário: ambas as coisas são certas, o que escreveu Jorge Manrique nas *Coplas para a morte de seu pai*, faz uns quinhentos e trinta anos e apenas dois da sua morte prematura antes dos quarenta, ferido por um arcabuzaço quando tomava um castelo de assalto (pior ainda, mais desonroso, que Ricardo *Yeah and Nay*, que foi atingido pela seta de uma besta) — "Se julgamos sabiamente, daremos o não advindo por dado" —, e exatamente o oposto, e então poderemos dar o ocorrido por não advindo, por não advindo o que conosco se deu e nossa vida inteira por não advinda. E, assim, que importa o que nela fizermos, ou por que será que nos importa tanto...

— Você tinha de ficar, hein, Jaime? — Luisa teve tempo de me dizer. — Tinha de esperar até me ver.

Mas agora sim, depois da primeira olhadela, reparei logo no anômalo, era impossível não reparar, pelo menos para mim. Havia tentado maquiá-lo, ocultá-lo, tapá-lo, talvez da mesma maneira que Flavia procurara sem sucesso, com a ajuda inverossímil de Tupra no toalete de damas, tornar invisível o sinal no rosto, a erosão da corda, o arranhão do látego, a marca produzida pelas chicotadas de De la Garza durante sua possessa dança na pista rápida. O que tinha Luisa no rosto não era isso, nem *uno sfregio*, uma navalhada, um corte nem uma esfoladura, mas o que sempre se conheceu como um olho roxo na minha língua e em inglês como um olho negro, muito embora por não ser recente o impacto ou causa a pele já amarelasse, são cores misturadas as que vão aparecendo depois desses golpes, nunca há uma só mas em cada fase convivem várias e além do mais são cambiantes, talvez daí a discrepância entre os dois idiomas (se bem que o meu se aproxima do outro ao se referir a ele como "um olho à funeral"), demoram muito a sumir todas, azar o nosso não ter passado tempo bastante. Ao ver aquilo não tive mais de responder às suas frases nem me desculpar. O ruim foi que tampouco pude cumprimentá-la nem lhe dar um beijo nem abraçá-la, havia esperado infinitamente aquele encontro e nem sequer me saiu um sorriso nem um "Oi, menina", eu a chamava assim com frequência quando estávamos juntos e em bons termos. Aproximei-me no mesmo instante e a primeira coisa que disse foi:

— O que é isso? Deixe eu ver. O que fizeram com você? Quem foi?

Peguei seu rosto entre as mãos tomando cuidado para não tocar na zona afetada, indubitavelmente acabava de passar cremes no banheiro, um excesso, e mesmo assim não tinha adiantado. A pálpebra já não estava inchada ou muito pouco, mas era seguro que estivera. Calculei que o machucado devia ter uma semana, talvez dez dias, e era de fato um golpe, não tive dúvida, dado com o punho forte ou com um objeto contundente como um porrete ou um cassetete de couro, eu tinha visto olhos e pômulos e queixos parecidos fazia muito tempo, quando na época franquista saíam da delegacia, da Direção Geral de Segurança em Sol ou de Carabanchel, a prisão, estudantes detidos e mais ou menos espancados, colegas meus da faculdade com pior sorte do que eu sempre tive nos chamados "saltos" e nas passeatas proibidas e sufocadas à porrada, havia uns cassetetes mais compridos, flexíveis, cujas pancadas doíam muito, o cassetete se dobrava sobre a carne, eram utilizados pela polícia ou pelos "cinzas" que atacavam a cavalo, às vezes acho incrível que em plenos anos 70 corríamos diante de seus cascos ao sair das aulas, a cada poucos dias ou semanas. Embora tudo possa voltar, é bom saber.

Ela afastou a cara, esquivou-se de mim, deu dois passos atrás para restabelecer nosso distanciamento, sorriu como se achasse graça nas minhas perguntas, mas vi que não achava.

— Que é isso, ninguém me fez nada. Dei de cara na porta da garagem faz uma semana, mais ou menos. O maldito celular. Ligaram, me distraí, calculei mal a distância quando a porta estava descendo. Me acertou em cheio, sei lá, é pesadíssima, deve ser de ferro forjado. Já está quase bom, foi mais espetacular do que grave. Não dói.

— Celular? Você agora tem celular? Por que não me disse? Por que não deu o número? — E ao mesmo tempo que perguntava tudo isso, surpreso, pensei, lembrei: "Reresby me fez dizer algo assim a De la Garza, tive de traduzir para ele quando estava imóvel e caído no chão e também machucado ou espancado: 'Diga a ele que, se tiver de ir a um hospital, conte o mesmo que tantos bêbados e tantos devedores, que a porta da garagem caiu em cima dele de repente'. Luisa não deve ter se tornado nenhuma das duas coisas, nem bêbada nem devedora, não creio. Mas bem sabia Tupra que as portas das garagens são quase sempre uma invenção". E graças a ele fiquei mais convencido ainda de que ela estava mentindo. Não tinha a imaginação que desenvolve o hábito e havia incorrido no lugar-comum, como qualquer embusteiro bisonho que ainda evita o inverossímil, isto é, o que tem mais possibilidades de ser acreditado em seu tempo.

— É por causa das crianças — respondeu. — Eu me dei conta de que não tem sentido, por mais que as bugigangas nos desagradem, que uma baby-sitter ou minha irmã, por exemplo, ou o colégio, não possam me localizar imediatamente se acontecer alguma coisa com eles. — A polonesa podia ter ligado para o celular dela da cozinha, então, e ter avisado que eu continuava inamovível no apartamento, e ter averiguado com precisão quando ela chegaria. — Ainda mais porque você não está aqui. Comprei por tranquilidade. Agora sou a única a quem podem recorrer numa emergência, estou sozinha com eles. E o número, para que você precisa, em Londres. Se ainda nos falássemos todo dia... — Por desgraça não percebi reprovação nestes últimos comentários, eu teria gostado. Não conseguia parar de olhar para seu olho roxo, amarelado, azulado, preto, o branco ainda um pouco avermelhado, devia ter ficado atravessado de vasos nos primeiros dias depois do soco. Aparentava não ter mais consciência disso, mas me via olhando insistentemente para ele e isso a deixava um tanto nervosa, notei principalmente quando virou a cara para a televisão e se pôs de perfil, para escapar do meu escrutínio. E tentou mudar de assunto: — O que você estava vendo, um filme de porcos? A que se deve essa novidade? — acrescentou com sua ironia amável que me era tão simpática e conhecida. Deve ter visto meu sorriso fugaz. — As crianças iam gostar, como achou que estão? Muito crescidos? Muito mudados?

Tinha vontade de falar deles com ela, de dizer que impressão tinham me causado depois de tanto tempo. Mas não ia me deixar desviar tão facilmente. Não só eu era como era, como além disso tinha agora perto os exemplos de Tupra e de Wheeler, que nunca largavam a presa quando havia alguma coisa a arrancar dela, depois das digressões e dos rodeios e das evasivas.

— Não me venha com histórias, Luisa, que você e eu não mudamos tanto assim. Essa história da garagem já está muito gasta, as portas que se revoltam e batem em todo mundo — disse a ela, e mais uma vez me dei conta de que só a chamava por seu nome quando discutíamos ou quando eu estava irritado, mais ou menos como ela me chamava de Deza em ocasiões parecidas, e também em muitas outras distintas. — Me diga quem fez isso com você. Espero que não seja o cara com quem você esteja saindo, ou teríamos um panorama muito feio.

— Teríamos? Na hipótese de que eu esteja saindo com alguém, pode me dizer o que você tem a ver com isso? — ela me cortou na mesma hora, não com acidez mas com firmeza; e ainda teve ânimo para recuperar a ironia e suavizar de imediato o corte: — Se você vai seguir por esse caminho, é melhor que continue vendo seus bichinhos enquanto eu me recolho, e quando acabar vá embora, as crianças madrugam e já é muito tarde. Falaremos outro dia quando estivermos mais descansados, mas não disso. Eu já disse o que aconteceu comigo, não se esforce em ver fantasmas. E se é uma maneira de me perguntar se estou saindo com alguém, também não lhe diz respeito, Deza. Bom, assista um pouco ao porquinho e vá dormir, deve estar cansado da viagem e das crianças. Esgotam qualquer um, e você está desacostumado com elas.

Eu não conseguia evitar achar graça nela e que sempre a achasse uma graça. Tinha um fraco por ela, que não havia passado no tempo de Londres. Não é que não soubesse — certamente isso nunca passaria —, mas tê-la de novo à minha frente confirmava isso ou tornava patente para mim, eu precisava tomar cuidado para não ficar abobado sem querer, a qualquer instante, enquanto ela se atarefava e não me dava atenção. À parte nossa vida conjugal, ou o amor não esquecido, Luisa era para mim uma dessas pessoas cuja companhia a gente procura e agradece e quase por si só compensa os dissabores, e antecipa o dia inteiro — é o que nos salva — quando a gente sabe que vai encontrá-la de noite como um prêmio por pouco esforço; com as quais a gente se sente à vontade até nos maus momentos e tem a sensação de que ali onde estiverem, ali está a festa; por isso custa tanto renunciar a elas ou ser expulso da sua proximidade, porque a gente crê estar perdendo incessantemente algo, ou — como dizer — vivendo à margem. Para nós, pensar que essas pessoas possam morrer é insuportável; mesmo que estejamos longe delas e não as vejamos mais, sabemos que não terminaram e que seu mundo existe, o que elas criam com sua simples emanação ou alento; que a terra as abriga e que portanto conservam seu espaço e seu sentido do tempo, com os quais se pode fantasiar à distância: "Lá está aquela casa", pensamos, "lá está aquela atmosfera com seus passos, aquele ritmo do dia, a música das vozes, o cheiro das plantas que ela cuida e aquela pausa da sua noite; eu já não participo, mas lá estão os risos, lá as graças e os donaires e os regozijados amigos dos quais se despediu Cervantes quando ia morrendo, 'desejando vos ver em breve contentes na outra vida'.

E saber que tudo está lá ajuda, saber que é recordação para nós mas que não o é para todo mundo, que para mim já é passado mas que ainda não o é de verdade ou em sentido absoluto — é só um acidente, ou azar, ou minha culpa, que eu perceba isso como pretérito diariamente —, que outros entram e saem e aproveitam sem dar muita bola, como nós não fazíamos quando éramos parte dessa atmosfera e desse ritmo, das graças e dos donaires, da música dessa casa e também da pausa de sua noite sossegada. Que não foi um agradável sonho nem coisa de outra vida imaginada". Lá estava eu agora comprovando sua permanência, sem querer ir embora. Diante dos meus olhos eu tinha a pessoa que representava a festa, com seu humor, sua firmeza e seu sorriso frequente, e até com seus saltos altos. Até certo ponto isso bastava, saber que não havia cessado, que ainda pisava a terra e ainda cruzava o mundo, que já não estava meio a salvo no contorcido e inseguro esquecimento, ou já do lado do tempo em que os mortos conversam.

E no entanto agora existia uma ameaça ou, pior ainda, já havia um dano visível que alguém lhe fizera e que talvez se repetisse agravado, quem sabia (quem sabe quando, uma vez que algo começou). O que eu sabia, isso sim, era que insistir não ia adiantar: se ela decidia não contar ou não falar de alguma coisa, não havia modo de lhe torcer o braço, eu teria de procurar averiguar por outros meios, quais, no primeiro momento não me ocorreu nenhum com exceção das crianças e eu preferia não utilizá-las, e então me surpreendi pensando: "Sempre poderia pedir ajuda a Tupra". Se ele estivesse sabendo, como eu supunha, da noite de Pérez Nuix na minha casa e de nosso acordo nas suas costas; se portanto havia sido inútil meu favor a ela e Incompara não houvesse obtido nada dele, e o pai da jovem recebera a conseguinte surra por suas reincidentes dívidas e além do mais Reresby tinha me feito assistir a ela (tacos de bilhar; certamente para me informar do meu fracasso, e para que eu aprendesse), não seria difícil conseguir o nome do indivíduo com que Luisa saía, mesmo que em outro país e a moça, por sorte, ainda não estivesse morta. Essa havia sido uma das minhas apreensões por muito tempo em Londres, desde minha ida, quando pensava em quem iria me substituir mais cedo ou mais tarde, e entre as figuras possíveis sempre me aterrorizara a do homem despótico e possessivo que subjuga e isola e insinua pouco a pouco suas exigências e suas proibições, disfarçadas de paixão e fraqueza e ciúme, e de adulação e súplicas, a do sujeito tortuoso que declina os convites primeiros para compartilhar travesseiro de modo que não pareça intruso e que não se manifeste nele o menor traço invasor ou expansivo, e que de início sempre se mostra deferente, respeitoso e até precavido; até que um dia, com o passar do tempo — ou quem sabe uma noite de chuva e reclusão —, quando já se apossou do território inteiro e não deixa Luisa nem respirar um só minuto, cerre suas manzorras no pescoço dela enquanto as crianças — minhas crianças — espiam tudo de um canto comprimindo-se contra a parede como se quisessem que esta cedesse e desaparecesse, e com ela a visão atroz e o impedido choro que anseia por brotar mas não consegue, o pesadelo, e o barulho prolongado e esquisito que a mãe faz ao morrer. Diante desse pesadelo sempre pensei, para afastá-lo: "Mas não, isso não há de acontecer, isso não acontece, não terei essa sorte e não terei essa desgraça (sorte no imaginário e na realidade desgraça)...". Agora eu me deparava com um traço real dessa representação horrível, em forma de olho roxo ou de cores cambiantes, e com que nesse terreno da realidade não havia uma gota de sangue mas um gigantesco mar de desgraça que alagava tudo e afugentava o imaginário até suprimi-lo, essa esfera já não existia, ou é que nunca convive com o perigo certo: na Espanha há demasiados covardes envenenados que cada ano matam suas mulheres ou as que o foram ou as que queriam que tivessem sido, e às vezes também dão cabo antes de seus filhos para machucá-las ainda mais, é uma praga contra a qual não adiantam persuasões nem ameaças nem leis nem condenações mais severas, porque eles ignoram o externo e a mão lhes escapa totalmente porque gostam tanto ou as odeiam tão crucialmente que não podem viver sem elas sabendo o mesmo que sei de Luisa e que me alegra em minha tristeza, em compensação (quer dizer que me consola): que elas continuam no mundo e querem ser ou são passado somente para nós ou eles, mas não para o resto. "Num país como este não posso me arriscar", pensei. "Com um olho roxo por causa de uma porrada não posso me arriscar e deixar apenas em suas mãos e em sua vontade talvez minguada e não me meter; a mim basta saber que ela se pôs em perigo e que portanto também terá posto as crianças, quando mais não seja porque podem perdê-la, e já sofreram uma meia perda desde que saí de casa."

Assim, afastei-me dois passos e decidi não perguntar mais nada, depois perguntaria em algum outro lugar, dispunha de duas semanas, deviam ser o suficiente para eu indagar ou para convencê-la, e talvez outro dia ela recebesse outra porrada, durante minha estada, e então não quisesse mais se calar e se fechar ("Cale-se, cale-se e não diga nada, nem mesmo para se salvar. Guarde a língua, esconda-a, engula-a mesmo sentindo-se sufocar, como se o gato a tivesse comido. Cale-se e então salve-se." Mas talvez não seja assim sempre, por mais que nos momentos mais graves nos aconselhem e nos instem a isso).

— Está bem, já vou — falei. — Não tomo mais seu tempo, é verdade que está tarde, depois a gente conversa, ligo amanhã ou depois e marcamos para quando te convier. O porquinho, não tem nada a ver, quem estava assistindo era sua baby-sitter polonesa. A bem da verdade, ele representa que é uma maravilha, à altura dos maiores. — E já na porta até a qual me acompanhou mais sorridente e luminosa, como se já começasse a aliviá-la a iminente cessação do meu olhar, acrescentei: — Mas *ti conosco, mascherina.* — Era uma expressão aprendida fazia muito, da minha remota namorada italiana que tinha me ensinado sua língua mais ou menos; e essa expressão carnavalesca, que Luisa também conhecia, era como lhe dizer: "Mas você não me engana".

Não perdi tempo. No dia seguinte fui visitar meu pai, como tinha anunciado; fiquei para almoçar com ele, e na hora da sobremesa apareceu minha irmã, que costumava passar para vê-lo quase diariamente e ainda não sabia da minha chegada (meu pai tinha se esquecido de mencioná-la, "Ah, achei que todos já sabiam"), fui motivo de surpresa e alegria para ela. E, quando ele foi se deitar um instante por insistência da sua acompanhante e nos deixou a sós, Cecilia me pôs a par tanto da situação médica com mais detalhes (as previsões não eram otimistas, a médio ou antes a curto prazo), e depois de me contar também sobre ela e o marido, e de eu fazer o possível para não lhe contar de mim mais que inócuas imprecisões, me atrevi a perguntar se sabia alguma coisa de Luisa: que vida levava, se elas se viam, se sabia se saía com alguém ou ainda não. Ela ignorava quase tudo, disse: falavam por telefone de vez em quando, sobretudo para questões práticas relacionadas com os respectivos filhos, e vez ou outra se encontravam ali, na casa do nosso pai, mas em geral poucos minutos, Luisa costumava passar com pressa, cumprimentava carinhosamente e deixava as crianças para que passassem um instante com o avô ou com os primos, os filhos da minha irmã ou os dos meus irmãos, cruzavam com uns ou outros se era sábado ou domingo; e umas duas horas depois, passava outra vez para pegar Guillermo e Marina, novamente apressada. Pelo que entendera ela passava sozinha de vez em quando, durante a semana, para lhe fazer companhia e conversar com o sogro, sempre tiveram um bom relacionamento. Assim, talvez falasse mais com ele, ou de assuntos mais pessoais, do que com algum outro membro da família, ainda que uma vez na vida e outra na morte. Não, não tinha ideia da vida que levava em suas horas livres, não deviam ser muitas em todo caso. Também não tinha lhe comunicado que saía com alguém, mas isso não queria dizer nem que sim nem que não, Luisa não ia mantê-la a par de seus progressos ou passos, ou não os desta classe. Seu marido a encontrara uma tarde, há cerca de dois ou três meses, saindo de uma galeria de pintura ou de uma exposição, não lembrava, em companhia de um homem que ele não conhecia, o qual não tinha nada de particular, obviamente, o contrário é que teria sido estranho; a atitude em que iam lhe pareceu normal, de companheiros ou amigos, queria dizer que não os tinha visto nem sequer de braços dados, nada. A única coisa que pensou foi que podia ser um artístico. Naquele momento eu a interrompi (começavam a me faltar reflexos em minha própria língua).

— Você quer dizer um artista? Por quê? Disse que aparência tinha?

— Não, chamamos de artísticos os que andam por aí assim, artísticos, originais. Podem ou não ser artistas, isso é o de menos. Mas usam algo que dá pinta de ser, é uma coisa proposital, para que se note a intensidade deles, ou a artisticidade, sei lá, pode ser um suéter preto de gola rulê, ou uma bengala com uma asquerosa cabeça de galgo no punho, ou um chapéu anacrônico que nunca tiram, ou um penteado de músico, ondulado, sabe como é. — E fez o gesto correspondente com as mãos por cima da cabeça, mais ou menos como se a lavasse à distância, sem esfregar. "Ou uma ridícula redezinha goyesca", me deu tempo de pensar fugazmente. "Ou tatuagens em qualquer lugar, mas não vamos dizer nos calcanhares." — Ou, em mulheres, um boné, ou dessas meias frouxas que só cobrem os joelhos, ou um gorro de marinheiro ou de negra insolente metida a besta, ou umas horrendas trancinhas rastafári.

Achei graça saber que detestava essas meias. Eu não tinha a menor ideia, porém, do que queria dizer com "um gorro de negra insolente metida a besta", e fiquei curioso, é claro. Mas não podia me distrair, minha outra curiosidade era uma urgência.

— Sei. E o que o sujeito usava? Ou usava tudo, o suéter, a bengala, o chapéu?

— Um rabicho. Chamou a atenção de Federico porque além do mais não era um mocinho, era da sua idade ou por aí. Da nossa.

— Sim, não é muito estranho vê-los agora em alguns ambientes. Homens-feitos, sujeitos maduros que usam isso e estão crentes que são piratas ou bandoleiros; ou uma pera, e então se creem o cardeal Richelieu ou um psiquiatra ou sábio de filme, é uma epidemia entre os professores universitários; ou bigode e mosca e estão crentes de que são mosqueteiros. Todos uns farsantes. — Com minha irmã eu podia me permitir ser tão arbitrário, exagerado ou maníaco quanto ela costumava ser, era coisa humorística de família, compartilhada por todos salvo por meu pai, ao qual não tínhamos saído muito, nem em equanimidade nem em têmpera. Eu, por exemplo, tenho por costume também não confiar nos indivíduos que calçam sandálias mais ou menos de frade, acho todos impostores e traiçoeiros; nem em ninguém de bermuda ou calça curta (falo dos homens), o que leva a não confiar hoje em dia em quase nenhum varão no verão, sobretudo na Espanha, paraíso das indumentárias ignominiosas e desavergonhadas. Talvez essas instituições transformadas em normas, esses drásticos prejuízos, ou superficialidades que para mim definem sem mais fundamento que o de uma experiência pessoal limitada (como de resto são todas), tenham me ajudado não obstante com Tupra no meu já não tão novo trabalho, quando mais não fosse pela forma categórica com que, uma vez adquirida a confiança para julgar em voz alta e a irresponsabilidade a que obriga toda emissão de um veredicto, eu às vezes me manifestava sobre os sujeitos de interpretação e aposta. Contudo, essas generalizações se baseiam em alguma coisa, embora essa alguma coisa pertença apenas à esfera das percepções: em cada pessoa há ecos de outras e não podemos deixar de ouvi-los, produzem-se o que chamei de "afinidades" entre indivíduos muito diferentes e até opostos, que algumas vezes nos levam a ver ou captar sombras de parecenças físicas em princípio descabidas. "Não há nenhum traço comum objetivo entre esta formosa mulher e meu avô", pensamos, "e no entanto ela traz à mente e me faz lembrar meu avô", e então tendemos a atribuir a ela o caráter e as reações, a irascibilidade e o oportunismo daquele despótico antepassado nosso. E o surpreendente é que acertamos muito — quando contamos com tempo para comprovar —, como se a vida fosse cheia de inexplicáveis parentescos não consanguíneos, ou como se cada ser que existe e pisa na terra ou cruza o mundo deixasse no ar invisíveis e intangíveis partículas da sua personalidade e fios soltos de seus atos e ressonâncias tênues de suas palavras, que depois posam ao acaso em outros como a neve nos ombros, e assim se perpetuam de geração em geração indefinidamente, como uma maldição ou uma lenda, ou como uma lembrança padecida alheia, conseguindo dessa maneira a infinita e esgotante combinação eterna dos mesmos elementos. — E que mais ele disse?

Como era, à parte o rabicho? Como estava vestido? Não o apresentou? Como se chamava? O que faz?

— Sei lá, não sei. Não prestou atenção, mal o viu. Eles se cruzaram, nada mais, e ela e ele se cumprimentaram, "tchau, tchau", mas sem parar. Também não se conhecem muito, Federico e Luisa.

— É. O casalzinho estava com pressa?

— Ninguém parou, Jacobo, nem Federico nem eles. Não comece agora a olhar com maus olhos, ou com olhos estranhos, qualquer tipo de rabicho. E, além do mais, fosse quem fosse, vai ver que desde então já cortou. Também não chame de casalzinho, porque não há nenhum motivo para isso, nem o menor indício, já te disse como foi o encontro, vejo que não dá para te contar nada. Está esquentando a cabeça à toa.

Preferi não lhe falar do soco, da porrada intolerável, do olho roxo ou à funeral, era melhor continuar investigando sozinho sem alarmá-la, se Cecilia não sabia mais do que tinha me contado também não ia me dar nenhuma pista a esse respeito, não me importava que atribuíssem minha inquietação exclusivamente aos ciúmes, eles bastavam para justificar minha curiosidade insistente e afinal de contas existiam, talvez tanto quanto minha preocupação com que Luisa pudesse vir a ser maltratada por um cafajeste, um miserável qualquer, com rabicho ou sem ele, tanto fazia: alguém que procurava ocupar meu lugar mas que dificilmente ia ficar, não lhe cabia. Mesmo assim tinha de botá-lo para correr. Se era violento, se era um perigo, se erguia a mão, era preciso botá-lo para correr sem mais tardar, sem que ele tivesse a oportunidade de se demorar, porque as pessoas também trazem surpresas e sempre existe o risco de que o sem futuro não acabe. E na falta da vontade, da força, da dureza ou da valentia dela, eu era o único capacitado para tentá-lo, ou foi o que eu me disse.

De modo que esperei que meu pai se levantasse (ou que o

ajudassem a se levantar e o acompanhassem à sala, até a poltrona em que ele sempre lera, sob seu abajur de luz agradável) e que minha irmã fosse embora, para continuar com minhas indagações, ou com meus tenteios. Não confiava em que ele soubesse grande coisa, ou pouco mais que nada, mas se ele era, de quantos eu tinha à mão, quem talvez mais falasse com Luisa dos assuntos pessoais dela, conforme Cecilia havia indicado, ainda que fosse de tarde em tarde e com as limitações naturais entre uma nora e um sogro, ou antes entre duas pessoas com tanta idade entre elas, talvez pudesse me orientar, se não no relativo ao aspirante ao meu posto — ela não devia lhe contar nada disso; e vai ver que havia vários —, pelo menos no que me dizia respeito: como ela me via agora, depois de eu ter saído de campo e de ela ter me expulsado mansamente da sua existência — inclusive da sua vida prática —, e de ter me apeado sem objeções do seu tempo e do de nossos filhos. Perguntei a meu pai sobre ela e ele voltou a me dizer que não vinha muito visitá-lo, mas fui descobrindo, ou confirmando, que ele agora media mal as durações da presença ou da ausência de determinadas pessoas, como se lhe parecesse que as mais gratas ou agradáveis o visitassem sempre pouco, embora algumas me constasse que passavam por ali quase diariamente — era o caso da minha irmã e das minhas sobrinhas mais velhas, ele sempre tivera um fraco pela companhia das mulheres e agora tinha mais ainda, quando já estava tão fraco e necessitado de suavidades. Deduzi que algo semelhante devia ocorrer com Luisa, que nem de longe apareceria com a mesma frequência, mas que, pela familiaridade com que se referia a ela e algum comentário significativo, devia fazê-lo mais amiúde do que ele imaginava ou sentia. Insisti ("Mas o que ela diz, o que ela conta quando vem, fala de mim com você ou procura não me mencionar? Você acredita que tem dúvidas, que pode estar meio arrependida, ou eu já soo em seus lábios sempre como se houvesse encontrado para mim um lugar do qual não me movo nem vai me mover, um demasiado estável e tranquilo?"), e de repente ficou olhando para mim com seus olhos claros sem me responder, a testa apoiada numa mão, num braço da poltrona o cotovelo, era sua postura habitual quando pensava, se preparando para dizer alguma coisa, eu tinha às vezes a impressão de que compunha mentalmente suas frases, as primeiras, umas poucas, antes de pronunciá-las (depois não mais, as seguintes). Ficou olhando para mim com um misto de interesse, leve impaciência e leve pesar, como se eu não fosse exatamente seu filho mas o coitado de um amigo mais moço, que ele apreciasse deveras e no qual achasse estranhas duas coisas, talvez decepcionantes: uma, que eu me alvoroçasse tanto por uma questão de sentimento alheio e talvez de cálculo alheio, contra os quais nada se pode fazer; a outra, que ainda não entendesse, já sendo bem adulto, sendo pai, na minha idade e com minha experiência, a índole incompatível dessas dores, ou talvez sejam apenas desassossegos, com seus lamentos.

— Estou achando você muito inconformado, Jacobo — disse por fim, depois de um momento me considerando —, e você tem de se conformar. Se alguém não quer mais estar com outro, este tem de suportar. A sós, e sem ficar dependente da objetivação ou da evolução desse alguém, à caça de sinais e à espera de reviravoltas. Se se produz uma, não será porque você está olhando, nem me perguntando nem sondando ninguém. Não se pode ficar em cima, não se pode aplicar lupa nem luneta, nem recorrer a espiões, nem importunar, nem claro se impor. Fingir também não adianta muito, não adianta bancar o displicente nem o civilizado, se você não se sente civilizado nem displicente a esse respeito, e não me parece que você sinta nenhuma das duas coisas, ainda. Ela perceberá esse fingimento. Leve em conta que uma das características da paixão, ou de seus afins, inclusive de seus disfarces involuntários (confunde-se muito com a teimosia, na fase primeira e na fase última, quando se percebe o amor do outro ainda sem arraigamento ou já se perdendo), é a transparência. É muito difícil a gente enganar a pessoa querida, ou que assim se sente ou se sentiu (a que conheceu isso), a não ser, claro, que ela mesma prefira se enganar, o que não é infrequente, admito. Mas a gente sempre sabe quando já não é mais amado, se estiver disposto a ficar sabendo: quando tudo se reduziu a costume ou a falta de coragem para pôr fim, ou a desejo de não criar comoções e não magoar, ou a medo vital ou econômico, ou a mera falta de imaginação, a maioria das pessoas não é capaz de imaginar outra vida que não seja a que leva e aí só por isso não a muda, nem se mexe, nem pensa nisso; põe remendos, adia, busca distrações, arranja um amante, vai jogar, se encomenda ao tempo; mas nem passa pela cabeça tentar. Só o cálculo vence o sentimento, e só às vezes. E da mesma maneira a gente sabe quando é amado, sobretudo se o que deseja é que isso logo se aplaque, ou melhor, cesse, como costuma ocorrer com os que se separam. O que tomou a decisão, se não for egoísta nem sádico, anseia que o outro caia fora, que se solte da teia de aranha, que deixe de amá-lo e de oprimi-lo com isso. Que passe a outra pessoa ou que não passe a nenhuma, mas que se desinteresse de uma vez por todas. — Meu pai se calou um momento e tornou a fixar seus olhos em mim com atenção, como às vezes se fita nas despedidas. Parecia que me escrutava, o que era improvável, porque havia perdido muita vista e era difícil para ele enxergar e até assistir televisão, creio que em vez de ver, ouvia. E no entanto produzia o efeito contrário, com seu olhar azul cada vez mais pálido cravado em meu rosto, como se me trespassasse e, ao fazê-lo, soubesse mais de mim do que eu sabia. — Acho que você tem de se desinteressar por Luisa, Jacobo. Você não fez isso, apesar de ter ido para longe respeitosa e cavalheirescamente, e tudo o que você quiser. Não fez isso. E não tem outro remédio, tanto se consegue como se não consegue. Deixe-a respirar plenamente, deixe-lhe ar, não se interponha. Deixe-lhe toda a iniciativa. Nada está em suas mãos. Se um dia ela se der conta de que sem você não está bem, se descobrir que sente sua falta até o ponto da desgraça, não creio que terá problemas em te dizer nem em te pedir que volte, pelo que a conheço. Sabe retificar e não é orgulhosa. Enquanto não fizer isso é porque não quer, e não vai mudar por causa do que você fizer ou disser nem por como você se comportar, aqui ou à distância; para ela, você é transparente, como ela será para você se estiver disposto a ver de verdade e a reconhecer de verdade. Que você não esteja, é outro problema, e eu compreendo. Mas não me pergunte o que eu não posso saber e você sim, em compensação: ela para mim não é transparente. — E acrescentou sem transição: — Você tem uma namorada lá em Londres?

Agora fui eu que fiquei pensando, mas não por dúvida. Não, na verdade não tinha nada nem remotamente parecido com uma namorada; só tivera encontros fugazes, sem continuidade nem entusiasmo, sobretudo nos meses iniciais de assentamento e reconhecimento e exploração: das três mulheres que haviam dormido na minha casa naquele período, só uma tinha voltado com meu consentimento (outra havia tentado sem sucesso), e este logo terminado, na terceira ocasião ou na quarta. Posteriormente havia passado por lá mais uma mulher, sem consequências. Depois, a jovem Pérez Nuix havia passeado um pouco por minha imaginação, não podia negar, e após nossa noite juntos ainda passeava de vez em quando, mas aquele estranho enlace havia ficado tingido pelas ideias vagas de favor e pagamento, que apagam muito facilmente a imaginação; e, muito embora acendam as de segredo e taciturnidade, talvez não bastem para deter aquelas de maior gravidade ou mais fortes.

— Não — respondi. — Só há casos soltos, e na minha idade

já não estimulam e quase não divertem. Ou só aos que se enchem de presunção muito simplesmente. Não é o meu caso.

Meu pai sorriu, às vezes achava graça nas coisas que eu dizia.

— Não, pode ser que não mais. Foi assim no passado, porém, quando você era mais moço, de modo que não se faça de tão superior assim. Também não é o caso de Luisa, disso estou certo. Como é natural, ela não me fala dessas coisas, mas acabará falando, se eu durar bastante. Ela tem confiança em mim, e creio que vá me contar, se surgir alguma coisa séria. O que percebo é que justamente não descarta isso, e também que tem pressa de que apareça. Tem pressa de se recompor ou refazer sua vida, ou lá como se disser vulgarmente, você sabe. Quero dizer que ainda não a vejo insegura de seus atrativos, não é isso, embora nenhum de vocês dois seja muito moço. Tem, isso sim, medo de começar "o definitivo" muito tarde. Ela teve você evidentemente por isso, pelo definitivo, durante muitos anos, e se dar conta de que você não o era não a levou a pensar que isso não existe, mas que vocês tinham se enganado e que ela havia perdido um tempo precioso e longuíssimo. Tanto que agora deve se apressar para encontrar esse definitivo, ao que não renunciou por ora, ainda não teve tempo para corrigir suas expectativas, ou suas ilusões, ainda deve estar em absoluto desconcerto. — Agora se acentuou em seu rosto uma expressão de dó, parecida com a de muitas mães quando observam seus filhos pequenos e os veem ainda tão ignorantes e tão lentos em seu aprendizado (tão desprotegidos, portanto). A ingenuidade dá dó, na maioria das vezes. Meu pai parecia estar vendo essa ingenuidade em Luisa, de quem falava, mas possivelmente também a estava vendo em mim, que lhe perguntava por ela quando ele não podia me ajudar. Só, no máximo, me distrair e me dar atenção, é nisso que consiste assumir as preocupações de outro. — É uma coisa um pouco pueril, certamente. Como se sempre houvesse tido um modelo na cabeça e o enorme revés com você não a houvesse feito abandoná-lo, ainda não, e pensasse: "Se não era quem eu acreditava, há de ser outro. E onde está ele então, hei de dar com ele, tenho de vê-lo". Isso é o máximo que posso te dizer. Ela não está precisando de afagos nem de conquistas efêmeras para se reafirmar. Cada vez que sai com alguém, se é que sai, será olhando para ele como o definitivo, como um futuro marido, e se empenhará a fundo para que não desande, o tratará com infinita boa vontade e paciência, querendo amá-lo, desejando-o com toda força. — Fez uma pausa e ergueu a vista para o teto, como para melhor imaginá-la ao lado de um imbecil permanente, exercendo com ele essa paciência. Depois acrescentou com pesar: — Ruim para ela. Eu diria que isso espanta os homens, ou só atrai os pusilânimes. Você com certeza fugiria, Jacobo. Você não é dos que se casam, embora tenha estado casado muitos anos e agora sinta falta. Na realidade você só sente falta dela, não do casamento. Sempre me surpreendeu que você se prestasse a ele. Também me surpreendeu que não tenha acabado antes, nunca acreditei que uma coisa assim fosse durar para você.

Eu não quis enveredar por aquele caminho, certamente não sentia curiosidade por mim mesmo, ou, como dizia aquele relatório anônimo dos arquivos do escritório, eu me dava por certo ou me tinha por sabido; ou talvez, pelo contrário, me considerava um caso perdido com o qual não havia por que desperdiçar reflexões. De modo que insisti em falar de quem conhecia muito mais ou então não conhecia tanto, vá saber:

— Você acha que por causa dessa pressa poderia ficar com um homem que não lhe conviria, com alguém nefasto?

— Não, tanto assim, não — ele me respondeu. — Luisa é inteligente e, quando tiver de se decepcionar, se decepcionará, ainda que de má vontade e que resista e que seja difícil... Talvez com alguém mediano ou que só a satisfaça parcialmente, ou até que tenha algum elemento que lhe desagrade, isso pode ser. O que me parece é que a esse possível marido, seja como for, a esse projeto, àquele em que fixar a vista, dará incontáveis oportunidades, investirá muito de sua parte, tentará ser compreensiva ao máximo, como sem dúvida tentou com você até você superar o limite, suponho, nunca perguntei a vocês o que aconteceu exatamente... A esse homem ela não vai entregar cheques em branco, mas antes de despachá-lo gastará o talão quase inteiro, pouco a pouco. Que eu saiba, porém, ainda não existe essa pessoa, ou ainda não adquiriu importância suficiente para que me fale dela ou me consulte. Leve em conta que sou para Luisa agora o mais próximo de um pai, e que ela conserva esse espírito infantil que a torna tão agradável e a leva a pedir conselho aos mais velhos. Bom, conserva sob alguns aspectos. Sob outros não, claro. Quando você disse que volta para Oxford?

Notei que ele estava cansado. Tinha feito um esforço, também um esforço de tradução e interpretação, como se ele fosse eu e eu fosse Tupra em nosso escritório, e Tupra o estivesse apertando para que falasse de Luisa, tomara nunca a ponham sob escrutínio, não havia motivo para que isso ocorresse, só de pensar me dava calafrio. Meu pobre pai tinha sido cortês comigo, tinha procurado me ajudar, um favor ao filho, tinha me dito o que acreditava, como a via, o que lhe parecia esperável de seu futuro imediato. Talvez tivesse razão em suas estimativas, e se Luisa estava saindo com alguém cuja mão havia escapado num mal momento, num péssimo dia, podia ser que estivesse tentando desculpá-lo e corrigi-lo e compreendê-lo em vez de se afastar ou sair correndo, que é o que se tem de fazer quando ainda está a tempo, isto é, quando não se está amarrado, mas apenas envolvido. Podia ser que quisesse ignorar e apagar, que procurasse relegar o fato à esfera dos pesadelos ou jogá-lo na bolsa das fantasias, como a maioria de nós faz quando desejamos que não nos falhe tão cedo o rosto, que não nos falhe já hoje sem nem sequer ter a deferência de esperar amanhã para nos decepcionar. A capacidade de suportar de muitas mulheres é quase infinita, sobretudo quando se sentem salvadoras ou curadoras ou redentoras, quando creem que elas poderão tirar do marasmo ou da doença ou do vício um homem de que gostam, ou de que decidiram gostar a qualquer preço. Pensam que com elas ele vai ser diferente, que se emendará ou melhorará ou mudará e que portanto elas se tornarão indispensáveis a eles, às vezes me pareceu que redimir alguém era para elas uma forma ingênua, iludida — de assegurar para si a incondicionalidade desse alguém: "Não pode viver sem mim", pensam sem chegar a pensar totalmente, ou a formular para si mesmas. "Sabe que sem mim voltaria a ser um desastre, um incapaz, um doente, um deprimido, um drogado, um bêbado, um fracassado, uma simples sombra, um sentenciado, um dejeto. Não vai me deixar nunca, nem nos porá em perigo, não me sacaneará, não se arriscará a que eu vá embora. Não só me será grato sempre, mas terá consciência de que comigo flutua e até nada rápido em sua progressão, enquanto sem mim vai para o fundo e morre afogado." Sim, é o que parecem pensar muitas mulheres quando em seu caminho cruzam com um homem difícil ou calamitoso ou desenganado ou violento, um desafio, um repto, uma tarefa, alguém que podem endireitar ou arrancar de um inferno. E é incompreensível que, depois de tantos séculos de experiências alheias e de relatos, ainda não saibam que esses homens acreditarão ter erguido a cabeça e ter feito tudo sozinhos, quando se sentirem desanuviados, otimistas, sadios — quando se sentirem reais e não mais espectros —, e que o mais provável é que então as vejam como um estorvo, como quem os impede de correr livremente ou continuar ascendendo. E também é incompreensível que não se deem conta de que elas serão as mais envolvidas ou as amarradas e as que jamais estarão dispostas a abandoná-los, pois terão transformado em pouco menos que sua missão esses homens, dependentes e desnorteados ou irascíveis e cheios de defeitos, e a gente nunca renuncia a uma missão se a tem ou acredita ter, se por fim a encontrou e a vê inacabável, como para o resto da vida, a cotidiana justificação da sua gratuita existência ou de seus incontáveis passos na terra e de sua travessia tão lenta pelo reduzido mundo...

Eu me levantei e pus a mão em seu ombro, era um gesto que acalmava meu pai nos últimos anos, quando se sentia assustado ou fraco ou se desconcertava, quando abria muito os olhos como se visse o mundo pela primeira vez, com um olhar tão inescrutável quanto o das crianças de poucas semanas ou dias, que observam, suponho, esse novo lugar em que foram jogadas e talvez tentem decifrar nossos costumes e descobrir os que serão os delas. A visão do meu pai devia ser tão escassa como às vezes se diz que são a dessas crianças, talvez só distinguisse sombras, manchas, a luz conhecida e as cores confusas, era impossível saber, ele garantia ver muito mais do que nos parecia, provavelmente por uma espécie de orgulho que o impedia de se reconhecer tão diminuído quanto na verdade estava. Ele sabia quem era eu e seu ouvido continuava apurado, de modo que talvez, sobretudo, via com a lembrança. E por isso, em parte e em consonância, me situava em Oxford, onde eu de fato havia vivido, mas muitos anos atrás, e de onde além do mais tinha voltado. De Londres, em compensação, eu ainda ignorava se regressaria (havia regressado agora; quero dizer, para ficar). Ao longo daquelas duas semanas de estada fiz isso num ou noutro momento, cada vez que fui vê-lo: apoiava minha mão em seu ombro e ali a mantinha um instante, fazendo uma leve pressão para que ele a sentisse bem, para que constatasse que eu estava perto, em contato, para lhe dar segurança e acalmá-lo. Notava seus ossos, também a clavícula, um pouco salientes, ele havia emagrecido desde que eu me fora, e me davam ao tato uma impressão de fragilidade, não como se pudessem se quebrar, mas sim se deslocar facilmente, por um mal gesto ou por um esforço; quando sua acompanhante o manipulava, fazia-o com delicadeza. No entanto, numa ocasião, virou a vista com curiosidade para minha mão pousada, de modo algum com rejeição. Ocorreu-me que talvez lhe parecesse estranho ver-se objeto desse gesto que provavelmente ele tivera comigo muitas vezes durante minha infância, quando ele era alto e eu só crescia pouco a pouco, o pai inclinado que põe a mão no ombro do filho para lhe ensinar, ou para inspirar confiança ou lhe proporcionar uma proteção simbólica, ou para acalmá-lo. Olhou para minha mão daquela vez como quem olha para uma inócua mosca que pousou nele, ou talvez algo maior, uma lagartixa que se imobiliza um instante em seus trajetos, como se ouvisse passos às suas costas. "Por que põe a mão em mim deste jeito?", perguntou com um meio sorriso, como que achando graça. "Não gosta?", indaguei. E ele respondeu: "Bom, já que você quer. Não me incomoda". Mas naquela primeira visita, como na maioria, não percebeu direito ou se limitou a sentir minha suave pressão orientadora, tranquilizadora, sem dizer nada. Eu respondi:

— Não estou morando em Oxford, papai. Só vou lá raramente, visitar Wheeler, te falei dele, lembra? Sir Peter Wheeler, o hispanista. É quase da sua idade, um ano mais velho. Agora estou em Londres. Volto para lá daqui a duas semanas.

Talvez a sagaz interpretação de Luisa tenha lhe custado muito, ele tinha se esmerado por mim e agora pagava pelo esforço. Era como se de repente tivesse ficado cansado da sua perspicácia e os tempos tivessem se misturado de novo, como na véspera ao telefone. Talvez já não aguentasse muito tempo sendo ele mesmo, quero dizer o de sempre, o alerta, o intelectualmente exigente, o que instava seus filhos, nós, a continuar sempre pensando, o que nos dizia "E que mais?" quando dávamos por concluída uma argumentação ou um raciocínio, o que nos impelia a continuar olhando as coisas e as pessoas além do estrito necessário, quando você tem a sensação de que não há mais nada a olhar e que continuar é perder tempo. "Onde alguém diria que não pode haver mais nada", eram suas palavras. Sim, à medida que faço anos sei que isso cansa e desgasta, e às vezes me dá vontade de não prestar mais atenção nos meus semelhantes nem no mundo, me pergunto por que deveria e por que diabos todos nós fazemos isso em maior ou menor grau, nem sequer estou seguro de que isso não seja mais uma fonte de conflitos, inclusive se olharmos com bons olhos. Ele tinha feito noventa. Não era estranho que quisesse descansar de si mesmo. E também do resto.

— Ora, ora — respondeu meio incomodado, como se eu o houvesse enganado de propósito e por gosto. — Você sempre me falou de Oxford. Que tinham te oferecido um cargo lá, para dar aulas. Um tal de Kavanagh, que escreve romances de terror e é medievalista, não? E claro que também sei quem é seu amigo Wheeler, até li um livro dele. Mas não se chamava Rylands? Você sempre o chamou de Rylands. — Não disse a ele que eram irmãos, teria criado uma confusão maior ainda. — E então, em que universidade você está em Londres?

Assim funcionava a memória dos velhos. Ele se lembrava de Aidan Kavanagh ou do seu nome, e até dos seus romances de sucesso que publicava sob pseudônimo, um homem simpático e deliberadamente frívolo, chefe do departamento ou da subfaculdade de espanhol durante minha temporada oxfordiana, aposentado não havia muito; também se lembrava de Rylands, embora confundindo-o; e em compensação não se lembrava que eu tinha ido trabalhar na BBC Radio em minha segunda estada inglesa, tão recente que ainda durava. Não tinha por que lembrar o que viera em seguida; do mesmo modo que Luisa, eu havia lhe contado pouco — vaguezas, talvez evasivas — do meu novo emprego. É curioso como a gente oculta instintivamente, ou antes cala — é diferente —, o que desde o início parece meio turvo: como você não diz a Luisa que conheceu uma mulher com a qual mal trocou umas frases numa reunião ou numa festa, com a qual ainda não pode ter e aliás não vai ter nada mas que o atraiu naquele instante. Talvez nem meu pai nem Luisa nunca tenham me ouvido mencionar Tupra, ou somente de passagem, quando ele era sem sombra de dúvida a figura dominante da minha vida em Londres (e ao fim de um par de dias comprovei até que ponto). Não me pareceu que valesse a pena, naquele momento, desenganar meu pai e dizer que não dava aulas em lugar nenhum.

— Vou indo, papai — respondi. — Durante estes dias passo por aqui, quando você tiver um tempinho. Quer que te avise, que ligue antes de passar?

Minha prolongada ausência fazia que eu me sentisse um pouco intruso e tivesse essa deferência, talvez imprópria de um filho com relação à casa do pai, que também foi a sua por muitos anos. Eu ainda estava de pé, ainda com a mão em seu ombro. Ergueu a vista para mim, não sei se me vendo ou me adivinhando ou me lembrando. Seu olhar era limpo em todo caso, surpreso, ligeiramente desamparado, como se não entendesse bem que eu fosse embora. Seus olhos estavam muito azuis nos últimos tempos, mais que em toda a sua vida, talvez porque agora já não usasse óculos.

— Não precisa, filho. Para mim vocês continuam todos morando aqui, apesar de terem ido embora faz tempo. — Calou-se e acrescentou: — A mãe de vocês também.

Fiquei com a dúvida de se ela continuava morando na casa ou se ele a repreendia por também ter ido embora, ao morrer, fazia mais tempo do que ninguém. Deviam ser as duas coisas, provavelmente.

E continuei sem perder tempo, *I did not linger or delay or loiter or dally*. Embora tivesse muita vontade de ver novamente as crianças, para não falar em Luisa, e minha irmã, e pela primeira vez meus irmãos e uns poucos amigos, e de passear pela cidade como um estrangeiro, eu me senti com algo a fazer de concreto e urgente, com algo a averiguar e a resolver ou a que remediar. Isso sim eu tinha aprendido com Tupra, pelo menos em teoria: Luisa estava certamente em perigo, e agora eu entendia que às vezes não havia outra coisa a fazer senão o que devia ser feito, e além do mais rapidamente, sem esperar nem hesitar nem se distrair: tinha apenas de levá-lo a cabo como um homem absorto ou antes ocupado, com atitude de trabalho e sem me questionar. Sim, havia ocasiões em que a gente sabia o que aconteceria no mundo se não houvesse coações nem impedimentos, em que a gente via capacidades incontestes das pessoas, e para evitar que elas se dessem vazão com toda a força devia haver alguém — eu, por exemplo, e quem senão eu naquele caso — que as dissuadisse ou impedisse. A Tupra, bastava se convencer do que aconteceria em cada oportunidade se a pessoa não fosse refreada por ele ou outra sentinela — a autoridade ou as leis, o instante, a lua, a tormenta, o medo, a espada pairando no ar, os invisíveis vigias —, para adotar medidas punitivas, se fossem as recomendáveis, as que cabiam segundo seu critério. "É o estilo do mundo", dizia a respeito de tantas coisas e situações: dizia isso ante as traições e as lealdades, as angústias e a aceleração do pulso, as guinadas e a vertigem e as vacilações e os tormentos e os danos involuntários, ante o arranhão e a dor e a febre e a ferida incurável, ante as aflições e os infinitos passos que todos nós damos acreditando que a vontade os guia, ou pelo menos que intervém neles. Tudo lhe parecia normal e às vezes até rotineiro, a prevenção e o castigo e jamais correr um grave risco, sabia muito bem que a terra está infestada de fervores e afetos e de aversões e malevolências, e que com frequência os indivíduos não podem evitar nem uns nem outras, e além do mais não querem evitar. Porque são a mecha e o alimento da sua combustão, também sua razão e seu fogo. E que não precisam de motivo nem meta para nada disso, de finalidade nem causa, de agradecimento nem insulto, ou nem sempre, ou que, como disse Wheeler, "levam suas probabilidades dentro das veias, e é só uma questão de tempo, de tentações e de circunstâncias, que por fim as levem à sua consumação". E provavelmente essa sua disposição tão drástica, às vezes imisericordiosa, ou só prática, era para Tupra mais uma característica desse estilo do mundo a que ele se conformava ou se ajustava; essa atitude irreflexiva, inclemente, decidida (ou era de uma reflexão só, a primeira), também fazia parte desse estilo imutável através dos tempos e de qualquer espaço, e não havia por que questioná-la, como tampouco há que fazê-lo com a vigília e o sono, ou o ouvido e a vista, ou a respiração e o andar e a fala, ou com quanto se sabe que "é assim e será assim sempre".

Agora eu me sentia como ele, quer dizer, dos que não avisavam ou nem sempre, dos que tomavam decisões à distância e sem que seus preparativos fossem identificáveis, ou sem que os atos estabelecessem com eles um vínculo de causa e efeito, e menos ainda as provas do cometimento de tais atos. Tampouco eu necessitava delas, naquela arbitrária ou fundamentada vez — quem sabia, e que importava — na qual não pensava mandar a menor advertência ou aviso antes de soltar a espada, nem sequer necessitava das ações consumadas ou demonstradas, dos acontecimentos, dos fatos nem da certeza para me pôr em movimento e arrancar da vida de Luisa o homem com quem estivesse se turvando e que a ameaçava, e a meus filhos também, portanto. Primeiro tinha de averiguar, depois iria encontrá-lo. Ela não ia me dizer nem uma palavra sobre ele, menos ainda depois de eu ter suspeitado imediatamente daquele sujeito ainda sem nome nem rosto, como responsável por sua cara ferida com mil cores. De modo que o passo seguinte, depois das conjecturas do meu pai e da sua crença de que minha mulher daria corda a quem a iludisse agora, ou a quem ela enforcasse ("Sim, ela ainda é minha mulher, *stricto sensu*", pensei. "Não nos divorciamos e, ao que parece, nem há pressa nisso, nenhum dos dois pediu", e isso me reafirmou em minha determinação, ou em minha reflexão primeira que não admitia segunda), era ir ver sua irmã ou falar com ela por telefone; e embora nunca houvéssemos nos dado muito tínhamos criado uma relação própria; embora ela levasse uma vida pouco familiar e independente e só visse as crianças e a mim de vez em quando, como uma mera aderência de Luisa, com ela, sim, costumava se encontrar uma ou duas vezes por mês, Luisa ia visitá-la na casa dela sem filhos e o marido geralmente ausente, ou almoçavam juntas num restaurante e se contavam as respectivas vidas, não sabia até que ponto mas supunha que quase tudo. Se alguém podia estar a par, se alguém podia conhecer aquele homem de mão leve, conhecer seu rosto e seu nome, essa pessoa era ela, sua áspera irmã mais moça, Cristina. E por mais dedicada que fosse a Luisa e me considerasse um prescindível apêndice, se algo a preocupasse — e aquele indivíduo era muito preocupante se minhas deduções fossem acertadas, e também se não fossem —, tinha certeza de que ela me diria e de que não acolheria mal uma voz afim sobre esse assunto.

Liguei para ela ao cair da noite, ela se espantou, nem sequer sabia que eu estava em Madri, nem tinha por quê, a não ser que tivesse falado com a irmã naquele dia e esta houvesse comentado, me perguntou como ia em Londres, estranhei que soubesse do meu paradeiro, "Bem", respondi sem entrar em detalhes, era só uma pergunta formal, e em seguida pedi para vê-la um instante, o quanto antes, "Impossível", disse, "amanhã vou viajar e estou muito atrapalhada com os preparativos", "Quanto tempo fica fora", "Uma semana", "Na volta vai ser um pouco tarde, teria de ser antes, só vou ficar aqui quinze dias, bom, menos agora, a que horas você parte?", insisti, "Na hora do almoço, mas antes estou ocupada, não pode contar por telefone? É sobre Luisa?", "Sim, é sobre Luisa". Então ficou calada uns segundos, me pareceu que sentava. "Vamos ver o que você tem para dizer. Diga, vá", "Agora?", "É, agora. Se é o que imagino não levará muito tempo nem vamos discutir, me parece, não vamos estar em desacordo. Trata-se de Custardoy, não é?"

"Quem?"

"Custardoy, o tipo com quem ela está saindo. Ou será que você não sabe? Ai, Jaime, não diga que não sabia." Esta última frase não soou como se temesse ter dado um fora comigo, mas como se não acreditasse na minha possível ignorância. Talvez tivesse me considerado sempre um distraído, pior ainda, um tonto.

"Acabo de chegar, não sabia o nome." Agora eu já sabia e sabia da sua existência na atual vida de Luisa, logo isso já não eram mais conjecturas. Só me faltava conhecer o rosto e averiguar onde encontrá-lo. Custardoy. Era um sobrenome infrequente, estranho, não devia haver muitos na cidade. "Estou fora há um tempão, e pelo telefone é difícil ficar sabendo. Quem é? Faz o quê?"

"É pintor, ou copista, ou as duas coisas. As más línguas dizem que também é falsificador de quadros, em todo caso está enfronhado no mundo das artes. Na realidade fico contente por você ter me ligado, estou muito preocupada com isso. Embora não saiba se é possível fazer alguma coisa, nesse tipo de teimosia quase nunca se pode fazer nada."

"Preocupada? Por quê? Teimosia?"

"Primeiro me diga o que queria me dizer. O que Luisa contou?"

Hesitei se fingia que sabia algo mais do que sabia, mas não me pareceu prudente. Cristina era áspera e, se percebesse, podia optar por não soltar mais nenhuma palavra. Esta era a última coisa que eu desejava, eu dependia inteiramente dela, sem querer ela já tinha me ajudado muito, sem necessidade de lhe arrancar nada.

"Na verdade, muito pouco, nada", admiti por fim. "Segundo Luisa, o que ela fizer não é mais da minha conta, e em princípio ela tem razão. O que acontece é que a vi um instante ontem à noite, fui visitar as crianças, ela me evitou e saiu antes que eu chegasse, mas esperei até ela voltar, demorou várias horas, não sei onde foi, me deixou com a baby-sitter, e creio que me evitou porque a encontrei com a cara toda arrebentada e ela não queria que eu a visse assim. Diz que bateu na porta da garagem, mas está com um olho roxo e para mim alguém lhe deu um soco, e isso mais que me preocupa, me deixa alarmado, e além do mais tenho a ver com isso sim, como não tenho? Como teria se tivessem batido em você ou em qualquer amiga. Você sabe alguma coisa a respeito?"

"Como se tivessem batido em mim não, Jaime, que você não liga tanto assim para mim." Minha cunhada teve a suficiente aspereza para responder isso primeiro. Depois mudou de tom e disse como que para si mesma: "Outra vez, então, não me diga. Não pode ser".

"Outra vez? Já aconteceu antes?"

Cristina não me respondeu logo. Fez uma pausa como se mordesse o lábio e calibrasse algo. Mas sua vacilação foi de um instante.

"Segundo ela, não, nunca aconteceu nada, nem o que você desconfia nem o que eu desconfiei. Olhe, conto isso para você porque estou preocupada, mais ainda com o que você me diz, eu não sabia de nada, faz umas duas semanas que não a vejo e não insistiu para que nos encontrássemos antes dessa minha viagem, deve achar que quando eu voltar não terá mais a marca e assim eu não tenha o que perguntar. Mas não creio que ela goste de que eu fale disso com você. Se não me proibiu expressamente vai ver que foi só porque nem lhe passou pela cabeça que você e eu fôssemos entrar em contato. Na minha também não, para dizer a verdade. Ela sabia que você vinha?"

"Não, só avisei quando já estava em Madri, ontem mesmo. Queria fazer uma surpresa às crianças."

"Não lhe deu tempo de se preparar", refletiu, "nem de pensar nas possíveis dissimulações. Na certa não deve querer que você saiba nem mesmo que sai com esse homem."

"De que você desconfiou?"

"Bem, segundo ela, faz um par de meses ou algo assim escorregou na rua e, ao cair, deu de cara numa dessas estacas para impedir os carros de subir nas calçadas, o que não é estranho em princípio, já que a cidade está cheia delas, a gente tem de andar driblando-as para não arrebentar o joelho. Ela não te contou?"

"Não, em absoluto. E conversamos pelo menos uma vez por semana."

"Pois olhe, era para ter contado. Fez um corte feio. Superficial, mas ia do lado do nariz até a metade da bochecha, uma coisa bem visível." "*Uno sfregio*", pensei, me veio logo a palavra, "uma navalhada". "E um raspão no queixo. Do jeito que me contou custei a acreditar, aquilo tinha mais pinta de um arranhão, ou de uma chicotada, ou de um tapa, sei disso porque uma velha conhecida minha levou uns faz alguns anos; depois o marido acabou matando-a, quando eu não a via mais, por sorte, foi um horror." Bati na madeira instintivamente. "De modo que lhe perguntei às claras se Custardoy tinha posto a mão nela, se lhe deu um sopapo. Ela negou e disse que eu estava maluca, como é que uma coisa dessas me passava pela cabeça. Mas ficou vermelha ao dizer, e eu sei quando minha irmã mente, desde pequena vejo a cara com que ela fica quando faz isso. Além do mais, depois tive minhas informações."

"Que informações? Você conhece o cara?" Me dei conta de que preferia não mencionar seu nome, embora o tivesse bem fixado na memória, como se fosse um achado, um tesouro. Era um dado valioso.

"Sim, de vista. E de ouvir falar. Uns anos atrás não era raro encontrá-lo bebendo de noite no Chicote, ou no Cock, ou no Del Diego ou em outros, um sujeito artístico, um paquerador noturno, mas não só noturno, ao que parece, e sim de qualquer hora, um desses que sabe reconhecer no mesmo instante quem quer ser abordado e com que propósito, ou capaz de criar a disposição e o propósito no outro, isto é, nas mulheres. Foi o que me contaram. Não sei se agora continua indo a esses lugares, porque eu não vou. Você mesmo deve tê-lo visto alguma vez, nos anos 80 ou 90."

"Como ele é? Usa rabicho?", perguntei, não consegui evitar. Morria de vontade de saber.

"Usa, como você sabe?"

"Alguma coisa eu sei. Mas não me lembro. Não tenho lembrança de ninguém de rabicho em particular. Bem, a verdade é que parei de sair de noite quase quando Guillermo nasceu, e vai ver que não usava antes. O sobrenome não me diz nada, claro. Que informações?"

"Depois de ver aquele talho na Luisa e daquilo me cheirar tão mal, perguntei sobre Custardoy a um conhecido, Juan Ranz, que o conhece desde pequeno. Nunca se deram e mal se falam há anos, mas seus pais eram amigos e os deixavam juntos quando se visitavam, para que brincassem e se distraíssem, de modo que o aturou bastante; diz que era um menino adulto, impaciente por subir na vida, como se quisesse sair de seu corpo ainda não formado. Depois, já grande, Custardoy fazia cópias de quadros para o pai de Ranz, especialista em arte (pelo visto é magnífico e copia com perfeição qualquer coisa de qualquer período, é difícil distinguir suas cópias dos originais, daí a fama de que falsifica), e por isso continuou a vê-lo de vez em quando, por intermédio do pai. Juan é intérprete nas Nações Unidas e sua mulher também se chama Luisa, claro."

"O que mais ele contou?"

"O que mais chama a atenção, ou o mais inquietante, o que mais pode nos dizer respeito é que, sendo um homem de sucesso com as mulheres, deve ter em seu trato com elas um componente meio sinistro, porque Ranz sabe de algumas que saíram assustadas da relação com ele, quero dizer da sua relação na cama (algumas eram prostitutas e não tiveram outra além dessa). E depois nem quiseram contar ou falar do assunto, como se precisassem esquecer o quanto antes e safar-se da experiência. Como se a experiência as queimasse, sua simples lembrança, e não se prestasse a fazer dela um relato. E inclusive se eram duas as putas que haviam estado com ele de uma vez (pelo que parece era adepto dos trios, com mulheres sempre), as duas haviam saído igualmente assustadas e sem querer abrir a boca. E acontece o que era de se esperar: que muitas outras, putas ou não, sentem uma curiosidade irresistível para saber que diabos ele faz ou deixa de fazer. Você sabe que por aí tem muita bobinha solta."

Era o pior que eu podia ouvir. Um sujeito de sucesso mas chegado a putas, que deixava marcas na cama, muito embora uma marca de susto. "Um indivíduo assim nem sequer terá de acabar comigo nem cavar mais fundo meu túmulo, no qual já estou sepultado", pensei, "porque minha lembrança o terá suprimido de um só risco, com o primeiro terror e a primeira súplica e a primeira fascinação e a primeira ordem, e agora Luisa pode estar subjugada."

"Mas Luisa não é boba, não era, nunca foi", disse eu. "Vai ver que esse homem é diferente com as que não são putas. Vai ver que quando dispõe de mais de uma noite se comporta de outro modo e até do modo oposto, precisamente para garanti-las, essas outras noites. Ou você acha que o elemento sinistro consiste nisso, em que surre todas? Não acho. Isso teria sido contado, ficaria sabido, essas mulheres teriam prevenido umas as outras. Vocês, mulheres, se contam essas coisas, não?, quero dizer, detalhes. As espanholas pelo menos. Em que termos ela te falou dele? Está apaixonada, enrabichada? Ansiosa, dependente, distraída, envaidecida? Até que ponto é sério? Não deve estar apaixonada. E como o conheceu, de onde saiu." A informação daquele Ranz talvez tenha me deixado mais nervoso do que qualquer outra coisa, inclusive o olho preto de Luisa, já estava amarelado. "Que mais esse seu amigo contou?"

"Nada de muito bom, salvo como seu trabalho é bom. Para ele, não é flor que se cheire, não é confiável, sob nenhum aspecto. E não é dos que se apaixonam, ou não costumava ser, isso ele me disse. Mas sabe lá, nesse terreno a gente muda de uma hora para a outra. Quando soube que minha irmã saía com ele, fez: 'Ui', como quem prevê um desastre. Por isso o interroguei e por causa do suposto tombo na estaca contra carros e esse corte que cheirou mal. Aliás, perguntei abertamente a ele se acreditava que Custardoy era capaz de bater numa mulher." E Cristina ficou calada, como se houvesse terminado um grupo de frases.

"E o que ele respondeu? Diga."

"Não foi concludente, mas, bem. Pensou um momento e disse: 'Suponho que sim. Não me consta que tenha feito isso, não ouvi dizer e ele é que não ia me contar. Ninguém se gaba disso. Mas suponho que seria capaz, perfeitamente'. De modo que, está vendo... (Claro que Ranz não tem simpatia por ele e também não pode ser tido como um oráculo.) Foi então que me contou a história das putas e tudo o mais; bom, e entendi que não só putas. Agora você vem me dizer que Luisa está com outra pancada da qual não me disse palavra. Se houvesse dado de cara numa porta e ficado de olho roxo, o normal é que tivesse me contado, não nos vimos ultimamente mas falamos ao telefone. E a você, por outro lado, não contou da estaca. Não sei não, só sei que estou muito preocupada. E olhe, Jaime, Luisa não é boba, mas você só a conheceu numa situação estável, com você. Tirando os últimos meses até você ter ido embora, vamos dizer, mas havia um resto de estabilidade enquanto você continuava em casa, como que um adiamento, uma inércia. E agora, há quanto tempo você está fora, nove meses, doze, quinze? É muito tempo para quem fica, mais do que para quem vai. Nessa situação não a conhecemos, nem você nem eu, e antes de você ela era muito nova. As pessoas são imprevisíveis quando se separam. Há quem se tranque em casa e não quer ver ninguém, e há quem vai para a rua e se mete em qualquer cama que apareça. Há quem primeiro faz uma coisa e depois a outra, ou a outra e uma, gostaria de saber das bobagens que você anda fazendo em Londres, completamente à vontade e sem obrigações familiares. Claro, também há meios-termos. Luisa não deve ter ido para a rua porque, para início de conversa, tem filhos. Mas também não deve ter se limitado a chorar no travesseiro. Deve estar meio impaciente, meio iludida, no mínimo deve ter curiosidade de conhecer outro homem, de experimentar que bicho dá, e a curiosidade leva a besteiras sem fim e a se empenhar nelas até a curiosidade passar. A verdade é que ela me contou pouco, quero dizer, do que sente ou do que espera; talvez não espere nada e só deixe que transcorra o tempo até ver mais claro e saber o que quer. Ou se quer. Pelo que Ranz me disse, e por sua fama, é improvável que esse Custardoy a pressione, para que ela viva com ele ou se divorcie, essas coisas; se não é dos que se apaixonam. Eu também não perguntei muito a ele, reconheço: sabe como sou, o que diz respeito aos outros eu ouço se me contam, mas não me interessa grande coisa, a não ser que seja grave. Só sei que sai com esse tipo e que se dá bem e gosta, isso é óbvio. Quanto, não sei; mas pode ser que muito, sim, pode ser que esteja gamada e que por isso seja discreta e se cale. Digamos que não oculta essa relação, mas tampouco sai por aí espalhando. Isso no que me refere, a outras pessoas imagino que contará menos ainda. Não me anunciou tocando bumbo, vamos dizer, não me deu a grande notícia. E juntos só os vi uma vez, um momento e do carro, não é que tenha passado um instante com eles nem nada. Ainda a vejo no plano reservado, ou pudico, como se depois de tantos anos de casada ficasse com vergonha de ter um namorado."

"Que história é essa de que os viu?" Embora fosse tão sucinta quanto dizia, aquela seria para mim a única imagem dos dois juntos, à parte a indireta e desatenta demais do meu cunhado, através da minha irmã. Eu precisava imaginá-los. É estranho imaginar Luisa ao lado de alguém, não mais ao meu. Mais do que repugnante ou ofensiva, a ideia me parecia irreal, como que uma atuação, uma farsa. E era mais irreal do que dolorosa, isso também. As separações dessa índole não têm sentido, por mais normais que tenham se tornado no mundo já faz muito tempo. A gente leva anos girando em torno de uma pessoa, contando com ela a todo instante, vendo-a diariamente como se fosse um prolongamento natural de nós mesmos, levando-a incorporada em nossas errâncias e ocupações, em nossas divagações e até em nossos sonhos. Pensando em contar para ela a menor miudeza que tenha presenciado ou que tenha ocorrido com a gente, por exemplo o pedido da mãe romena de lenços umedecidos para seus filhos. A gente *é com essa pessoa* como aquela cigana húngara *era com eles*, ou o cachorro de Alan Marriott *era sem pata*. Tem um conhecimento de seus pensamentos e preocupações e atividades permanentemente renovado, detalhado e constante; você sabe quais são seus horários e costumes, quem ela vê e com que frequência; e quando ao cair da tarde você se encontra com ela, os dois contam o que aconteceu com cada um e o que fizeram durante o dia, no qual nenhum abandonou de todo a consciência do outro em nenhum momento, e às vezes esses relatos são pormenorizados; depois você se deita com ela e isso é a última coisa que vê no dia e — o que é mais extraordinário — se levanta também com ela, que continua ali de manhã, ao cabo das horas privadas, como se fosse você mesmo, que nunca vai embora nem desaparece e que nunca perdemos de vista; e assim um dia depois do outro ao longo de muitos anos. E de repente — embora não seja "de repente", mas assim parece uma vez consumado o processo e assentado o afastamento: na verdade é "muito pouco a pouco", e além do mais vimos o começo, mas sem querer ficar sabendo —, a gente passa a não ter noção do que essa pessoa pensa, sente e faz cotidianamente; transcorrem dias e semanas inteiras sem que haja notícia, e é preciso recorrer a terceiros — que costumavam saber muito menos: em comparação com você, nada — para averiguar o mais básico; que vida leva, quem vê, o que a angustia com os filhos, com quem sai, se tem uma dor ou adoeceu, se seu ânimo está leve ou nebuloso, se continua cuidando da diabete e dá seus longos e prescritos passeios, se lhe deram um desgosto ou lhe causaram algum mal, se o trabalho a esgota ou aflige ou lhe dá satisfação, se teme o envelhecimento, como vê o futuro e como contempla o passado, de que modo olha para mim agora; e de quem gosta. Não tem nenhum sentido passar de tudo a quase nada, quando nunca deixamos de recordar e no fundamental somos os mesmos. Tudo é ridículo e subjetivo até extremos insuportáveis, porque tudo encerra seu contrário: as mesmas pessoas no mesmo lugar se amam e não se aguentam, o que era costume arraigado se torna paulatinamente ou de repente — tanto faz, isso é o de menos — inaceitável e improcedente, quem inaugurou uma casa encontra proibida sua entrada nela, o tato, o roçar tão costumeiro que quase não era consciência se transforma em ousadia ou ofensa e é como se fosse preciso pedir licença para a gente até se tocar, o que gostava e agradava se detesta e agasta e se maldiz e arrebenta, as palavras ontem ansiadas envenenariam o ar e provocariam hoje náuseas, não se quer ouvi-las sob nenhum pretexto, e as ditas mil vezes tenta-se que não contem mais. Apagar, suprimir, desdizer-se, cancelar, e ter calado já antes, essa é a aspiração do mundo e assim nada é ou nada é nada, as mesmas coisas e os mesmos fatos e os mesmos seres são eles e também seu reverso, hoje e ontem, amanhã, depois, e antigamente. E no meio não há mais que tempo que se esforça por nos ofuscar, a única coisa que se propõe e se procura, e assim não somos de confiar nas pessoas que por ele ainda transitam, tolas e insubstanciais e inacabadas, todas elas, sem saber de que seremos capazes nem o que afinal nos aguarda, bobo eu, eu insubstancial, eu inacabado, em mim também ninguém deve confiar...

"Um dia que almoçamos juntas", respondeu Cristina. "Já faz uns meses, foi antes da história da estaca na calçada e do corte feio, eu ainda não tinha reservas nem preocupações, mais ainda, não me importava com o que fizesse ou com quem saísse contanto que se animasse um pouco, ela é a irmã mais velha, não se esqueça, nunca tive de protegê-la muito, ela a mim, sim, é o normal. Luisa tinha encontro marcado com ele para depois, na casa ou no ateliê dele, não me lembro. Nós nos distraímos, ficou um pouco tarde e ela se alarmou ao ver a hora, porque não tinham marcado no apartamento, mas na porta do edifício, para subirem juntos ou talvez fossem antes a outro lugar, não sei, ficava apavorada por deixá-lo esperando. De modo que a levei de carro, ela não tinha vindo com o seu; contava ir de metrô, disse, é o mais rápido, mas da estação mais próxima tinha um trecho de caminhada e assim não ia dar tempo, de modo que a levei até a porta. Naquele bairro nunca tem vaga e mal pude parar, só o justo para que ela descesse, deixei-a quase na esquina. Por isso não o apresentou a mim nem nada, mas é bom dizer que eu já o conhecia de vista, daqui e dali, da noite. Só os vi juntos do carro, meio minuto, enquanto esperava o sinal abrir, na esquina."

"Que bairro era esse? Que esquina?"

"No fim da Mayor, depois da Bailén, perto do Viaduto. Quase onde começa a Cuesta de la Vega."

"Não se lembra do número do prédio?"

"Não prestei atenção. Para que você quer saber?"

"De que lado da rua?"

"O único com edifícios. Do outro fica o monstrengo, não se lembra? Por quê?"

O monstrengo era a Almudena ou museu dos horrores ecumênicos, a pavorosa catedral moderna, mais ou menos do Opus Dei ou assim parece, com uma estátua do papa polaco do lado de fora, *totus tuus* mas com uma testa protuberante, quase frankensteiniana, e os braços abertos e erguidos como se fosse começar a dançar uma *jota*; e isso, apesar de horrível, talvez fosse o menos feio, tem lá entre outras infâmias uns vitrais infames de um artista inimaginável chamado Kiko (Kiko não sei das quantas), nada decente se pode esperar de tal nome. Agora caía a ficha, agora visualizava o lugar.

"Por nada. Para imaginá-los. E o que você viu?"

"O que eu ia ver, nada, oras. Ela desceu no sinal vermelho ao cruzar a Mayor, tão apressada estava, uns dez minutos atrasada. A única coisa que me chamou a atenção foi que havia começado a chover e ele, em vez de se proteger na entrada (era só recuar dois passos), a esperava na calçada, se molhando. Talvez estivesse ali para observar melhor, pela impaciência."

"Ou talvez para acrescentar motivos de censura pelo atraso", disse eu maldosamente. "Assim poderia lhe dar consciência mais pesada ainda, dizer que por sua culpa tinha ficado ensopado, ou até resfriado. Como a recebeu? Os dois se abraçaram, ele lhe deu um beijo, pegou-a pela cintura?"

"Acho que não, que não se tocaram. Pela atitude e algum gesto me pareceu que ela se apressava a se desculpar, apontou para meu carro, dava explicações, que importa?"

"Chegou a vê-los entrar?"

"Sim, pouco antes do sinal ficar verde. Agora que você me pergunta, pode ser que ele estivesse um tanto irritado, porque entrou antes dela sem lhe dar passagem, Luisa ia atrás pondo a mão no ombro dele, como se quisesse acalmá-lo ou fazer passar a contrariedade; como se ainda se desculpasse."

“Sei. Um sujeito colérico, um artistoide, um histérico. Pouco cavalheiresco, em todo caso.”

“Bom, nem tanto assim também, não sei, foi um momento. Cavalheiresco não é, claro. Bem-vestido sim, sempre de gravata, muito clássico. Mas seu sucesso consiste, suponho, em estar mais para o rufianesco, isso atrai muitas mulheres. A mim não, de jeito nenhum, mas sou meio esquisita ou é que já conheci uns tantos e não compensam. Naquele dia, com cabelos para trás, todo molhado, era um pouco inquietante. Dá a impressão de ser um homem tenso, concentrado, nervoso, quero dizer em tensão permanente. De vista sempre me pareceu meio sombrio. Cordial e sedutor, mas sombrio.”

“Que idade ele tem?”

“Não sei, deve rondar os cinquenta, imagino. Mas aparenta menos.”

“Dez ou doze anos mais velho que Luisa. Isso é ruim, deve ter autoridade sobre ela, ou influência. Sabe o prenome dele?”

“Esteban, acho. Espere. Sim, Esteban. Luisa o chamou assim uma vez, mas costuma referir-se a ele pelo sobrenome, como se quisesse se distanciar ou dar a entender que na realidade não é tão íntimo.” “Eu também chamo a jovem Pérez Nuix pelo sobrenome”, pensei, “mas não é de modo algum o mesmo caso.” “Eu já te disse, às vezes é como se envergonhasse de ter um namorado. Com filhos, depois de você e tudo mais.”

“Esteban Custardoy. Não tem certeza? Como pintor não é conhecido? Quero dizer, seu nome não sai no jornal, não faz exposições, essas coisas?”

“Não, que eu saiba; mas também não presto atenção, a última coisa que me interessa é a pintura contemporânea. Creio que ele é mais copista. Luisa me disse que às vezes lhe encomendam quadros do Prado e ele passa ali o tempo ocioso, estudando e copiando. Ou de outros museus de fora, e então viaja para vê-los pelo menos uns dias, em qualquer lugar da Europa. Ranz me disse que tinha aprendido com o pai, Custardoy, o velho, assim o chamavam, que já fazia cópias para o pai dele, quer dizer o de Ranz. No começo o chamavam de Custardoy, o moço. Não sei se agora."

Fiquei calado um momento. Acendi um Karelias, eu havia trazido dez maços, em Madri não conseguiria comprar.

"Tem uma coisa que não bate direito, Cristina. Não concebo que Luisa tolere um indivíduo que a maltrate, ainda menos se o conheceu faz pouco, faz uns meses. Se nossas suspeitas estão certas, não bateu nela uma, mas duas vezes. Não entendo que ainda o veja e vá para a cama com ele como se nada tivesse acontecido; que não tenha rompido com ele logo da primeira vez, que dirá da segunda. Ontem mesmo ela me negou; de certo modo, ela o protegia, ou se protegia, quero dizer sua relação com ele, que ninguém toque nela nem se imiscua, que ninguém se meta. Pode-se compreender que eu seja a última pessoa com a qual ela esteja disposta a falar de um namorado, ainda mais se é problemático, e mesmo que represente um perigo. Mas com você? Como você explicaria que ela aguente tanto? Ainda por cima uma mulher nada submissa como ela." Percebi que era a primeira vez que dizia isso e também que pensava ou imaginava isso de verdade, como algo real e regular, continuado: "... e vá para a cama com ele como se nada tivesse acontecido", tinha saído da minha boca. Sim, claro, iam para a cama, é uma das graças dos namoros e é o costume. "Mas isso não significa muito, não necessariamente", me apressei a pensar para rebaixar a imaginação fugaz e as palavras; "eu também fui para a cama com Pérez Nuix e com outras, e é quase como se não houvesse acontecido. Não estão no meu pensamento, não me lembro delas, ou só de vez em quando e sem nenhuma emoção. Bom, com Pérez Nuix é diferente, porque eu a vejo diariamente e cada vez que a vejo me lembro, ou melhor sei, apesar de minha trepada com ela ter sido a mais impessoal, como dizer, quase às cegas, quase anônima, silente. Também fui para a cama com outras mulheres regular e continuadamente, no passado, com Clare Bayes na Inglaterra, para não ir mais longe, ou com aquela namorada na Toscana a quem devo meu italiano. E daí, são apenas dados de um arquivo, fatos registrados que há muito não me condicionam nem me influenciam. Não, isso não significa grande coisa, depois que cessa. A única coisa é que a história de Luisa está acontecendo e ainda não cessou, e além do mais lhe causa dano e ameaça a todos, aos quatro."

Agora foi Cristina que ficou uns segundos pensativa. Ouvi-a suspirar do outro lado da linha, talvez já tivesse se fartado da conversa ou precisasse voltar aos seus preparativos de viagem.

"Não sei, Jaime. Pode ser que estejamos enganados e que ele não tenha lhe feito nada, ela deu mesmo de cara numa estaca da calçada e na porta da garagem, um azar. O problema é que nem você nem eu acreditamos nisso. Para mim ela está empenhada em continuar com ele, por mais que se faça de boba ou distante, e nesses casos tudo é possível, quando alguém quer querer nada de circunstancial nem externo o dissuade. Só o querido quando rejeita seu querer, e às vezes nem mesmo assim. As pessoas aguentam muito mais do que imaginamos. Uma vez envolvidas, as pessoas aguentam quase tudo, pelo menos durante um certo tempo, eu sei por experiência própria. Acreditam que poderão mudar o mal, ou que o mal é passageiro. E Luisa é paciente, tem muito saco, olhe quanto tempo levou para terminar com você. Nem sei por que estamos falando nisso. Ela por ora não vai nos dizer nem contar nada, já vimos. Não poderíamos nem mesmo tentar convencê-la. Tenho de cuidar das minhas coisas, Jaime, viajo amanhã e esta conversa não vai nos levar a lugar nenhum, à parte alimentarmos mutuamente nossa preocupação."

Fiquei calado, fiquei pensando em suas palavras: "Uma vez envolvidas, as pessoas aguentam quase tudo, pelo menos durante um certo tempo". "Tudo é uma questão de envolver o outro, de intervir, de pedir a ele, de perguntar, de exigir dele. De falar com ele e intrometer-se", continuei pensando e continuei calado. "Jaime? Alô?"

"Poderíamos tentar convencê-lo", falei então.

"A ele? Não o conhecemos, você principalmente. Que ideia. Não conte comigo. Além do mais, vou embora amanhã. E se você fosse falar com ele, ele ia rir na sua cara ou te dar uma porrada, será que você não se dá conta?, se for mesmo violento. Ou vai oferecer dinheiro a ele para que caia fora, como um pai de antigamente? Olhe, pelo que sei, ele não precisa disso, trabalha para colecionadores abonados. E depois ia contar a Luisa, e aí me diga como você ia lhe justificar semelhante intromissão na vida dela, vocês estão separados. Nunca mais te dirigiria a palavra, você sabe disso, não? Estou fora."

Mas talvez nada disso ocorresse com minha tentativa de convencimento. De modo que não ignorei suas objeções e me limitei a perguntar, como se desta vez não a tivesse ouvido:

"À parte o rabicho, me diga: como ele é, que aparência tem?"

Eu havia aprendido com Reresby e Ure e Dundas, e até algo de Tupra tinha me contagiado, mas ainda não era como ele nem desejava ser, salvo em alguma ocasião avulsa, aquela era uma ocasião avulsa. Talvez não se possa imitar as pessoas somente de tempo em tempo e quando for conveniente, e para atuar uma vez como modelo — uma vez única — seja preciso, isso sim, se assemelhar a elas em todos os momentos e circunstâncias, isto é, também a sós e quando não é preciso, e para tanto há que ter motivos mais fortes do que os encontrados, isto é, que os que vêm de fora e nos assaltam. Há que ter uma necessidade profunda, uma íntima vontade de mudança, não era meu caso. Eu me comportei como pensava que ele teria se comportado, inicialmente, mas chegou um instante em que já não me senti seguro ou não soube imaginar como ele se comportaria, ou preferi não estar seguro ou não imaginei a mim mesmo, e tive dúvidas, do que ele não devia padecer quase nunca; e assim voltei a pensar que ele poderia me ajudar, ou pelo menos me dar conselhos e força, ou pelo menos não me dissuadir. Não telefonara para ele até então, quando já tinham passado uns dias desde minha chegada e minha primeira visita às crianças, minha roubada visão de Luisa, meu encontro com minha irmã e meu pai, a conversa telefônica com minha cunhada Cristina Juárez, e depois de ter dado uns poucos passos em sua pista imaginária.

Comecei consultando a lista telefônica à procura daquele sobrenome incomum, Custardoy. Descobri que tinha sido tímido em minhas suposições, porque não é que constassem poucos, mas em toda Madri só um: morava na rua Embajadores e, por desgraça, a inicial de seu nome não era o E de Esteban, mas um maldito R de Roberto, Ricardo, Raúl, Ramón ou Ramiro, quem estava interessado neles. Será que seu número estava sob outro nome, quem sabe no do seu senhorio, se morava de aluguel, embora me parecesse improvável que não possuísse casa ou ateliê próprios, se os colecionadores lhe pagavam tão bem, certamente por falsificações para trocar pelo original de uma igreja mal vigiada ou vender como autênticos para museus ingênuos ou de província, eu já tinha decidido que aquele homem era um vigarista, um corrupto, em minha fabulação, em meu pensamento. Também podia ser que constasse com seu segundo sobrenome, algumas pessoas recorrem a isso para não ser muito incomodadas, a campainha do telefone talvez o irritasse quando trabalhava, lhe fizesse perder precisão, concentração, daria pinceladas errôneas ou furaria a tela por causa dos nervos, a tinta escorreria, era um artístico, quem saberia seu segundo sobrenome, nem mesmo Luisa, com certeza. Liguei por desencargo de consciência para o auxílio à lista e perguntei por um Custardoy na rua Mayor, não tinham notícia de nenhum, só o da Embaixadores, de novo. Então fui até aquele trecho tão breve daquela primeira rua, o trecho passando a Bailén e anterior ao início da Cuesta de la Vega, e ao parque contíguo chamado Atenas, que só conhecia por tê-lo atravessado de carro algum remoto dia, e ali tive sorte, porque só havia dois prédios, e um deles era das dependências da prefeitura, de modo que deduzi que devia ser o outro, o número 81. No porteiro eletrônico não constavam nomes, mas só os andares, quatro e um térreo. Era quase hora de almoço — um erro de cálculo meu — e a enorme porta de madeira lavrada estava fechada, logo não pude saber se havia também um porteiro de carne e osso a quem pudesse perguntar em outro momento. Pensei tocar umas campainhas e perguntar por Custardoy, mas se por acaso acertasse e ele em pessoa me respondesse, furioso pela inesperada interrupção de suas fraudulências, eu teria de improvisar algum invento, dizer que trazia um telegrama e não subir quando ele me abrisse, os funcionários dos Correios são informais e incompreensíveis, ficaria um instante aguardando, lançaria maldições e logo se esqueceria, chamado por sua arte falsa. Experimentei uma campainha qualquer e ninguém atendeu. Experimentei uma segunda e ao cabo de um instante ouvi a voz de uma senhora.

"Dom Esteban Custardoy, por favor?", falei.

"Quem?" Era sem dúvida uma senhora de certa idade.

"Cus-tar-doy", pronunciei lento e claro. "Dom Es-te-ban."

"Não é aqui."

"Devo ter errado de andar. A senhora saberia me dizer qual é? Tenho um telegrama."

"Tem um telegrama para mim? De quem? Aqui não recebemos telegramas."

"Não, não é para a senhora." Entendi que com ela não chegaria a lugar nenhum. "É para seu vizinho, o senhor Custardoy. Que andar é, por favor?"

"Aqui? É o segundo à direita", respondeu. "Mas não tem nenhum Bujaraloz, é engano." Esses interfones sempre soam mal, mas aquela mulher, além do mais, devia ser aragonesa e surda, como Goya, para que lhe saísse tão fluido e fácil o nome daquele lugarejo não tão famoso da região de Zaragoza, Bujaraloz. Pedi desculpas e agradeci, deixei para lá.

Atrevi-me a tentar uma terceira campainha e não houve resposta, as pessoas saem para almoçar fora como loucas em Madri. Ainda experimentei um quarto, e no mesmo instante ouvi outra voz feminina, era mais moça e esperançosa.

"Esteban Buscató?", disse ela. O sobrenome era o de um ex-jogador de basquete, devia gostar desse esporte, pensei. "Não, não conheço, não acho que more aqui." Ouviam-se chiados e um mar de fundo, era como se eu estivesse com um caramujo grudado no ouvido e houvesse por ali um barco a ponto de naufragar.

"Custardoy", repeti. "Cus-tar-doy. Um senhor que é pintor, talvez a senhora possa me dizer em que andar ele mora ou fica seu ateliê. É pintor, o pintor."

"Não chamamos nenhum pintor."

"Não, não sou pintor, senhora", insisti já com pouca fé. "Tenho um telegrama para o senhor Custardoy. *Ele* é que é pintor. Não sabe se mora um pintor aqui? Um pintor, não de parede, mas como Goya, não conhece?"

"Sim, claro que conheço Goya. É o da *Maja*." Sua voz soou um pouco ofendida. "Mas como o senhor pode imaginar que ele more aqui? Nem em nenhum outro lugar, não sei se está sabendo que ele morreu."

Maldisse em pensamento o estranho sobrenome do falsificador e entreguei os pontos. Não podia ficar tanto tempo ali, tocando todas as campainhas, faria isso em outra oportunidade (de dois em dois, não devia abusar), ou voltaria outra hora em que pudesse estar o porteiro humano, se é que havia um. De qualquer modo, ocorreu-me que talvez Custardoy tivesse alugado ou comprado seu apartamento ou ateliê com um nome falso, como correspondia a um delinquente, ou com seu verdadeiro nome e que Custardoy fosse um pseudônimo. Em nenhum desses casos ninguém naquela casa saberia me dar informação sobre ele.

Não me escapava que Tupra, diante de semelhante fracasso parcial (eu tinha quase certeza do edifício, o que já era muito, mas precisava me certificar e averiguar andar e porta), não teria escrúpulos em se postar diante da minha casa desde cedo — quer dizer, diante da de Luisa —, esperar vê-la sair e segui-la quantas vezes precisasse, na certeza de que em alguma delas se dirigiria para aquela zona do Palácio Real e do monstrengo catedralício, da Cuesta de la Vega e do parque de Atenas, dos Jardins de Sabatini e do Campo del Moro, do Viaduto e das Vistillas ou do que sobrava delas, tinha lido que a prefeitura e a Igreja planejavam acabar com elas para tirar bom proveito do terreno com escritórios episcopais ou moradias semiclericais ou um estacionamento ou algo assim: para o bairro dos Austrias, que se misturava com o de Carlos III, até desembocar naquele ou em outro edifício. Mas eu, sim, teria escrúpulos. Não só porque segui-la às escondidas me parecia feio, ou ruim, mas sobretudo porque temia ser descoberto e então todos os meus planos iriam por água abaixo: ela ficaria atenta, se irritaria com toda a certeza e me proibiria de me intrometer em qualquer aspecto ou recôndito da sua vida, eu não poderia mais falar com Custardoy nem pressioná-lo sem que ela me atribuísse o resultado ou a mudança, me culparia pela desejável ruptura ou retirada do vigarista e não me dirigiria mais a palavra, como sua irmã havia vaticinado: se não nunca mais, pelo menos por um bom tempo. Era preciso salvá-la sem que ela desconfiasse da minha intervenção, ou o mínimo possível. De algo sempre suspeitaria, pela coincidência da minha estada na cidade: bem quando eu aparecia ou pouco depois, seu namorado sairia de cena, era casualidade demais, e ela ficaria convencida de que eu tinha algo a ver. Mas, se fizesse a coisa benfeita e sem me expor diante dela, seria uma convicção sem provas e nem mesmo indícios, e estes costumam se atenuar um pouco, para acabar jogados no balaio das desconfianças e das fabulações.

Nos dias seguintes, visitei as crianças ou passei o mais que pude com elas, cruzando algumas vezes com Luisa, ao buscá-los ou devolvê-los, mas na maioria delas não, só com a baby-sitter polonesa. Evitei embromar, como havia feito na primeira noite; evitei perguntar a Luisa pela pancada, ou o máximo a que me atrevia era a comentários marginais e neutros: "Vejo que já está melhor, trate de tomar mais cuidado". Também não insisti em ficarmos a sós um dia, em que fôssemos jantar juntos e conversar com tranquilidade, era preferível não vê-la muito durante aquela estada e conseguir arrancá-la da relação sinistra em que tinha se metido, embora ela não a considerasse assim ou, pior ainda, ela a atraísse. E no caso em que viesse a estranhar minha falta de insistência, eu sempre podia dizer com cavalheirismo: "Você é a mais ocupada aqui. Eu só estou de passagem, sou quase um turista. Achei mais correto deixar com você a iniciativa. Além do mais vou visitar meu pai com frequência, ele não está bem. Manda lembranças, pergunta por você". De modo que procurei me afastar, só nos encontrar se por acaso nos encontrássemos, não me fazer muito visível nem encontradiço, como teria sido minha tentação e minha tendência se não houvesse me sentido com aquela tarefa imprevista, concreta, urgente, vital, mal chegado a Madri. Não é que me fosse fácil guardar uma atitude tão discreta, sobretudo porque passaram os dias da primeira semana sem que Luisa parecesse lamentar não aproveitar minha presença nem — o que mais machucava — mostrasse curiosidade por minha vida em Londres nem pelo que eu fazia lá, por saber com quem me relacionava nem se eu tinha me transformado em outra pessoa, ainda que superficialmente, nem pelo meu trabalho atual, do qual eu tinha lhe contado tão pouco por telefone, a ponto de me esquivar das suas perguntas ocasionais, feitas talvez por formalidade e educação, mas perguntas mesmo assim. Agora não havia nenhuma de classe alguma, nem procurava uma oportunidade para fazê-las: durante aquela primeira semana, dela não partiu nada, nem nos ver nem nos encontrar nem almoçar juntos, nem me convidar para ficar um instante na casa, para jantar ou tomar um aperitivo em sua companhia, quando eu trazia Guillermo e Marina ao entardecer, depois de levá-los ao cinema ou ao Retiro ou a qualquer outro lugar. Era como se quase não tivesse espaço mental para se ocupar de nada que não fosse sua relação com Custardoy, ou era isso o que eu supunha que encheria por inteiro esse espaço, que mais podia ser? Eu a via absorta, alheada. Mas não era o alheamento próprio da simples ilusão nem da plenitude. Também não era o da simples inquietude ou do tormento ou da angústia, mas o de quem está se esforçando para compreender, ou para destrinchar.

E, de fato, vi meu pai, meus irmãos e uns poucos amigos, fui a sebos e passeei. Num desses sebos comprei um presente para sir Peter, um grande livro de cartazes propagandísticos da nossa Guerra Civil, vi que eram reproduzidos uns tantos com o mesmo motivo daquilo que em seu país se chamou de "*careless talk*" ou "conversa imprudente", com advertências muito similares, eu me lembrava de já ter visto alguns espanhóis e ele creio que não, ia gostar de conhecer o precedente e a senhora Berry também. Eu tinha de ir visitá-lo sem falta, assim que regressasse. E voltei àquele bairro, por causa da história de Custardoy, e fiquei observando da calçada em frente a entrada da sua casa ou ateliê da rua Mayor uma manhã inteira. A porta continuava fechada, logo era possível que não tivesse porteiro ou que este tivesse horários curtos ou preguiçosos ou excêntricos. Finalmente havia decidido não perguntar nada a ele, em todo caso, se o encontrasse: mais valia que ninguém me visse nem pudesse me identificar, menos ainda me associar a Custardoy. Se eu me interessasse abertamente por aquele copista e falsificador, podia já estar queimado conforme o que acontecesse depois entre ele e mim, nunca se sabe quando dois homens se encaram e além disso discutem, quando um tenta arrancar algo de outro, ou exigir, ou obrigar ou convencer ou dissuadir ou afugentar. Da lateral da abominável Almudena olhei para cima, para os balcões, na disparatada ideia de ter a grande sorte de que, enquanto eu estivesse ali, Custardoy aparecesse no dele, eu o reconheceria pelo rabicho e pela chocha descrição de Cristina, e saberia então, sem mais esforço nem indagação, em que andar trabalhava ou morava. Havia balcões nos três primeiros andares e no quarto só janelas, parecia um pouco uma água-furtada. Os balcões do que ficava sobre o enorme portão eram de pedra, com colunetas, os dos dois andares seguintes eram de ferro forjado com filigranas, todos com venezianas que estavam abertas, sinal de que tudo estava habitado e nenhum morador ausente ou viajando, Custardoy na cidade. Observei cada balcão e cada janela, procurando assimilar — mais do que imaginar, isso me parecia um exercício desagradável e supérfluo — que detrás de uma delas Luisa e Custardoy se encontravam e iam para a cama, riam e conversavam, contavam seu dia, talvez discutissem e ele lhe soltasse um sopapo na bochecha com a mão aberta ou um soco no olho com a mão fechada. Aquele indivíduo devia ser iracundo, ou talvez não, talvez fosse frio e fizesse aquilo calculadamente, para avisá-la logo, e para lembrar a ela de que e de quanto era capaz. E podia ser que alguma noite minha mulher saísse por aquele portão lavrado que eu tinha à minha frente, tiritando de medo e de excitação, espantada e ao mesmo tempo cativa. Não, eu não gostava daquele sujeito, do que sabia dele e do que imaginava.

Também me acostumei a ir de manhã ao Museu do Prado, antes de fazer qualquer outra coisa e mal acabava de desjejuar, era só atravessar a rua do meu hotel. Não era só porque eu o desfrutasse e que fizesse tempo não ia lá. Também tinha presente a frase da minha cunhada Cristina relativa a Custardoy: "... às vezes lhe encomendam quadros do Prado e ele passa ali o tempo ocioso, estudando e copiando". De modo que a primeira coisa que eu fiz, no primeiro dia que entrei no museu e antes de dirigir minha vista para uma pintura, foi percorrê-lo de cima a baixo e de ponta a ponta, atentando para os copistas que lá trabalhavam, procurando um homem de uns cinquenta anos, de rabicho no cabelo penteado para trás, disposto a passar o tempo ocioso na frente de um quadro não escolhido por ele, bom, regular ou ruim. Nem é preciso dizer que não vi nenhum com essas características, mais ainda, que a maioria eram mulheres bem jovens, embora nem todas tanto assim para ser estudantes de belas-artes sem exceção. Talvez seja mais um dos ofícios de que a população feminina se apropriou, e faz bem, o de copista como o de restaurador. No segundo dia também não vi ninguém assim. Fiz o mesmo percurso anterior, mas já com menos fé ou superstição: essa tarefa é tão lenta que o mais provável era que só continuassem ali os do dia anterior, como assim me pareceu; teria sido um acaso extraordinário que Custardoy desse início a uma das suas cópias ou falsificações então, justo naquele dia em que eu estava ali, e tão atento. Mas isso não foi um obstáculo para eu manter o costume em minhas visitas posteriores, e antes de mais nada sempre percorria a passos rápidos todas as salas, olhando detidamente as pessoas — não muitas — que, sentadas diante de seus cavaletes ou algumas de pé, se empenhavam em reproduzir o que tinham diante de seus olhos, o já existente, e em geral mais bem pintado vários séculos atrás.

No quinto dia levantei tarde, depois de uma noite de relativa farra com velhos amigos da cidade, e só fui ao Prado, portanto, por volta do meio-dia, umas duas horas depois do habitual. Queria ver umas salas de italianos que fazia anos não via, e como os responsáveis por aquele museu têm a ridícula mania de mudar tudo de lugar de tempos em tempos — como se gerenciassem um supermercado — e previa que levaria um tempinho até encontrar a atual localização daqueles quadros, prescindi da minha caminhada preliminar ou da inspeção dos copistas. E foi ali, então, numa daquelas salas grandes e compridas do andar de baixo, que ao passar vi um sujeito com breve rabicho de pirata ou toureador que não estava copiando nada, mas que tomava notas ou fazia esboços a lápis diante de uma pintura, num caderno de tamanho apreciável, mas não tanto para não poder segurá-lo com a outra mão. O homem estava de pé, bem perto do óleo e portanto de costas para mim ou para qualquer um que não tivesse se posto à sua altura ou houvesse decidido atrapalhar sua visão. Eu estava em meu direito prático a ambas as coisas, não são poucas as ocasiões em que hoje em dia os turistas grosseiros — quase uma redundância — ou os grosseiros nativos de qualquer cidade se interpõem sem a menor paciência nem consideração entre um quadro e seu espectador, e até dão neste umas cotoveladas pouco dissimuladas para que se afaste e para ocupar sua posição mais centrada, o estilo do mundo de que Tupra falava se fez mal-educado, e na Espanha mais ainda, embora na verdade se trate de um fenômeno quase universal. Eu me mantive a certa distância, e não só para não incorrer nisso. A princípio observei-o de detrás, mas, assim como à sua direita não havia espaço e sim um cordão e a parede lateral, à esquerda do quadro havia uma porta alta e à esquerda desta outro quadro (eram os dois únicos da parede do fundo), de modo que me desloquei precavidamente para aquele lado, a fim de adquirir a melhor perspectiva possível do seu perfil, procurando não entrar, isso sim, ou o mínimo, em seu campo visual. Logo compreendi que não devia me preocupar apenas com esse último detalhe, ele estava muito concentrado no quadro e em seu caderno de desenho, oscilava os olhos de um ao outro com grande rapidez, sem atenção para mais nada, nem mesmo o distraía o contínuo tráfego da turistada, eminentemente italiana ali (iam admirar as obras de seus compatriotas antigos), a qual, curiosamente, não se empenhava em se apinhar onde ele estava e a olhar o que ele olhava, importunando-o, mas que, ao vê-lo tão absorto e trabalhador, prosseguia de longe sem se deter diante daquele óleo, como se sentindo intimidada pela figura imóvel e tensa e disposta a cedê-lo para seu exclusivo e momentâneo usufruto. Vi que usava bigode e costeletas não muito compridas, mas algo mais do que hoje é normal, ou talvez chamassem a atenção porque, assim como seu cabelo era liso e alourado no conjunto e sem fios grisalhos visíveis, essas costeletas eram encaracoladas e muito mais escuras, quase negras mas também mais entremeadas de branco e cinza, como se a velhice houvesse decidido começar sua tarefa pelos flancos, deixando a clara cúpula para depois. Era bastante alto e magro, talvez com um pouco de cerveja acumulada em torno da cintura, mas a impressão geral era de um tipo enxuto e ossudo, e o que eu conseguia adivinhar dos pômulos e da larga testa acentuava essa impressão, assim como sua mão direita, que se mostrava ativa e veloz, de dedos compridos e fortes como os de um pianista profissional; na realidade dedos como teclas que infundem temor.

Não podendo olhar para ele de frente e portanto não vendo seus olhos nem seus lábios nem sua dentadura nem sua expressão (o nariz sim, de perfil), era impossível interpretá-lo, quero dizer da maneira como fazia no edifício sem nome com tantos rostos famosos ou desconhecidos, dos quais contudo quase sempre ouvia falar, tanto em pessoa como nos vídeos. Pelo que eu conseguia distinguir (o máximo que se oferecia era o lado esquerdo, quando fingia contemplar o outro quadro separado do dele pela porta elevada e me atrevia a me posicionar à sua altura, protegido pela distância), tudo podia coincidir, ou nada entrava em contradição, com a preguiçosa mas no fim das contas precisa descrição que Cristina tinha dado de Custardoy. Eu tinha perguntado por seu aspecto só no final, quando ela já estava cansada e com pressa de acabar. "Não sei", respondera, "um tipo ossudo ou todo nervos, com um nariz comprido como de cantor aciganado, sabe o Ketama?" (acho que é um grupo musical semiflamenco), "e uns olhos negros estranhos, não sei te dizer em que consiste, mas têm algo de estranho, singular, pouco agradável para mim. Às vezes usa bigode, às vezes não, como se o raspasse e deixasse crescer ou algo assim, vi com e sem." "E o que mais? Conte mais", eu a tinha instado, como me instavam Tupra ou Mulryan ou Rendel ou Pérez Nuix nas sessões, mais que os outros. "Mais nada. Não sei. Considere que só o conheço de vista. Encontrei-o ao longo dos anos aqui e ali, sei quem é e ouvi falar dele como de tantas outras pessoas (bem, até a história de Luisa, agora mais). Mas nunca fomos apresentados que eu me lembre, nunca o tive muito perto nem troquei com ele uma palavra." "Mais alguma coisa deve ter chamado sua atenção", eu havia insistido, sabendo que se a gente aperta sempre acaba saindo isso, mais alguma coisa. "Bem, eu já te disse que sempre está de gravata, como se quisesse compensar a pinta meio boêmia que lhe dão o rabicho e aquele bigode ainda por crescer com que o vi às vezes: um contraste, uma originalidade. Veste-se muito corretamente, muito clássico, aspira a ser elegante, suponho que não chegue a tanto. Talvez isso seja incompatível com a cara marota que tem, não sei como explicar, uma dessas caras que irradiam sexualidade, um exagero, pode ser que seja por essa razão que tem êxito em parte, exala cheiro disso. Mal a gente o vê de longe, já sabe qual é a dele. Pelo menos sendo mulher. Olha para você descaradamente, te mede. Detalha você inteira num piscar de olhos, da cabeça aos pés, detendo-se sem dissimulação nos peitos e na bunda, e, se você está sentada, nas coxas. Eu o vi fazer isso com muitas mulheres no Chicote e no Cock, faz anos, conforme entravam. E uma vez ou outra à distância, fez a mesma coisa comigo, tanto faz se você está acompanhada ou não. Não devo tê-lo atraído muito ou ele viu que comigo seu estilo não combina, nunca se aproximou de mim em lugar nenhum. Segundo diz Ranz, ele sabe na hora onde há uma presa e onde não há, e mais depressa ainda sabe se lhe interessa cravar o dente nela ou se não faz seu gênero." Incomodara-me pensar que em Luisa ele havia visto uma presa e que teria sacado como ela era no mesmo instante, mal lhe pôs os olhos em cima, vista a atual situação. E depois não tinha podido evitar me perguntar se também teria percebido a mesma coisa se o encontro tivesse ocorrido quando ela e eu estávamos juntos. O pensamento seguinte havia sido pior ainda: não era impossível que tivessem se conhecido antes que eu saísse de casa e fosse para Londres, antes da nossa separação. Não aguentei pensar mais, parei por aí.

No indivíduo do Prado não podia perceber nada disso, quero dizer da sua voracidade sexual, embora seu olhar estivesse atentíssimo a um quadro que continha uma mulher, uma mãe. Talvez a houvesse detalhado fisicamente também, antes de qualquer consideração artística ou pictórica ou até técnica. Talvez lhe tivesse causado resistência o fato de a mulher figurar no quadro com seus três filhos pequenos; não tinha por que ser assim, porém, se ele era Custardoy, já que Luisa sem dúvida lhe agradava e era mãe e tinha dois. (Claro que a mulher do quadro era uma matrona muito pouco agradável, enquanto Luisa se mantinha esbelta e, a meus olhos, bonita e juvenil, a outros olhos não sei.) O que eu tinha percebido desde o primeiro instante, isso sim, era que usava paletó e gravata e calçava sapatos pretos de cadarço. Estes não deviam ser de Grenson nem de Edward

Green, mas eram sóbrios e de bom gosto, sem solas grossas nem de borracha, não dava para objetar nada à sua indumentária, no máximo que era excessivamente convencional. Mas a gravata não era, na verdade, embora já faça anos que não é incomum, ou não totalmente, ver homens de qualquer idade usando-as (a idade já não age como freio de nada, perdeu todas as batalhas contra a moda e a presunção). Dava a ele um ar rufianesco, era um adjetivo que Cristina lhe aplicara com justeza, se ele fosse ele.

Em alguma das minhas passagens, sempre a uma distância prudente, para evitar que ele reparasse em mim, consegui vislumbrar que não tinha me equivocado a princípio: fazia vários esboços das quatro cabeças do quadro e também tomava notas, as duas coisas em grande velocidade. Se fosse Custardoy, era possível que tivessem lhe encomendado uma cópia e que estivesse fazendo um estudo preliminar. Ou então, se era tão bom como se dizia, talvez não necessitasse ficar na frente da pintura mesma com um cavalete e pincéis durante longas horas e longuíssimos dias, bastava captá-la e memorizá-la (memória fotográfica, talvez) e uma boa reprodução em seu ateliê, a verdade é que ignoro tudo sobre as técnicas de copiar, nem falemos de falsificar (não devia estar preparando uma falsificação dessa vez, ninguém ia acreditar que a peça do Prado não fosse a autêntica e original).

Eu não queria me eternizar, contudo, em sua proximidade: quanto mais tempo permanecesse como sua sombra, mais risco corria de que ele se virasse ou girasse a cabeça para a esquerda e me descobrisse, embora fosse sumamente improvável que me conhecesse ou reconhecesse de fotos que Luisa poderia ter lhe mostrado, ou vai ver que nem mesmo isso e que nunca tinha me visto. De modo que me afastava um pouco e olhava outro quadro, *Micer Marsilio Cassoti e esposa*, de Lorenzo Lotto, e depois tornava a me aproximar, não queria que ele fosse embora de repente e eu perdesse sua pista; afastava-me um pouco mais e dava uma olhada num *Retrato de cavaleiro* de Volterra, mas meus olhos logo iam para o homem do rabicho, eu não me atrevia a perdê-lo de vista mais que uns segundos; distanciava-me de novo e observava a *Santa Catarina* de Yáñez de Almedina, com seus vermelhos e azuis e a comprida espada na roda do seu martírio, e essa figura me entretinha, a ponto de me alarmar depois de meio minuto de contemplação e voltar quase correndo para a proximidade do quadro da mãe e dos filhos. Entre idas e vindas e espera, tive a oportunidade de prestar bastante atenção nele: era de tamanho mediano, um metro e tanto por um, algo assim, calculei; um retrato de grupo, familiar, segundo a plaqueta *Camilla Gonzaga, Condessa de San Segundo, e seus filhos*, do Parmigianino, cujo nome verdadeiro era Mazzola, li, como o de um famoso jogador de futebol da minha infância que enfrentava o Real Madrid de Di Stéfano e Gento, acreditava lembrar que ele jogava de atacante do Inter de Milão. Sobre fundo muito escuro, negro, se recortava a robusta condessa, bem-vestida, usando joias sem exagero, segurando na mão direita um cálice dourado com incrustações que ficava vagamente fora de lugar, com tanta criança ao redor; ou vai ver que não era esse cálice, mas a grossa borla do seu cordão. No limiar da gordura, ou nem tanto (uma mulher larga, em todo caso), sua expressão era muito ausente ou nada vivaz, embora tivesse em seu olhar um vestígio de sossego, de quase indiferente determinação. Os olhos um pouco bovinos e a ponto de ser saltados, as sobrancelhas finas demais e como se não fossem de pelos mas desenhadas, os lábios mais para o fino e nada tentadores, talvez o melhor que tinha era a pele muito lustrosa e rosada, sem uma ruga, na altura das faces era como se pudesse estourar. O que mais surpreendia era seu desinteresse pelos filhos, Troilo, Hipólito e Federico, conforme informava a plaqueta; não estava de modo algum ligada a eles, não lhes dirigia um olhar nem os acariciava, nem sequer dava a mão ao da

direita, mantendo-a bem perto da sua esquerda, inerte. A condessa era como uma estátua estupefata rodeada por outras estátuas absortas de menor tamanho, porque o curioso era que as crianças tampouco prestavam a menor atenção nela, se bem que dois deles se agarravam distraidamente ao cordão de seu vestido. Cada figura olhava para um lado diferente e sempre exterior, como se todas e cada uma estivessem muito mais interessadas em pessoas ou elementos que se achavam fora do quadro do que em sua mãe e seus irmãos, e em seus filhos a outra, a central. O menino maior da esquerda era o menos gracioso e se assemelhava a uma criança de orfanato, em parte pelo feio e drástico corte de cabelo, em parte pela expressão mofina; o menor também não parecia muito feliz nem afetuoso, apenas desprotegido, a ponto de puxar o cordão da mãe como quem cede a um ato reflexo ou simplesmente habitual; o da direita, o mais bonito e com os olhos mais espertos, parece completamente alheio ao grupo, como se quisesse sair rápido dele, e também da sua pouca e paciente idade.

O único olhar que dava para acompanhar ou imaginar era o da condessa, levando em conta que à esquerda, passada a elevada porta que os distanciava mais ainda (mero acaso da disposição daquele mês), estava pendurado o retrato do seu marido, para o qual ela talvez dirigisse aqueles olhos nada cálidos e quem sabe decepcionados, ou doídos ao recordar. "Foram retratados separados", pensei, "o marido e pai sozinho, de um lado, a mulher e mãe com os filhos, de outro, dois quadros distintos, dois espaços estanques ou isolados em vez de um familiar e comum para todos: mais ou menos como estou eu, sozinho lá em Londres, enquanto Luisa permanece junto de Guillermo e Marina aqui em Madri, só que ela sim está ligada a nossos filhos e eles a ela, ou sempre foi assim até agora, seria lamentável que esse Custardoy estivesse afastando as crianças dela, às vezes isso acontece com as mulheres, que de repente não têm mais olhos nem mente senão para o homem novo que estão conquistando ou para o antigo e amado que estão perdendo, e é essa a única coisa que podem antepor a seus filhos de vez em quando e pelo que podem relegá-los a segundo plano passageiramente, como talvez essa condessa fixe seu olhar no soldado distante que está fora do quadro e talvez de seu tempo, descuidando com isso de Troilo, Hipólito e Federico, que já se acostumaram a que sua mãe mal faça caso deles e viva obcecada pelo marido ausente, e talvez já só os veja como uma corrente, um impedimento, um estorvo, não creio que pudesse ser esse o caso de Luisa, embora eu tenha me encontrado frequentemente com a baby-sitter polonesa estes dias, por algum motivo há de ser, ou poderia ser. E, claro, ela não vive obcecada por mim, por mais ausente que eu esteja. Provavelmente eu lhe dei algum motivo, mas foi ela que me expulsou do seu tempo, e do tempo das crianças."

"*Pedro Maria Rossi, Conde de San Segundo.* Cerca de 1533-5", rezava a plaqueta, e em seguida falava do personagem: "Pedro Maria Rossi (1504-47) foi um brilhante militar que serviu a Francisco I de França, Cosme I de Médici e Carlos V" ("Um mercenário ou o quê", pensei; "à minha maneira também sou um agora"). "O retrato foi pintado quando ele militava no bando imperial, o que explica a inclusão da palavra 'IMPÉRIO' e a proliferação de citações clássicas." O olhar cinzento do conde era mais frio ainda que o da sua mulher, quase desdenhoso, quase acerado e quase cruel, embora fosse mais difícil imaginar que ele o dirigisse a ela do que figurar que o dela se dirigia a ele. ("Ele poderia ser *Sir Cruelty*", pensei.) A barba e o bigode compridos o avantajavam (devia ser um homem de uns trinta anos quando posou) e dificultavam saber da primeira olhada se era bem-posto ou somente galhardo e severo, da segunda via-se que certamente era sim (as três coisas, quero dizer). O nariz, de traço nobre, parecia bastante grande, mais que o meu mas não tanto quanto o

de Custardoy, que além do mais era levemente aquilino. Tal como Santa Catarina e como Reresby, levava uma espada, à sua esquerda (logo devia ser destro), mas a dele estava embainhada e só apareciam o punho e o guarda-mão, não a lâmina. Vestia um elegante traje de peles e à direita aparecia a estátua de um jovem com um capacete e também com espada, presumivelmente o deus Marte. As mãos eram distintas, talvez com dedos finos demais para serem os de um guerreiro. Mas quase o que mais chamava a atenção era o protetor com costura ou pespontos ou seja lá como isso se chame (devia ser de couro rígido, não de taboa ou de vime como parece ser a maioria deles nos quadros), visível e obscenamente dirigido para cima, ereto — um permanente lembrete da ereção —, muito menos discreto e modesto, por exemplo, do que os que podem ser vistos no imperador Carlos V e em Filipe II em seus retratos de corpo inteiro, ambos pintados por Ticiano, ali no mesmo Museu do Prado. "Talvez esse conde, esse soldado, esse marido não corresponda a mim", pensei, "ao que se vai ou já se foi; mas ao que está chegando ou já entrou e além do mais é um violento que porta espada, como esse filho da puta do Custardoy. Talvez o olhar da mulher seja então de devoção e medo e por isso pareça como que paralisada e sem vontade, são dois sentimentos tão dominantes e fortes, juntos ou separados, tanto faz, que podem anular momentaneamente qualquer outro, os demais, inclusive o do amor aos filhos. Tomara que Luisa não olhe assim para ele, tomara que não tenha medo nem muito menos devoção por ele. Mas isso, como ela olha para ele, isso eu nunca vou saber."

Afastei a vista do quadro mais uma vez e olhei para Custardoy ou para quem podia ser Custardoy e vi que ele tinha desviado por sua vez a dele e olhava para meu lado; por um par de segundos tive a convicção de que nossos olhos se encontraram, mas o cruzar foi tão fugidio que era possível que ambos houvéssemos dado simultaneamente uma olhada na pintura que mais ou menos fazia par com a que cada um dos dois tinha diante de si, eu a de Pedro Maria Rossi e ele a de Camilla Gonzaga com Troilo, Hipólito e Federico, filhos de ambos, Custardoy devia estar ali não menos de sete minutos rabiscando palavras e traços, desde que eu havia reparado nele e com certeza estava desde antes, isso era tempo demais para observar um quadro só. Nesse par de segundos pude ver sua cara de frente pela primeira vez, e no mesmo instante me produziu a impressão de um rosto obsceno, bronco e frio, com sua testa larga ou com entradas, seu bigode não muito espesso (mas escuro como suas costeletas) e seu nariz não tão aquilino quanto de perfil, logicamente (sim, pensei na hora num cantor que vira na televisão, de cabelos compridos, devia ser daquele grupo Ketama), e com olhos muito negros e enormes e um tanto separados quase sem pestanas, e essa carência e essa separação deviam tornar insuportável ou talvez irresistível seu olhar obsceno sobre as mulheres que conquistasse ou comprasse e talvez também sobre os homens com que rivalizasse. Eram olhos que seguravam, como mãos, e uma noite ou um dia haviam pousado no rosto e no corpo de Luisa e tinham feito dela sua presa. ("E uns olhos negros estranhos, não sei dizer em que consiste, mas têm algo de estranho, singular, pouco agradável para mim", assim os havia mal descrito Cristina.) Por isso, para que não lhes desse tempo de fixar-se em mim ou não me agarrassem, me afastei do meu retrato do conde, retrocedi uns passos e entrei numa sala contígua, à esquerda e num nível levemente mais alto (só precisava subir três ou quatro degraus). Dali poderia espiar a cada meio minuto, coisa assim, para que Custardoy não escapasse sem eu me dar conta, e ao mesmo tempo me expunha muito menos a entrar em seu campo visual de novo. Naquele primeiro lampejo do seu rosto de frente ele me lembrou alguém que não era o cantor, alguém que eu conhecia pessoalmente, mas foi demasiado fugaz para saber quem, ou se a lembrança era correta.

A sala contígua era mais ou menos de dominação alemã. Nela estava o famoso *Autorretrato* de Dürer, seu *Adão* e sua *Eva*. Mas minha vista foi logo para um quadro comprido e estreito que eu via desde a infância, então era normal que me impressionasse e me desse certo medo tingido de curiosidade, *As idades e a morte*, de Hans Baldung Grien, que também faz par com outro de mesmos formato e dimensões e que se encontra ao lado, *A harmonia* ou *As três graças*. Nele a Morte, à direita, agarra pelo braço uma velha, ou a enlaça, que ela puxa sem violência nem pressa, e a velha passa o outro braço sobre o ombro de uma jovem e com a mão esquerda puxa a escassa roupa desta, como se por

sua vez a arrastasse suavemente. A Morte traz a clepsidra na mão direita ("Uma figura de clepsidra", lembrei) e com a esquerda empunha desmaiadamente uma lança duas vezes quebrada (quase parece um raio silente), sobre cuja ponta cai ou se apoia a mão de uma criança adormecida que jaz aos pés do grupo, talvez falte muito para ela se juntar a este, mantém-se alheia às suas transações. À sua esquerda, uma coruja; ao fundo, uma paisagem solar que se diria lunar, sombria, desolada e com uma torre ardente em ruínas; uma inevitável cruz pende do céu. Eu sempre tinha me perguntado, desde criança, se a jovem e a velha eram a mesma pessoa em idades diferentes ou se eram duas pessoas distintas, isto é, se a velha puxa a si mesma da juventude para a velhice, a fim de se deixar depois arrebatar pela Morte, ou não, e então o assunto seria mais desagradável e grave. O caso é que eu as achava muito parecidas: os olhos azuis, o nariz, os lábios nada carnudos, o queixo um tanto afilado, os cabelos compridos e ondulados, a estatura, os peitos não muito abundantes e um tanto centrífugos, os pés, a figura inteira, até a expressão apresentavam semelhanças, ou em todo caso não eram opostos de modo algum. A jovem franze o cenho com preocupação ou tédio, mas não com alarme nem com medo, como provavelmente teria ocorrido se quem a arrastava fosse uma desconhecida, ou apenas outra pessoa, mesmo que sua mãe. Não luta nem se debate nem procura se safar da mão no ombro, no máximo tenta que não lhe arranque totalmente a roupa leve. Por sua vez, a velha centra toda a sua atenção nela, e não na Morte, e em seu olhar há um misto de gravidade, compreensão, firmeza e pena, nunca aversão, como se dissesse à jovem (ou a si mesma quando jovem): "Sinto muito, mas já não tem remédio" (ou "Vamos, temos de seguir em frente; é o que te digo, eu que já cheguei"). Ela não só não faz caso da Morte que a leva pelo braço, mas tampouco resiste a ela nem se opõe, olha mais para o seu passado do que para o seu futuro, talvez porque — apesar das promessas da cruz suspensa no ar e da torre infernal em chamas, com uma boca como de canhão — sabe que de futuro já tem pouco ou nada.

"E aí está *Sir Death*, o Cavaleiro Morte", pensei, "como é próprio da tradição alemã e inglesa e em geral germânica: é sem dúvida um homem, é *o* Morte, porque, embora já seja cadavérico, um semiesqueleto com a pele tão grudada nos ossos que mal os cobre — na realidade, dir-se-ia que é um disfarce tomado emprestado para andar pelo mundo, principalmente se olharmos seus olhos mais afundados que o resto —, dá para ver uns fios de barba saindo do queixo, e outros que parecem diminutos tentáculos, mais de sépia ou lula que de polvo, aparecendo na região do membro e dos testículos sumidos, agora só há um buraco onde deve ter se erguido um dia o protetor. Mas sem dúvida ele não é o Sargento Morte da canção de Armagh ("*And when Sergeant Death's cold arms shall embrace me*"), um cavaleiro em sua plenitude, um guerreiro brioso e forte e capacitado para arrancar vidas sem trégua, um profissional perito com seus frios braços disciplinados e sempre atarefados, de fato é a figura mais fraca e murcha das três do quadro, ou das quatro, com sua lança quebrada e submissa, tanto que até é tocada por uma criança desprevenida. No entanto há determinação e energia em seu esquálido braço que agarra, e sobretudo é o dono do tempo, ele tem o relógio e sabe a hora e vê se esgotar a areia ou a água, seja lá o que seu instrumento contém, seus olhos avermelhados estão atentos apenas a este e o escrutam, não à velha nem à jovem, a hora é a única coisa pela qual ele se guia, a única coisa que conta para esse Cavaleiro Morte tão nu e decrépito quanto nossa anciã latina da foice, esse *Sir Death* sem armadura nem elmo nem espada." E me veio à memória o tique-taque daquela saleta sepulcral no cemitério lisboeta dos Prazeres, que, segundo o viajante que "com certa indiscrição" o descobriu e observou, era "tão descomunal em relação ao tique-taque normal quanto o grito em relação à voz"; e me voltou à mente a frase enigmática sugerida pela visão do despertador que o causava — "daqueles que se viam nas cozinhas do tempo dos nossos pais, redondo, com sua campainha em forma de calota esférica e duas pequenas bolas como pés" —, a frase que dizia: "Parece-me que o tempo é a única dimensão em que os vivos e os mortos podem se falar e se comunicar, a única que têm em comum". Talvez quando toda a areia ou toda a água caíssem e marcassem o acabamento da velha pintada por Baldung Grien e que talvez também fosse a jovem, quando por fim as houvessem enviado para junto dos "mais influentes e animados", ainda tivesse de virar o relógio ou a clepsidra para iniciar outro cômputo, o que meu patrício viajante perguntava qual seria: se o tempo que eles levavam mortos ou o que faltava para o Juízo Final. E se eram as horas da solidão, contariam as já passadas ou as que faltavam passar?

Eu ia até a entrada da sala dos italianos, maior, e voltava sobre meus passos para olhar um pouco o quadro alemão, que já não me metia medo mas me intrigava. Do umbral vi também *A Anunciação* de Fra Angelico, do qual uma excelente cópia, do mesmo tamanho, presidia e havia presidido o salão do meu pai desde que eu tinha memória, ele e minha mãe a tinham encomendado a um copista amigo, um Custardoy dos anos 30 ou 40, Daniel Canellada seu nome, eu me lembrava; ver aquela pintura era para mim como estar em casa. Numa das minhas breves idas à sala contígua me demorei demais diante do Baldung Grien, e ao regressar à italiana não vi mais o homem diante do Parmigianino, quero dizer, da condessa e seus filhos. Desci os degraus de uma só passada e olhei para ambos os lados com sobressalto, por sorte o distingui logo, a caminho da escada que conduzia ao andar de cima e, daí, à saída, seu caderno debaixo do braço, já fechado. Assim, ali comecei a segui-lo, ou ali me converti mais em sua sombra, de maneira distinta de como havia sido a de Tupra durante nossas viagens, em ambos os casos ele me relegava. Uma vez em cima, entrou no guarda-volumes e eu esperei de costas que reaparecesse, virando o pescoço cada três segundos para não o perder de novo, e quando saiu descobri com espanto que o que ele havia deixado ali e pegado de volta agora era um chapéu, talvez um fedora ("Um tipo de rabicho e chapéu", pensei, "quem sabe um fedora. Era o que faltava"). Teve o cuidado de não o pôr na cabeça enquanto estava dentro do museu, mas só quando pisou na rua, e então eu vi — não me trouxe muito alívio — que era de aba maior que a do dito fedora, mais de pintor ou maestro, mais de artista, todo preto. Já de chapéu iniciou a descida pela escadaria exterior, em frente do Hotel Ritz, e eu fui atrás dele, sempre à distância. Atravessou o Paseo del Prado a passo rápido e parou diante de uma brasserie, estudou o menu e deu uma olhada no interior através das vidraças, cobrindo a vista com a mão para tirar os reflexos (não bastava a aba do suposto fedora?), como se considerasse almoçar ali — mas para Madri era cedo para quem não fosse gringo; talvez eu estivesse incorrendo em erro e ele fosse; não me parecia, eu percebia algo inequivocamente espanhol no conjunto da sua figura, em especial no andar, ou talvez fossem as calças —, e aproveitei aquela parada para espiar a vitrine de uma loja, ali perto, de objetos de arte toledana, na qual vendiam espadas; eminentemente para turistas, com certeza, embora hoje em dia não as deixariam levar em nenhum avião, teriam de despachá-las, e mesmo assim não caberiam facilmente nas malas; também não permitiriam viajar com elas nos trens, perguntei-me quem diabos as compraria agora se não podiam ser transportadas, um colecionador de armas brancas decorativas como Dick Dearlove teria de mandar que as enviassem sei lá de que jeito. A maioria devia ser do celebérrimo aço toledano, bem espanholas e bem medievais, mas me chamou a atenção que também havia, entre as expostas, umas que se pretendiam escocesas e até traziam inscrito "McLeod" no copo, uma concessão ignóbil às massas anglo-saxãs cinematográficas. Passou pela minha cabeça que eu devia comprar uma, não naquele momento, é claro, porém mais tarde, alguma coisa eu tinha aprendido com Tupra sobre o efeito que essa arma arcaica pode produzir. Quase todas, no entanto, eram muito mais compridas e grandes, com toda a certeza mais difíceis de manejar e mais pesadas que a "estripa-gato" ou espada de lansquenete ou *Katzbalger*, viam-se suas lâminas bestiais. Deviam cortar uma mão de um só talho. Esquartejariam. "Mas não", pensei de novo, "melhor seria se fosse uma espada da qual eu não tivesse de me desfazer, uma que pudesse voltar para seu lugar, usada ou não, dá na mesma, que não tivesse de jogar fora ou deixá-la esquecida de propósito, para que depois alguém a encontrasse."

O já provável Custardoy seguiu em frente pela Carrera de San Jerónimo, passou pelo meu hotel, aproximou-se da entrada, leu a placa que tem ali e que diz algo tão incrível sobre como o Palace foi concebido, projetado e construído no curtíssimo prazo de quinze meses de 1911 a 1912, para a empresa Léon Monnoyer, francesa ou belga, suponho, não sei como a cara dos construtores de hoje — essa praga, esse flagelo — não despenca de vergonha, ou de sem-vergonhice; parou diante da estátua de Cervantes um pouco mais acima à esquerda, ele também com sua espada embainhada, em frente do Congresso mais ou menos, foi só um instante, havia furgões da polícia estacionados, cinco ou seis agentes de metralhadora fora deles para proteger suas excelências, embora não se visse nenhuma, deviam estar todas lá dentro ou de excursão ou nos bares. O homem de rabicho e bigode devia ter pegado também, no guarda-volume do museu, uma pasta sem alça em que deve ter posto o caderno, ele a levava debaixo do braço e andava rápido, com segurança, com a vista erguida ou à altura do homem, olhando abertamente a seu redor e para as pessoas com que cruzava, já bem perto do Lhardy levei um pequeno susto, porque reduziu o passo e virou a cabeça para observar as pernas de uma mulher em que quase tinha esbarrado, me perguntei se intencionalmente. Temi que me visse, que me reconhecesse, quero dizer de antes, do Prado. Foi um gesto espanhol o dele em que eu também incorro às vezes, quando o fazia em Londres tinha a sensação de ser o único, em Madri nem tanto, embora sejam cada vez menos os homens que se atrevem a olhar para o que querem, sobretudo quando não somos olhados ou o olhado está de costas e portanto não assediamos nem incomodamos, nesta época tão pouco livre que os puritanos vão impondo até a repressão dos olhos, muitas vezes tão involuntários. A dele foi uma olhada veloz, apreciativa e descarada, com aquelas suas grossas bolas de gude negras, intensas e inquietantes, sem pestanas e separadas, mais ou menos coincidiam com o que Cristina tinha me dito sobre seu modo de agarrar visualmente as mulheres; mas talvez não fosse para tanto, eu mesmo às vezes fixo uma bunda e umas pernas que se afastam, de maneira parecida, talvez com olhos menos penetrantes e avaliadores, mais irônicos ou mais festivos. Os dele eram como se salivassem.

Se ao chegar à destroçada Puerta del Sol continuasse reto, se não entrasse no metrô nem desviasse nem pegasse um ônibus ou um táxi, estaríamos no bom caminho, quero dizer na direção da casa ou ateliê ou estúdio de Custardoy, e então seria ele, sem sombra de dúvida. Temi que fosse se afastar do percurso quando no começo da Mayor atravessou a rua, mas me tranquilizei logo, ao ver que era para entrar numa livraria de bom aspecto, Méndez seu nome. Do outro lado da rua, através da vitrine, eu o vi cumprimentar afetuosamente os donos ou empregados (tapinhas nos braços de cada um; e teve a delicadeza de tirar o chapéu, já é alguma coisa), e deve ter feito piadas, porque os dois riram com vontade, risos generosos e espontâneos. Saiu depois de alguns minutos com uma sacola da livraria, devia ter comprado algo e eu me perguntei o que ele leria, e voltou a atravessar para minha calçada, em razão do que eu recuei vários passos, até alcançar de novo a distância que havia mantido desde a saída do museu. Mas tive de parar outra vez de imediato, e tirar dinheiro parcimoniosamente de um caixa eletrônico para fazer hora e não ultrapassá-lo, porque ele se encontrou com uma conhecida ou amiga, uma jovem de calça e cabelo curto e jaqueta de camurça com franja, à Daniel Boone ou Davy Crockett ou general Custer quando o trespassaram, vi seus olhos azuis. Ela sorriu para ele com simpatia e estampou-lhe dois beijos no rosto, o indivíduo devia morar no bairro; falaram uns minutos animadamente, devia lhe agradar aquele homem (agora não tirou o chapéu, pelo menos tocou na aba com os dedos ao avistar a jovem, o gesto clássico de respeito na rua), e ela riu às gargalhadas com alguma frase que ele disse. ("É dos que fazem rir, como eu quando me dá vontade", pensei. "Isso poderia explicar em parte a motivação de Luisa. Má sorte. Mau sinal.") Ninguém desconfiaria que batia nas mulheres, ou numa mulher, a que mais me importava.

Despediu-se e continuou, seu andar era decidido, quase altivo por momentos quando apertava o passo, com certeza dele não se aproximariam os ratos de calçada nem os assaltantes que abundam nessa zona turística e depenam de preferência os japoneses; talvez tampouco os mendigos, era o andar de alguém que não está para esse tipo de brincadeira, por mais simpático que fosse; e o dever de pedintes e ladrões é notar isso na hora, adivinhar com quem estão lidando. Deixou o mercado San Miguel à esquerda e prosseguiu, agora a rua se inclinava um pouco em declive. Na parede de um edifício vi uma inscrição na pedra que dizia sobriamente, sem pompa: "Aqui viveu e morreu dom Pedro Calderón de la Barca", o dramaturgo que outrora entusiasmou Nietzsche, e toda a Alemanha também; e um pouco adiante, na outra calçada, uma placa mais moderna assinalava: "Neste lugar se erguia a Igreja de San Salvador, em cuja torre Luis Vélez de Guevara situou a ação do seu romance *O diabo coxo* — 1641", nunca tinha pensado em lê-lo, nem mesmo em Oxford, Wheeler, Cromer-Blake e Kavanagh certamente conheceriam. Custardoy se aproximou um instante da estátua que havia justo em frente, na Plaza de la Villa, curioso que as três dimensões atraíssem tanto um pintor. "A dom Álvaro de Bazán", lia-se ao pé concisamente, o almirante em chefe da frota espanhola na batalha de Lepanto, onde feriram Cervantes deixando sua mão esquerda inutilizada em 1571, aos vinte e quatro anos, o que lhe permitiu se fazer chamar de "o maneta são" no mesmo texto de seus adeuses que eu havia citado a Wheeler sem que ele quisesse ficar sabendo: adeus às graças e aos donaires e aos regozijados amigos. Ali se encontrava também a Torre de los Luxanes, onde se diz que permaneceu prisioneiro Francisco I de França, depois de ser capturado pelos espanhóis durante a batalha de Pavia em 1525; mas, como em outros vários lugares da Espanha se assegura que também ficou cativo neles, das duas uma: ou muitos mentem ou o imperador Carlos V se dedicou a passear o rei francês e a exibi-lo como um macaco ou um troféu, de lá para cá o tempo todo.

Custardoy seguia no bom caminho, no que devia ser o da sua casa, sempre descendo a Mayor, e eu atrás dele como sua sombra algo distante ou desprendida. "Já estou sendo sombra faz um bom tempo", pensei, "fui ou sou a sombra lateral de Tupra, acompanhando-o em suas viagens e despachando com ele quase diariamente, sempre a seu lado como um subalterno, um intérprete, um apoio, um aprendiz, um aliado, em algumas ocasiões como um esbirro ("*No doubt, an easy tool, deferential, glad to be of use*. Sem dúvida uma ferramenta cômoda, deferente, contente por ser útil"). Agora estou sendo a sombra desse homem que ainda não sei se é quem estou procurando, mas não sou nenhuma dessas coisas no que diz respeito a ele: para ele, sou uma sombra sinistra, punitiva, ameaçadora e da qual ele ainda não sabe, como costumam ser as que vão atrás e você não vê; melhor para ele não seguir seu caminho, ou que o caminho dele não seja afinal o que espero e quero." Justo depois desses pensamentos acreditei que ele acabaria escapando, porque, ao chegar à altura da Capitania Geral ou do Conselho de Estado (soldados com metralhadoras agora, na primeira porta), atravessou de novo a rua como se fosse entrar no Istituto Italiano di Cultura que fica bem em frente. Mas não entrou, em compensação se enfiou por uma rua estreita que vinha em seguida, desviou e eu me alarmei, não era possível que ele não fosse ele na última hora e que nem sequer se aproximasse daquele portão lavrado diante do qual eu já tinha parado duas vezes. No fim da ruela, bem curta e para pedestres, eu o vi desaparecer à esquerda, de modo que apertei um pouco o passo para ver por onde ia e não perdê-lo de vista, e quando alcancei aquele ponto por um triz ele não me viu: havia ali, numa curva, o terraço de um bar antigo, El Anciano Rey de los Vinos, no qual ele ia sentar olhando obliquamente para o Palácio Real; em Madri, com o aquecimento, faz um tempo mais ou menos de verão durante quase seis meses por ano, pelo que os terraços ficam armados muito depois e muito antes das épocas que lhes correspondem. Dei meia-volta na hora para ocultar o rosto, e fingi ler, como um turista, outra placa metálica que havia ali mesmo em cima (bem, eu a li de fato, claro): "Neste lugar ficavam as casas de Ana de Mendoza y la Cerda, princesa de Éboli, que nelas foi detida por ordem de Filipe II em 1579". Aquela era a dama caolha, intrigante e talvez espiã, certamente tinha espalhado em seu tempo surtos de cólera, e de malária, e peste, como havia feito Wheeler segundo me confessara, e também Tupra com toda a certeza, ou este havia acendido mechas para provocar grandes incêndios. (Desse tipo de contágios nenhuma época esteve a salvo; em todas há gente com tochas, em todas há gente que fala.) Representavam sempre a dama com sua venda preta num olho, creio que no direito pela vaga recordação de um quadro, e acho até que a vi num filme, com Olivia de Havilland interpretando-a.

Vi de relance que Custardoy fazia seu pedido ao garçom e retrocedi pela ruela até a esquina da Mayor, pensando no que fazer, por ora sair de cena. Dali não tinha visão dele, e de quase qualquer outro ponto ele provavelmente teria de mim. Havia por ali uma ridícula estátua diante da qual Custardoy, com bom critério, não tinha parado; era uma dessas de "tipos anônimos" que proliferam em nossas cidades (uma contradição em si mesma, a "democratização" desses monumentos), mas o tipo se parecia suspeitosamente com Hemingway, patrono dos turistas. E havia outra placa metálica no alto, que dizia: "Nesta rua mataram o secretário de dom João da Áustria, Juan Escobedo, no dia 31 de março de 1578, na noite de Segunda-Feira da Páscoa". De novo me dizia alguma coisa, esse assassinato nebuloso; talvez a própria princesa de Éboli houvesse participado dele, embora fosse muito idiota mandar matar um inimigo bem ao lado das suas casas. (Mais tarde fui dar uma olhada nos livros e ao que parece ainda não se sabe se foi ordem da princesa, do próprio Filipe II ou de seu secretário conspirador, Antonio Pérez, que acabou no exílio; ao fim de quatro séculos e tanto um crime ainda não resolvido, o daquela ruela mínima chamada Camarín de Nuestra Señora de la Almudena naquela época. Mas não sei por que disse "ainda": de nada adianta o transcurso do tempo, em alguns casos, tanta coisa continua ignorada e negada e oculta, até para nós mesmos, de nossos próprios atos.) "Muito caolho e muito maneta, muito perneta e muito morto nestas ruas antigas", surpreendi-me pensando. "Não se alterarão por causa de mais um, se acontecer."

Decidi dar umas voltinhas pelas imediações, de maneira que a cada não muito tempo pudesse voltar a algum ponto de que visse Custardoy à distância e controlasse seus movimentos, eu não devia perder o momento em que pagasse a conta, se levantasse e se pusesse de novo em movimento, do El Anciano Rey de los Vinos até sua suposta casa era um trecho bem curto, tinha só de atravessar duas ruas. De modo que me afastava um pouco, parava diante de outra estátua na Bailén, desta vez um tosco busto do admirável escritor madrilenho Lara, que se suicidou em 1837 com um tiro de pistola na têmpora, diante do espelho, antes de fazer vinte e oito anos (outro da irmandade Kennedy-Mansfield, na verdade quantos), talvez por amores desgraçados, mas vá saber; e depois mais outra, um pouco grotesca, de um tal capitão Melgar, com condecorações e bigodes curvos, que me lembrou levemente o improvável antepassado de Tupra desenhado por Kennington e visto em sua casa, e do qual li na inscrição que tinha morrido na batalha do Barranco del Lobo, em Melilla, durante a guerra da África, em 1909; o grotesco não era tanto seu busto como outra figura desproporcionada — não chegava a liliputiano nem a Pequeno Polegar em comparação, mas sim quase anão — de um soldado vestido de Beau Geste que tentava trepar no pedestal ou coluna com seu fuzil na mão, não ficava claro se para adorar seu capitão no alto ou para atacá-lo e matá-lo. E depois disso voltava só que pela outra calçada, pela do grande mostrengo católico, e observava Custardoy sentado. Tinham lhe servido um chope, umas anchovas e batatas bravas ("Quer dizer que está tomando um aperitivo como deve ser", pensei; "deve ter considerado que trabalhou bastante, não está com pressa, vai demorar um pouco"), e havia aberto um jornal que lia de pernas cruzadas, erguendo os olhos enormes e olhando em volta de vez em quando, por isso eu precisava ser prudente, e tornei a me afastar até a altura do Palácio Real, desta vez, só para ver mais estátuas espantosas, em Madri é uma constante: toda uma fila de reis visigodos vestidos de pseudorromanos e com uma inscrição pouco compreensível, sobretudo para qualquer estrangeiro, e eu me sentia um pouco estrangeiro: "Ataulfo, Mu. Aº de 415", dizia a primeira, e a mesma incógnita ("morreu em..."?) para Eurico, "de 484", Leovigildo, "de 585", Suintila, "de 633", Wamba, "de 680"... Mais além, um grande monumento, "iniciado por mulheres espanholas à glória do soldado Luis Noval", que deve ter sido um soldado heroico e bem mimado pelas damas, também estava vestido de Beau Geste ou Beau Sabreur ou Beau Ideal ou de todos juntos: "Pátria, não olvides nunca os que por ti morrem, MCMXII" (em inglês esse vocativo teria de ter sido "*Country*", a palavra empregada por Tupra na noite em que nos conhecemos e que me fizera pensar se seu espírito podia ser fascista no sentido analógico). Porém meu país olvida todos eles, justamente, os que morrem por ele e os que de modo algum, inclusive esse Noval, que ninguém em Madri terá a menor ideia de quem diabos foi nem por que se distinguiu nem o que fez. E cada vez que eu retrocedia e o terraço voltava a entrar em meu campo visual, mais instalado me parecia o indivíduo do rabicho, de modo que me atrevi a iniciar outro percurso e descer pela Cuesta de la Vega, "Neste lugar se localizou desde o século IX a Puerta de la Vega, principal entrada da Madri muçulmana", ou então "Imagem de Maria Santíssima da Almudena, ocultada neste lugar no ano de 712 e descoberta milagrosamente no ano de 1085" ("Esconderam-na no ano seguinte da invasão dos mouros", pensei, "para que não a destruíssem, suponho". Mas aquela efígie da Virgem muito branca, com coroa e Menino, metida num nicho, não tinha pinta alguma do século VIII, devia portanto ser uma réplica da verdadeira, se não uma falsificação descarada; Custardoy saberia dizer), e até estiquei ao parque de Atenas, onde o busto vulgar da hora, quase clandestino desta vez por sua localização retirada, era nada menos que do jubiloso Boccherini, que viveu em Madri por vinte e tantos anos e morreu aqui na penúria, sem nunca ter sido honrado por esta cidade ingrata (nem se sabe onde estão seus ossos nem se houve túmulo para abrigá-los); às suas costas havia uma lápide com uma citação de um tal de Cartier, que rezava: "Se Deus quisesse falar aos homens, se serviria da música de Haydn; mas, se quisesse ouvir música, escolheria, sem dúvida, a de Boccherini". Sim, ela também me acompanha onde quer que eu vá, como a de Mancini.

Eu tinha me afastado demais e subi a Cuesta a toda pressa, temeroso de ficar sem saber o que precisava saber, por um erro de cálculo ou um descuido. Ao alcançar de novo a esquina de Mayor e Bailén — olhei para o portal à minha direita, Custardoy não estava entrando —, ocorreu-me que o melhor lugar do qual podia dominar o terraço sem ser percebido, ou parte dele, era do alto de uma escada dupla que levava diretamente para a estátua do papa polaco-seresteiro, de modo que subi nela e me apoiei na balaustrada, dando as costas ao *Totus tuus*, sua figura era na verdade a mais feia e não por falta de competência, as pessoas me tomariam por um devoto, estava misturado com uns tantos que se faziam fotografar diante dela imitando sua postura de convite à dança. Dali via o homem, não me escaparia quando se levantasse. Esperei. Esperei. Continuava lendo o jornal com o chapéu posto (estava ao ar livre, afinal de contas); havia deixado sua pasta sem alça na cadeira ao lado, e parecia ter antenas para detectar as mulheres benfeitas de corpo, porque cada vez que uma passava ou sentava erguia os olhos e a espiava, vai ver que tinha faro. "Luisa também se deu mal sob esse aspecto", pensei. "Deve ser um homem para o qual nunca basta só uma." Desejei ter um binóculo para observá-lo melhor. Mesmo assim, àquela distância, continuava havendo algo nele que me lembrava alguém, uma afinidade ou uma semelhança, da mesma maneira que Incompara me trouxera à memória meu ex-colega de classe Comendador, agora construtor respeitável em Nova York ou Miami ou onde quer que tenha ido. Mas não caía a ficha, não conseguia identificar o modelo, quero dizer o primeiro indivíduo daquele estilo com quem eu havia cruzado um dia.

Por fim, eu o vi estalar os dedos duas vezes, com o braço no alto, uma maneira desdenhosa e já antiquada de chamar o garçom. "Não vai pedir outra cerveja", pensei, "já tem duas tulipas vazias." Chamava para pagar, por sorte; tirou do bolso da calça umas notas (também levo assim, sem carteira) e deixou uma em cima da mesa, como nós madrilenhos antigamente fazíamos, o dinheiro nunca deve ir de mão a mão, sem passar por lugar neutro. Ele conhecia o garçom, o que tornava ainda mais descorteses seus já muito esnobes estalos: enquanto depositava o troco, também na mesa, ele lhe deu um tapinha no braço, como havia feito com os livreiros, vai ver que tomava o aperitivo todo dia no El Anciano Rey de los Vinos. Ao ir embora disse alguma coisa e o garçom riu com gosto, tal como os Méndez e a jovem general Custer ou coronel Crockett com franjas, aquele sujeito devia ter sua graça. Chegava o momento de averiguar se ele era ele ou era outro. Não saiu daquela curva pela ruela do assassinato não resolvido, mas pela Bailén, isso era bom indício. Ao passar por ela, deu uma olhada na vitrine da loja de instrumentos musicais que ocupa toda essa esquina, atravessou a Mayor sem tardança e parou diante do sinal da Bailén, vermelho para ele. Mas então fiquei sem vê-lo e retrocedi logo com pressa, até encontrar um ponto do qual tornasse a vê-lo, à esquerda da loja do horroroso templo, que estava à esquerda do *Totus*, quem diabos compraria alguma coisa lá. Dali divisava todo o ângulo, atrás de umas grades, fiquei bem em frente do seu portão, se é que era mesmo, só que do alto, ele não repararia em mim, não olharia para cima, eu me senti como o vampiro de Düsseldorf quando espreitava. Custardoy agora só tinha de atravessar a rua, quando acendesse a luz verde, e entrar naquele portão para o qual eu o empurrava, estava mais uma vez fechado. Agora eu o via bem, era inconfundível com seu chapéu, veria também seus passos quando começasse a dá-los. "Um, dois, três, quatro, cinco...", comecei a contar mentalmente ao abrir o sinal, ele tinha pés pequenos considerada sua estatura, prosseguiu por onde devia, não iria mais parar, "... quarenta e cinco, quarenta e seis, quarenta e sete, quarenta e oito; e quarenta e nove." E ali se deteve, diante do portão adequado, já estava com a chave na mão. E então pensei com uma efêmera sensação de triunfo: "Aí queria te ver, aí te vejo".

Aguardei mais uns minutos, para ver se se abria alguma janela me indicando em que andar morava e que havia entrado em casa. Não tive sorte nisso. Desci a escada, atravessei as ruas que talvez Luisa atravessasse com frequência se é que ia vê-lo muito — dormir lá não poderia —, hesitei se pegava um táxi até o Palace, não vi nenhum livre na hesitação, iniciei o percurso de volta. Na altura da Plaza de la Villa parei para olhar melhor a estátua que ele tinha olhado, dom Álvaro de Bazán ou marquês de Santa Cruz, talvez fosse a menos feia das que havia encontrado. Rodeei-a, na parte posterior do pedestal se lia uma inscrição: "O feroz turco em Lepanto, na Terceira o francês, em todo o mar o inglês, tiveram de me ver com espanto. Rei servido e pátria honrada dirão melhor quem tenho sido pela Cruz de meu apelido e com a cruz da minha espada". "Sempre tão fanfarrões os espanhóis", pensei, ainda me sentindo muito alheio, "deveria aprender com eles, para crer que meus inimigos fujam de mim dizendo: 'Vou-me, espanhol raio e fogo, e vitorioso te deixo. Eu vos deixo, campos amenos, de Espanha me vou gelando...'. Eles sempre dizem isso, ainda que tenham diante de si um compatriota que não se irá tão facilmente. Custardoy e eu o somos." O almirante tinha o braço estendido, e nessa mão levava alguma coisa. Não se via direito, podia ser um mapa enrolado, ou um bastão de general, mais provavelmente. Na outra mão, a esquerda, segurava o punho da sua espada embainhada, mais ou menos como a do solitário conde em seu quadro. "Muitas espadas também", pensei, "por essas ruas antigas."

7. ADEUS

Às vezes a gente sabe o que quer fazer ou o que tem de fazer ou inclusive o que pensa fazer ou o que vai fazer com certeza, mas necessita que além disso nos digam ou confirmem ou discutam ou aprovem, em certo sentido é uma manobra que a gente leva a cabo para se descarregar um pouco da responsabilidade, para diluí-la ou para compartilhá-la, nem que ficticiamente, porque o que a gente faz só a gente faz, independentemente de quem nos convença ou nos persuada ou nos alente ou nos avalize, ou até nos ordene ou encarregue. Em algumas ocasiões disfarçamos essa manobra de dúvida ou de desconcerto, nos apresentamos diante de alguém e fazemos a grande desfeita de lhe pedir opinião ou conselho — a grande desfeita de lhe pedir ou lhe perguntar alguma coisa —, e com isso já conseguimos, no mínimo, que da vez seguinte que nos falemos esse alguém nos inquira a respeito, o que aconteceu, como saiu tudo, o que decidimos por fim, se foi ou não útil para a gente, se levamos ou não em conta. Com isso esse alguém já está envolvido, se é que não está enredado, se é que não está amarrado. Nós o obrigamos a ser partícipe, nem que só como ouvinte, e a imaginar a situação e se perguntar pelo desenlace; fizemos essa pessoa conhecer nossa história e nunca mais poderá ignorá-la ou apagá-la; e também lhe demos certo direito a nos interrogar mais tarde a respeito, ou foi um certo dever que lhe impusemos: "O que você fez afinal, como resolveu aquilo?", irá nos perguntar da vez seguinte, e até pareceria estranho, uma falta de interesse ou de cortesia, se não tornasse a se referir ao caso exposto e para o qual o forçamos a contribuir com palavras, ou, se declinou de se pronunciar e não abriu a boca, limitando-se à simples escuta da nossa consulta. "Não sei, não posso nem devo opinar, e além do mais não quero saber", pode muito bem nos ter respondido, e mesmo assim já disse algo: com essa resposta disse que o assunto não lhe agradava e que lhe parecia venenoso ou turvo, que não queria tomar parte nele nem sequer como testemunha auditiva, que preferia não estar a par e que nenhuma opção lhe agradava, que era melhor que não fizéssemos nada e que deixássemos rolar ou nos afastássemos; e que lhe poupássemos o relato, em todo caso. Mesmo que alguém diga "Não sei" ou "Não quero ouvir" já diz muito, não há escapatória cabal quando se pergunta alguma coisa a alguém, nem sequer se inibindo ou se calando se salva, porque com seu silêncio já está reprovando ou desaconselhando, muito mais que outorgando, contrariamente ao que afirma o dito. Quem dera ninguém nunca nos pedisse nada, nem quase nos perguntasse, nenhum conselho nem favor nem empréstimo, nem sequer o da atenção. Mas isso nunca acontece, é um desejo vão. Sempre nos chega alguma pergunta penúltima, sempre fica alguma petição para trás. Agora era eu que perguntaria, agora ia fazer a minha, em princípio comprometedora para qualquer destinatário, salvo talvez para o que ia escutá-la. Com ele ainda tinha de aprender bastante, para meu desassossego e talvez para minha desgraça.

Ao entardecer liguei para Tupra do meu quarto de hotel, só podia competir a ele me dar conselho, e instruções se eu tivesse sorte, me fazer recomendações e me servir de guia, e além disso era o mais indicado para essa classe de questões em que falar não basta; também era o mais previsível, isto é, quem mais provavelmente me confirmaria que eu devia fazer o que achava, ou não me dissuadiria do que devia. Calculei que já podia estar em casa àquela hora, embora fosse uma a menos na Inglaterra, a não ser que tivesse o dia multitudinário e festivo e houvesse recrutado todos, incluídos Branshaw e Jane Treves, para saírem em manada. Digitei seu número direto e no entanto atendeu uma mulher, seguramente a silhueta atraente, antiquada (quase figura de clepsidra), que eu tinha visto no final daquela noite de vídeos, recortada contra a luz de um corredor, à porta do seu pequeno escritório; se fosse sua mulher ou ex-mulher, se fosse Beryl, ele entenderia melhor ainda meu caso.

"Como vai, Jack? Que gentileza sua ligar para dar notícias. Ou é para saber de mim e dos outros? Mais amável ainda, no meio das suas férias."

Havia uma ponta de ironia em seu tom, claro, mas também notei certa alegria em me ouvir, ou era divertimento, ainda se divertia comigo. Preferi não dissimular nem enganá-lo uma vez feitos os cumprimentos.

"Tenho um assunto a resolver aqui, Bertie. Gostaria de saber o que você acha, o que eu deveria fazer, na sua opinião." Chamei-o de Bertie para agradá-lo, para bem predispô-lo, se bem que ele se daria conta disso, e resumi a situação sem rodeios: "Tem um sujeito aqui", falei. "Acho que está batendo na minha mulher, ou na minha ex-mulher, o que for, ainda não estamos divorciados, saem juntos não sei desde quando, provavelmente faz uns meses. Ela nega, mas agora mesmo está com um olho roxo, e não é a primeira vez que se machuca por acidente nestes últimos tempos, segundo a versão dela, claro. Sua irmã é que me contou, ela pensa como eu, por conta própria. Não vejo a menor graça em que meus filhos corram o mais ínfimo risco de ficar sem mãe, essas coisas a gente nunca sabe como acabam, têm de ser cortadas pela raiz, não acha? Enfim, não me restam muitos dias para resolver o assunto. Gostaria de deixá-lo solucionado antes de voltar, a intranquilidade é insuportável na distância, e distrai muito do trabalho. Não gostaria que ela ficasse sabendo da minha intervenção, fosse esta qual fosse, em todo caso. Mas seria difícil que não desconfiasse, estando eu aqui estes dias, se por minha ação o panorama viesse a mudar, e é disso que se trata. Falar com ele não teria muito sentido, ele negaria. Além do mais não parece um sujeito acanhado nem pusilânime, muito pelo contrário; claro que não é nenhum De la Garza. Eu também não ganharia nada se insistisse com ela para que admitisse, eu a conheço bem, é muito cabeça-dura. E mesmo que conseguisse: a situação não variaria em essência, ela está com ele apesar de tudo." Parei. O que veio em seguida me custava mais dizer: "Deve estar muito apegada a ele. Embora não tenha tido tempo para isso, quero dizer, estar apegada de verdade. Isso não ocorre nuns poucos meses, a coisa precisa se assentar. Suponho que seja a novidade, o primeiro que me substitui, a ilusão excessiva. Algo passageiro. Mas tudo dura enquanto dura, não sei se me entende. E dura agora".

Tupra ficou calado uns segundos. Depois respondeu já sem ironia, mas tampouco com muita seriedade, havia certa ligeireza em seu tom, como se meu problema não lhe parecesse grande coisa, ou não visse uma solução complicada para ele.

"E você pergunta a mim o que deve fazer? Ou me pergunta o que eu faria? Você sabe muito bem a esta altura, Jack, o que eu faria. Suponho que sua consulta seja na realidade retórica, e você só quer que eu lhe dê força. Pois bem, dou força, como não ia dar. Se quiser tirá-lo do caminho, tire."

"Não tenho certeza de ter entendido, Bertie. Já te disse que falar com ele não levaria a nada..." Mas ele não me deixou terminar a frase. Talvez estivesse com pressa, ou houvesse se irritado com minha lentidão (podia ter me dito de novo "*Don't linger or delay, just do it*"). Talvez eu o tivesse pegado na cama com Beryl, ou quem fosse a mulher que estava a seu lado e por isso ela havia atendido o telefone, por estar tão perto, em cima ou embaixo, de frente ou de costas, vai ver que eu tinha interrompido a trepada, nunca sabemos o que acontece do outro lado da linha, melhor dizendo, o que acontecia justo antes da campainha tocar. Quantas vezes eu teria ligado para Luisa de Londres e ela estaria acabando de voltar de um encontro com Custardoy no ateliê dele, ou quantas estaria ele presente em seu quarto, em minha casa, vendo-a falar seminua comigo, aguardando impaciente que terminássemos. Se é que a visitava. Podia ser que não ou só de noite, por causa das crianças. Eu não tinha perguntado a elas, e elas tampouco haviam mencionado isso espontaneamente, na verdade não tinham mencionado ninguém de novo nem estranho.

"*Look, Jack, just deal with him*", disse Tupra. "*Just make sure he's out of the picture.*" Foram essas em inglês as palavras dele, e aí lamentei enormemente que essa não fosse a minha língua, porque não sei se para um anglófono, mas para mim eram demasiado ambíguas, não conseguia entendê-las com a nitidez que gostaria; se tivesse me dito "*Just get rid of him*", ou "*Well, dispose of him*", teria sido mais claro, embora tampouco inteiramente: "Desfaça-se dele" é o que isso significa, e afinal de contas há muitas maneiras de se desfazer de alguém, não só matando; ou talvez se a frase tivesse sido "*Just make sure you get him off her back*", ou então "... *off your back*", teria sido me dizer "Assegure-se de tirá-lo do caminho dela", ou então "... de tirá-lo do caminho de vocês", mas tampouco eu teria me sentido capaz de traduzir essa expressão numa ação concreta e inequívoca, porque também há muitas formas de tirar alguém do nosso lombo, que é o que o inglês diria. Quem dera o que eu tivesse ouvido fosse "*Just scare him away, scare him to death*", e então teria me constado que ele só me recomendava afugentá-lo dando-lhe um susto mortal, como ele havia feito com De la Garza, nada mais que isso, e me transformar no máximo em *Sir Punishment* e em *Sir Thrashing*, nunca em *Sir Death* nem em *Sir Cruelty*. Mas o que saiu de seus lábios foi antes "Encarregue-se dele. Assegure-se de que você o tira do quadro", literalmente, ou "... de que fique fora do quadro", não sei, o vocábulo "*picture*" podia ser entendido igualmente como "desenho" ou "retrato" ou "panorama" ou "cena", ou até como "foto" ou "filme", mas me ficou a ideia literal primeira, a de quadro ou pintura, tinha de tirar Custardoy do quadro, suprimi-lo dele ou pô-lo à parte, como o conde de San Segundo no Prado, que estava fora da sua família, isolado, sem nunca mais poder se aproximar de sua mulher nem de seus filhos, por todos os séculos dos séculos. Se o breve diálogo tivesse ocorrido num episódio da *Família Soprano* ou em *O poderoso chefão*, eu teria compreendido perfeitamente que ele me sugeria ou me incitava a dar cabo de Custardoy. Mas talvez entre mafiosos já haja uns códigos preestabelecidos, para o caso de estarem com o telefone grampeado, que lhes permitem ser muito lacônicos em suas ordens mas mesmo assim corretamente interpretados logo de primeira. Além do mais, aquele não era um diálogo de filme nem nós éramos mafiosos nem eu estava recebendo uma ordem, ao contrário de outras vezes com Tupra ou Reresby ou Ure ou Dundas, mas somente orientação, o conselho que eu tinha solicitado. Mas a linguagem é difícil quando a gente não sabe a que se ater e necessita saber com precisão, porque quase sempre é metafórico ou figurado. Não deve haver muita gente no mundo que diga abertamente "*Kill him*", ou que em espanhol diga "Mate-o".

Eu me atrevi a insistir um pouco, embora supusesse que isso podia irritá-lo. Ou melhor, enfiei minha pergunta a toda pressa antes que ele desligasse, aquelas duas últimas frases suas tinham soado para mim como uma conclusão, quase uma despedida, como se ele não tivesse mais nada a acrescentar, depois disso. Ou como se minha consulta, minha própria história o tivesse aborrecido.

"Pode me indicar como, Bertie?", indaguei. "Não estou acostumado como você a assustar indivíduos."

Ouvi primeiro seu riso paternalista, seco, levemente desdenhoso, não era um riso que pudéssemos ter compartilhado, não era o riso que une os homens desinteressadamente entre si, e entre si as mulheres, e o riso que pode estabelecer entre mulheres e homens um vínculo mais forte ainda e mais tensionado, uma união mais profunda, complexa, e mais perigosa por ser mais duradoura e com maior aspiração à durabilidade, talvez Luisa e Custardoy tivessem esse riso, o espontâneo e inesperado, o simultâneo, já que ele fazia rir com facilidade todo mundo, pelo que parecia. O de Tupra foi um riso de certa decepção menor, de impaciência, dentes pequenos com luminosidade, eu o tinha visto em pessoa outras vezes. Depois me respondeu:

"Se você não sabe mesmo como, Jack, então é que não pode fazer. É melhor não tentar, deixe as coisas seguirem seu curso. Deixe andar, desista de intervir, e que sua mulher se vire sozinha, você vai ver, problema dela. Mas eu acho que você sabe como. Todos nós sempre sabemos, mesmo que não estejamos acostumados. Outra coisa é não nos vermos fazendo. É uma questão de se ver. Agora tenho de te deixar. Boa sorte." E pôs fim à comunicação, eu a alongara um pouco.

Não me atrevi a ligar de novo para ele, devia me arranjar

com o que eu tinha. "E que sua mulher se vire sozinha, você vai ver, problema dela", isso tinha soado como uma crítica ou uma censura encoberta, como se na realidade houvesse me dito: "Você vai abandoná-la à sua sorte, talvez vá permitir que a matem um dia e que seus filhos fiquem órfãos". E também teve eco esta outra frase: "É uma questão de se ver". O que provavelmente ele havia querido dizer com aquilo era que a única maneira de a gente se imaginar fazendo o que nunca se imagina fazendo é fazê-lo, e então a gente se vê sem remédio fazendo aquilo, por força acaba se vendo.

Logo em seguida liguei para um velho amigo à madrilenha, isto é, alguém com quem se teve uma relação superficial faz anos e com quem não voltei a ter contato desde então: se com ele não houve nenhum atrito ou discussão ou briga, nominalmente continua sendo um amigo, embora possamos não ter mantido nunca uma conversa a sós, fora do amplo e variável grupo que nos reunia no passado cada vez mais remoto. Era um desses toureiros com seguidores fanáticos, que se aposentam e voltam às arenas a cada poucos anos e tornam a se aposentar — eu não estaria muito longe na tarde em que cortasse o rabicho definitivamente —, e com o qual havia convivido numa época da minha vida, com o Comendador e mais tarde (o Comendador é que o apresentou a mim, ele se infiltrava em todos os meios), nas jogatinas noturnas, até altas horas, que o Mestre organizava em sua casa com membros da sua curriola, um ou outro colega e toda sorte de bicões, entre os quais eu me encontrava; há toureiros que não ficam um minuto a sós e que além do mais recebem qualquer um, se vier avalizado por alguém de confiança, ainda que de terceira mão: o amigo de um amigo de que é verdadeiramente amigo, e não só à madrilenha. Era um homem muito cordial e carinhoso, também sentimental com respeito a qualquer tempo da sua vida passada, e quando lhe pedi para ir vê-lo não pôs nenhum inconveniente nem mostrou o menor receio depois de um decênio ou mais de silêncio, mas me instou a ir o quanto antes:

"Venha hoje mesmo, homem. Além do mais, tem um joguinho esta noite."

"Para você estaria bom amanhã de manhã?", perguntei. "Estou aqui por poucos dias, moro em Londres agora, e hoje tenho de ir ver meu pai, que está mais ou menos, com muita idade."

"Combinado, e não se fala mais no assunto. Amanhã. Mas venha lá pela uma hora, para o aperitivo. Esta noite acabaremos tarde."

"É para te pedir um favor", preferi antecipar. "Um empréstimo. Não de dinheiro, disso estou bem, não se preocupe."

"E você me diz não se preocupe", respondeu rindo. "Você não me preocupa nunca, Jacobito." Era dos que me chamavam de Jacobo, não me lembro mais por quê. "Escute: seja o que for. Mesmo que queira me pedir meu melhor traje de toureiro, menino." Eu não acompanhava muito a atualidade taurina, ainda menos de Londres, mas deduzi que agora estava na ativa. Era melhor eu me informar um pouco, antes de visitá-lo, para não lhe faltar ao respeito com minha ignorância.

"Olhe, não está muito longe disso", falei. "Amanhã explico."

"Você vem, espia tudo e leva o que quiser daqui, garotinho." Era mesmo um homem generoso, não falava por falar, isso é certo. Chamava-se Miguel Yanes Troyano, seu apelido era "Miquelín" e era filho de bandarilheiro.

Na manhã seguinte, já a par pela internet dos seus últimos triunfos, e com um presente, me apresentei em seu imenso apartamento do bairro que na minha infância era conhecido como "Costa Fleming", mais perto do Chamartín, o estádio por antonomásia, o do Real Madrid, que de Las Ventas, a praça de touros por cuja porta principal ele havia saído nos ombros umas tantas vezes. Tinha preferido falar a sós com ele, mas isso era impossível, sempre estava acompanhado. Como ele já sabia que eu ia lhe pedir um favor e um empréstimo, tivera a consideração, no entanto, de não me impor várias testemunhas. Mas ali estava seu procurador da vida toda, ele nunca faltava, um homem da idade dele, taciturno, muito discreto, eu o conhecia pouco mas fazia muito tempo.

— Não sei se nossa conversa não vai aborrecer o senhor Cazorla, Mestre — disse tenteando, vai que dava certo.

— De jeito nenhum — respondeu Miquelín erguendo dois dedos no ar; ele tinha me recebido com um grande abraço e um beijo, como se fosse um sobrinho. — Eulogio nunca se aborrece, e se ele se aborrece pensa, não é verdade, Eulogio? Na frente dele você pode dizer o que quiser, Jacobito, que ele não vai contar para ninguém nem te julgar. Diga, em que posso servir.

Demorei um instante para começar, meu pedido me dava certa vergonha. Mas a maneira de vencê-la era formulá-lo e passar o mau momento. Tudo dá mais vergonha antes que depois, e até durante.

— Queria saber se você podia me emprestar uma espada, um estoque dos seus, por uns dois dias, calculo.

Vi que não esperava por aquela e que Cazorla teve um sobressalto, estendeu uma manga. Vestia um terno, com colete e tudo, de um cinza claro demais, aparecendo o bico do lenço no bolso de fora do paletó, uma florzinha na lapela, era da velha escola. Mas ele não falaria se Miquelín não o convidasse a fazê-lo. Este engoliu bem a surpresa e respondeu de pronto:

— Um, dois, três, quantos você quiser, Jacobo. Vamos agora mesmo até onde estão meus trastes e você escolhe o que gostar mais, claro que não são muito diferentes. Bom, me desculpe: se você tivesse me pedido dinheiro, a última coisa que me passaria pela cabeça era perguntar para quê; mas, afinal, uma espada é mais raro. Para que é, para se fantasiar?

Eu podia ter mentido, embora me fantasiar só com a espada não tivesse o menor sentido. Podia ter inventado outra coisa absurda, como a de que ia a uma tourada de bezerros privada, mas não me pareceu correto enganar um homem tão bom, nem acho que teria conseguido. Supus que ele compreenderia minha causa e que também não me julgaria.

— Não, Miquelín. É para dar um susto num sujeito. Tem a ver com minha mulher. Bom, com minha ex-mulher, já nos separamos faz tempo, embora ainda não estejamos divorciados. — Sempre fazia questão de deixar isso claro, percebi, como se tivesse importância. — Fui para Londres por causa disso, para não ficar rondando por aqui enquanto ela se afastava de mim. Não sei se foi uma boa ideia, tendo em vista o que encontrei. Temos dois filhos, um menino e uma menina, e não quero que corram riscos. Esse tipo não convém a nenhum deles, e muito menos a ela.

Miquelín compreendia, o que eu tinha dito bastava, eu vi em sua maneira de me escutar, como se assentisse. Não questionava nada, amigo era amigo e cada qual com seus assuntos. Depois caiu afetuosamente na risada, achando graça em parte, era um homem de gargalhada frequente, a idade não as espaçara.

— Mas onde você vai com uma espada? — perguntou. — Está ouvindo para que ele quer a espada, Eulogio? Fale, Jacobo, vai utilizá-la ou não? Vai fincá-la a fundo ou nada mais que a pontinha? Ou só vai mostrá-la, ui, que medo?

— Espero não utilizá-la — respondi. Para dizer a verdade, eu não sabia, só havia pensado no efeito que produzia ver essa arma aparecer, segundo as disquisições de Tupra.

— Mas, homem, considere duas coisas, Jacobo, menino. Uma, que o estoque só fere pela ponta, cravando-o, e para isso é preciso tomar impulso se quiser que vá fundo; fio quase não tem, para cortar não serve. Outra, que se essa espada atravessa um touro, que pesa seiscentos quilos, e se você a enfia até o punho quando não toca no osso, imagine o que você faz num homem, você o deixa durinho por pouco que a mão escape. Quer se arriscar a tanto? Não, homem, não, para dar um susto, uma pistola. Mais limpa, por via das dúvidas.

Não tinha me ocorrido relacionar uma coisa a outra: ao ouvir Miquelín falar do que um estoque faria num homem, caí em mim e me deu um calafrio de repugnância, mas não foi, curiosamente, estranhamente, de repugnância para comigo mesmo, eu ainda devia me ver alheio ao que projetava, ou ainda via o projeto vazio de conteúdo, ou vai ver que nunca há repugnância inteiramente sincera para consigo mesmo e é isso que nos permite fazer tudo, conforme vamos nos acostumando com as ideias que nos surgem ou nos instilam, pouco a pouco, ou assumimos que vamos fazer o que faremos. "Eu me pareceria com aquele malaguenho perverso, mau-caráter, canalha, perigoso", pensei, "o que toureou Emilio Marés nos arredores de Ronda faz uns setenta anos, ajudado e incentivado por seus camaradas, e o matou com o estoque e cortou suas orelhas e seu pênis, ergueu-os na mão e cumprimentou com a outra tirando a boina vermelha como um toureiro, lá nos campos amenos. O que se encarregou com sanha do ex-colega de universidade do meu pai, afetado com graça e frívolo por deliberação, homem muito divertido, permanentemente de bom humor, segundo me disse, do qual tinha tão bom conceito e que se negara a cavar seu túmulo antes de ser fuzilado, quer dizer, antes que seus verdugos o toureassem além de matá-lo. E o tourearam, literalmente, com bandarilhas, lança e espada. Ainda bem que Miquelín tinha me avisado, com suas involuntárias palavras."

— Limpa? — indaguei. Não entendia o termo.

— Sim, cuja existência não conste, não esteja registrada, e sobretudo não tenha sido empregada em nenhum delito. Porque, se por acaso... — Miquelín tinha bem presente o acaso, como todos os toureiros, suponho.

— Se por acaso o quê, Miquelín?

— E o que pode ser, garotinho? Você está ouvindo, Eulogio? — E soltou outra gargalhada, devia me achar um rematado palerma, e eu era mesmo nessas questões. — Porque se por acaso você põe uma pistola no bolso sempre pode acabar disparando. Você só vai dar um susto em alguém, certo, mas nunca se sabe como o outro vai reagir. Pode ser que não se assuste, e aí, você faz o quê?

— Entendi. E onde arranjo uma pistola assim? — Eu sabia que o Mestre tinha armas, claro que de caça para quando ia à sua propriedade em Cáceres, passava umas temporadas lá. E talvez também das outras, como quase todos os que fizeram um bom dinheiro, das curtas que não servem para caçar. Porém o mais provável era que tivesse todas em regra, logo nenhuma totalmente limpa.

— Eu te empresto, homem, do mesmo modo que teria emprestado a espada ou o que você quisesse. Mas onde você ia levar a espada, homem, ainda tinha isso, que ideia. A pistola cabe no bolso. — Eu também não havia pensado nisso, em que não tinha um sobretudo com uma bainha nas costas, nem sequer uma capa de chuva. E não era tempo para essas roupas. Miquelín acrescentou: — Agora mesmo. Eulogio, anda, menino, me faça o favor, traga a Llama do meu pai. E também a outra, o revólver.

— Onde estão guardados agora? — perguntou Cazorla.

— Ali na biblioteca, atrás das *Mil e uma noites*, um pouco mais à esquerda, são vários volumes marrons. Anda, vá pegar para mim e traga aqui.

O procurador saiu da sala (eu me perguntei que biblioteca o Mestre teria, separada da sala, eu nunca a tinha visto durante as velhas jogatinas; mas era bem lido, como quase todos os toureiros), e pouco tempo depois voltou com duas caixas ou volumes enrolados em panos que pôs diante de Miquelín, em cima da mesinha de centro.

— Me faça uma gentileza, Eulogio, traga umas luvas para Jacobo. É melhor que você não ponha os dedos, se for utilizar uma delas — disse para mim. — Pode se esquecer de limpá-las depois, por não estar acostumado.

Cazorla continuava tão serviçal quanto me lembrava, sua admiração pelo Mestre era infinita, se aproximava da devoção. Tornou a sair e voltou com um par de luvas brancas, como de maître ou de mágico. Eram de pano fino, enfiei-as, e então Miquelín abriu os volumes com cuidado, quase com solenidade, talvez não tanto por serem armas quanto por terem pertencido a seu pai. Muitos pais que tinham passado pela guerra ainda guardavam alguma arma, regulamentar ou não, o meu também, eu sabia que Miquelín tinha uma Star ou uma Astra, uma das que eram fabricadas em Éibar. Mas eu nunca a tinha visto e não entrava em cogitação perguntar por ela agora nem se pôr a revistar sua casa. "Deve ter se arriscado durante o pós-guerra", pensei, "por conservá-la e não devolvê-la. Sendo dos vencidos. E tendo estado na prisão." O pai de Miquelín, por força mais velho que o meu, podia ter sido dos vencedores, mas nunca tínhamos falado no assunto, já não importava. Também nunca tínhamos falado nada de sério, nem pessoal, aliás. As amizades madrilenhas são na verdade originais, muitas vezes inexplicáveis.

— Posso pegá-las agora? — perguntei. Eram bonitas, o revólver com coronha de madeira, estriada, a pistola formando quase um ângulo reto.

— Espere um pouco — ele me disse. — Eram do meu pai, ambas, de modo que não estão fichadas pelos pilantras de agora, se as tomassem de mim as venderiam. O revólver é de antes da guerra, creio. Inglês, um Enfield. Quem lhe deu foi um escritor inglês que ficou fã de touros uma temporada e meu pai convenceu seu matador a deixá-lo acompanhar seu grupo nas viagens. Ele queria escrever alguma coisa de perto, tinha um personagem fixo que se chamava Biggles, de uma série, acho que era aviador, e numa das histórias pensava em enviá-lo para correr aventuras na Espanha. Meu pai me contava isso orgulhoso, porque pelo visto o tal Biggles era muito famoso em sua pátria. — Lá estava a palavra "pátria"; talvez não significasse tanto, Miquelín não dera nenhuma ênfase a ela, talvez porque não tivesse se referido à dele, à nossa. — A pistola é de depois, uma Llama, espanhola, automática. O revólver carrega seis balas, a Llama dez. Para você isso vai dar na mesma, em princípio, se não prevê disparar. E se não tiver outro remédio, tem de sobra em ambos os casos: se não bastarem é que você já está morto. Um carregador só é o bastante para você, no caso da pistola. Aqui estão as munições. Bem conservadas, com óleo, tudo funciona, como meu pai me mostrou. A pistola pode engasgar, como todas. Mas em compensação olhe que volume faz o revólver, com o tambor e o cano comprido. Acho que a Llama te convém mais. Não acha, Eulogio, que para um susto a pistola é melhor? — Miquelín manejava com desenvoltura as duas armas.

— Você é quem sabe, Miguel. Você deve ser o que mais entende — limitou-se a responder Cazorla encolhendo os ombros.

— Sabe usá-la? — Miquelín me perguntou então. — Sabe como funciona? Teve alguma na mão?

— No serviço militar — respondi. — Depois, nunca mais. — E pensei como isso era estranho, ou como era insólito que um burguês não dispusesse de alguma arma em casa, e a guardasse à mão.

— Primeira coisa, Jacobo: nunca o dedo no gatilho até ter plena certeza de que vai disparar. Sempre por cima do guarda-mato, está bem? Mesmo que a pistola não esteja engatilhada. E mesmo que não esteja carregada.

Eu ia perguntar o que era o guarda-mato, soava a palavra antiga, claro que Miquelín também já ia sendo antigo, uma relíquia, assim como sua generosidade. Mas não foi preciso, porque logo depois me mostrou e vi onde punha o indicador. Em seguida me passou a arma, para que eu fizesse o gesto ou o imitasse. Não me lembrava de quanto pesava uma pistola, nos filmes as empunham como se fossem facas. É preciso fazer um esforço com o braço para levantá-la. Mais ainda para mantê-la erguida apontando.

E então o Mestre me ensinou a manejá-la.

Não sei, creio que àquela altura eu já tivesse assumido o ditame de Wheeler de que os indivíduos levam suas probabilidades dentro das veias e coisa e tal, e estava mais ou menos convencido de saber aplicá-lo a mim mesmo; acreditava conhecer bem as minhas de antemão, embora não tanto quanto ele devia conhecer as dele, e além do mais contava com o fator de sua experiência muito maior: ele havia disposto de mais tempo que eu, de maiores tentações e mais variadas circunstâncias para conduzir essas probabilidades à sua consumação; tinha vivido e intervindo em guerras, e é nelas que se pode ser mais persuasivo e encerrar mais perigo e tornar-se pior que os inimigos; onde se pode tirar maior proveito da maioria das pessoas, que segundo ele eram idiotas, frívolas e crédulas, e em que era fácil acender um fósforo que desse lugar a um incêndio; em que melhor e mais impunemente se pode fazer outros caírem na odiosa e destrutiva desgraça da que nunca se sai, e assim converter esses sentenciados em baixas, em não pessoas, em árvores derrubadas das quais se cate lenha podre; e também é o tempo mais propício para espalhar surtos de cólera, e de malária, e peste, e para pôr muitas vezes em marcha o processo da negação de tudo, de quem você é e de quem foi, do que você faz e do que fez, do que pretende e pretendeu, de seus motivos e de suas intuições, de suas profissões de fé, suas ideias, suas maiores lealdades, suas causas...

Oh, sim, a gente nunca é o que é — não de todo, não exatamente — quando está só, vive no estrangeiro e fala sem cessar numa língua que não é a sua ou a do princípio; mas em seu país você tampouco é o que é quando está numa guerra ou quando o dominam a ira ou a obstinação ou o medo: você se sente até certo ponto não responsável pelo que faça ou presencie, como se tudo pertencesse a uma existência provisória, paralela, alheia ou emprestada, fictícia ou quase sonhada — ou talvez seja retórica como minha vida inteira, segundo o relatório sem assinatura do velho arquivo que me dizia respeito; como se tudo pudesse ser relegado à esfera do apenas imaginado e jamais acontecido, e portanto do involuntário; tudo jogado na bolsa das fantasias e das suspeitas e das hipóteses, e também na dos meros e desatinados sonhos, depois dos quais sempre cabe se dizer, uma vez desperto: "Não, eu não queria que aparecesse esse desejo anômalo ou esse ódio mortífero ou esse remorso infundado, essa tentação ou esse pânico ou essa ânsia punitiva, essa ameaça ignorada ou essa maldição surpreendente, essa aversão ou essa saudade que agora pesam todas as noites como chumbo sobre minha alma, essa asquerosidade ou essa violência que eu mesmo causo, esses rostos já mortos e para sempre configurados que pactuaram comigo não ter mais amanhã (sim, é esse o nosso pacto com os que se calam e são expulsos: que não façam nem digam mais, que desapareçam e não mudem mais) e que agora vêm me sussurrar palavras temíveis e inesperadas e, quem sabe, também impróprias deles ou já nem tanto, enquanto estou dormindo e baixei a guarda: deixei na relva meu escudo e minha lança". E além disso a gente pode se repetir infinitas vezes as inquietantes palavras de Iago, não só depois mas durante seus atos: "*I am not what I am*. Eu não sou o que sou". E da mesma maneira que aquele que encomenda um crime, ou o que ameaça com um, ou que deixa a nu seus podres expondo-se a uma chantagem, ou o que compra às escondidas — a gola do capote erguida e a cara sempre à sombra, nunca acenda um cigarro — avisa ao assassino de aluguel, ou ao ameaçado, ou ao possível chantagista, ou à comutável mulher já esquecida no desejo e que mesmo assim nos envergonha: "Já sabe, a partir de agora você nunca me viu, não sabe quem sou, não me conhece, não falei com você nem te disse nada, para você não tenho rosto nem voz nem bafo nem nome, nem mesmo nuca ou costas. Não houve nem esta conversa nem este encontro, o que sucede aqui diante dos seus olhos não ocorreu, não está acontecendo, você não ouviu estas palavras porque eu não as pronunciei. E embora você as ouça agora, eu não as digo"; assim, do mesmo modo que a gente pode se dizer: "Eu não sou o que sou nem o que vejo que faço. Mais ainda, nem sequer faço".

O que eu ainda não havia admitido tanto assim, ou simplesmente ignorava, é que o que a gente faz ou não faz pode depender não só do tempo, das tentações e das circunstâncias, mas também de tolices e ridicularias, do pensamento venturoso e supérfluo, da dúvida ou do capricho ou de um estúpido repente, das associações importunas e do tortuoso esquecimento ou das volúveis recordações, da frase que te condena ou do gesto que te salva.

De modo que lá ia eu na manhã seguinte — ameaçava chuva — com minha pistola emprestada no bolso da capa, disposto a fazer algo definitivo e sem saber o que exatamente, embora sim aproximadamente, e o que queria passar a limpo de vez: tirar Custardoy do caminho, tirá-lo do lombo ou tirá-lo fora do quadro; não tanto do meu, que então não passava de um borrão ou talvez de um vago esboço — "Você está muito sozinho aí em Londres", como me dizia Wheeler —, quanto do de Luisa e do das crianças, que era em quem aquele indivíduo malsão andava se grudando, e talvez estivesse a ponto de se instalar por um longo tempo, ou em todo caso o suficiente para vir a ser uma doença e um perigo. Na verdade já era, já estava há muito tempo espreitando ou rondando a moldura e efetuando incursões na tela, e tinha descido a mão em Luisa e a deixado com um olho roxo e produzido um corte ou uma lanhada, o segundo tinham me contado e o primeiro eu tinha visto, e nada lhe impediria de apertar suas manzorras em seu pescoço — aqueles dedos de pianista, ou eram mais como teclas — numa noite de chuva e reclusão mais para a frente, quando já a tivesse subjugado e isolado e já houvesse insinuado pouco a pouco suas exigências e suas proibições disfarçadas de paixão e fraqueza e ciúmes e lisonja e súplicas, um sujeito venenoso e despótico, o homem tortuoso. Agora via bem claro que eu não queria ter a sorte nem a desgraça de que Luisa morresse ou de que a matassem (sorte no imaginário e na realidade desgraça), que não podia me permitir isso, porque o que acontece na realidade não tem volta e jamais pode ser desfeito, nem sequer talvez compensado, ao contrário do que a maioria crê (e o morto, claro, nunca há como compensar por sua morte, e talvez tampouco seus vivos, que no entanto hoje pedem dinheiro tantas vezes, pondo assim um preço na gente quando a gente não pisa mais a terra ou não cruza o mundo).

Não podia evitar de tocar a pistola enquanto caminhava, e até de agarrá-la, como se a coronha me chamasse ou eu necessitasse me acostumar com seu peso e com seu tato e com segurá-la na mão, às vezes a erguia um pouco, sempre dentro do bolso, e se a empunhava totalmente tomava cuidado de manter o dedo no guarda-mato e não roçar o gatilho, como me recomendara Miquelín embora a arma não estivesse engatilhada. "Como deve ser fácil usá-la", ia pensando, "uma vez que a gente dispõe dela. Ou antes, que difícil não usá-la, nem que só para apontar e ameaçar com ela e para que alguém a veja. Disparar deve ser muito mais difícil, isso é certo, mas em compensação ela pede para ser brandida e parecia impossível não satisfazê-la. Talvez as mulheres resistissem mais, mas para um homem é como ter o brinquedinho tentador, não deveriam nunca estar em nosso poder, e no entanto a maioria das que se fabricam ou se herdam ou existem vão parar nas nossas mãos, raras vezes nas delas, mais cautelosas." Também tinha certa sensação vaidosa de invulnerabilidade, ou era que ao cruzar com as pessoas ia pensando: "Sou mais perigoso que eles neste momento e eles não sabem, e se alguém bancasse o engraçadinho comigo ou tentasse me assaltar poderia levar um bom susto, se eu sacasse a pistola provavelmente ficaria intimidado ou jogaria fora a faca e sairia correndo", e me lembrei do momentâneo envaidecimento ao descobrir o medo que havia infundido em De la Garza sem querer, na sua sala ("O senhor pode se sentir satisfeito: ele estava se cagando todo", tinha me dito o professor Rico depois, sem maneirismos nem onomatopeias). E também me lembrei que, ato contínuo, tinha me repugnado sentir-me lisonjeado por tal coisa, considerara isso impróprio de mim, do que eu era e havia sido, do meu rosto presente e do meu rosto passado, que talvez estivessem mudando com o amanhã que já tinha chegado. "*Presume not that I am the thing I was.* Não suponhas que sou o que fui", citei para mim mesmo enquanto caminhava. "*I have turn'd away my former self.* Disse adeus ao meu antigo eu, ou lhe dei as costas, ou me afastei dele. Quando ouvires que sou como fui, aproxima-te de mim, e serás como foste. Até então te desterro, sob pena de morte, para manter-te à distância de nossa pessoa..." Eram as palavras do rei Henrique V assim que foi coroado, muitos anos antes de se misturar incógnito, uma noite, a seus soldados, na véspera da batalha de Azincourt, com todos os elementos contra si e arriscando-se muito a ser mal julgado, ou, como lhe diz um de seus soldados sem saber que é com seu rei que está falando, ao se ver em apuros para prestar contas, se não for uma boa causa a da sua guerra. Aquelas eram as palavras inesperadas de quem até muito pouco antes tinha sido o príncipe Hal, dissoluto, farrista e mau filho, dirigidas a seu ainda recente companheiro de farras, o já velho Falstaff, que agora ele negava: "*I know thee not, old man*. Eu não te conheço, velho", basta uma frase assim para abjurar o que se viveu até então, os excessos e a falta de escrúpulos, o abuso e a desinteligência, os prostíbulos e as tabernas e os inseparáveis amigos, embora estes digam suplicantes, como Falstaff a seu querido príncipe Hal quando este havia acabado de abandonar esse nome para se tornar o rígido rei Henrique sem mais possível volta ou regresso: "*My sweet boy*. Meu doce menino". Mas palavras como essas não só servem para se emendar e deixar para trás uma vida licenciosa ou de *roué avant la lettre*, de caveira ou bala perdida, mas também valem para anunciar outros caminhos e outras mudanças ou metamorfoses: eu também podia dizê-las a Luisa e a Custardoy mentalmente, e dizê-las a mim mesmo enquanto caminhava: "Não suponhas que sou o que fui. Disse adeus ao meu antigo eu. Levo uma pistola e encerro perigo, não sou mais quem nunca meteu medo em ninguém por querer, mas não sou o que sou, como Iago, ou estou começando a não ser".

Assim, voltei a me postar onde tinha acabado dois dias antes, no alto da curta escada dupla do espantoso catedralício, às costas da estátua papal, a ponto de saltitar, indo e vindo entre aquele ponto e o próximo, atrás das grades e à esquerda da loja em que incompreensivelmente se vendiam suvenires do pesadelo; entre ambos havia uns poucos passos e de um ao outro avistava as quatro esquinas que formavam a Mayor e a Bailén, assim como o portão de madeira lavrada que ficava bem em frente do segundo, embora mais abaixo, veria Custardoy chegar de qualquer lugar, tinha para mim que certamente apareceria pelo mesmo caminho de quando eu o havia seguido, se tivesse ido novamente ao Museu do Prado, era bem possível que ainda não houvesse terminado de fazer suas anotações e seus esboços das quatro caras do Parmigianino que olhavam cada uma para um lado, ou que outro dia lhe tocasse concentrar-se na do marido e pai, na do conde afastado e isolado como eu mesmo, ou que tivesse de estudar outros quadros para o trabalho que fosse ou que projetasse. E, se naquela manhã não havia saído, era possível que na hora do aperitivo se aproximasse do El Anciano Rey de los Vinos para tomar suas cervejas e comer suas batatas bravas (não era de estranhar que sua magreza o abandonasse na barriga), também o distinguiria ali sentado, se ali ele tornasse a tomar assento. Em todo caso eu o veria entrar ou sair de casa, quando o fizesse, e teria tempo de descer os degraus, atravessar a rua — pouco trânsito naquele trecho — e alcançá-lo no portão, quando o abrisse. A princípio me surpreendeu vê-lo aberto, pela primeira vez, e deduzi que tinha um porteiro sim, o qual podia ser um grande inconveniente para minha aproximação, uma testemunha. Mas poucos minutos depois vi como o homem vinha fechá-lo (devia almoçar logo), e já fiquei mais tranquilo, porque talvez me fossem vitais os segundos que Custardoy levaria para enfiar sua chave, girá-la e empurrar ou puxar o portão e depois lhe dar um empurrão de dentro ou um puxão de fora, minha ideia era que não pudesse completar nem um nem outro. Confiava em que não chegaria ou sairia acompanhado, por Luisa ainda menos que por qualquer outra pessoa. "Você não vai tornar a vê-la", pensei, "a não ser que hoje ela já esteja com você", é curioso como a gente se dirige com o pensamento a quem quer mal ou a quem quer causar mal, e esses a gente sempre chama de você, como se o que vamos lhes fazer fosse incompatível com o respeito, ou qualquer respeito nos parecesse cinismo antes nossos planos.

Esperei. Esperei. Esperei. Fui de um lado para o outro e do outro para um, meus passos até a escada ou meus passos até a grade, observava as quatro esquinas e as oito calçadas, Custardoy podia vir do viaduto ou passar debaixo dos meus olhos, grudado na catedral ou grudado no muro, podia chegar do Istituto Italiano ou subir pela Cuesta de la Vega vindo do parque de Atenas; eu segurava com força a pistola bem oculta no meu bolso e em alguns momentos os nervos me dominavam, eu tinha uma boa visão de tudo mas eram frentes demais e eu tinha de mudar sem parar de atalaia, notei que alguns beatos começavam a olhar para mim intrigados — não pareciam espanhóis, talvez lituanos ou possivelmente poloneses como seu ex-chefe — e, o que era pior, a imitar meus percursos de um ponto a outro, como se temessem estar perdendo alguma coisa se assim não fizessem, o mimetismo da gente é uma praga internacional hoje em dia, eu me senti um pouco acossado e com vontade de ir embora. Foi então que o avistei na distância, vi Custardoy se aproximando pela rua Mayor, era inconfundível, pela calçada da Capitania Geral e do Conselho de Estado, isto é, pela dele, pela da sua casa ou ateliê ou estúdio. Ainda esperei, ainda não me mexi, aguardei que chegasse à altura dos semáforos, vai que ele atravessava a rua para dar sua parada no terraço do bar, embora o dia nublado dissuadisse de sentar ao ar livre. Ele também vestia uma capa, de boa qualidade, preta e muito comprida, quase como um guarda-pó, e isso, somado ao chapéu diferente que trazia na cabeça, uma espécie de Stetson, de aba mais larga e de cor crua ou branca como o de Tom Mix em seus velhíssimos filmes mudos (ele tinha de ser grotesco!), lhe conferia certo aspecto de personagem de faroeste, naquele dia teria formado um par perfeito com sua amiga Daniel Boone ou Jim Bowie. Mas por sorte ia sozinho, com seus passos decididos e golpeando o ar com as abas da capa e seguramente com seu rabicho (na sua idade se curvava às modas, tinha vitalidade), passos não menos resolutos que os meus um instante antes, e olhem que eu estava com minha Llama. "Não vai ser fácil dobrá-lo", pensei, "não vai ser fácil quebrá-lo, nem tampouco matá-lo. Além do mais, deve ter força, a do nervo puro e da impaciência e do desdobramento, esse homem deve estar acostumado a passar horas trancado com seus pincéis, concentrado e quieto, instalado na minúcia e olhando uma tela que copiará em outra tela para que pareçam a mesma, e quando as abandonar e por fim se levantar ou abrir a porta e sair à rua terá acumulada uma tensão enorme e será explosivo. Sim, não deve ser dos que imploram, mas que oporá resistência, esse sujeito não é manso nem assustadiço, a única coisa certa é que tenho de meter medo nele, mais do que ele possa tentar me infundir, não vai ficar paralisado e com o pescoço encolhido e os olhos fechados como De la Garza, nem tampouco eu sou Tupra, que parece poder meter medo quando quer, naturalmente, nem sou os irmãos Kray de quem ele me falou e com os quais havia aprendido a manejar a espada, aqueles a que um colega de calabouço tinha dado, segundo Reresby, a mais condensada lição pra conseguir alguma coisa: "'Olhem, tem gente aí fora, muita gente, que não gosta que lhe causem nenhum dano. Nem a elas nem às suas propriedades. E olhem, essa gente, que não gosta de sofrer danos, paga as pessoas para que estas não lhe causem dano. Sabem do que estou falando, não é? Claro que sabem. Bem, quando saírem daqui, rapazes, fiquem de olhos bem abertos, espreitem a gente que não gosta de sofrer danos. Porque até eu vocês fazem cagar de medo, rapazes. Maravilhoso.' '*Cos you scare the shit out me, boys. Wonderful*', assim disse Tupra em inglês esta última fala", continuei pensando, "com sua falsa dicção que talvez fosse a sua original e verdadeira, ali dentro do seu carro parado tão veloz, à luz lunar dos postes, sentado à minha direita, com as mãos ainda no volante imóvel, apertando-o ou estrangulando-o, já não estava de luva, eu estava com as minhas desde que saí do hotel e até voltar não penso tirá-las, até voltar com o quadro limpo, com o ato cometido ou com o feito feito." "É essa a coisa, Jack. O medo", havia acrescentado Tupra antes de me instar a ir até sua casa ver aqueles vídeos que não eram para qualquer um, e depois de mostrá-lo tinha tornado a me perguntar: "Agora me diga: por que não se pode sair por aí batendo, matando? Como você disse. Você já viu quanto se faz e com que despreocupação às vezes, em todas as partes. Então me explique por que não se pode". E eu tinha demorado tanto para lhe responder alguma coisa, nada.

Desci a escada rapidamente, por pouco não tropecei numa beata ou antes não a derrubei, Custardoy não ia para o terraço mas para o seu estúdio, tinha seguido reto e parado no sinal da Bailén, eu já sabia que quando abrisse seriam só quarenta e nove passos que o separariam do portão da sua casa e era ali onde eu devia me encontrar com ele, não antes que chegasse mas sobretudo não depois, porque depois a porta teria voltado a se fechar, com ele dentro e comigo fora. Arrisquei-me a atravessar a rua aproveitando que o sinal de pedestres estava aberto para mim; agora já estava na calçada dele, eu o vi voltar a andar quando os carros pararam, um, dois, três, quatro, cinco, fiquei uns instantes atrás de uma árvore, apesar de não ser uma árvore larga, confiando em que não me veria antes de enfiar a chave na fechadura, em todo caso seriam poucos segundos, o melhor era que também não me visse enquanto a enfiava, o melhor era que eu permanecesse às suas costas o maior tempo possível e que ele tivesse mais medo ainda por não saber quem o ameaçava, por não lhe ver a cara ou não ver a minha, que pudesse se perguntar se se tratava de um assalto veloz no portão ou do roubo mais lento do seu apartamento inteiro ou de um fugaz e sempre eterno sequestro à mexicana, se eu fosse um só ou se fôssemos vários, tão brancos ou bronzeados ou negros (nossos negros costumam assaltar pouco), ou de um ajuste de contas inesperado, da tardia vingança de alguém de quem nem se lembrava, em certo sentido esse era meu caso, ele não devia nem se lembrar de que Luisa tinha ou tivera um marido, quarenta e seis, quarenta e sete, quarenta e oito, quarenta e nove, e no momento em que enfiou a chave e a porta cedeu pus a pistola nas suas costas sem tirá-la do bolso (assim ele não saberia se estava ou não engatilhada se virasse de repente, eu não faria isso, claro que não estava e o dedo no guarda-mato, com isso eu tomava cuidado), mas apertando o cano contra sua coluna com força, para que não tivesse dúvida da arma e para que a notasse bem.

— Vamos para dentro, e nem uma palavra — disse a ele num sussurro, um sussurro na nuca, com seu estúpido e maneirista rabicho pendurado, me aproximei demais e me deu nojo.

A porta estava entreaberta e ele entrou, entramos ao mesmo tempo, grudados, eu dei um empurrão para fechá-la, com minha mão livre. Agora ele já sabia que só éramos um.

— Que babaquice é essa? — falou. — É gozação? — Ainda não estava assustado, talvez eu não tivesse lhe dado tempo para isso ou era coisa do seu caráter. Seu tom foi levemente metido a besta, ou pelo menos ardido, mas não de alarme, de modo algum. "É, vai ser difícil ele me levar a sério, não é propenso a se alterar por medo", pensei numa rajada. "Começamos mal."

— Não é babaquice nenhuma, cale a boca. Vamos lá em cima, ao seu andar, pela escada. Devagar e calminho, mas sem parar. Se aparecer algum vizinho, estamos juntos. Tire o chapéu e segure-o com as duas mãos. Não deixe cair as chaves, tem mão de sobra. — Naquele dia não estava de pasta, vai ver que não vinha do Prado. Eu continuava falando à sua nuca, talvez Luisa a beijasse, podia sentir o cheiro do seu cabelo, tinha cheiro de alguma coisa, não era ruim, devia lavar todo dia. Ele me obedeceu, tirou o chapéu ridículo. Agora já devia saber que eu era daqui, e não do Leste nem do Magreb nem hispano-americano, meu sotaque não era albanês nem ucraniano, nem árabe nem colombiano nem equatoriano, não tinha pensado em fingir outro ou dissimular o meu, e tinha falado o suficiente para ser inequivocamente espanhol, logo ele já devia saber também que eu era branco, quão pouco tempo a gente pode ocultar as coisas, também não tinha pensado em me dirigir a ele em inglês, por exemplo, a isso eu estava acostumado. — Sabe o que faz uma bala na coluna? Melhor que eu não te aloje uma aí. Andando. — Agora, além do mais, ele saberia que eu era uma pessoa semi-instruída, não é todo mundo que tem o verbo "alojar" tão na ponta da língua.

— Ouça, se o que o senhor quer é grana, a gente conversa e chega a um acordo. Não é preciso subir nem me cravar o cano o tempo todo. Nem exagerar o tom.

Agora já não soou tão altivo, mas tampouco amedrontado. Tratou-me por "senhor", mas aqui não era uma forma de respeito e sim para manter as distâncias. Eu o chamava de você, ele não, era uma tentativa de manifestar superioridade em meio à sua inferioridade evidente, eu tinha a pistola, eu tinha o relógio, como a Morte do quadro. Não o puxava, como o semiesqueleto do Cavaleiro que agarrava o braço da anciã, mas estava às suas costas e o empurrava, dava na mesma, eu era o dono do tempo e o encaminhava para cima, ele tentava deter a areia falando, ou a água, foi assim que tantos tentaram o adiamento e salvar-se, em vez de ficar calados. A altivez não o havia abandonado totalmente, assim indicava sua última frase antes que eu o interrompesse. "Nem exagerar o tom." Era como se tivesse dito "Não erga a voz para mim", só que isso não caberia, porque eu falava com ele em sussurros.

Saquei então a arma do bolso por um momento e lhe dei um forte golpe do lado direito das costas com o cano da Llama, o gesto foi como uma bofetada, só que contra as costelas e com a pistola, não na cara nem com a mão, fez muito menos barulho, além do mais com a capa vestida. Cambaleou um pouco mas não caiu. Nem soltou o chapéu, mas sim as chaves.

— Cale a boca, já disse. Pegue as chaves e andando. — Também foi um sussurro calmo, que assusta mais que um grito, assim acreditava. Surpreendeu-me não ter me custado lhe dar essa pancada e eu não ter ficado apreensivo por fazê-lo com a arma carregada, quem não está acostumado a usar uma sempre teme que ela dispare, por mais precaução que esteja tomando. Prevaleceu em mim a ideia de que tinha de meter medo nele, suponho, ou me incomodou sua última frase, ou a palavra "babaquice" de antes, ou me lembrei do olho de Luisa com suas mil lentas cores, atraía para mim aquela imagem a cada instante, me convinha, me carregava de razão e fúria fria, me fortalecia. Não era demais que Custardoy provasse o dano, algum dano, agora levou a mão às costas instintivamente e esfregou-a, mas eu disse de imediato: — As mãos no chapéu. — A quem não agrada dar ordens que por força vão ser obedecidas, também me dei conta disso. Uma parte da minha consciência não gostou de que eu gostasse, mas não dava para levá-la em conta naquele momento, o resto dela já estava muito ocupado, eu tinha uma coisa com que me ocupar, não era possível largar pela metade, já tinha começado.

Fomos andando, um degrau depois do outro a bom passo, eu grudado nele e agarrando-o pelo rabicho nas viradas de modo que ele não pudesse aproveitar o segundo em que eu deixasse de lhe apontar a arma de frente para subir o lance correndo e trancar-se em casa se conseguisse ser rápido com a chave (não conseguiria em hipótese alguma, mas eu preferia que não tentasse), devia sentir como uma humilhação que eu tocasse seu cabelo, me abstive de lhe dar uns puxões, bem que poderia ter feito isso. Tivemos sorte, quero dizer eu tive e ele não, porque subimos até o terceiro andar sem cruzar com ninguém, era um dos que tinham balcões.

— Chegamos — ele disse diante da sua porta. — E agora.

— Agora abra. — Assim fez, duas chaves, uma comprida do trinco de segurança, a outra curta da fechadura. — Vamos para a sala, você na frente. Mas nem um movimento estranho. A espinha dorsal, lembre-se. — Eu continuava sentindo meu cano contra seu osso, bem centrado, ao entrar eu o erguera até o atlas, a arma já fora do bolso quando fechei a porta às minhas costas.

Percorremos um breve corredor e desembocamos num salão ou estúdio bem amplo, com boa luz apesar do céu nublado ("Luisa esteve aqui", pensei no mesmo instante, "esse espaço deve ser familiar para ela"). Logo vi quadros no chão, virados para a parede, apinhados um atrás do outro, formando filas, vamos dizer, de três ou quatro, pode ser que alguns ainda estivessem sem pintar, em branco. Ou o encarregavam de muitos retratos ou ele fazia numerosas cópias até chegar à definitiva; porque requisitado era e vender, vendia; naquela sala havia bons móveis e bem-estar e até luxo, em meio a certa desordem, me deu inveja uma lareira. Vi nas paredes algumas pinturas penduradas, estas sim de frente, na certa não eram dele, mas vá saber, se era tão excelente copista, à primeira vista me pareceu distinguir um pequeno Meissonier de homem fumando cachimbo e um retrato maior de Mané Katz ou de alguém do gênero, algum russo ou ucraniano que passara por Paris (se fossem as originais não eram nada baratas, mas não tão caras quanto as da casa de Tupra). Vi um cavalete, a tela que havia nele também estava de costas, talvez Custardoy sempre tirasse de sua vista aquilo em que trabalhava, quando parava de trabalhar nisso, para não ter de continuar a vê-lo durante seu descanso, talvez fosse o retrato da condessa e seus filhos, que já havia iniciado. Eu podia ter dado uma olhada, se quisesse, eu era o dono do tempo e de tudo. Mas não fiz, estava ocupado.

Já era hora dele se virar, e portanto de ver meu rosto. Não sabia se me reconheceria de algum lugar, do Prado ou de nosso percurso ou das possíveis fotos que Luisa teria lhe mostrado, as pessoas são muito dadas a mostrar velhas fotos, como se quisessem ser conhecidas antes do tempo em que você as conheceu, acontece sobretudo entre os amantes. "Eu era assim", parecem dizer um ao outro, "você também teria gostado de mim assim? Pois é, por que você não estava lá?" Antes de deixá-lo se virar e mandar que se sentasse tive um momento de desconcerto: "Que faço eu aqui com uma pistola na mão", pensei ou disse para mim mesmo, e me respondi em seguida: "Não, absolutamente, não devo estranhar. Isso tem razão de ser e talvez até tenha necessidade: vou salvar Luisa da angústia e da ameaça e de sua má vida futura, vou fazer que ela respire tranquila e possa dormir de noite sem medo, vou impedir que meus filhos sofram e que a ela causem dano e ferimentos, ou mais dano ainda e a matem"; e justamente ao me responder isso me veio à memória a outra citação, a do fantasma de uma mulher, a rainha Ana, que tanto padeceu entre os lençóis do segundo marido porque "o pesar rondou tua cama", o sanguinário rei Ricardo que tinha apunhalado em Tewkesbury o primeiro, "*in my angry mood*", conforme disse consigo mesmo o assassino, isto é, "em meu humor irado"; e assim ela, uma vez morta, lhe desejou o pior no campo de Bosworth ao alvorecer, quando já era tarde demais para fugir do combate, e em sonho lhe sussurrou isto: "Tua mulher, essa desditosa Ana, tua mulher, Ricardo, que nunca dormiu uma hora tranquila contigo, enche agora teu sono de perturbações. Amanhã, na batalha, pensa em mim, e caia tua espada sem fio: desespera e morre". Eu não podia deixar que isso acontecesse com Luisa, que nunca dormisse uma hora tranquila com Custardoy se um dia ele ocupasse meu travesseiro e o vazio na minha cama quente ou já fria, eu era o primeiro marido mas ninguém ia me apunhalar em seu humor irado nem cavar minha sepultura mais fundo ainda, na qual eu já estava sepultado, minha lembrança suprimida com o primeiro terror e a primeira súplica e a primeira ordem, eu todo transformado numa sombra envenenada que vai dizendo adeus pouco a pouco enquanto enlanguesce e se transforma em Londres, expulso do tempo dela e do tempo das crianças (e tolo eu, eu insubstancial, tolo eu e frívolo e crédulo). "Não, ela ainda não é uma viúva nem eu sou um morto merecedor de luto", pensei, "e como não sou, não se pode substituir tão rápido, do mesmo modo que as manchas de sangue não saem de primeira e é preciso esfregá-las e limpá-las com afinco e consciência, e mesmo assim parece que a auréola nunca vai desaparecer, o que mais custa apagar ou o que mais resiste — um sussurro, uma febre, um arranhão —. Sem dúvida ela não terá desejo nem intenção de fazê-lo, mas se verá obrigada a dizer a seu amante presente ou futuro, ou a se dizer: 'Ainda não, meu amor, espere, espere, ainda não é sua hora e não arruíne a minha, dê-me tempo e dê tempo a ele, a esse morto, seu tempo que já não passa, dê-lhe para se esfumar, deixe que ele se transforme em fantasma antes de você ocupar o lugar dele e afugentar a carne dele, deixe-o transformar-se em nada e aguarde até que não reste cheiro nos lençóis nem em meu corpo, que o pesar ronda, ronda, deixe que o que foi não tenha sido'. Mas eu ainda sou, logo é seguro que fui, e de mim ninguém ainda pode dizer: 'Não, isso não foi, nunca houve, não cruzou o mundo nem pisou na terra, não existiu e nunca aconteceu'. Além disso, sou o que pode matar esse segundo marido agora mesmo, com minhas luvas postas e meu humor irado. Trago uma pistola na mão e ela está carregada, só teria de armá-la e apertar o gatilho, e ainda tenho este homem de costas, nem sequer veria meu rosto, nem hoje nem amanhã nem nunca, ou até o Juízo Final, se é que existe."

Na verdade dava na mesma ele ver minha cara, afinal eu ia lhe falar de Luisa e quando fizesse isso ele saberia quem eu era sem sombra de dúvida, e além do mais era provável que ela tivesse lhe contado da minha aparição repentina na cidade, depois de tantos meses, o mais certo era que naquela altura ele já imaginasse que era o maldito marido imbecil que lhe apontava a arma, que cara mais pentelho, que cretino, que doido, por que não ficou lá onde estava. "A não ser que a mim é que não convenha ver sua cara e os olhos de frente, o olhar", pensei, "nem trocar palavra com ele além das já pronunciadas no portão, elas foram indiferentes e não entre indivíduos, mas meras ordens impessoais. Sempre se diz que os sicários evitam olhar para suas vítimas nos olhos, que fazer isso é a única coisa que pode lhes suscitar dúvidas e impedir a degola ou o disparo ou pelo menos atrasá-los e dar tempo para o outro dizer algo ou tentar se defender, a única coisa que pode malograr sua missão e levá-los a errar o alvo, talvez o melhor seja terminar agora mesmo conforme a orientação de Tupra, sem esperar nem me distrair, sem dar explicações nem curiosidade alguma, como não deu nem teve Reresby por De la Garza, sem que ao menos chegue a se virar, um tiro na nuca e acabou, adeus Custardoy, fora do quadro, garantido, sem virada de página como todo ato cometido e todo feito feito, se falar com ele e fitá-lo no rosto ficará mais difícil e começarei a conhecê-lo e para mim também será alguém como já é para Luisa, para ela é alguém importante, de quem tem medo e devoção ao mesmo tempo, com certeza, talvez eu deva vê-lo e ouvi-lo para imaginá-lo, é ao que mais posso aspirar, porque como ela olha para ele, isso eu nunca vou saber, e essa é minha condenação eterna..."

Mas na realidade eu ignorava o que me cabia fazer, para me garantir, *to just deal with him and make sure he was out of picture*, como me indicara o desdenhoso Tupra com sua risada paternalista, quem dera tivesse sido mais explícito ou que eu fosse bilíngue e o tivesse entendido com exatidão absoluta, ou talvez haja em todas as línguas ambiguidades insolúveis. "Se você não sabe mesmo como, Jack, então é que não pode fazer", tinha me dito. Eu não sabia como, é verdade, mas já tinha entrado na dança. Não podia dar sem mais nem menos um tiro em Custardoy e acabar com ele de costas, não sem estar no meu humor mais irado e sem ter mais certeza, Luisa tinha negado que ele a tivesse machucado, a mim e à irmã, eu não tinha visto a ação mas só os resultados, coisa que a meu ver não teria me servido para provar nada contra ele. "Mas não estou num julgamento", pensei, "não se trata disso, os homens como Tupra e Incompara, como Manoia e como tantos outros e como os que vi nos vídeos, como a mulher que apareceu num deles com a saia arregaçada e um martelo na mão com o qual esmagava um crânio, quem sabe se como Pérez Nuix e como Wheeler e Rylands, todos esses não fazem julgamentos nem reúnem provas mas resolvem problemas ou os cortam pela raiz ou abortam sua possibilidade ou se livram deles, basta a eles saber o que sabem porque viram com seu dom ou sua maldição desde bem cedo, tiveram a coragem de olhar fundo e de traduzir e de continuar pensando mais além do necessário ("E que mais? Você não fez mais que começar, continue. Vamos, corra, depressa, continue pensando", dizia meu pai a meus irmãos e a mim quando crianças, quando jovens), e adivinhar o que acontecerá se não intervierem; eles não detestam o conhecimento como a maioria das pessoas tão pusilânimes do nosso tempo, mas o defrontam, o antecipam e o incorporam e são dos que não avisam, portanto, ou não às vezes, dos que tomam decisões na distância e sem que seus motivos sejam sequer identificáveis para quem sofre as consequências ou para o ocasional testemunho, ou sem que os atos estabeleçam com esses motivos um vínculo de causa e efeito, e ainda menos as provas do cometimento de tais atos. Esses homens e essas mulheres não necessitam delas, nessas arbitrárias ou fundamentadas vezes em que não enviam a menor advertência nem aviso antes de vibrar a espada, nem tampouco necessitam nelas das ações consumadas, dos acontecimentos, dos fatos. Talvez lhes baste o que sabem que aconteceria se no mundo não houvesse coações nem impedimentos, basta o que veem como capacidades certas das pessoas, que se não chegam a se manifestar com toda a sua força e seu dano é só porque alguém — eu, por exemplo — as dissuade ou impede, mas não por falta de tranquilidade nem de vontade, tudo isso é dado por evidente. Talvez baste a eles se convencerem do que aconteceria em cada caso se eles não pusessem um freio, eles ou outras sentinelas — a autoridade ou as leis, o instinto, o crime, a lua, o medo, os invisíveis vigias —, para adotar medidas punitivas se elas forem recomendáveis, as cabíveis segundo o critério deles. São os que conhecem e assumem e fazem sua — uma segunda pele — essa atitude irreflexiva, resoluta (ou é de apenas uma reflexão, a primeira), que também faz parte do estilo do mundo, esse estilo imutável através dos tempos e de qualquer espaço, e assim não há por que questioná-la, como tampouco há que fazê-lo com a vigília e o sonho, ou o ouvido e a vista, ou a respiração e a fala, ou com quanto se sabe que "assim é e assim sempre será".

Supunha-se que eu era como eles ou um deles, que possuía a mesma capacidade de penetração e interpretação das pessoas, a de ver os rostos amanhã e descrever o que ainda não aconteceu, e no caso de Custardoy eu sabia a quantas andava, e muito bem até, não tinha certeza alguma mas sabia que não estava enganado: ele era um tipo perigoso, sedutor, envolvente e violento, capaz de criar dependência até de seus horrores e de seu desprezo, e eu não devia lhe deixar saída, não devia lhe dar a oportunidade de se explicar, de negar nem de rebater nem de argumentar nem de me convencer, nem tampouco de me falar. Tupra tinha razão, afinal: "Mas eu acho que você sabe como", ele me dissera antes de desligar. "Todos nós sempre sabemos, mesmo que não estejamos acostumados. Outra coisa é não nos vermos fazendo. É uma questão de se ver." Talvez fosse apenas questão de me ver como *Sir Death* pela primeira vez, afinal de contas eu já tinha a pistola na mão e esse era meu relógio de água ou de areia, e tinha também as luvas postas, só precisava engatilhar a arma, passar o indicador do guarda-mato ao gatilho e em seguida apertá-lo, tudo estava a um passo e havia tão pouca diferença física entre uma coisa e outra, entre fazer e não fazer, tão pouca distância no espaço... E não, não necessitava de certezas nem de provas se me convencesse de ser inteiramente, pelo menos durante aquele dia, da escola de Tupra, que era o estilo de tantos e talvez do mundo, porque sua atitude não era preventiva, não exata ou exclusivamente, mas antes punitiva ou recompensadora conforme os casos e os sujeitos, que ele já via e julgava a seco e sem necessidade de se pôr no molhado, para utilizar as expressões de dom Quixote ao anunciar a Sancho as loucuras que faria por causa de Dulcineia sem que ela lhe causasse aflições nem ciúmes, quantas mais então se causasse. Ou então entendia, os casos, com a página ainda por escrever, e talvez por isso era para sempre em branco. "Mas não, se eu disparar, a minha não estará mais em branco", pensei, "e se não o fizer também não estará totalmente, depois de tudo isso e de ter considerado fazê-lo e de ter lhe apontado a arma. Nunca nos livramos de contar algo, nem acreditando deixar nossa página em branco. E ocorre então que as coisas, embora não se contem nem tampouco ocorram, jamais conseguem ficar paradas. É horrível", eu me disse. "Não há jeito. Mesmo que não sejam contadas. E mesmo que nem sequer ocorram." Olhei com atenção para a pistola no fim do meu braço, uma velha Llama, como a Morte olhava para seu relógio no quadro de Baldung Grien, a única coisa pela qual se guiava e não pelos vivos que tinha a seu lado, para quê, se já estava contemplando seus rostos amanhã. "E então que importância tem que ocorram. 'Você e eu seremos dos que não deixam marca', disse-me Tupra uma vez, 'dará na mesma o que tivermos feito, ninguém se preocupará em contar, nem sequer em averiguar.' E além do mais", continuei a me dizer, "chegará um dia em que tudo estará nivelado e a vida, sim, é que não será contável, e em que ninguém se importará com nada de nada." Mas esse dia ainda não tinha chegado e tive curiosidade e tive medo — "*And in short, I was afraid*" —, e sobretudo tive tempo para me perguntar, como naqueles versos que eu conhecia e que garantiam que tempo haveria sem dúvida: "*And indeed there will be time to wonder, 'Do I dare?' and, 'Do I dare?' Time to turn back and descend the stair...*". Tempo para me perguntar se eu me atreveria e me atreveria, sabendo que também haveria tempo para voltar atrás e descer a escada, e até para me fazer a pergunta completa que no poema vem um pouco mais tarde — "*Do I dare disturb the universe?*"

— e que ninguém se faz antes de agir nem antes de falar porque todo mundo se atreve a isso, a perturbar o universo e a molestá-lo, com suas rápidas e pequenas línguas e com seus mesquinhos passos, "*So how should I presume?*". E foi isso que ainda reteve meu dedo no guarda-mato e minha mão sem engatilhar a arma, foi isso o que ocorreu comigo e, além do mais, sabia que sempre haveria tempo para apertar o gatilho e disparar, depois de armá-la com um só gesto, Miquelín tinha me mostrado.

— Vire-se e sente-se ali — disse a Custardoy, e apontei com minha mão livre para o sofá, certo de que ele teria sentado ali com Luisa mais de uma vez, talvez até teriam se deitado. — As mãos em cima da mesa, para que eu as veja. — Em frente havia uma mesinha de centro, como em quase todas as salas do mundo. — Apoie bem as palmas e não as mexa em hipótese alguma.

Custardoy se virou como eu tinha mandado e por fim vi sua cara de frente e sem empecilhos, assim como ele a minha. Sorria um pouco e isso me irritou, com uns dentes compridos que iluminavam seu rosto agudo e lhe conferiam cordialidade ou quase. Parecia tranquilo e até um tanto divertido, apesar da pancada nas costas, isso deve ter doído e assustado. Mas provavelmente já sabia quem eu era, ainda que só por intuição ou por eliminação, e talvez contasse com sua própria capacidade interpretativa, bastante boa para estar certo de que o marido de Luisa não ia lhe dar um tiro ou ainda não, isto é, não sem antes conversar com ele. (Também ninguém pensa totalmente a sério que vão matá-lo, nem mesmo quando tem diante de si o cano de uma arma.) Seus olhos enormes e separados e negros e quase sem pestanas eram bem desagradáveis e logo notei como se colavam, como me escrutavam com grande rapidez e — como dizer — com uma espécie de ânsia de intimidação, estranha e imprópria naquelas circunstâncias. Seu meio sorriso, em contrapartida, era afável, como se pudesse se desdobrar em duas pessoas ao mesmo tempo.

Não entendia como Luisa podia gostar dele, embora houvesse nele algo de besta e vulgar — obsceno e bronco e frio — que atrai muitas mulheres, isso eu vi e sei. Antes de sentar acariciou o bigode, centrou o rabicho com um gesto inevitavelmente feminino, jogou o chapéu no sofá e me perguntou:

— Posso acender um cigarrinho? Fumando você também verá minhas mãos, não? — E em seguida sentou tomando cuidado para não amarrotar as abas da capa. Tinha passado a me chamar de você, e isso fortaleceu minha desconfiança de que havia me identificado.

— Eu te dou um — respondi, não queria que ele levasse a mão ao bolso. Ofereci um Karelias e peguei outro para mim. Acendi os dois sem mudar de chama e nós aspiramos a fumaça ao mesmo tempo, por um instante parecemos amigos, dando a primeira tragada em silêncio. Nós dois tínhamos levado um susto, o tabaco caía bem. Mas o susto não havia terminado, e o dele tinha de ser por força muito maior que o meu, afinal de contas eu só o dava a mim mesmo, ao me ver fazendo o que estava fazendo, e isso sempre supõe um susto controlado e menor e ao que a gente pode pôr fim. A conversa que se seguiu foi muito veloz.

— Bom, qual é a sua — disse Custardoy. — Você é o Jaime, não é? — A utilização do fumo denotava autocontrole e certa falta de respeito, a menos que falasse normalmente assim (também não tinha por que mantê-lo por mim, motivos não lhe faltavam para estar fulo da vida comigo); fingidos ou autênticos, pensei em todo caso que ainda não tinha lhe metido medo suficiente, como podia fazer? Sentei de lado no braço de uma poltrona, assim ficava não só de frente mas a uma altura maior que a dele.

— Quem disse para você falar? Ainda não mandei você falar. Só fumar. De modo que fume e cale a boca, porra. — Soltei um palavrão para não fazer de menos e balancei um pouco a Llama. Esperava que ele não estivesse familiarizado com o manejo das armas de fogo, ou notaria que quem não estava era eu. Não é fácil meter medo se você não está acostumado a isso. Eu sabia que podia conseguir (já tinha feito uma ou outra vez), da mesma maneira que eu sabia ou me supunha capaz de matar, ou pelo menos não incapaz; mas para ambas as coisas devia estar — talvez — fora de mim, na verdade excitado ou furioso ou possuído por uma sustentada sede de vingança, e naquele momento eu não me sentia assim ou não o bastante, talvez tivesse relaxado ao realizar sem contratempos a primeira fase do meu pouco planejado plano, a de interceptar Custardoy, subir ao seu apartamento e me trancar ali com ele. Faltava-me ódio. Faltava-me conhecimento. Sobrava-me tibieza. Faltava-me calor. E, ao contrário de Tupra, eu também carecia de suficiente frieza.

— Bom. Então fale você, não? Não tenho a porra do dia inteiro para besteiras de transtornados. O que você quer com essa pistola. Onde você quer chegar com isso, rapaz. — E esboçou de novo um sorriso com sua dentadura luminosa e comprida, que o fazia quase simpático e tirava agressividade do seu perfil. Continuava me lembrando alguém, agora não tinha tempo de me lembrar quem.

Custardoy era ousado ou confiante demais. Ou procurava não se deixar intimidar apesar da arma do transtornado apontando para seu peito, ou estava convencido de que eu não faria uso dela. Aquelas frases tinham sido desdenhosas, como se quisesse nos diminuir com elas, a mim e à arma. Tinha se atrevido a me chamar de "rapaz" (odeio as pessoas que chamam de "rapaz"), tentava me infantilizar, que eu me sentisse uma criancinha ridícula com minha antiquada pistola na mão. Se se tratava da segunda hipótese, de um excesso de confiança, me perguntei no que eu estava falhando para que ele se mostrasse ainda tão altivo: eu já tinha lhe dado um golpe, já tinha lhe causado algum dano, ele tinha de ter registrado que se eu era capaz disso seria capaz de mais. Eu estava à beira de me enfurecer — ou de coçar o saco, naquele contexto —, se continuasse assim. Convinha-me que continuasse assim. Ou talvez não, talvez conseguisse fazer que eu me mostrasse finalmente grotesco e pueril, naquela situação.

— Ouça bem — disse a ele. — Você vai parar de ver Luisa Juárez, a partir de hoje mesmo. Acabou. Chega de porradas, de cortes e olhos roxos. Você não vai mais pôr a mão nela.

Pensei que negaria isso e que responderia "Não sei do que está falando" ou algo assim. Mas não foi o que ele me respondeu, não foi a isso que deu mais importância:

— Ah, é? Só porque você quer? É do caralho esse cara. Do caralho essa pretensão. — Sua maneira de dizer isso foi irritante, como se não se dirigisse a mim, mas a um terceiro invisível, a uma testemunha imaginária com a qual se permitia brincar. — Quem tinha de decidir isso seríamos ela e eu, não acha?

Sim, claro que achava. Não tinha direito de me imiscuir e tudo o mais, ela era livre, ela era adulta, vai ver até que estava muito contente com ele, não tinha me pedido opinião nem proteção, nem sequer tinha se dignado a me informar sobre sua vida atual, sobre sua vida que não me dizia respeito; claro que concordava. Mas isso tudo já não entrava em consideração, eu tinha resolvido me imiscuir e empregar a força e o medo, e então a gente tem de deixar de lado os argumentos e os princípios, o respeito, as reservas morais e os escrúpulos, porque a gente decidiu fazer o que quer fazer e impor isso, alcançar seus propósitos sem mais aquela, e aí, como em qualquer guerra iniciada, a razão não deve mais intervir nem contar. Uma vez cruzada a fronteira, dá na mesma tê-la ou não, trata-se apenas de valer-se da sua, de vencer e submeter e prevalecer. Ele batia nela e tinha de parar, só isso. "*Just make sure he's out of the picture*", repeti a mim mesmo. Eu tinha de sair daquela casa com Custardoy suprimido, apagado como uma mancha de sangue, só isso. E minha determinação cresceu.

— Sim — reconheci —, vocês é que deveriam decidir, ela e você. Mas não vai ser assim. Você é que vai decidir. Vai abandoná-la hoje mesmo. Ou ela, ou o mundo, pronto, é só escolher, você sabe o que prefere abandonar. Mas fique logo sabendo que ela, você vai abandonar de qualquer jeito.

Pela primeira vez eu o vi hesitar, talvez tenha até visto medo nele. "Dar-lhe um tiro", pensei, "ele se deu conta de que não é difícil, de que basta não ser o que você é por uns segundos, ou ser o que não é — você não é um assassino e de repente já o foi e o é por toda a eternidade —, pode dar uma louca de repente em qualquer um com uma arma na mão, pode por um só instante deixar de perceber a magnitude do gesto, de um só e simples gesto, ou antes, de dois, engatilhar a arma e apertar o gatilho, podem ser quase simultâneos como nos filmes de faroeste, levantar o percussor e apertar o gatilho, este aqui e aquele ali, um e outro, para cima e para trás e só, qualquer um pode deixar a mão escapar e depois o dedo, a mão que mete uma bala no cano ou na câmara com um movimento e em seguida o indicador para trás, esta arma pesa e é difícil segurá-la, mas a mão e o dedo se movimentam sozinhos como se na verdade ninguém os movesse, nenhuma consciência nem vontade, acariciam, deslizam e quase escorregam, nem sequer é preciso fazer o esforço que uma espada sempre exige, é preciso erguê-la primeiro e depois abatê-la, e ambos os movimentos requerem toda a força do braço ou até dos dois, e assim nem as crianças nem muitas mulheres nem os homens debilitados podem manejá-la, e em compensação a pistola está ao alcance do ser mais fraco e do mais medroso e do mais idiota e do de menos mérito — muito mais ainda que a desonrosa besta, a pistola democratiza o matar —, e qualquer um pode causar um dano irreparável com ela, não é preciso mais que se deixar levar. E se agora eu engatilhar a arma, Custardoy se aterrorizará."

E mal pensei, engatilhei, apesar da advertência de Miquelín. Mas foi só uma experiência e um instante, foi para ver como seus olhos negros e estranhos desprendiam uma chispa de pânico, nada mais que uma chispa, mas eu a vi. E ato contínuo pus o polegar ante o percussor e o baixei, e tirei o projétil que já tinha entrado no cano ou na câmara ou como quer que se diga e guardei-o, desengatilhei a Llama. Mas ele já tinha se dado conta de quão rápido se armava a pistola e de que então as balas já podiam sair — um gesto mais, e outro, e outro — em direção à sua cabeça ou ao seu peito, em direção a um braço ou a uma perna, em direção ao seu suporte anatômico que ficaria estilhaçado como o da Morte no quadro ou na direção que me desse na telha apontar. "Oh, sim, que estranha sensação", pensei, "ter um homem à sua mercê. Decidir que viva ou morra, ou nem é questão de decisão."

Mas Custardoy aguentava firme, ou talvez quisesse ter razão, ou, já que não se amparava numa arma, procurava me dissuadir ou me amedrontar ou me arrasar, ou cavar meu túmulo mais fundo ainda, com suas feias palavras e com sua voz. Sua voz não saía nítida, raspava um pouco, como se na sua garganta houvesse diminutos pininhos parecidos com os da rodinha metálica de uma caixa de música, que são os que se engancham nas varetinhas e determinam ou marcam a melodia repetitiva e única. O que ele disse saiu arrastado, como se aquelas farpas fossem lentas de proferir. Em todo caso mantinha as mãos em cima da mesa. Tinha acabado o cigarro mas não se esquecia de obedecer à minha ordem anterior, isso era um bom sinal.

— Olhe, Jaime. — Incomodou-me indescritivelmente que me chamasse por meu nome de batismo, quer dizer, da forma que Luisa usava e que sem dúvida teria ouvido dela (que vergonha me dava essa ideia) quando falava de mim. — Isso tudo é uma grande babaquice, e daqui a pouco, quando você tiver saído daqui, você vai ser o primeiro a enxergar assim. O que é que te incomoda tanto? Não deve ser que eu a coma de vez em quando, a esta altura dos acontecimentos. Você deve fazer o mesmo em Londres com quem tiver vontade, e tem de se habituar a isso, não dá para acreditar que você ainda não tenha se acostumado com essa ideia, cacete, entre vocês houve o que houve e não há mais. Isso acontece todos os dias. Não dá para acreditar. — Parou e riu um pouco, ainda não via totalmente o perigo, meu perigo, com seu riso que o tornava quase agradável e mais atraente. — É que, juro, chega a ser engraçado, esta cena é a última coisa que eu podia esperar, juro. Uma cena de ópera, caralho! — Tornou a dizer isso como se falasse com um terceiro, com um fantasma presente na sala e não a mim, e isso me deixava furioso. Vai ver que já estava lambendo os beiços antecipadamente ao pensar em contá-la mais tarde a um amigo ("Você não sabe o que me aconteceu hoje! Porra, você não vai acreditar"), ou quem sabe à própria Luisa ("Sabe quem veio me visitar hoje, e com uma pistola na mão ainda por cima? Com que elemento fodido você foi se casar, hein, você não o conhece, não tem nada a ver com o que me contou dele, está pirado de verdade"). Mas Luisa ele não ia tornar a ver, ele não sabia, eu sim. Duvidava que tivesse a boca tão suja com ela; sem ela claro que tinha, os palavrões saíam naturalmente dele, com certeza muito mais que no meu caso, que não precisava forçá-los quando os dizia, mas sim me instalar em seu registro, para mim bem conhecido como para quase todo mundo, mas que eu não costumava frequentar.

— Você sabe o que me incomoda. Você sabe o que não te permito, seu puto. A partir de hoje, já disse, você não põe mais a mão nela.

Ainda teve ousadias. Jogava pesado. Ele se arriscava a atear fogo na minha tibieza, ele devia ter percebido, e a que minha mão e meu dedo escapassem. Talvez valesse a pena para ele: talvez tentasse não só ter razão mas me privar dela, abrir bem meus olhos, livrar-se do estúpido e inesperado problema e seguir com sua vida, me fazer assim desistir.

— Ah. Sei. As porradas — disse, e cada palavra se arrastava como a música na caixa de música, saíam todas lentamente e como que enganchadas, raspadas, havia algo de fanfarronice madrilenha antiga, quem sabe também, naquela sua maneira de falar. Depois acrescentou uma trivialidade, que no entanto me doeu quando entendi o que estava me dizendo, demorei uns segundos porque foi difícil entendê-lo ou eu não quis, ou tive de engolir. — Olhe, rapaz — outra vez a palavra odiosa que me diminuía —, cada sexualidade é uma sexualidade, com uma pessoa se manifesta inteira com outras não. Nunca aconteceu com você? Bom, o que você quer que eu diga, rapaz, eu não sabia. Comigo pôde acontecer, e a cada um a gente tem de dar o que agrada a ele. Ou não? Eu não fiz com ela nada que ela não tivesse querido, viu. Está me entendendo? Vamos ver se você não me culpa pelo que não tenho culpa, vamos ver se nos entendemos, porra.

Sim, demorei uns segundos. "O que esse sujeito está me contando", pensei. "Está me contando que Luisa gosta de apanhar, está contando a mim. Não pode ser. É mentira", pensei, "eu a conheci intimamente durante anos, mesmo que agora faça tempo que não, e nunca enxerguei nela o menor sinal disso, teria percebido nem que minimamente, algum indício, uma interrogação, um vislumbre, esse sujeito tenta tirar o corpo fora, tenta se justificar, se livrar, compreendeu por que estou aqui e que esse motivo sim é grave e já está há um tempinho preparando sua explicação falaz, ele sabe que uma coisa eu não vou fazer, perguntar isso a Luisa, e aproveita para me dizer que ele só maltrata quem pede para ser maltratado, algo assim, mas Cristina me falou do espanto das mulheres que iam para a cama com ele, de algumas, também do silêncio posterior delas ou de sua ocultação das práticas, por que calarão, se fosse um sujeito malvado contariam, uma poria as outras de sobreaviso, se preveniriam, por exemplo essas putas com que ele anda, às vezes até de duas em duas. Mas não, isso não pode ser e não é", sacudi fora a ideia. Como é ruim contarem à gente, de toda forma, como é ruim nos meterem ideias na cabeça, mesmo que sejam insólitas e descabidas e mesmo que não se sustentem e sejam inverossímeis (mas tudo tem seu tempo para ser acreditado), qualquer dado que a mente registra fica nela até que o esquecimento o alcança e o esquecimento sempre é tortuoso, qualquer relato ou informação e também até a possibilidade mais remota se grava, e por mais que você limpe e esfregue e apague, essa auréola é das que não saem nunca; como se entende que as pessoas detestem o conhecimento e neguem o que está diante de seus olhos e não queiram ficar sabendo de nada e repudiem saber, que evitem a inoculação e o veneno, e o apartem mal o vislumbrem e sintam sua proximidade, o melhor é não se expor, que compreensível é que quase todos nós não façamos caso do que vemos e adivinhamos e antecipamos e farejamos, e que lancemos na bolsa das fantasias o que nos parece claro por um instante, antes que possa se assentar em nosso espírito e nos deixe perturbados para todo o sempre, e assim não tem nada de especial que não estejamos dispostos a conhecer nenhum rosto, nem hoje nem amanhã nem ontem. "Qual é o meu agora", me perguntei. "Qual é o de Luisa, que eu acreditava ter decifrado para todos os efeitos de cima a baixo, do passado ao futuro e do amanhã ao ontem, e vem este filho da puta me falar da sexualidade dela e me dizer que ela pede para apanhar na cama, que piada, não devo acreditar nele nem sequer me indagar a esse respeito, mas as pessoas mudam e sobretudo descobrem coisas, as malditas descobertas que as tiram de nós e as levam para longe, com a jovem Pérez Nuix eu descobri o prazer de fingir que não se faz o que se faz ou de simular que não acontece o que está acontecendo, não é a mesma coisa, creio, aquilo foi meio político, um jogo tácito, mas isso é o que me diria este puto, que é tudo um jogo, um jogo erótico, maldita seja a puta que o pariu, tudo é possível mas não pode ser. O olho roxo de Luisa não era um jogo, uma merda que era um jogo, e no entanto Custardoy disse 'Ah. Sei. As porradas', porque utilizou o plural se eu só pude ver uma, quem sabe se por baixo do vestido terá mais, em seu corpo, nesta viagem eu não vi Luisa nua nem vou ver, certamente nunca mais vou vê-la e este filho da puta sim, a não ser que eu o impeça e o tire do quadro agora mesmo e para sempre, sem virar a página e sem esperar mais, *don't ever linger or delay*, tornar a armar a arma e apertar o gatilho, é correr a mão sobre o ferrolho e mexer um dedo, isto e isto, para a frente e para trás, uma bala na testa e acabou, estou de luvas, para sempre fora do quadro e se acabaram as porradas, se acabou a cama e as graças e os donaires, está tudo na minha mão e não tenho por que ouvi-lo nem falar mais com ele."

E sim, armei, engatilhei a arma, e pela primeira vez passei o indicador do guarda-mato ao gatilho, lembrando-me de que era essa a advertência de Miquelín e acreditando que cumpria o preceito, "nunca o dedo no gatilho até ter plena certeza de que vai disparar". E eu tive, tive, tive durante uns segundos — um, dois, três, quatro, cinco; e seis —, e depois não mais. Não sei o que o salvou daquela vez, não foi calar, ou foram várias as coisas — pensamentos, lembranças, e um reconhecimento —, amontoadas todas em seis segundos ou talvez tenham sido sete, ou talvez algumas me vieram mais tarde e assim tiveram mais tempo para ser pensadas ou lembradas, já de volta ao hotel. "Qual é meu rosto agora", voltei a pensar. "Ele se une ao de tantos homens e de nem tantas mulheres que tiveram a vida de outro em suas mãos, e depois pode se unir ao dos que a tiraram. Não ao de Reresby, que afinal não arrebatou a de De la Garza, e se acabou com outras não foi em minha presença, assim como Wheeler em seus surtos de cólera e de malária e de peste. Mas sim ao do malaguenho perverso de Ronda que toureou e matou Marés, e ao da madrilenha que se gabou num bonde de ter espatifado uma criança contra a parede, e ao dos milicianos que mataram meu tio Alfonso numa sarjeta quando era bem jovem, e inclusive aos de Orlov, Bielov e Carlos Contreras, que torturaram e que talvez tenham esfolado vivo Andreu Nin em Alcalá; ao do visconde de La Barthe, que mandou fuzilar nas praias Torrijos e outros dezessete segundo o quadro, mal desembarcaram, mas na realidade ou na história lhe couberam muitos mais; ao dos resistentes ou estudantes tchecos que cometeram o atentado contra o protetor nazista Heydrich com balas envenenadas com *bottox*, e ao do chefe Spooner que planejou tudo no Special Operations Executive inglês, o SOE; ao dos ocupantes alemães que arrasaram a aldeia de Lídice com seu ódio ao lugar e mataram rápida ou lentamente cento e noventa e nove homens e cento e oitenta e quatro mulheres em represália, no dia 10 de junho de 1942; ao dos sicários que metralharam quatro desgraçados em outra praia escondida, esta da Calábria, não longe de Crotone, no golfo de Taranto, três homens e uma mulher, e aliás isso eu vi; e ao do indivíduo que berrou com outro numa garagem, tão perto que deve tê-lo salpicado de saliva, e em seguida disparou nele sob o lóbulo da orelha à queima-roupa, como posso fazer eu neste instante com Custardoy sem que ninguém grite para mim "*Don't!*" como eu gritei para Reresby e vai ver que adiantou, posso lhe apontar a pistola ali mesmo e pronto, saltaram sangue e ossinhos; ao da mulher de verde e salto alto, e saia levantada e suéter e colar de pérolas, que massacrou o crânio de um homem com um martelo e montou a cavalo nele, sem meias, para golpeá-lo na testa uma vez e mais uma e mais outra vez; ao do oficial ou mercenário europeu que dirigiu a matança de vinte africanos que caíram em câmara rápida como peças de dominó; ao de Manoia, dele também, que arrancou os olhos do seu prisioneiro como se fossem caroços de pêssego e depois Tupra me disse que o degolou; e ao de Ingram Frizer, o apunhalador do poeta Marlowe numa taberna de Deptford, embora o rosto dele não se conheça nem sequer se tenha certeza de seu nome, de tantos séculos atrás; e ao do rei Ricardo, é claro, que mandou asfixiar os meninos, seus sobrinhos, na Torre, e matar tantos outros em seu humor irado, inclusive o pobre Clarence, afogado por dois esbirros num barril de nauseabundo vinho enquanto agitava as pernas que ficaram de fora, no ar que não voltou a respirar... Meu rosto pode se unir e se assimilar ao de tantos homens e de nem tantas mulheres que foram donos do tempo e seguraram na mão o relógio — em forma de arma, em forma de ordem —, e que decidiram pará-lo de repente sem esperar nem se distrair, obrigando assim que outros não desejassem mais os desejos e se desprendessem até do próprio nome. Não gosto dessa união. Mas também hei de evitar a Luisa todo perigo e todo sofrimento e tormento, para que seu fantasma não tenha de dizer um dia a este respeito o que o espectro da rainha censurou a seu marido na véspera da batalha, nem deva lhe lançar depois a maldição que eu não cumpro quando estou com disposição para cumpri-la: 'Tua mulher, essa desditosa Luisa, tua mulher, Esteban, que nunca dormiu uma hora tranquila contigo... Caia eu agora como chumbo sobre tua alma, e sente a pontada do alfinete em teu peito: desespera e morre'. Sim, é melhor matá-lo quando ainda é tempo", pensei, "talvez não tenha outra oportunidade no futuro, talvez não haja outro modo de apagá-lo para sempre do quadro e este seja o único modo de nos assegurar." O plural surpreendeu a mim mesmo. E me deu força ou alento para descobrir que ainda pensava em nós como em "nós".

De modo que mantive o dedo no gatilho, debaixo do guarda-mato, embora já não tivesse mais certeza alguma de disparar nele, e isso foram mais segundos. E à medida que passavam e eu me arriscava a um acidente, vi Custardoy mais pálido e desarrumado, era como se seu apuro indumentário tivesse se decomposto de repente, a gravata tinha se entortado e ele se atreveu a fazer outro gesto maquinal para centrá-la, me lembrou o do rabicho — sim, algo feminino, por força —, depois pôs a mão de volta na mesa, obedientemente; a capa estava amarrotada e parecia de um pano pior, o que se via da camisa tinha aspecto de suada. Quanto ao cabelo, deu a impressão de ter se achatado e de que parte das costeletas se tornou mais lisa; tentava conservar o sorriso — devia saber de seu gesto afável —, mas já não iluminava; o nariz ficou mais fino, ou vai ver que ao acomodar minha postura variou um pouco minha perspectiva; seus olhos me pareceram nublados e mais juntos, como se todo ele aspirasse a se estreitar e oferecer assim menos alvo, devia ser uma coisa inconsciente, carecia de todo sentido a tão pouca distância como a que nos separava, eu não podia errar nenhum tiro, em caso algum.

— Conhece meus filhos? — perguntei de chofre.

— Não. Nunca os vi. Não gosto de envolver crianças.

— Desde quando você sai com ela? Há quanto tempo se conhecem? E não me venha com histórias, eu a conheço melhor que você.

O fato de eu falar com ele, de lhe perguntar algo civilizado e sem nenhum insulto no meio o tranquilizou um pouco, embora não parasse de lançar olhares para o cano da pistola aferrolhada, me disseram que também se diz assim, com seus olhos grandes e negros, frios e obscenos inclusive no medo, o ar bronco era mais o bigode que lhe dava, em colaboração com o nariz.

— Uns seis meses. — E se permitiu acrescentar: — Mais tempo nem sempre é melhor. Por que não nos deixa em paz. Nunca gostei tanto de uma mulher quanto dela. Você já está fora de cena, acreditávamos que isso estava claro. — "Ah, sou eu quem está *out of the picture* neste exato momento", pensei. "Ele tem razão. Mas isso vai mudar. E ele também fala de 'nós', Luisa e ele." — Está para Luisa, e ela acreditava que para você também.

— Não sei por que você fala no passado. Ela vai continuar acreditando porque você não vai lhe contar nada disso.

Com uma pistola na mão, aquela frase soava a ameaça séria, se bem que na verdade não fosse, ou eu não a teria dito com esse fim, mas só porque tinha certeza de que a partir daquele dia eles não voltariam a se ver. Custardoy não estava mais tão metido a besta, notei como sua apreensão crescia. E então me veio outro pensamento ou lembrança, que devia tê-lo condenado mais e estranhamente ajudou a salvá-lo: "Esse homem é um 'guebrídguma' meu, céus!, Luisa transformou a ele e a mim em 'cojazentes' ou 'cofodedores' à nossa revelia, do mesmo modo que provavelmente Tupra e eu somos pela intermediação ou o vínculo de

Pérez Nuix e que eu serei de tantos sem ter a menor ideia através de outras mulheres, isso nunca temos presente ao fornicar com alguém pela primeira vez, com quem juntamos e com quem nos unimos, e hoje em dia essas relações fantasmagóricas, indesejadas ou não buscadas, seriam uma história sem fim. Mas segundo aquela língua morta esse homem e eu temos um parentesco, e em qualquer idioma uma afinidade, isso é certo, e talvez por isso eu não deva matá-lo, por isso também, temos algo de forte em comum, eu também nunca gostei tanto de uma mulher quanto de Luisa, afinal de contas gostamos da mesma pessoa e nisso não posso culpá-lo, ou talvez ele só transe com ela, seus sentimentos eu não posso saber." Podia tentar averiguá-los, perguntar se a amava, mas essa pergunta me pareceu ridícula e, além do mais, com uma pistola armada apontando para ele, já sabia o que me responderia, mas não se seria verdade. A verdade seria a última coisa que ele me diria naquele instante, se acreditasse que a verdade pudesse matá-lo.

"Não quero que ninguém desapareça", pensei então, em seguida. "Não creio no Juízo nem em nenhum grande baile final da aflição e do contentamento, nem nos assassinados que elevarão suas queixas aos assassinos e os acusarão ante o horrorizado ou enfastiado Juiz, reunidos todos num tremendo alarido. Não creio nisso porque não sou do tempo da fé firme, e porque além disso não é preciso, essa cena tem lugar aqui, nesta terra, só que de maneira fragmentada e individual, pelo menos quando o morto sabe ou vê quem o mata e então já pode lhe dizer com seu olhar de adeus: 'Você tira minha vida mais por ciúme do que por justiça, eu não matei ninguém ou você não sabe disso, você me mete uma bala na têmpora ou abaixo do lóbulo da orelha não porque acredita que bato na sua já não mulher como um vulgar espancador, embora você não possa nem queira evitar a suspeita e acreditar assim em parte para sua momentânea justificação que de nada mais te servirá amanhã, mas porque você tem medo de mim e vai lutar pelo que é seu como todo mundo que comete um crime e deve se convencer da sua necessidade: por seu Deus, por seu rei, sua pátria, sua cultura ou sua raça; por sua bandeira, sua legenda, sua língua, sua classe ou seu espaço; por sua honra, sua religião, pelos seus, por sua caixa-forte, seu moedeiro e suas meias. E, em resumo, você tem medo. Morri em minha casa num dia nublado, sem ter tirado a capa e entre meus quadros, quando menos esperava e pelas mãos de um desconhecido que me interceptou no portão e me deu um último cigarro de que não gostei. Não irei mais ao Prado ver as pinturas, não mais as estudarei nem copiarei nem tampouco falsificarei, não andarei mais por Madri com meu rabicho ondulante e meu bonito chapéu nem tomarei mais cerveja nem comerei porções de anchova, não entrarei na livraria nem cumprimentarei minhas amigas nem pararei para ver as estátuas nem as pernas andantes de nenhuma mulher, e não farei mais ninguém rir. A tudo isso você põe fim. Talvez não seja muito mas é o que tenho, é minha vida e é única, e nunca ninguém voltará a tê-la. Pese eu agora todas as noites como chumbo sobre sua alma, encha seu sono de perturbações, sinta em seu peito meu joelho fincado, enquanto você dorme com um olho aberto que você nunca mais poderá fechar'. Não, não quero que ninguém desapareça", tornei a pensar, "nem tampouco que este homem suma daqui. Não me atrevo, *I do not dare*, e sempre haverá tempo para voltar atrás e *to descend the stair*, não me atrevo a perturbar o universo ou não devo, ainda menos suprimir nada dele, em meu humor irado ou *in my angry mood*. Custardoy cabe nestas ruas por mais algum tempo, elas já estão cheias de sangue e ninguém deve abandoná-las tremendo, e talvez estejam saturadas dos homens de ira ardentes e dos raios silentes que despedaçam calando, não devo ser mais um. 'Cada qual assiste à sua história, Jack. Você à sua e eu à minha', me disse Tupra uma vez.

Meu rosto também se uniria ao de Santa Olalla e, o que é pior ainda, ao de Del Real, que para mim sempre foram os nomes da traição; porque ao delatar meu pai bem no fim da guerra não procuravam outra coisa senão sua execução e sua morte, para qualquer denunciado era esse o destino normal, eles foram os donos do tempo, seguraram o relógio na mão e o mandaram parar, só que aquele relógio continuou funcionando e não lhes obedeceu e graças a isso estou aqui e ele não teve de se dizer ao morrer: 'Estranho ver tudo aquilo que nos concernia como que pairando solto no espaço. E penosa a tarefa de estar morto...'. Não, não serei eu quem imporá essa tarefa a esse homem tão desagradável pelo qual sinto uma estranha mistura de simpatia e aversão, ele é parte dessa paisagem e do universo, ainda pisa a terra e cruza o mundo e não me cabe alterá-los, no final do tempo só restam vestígios ou auréolas e em cada um se rastreia no máximo a sombra de uma história incompleta, cheia de lacunas, fantasmal, hieroglífica, cadavérica ou fragmentada como pedaços de lápides ou como ruínas de tímpanos com inscrições quebradas, 'matéria passada, matéria muda', e então pode se duvidar de que tenha um dia existido. Para que ele fez isso, dirão de você, para que tanta inquietação e a aceleração de seu pulso, para que aquele movimento, e aquela reviravolta; e de mim dirão: por que falou ou calou e guardou tantas ausências, para que aquela vertigem, tantas dúvidas e tamanho tormento, para que deu aqueles e tantos passos. E de nós dois dirão: por que se enfrentaram e para que tanto esforço, para que guerrearam em vez de olhar e ficar quietos, por que não souberam se ver ou continuar se vendo, e para que tanto sonho e aquele arranhão, minha dor, minha palavra, sua febre, e tantas dúvidas, e tamanho tormento."

Tirei a segunda bala e guardei-a, desengatilhei a pistola, tirei o indicador do gatilho e pousei-o de novo no guarda-mato, como Miquelín tinha me aconselhado que fizesse sempre enquanto não estivesse seguro de que ia disparar sua velha Llama. Vi em Custardoy uma expressão de contido ou refreado alívio, ele não se atrevia a senti-lo totalmente, e como podia, ainda tinha um cano apontando para sua cara e o homem que empunhava a arma estava de luvas nas mãos, e além do mais o viu fazer uma coisa que não era tranquilizadora: pegou os dois cinzeiros com as duas guimbas e suas correspondentes cinzas, as dele e as suas, as dos dois Karelias, e os esvaziou no outro bolso da sua capa para não misturá-las com as balas, do mesmo modo que Tupra havia guardado nas de seu capote suas luvas molhadas, escorridas e enroladas separadamente em papel toalha ali no banheiro dos entrevados, mas ele tinha feito isso depois de completar seu trabalho e eu ainda tinha o meu pela frente. "Agora sim tenho sua frieza, a de Reresby, agora que por fim reconheci a semelhança ou afinidade desse homem que por isso vai sair desta com vida", pensei; "e agora que o assustei tanto, apesar de ele mal ter deixado transparecer o medo e, claro, ter mantido as aparências, qualquer coisa que faça com ele lhe parecerá boa e pouca, se dará por satisfeito e achará razoável. Não serei o Sargento Morte nem *Sir Death* nem *Sir Cruelty* nem tampouco *Sir Thrashing*, não o Cavaleiro Morte nem o Crueldade nem o Surra, serei apenas *Sir Blow* ou *Sir Wound* ou *Sir Punishment*, o Cavaleiro Golpe ou Ferimento ou Castigo, porque alguma coisa há que fazer para tirá-lo do quadro, de todas as formas, como Tupra tirou De la Garza."

E enquanto eu pensava (ou muito disso pensei mais tarde), me dei conta de quem era a pessoa que Custardoy me lembrava; de qual era sua afinidade, para empregar a palavra de Wheeler; ou seu parentesco, ou neste caso havia até parecença. E certamente foi esse detalhe tão frívolo que o salvou de tudo, que o salvou de verdade e definitivamente, uma bobagem, uma coisinha ridícula, um relâmpago casual e supérfluo, uma associação oportuna ou uma volúvel lembrança que podiam ou não ter me ocorrido, às vezes o que você faz ou deixa de fazer depende disso, da mesma maneira que decidimos dar uma esmola a um mendigo dentre tantos, cuja figura nos comove sem querer: vemos a pessoa de repente, mais além da sua condição e da sua função e das suas necessidades, a individualizamos, e já não nos parece indistinguível nem intercambiável como objeto de compaixão, há destes às centenas; assim havia acontecido com Luisa no caso da jovem romena ou húngara ou bósnia e sua sentinela criança na porta do hipermercado, nos quais eu tinha me descoberto pensando mais de uma vez, lá longe em Londres, depois de ter sabido da existência deles por um relato. Associava Custardoy ao meu vizinho dançarino, com o qual não havia trocado uma palavra mas que tantas vezes tinha me animado ou sossegado com suas danças improvisadas através das árvores e da estátua, do outro lado da Square ou da praça, sozinho ou acompanhado por suas amigas ou *partenaires* ou amantes. Sim, tinham muito em comum: meu dançarino é um indivíduo magro e de feições ossudas — mandíbula, nariz e testa — mas constituição atlética e forte, do mesmo modo que Custardoy é todo nervo; exibe um bigode basto mas cuidado, como de boxeador pioneiro mas sem ondulações oitocentistas, reto, e se penteia para trás com repartido no meio, como se usasse rabicho mas esse eu não vi, qualquer dia deixa o seu como Custardoy, qualquer dia; também usa gravata às vezes como este usa sempre, até em suas corridas e saltos por sua desobstruída sala sem móveis, que louco aquele sujeito, que feliz nos parece, que contente, que desligado de tudo quanto nos desgasta e consome, entregue às suas danças que não são para ninguém, é divertido e até dá alegria vê-lo, e além do mais tem mistério, não consigo imaginar quem é nem o que faz, ele se furta — e isso não é frequente — às minhas faculdades interpretativas ou dedutivas, que acertam ou erram mas em todo caso nunca se inibem, ao contrário se põem em ação na mesma hora para compor um retrato improvisado e mínimo, um estereótipo, uma centelha, uma suposição plausível, um esboço ou retalho de vida por mais imaginários e elementares ou arbitrários que sejam, é minha mente detetivesca e alerta, minha mente imbecil que Clare Bayes criticava e me censurava já faz muitos anos, antes de eu conhecer Luisa, e que tive de sufocar com Luisa para não irritá-la e não lhe meter medo, o medo supersticioso que mais dano causa, e mesmo assim adiantou pouco, nada adianta contra o que já se sabe e mais se teme (talvez porque a gente o atraia com fatalismo então, e o procure porque senão é uma decepção), e a gente costuma saber como acabam as coisas, como evoluem e o que nos aguarda, para onde se encaminham e qual há de ser seu término; tudo está aí, à vista, na realidade tudo é visível desde bem cedo nas relações assim como nos relatos honrados, basta se atrever a encará-lo, um só instante encerra o germe de muitos anos vindouros e quase da nossa história inteira — um só instante pesado ou grave —, e se quisermos a vemos e a percorremos já, em grandes traços, os indícios raramente enganam se soubermos distinguir os significativos, se estivermos — mas é tão difícil e catastrófico — dispostos a isso...

Eu interpretara ou deduzira Custardoy, e além do mais tinha dados, haviam me bastado ambas as coisas para condená-lo. Porém que má ou que boa sorte — como lamento, como comemoro —, aquele homem me lembrava meu dançarino satisfeito ao qual eu era grato à distância, sem dúvida vinha daí minha inexplicável simpatia misturada com a profunda aversão que ele me inspirava. Vá saber se eles se pareceriam em mais aspectos, se teriam mais afinidades à parte o sorriso agradável e as físicas e superficiais: quando Custardoy fazia esboços e tomava notas diante do quadro do Parmigianino talvez estivesse tão concentrado quanto meu vizinho em suas danças, tão feliz e contente, e talvez, quando pintasse em casa ou falsificasse, se abstraísse ainda mais e se desligasse de tudo quanto nos desgasta e consume. E o dançarino se fazia acompanhar com frequência por duas mulheres, como ele, devia levar as duas às vezes para a cama em sua necessidade de desdobramento ou de viver mais de uma vida. Foi isso, sobretudo isso, que me fez renunciar a matá-lo, uma tolice, uma ridicularia, um relâmpago do pensamento casual e supérfluo, da dúvida ou do capricho ou de um repente estúpido, uma associação inoportuna das volúveis lembranças, ou foi, em vez disso, do contorcido esquecimento.

Sem dizer nada me aproximei da lareira que eu invejara e em seguida fui muito rápido, como se estivesse distraído, ou antes, ocupado, minha atitude foi de trabalho como foi a de Reresby desde que chegou ao imaculado banheiro. "Agora tenho a sua frieza", tornei a pensar; "agora sei como assustá-lo, agora já me vejo, e a questão é se ver e então, sim, você se livra dos problemas; agora posso calcular o golpe, baixar a espada e não cortar, erguê-la e depois abatê-la para não cortar nada e assim lhe pregar um susto mortal que fará que ele nunca mais se aproxime de nós, nem de mim nem sobretudo de Luisa." Peguei um atiçador e, sem lhe dar tempo de se preparar nem mesmo de prever, bati com todas as minhas forças na sua mão esquerda que estava posta na mesa, tal como a direita. Ouvi como seus ossos se quebravam, pude ouvir nitidamente apesar do uivo que soltou ao mesmo tempo, contorceu-se de dor sua cara bronca, obscena e fria que naquele instante não foi mais nada disso, e instintivamente agarrou com a outra a mão quebrada.

— Puta que pariu, seu veado, você quebrou minha mão! — Foi uma reação normal, na realidade não sabia o que dizia, a dor o fizera esquecer momentaneamente que eu ainda lhe apontava uma pistola e que a última coisa que tinha lhe dito era "... porque você não vai lhe contar nada disso".

Levantei o atiçador de novo e agora, com menos força —

sim, eu já conseguia calcular os golpes —, dei-lhe um corte numa face, fiz nele *uno sfregio* ou dei como uma navalhada, bem maior e mais funda do que a que Flavia Manoia levou, mas sem lhe tocar nenhum osso. Levou a mão sadia à mandíbula, àquela face — era a direita — e olhou para mim em pânico, com medo não mais atroz mas atávico, o de quem não sabe se vai receber mais talhos nem quantos porque assim são as espadas e assim são as armas enquanto não as soltam ou não as lançam, as que matam de perto e vendo a cara do morto, sem que o assassino ou o justiceiro ou o justo se desprendam nem se separem delas enquanto fazem seu estrago e cravam-nas e cortam e despedaçam com elas, tudo com o mesmo aço que nunca atiram mas consertam e empunham com cada vez mais força enquanto atravessam, mutilam, furam e até desmembram. Eu não fiz nada disso, nem sequer era a arma adequada para isso tudo, nem sequer era uma arma mas um utensílio.

— As mãos em cima da mesa, já disse. — E armei de novo a pistola, mas sem passar o indicador para o gatilho.

Olhou para mim com estupefação e renovado alarme, ou era de outra índole, seus olhos tinham se separado de novo depois de terem se juntado momentaneamente. Sei o que se passou pela cabeça dele naquele instante, deve ter pensado: "Não, pelo amor de Deus. Esse maluco vai quebrar minha outra mão também, aquela com que eu pinto".

— Não. Para quê? Não. Nem pensar — falou.

De modo que não me restou mais remédio do que encostar o cano na sua têmpora, para que ele levasse a coisa a sério, junto da sua ampla testa, junto das suas entradas, se bem que agora eu já tivesse certeza de que não ia lhe dar um tiro. Ele não podia ter, não tinha a menor ideia e essa era minha vantagem, que ele não pudesse me interpretar, na realidade ninguém pode em semelhantes circunstâncias, nem os melhores. Não teriam sido capazes nem Wheeler nem Pérez Nuix nem Tupra, seu relatório sobre mim dizia, o do velho arquivo: "Às vezes vejo-o como um enigma. E às vezes creio que ele também o é para si mesmo. Então torno a pensar que não se conhece muito. E não presta atenção em si porque na realidade renunciou a isso, a se entender. Considera-se um caso perdido com o qual não tem por que desperdiçar reflexões. Sabe que não se compreende e que não vai compreender. Assim, não se dedica a tentar. Creio que não representa um perigo. Mas sim que há que temê-lo". Custardoy não sabia então que eu não represento um perigo, mas sim que tem de me temer.

— Ponha as mãos. — Eu disse isso com calma, não me pareceu necessário erguer a voz nem acrescentar um palavrão. — O que você prefere, que eu te meta uma bala e que não aconteça mais nada? Não me custa fazê-lo, é num instante. — Sim, que estranho é que alguém obedeça a outro em tudo, que esteja à sua mercê para o que o outro quiser.

Fechou e apertou os olhos ao sentir o metal velho na pele, essa nossa pele que não resiste nada, não serve e tudo a fere, até uma unha a rasga, uma faca a corta e a dilacera uma lança, uma espada a rompe com o simples roçar da sua passagem no ar e uma bala a destroça. (O sangue brotava pelo corte na face de Custardoy, mas não escorria, só ia se espessando onde havia o ferimento.) Vi sua expressão de morto, de quem se dá por morto e se sabe morto; mas, por estar ainda vivo, a imagem foi de infinito medo e de resistência, mas esta última só mental, talvez um desejo; a palidez cobriu ainda mais seu rosto, como se houvessem lhe passado uma rápida brocha de tinta branca suja ou cinzenta ou de cor doentia, ou tivessem jogado farinha ou quem sabe talco nele, foi meio parecido com as nuvens velozes quando sombreiam os campos e um calafrio percorre os rebanhos, ou como a mão que espalha a praga ou a que cerra as pálpebras dos defuntos, porque o perigo real de morte a gente percebe sempre e nele crê imediatamente e aguarda seu instante. Tal como De la Garza, preferiu esperar sem ver nada, suas pálpebras tremiam ou palpitavam — talvez por baixo delas as pupilas corriam enlouquecidas. E colocou-as, creio que as colocou, as mãos na mesa, a machucada e a sadia, aquela com dificuldade, não conseguiu estendê-la de todo, ou deixá-la esticada. E eu voltei a ser rápido, não esperei mais nem me distraí, já estava farto da sua companhia e queria sair logo dali; também já estava farto da sua cara apesar da aparência benigna, dei-lhe um segundo golpe e um terceiro em seguida com o atiçador na mesma mão de antes e com a mesma força, creio que desta vez quebrei seus dedos abaixo dos nós, ou alguns deles, o som me pareceu disso. Soltou mais dois uivos e agarrou-a com a direita ainda intacta, isso ele não podia evitar, que uma consolasse a outra, a esquerda estava um horror mas a vi muito pouco, não queria olhar para ela nem contemplar minha obra como tinha visto as mãos quebradas do pai de Pérez Nuix com as quais procurava se proteger em vão em cima de uma mesa de bilhar, num vídeo, eu não queria me inteirar plenamente do estropício que tinha lhe causado, se não o visse direito seria mais fácil para mim acreditar que tudo tinha sido um sonho como de país estrangeiro, crê-lo mais tarde, nos anos vindouros e também de volta ao hotel dentro de um instante (eu tinha bilhete de volta e meu estrangeiro era a Espanha, para mim ela agora o era em parte e eu ia partir). Com toda a sua dor, aquilo deve ter parecido pouca coisa a Custardoy, uma sorte, ele havia temido por sua mão boa, e um disparo na têmpora à queima-roupa. Mas ainda teve coragem para se queixar. Dentro do seu pânico ele era duro, nada a ver com um babacão.

— O que é que você quer, porra — disse —, deixar minha mão imprestável.

E então eu falei o que queria:

— Na direita eu não fiz nada, mas posso deixá-la como a esquerda ou pior. Hoje ou outro dia, eu te encontro quando me der na telha. Posso deixá-la, de fato, imprestável, e que você não volte a pegar num pincel o resto da vida. — E aqui foi impossível não recordar mais uma vez Reresby, quando me deu instruções a De la Garza e eu as fui traduzindo para meu compatriota estirado no chão, Tupra havia soltado um fluido rosário de ordens como se tivesse tudo muito bem pensado, eu devia dar a mesma impressão de determinação e sapiência ou era presciência, lhe dar os planos feitos e mastigados, dizer o que ia acontecer e o que ele devia fazer.

Custardoy tinha entreaberto os olhos para calibrar seu mal e eu não tinha voltado a pôr a pistola em sua têmpora depois do segundo e do terceiro golpe na mão. Seu olhar estava turvo e como que desviado, aturdido, mas também tinha algo de vingativo. No entanto me pareceu que a ânsia de vingança que o animava sem forças era só hipotética, como se compreendesse que devia renunciar a ela por mais que a desejasse, ou só pudesse vê-la como esperança remota ou compensação aprazada ou dilatada justiça, de maneira não muito diferente de como deviam prefigurar e almejar o Juízo Final os humanos de fé firme durante muitos séculos, isto é, como algo que lhes seria dado na longa morte e que nunca poderiam tomar em vida. Eu tinha afastado a Llama da sua testa ao golpeá-lo, agora pensei que nem era preciso brandi-la, a ameaça de lhe destroçar a mão direita o havia arrasado de todo, o havia vencido, sobretudo porque ele ignorava se aquilo ia acontecer ali mesmo, imediatamente, e tinha diante de si a visão da esquerda, e a sentia, sua dor devia ser enorme. O rabicho parecia mais ridículo ainda naquele estado, a gravata também, o bigode mais ralo, sua aspiração à elegância, naqueles momentos era um homem iracundo mas temeroso, quase implorante, freado em sua ira indefinidamente. Mesmo assim não guardei a arma. E de fato me implorou, embora mascarando o tom. Suas frases soaram mais como uma repreensão do que como um rogo, mas diziam o que diziam:

— Não faça isso comigo, caralho. Com a mão direita eu ganho a vida. Não foda comigo, que porra você quer? — Os palavrões mascaram muito, acredito, por isso quase todo mundo os usa na Espanha, o país mais pueril e valentão que eu conheço: para parecer mais arrojado. Mas Custardoy já tinha me pedido uma coisa ("Não faça isso comigo"), e nessa ocasião eu não me veria envolvido por ele nem enredado nem amarrado; ao contrário, puxaria da faca ou da lâmina para cortar aquele desagradável laço que nos apertava: a Luisa e a mim, embora ela o tivesse estabelecido por sua conta e risco. Só tinha de me limitar a dizer àquele sujeito: "Vou querer isto em troca".

— Vou sair agora tranquilamente e você vai ficar imóvel durante trinta minutos a partir da minha saída, sem se mexer daqui nem chamar ninguém por mais que esteja doendo: aguente. Depois chame um médico, vá ao hospital, faça o que bem entender. Vai levar um tempo até essa mão sarar, se é que vai recuperá-la totalmente um dia. Pense sempre que podia ter sido pior e que sempre teremos tempo de fazer o mesmo com a outra, ou de cortá-la com uma espada, tenho um amigo lá em Londres que é perito nisso. Enquanto se recupera, caia fora da cidade, sei que dinheiro não te falta para passar uma temporada num hotel, um lugar que te agrade, um lugar com museus, um bom descanso. Senão, dê outro jeito. Não quero que Luisa te veja nesse estado, por nada deste mundo ela deve associar o que aconteceu com você à minha estada em Madri. Ligue para ela e diga que teve de partir inesperadamente. Uma encomenda importante e urgente, a cópia ou a restauração de algum quadro, ou de vários, em Berlim, em Bordeaux, em Viena ou em São Petersburgo, para mim tanto faz. Ou melhor, mais longe: em Boston, em Baltimore, em

Malibu, um oceano no meio, lá existem famosos museus podres de ricos que poderiam te fazer encomendas, você inventa um. Ligue do celular ou de algum telefone com número sigiloso, para que ela não possa comprovar onde você realmente está. Para mim, se preferir convalescer em Pamplona, dá na mesma, pouco importa para onde você vá. Mas a ela você conta que está muito longe e muito ocupado e que telefonará quando puder, para que não lhe passe pela cabeça deixar as crianças com alguém e ir te ver, se achar que você está por perto.

— Ela não vai me deixar ir embora sem se despedir, ainda mais se vou me ausentar por uma temporada — interrompeu-me Custardoy. Mas não me importava, porque aquilo significava que ele entrava no plano e que o estava acatando, e que eu não teria de massacrar sua outra mão ou me perguntar se devia mesmo massacrá-la, mas e depois, se o fizesse: não teria mais nada para convencê-lo e teria de lhe dar um tiro, e isso agora já me parecia impossível. Eu havia perdido todo o calor, aquele que tivesse. Tinha adquirido a frieza de Tupra momentaneamente, mas não tanta. Talvez nem mesmo Tupra tivesse tanta: ele não tinha cortado a cabeça, afinal de contas.

— Não entendeu? Ela não pode se despedir, por mais que queira, porque quando você ligar já terá caído fora daqui, você vai ligar de outro lugar, está claro?

— Ela vai achar estranho.

— Faça com que não pareça. As emergências existem, e os imprevistos. E vocês também não se veem todo dia, não é? Também não se falam todo dia. — Não esperei que me respondesse, preferia que não me respondesse. — Durante sua ausência, ligue pouco, e cada vez menos, com menor frequência, até parar totalmente daqui a quinze dias. Daqui a quinze dias não dê mais sinais, nenhum, e se ela te localizar mostre-se evasivo e irritado. E quando estiver bom e voltar (se é que vai ficar bom dessa merda de mão que te deixei), também não telefone de forma alguma para ela. Mais cedo ou mais tarde ela ficará sabendo que você está de volta por alguém, e se nessa época você ainda a interessar, ela é que vai te procurar ou te ligar pedindo explicações. Aí você dá. Dê com crueza e com fanfarronice, não creio que vá ser difícil para você, já fez isso centenas de vezes. Ela já é passado para você, você nem se lembra mais dela. Nas praias de Malibu você conheceu a nova Bo Derek, uma policial, a filha do Getty, quem você achar melhor. Ou uma herdeira de Boston com a qual vai se casar, seja lá o que for. Deixe claro que tudo acabou, que ela suma, não quer nem vê-la. E não a vê mais. A partir de hoje mesmo, entendeu?, você já se despediu. E se lhe disser uma só palavra do que aconteceu aqui, dessa visita, se fizer que ela desconfie ou que imagine remotamente, agora ou mais tarde, nem que seja daqui a dez anos, fica sem a mão direita, já sabe. — "*But please not one word of all this shall you mention, when others should ask for my story to hear.*" Vieram-me à cabeça aqueles versos da canção de Laredo: "Mas não mencione nem uma palavra disso tudo, por favor, quando outros te pedirem para ouvir minha história".

Custardoy abriu um pouco mais os olhos broncos, tinha um aspecto subitamente envelhecido, como se o cansaço imediato que o alívio proporciona houvesse lhe jogado de repente dez anos nas costas. Acariciava a mão entrevada com muito cuidado, devia estar impaciente para terminar, para me perder de vista de uma vez e ir a um médico ou a um hospital, para que lhe tirassem a dor de alguma forma.

— Eu não sou dos que se casam, eu não sou como você — respondeu com um exíguo resto de desprezo, apenas perceptível. Mas eu percebi. Não tinha importância, era seu mínimo ressarcimento. Ele não sabia que eu também era como ele, embora tivesse me casado, contra o prognóstico do meu pai. — Mais alguma coisa?

— Meia hora aqui quieto, já disse, sem se mexer nem ligar para ninguém. Não torne a pôr a mão nela. Não torne a vê-la. Eu ficarei sabendo se você não cumprir, e Londres está a duas horas daqui, não me custa nada aparecer e cortar a sua mão, você vai ver.

Atirei o atiçador na lareira, tinha um pouco de sangue, ele que limpasse. Extraí a terceira bala que não havia chegado a usar, guardei a Llama no bolso da capa e me dirigi para a porta sem tirar o olho dele, até que desaparecesse do meu campo visual. Ele estava ali, sentado no sofá, com a roupa amarrotada e sua mão direita destroçada e seu corte na cara. Sustentou meu olhar então, apesar da sua repentina fatiga, da sua sobrevinda velhice. Nunca olharam para mim com tanto ódio como ele olhou. Mesmo assim não temi que tentasse nada, que pulasse para o atiçador e me acertasse pelas costas na nuca. Ele tinha sentido perigo bastante para se arriscar, eu o havia feito passar um péssimo bocado. O ódio dele era um ódio impotente e sem consequências, frustrado, estava tingido de temor ou de susto; ou era como o das crianças, que se sabem condenadas a permanecer muito tempo em seus incongruentes corpos de criança, obrigadas a uma inútil espera que as desnorteia, mas que não lembrarão mais como delas quando por fim crescerem. Olhava para mim sabendo que eu não estava a seu alcance e não estaria por muito tempo, talvez para sempre: como um adolescente raivoso que contempla o rápido transcorrer do mundo em que ainda não lhe é permitido entrar; ou como o preso que sabe que ninguém espera nem se abstém de nada porque ele está ausente, e que com o mundo que corre está indo também *seu* tempo, contra o qual nada poderá fazer; e isso também sabem os que morrem, só que mais tragicamente.

Quando saí da sala, ele desapareceu da minha vista. Seguiu-me com seu olhar turvo de ódio até então, e é possível que ainda o tenha mantido por alguns segundos fixo na porta pela qual minha enluvada figura tinha lhe dado adeus. Levaria um tempo para se acostumar à ideia do que lhe cabia fazer. Depois custaria para acreditar que tinha lhe acontecido o que tinha lhe acontecido, mas contava com um bom lembrete, ou dois, agora sentiria na mão e na face o que Luisa deve ter sentido em seu olho de mil cores e talvez também em sua cara, anteriormente, segundo sua irmã. Teria muitos dias para observar a evolução da sua cicatriz e desejar a boa consolidação dos seus ossinhos sob a tala ou o que agora usem, se é que não iam operá-lo. Também olharia para a mão sadia e talvez pensaria: "Que sorte, pelo menos esta mão ficou intacta". E lembraria do cilindro metálico na têmpora, e então também pensaria: "Que sorte. Podia ter disparado, achei que ia disparar. Mas a gente sempre prefere que morra quem está a seu lado, cada um por si. Eu me salvei e aqui estou".

Desci a escada a passos rápidos ("*'Do I dare?' and, 'Do I dare?' Time to turn back and descend the stair...*"), com pressa de sair dali e me afastar, pegar um táxi e ir devolver logo a velha pistola a Miquelín depois de lhe restituir os três projéteis tirados do carregador e lhe dizer: "Um milhão de vezes agradecido, Mestre, nunca vou me esquecer disso. Aqui está. Não falta nenhuma bala, fique tranquilo. Nem tem minhas impressões. Como se você nunca a tivesse me emprestado, como se não houvesse saído daqui".

Não passavam táxis livres, sempre o céu nublado, raios silentes, a ponto de caírem sem cair, de modo que saí andando com rapidez, sempre pelo mesmo caminho em linha reta, da rua Mayor ao meu hotel, sempre de luvas, queria me afastar do lugar. Levava comigo a leveza de quem tinha conseguido o que queria, e um pouco daquele envaidecimento que havia sentido ao descobrir que infundia medo em Rafita, assustava-o sem querer. Ver a si mesmo como perigo tinha seu lado agradável. Fazia a gente se sentir mais confiante, mais otimista, mais forte. Fazia a gente se sentir importante e — como dizer — dono. Ao contrário de então, aquela vaidade não me repugnou ato contínuo. Mas também levava comigo uma sensação de peso súbito, trazem-na várias combinações, a de sobressalto e pressa, a de fastio ante a represália fria que temos por força de levar a cabo, a de mansuetude invencível diante de uma situação de ameaça. Havia em mim um pouco de fastio, também um pouco de pressa, minha represália eu já tinha levado a cabo. Foi na altura da Plaza de la Villa, ao ver de novo a estátua do marquês de Santa Cruz ("O feroz turco em Lepanto, na Terceira o francês, em todo o mar o inglês, tiveram de me ver com espanto..." "*And in short, they were afraid*"), que comecei a pensar sem parar, uma vez e mais uma e mais outra vez: "Não se pode sair por aí batendo nos outros, não se pode sair matando. Por que não se pode? Não se pode sair por aí batendo nos outros... Me diga uma coisa: a seu ver, por que não se pode?,... não se pode sair matando. Por que não se pode? A seu ver?". E me lembrei também das palavras de Tupra em sua casa, ao terminar a sessão de seus vídeos entesourados: "Você já viu quanto se faz e com que despreocupação às vezes, em toda parte. Então me explique por que não se pode". E me respondi o que cheguei a lhe responder pouco antes que Beryl nos interrompesse, ou fosse quem fosse aquela mulher, a pessoa a seu lado, seu ponto fraco, como Luisa era o meu: "Porque ninguém poderia viver". Esta minha frase havia ficado sem resposta. Mas na Puerta del Sol meus pensamentos tinham mudado, e isto agora era a única coisa que eles se repetiam: "Muito caolho e muito maneta, mas está fora do quadro. Muito perneta e muito morto nestas ruas antigas, mas está fora do quadro. Sim, agora está fora do quadro, e que não lhe passe pela cabeça tornar a entrar".

Mas na realidade não pensei muito em nada até ter entrado no avião de volta a Londres, quero dizer que adiei todo pensamento ordenado e me limitei aos sentimentos, às sensações e às intuições durante os poucos outros dias que me restavam em Madri. Dediquei-os às crianças e a passear com elas por aí (crianças insaciáveis, como todas as de agora, suponho, desaprenderam o costume de estar em casa, que veem como condenação, e requerem distrações contínuas na cansativa rua), e também a meu pai, que piorava muito lenta mas perceptivelmente.

Da última vez que fui visitá-lo, na véspera da minha partida, estava como quase sempre sentado em sua poltrona, com as mãos entrelaçadas como quem espera sem impaciência ou sem saber o que espera — que anoiteça e depois outra vez rompa o dia, talvez —, e de vez em quando levava os dedos às sobrancelhas e alisava-as inconscientemente, e depois passava o polegar e o indicador debaixo do lábio inferior, era um gesto bem dele desde sempre, acariciava, quase esfregava essa zona, e era um gesto de meditação. Vê-lo assim, quase sem falar comigo, naquela estranha espera, conduzindo eu a conversa em seu lugar e lhe arrancando poucas palavras, espremendo os miolos em busca de perguntas e temas de conversação que pudessem fazê-lo reagir e se animar, sem que o alcance da sua meditação se manifestasse ou brotasse como era habitual nele, me causou considerável angústia; de repente ele se tornava tão impenetrável quanto um bebê, alguma coisa devem pensar sobre o que os rodeia, já que para tanto são facultados, mas nunca há com nenhum a menor possibilidade de verificar o que é.

— Em que está pensando? — perguntei por fim, depois de várias tentativas fracassadas de tentar interessá-lo por notícias e acontecimentos recentes.

— Nos primos — respondeu.

— Que primos?

— Quais podem ser. Os meus.

— Mas você não tem primos, nunca teve primos — disse a ele com certo alarme.

Ficou imóvel, como se fizesse uma correção mental, e em seguida disfarçou, não insistiu, mas voltou a responder como se fosse pela primeira vez.

— No meu tio Víctor — falou. — Diga a ele que faça o favor de avisar a meu pai que agora vou para casa.

Um tio Víctor, sim, tivera, mas ele e meu avô estavam mortos havia muitíssimos anos, tantos que eu não tinha chegado a conhecê-los, a nenhum dos dois. Era a primeira vez que sua cabeça falhava, pelo menos em minha presença. Talvez a expressão seja incorreta, e o que tinha falhado era o tempo, que talvez nunca passe totalmente, ao contrário do que costumamos acreditar, como tampouco nunca deixamos de ser inteiramente o que fomos, e não é tão raro escorregar no passado de um modo tão vivo que este se justaponha ao presente, sobretudo se é o presente de um velho, que lhe oferece pouco e não é variado, com seus dias indistinguíveis. Quem espera sem impaciência ou sem saber que espera tem motivo para se instalar na época que lhe seja mais grata ou que mais lhe convenha, o hoje não lhe importa e ele tem o direito de não se adaptar a ele, e não há razão para reclamação recíproca.

— Mas seu pai está morto — voltei a emendá-lo —, faz muitíssimo tempo, e seu tio Víctor também.

De novo não se empenhou, mas agora disse:

— Eu sei que estão mortos. Que novidade você me conta, Jacobo. — E riu com indulgência, como se quem estivesse disparatando fosse eu.

Talvez agora meu pai fosse e voltasse ao longo do tempo com enorme facilidade e rapidez. Talvez fosse sendo dono do tempo e na mão tivesse o relógio, o de si mesmo ou de sua existência, e, enquanto o via avançar com calma, ele viajava à vontade. Quem sabe isso seja a única coisa que de fato sobra aos muito velhos — sobretudo se não são velhos astutos, como Wheeler —: quando não se esforçam mais para preencher as vagas, para buscar substitutos ou sucessores das muitas figuras perdidas ao longo das suas vidas; e ao não participar mais desse mecanismo ou movimento substitutivo universal contínuo — que por ser de todos é o nosso —, deixam de acrescentar arremedos e rodear-se deles, para recuperar em compensação os originais em toda a sua plenitude. Não necessitam mais da vida, que é frouxa e pálida e fugidia, mas apenas do pensamento, que neles se faz cada vez mais poderoso e nítido e abarcador, ao não ter de conviver mais que de tempo em tempo com a realidade.

— Você tem uma pistola, não é? — ocorreu-me lhe perguntar então. Quando morresse apareceria, e era de temer que isso não demoraria muito a acontecer; e algum de nós, meus irmãos, minha irmã e eu, a herdaríamos como Miquelín havia herdado de seu pai a Llama que acabava de estar nas minhas mãos. Talvez me conviesse saber onde encontrar no futuro uma limpa, sem necessidade de recorrer a ninguém.

Olhou surpreso para mim com seu olhos claros que enxergavam mal.

— Tenho. Por que pergunta? — E aquilo pareceu acordá-lo, ou trazê-lo de volta ao hoje.

— De onde veio. Por que a tem. — Não respondi.

Levou a mão às sobrancelhas, desta vez não para alisá-las com expressão absorta, mas como que para pensar ou lembrar.

— Bem, meu pai gostava muito de armas. Não era apenas caçador, mas também atirador. Adorava e era muito hábil. Era sócio do Tiro Nacional, e tinha muitas. Uma carabina Mauser, um rifle Baker, uma esportiva Le Page, muito decorada; e até uma "rabo-de-macaco", não me lembro por que se chama assim; pistolas e revólveres, alguns muito antigos, como os do faroeste, tinha um Le Mat americano, um Beaumont-Adams inglês e um par de Derringers, uma delas de cano duplo, e pistolas do século XVII ou XVIII, eu me lembro de uma Blunderbuss toda dourada, e uma Miquelete de duelo, e uma "Rainha Ana" toda prateada, uma boa coleção. E também armas brancas de países exóticos: agomias, iatagãs, bolos das Filipinas, um *kris* malaio... E espadas com guarda-mão, claro. — Fez uma pausa e se lembrou de mais duas: — Um *kukri* nepalês e até um *bhuj* da Índia, que era esquisitíssimo, metade faca, metade machado, conhecido também como "cabeça de elefante" porque tinha uma lavrada no latão entre a lâmina e o cabo, que era estreito e comprido... — Ele estava vendo, compreendi que estava vendo aquele *bhuj* da sua infância e também as outras armas, ficou com aquele olhar que com frequência os velhos têm mesmo quando estão com companhia e falando animadamente, são olhos foscos de íris dilatada que alcançam muito longe em direção ao passado, como se na verdade vissem seus donos fisicamente com eles, quero dizer, ver as recordações. Não é um olhar ausente mas concentrado, só que em alguma coisa a muito longa distância. E depois de seu breve devaneio continuou contando: — Meu irmão e eu fomos contagiados por esse hobby, principalmente eu. Ele nos mostrava as armas, nos explicava tudo, nos acostumava a manejá-las com escrupulosa precaução.

— E para que queria as armas brancas? Não atirava com elas, não é? No Tiro Nacional não o deixariam arremessar um *kris* malaio.

Agora sim ele estava plenamente interessado na conversa, ou pelo menos em sua rememoração remota, de modo que reagiu com presteza à minha brincadeira, divertido mas fingindo que não:

— Como vocês são palhaços, nunca perdem oportunidade de dizer alguma besteira. — Aquele plural sempre englobava a nós, seus quatro filhos, ainda que só um estivesse presente. — Claro que não atirava com elas. Mas gostava delas. Não sei. Tinha nascido em 1870, e a gente daquela época gostava das armas em geral. Era uma coisa bastante normal. Naquele tempo não era tão frequente lhes dar um uso criminoso, como agora.

— Pois é — disse eu. — O que não parece muito prudente é deixar crianças manejá-las, não acha? Vocês podiam ter feito voar a cabeça ou cortado o pescoço um do outro, seu irmão e você. Espadas de guarda-mão, você disse que ele tinha? Eu sei o que se corta com uma espada. Hoje, as autoridades, que digo, os vizinhos, fariam o maior escândalo diante de uma coisa assim. Hoje, poriam seu pai em cana por causa disso.

A expressão "pôr em cana" aplicada a seu pai deve tê-lo irritado, embora tivesse saído de mim, na gozação.

— Hoje se faz muita coisa ridícula — respondeu com censura, como se eu fosse uma autoridade ou um vizinho. — Hoje tudo dá pavor e as pessoas são muito pouco livres no lado pessoal, e cada vez menos na educação dos filhos. Aos filhos, antes, mostravam-se muitas coisas quando tinham o uso da razão, não é por nada que se chamava assim. Coisas que podiam lhes ser úteis quando fossem adultos, porque nunca se perdia de vista que uma criança acabaria ficando adulta. Não é como agora, que o que se pretende, ao contrário, é que os adultos continuem sendo crianças até a velhice, e além do mais crianças bobas e pusilânimes. Por isso há tanta bobagem em todas as partes. — Levou os dedos aos lábios e murmurou: — É triste assistir a uma época de decadência, tendo conhecido outras muito mais inteligentes, onde é que vamos parar. Deve ser uma das razões pelas quais não lamentarei muito minha partida. Está perto, você está vendo, acho que sim.

— Ou nem tanto, sabe lá — respondi. — Vai ver que você vai enterrar nós todos. A ordem da morte ninguém sabe, não é mesmo? — Como ele não me respondeu nada, insisti: — Não é mesmo?

— É — concedeu. — Mas tem uma coisa que se chama cálculo de probabilidades, que funciona com bastante acerto. Seria uma crueldade gratuita que a essa altura da minha vida vocês morressem antes de mim. Seria para vocês e principalmente para mim. Não permita Deus. — Eu teria batido na madeira, fosse ele. Não porque acredite na madeira, mas por expressividade.

Aquele meandro era melancólico e se tratava justamente de evitá-los com qualquer assunto ou conversa que o distraísse: da sua espera da noite e sua espera do dia, e das seguintes esperas da noite e do dia, até que não houvesse mais. Era minha última visita antes de voltar para Londres, demoraria a vir de novo a Madri. "Talvez não torne a vê-lo", pensei com desmaio. (Não, o inglês estava se infiltrando, não foi com desmaio mas com *dismay*, quer dizer, consternação.) De modo que pus a mão em seu ombro, ele gostava e o acalmava, mas desta vez foi para acalmar a mim mesmo, para notar seus ossos e acompanhar sua respiração.

— E então, o que você ia me dizer? — Voltei atrás, ao que o havia desanuviado e entretido um pouco. — Que sua pistola é uma das da coleção do seu pai?

— Não, que nada. Toda essa coleção foi desaparecendo depois, faz séculos, quando vieram as vacas magras. Meu pai fazia grandes negócios e então ficava eufórico e dilapidava os ganhos, investia em disparates, vocês sabem. Depois se recuperava mais ou menos, quando lhe voltava a sensatez, até que um dia não houve recuperação possível. As poucas armas que ainda sobravam foram vendidas quando a Guerra Civil começou, e a mesma sorte sofreu a coleção de relógios. E não sei se confiscaram alguma.

— E a pistola?

— Ah, eu a tenho desde a guerra, uma Astra De Luxe, calibre 7.65. É muito bonita para ser de fabricação espanhola, um pouco enfeitada demais, talvez: o cano adornado com gravuras prateadas em relevo e o cabo com placas de madrepérola. Por que quer saber?

— Não, por nada, curiosidade. Posso vê-la? Nunca vi. Onde está?

— Não sei — respondeu sem vacilar, e não me pareceu desculpa para não mostrá-la. — A última vez que a tive nas mãos, já faz anos, decidi escondê-la melhor em algum lugar, para que os netos não pudessem encontrá-la, quando vêm e reviram tudo. Vocês, sua mãe controlava, mas ela não está mais aqui. E devo tê-la guardado tão bem que não tenho a menor ideia de onde diabos a meti. Esqueci. Estava com a munição e tudo, bem conservada, com óleo. Para que quer a pistola? — Era estranho, era como se notasse que eu a queria para mim. Não era exatamente o caso, eu já tinha feito meu papel com outra emprestada, já não precisava dela. Mas levá-la no bolso dava segurança.

— Não, não a quero, não — disse. — Era só curiosidade. Como é que você se arriscou a guardá-la, depois da guerra? Se a tivessem pegado durante o franquismo, numa batida, você teria passado um mau bocado, suponho, ainda mais com seus antecedentes. Por que a conservou, embora não saiba mais onde está?

Meu pai ficou pensando um momento. Talvez como se fosse difícil para ele responder, talvez como se quisesse ponderar suas palavras, sei lá. Depois disse sucintamente:

— Nunca se sabe.

— Nunca se sabe o quê?

— O que a gente vai precisar.

Ele sempre tinha me contado que, durante a guerra, teve a sorte — sob certo aspecto — de permanecer em Madri, destinado a serviços auxiliares por causa da sua miopia. E embora tenha vestido a farda do Exército da República, não teve de ir para o front, nem de atirar uma só vez. E dizia quão satisfeito se sentia com isso, quer dizer, com ter a absoluta certeza de nunca ter matado ninguém, de nunca ter *podido* matar ninguém. Lembrei-lhe disso:

— Você sempre disse que ficava contente em saber com certeza que na guerra não tinha matado ninguém, que não houve ocasião. Isso não bate muito com guardar uma pistola, portanto, quando as coisas não estavam tão malparadas. Quero dizer, quando a vida era menos exposta e menos caótica, embora durante uma ditadura ninguém tampouco esteja a salvo, é claro. Como é que não a entregou ou se desfez dela?

— Porque depois de ter vivido uma guerra, nunca se sabe — repetiu. E ficou calado, mas com as duas mãos apoiadas nos braços da poltrona, como se fosse tomar impulso neles para acrescentar algo mais, de modo que esperei. E de fato acrescentou: — Sim, fico muito contente por não ter matado ninguém. Mas isso não significa que não teria matado, se não houvesse tido remédio. Se vocês ou a mãe de vocês tivessem estado ameaçados de morte e eu houvesse podido impedir desse modo, teria feito, tenho certeza. Quando vocês eram pequenos, quero dizer, porque agora já podem se defender, é bem diferente. Agora eu não mataria por vocês, suponho. Além de não estar capacitado, olhe como estou, vocês mesmos podem fazê-lo. Não precisam de mim para isso. E além do mais eu não saberia se vocês mereciam, cada um de vocês leva a sua vida e não sei como a empregam. Antes era diferente, antes eu sabia tudo de vocês, quando eram pequenos e estavam aqui. Eu tinha todos os dados, agora não. É estranho que os filhos se tornem uns semidesconhecidos, há muitos pais que não aceitam isso e que são incondicionais a eles em qualquer caso, inclusive contra toda evidência. Conheço aquele que você foi, e creio reconhecer em você quem você foi. Mas a você eu não conheço, na realidade, como conhecia aquele, de maneira nenhuma; e a mesma coisa com seus irmãos. A mãe de vocês, em compensação, eu conheci até o fim, por ela sim teria matado até o fim. — Agora a cabeça e o tempo funcionavam perfeitamente para ele, e depois de uma pausa mínima para fechar o parêntese, voltou ao assunto anterior: — A gente nunca sabe, nunca sabe, e pode ser que um dia tenha de utilizar uma pistola. Olhe o que aconteceu na Europa durante a Segunda Guerra Mundial. Por muito tempo não sabíamos se ela se estenderia até aqui, apesar das promessas de Franco, como se desse para confiar nelas, e das suas longas e evasivas com Hitler. Não sei se você se dá conta de que nessa guerra foi preciso recorrer a tudo, ninguém pôde guardar nem um cartucho, limpo ou sujo. Foi muito pior que a nossa, em certo sentido. Noutro, é claro, foi menos ruim. Num sentido qualitativo, a daqui foi a pior. — De novo se deteve e olhou mais fixamente para mim, mas tive a sensação de que naquele momento não me via em absoluto, de que olhava como os cegos, sem calcular a distância. Notei que o que ele se preparava para dizer o excitava: — Mas o que mais me deixa contente, Jacobo, é que nunca ninguém morreu pelo que eu tenha dito ou contado. Se a gente dá um tiro em alguém, no front ou para se defender, é ruim, mas dá para continuar vivendo com isso, e não se perdem a decência nem a humanidade por esse motivo, não necessariamente. Mas se alguém morre pelo que você conta, ou pior ainda, pelo que inventa; se alguém morre por sua causa sem necessidade; se você pudesse ter guardado silêncio, essa pessoa seguiria viva; se você falou quando devia ou podia calar e com isso provocou uma morte, ou várias..., creio que com isso não se pode viver, embora muitos vivam ou parece que vivem. — "Isso talvez fosse antes", tive tempo de pensar, ou pensei mais tarde no avião de volta a Londres, ao recordar a conversa; "meu pai ainda pensa num mundo em que os fatos deixavam marca e a consciência costumava falar. Nem sempre, claro, mas na maioria das vezes. Agora, em compensação, é o contrário: é fácil calá-la ou amordaçá-la, ou nem é preciso: ainda é mais fácil convencê-la de que não tem razão para falar. A tendência atual é sentir-se inocente, encontrar uma justificativa imediata para tudo, não prestar contas, e o que em espanhol se chama carregar-se de razão, não sei como se diria isso em inglês, ainda não volto a falar essa língua sem parar, amanhã sim vou falar. Claro que hoje se pode viver com isso, e com coisas muito piores também. Os que se atormentam são hoje exceção, gente antiquada que pensa: 'A lança, a febre, minha dor, a palavra, o sonho', e outras coisas igualmente inúteis". E meu pai continuou: — E nessa guerra nossa houve tanto disso, houve tanta delação e tanto envenenamento, tanto insultador, tanto difamador e instigador profissional, todos eles dedicados sem descanso a semear e fomentar o ódio e a sanha, a inveja, o anseio de extermínio, dos dois lados mas sobretudo no dos vencedores, mas nos dois..., que não foi fácil ficar totalmente limpo nesse aspecto: talvez no que menos fácil foi. E também foi mais difícil para quem escrevia num jornal ou falava no rádio, como eu fiz durante a guerra. Você não sabe que coisas foram lidas e ouvidas, não só durante aqueles três anos, mas nos muitos mais que vieram em seguida. Pronunciava-se uma só frase e mandava-se para o *paredón* alguém com ela, ou para uma vala. E no entanto tenho certeza de não ter dito nem escrito uma palavra que pudesse prejudicar gravemente ninguém. Nem tampouco disse depois, no âmbito estritamente pessoal da minha vida posterior. Nunca traí um segredo nem uma confidência, por pequenos que fossem, nem contei o que sabia por ter visto ou ouvido, se pudesse causar dano com isso e não necessitasse contar para salvar nem isentar ninguém. E é com isso, Jacobo, imagine só, que estou mais contente. — Meu pai estava prestando contas antes de morrer, pensei. E por um instante me perguntei se era como ele dizia ou se estaria se enganando como um homem mais do meu tempo que do dele, e alguma vez teria lhe escapado algo que teve consequências atrozes. Impossível saber. Até para ele era impossível, a gente não pode se lembrar de tudo, como se fosse o Juiz da antiga fé firme. E às vezes, simplesmente, não ficamos sabendo das consequências, pensei nas propagandas da *careless talk* que Wheeler tinha me mostrado: como o marinheiro que tinha contado algo à namorada podia imaginar que isso redundaria no afundamento de um navio cheio de compatriotas seus. Na realidade nunca há maneira de saber se alguém diz adeus sem nenhum peso nas costas. Mas então me lembrei e pensei que aquela lembrança o ajudaria a se convencer.

— Você não quis me dizer o nome daquele escritor que participou do toureio do seu amigo Marés, por exemplo — falei. — E não tinha por que calá-lo. Não só a mim, a ninguém.

Ele ficou um pouco surpreso, como se houvesse esquecido por completo que tinha me contado aquilo, muito tempo atrás, quando eu ainda morava em Madri. E assim pareceu porque na sequência me disse que não se lembrava de que eu estivesse a par de semelhante episódio.

— Quer dizer que você sabe disso. — Foi um misto de constatação e de pergunta.

— Sei. Uma vez você me contou.

— E não quis, é? — Agora já foi só pergunta. — Não quis dizer o nome, é mesmo?

— Não. Por causa da mulher e das filhas dele. Você disse que não queria se arriscar a que um dia alguém desenterrasse a história e esfregasse na cara delas, por culpa indireta sua. Mas a mulher já morreu também, se bem me lembro.

— Sim, morreram os dois, ele e ela. Mas isso não muda nada. — E murmurou mais para si do que para mim: — Eu não quis, você disse. Está certo, não querer, está certo...

Ficou pensativo e recobrou o olhar fixo e intenso de seus olhos azuis, aquele que, por assim dizer, não me via. E em poucos segundos me deu a impressão de que aquela gente o havia transportado de novo para um tempo distante, no qual minha mãe estava viva e a mulher alegre e boníssima daquele homem infame se portava muito bem conosco e em particular com ela. Deixei passar em silêncio dois ou três minutos. Ele já não falava, notei-o cansado. Talvez eu devesse ir embora, mesmo que aquela fosse a última vez que nos víssemos.

— Já vou, papai — disse, e me levantei e lhe dei um beijo na testa.

— Aonde? — perguntou espantado, como se lhe parecesse absurdo que eu ou qualquer um de seus filhos fôssemos a algum lugar.

— Para o hotel, e amanhã volto para Londres.

— Vai viajar? Boa viagem, filho.

— Estou morando lá agora, papai. Não se lembra?

— Vive no exílio? — disse, sem dotar a palavra de nenhuma solenidade. — Como os deuses gregos.

— Os deuses gregos? — Eu não sabia a que ele se referia, ou o que aquilo tinha a ver com o resto. Mas ele nunca desvairou, ou não cheguei a ver. Ele podia abstrair-se do tempo e das pessoas e das circunstâncias, mas seu pensamento e sua memória sempre funcionaram, se bem que no fim de um jeito todo especial. Claro que também não há pensamento nem memória no mundo que não funcionem dessa forma.

— Não se lembra do poema de Heine? — disse, e ato contínuo começou a recitar versos em alemão, de cor. Tinha aprendido essa língua em criança, no Instituto, coisa possível nos anos 20 e inimaginável hoje em dia, e sempre se gabara de saber poemas inteiros, de Goethe, de Novalis, de Hölderlin, dos clássicos.

— Não, papai — interrompi-o —, não posso me lembrar do que nunca soube, e não entendo o que você está dizendo. Eu nunca soube alemão, lembra?

— Nunca soube alemão, que coisa — respondeu com leve desdém paterno, como se não saber fosse uma estranheza, quase uma tara. — Não sei que classe de educação vocês tiveram. — E passou a me explicar, com condescendência para comigo e entusiasmo por seu poema da juventude: — O poeta vê umas nuvens brancas no meio da noite que lhe parecem "colossais estátuas dos deuses em luminoso mármore", assim diz. Mas logo se dá conta de que na realidade são eles mesmos, Cronos, Zeus, Hera, Palas Atena, Afrodite, Ares, Hermes, Febo Apolo, Hefesto, Hebe, envelhecidos e abandonados à intempérie, cabisbaixos e transidos de frio em seu exílio. "Não, de modo algum, isso não são nuvens!", exclama o poeta. — E meu pai foi traduzindo passo a passo para mim, lentamente, da sua memória. — "São os deuses da Hélade, os próprios deuses, que um dia governaram o mundo tão alegremente, mas que agora, suplantados e defuntos, cavalgam como espectros gigantes pelos céus da meia-noite...” — Mas os versos se empenhavam em lhe acudir no alemão da sua infância, ou traduzir lhe era cansativo, de modo que passou de novo a essa língua, e não entendi mais nada nesse momento.

Mais tarde, quando ele já tinha morrido, tratei de identificar as palavras que ouvira sem compreender. Procurei o texto original de “Os deuses da Grécia” de Heine, com uma versão paralela em inglês (não encontrava em espanhol). E sem dúvida foi esta estrofe que ele passou para minha língua, improvisada e tentativamente: “*Nein, nimmermehr, das sind keine Wolken! Das sind sie selber, die Götter von Hellas, die einst so freudig die Welt beherrschten, doch jetzt, verdrängt und verstorben, als ungeheure Gespenster dahinziehn am mitternächtlichen Himmel...*”. Suponho que sua pronúncia era boa. E também atentei para duas passagens breves que ele deve ter recitado em alemão em seus tempos. Numa, o poeta se dirigia a Zeus e dizia mais ou menos: “Mas nem mesmo os deuses governam eternamente, os jovens expulsam os velhos e os suplantam, como tu mesmo depuseste antanho teu idoso pai...”. A outra era uma imagem, aplicada àquele tropel de deidades desconcertadas e errantes: “Sombras mortas que vagais pela noite, frágeis como a bruma que afugenta o vento...”, assim as chamava. Aquelas palavras teriam saído de seus lábios na minha presença, embora eu não as houvesse entendido então. E me perguntei o que ele teria pensado naquela ocasião, ao pronunciá-las.

Enquanto ele ainda recitava absorto, inclinei-me e o beijei de novo antes de sair, desta vez no rosto como se fôssemos toureiros, e tornei a pôr a mão um instante em seu ombro, a modo de adeus calado, enquanto ele já se encaminhava para a bruma que afugenta o vento, ou para aquele exílio em que um há de se desprender também do próprio nome.

Também tinha conseguido não pensar muito em Luisa até estar no avião, um voo da Iberia em classe executiva, que caracteristica e odiosamente atrasou quase uma hora para decolar. A isso me ajudara não ter ela no fim das contas me proposto almoçar nem jantar juntos nenhum dia, e eu continuei sem insistir nem lamentar nem protestar, depois do que tinha feito preferia evitar, não me sentia merecedor e, embora tivesse vontade, foi fácil aguentar e fingir. De modo que só nos encontramos brevemente em casa, quando eu ia pegar ou devolver as crianças ou ficava um pouco mais com elas, até irem se deitar. E, uma vez na cama, tampouco me ofereceu uma bebida nem me convidou para sentarmos um momento e conversarmos. Não é que me pusesse para fora imediatamente com uma desculpa, não com palavras mas com sua atitude: não parava de fazer coisas, de ir de um lado para o outro, de limpar, lavar pratos ou copos, atender o telefone, pôr ordem na casa, catar brinquedos e roupas e cadernos e lápis — as crianças largam tudo de qualquer jeito e a gente nunca acaba de arrumar sua bagunça —, e não era mais como quando vivíamos juntos, então eu a acompanhava de um quarto a outro falando do que fosse ou contando ou perguntando, como tantas vezes andam os maridos por suas casas atrás de suas mulheres, mais ativas fisicamente e propensas a nunca ficar paradas no lugar, sobretudo se são mães. Agora eu não me sentia com direito a isso, quero dizer, de entrar em qualquer quarto, nem mesmo na cozinha, ainda que em sua companhia, ou antes, atrás dos seus passos. De modo que, ao cabo de quatro frases sobre os filhos ou sobre o estado do meu pai, pelo qual me perguntava sem falta para em seguida acrescentar com sinceridade "Tenho de ir visitá-lo, desta semana não passa, diga que penso muito nele", eu me retirava lhe dando dois beijos discretamente carinhosos, quer dizer, quase só amistosos, aos que ela respondia com passividade, de forma mais maquinal, sem se dar conta.

Sua cabeça estava em outro lugar e eu sabia onde. Notei-a um tanto apagada naquelas últimas vezes. Eu calculava: "Agora já recebeu a notícia de que não vai ver Custardoy por uns tempos, um grande dissabor, pegou-a desprevenida e ainda está digerindo, há em seus dias um estímulo a menos, sem dúvida o maior, o que mais a ajudava a atravessá-los, a se levantar com ilusão e se deitar sem descontentamento, mas ainda ignora que é na sua vida inteira que não haverá mais esse estímulo e que não tornará a ver aquele homem ou só ao acaso de um encontro; esse saber virá depois, pouco a pouco, vão passar semanas ou talvez mais tempo até compreender que tudo acabou, que não se trata de uma longa ausência mas de um definitivo abandono, como o que ela me infligiu já faz muito tempo. E então olhará pela janela como olho às vezes pela minha de guilhotina para ver a noite preguiçosa de Londres através da Square ou da praça, sua pálida escuridão mal iluminada por aqueles postes de luz branca que imitam a sempre econômica iluminação da lua, e as luzes acesas do hotel elegante, um pouco mais longe, e dos edifícios de apartamento que abrigam famílias ou homens e mulheres solitários, cada um encerrado em sua protetora moldura amarela, do mesmo modo que Luisa ou eu para quem nos observe; e acima das árvores e da estátua, meu vizinho que dança tão despreocupadamente e que a partir de agora me lembrará Custardoy, porque essas semelhanças e afinidades funcionam reciprocamente e se tingem, e ninguém é imune a elas: esse indivíduo dançarino e alegre já não me será tão simpático, talvez ele tenha salvado sem saber uma vida mas terá se contaminado com ela ao fazê-lo. E certamente nem Luisa nem eu ousaremos mais pensar a sós, depois de ter nos visto de novo e ter trazido um ao outro tristeza, embora ela ignore que procede de mim a que decerto ela está sofrendo: "Serei mais o que sou. *I'll be more myself.* Serei mais eu agora".

Estranhamente, posto que eu era o causador da sua recém-iniciada solidão que iria aumentando, me permitia que me desse um pouco de dó vê-la assim, abatida, sem vontade, sem ânimo, talvez nos prolegômenos de um duradouro langor, todos nós ficamos murchos com a perda de quem gostamos, ainda mais do que com a dos que gostam de nós, e eu não tinha dúvida de que Custardoy para ela estava entre os primeiros. Mas pelo menos eu não tinha o cinismo de dizer a mim mesmo que era para seu bem, embora com certeza viria a ser a longo prazo: tinha claro que era eminentemente para o meu, para minha relativa tranquilidade, meu sossego distante, para não me preocupar demais da conta com ela nem com meus filhos, e também para minhas esperanças quiméricas das quais ainda não podia prescindir totalmente, apesar de já transcorrido tanto tempo. E isso sim eu pensei no avião com a nitidez que havia evitado até então: que tinha sido egoísta, abusivo e desconsiderado, que tinha me imiscuído em sua vida da pior maneira possível, pelas costas, sem seu conhecimento, não só sem discutir com ela sobre o que devia ou convinha fazer, mas sem que ela sequer tivesse me falado do seu problema que aliás não via como problema, mas quem sabe como uma solução. Eu havia atuado como um pai do século XIX em relação à sua filha, eu a tratara indiretamente como a uma menor, só que não chegara a oferecer dinheiro ao cafajeste para que se afastasse, como talvez tenha sido a tradição dos progenitores abastados e autoritários daquele século, mas a ameaçá-lo de morte e a usar da violência. Começou a me parecer incrível aquilo tudo, que eu tivesse me comportado assim, quase sem dor na consciência, como um selvagem ou como fosse um convicto da ideia pragmática de que o que se tem de fazer é melhor fazer e assim estará feito, e de que, aconteça o que acontecer depois, o principal já estará feito e não há volta atrás (*"I have done the deed."* Ou *"The deed is done."*). Eu não sabia oficialmente nada de Custardoy, não perante ela, na realidade perante ninguém, com a única exceção da sua irmã Cristina, tinha de continuar ligando para ela de Londres para avisá-la, quando houvesse regressado de seus dias de ausência, não me lembrava se tinha dito uma semana ou mais, o caso era que já havia tentado todo dia nos últimos da minha estada em Madri, por via das dúvidas, sem sucesso, nem sequer tinha podido falar com seu marido para averiguar; e continuei tentando durante os primeiros depois da minha volta, fui experimentando diferentes horas até encontrá-la por fim em casa.

"Cristina, é Jacques, seu cunhado, Jaime", disse quando atendeu o telefone, na vigésima tentativa. "Estou de volta a Londres, mas queria te pôr a par de uma coisa importante. Falou com Luisa?"

"Não, ainda não, acabo de chegar, estiquei a viagem. Por quê? Aconteceu alguma coisa com ela?"

"Nada de ruim. Durante minha estada em Madri dei um

jeito na história de Custardoy com ela, ou assim acredito, vamos ter de esperar mais um pouco para confirmar."

"Ah, é?", respondeu com curiosidade e indubitável aprovação. "Como? O que você fez? Falou com ele, falou com ela? Conte."

"Isso é o que eu queria te dizer, que é melhor que você não saiba, e é fundamental que Luisa não saiba. Quero dizer, que não saiba nem mesmo que fiquei sabendo do que quer que seja, que você me contou. Essa história já terminou, ou está a ponto de terminar. O que quero é que Luisa nunca possa desconfiar que eu tive alguma coisa a ver com isso. Para ela eu ignoro inclusive a existência desse Custardoy, em nenhum momento me falou dele, e é o que tem de continuar acreditando. Agora e sempre. Se você mencionar um dia a conversa que tivemos, mesmo que daqui a dez anos, ela poderia juntar as pontas e não falaria mais comigo, apesar das crianças. Nem com você, com certeza. Mesmo que eu é que tenha me encarregado, o mais provável é que pensasse que você teve sua participação, que você semeou a discórdia ou me instigou a agir como agi. Você entende, não é? Se você me trair eu também não teria por que não te trair."

Cristina sem dúvida me entendeu. Mas ainda tinha curiosidade.

"Ah, é assim, é? Foi tão séria a coisa? Não se preocupe, se você conseguiu serei a primeira a me alegrar e em não fazer que seu feito corra riscos. Mas se nós dois vamos nos calar não tem importância que eu saiba tudo, não? O que você disse a esse sujeito? O que fez com ele? Vamos, diga como você agiu, já que foi por instigação minha."

"Eu te disse, é melhor não ventilar a coisa. Prefiro que ele seja o único a saber, o único que, por uma má sorte, se eles se encontrassem mais para a frente e ela o imprensasse, pudesse contar a Luisa, e não creio que ele faça isso, em hipótese alguma, não ganharia nada e seria a palavra dele contra a minha, sem corroboração possível. Não é que eu não confie em você, em você agora. Mas nunca se sabe. Um dia você poderia estar zangada comigo e querer me prejudicar. O que não é para se saber, é melhor que ninguém saiba, nem mesmo nosso cúmplice. Por que você acha que os criminosos matam tanta gente?"

Cristina aceitou bem o que eu disse, riu, não insistiu. Só me disse:

"Não se preocupe, não vou dizer nada a Luisa. Espero que você tenha razão e que essa história tenha acabado. Vou fazer cara de surpresa se ela me falar disso, do rompimento. Pode ser que sofra por um tempo e acabe desabafando, ou ruminando a coisa em voz alta. E olhe, se aconteceu alguma coisa com Custardoy, com certeza vou ficar sabendo em algum lugar, as pessoas falam muito, comentam tudo."

"Acho que você não vai saber. Ele não está em Madri e ninguém vai vê-lo por umas semanas, no mínimo. E quando voltar inventará alguma história, se é que ainda se notará que cruzou comigo. Uma porta de garagem, uma estaca na calçada." Me dei conta de que tinha falado demais, perder o controle da língua é tão fácil, principalmente ao se gabar de uma coisa e um pouco estava mesmo me gabando, ainda passados uns dias: eu sentia uma ponta de orgulho da minha façanha, pistola na mão, e não me custava esquecer que nunca há tal façanha diante de um homem desarmado. Isso era imperdoável, eu sabia, essa jactância íntima, sobretudo depois de ter descoberto o que descobri à minha chegada em Londres, ou logo antes. No entanto assim era, e eu nada podia fazer para evitar, suponho que isso acontece com qualquer um que não seja violento quando experimenta empregar a violência, e tem êxito. De modo que acrescentei: "Eu não disse que fiz alguma coisa com ele, nem que tenha acontecido alguma coisa com ele. Alguma coisa de ruim, quero dizer".

(Nessa breve conversa eu tinha recitado a Cristina umas tantas das frases clássicas que recomendam negação, ignorância ou silêncio, o próprio da espionagem e das conspirações e do delituoso, do clandestino e do encoberto: "É melhor que você não saiba de nada, assim, quando te interrogarem, dirá a verdade ao dizer que não sabe, a verdade é fácil, tem mais força, é mais crível, a verdade persuade". E também: "Se você só conhecer sua parte, mesmo que te peguem ou você falhe, a coisa terá seguimento". E mais: "Sua ignorância é o que mais te protegerá, não pergunte mais, não pergunte, será sua salvação e seu salvo-conduto". E ainda: "Já sabe, não falei com você nem te disse nada. Não houve nem esta conversa nem este telefonema, você não ouviu estas palavras porque eu não as pronunciei. E embora você as ouça agora, eu não as digo".)

Cristina tornou a rir, talvez também pelo contentamento de imaginar sua irmã já livre de perigo.

"Você soa muito misterioso e um pouco ameaçador", respondeu, meio a sério, meio de brincadeira. "Não é o Jaime que conheço. Vai ver que Londres te faz bem, e ficar sozinho aí. Mas tem uma coisa: tenha você agido como agiu, eu não sou sua cúmplice. Não precisa me matar."

Mas isso foi dias depois, já em Londres e com mais angústia e piores circunstâncias. O que eu tinha em mente enquanto voava para lá era que Luisa havia continuado sem falar de si mesma até o último instante. No dia da minha despedida, na véspera da minha partida, depois de visitar meu pai eu havia passado pelo hotel para mudar de roupa e depois tinha ido à sua casa para dar adeus às crianças, e a ela de passagem.

— E agora, quando você volta? — Guillermo tinha me perguntado com tom acusatório, e Marina tinha feito de tudo para que eu a levasse comigo, pelos ares.

— Logo — tinha mentido, sem ainda saber que não mentia.

— Desta vez não vou deixar passar muito tempo, garanto. — E à menina eu havia prometido que na viagem seguinte eu a levaria comigo até a ilha grande, sabendo que as crianças pequenas mal guardam lembrança de um dia para o outro, um dos muitos privilégios delas.

Aquela foi a única vez que Luisa pareceu a ponto de me convidar para sentar na sala um instante, como se de repente tivesse lhe caído a ficha de que demoraríamos a nos ver novamente e de que afinal não havíamos tido uma só conversa direito; de que não tinha se interessado pela minha vida em Londres nem por meu trabalho nem por meus hábitos nem por minhas perspectivas nem por meu estado geral de espírito nem por minhas amizades nem por meus possíveis amores (sobre esse último ponto eu podia não ter respondido, como ela tinha feito comigo), nem sequer pelas mulheres descuidadas ou sujas ou bêbadas ou doidas — em todo caso sem calcinhas — que talvez gotejassem sangue em minha casa ou na de Wheeler e que tinham lhe dado ensejo a caçoar de mim com gosto. Sua falta de curiosidade, sua falta de atenção para comigo tinham sido notáveis durante minha não curta estada, e não fosse pelo que eu tinha feito às escondidas, por minha intromissão brutal em sua vida — até certo ponto eu a tinha desfeito, ou posto abaixo a que ela tentava reconstruir —, por minha conseguinte sensação de estar mais do que em dívida com ela, semelhante indiferença teria sido motivo suficiente para eu me dar por ofendido e me queixar entredentes. Mas tão absorta ela estava, provavelmente tão mergulhada em sua história, que nem sequer reparou na estranheza da minha aparente conformação e na minha excessiva discrição. Ela me conhecia bem, certamente era quem melhor me conhecia. Sabia que eu era respeitoso e que não era um chato, que aceitava de bom grado o que me davam e que não lutava pelo que me negavam, meu orgulho me impedia de dar muita bola a quem quer que fosse e eu agia sibilinamente para alcançar meus propósitos, me distraindo e esperando, *lingering and delaying* tanto quanto fosse preciso. Mas era sob todos os aspectos anômalo que eu não tivesse feito algo mais para vê-la a sós, e com tempo. Que tivesse deixado a ela toda a iniciativa e ficado tão apartado, que tivesse deixado passar os dias sem me fazer mais presente ou mais visível e sem reclamar nosso encontro. Isso deveria tê-la deixado ressabiada, e no entanto não foi assim. Ela estava com a cabeça ocupada demais em outras coisas, em Custardoy com toda certeza, primeiro na incompreensível ilusão que ele criava nela, talvez na tensão entre seu querer e sua desconfiança — um homem como aquele tinha de ser percebido como desaconselhável em parte, sempre —, depois na inquietação por sua inesperada e brusca partida com explicações escassas, no desassossego crescente com o espaçamento dos seus telefonemas, talvez ainda não houvesse dado sinais de vida desde seu desaparecimento, como eu tinha mandado ("Durante sua ausência, ligue pouco, e cada vez menos"), e a inútil espera de algo que acaba se tornando premente e dominando todo o tempo e ocupando todo o espaço, fica-se esperando a campainha de um momento para o outro e cada momento se torna muito opressivo e muito longo, o joelho fincado em seu peito e chumbo sobre sua alma, até que o esgotamento nos vence e nos dá certa folga.

Talvez tenha sido isso, uma trégua por cansaço, o que lhe permitiu olhar ao seu redor por um instante e me ver, lembrar quem eu era e se dar conta de que no dia seguinte eu teria ido embora, e de que então teria me deixado passar ao largo sem — por assim dizer — me aproveitar; de que, no entanto, naquela noite ainda estava a tempo de eu lhe servir para enganar o tempo um pouco e tirá-la por uns minutos, com meus relatos londrinos, com os comentários ou anedotas do meu mundo alheio ao dela, das suas obsessões que não amainavam. Seguramente teria me ouvido só com meio ouvido, nem sequer com um inteiro, como quem se concentra distraidamente no murmúrio de uma chuva alojada, cômoda, tão sustentada e forte que parecia iluminar sozinha a noite com suas fileiras contínuas como varas metálicas flexíveis ou como lanças intermináveis, quando a gente erguia a vista; ou como quem ao dormir com um olho aberto crê entender e se acopla ao lânguido rumor do rio, que fala com serenidade ou sem vontade, ou a falta de vontade é a gente que põe com nosso cansaço, nosso sonambulismo, nossos sonhos que já começam, embora se creia bem acordado; ou como quem sem querer se contagia e se deixa arrastar por um cantarolar insignificante que chega da distância, através de um pátio ou de uma praça, ou ao entrar no banheiro e ouvir um homem contente que cantarola ao se pentear, ao fazer o repartido com água e extremo esmero ("Nanná naranniaro nannara nanniaro", e então a gente não pode deixar de continuar e pôr significado e palavras na contagiosa canção, se a souber: "*For I'm a poor cowboy and I know I've done wrong*. Porque sou um pobre caubói e sei que agi mal", diz o verso; ou, se preferirem, "que fiz mal aos outros").

Assim Luisa teria me ouvido, desatentamente, se houvéssemos chegado a ter aquele instante de conversa que ela esteve a ponto de me propor. Eu já tinha me despedido das crianças, de cada um em sua cama, deixara os dois adormecendo, mais que dormindo. Havia encostado ambas as portas e tinha dito a Luisa, que me esperava no corredor:

— Bom, vou embora. Parto amanhã. — Em seguida, tinha tocado suavemente seu queixo para vê-la de perfil e acrescentara: — Este olho está quase bom. Veja se toma mais cuidado, em geral. — Não dava para notar o golpe, só havia uma pequena zona ainda um pouco amarelada, ninguém se daria conta se não tivesse visto como estava antes.

— É, você já vai embora — ela respondeu. E em seu pensativo tom me pareceu que talvez fosse sentir vagamente minha falta, agora que ia ficar mais com as crianças e não teria tanta distração. — Não nos vimos muito, você não me contou quase nada, me pegou em dias ruins, com muitos compromissos prévios e muito o que fazer, coisas que não podia cancelar nem remarcar, se você tivesse me avisado da sua vinda com antecedência...

Era uma espécie de desculpa, era ela que se sentia um pouco em dívida, não muito, a gente costuma se amoldar a quem tem os dias contados na cidade, e ela não tinha feito assim. Estava triste e alheia e como que com maus pressentimentos ou, pior ainda, com má presciência. Serena em seu abatimento, como quem já jogou a toalha antes de receber os socos, como quem já sabe. Devia estar convencida de que algo de estranho acontecia com Custardoy, ou vai ver que ela o chamava de Esteban; de que, embora ele às vezes viajasse e passasse dias ou semanas observando e estudando quadros em qualquer lugar, não era normal uma partida tão intempestiva, sem ter podido se despedir nem ver, nem tanto silêncio posterior. Imaginei com satisfação que ele devia estar seguindo minhas instruções ao pé da letra, ou talvez levando-as ao extremo: sim, era bem possível que ainda não tivesse ligado para ela desde seu primeiro aviso, desde a sua suposta chegada onde teria dito que fora. Podia até ter contado que estava em Baltimore e não ter saído de Madri. Para mim dava na mesma, contanto que obedecesse e não aparecesse nunca mais.

— Como você está? — perguntei. — Parece um pouco caída, aconteceu alguma coisa nos últimos dias?

— Não, nada — respondeu, sacudindo um pouco o cabelo ao negar. — Uma pequena decepção, não tem importância. Passa logo.

— Posso fazer alguma coisa? É com alguém que conheço?

— Não. Não, em absoluto. É alguém que você não conhece,

alguém recente. Também não é culpa dele, ele não pôde evitar. — Ficou calada um segundo e acrescentou: — É curioso, cada vez haverá mais gente que você não conhece, nem mesmo de ouvir falar, e não terá nenhum sentido que eu te fale delas nem as mencione a você. E a mesma coisa acontecerá comigo em relação à sua gente. Isso não havia acontecido ao longo de muitos anos, não é?, ou raramente. É estranho como na convivência a gente fica a par sem esforço nem dificuldade especiais, e como de repente, ou antes, pouco a pouco, a gente ignora tudo sobre os que veem depois. Sobre os que chegam na vida de cada um, quero dizer. Eu não sei nada das suas amizades em Londres, por exemplo, nem dos seus colegas de trabalho com os quais você deve conviver diariamente. Você me disse que era um grupo reduzido, não é? E com uma moça meio espanhola, não? Como você vai com eles? Nem sei direito o que vocês fazem. — E ao dizer isso me apontou com o braço na direção da sala, não como se me indicasse a porta da rua para que eu me fosse já, mas como se me sugerisse que fôssemos para lá um momento antes de eu ir embora para que lhe contasse, ou vai ver que era só para me ouvir falar. Talvez tivesse se dado conta de que eu podia ajudá-la a suportar uns minutos de espera, ou a tirar da sua alma um peso que não cessava. Pensei que perguntaria a ela pela jovem mãe cigana e seus filhos, eram em certo sentido gente dela, da qual eu ainda tinha chegado a saber, em nossa convivência, em nossa cotidianidade, e da qual eu tinha chegado a me lembrar no outro país.

Fomos andando naquela direção, ela me precedendo. Nós nos dispúnhamos a conversar em casa, e enquanto aquilo durasse nos pareceria a coisa mais natural, sem a artificialidade de ter marcado um encontro prévio num restaurante ou em algum outro lugar. Mas então seu celular tocou, aquele aparelho que outras pessoas utilizavam mas eu não, e ela se apressou até a sala, quase correu, estava lá, dentro da bolsa, eu também tinha deixado minha capa e minhas luvas no encosto de uma poltrona ao entrar. Deixei-a ir, é claro, não apertei o passo, mas, como íamos juntos, tampouco me detive ou freei, minha discrição consistiu em não entrar, em ficar na soleira, olhando os livros de uma estante, meus livros que talvez um dia próximo teria de levar dali, ainda não sabia para onde.

— Alô? — ouvi-a dizer com o ânimo subitamente leve, como se a voz do outro lado houvesse varrido a sua melancolia (ou era pesar) com somente uma ou duas palavras. Eu tinha certeza de que era Custardoy, telefonando pela penúltima ou antepenúltima vez. — Alô? Você está bem? — Fez uma pausa. — Sim, entendo. Se bem que, não vou negar, esse sumiço me deixou desconcertada... E não sabe quanto tempo vai demorar? É um pouco estranho, não?, que não tenham te dado um prazo. — Instintivamente se afastou de mim e baixou a voz, para que eu ouvisse o mínimo possível. Mas como também não queria ser grosseira fechando a porta na minha cara ou indo para outro lugar, seu murmúrio continuou chegando a mim. Perdi algumas palavras, seu tom não. Não falava muito, era Custardoy quem falava mais, e a conversa foi breve, como se ele tivesse pressa (obedecia às minhas ordens de distanciamento, secura e concisão). — Mas com isso você me deixa às cegas. E amarrada, se não posso te ligar — disse Luisa um pouco suplicante, elevando por conseguinte a voz, para baixá-la em seguida outra vez e acrescentar a modo de explicação: — Jaime está aqui, veio se despedir, volta amanhã, já estava a ponto de sair, por que não me telefona daqui a cinco minutos? — Agora houve outra pausa mais demorada. — Olhe, eu não te entendo, tem de sair já, agora mesmo?... — Em alguns momentos me escapava o que ela dizia, eu ouvia vocábulos intermitentes e frases soltas. — Não, a verdade é que não entendo essa situação, primeiro tudo tão precipitado e agora tanta dificuldade. Não, claro que não, não é que nos conheçamos faz tanto, nem que eu te conheça tintim por tintim, não pretendo isso, mas em todo caso isso é novo para mim, nunca tinha acontecido... Sim. E você está esquisito, está diferente. — Tornou a se calar, depois quase a cochichar, depois elevou a voz para dizer: — Bem, olhe, não entendo o que está acontecendo com você, é como se outra pessoa falasse. É como se de repente você tivesse medo, e eu não vou te agoniar. — "Não é de você que ele tem medo, meu amor", pensei. "É de mim." — Bom, como você quiser. Você resolve, você é que sabe, não estou a fim de charadas... — E as últimas sete palavras, as que vieram em seguida, ela soltou com frieza: — Está bem. Como você quiser. Até logo.

Em outras circunstâncias eu não teria gostado nada de ouvir aquela conversa, como Luisa protestava com outro homem, como estava por um triz de suplicar, como reagia com dignidade ofendida às evasivas ou ao desinteresse dele. Mas aquela cena na realidade eu é que havia preparado, quase a tinha configurado e ditado, como se fosse Wheeler, que sem dúvida dedicava um bom tempo à confecção ou composição de momentos escolhidos, ou, vamos dizer, conduzia seus numerosos tempos vazios ou mortos em direção a umas tantas cenas prefiguradas e diálogos deliberados, sua parte já decorada antes. Só que eu não intervinha naquela conversa, ou era Custardoy que havia falado por mim, afinal de contas não eram suas verdadeiras palavras, mas as que eu o induzira a dizer como um Iago, ou o obrigara a pronunciar. Saber que eu estava ali ao lado, presente, teria aumentado seu temor, e também seu ódio a mim. Isso havia sido uma coincidência, mas ele não a teria sentido como tal, teria acreditado que eu vigiava o processo e estava de olho. Tanto melhor para mim.

Luisa se aproximou de onde eu estava, com o celular ainda na mão e uma expressão que era um misto de desconcerto, renúncia e contrariedade. "Ainda falta muito", pensei, "você ainda vai se desesperar. E então vai me procurar, porque sou o mais conhecido e o que talvez sempre vá estar aí."

— Bom, vou embora — falei e peguei minha capa e minhas luvas. Ela tinha pedido a seu interlocutor que ligasse dentro de cinco minutos, e logo em seguida se dispusera a sacrificar nossa conversa, a que teríamos, imprevistamente. Para ela era secundário que a perdêssemos, que ocorresse ou não. Àquela altura, para mim também. Minha oportunidade não estava naquela viagem, teria de esperar muito mais.

— Sinto muito — murmurou. — Coisas do trabalho. As pessoas têm comportamentos muito estranhos. Anunciam uma coisa e depois nem se lembram. Caem fora. — Não era preciso que me desse explicações falsas. A índole da conversa tinha sido nitidamente pessoal, de modo algum de trabalho. Eu sabia o que estava acontecendo, ela ainda não. Não me importava levar tanta dianteira, não me importava enganá-la. "Não é o Jaime que conheço", Cristina me diria mais tarde. Mas eu já havia pensado antes: "Não, não sou. *I am more myself*".

Luisa me acompanhou até a porta. Trocamos dois beijos, mas desta vez ela também me abraçou. Notei que fazia isso mais por desproteção, ou pela repentina antecipação do abandono e da perda, do que por afeto. Mesmo assim eu correspondi com força e com vontade a esse abraço. Não me custava nada em absoluto abraçá-la, nunca me custou.

"Venha, volte para mim, terei paciência, esperarei; mas não demore muito mais agora", pensei no avião, enquanto recordava aquele adeus. E em seguida citei para mim mesmo, de um poema recente em inglês que tinha lido numa das minhas viagens com Tupra, tinha lido num trem: "*Why do I tell you these things? You are not even here*". Ou, o que é a mesma coisa: "Por que te digo essas coisas? Tu nem sequer estás aqui".

Isso foi a última coisa que aconteceu antes de tudo mudar. Pedi à comissária de bordo um jornal inglês, precisava me acostumar de novo ao outro país. Naquele dia ainda não tinha dado uma olhada em nenhum jornal espanhol, estava pensativo demais para que o mundo exterior tivesse importância, na verdade levava *El País* dobrado no colo, ainda sem abrir. A comissária me ofereceu *The Guardian*, *The Independent* e *The Times*, peguei os dois primeiros, do terceiro não aguento mais a decadência espantosa sob seu atual império austral. Olhei a primeira página do *The Guardian* e minha vista foi instantaneamente — os nomes que conhecemos nos chamam, captam com grande velocidade nossa atenção — para uma notícia que deve ter tirado meus olhos das órbitas e os levou correndo ao *The Independent*, para me ajudar a dar crédito a ela e confirmar que não era uma piada de mau gosto e absurda nem tampouco uma fantasia. Ambos os diários traziam-na, não podia não ser verdade, e embora não ocupasse muito espaço, ou não o principal, era de capa nos dois: "Dick Dearlove acusado de homicídio", rezava um título, e o outro era muito parecido: "Dick Dearlove preso pela morte violenta de um menor". Claro que nenhum dos dois dizia "Dick Dearlove", mas seu verdadeiro nome, Dearlove é só como eu me acostumei a chamá-lo.

Procurei as páginas correspondentes e as li com apreensão e avidez, depois com horror e com uma crescente repugnância a Tupra e a mim mesmo, ou na realidade esse último sentimento me veio como uma exalação. A informação era muito incompleta e os fatos confusos, e não contribuíam para esclarecê-los as sucintas e algo herméticas declarações do assessor de imprensa e dos advogados de Dearlove, que foram os que avisaram a New Scotland Yard na manhã seguinte à noite do homicídio, o que fazia supor que teriam disposto de umas tantas horas para calibrar a situação e preparar e combinar a melhor linha de defesa, sobre a qual, aliás, quase não se forneciam dados. Na Inglaterra, pelo que sei, e ao contrário do que acontece na Espanha, onde tudo é gritaria irresponsável desde o primeiro instante, quando não linchamento verbal, se cumpre à risca a proibição de violar o segredo de um processo e adiantar publicamente indícios e depoimentos que vão formar parte deste, e ninguém com possibilidades de testemunhar acerca de um crime está autorizado a relatar sua versão à imprensa antes do julgamento. Tanto os advogados como os jornalistas se limitavam assim a especular, com prudência, insinuações vagas e considerável discrição. Aludia-se a uma possível tentativa de sequestro, a uma possível tentativa de roubo ("*burglary*"), também a um possível ajuste de contas passional. A vítima tinha dezessete anos, ao que parece era de origem búlgara ou russa (não se sabia direito, nem se possuía a nacionalidade britânica ou não; imaginava-se que não) e só apareciam suas iniciais, que curiosamente coincidiam com a do seu matador, ou seja, vamos dizer que eram R. D. Fosse como fosse, e eu soube de imediato como tinha sido no fundamental, não parecia haver dúvida de que o cantor tinha cravado uma lança, das várias que possuía em casa penduradas na sala contígua à sala de jantar, no peito e no pescoço daquele jovem muito jovem, duas noites atrás. O que significava provavelmente que as televisões de boa parte do mundo, principalmente as britânicas mas também as do meu país, já estariam um dia inteiro esmiuçando o assunto, sem falar nos milhões de vozes anônimas e pseudônimas da internet. Mas eu não tinha visto televisão nem internet.

Lamentei momentaneamente que no avião não tivessem nenhum jornal sensacionalista e de baixa estofa como *The Sun*, do mesmo império austral do *The Times* e mais dado portanto ao escândalo, ao moralismo e ao boato: essa classe de imprensa devia estar esfregando as mãos e se arriscando a violar qualquer lei contanto que vendesse mais exemplares. Dei uma olhada no *El País*, por via das dúvidas, mas seu tratamento era sóbrio e sumário e não contava nada diferente do que seus colegas de Londres se atreviam a saber. Meu lamento no entanto não durou nada, vou logo dizendo, foi um instante de ingenuidade, porque eu não precisava conhecer os detalhes nem as circunstâncias nem os antecedentes nem os motivos, nem mesmo a explicação psicológica sobre a qual se perguntam os jornalistas e um ou outro opinante. Para mim estava claro que Tupra tinha lançado o máximo horror biográfico naquele ídolo, que o submergira na repugnância narrativa como num barril de nauseabundo vinho, que tinha armado uma teia para ele e o inscrevera com letras de fogo na lista dos vitimados pela maldição K-M ou *Killing-Murdering* ou Kennedy-Mansfield, no que assim se chamava em nosso reduzido grupo sem nome e quem sabe se, por mimetismo, em algum outro e mais altivo lugar; que Reresby ou Ure ou Dundas o condenara não só a alguns anos de prisão, que para alguém tão famoso como Dearlove deviam ser um lento e incessante inferno

— quero dizer, mais incessante e mais lento que para os demais —, ou no melhor dos casos se veriam interrompidos por uma morte veloz nas mãos de outros presidiários, por ter em seus ombros um delito de semelhante turbidez, mas sobretudo a que a história inteira da sua vida e seus feitos ficasse empalidecida com uma só passada de brocha de tinta branca suja ou cinzenta ou de cor doentia, a que sua trajetória e sua construção caíssem de imediato no esquecimento e a que nunca mais ninguém pudesse mencionar, ler ou ouvir seu nome sem associá-lo no mesmo instante àquele crime final. Até as mães o apontariam como exemplo para prevenir seus filhos desprevenidos, e além disso o fariam, passado o tempo, com distorção e exagero: "Tome cuidado com quem você se mistura e com quem você anda, não se pode confiar em ninguém. Lembre-se do que Dick Dearlove fez com aquele menino russo, levou-o para casa e abriu-o de cima a baixo". E eu estava tão seguro de que aquilo era assim quanto de que em poder de Tupra já haveria uma gravação, uma filmagem com os fatos sobre os quais a imprensa aventurava hipóteses e que ainda quase ninguém mais conhecia; nela se veria certamente a sequência inteira, desde que o jovem búlgaro R. D. chegava à casa de Dearlove até o momento furioso ou apavorante em que este lhe cravava a lança causando sua morte rápida, embora deva ter requerido dois golpes — primeiro no pescoço, depois no peito, ou podia ter sido o contrário — para calá-lo de todo e acabar com ele; e então, quem sabe, ainda ofuscado e puerilmente triunfal (essa sensação duraria pouco, e durante o resto de seus dias a deploraria mais ainda), tirar do seu cadáver o celular ou a câmara com os quais teria feito suas fotos comprometedoras e que Dearlove não teria encontrado ao revistá-lo de forma brincalhona ao chegar, porque talvez Tupra tenha se encarregado de que não os levasse com ele mas que estivessem escondidos em algum lugar da casa antes do encontro galante ou comercial dos dois, como a famosa pistola que aguardava Al Pacino no banheiro de um restaurante na primeira parte daquela grande obra-prima que constou de três, uma melhor que a outra.

Tupra não ia precisar fazer uso daquele vídeo ou DVD, o importante naquela ocasião não tinha sido fazê-lo e guardá-lo para o futuro, para arrancar alguma coisa de Dearlove ou inibi-lo mais para a frente, o importante tinha sido que ele se desse conta de um só dos enganos a que era submetido e da sua conseguinte e irreparável reação. Tão irreparável e tão inocultável que o castigo ia chegar sem se fazer esperar. Tupra só teria aquele vídeo por ter, para vê-lo sozinho ou regozijar-se com a execução do seu plano, como peça de orgulho para sua coleção. Não serviria para mais nada, posto que o fato principal tinha ficado a descoberto assim que foi cometido: Dearlove *had done the deed* e o mundo inteiro estava a par. Tinha matado um jovem com uma lança.

Mas quem o instigara em última instância tinha sido eu. Ou talvez não exatamente: eu, mais propriamente, tinha inventado aquilo, tinha concebido, tinha exposto ou tinha ditado, tinha imaginado sua encenação. Eu tinha dado a ideia — ninguém nunca tem em conta esse perigo, o de dar ideias, e estas se dão sem pausa, a todas as horas e em todas as partes —, e não pude evitar de me perguntar quantas mais das minhas interpretações ou traduções teriam tido consequências sem que eu ficasse sabendo. Quantas e quais. Eu tinha passado muito tempo dando pareceres com uma soltura e uma despreocupação cada vez maiores, ouvindo vozes e olhando caras, frente a frente ou oculto na estação-estúdio ou em vídeo, dizendo quem era confiável e quem não era, quem mataria e quem se deixaria matar e por quê, quem trairia e quem seria leal, quem mentia e quem ia se sair mal ou regular na vida, quem me incomodava ou me dava dó, quem fingia ou caía nas minhas boas graças, e que probabilidades cada indivíduo levava no interior das suas veias, tal como um romancista que sabe que o que disser ou contar dos seus personagens, ou lhes atribuir ou lhes mandar fazer, não sairá do seu romance e não causará dano a ninguém, porque por mais que os sinta vivos continuarão sendo ficção e nunca interferirão com nenhum ser real (quer dizer, com nenhum que bata bem da cabeça). Mas esse não era o meu caso, eu não escrevia nada com tinta e papel sobre quem nunca existiu nem pisou a terra ou cruzou o mundo, mas sim descrevia e decifrava pessoas de carne e osso e sobre elas pontificava e vaticinava, e tanto meu acerto como meu desacerto, eu agora via, podiam ter consequências nefastas e condicionar a sorte delas nas mãos de alguém como Tupra, que nessa ocasião não tinha se limitado a ser *Sir Punishment* e *Sir Trashing*, mas *Sir Death* e *Sir Cruelty*, e *Sir Vengeance* talvez. E eu não tinha sido seu instrumento, e sim algo mais infrequente e talvez pior, sua inspiração e seu involuntário sussurro no ouvido, seu imprudente e inconsciente Iago. Não me importava nem me interessava muito o que ele tivesse contra Dearlove, se tinha armado uma cilada para ele por iniciativa própria — minha cilada — ou em extravagante missão de Estado ou por encomenda bem paga de algum particular. Isso era o de menos. O que me atormentava era pensar que ele tinha posto em prática meu plano que não era plano, e que para coroá-lo com êxito não tinha tido escrúpulos de sacrificar a vida de um jovem: "Estranho ter de se desprender até do próprio nome", desta vez sim, e aquela vítima até carecia de um, se chamava apenas R. D. Preocupante e inverossimilmente, eu não tinha percebido até então o fato mais grave de todos e que — compreendi no mesmo instante, com os três jornais abertos no meu colo naquele avião — mais me mortificaria o resto da vida. E por mais distante que posteriormente eu quisesse ver e conseguisse ver e fosse ver a vinculação — assim seria, me pareceria remota e não deliberada, de minha parte pelo menos e meu sentimento de responsabilidade se atenuaria, e tudo se assemelharia a um sonho, e com sorte eu enganaria a mim mesmo e o faria desaparecer, sobretudo quando se apagasse a auréola e algum dia eu pudesse me dizer: "Mas isso foi em outro país" —, tinham matado aquele rapaz russo que nem sequer sabia da minha existência, como eu havia desconhecido a sua enquanto ela durou, por minha predição ou minha hipótese ou fabulação, pelo que eu tinha dito e contado, e agora haveria de repetir para mim mesmo: "*For I am myself my own fever and pain*. E assim eu sou minha própria dor e minha febre".

A primeira coisa que fiz mal entrei pela porta do apartamento que foi minha casa por certo tempo, mobiliado ingenuamente por alguma mulher inglesa que nunca vi, foi discar o número direto de Tupra. Era fim de semana e no edifício sem nome não deveria haver ninguém, ou essa era a teoria, eu não era o único que passava por ali fora do horário, para terminar tarefas ou relatórios ou para remexer ou investigar. Como tinha acontecido comigo ao ligar para ele de Madri, uma voz de mulher atendeu. Perguntei pelo nome que me repelia utilizar, Bertie, para mostrar familiaridade com ele, embora não fosse necessário, se eu sabia seu número direto de casa alguma devia ter.

"Não está em Londres", respondeu. "Quem quer falar com ele, por favor?" O que eu não tinha era seu celular, Tupra era muito zeloso dele, e também da opinião de que tudo podia esperar, "como nos velhos tempos de ontem", se encarregava de recordar.

"Jack Deza", respondi, e me escapou sem querer um *z* espanhol, eu tinha me acostumado de novo com ele durante os dias no meu país, deve ter soado como "Daetha" ou "Deatha" para um ouvido inglês. "Trabalho com ele, e é importante. Pode me dar seu celular, por gentileza? Acabo de regressar de Madri e teria de lhe informar algo urgente e do seu maior interesse."

"Não, sinto muito, não creio que possa dá-lo. Só ele pode dar", respondeu a mulher. E acrescentou com leve impertinência, o que me fez desconfiar de que fosse Beryl, no jantar de Wheeler eu não tinha falado o bastante com ela para reconhecer agora sua voz, que não era muito jovem, embora tampouco fosse de idade: "Se o senhor não o tem, deve ser porque ele não considerou necessário que o tivesse".

"A senhora é Beryl?", perguntei então, arriscando-me a criar para meu chefe um conflito doméstico ou conjugal, se não fosse. Mas pouco me importa agora, logo, logo ele ia deixar de ser, já havia tomado a decisão. Ou quase tomado, nada é certo até que esteja feito e estabelecido.

"Por que quer saber?", foi sua resposta. E num tom que me pareceu meio severo e meio debochado afirmou: "O senhor não precisa saber quem eu sou".

"Talvez Tupra tenha proibido que Beryl, se é que é Beryl e deve ser", pensei, "deixe saber que voltaram, e ainda mais que vivem juntos de novo, pode ser que prefiram se sentir mais amancebados que casados, e gostem da clandestinidade." Lembrei-me de suas longas pernas e de seu cheiro pouco comum, agradável e muito sexuado, talvez o que arrastasse Tupra a ela sem parar, às vezes nossas fraquezas são pelas coisas mais simples, a que não podemos renunciar. Estive a ponto de lhe dizer: "É que, se a senhora é Beryl, nos conhecemos. Sou amigo de sir Peter Wheeler, e fomos apresentados na casa dele, faz tempo". Mas me abstive, ocorreu-me que se insistisse seria pior.

"Desculpe, não pretendia ser impertinente", disse. "Poderia me dizer então quando Bertie volta, por favor?"

"Não sei com exatidão, mas suponho que, se trabalha com ele, vai vê-lo segunda-feira em seu escritório. Imagino que estará lá."

Era uma maneira de me indicar que não tornasse a ligar

para a casa dele durante o fim de semana. Agradeci e desliguei, teria de esperar. Abri a janela de guilhotina para arejar depois de tantos dias de ausência, desfiz rapidamente minha mala, limpei um pouco a poeira, examinei a correspondência acumulada e depois, quando já caía a tarde e sem saber mais o que fazer — quando a gente está recém-chegado carece de ritmo —, fui à janela espiar e vi meu vizinho dançando em frente, além das árvores cujas copas coroavam o centro daquela praça: nada havia mudado — não tinha por quê, o tempo nos engana quando saímos de viagem, sempre parece mais demorado do que foi. Estava com suas duas amigas habituais, a branca e a negra ou mulata, um trio bem afinado, elas deviam ser "guebrídgumas" entre si, enlaçadas por ele, outro ponto de coincidência com Custardoy, que era dado a levar para a cama as mulheres de duas em duas, não acreditava que Luisa tivesse se prestado a isso, para onde teria ido Custardoy com sua mão rota, para onde teria ido de verdade, não era da minha conta e para mim dava na mesma, contanto que cumprisse minhas condições e se mantivesse afastado dela e sem lhe falar da minha intervenção, esse último ponto era vital. Os três dançarinos ensaiavam uns passos velozes, uma espécie de sapateado aflamencado estranho ou talvez fosse de *tap dancing* — eu não conseguia adivinhar a música que devia soar alta em sua sala, era sábado —, porque com o braço direito seguravam alguma coisa em seus respectivos ombros, dava a impressão de ser algo móvel, vivo, de pequeno tamanho, não pude resistir a pegar meu binóculo dessa vez, e quando focalizei vi com estupefação que cada um levava um cachorrinho diminuto efetivamente posto no ombro, desconhecia as marcas, quero dizer as raças, mas o do homem era chato e peludo e os das mulheres mais pareciam ratos de focinho agudo, desses esquálidos com um tufo ou coque ou franja ou topete, asquerosos como quer que se considere. Não parecia que fossem deles, perguntei-me de onde os haveriam tirado, talvez houvessem alugado exclusivamente para sua dança excêntrica, em todo caso os animaizinhos deviam estar enjoados, se é que não transtornados e desesperados, o saracoteio dos dançarinos devia ser para eles como um terremoto permanente ou algo assim. Tomara que não aparecesse na casa dos meus vizinhos algum membro das sociedades protetoras de animais, tão ferozes e ativas na Inglaterra, senão ele certamente os denunciaria por tortura, abuso e aturdimento de bichinhos indefesos. "Que doidos", pensei, "devem achar que é um grande mérito dançar com um ser vivo no ombro sem que caia, mas ele pode ser atirado longe num requebro e ir se estatelar contra a parede ou uma vidraça." Fiquei observando os três por uns minutos até que de repente eles pararam com trejeitos de aborrecimento e alarme: o cachorrinho da mulher branca tinha urinado nela, regando sua cara e os cabelos, e precisamente por ter feito isso no meio do sapateado frenético tinha aspergido também os outros dois. Submetido a semelhante efervescência, a incontinência era sem dúvida o mínimo em que o pobre bicho podia incorrer. Soltaram os três totós, que cambalearam pela sala, e começaram a tirar a roupa manchada com pressa e com nojo, e justo no momento do homem tirar sua elegante polo, seu olhar ficou de frente para minha janela e ele me avistou. Escondi o binóculo no ato e dei dois passos para trás, envergonhado da minha espionagem. Mas eles não pareceram nem um pouco zangados, apesar das duas mulheres já estarem de sutiã, com o agravante ou o atrativo de que a mulata não usava sutiã. Tal como da outra vez que tinham me visto, fizeram sinais divertidos, me convidando com os braços a ir para lá. Então eu também tinha ficado com vergonha, mas conseguira ver uma vantagem no recíproco contato visual: tinha pensado que, se uma noite ou um dia fossem verdadeiramente desoladores, estava aberta a possibilidade de tentar buscar companhia e dança do outro lado da

Square ou da praça, naquele apartamento descontraído e alegre cujo ocupante além do mais resistia às minhas deduções e conjecturas, inibia minhas faculdades interpretativas ou se subtraía a elas, coisa tão infrequente que lhe conferia leve mistério. E essa perspectiva de uma visita hipotética, esse gancho possível ou futuro tinha me levado a me sentir mais seguro e leve, como com uma rede. Claro, aquele dia era um dia verdadeiramente desolado, e até que falasse com Tupra me aguardava um fim de semana sem praticamente nada a fazer, um domingo *per se* desolado e "desterrado do infinito" ou "*banni de l'infini*", como uma vez tinha escrito creio que Baudelaire e como costumam ser os da Inglaterra, eu os conhecia bem havia muitíssimos anos, desde que tinha morado ali pela primeira vez, em Oxford, e sabia que não eram simples e mortos domingos que, como em toda parte, é preciso atravessar na ponta dos pés sem chamar sua atenção nem lhes dar a menor bola, porém algo mais, mais insuportável e abismal e lento do que em qualquer outro lugar que conheço. Assim, talvez houvesse chegado a hora de recorrer à rede daquele trio jovial, e além do mais as duas mulheres não se importavam de se exibir diante de mim, sobretudo a que sempre tinha me agradado e que se exibia mais. Hesitei um instante se ia, se descia à praça, atravessava e subia, e logo descartei a possibilidade. "Não, agora tem menos sentido do que nunca", pensei, "o mais provável é que dentro em pouco — umas semanas, um mês, no máximo dois — eu não more mais neste apartamento nem assome mais a essa Square, e eles comecem a se transformar apenas numa lembrança grata que se esfumará. E meu dançarino, por infelicidade, agora sim eu o interpreto mais, porque já não posso evitar de associá-lo e ver nele uma afinidade com Custardoy." De modo que, sorrindo, me aproximei de novo da janela e com o dedo indicador lhes disse que não. E em seguida abri e levantei um pouco a mão num gesto amistoso, essa foi minha maneira de dizer a eles “obrigado” e talvez também “adeus”.

Voltei para dentro e fechei a janela. Decidi sair então para comprar quatro coisas básicas para a geladeira quase vazia, num mercadinho ali perto em que também se vendiam revistas e jornais, mas não quis mais levar *The Sun* nem qualquer outro de seu jaez; e quando voltei para casa tampouco quis ligar a tevê, com certeza em algum programa, se é que não na maioria, estariam falando do horrível crime de Dick Dearlove, ex-dentista, transformado num novo Hyde que não poderia mais voltar a ser Jekyll: seria um assassino lascivo a partir de agora e até o Juízo Final, no qual, em outros tempos — nos tempos da fé firme —, ter-se-ia acreditado que um rapaz búlgaro ou russo de nome Danev ou Deyanov, Dimitrov ou Dondukov, se defrontaria com ele e o acusaria com amargas palavras de morto jovem. Ou talvez se dirigisse a Tupra, ou inclusive quem sabe a mim. Na realidade eu preferia não saber muito, nem dele nem de Dearlove, mesmo porque não precisava e aumentaria meu pesar. Eu já sabia o bastante, e o que a imprensa dissesse seriam apenas especulações doentias e despropositadas. O que ninguém saberia era que havia alguém por trás, um perito na repugnância ou horror narrativo e no complexo Kennedy-Mansfield e em sua maldição tão eficaz, e que aquele crime não se devia de modo algum ao acaso nem a uma noite desastrosa nem a um simples surto de loucura. Danev ou Dondukov já não podia contar quem e como o contratara e para fazer o quê, e eu não estava com disposição para demonstrar nada. Nem contava fazê-lo, aliás.

Telefonei para a jovem Pérez Nuix, encontrei-a em casa, cumprimentei-a, disse que acabava de voltar, perguntei se podíamos nos ver naquela noite ou no dia seguinte (“É urgente, é importante; mas serei breve, um minutinho”, disse a ela, como uma vez ela tinha dito a mim, e depois tudo havia durado até a manhã; não tinha se repetido outra vez). Respondeu-me que sim, não tentou averiguar antes do que se tratava e se mostrou disposta a vir ao meu bairro ("Vai ser até bom eu tomar um pouco de ar, hoje não saí de casa o dia inteiro, e em todo caso tenho de levar o cachorro para passear"), tínhamos uma espécie de inconfessa lealdade um ao outro. Marcamos encontro no bar do luxuoso hotel que se avistava da minha janela ("Me dê uma hora e meia, não mais, o que demora para voltar com o cachorro e depois chegar até aí"), e quando a tive à minha frente com uma bebida já servida contei sobre Dick Dearlove e as interpretações que Tupra tinha me pedido dele, depois do seu jantar-*cum*-celebridades em Londres e, mais tarde, em Edimburgo. Eu a pus a par dos meus jactanciosos pareceres, das minhas hipóteses, das minhas teorias, das minhas encenações, das minhas predições. Tal como as coisas tinham transcorrido, haviam sido uma presciência.

— É muita coincidência, não acha? — acrescentei, e em nenhum momento pensei que fosse me dizer que não.

Percebi-a um pouco incomodada, como se por algum motivo minha tribulação a impacientasse ou desagradasse, e bebeu lentamente como se bebe para pensar as palavras um pouco mais. Por fim respondeu:

— Jaime, as coincidências acontecem, você sabe. Eu acredito, na verdade, que fazem parte da normalidade. Mas suponho que com Bertie não. Com Tupra no meio — corrigiu-se — é improvável, nisso você tem razão. Com ele quase nada é coincidência. — Guardou silêncio por uns segundos, olhando para mim com o que me pareceu uma leve comiseração, e prosseguiu: — Mas o que é que te atormenta? Ter dado a ele uma ideia para armar uma cilada que não te agrada? Que dessa cilada não tenha saído prejudicado quem estava previsto, mas um outro? Que tenha havido um morto, uma vítima instrumental? Sim, claro, o que quer que eu diga, entendo seu desconforto. Mas já falamos disso naquela noite — recordou. E diante da minha expressão de desconcerto acrescentou: — Sim, eu te disse que o que Tupra fizesse ou decidisse não nos dizia respeito, na realidade. Todo mundo, trabalhe no que trabalhe, proporciona ideias a seus chefes. Eles se apropriam delas se lhes parecem boas, e dois minutos depois de ouvi-las já creem que são deles. É muito chato, nem sequer te dão um tapinha nas costas, mas também nos exime de responsabilidade. Eu te disse que se preocupar com o que acontecia com nossos relatórios era como um romancista se preocupar com os compradores e leitores possíveis de seu livro, com o que entendessem e tirassem dele.

Lembrei-me daquilo, e também de que eu tinha respondido a ela que a comparação talvez não fosse acertada. Ela tinha feito mais outra, nenhuma tinha me convencido. De novo eu a vi mais experiente, até certo ponto mais velha que eu. Olhava para mim como se estivesse assistindo, com preguiça, depois de tanto tempo, a algo pelo que ela tinha passado e que tinha deixado para trás. Talvez viesse daí sua impaciência ou seu desagrado, seu incômodo: incomoda explicar a outro o que a um custou sangue aprender sem a ajuda de ninguém. Ou talvez tenha tido a de Tupra, que não era mal argumentador.

— A comparação não me pareceu acertada— repliquei. — E o romancista, em todo caso, poderia se preocupar com o que bota em seu livro, não?

— Não creio que nenhum se preocupe — disse, dando por encerrada a questão. — Ninguém escreveria nada, se fosse assim. Olhe, Jaime, a gente não pode viver tão cheio de cuidados, isso é paralisante. É vontade de procurar pelo em ovo. E depois, bem, não exagere, ora essa, em nosso meio tem gente que faz coisas muito piores, ainda por cima se sujando. Ou melhores, conforme se encare, porque com elas prestam serviço ao país. — Já que falávamos em espanhol, foi gratificante que ela não dissesse "à pátria". Aquela expressão se parecia por demais com uma das primeiras que eu tinha ouvido de Tupra, no jantar de Wheeler. Talvez ele fizesse escola com os que permaneciam muito tempo a seu lado, entre eles não estaria eu. Mas Pérez Nuix disse sua frase num tom tão neutro que não fui capaz de saber se falava a sério ou se estava citando nosso chefe e era um sarcasmo.

— Não vá me dizer que com a detenção de Dearlove, com o fato de o mandarem para o xilindró um montão de anos ou para que o matem por lá três dias depois, prestou-se um serviço a este país. Ou com a morte desse rapaz russo, que estava recém-chegado e era ilegal, de modo que ninguém vai investigar grande coisa nem reclamará. Como você o chamou, uma vítima instrumental? Eu achava que o termo já consagrado era vítima colateral. Se bem que em castelhano se deveria dizer lateral. — Não pude resistir ao pedantismo de fazer essa precisão.

— São coisas distintas, Jaime — assinalou. — As vítimas colaterais, ou laterais, não costumam ser instrumentais, elas ocorrem mais por azar ou por erro ou por simples inevitabilidade. Já as instrumentais cumprem sempre uma função. São aquelas necessárias para que algo saia direito. — Ficou calada outra vez, bebeu, continuou calada. Pensei que talvez tivesse passado mais de uma vez pelo que estou passando. Titubeou ao voltar a falar: — Olhe, não sei, não sei, para mim Tupra há muito não representa nada, nem representava muito quando estávamos em melhores termos, não creia que não, quero dizer quando tinha mais confiança ou mais fraqueza, ele cala quase tudo. Em princípio parece difícil que o Estado, ou a Coroa, ou eles — e apontou com um dedo para cima, supus que se referia aos chefões do SIS ou Secret Intelligence Service, que pelo menos antigamente abarcava o MI5 e o MI6 — tenham ordenado uma cilada assim, uma operação assim, contra um cantor de rock, uma celebridade.

Mas nunca se sabe, na América tornaram públicas coisas ridículas, relatórios e perseguições a gente como Elvis Presley ou John Lennon pela CIA ou o FBI, de modo que tudo é possível. Não sabemos o que Dearlove fazia, em que podia estar envolvido, com quem tinha relações e a quem podia chantagear, a quem ameaçava com sua credibilidade intacta (na medida em que alguém como ele pudesse ter isso, é claro) ou a quem se dedicava a favorecer. Temos surpresas imensas com a gente insignificante, e com a gente inofensiva, e com a gente aparentemente ornamental. Esses cantores e atores muitas vezes piram, há os que criam seitas esquisitas ou se convertem ao islamismo, e hoje em dia não se brinca com isso, você sabe. Uma das primeiras lições que a gente aprende neste ofício (ou é melhor trazê-la sabida de casa) é que não há ninguém insignificante nem inofensivo nem puramente ornamental.

— Quando mais conversei com ele, em Edimburgo — disse a ela —, melhor dizendo, quando o ouvi falar com uma velha amiga dele, Genevieve Seabrook, o que dá mais veracidade às suas palavras porque com ela não precisava representar, não me pareceu que estivesse relacionado com ninguém, menos ainda com alguém cobiçável, nem que tivesse possibilidade de algo assim. Ele se queixava de que na Inglaterra geralmente não tinha outro remédio senão pagar. Não creio que pudesse ser uma ameaça para alguém importante, a quem nada menos que o Serviço Secreto tivesse de proteger. Me deu a impressão de um homem que dissimulava sua decadência, mas em decadência. Ele próprio, aliás, já estava se vendo desaparecer. Não tanto do mundo quanto da memória da gente. Isso preocupava muito, amargava, angustiava a ele.

— Já te disse que em princípio é pouco verossímil que o Estado tenha ido contra ele dessa maneira. De modo que me inclino mais por uma vingança pessoal de Tupra, alguma conta pendente, tiveram bastante contato, ou de outra pessoa a que Tupra tenha feito favor. E também não é descartável uma encomenda, sem nenhum favor.

— Uma encomenda retribuída, você quer dizer?

— Sim, por que não, já te expliquei. Esse Dearlove pode estar em decadência para todos os efeitos, mas, pelo que se sabe, ao longo da sua vida de astro foi para a cama com muitos menores de ambos os sexos, sem dúvida com alguns que na época seriam muito cobiçáveis, conforme a sua expressão, por seu físico ou por sua estirpe ou por sua origem social. Muitos deles hoje devem ser maiores, e alguns devem possuir fortuna, pode muito bem ser, para se permitir uma encomenda assim. Também há pais, ou irmãos. Sei lá, vai ver que Dick Dearlove arruinou a existência de uma irmã ou de um irmão mais moço de Tupra. Vai ver que foi o próprio Tupra — e riu com essa ideia — que ele uma vez perverteu.

— Você acha que isso é possível? Não deve ser muito mais moço que ele. E ele tem irmãos, Tupra?

A jovem Pérez Nuix voltou a rir, desta vez diante da minha ingenuidade, ou diante da minha literalidade.

— Não, homem, não, com certeza não houve ninguém que tenha pervertido Bertie desde que ele nasceu, que o obrigasse a fazer algo que ele não estivesse disposto a fazer. Custa-me pensar que ele tenha sido um dia inocente e maleável, verdade. Além do mais eu utilizei esse verbo entre aspas, como você deve imaginar. Não sei se tem irmãos ou não, nunca o ouvi falar uma só palavra sobre sua família nem sobre suas origens, nem mesmo sei de onde vem seu nome. — "Peter também ignorava; embora zombasse", pensei. — Ninguém sabe grande coisa dele. É como se tivesse brotado por geração espontânea. — Patricia tinha voltado a chamá-lo de Bertie e havia adotado certo tom evocativo, sem se dar conta, sem querer, o que teria havido entre eles. Mas logo voltou ao assunto. — O que quero dizer é que as possibilidades são ilimitadas e secundárias, não tem sentido ficar fuçando. — De novo notei em mim seu olhar de leve comiseração. Era como se lhe desse pena me ver atravessar um processo que ela já tinha percorrido, voltei a ter essa sensação. Também podia ser que isso a aborrecesse, inclusive a irritasse. — Que importância tem o porquê, Jaime. Não é problema seu. Tampouco o sucedido é, apesar de neste momento você acreditar que sim. Mas não é. Você tem de se acostumar com isso. Não vai acontecer muitas vezes, é a primeira desde que você entrou, está vendo. Também pode não acontecer mais. No entanto você tem de se acostumar, por via das dúvidas, por causa das exceções. Se não, você não poderá continuar.

— Não acho que vou continuar — repliquei.

A jovem Pérez Nuix manifestou surpresa, mas me deu a impressão de que a fingia, como se considerasse que não mostrá-la fosse de má educação ou um desdém para comigo. Ela era a melhor, segundo Tupra, devia me conhecer bem, talvez mais que eu, sobretudo porque eu não estava interessado e tinha renunciado a me entender, para quê. ("Porque ninguém é conhecido por outro melhor do que por si mesmo, e no entanto ninguém se conhece tão bem que possa estar certo de sua conduta amanhã", isso tinha dito santo Agostinho, pensei, lembrei.) Sim, um pouco pelo menos ela fingiu.

— Ah, é? Quando decidiu, estes dias em Madri ou agora ao chegar? Tem certeza?

— Tenho quase certeza — concedi. — Antes quero falar com Tupra. Hoje ele não está na cidade.

— E seria por isso, pela história do Dearlove? E a Tupra, o que você vai dizer? O que vai perguntar para ele, o porquê? Isso são coisas dele ou nem sequer dele, ele nunca te dirá. Às vezes nem ele mesmo sabe o porquê, chega uma ordem, não a questiona, obedece-a e pronto. — Olhou para seu copo. Eu levei um cigarro aos lábios à espera de que ela voltasse a falar, bancaria o distraído até alguém protestar. — Você é que sabe, Jaime, mas me parece um exagero. É o estilo do mundo, como ele diz, é só isso. Espere até digerir. Espere até se dar conta de que você não tem nada a ver com o que aconteceu com Dearlove e com o rapaz búlgaro. As ideias flutuam, e nada se transmite tão facilmente. Mal você a dá, ela já não é mais sua, somente estava por aí. E todas elas podem infectar. Espere um pouco e um dia você será grato a mim.

— Não seria só por isso — respondi. — Mas isso contribui. Acho que não decidi nem aqui nem em Madri, mas em pleno voo, no avião.

— Nossa, princípios firmes, hein? — E seu tom se fez levemente sarcástico; mas imediatamente passou a outro de seriedade: — Eles não são tão firmes, na realidade, Jaime. Ninguém que está há tempos trabalhando nisso pode tê-los. Você os está pondo em seus ombros com denodo, mas isso são outros quinhentos. — Às vezes ela dizia palavras cultas, por causa da vertente necessariamente livresca e não vivida do seu espanhol. — Está bem, não é que eu o critique; ajuda, tem seu mérito, todos deveríamos agir mais assim. Mas o que a gente põe, pode tirar.

Lembrei-me do que Tupra tinha me perguntado no dia da minha primeira interpretação de pessoas (o dia em que tinha me instado pela primeira vez: "Diga o que for, o que lhe ocorrer, fale"), depois de me reter em sua sala um instante para que eu desse minha opinião sobre o general ou coronel ou cabo Bonanza, o que fosse, da Venezuela: "Deixe-me lhe perguntar: até que ponto o senhor é capaz de deixar os princípios de lado? Quero dizer, até que ponto o senhor costuma? Prescindir disso, da teoria, não é?", tinha me dito. E havia acrescentado: "Todos nós o fazemos de vez em quando, ou não poderíamos viver: por conveniência, por medo, por necessidade. Por sacrifício, por generosidade. Por amor, por ódio. Em que medida o senhor costuma? Entenda-me". E eu havia respondido: "Depende. Posso deixá-los bastante de lado, para opinar numa conversa. Um pouco menos para julgar. Para julgar amigos, muito mais, sou parcial. Para agir, muito menos, creio eu". Tinha respondido quase sem pensar. Em todo caso, que sabia eu e que sei eu. Talvez Pérez Nuix tivesse certa razão, e agora os estivesse aplicando a mim, ou decidindo não deixá-los de lado. No que eu não a acompanhava era na última coisa que ela dissera: nem tudo o que a gente põe, pode tirar.

— Nem tudo — eu disse a ela. — Uma tatuagem não se pode tirar. Nem sempre. Há obrigações que também não se podem tirar. Por isso há algumas que é muito difícil pôr. E outras que mais vale pôr, para que não haja mais como dar para trás.

Já não havia muito mais que falar. Eu devia ter suposto que ela não saberia nada. É bem possível que só tivesse telefonado para ela a fim de combater minha impaciência e compartilhar meu estupor, para desabafar, talvez para me convencer, pelo menos para argumentar, ou para um teste. Apaguei o cigarro quase não fumado antes que alguém me chamasse a atenção. Paguei e saímos. Ofereci-me para levá-la de táxi até sua casa, mas estávamos perto demais da minha, ela declinou do convite. De modo que eu a acompanhei até a estação de metrô de Baker Street e ali nos despedimos. Agradeci e ela respondeu: "Não há de quê".

— Como vai seu pai? — perguntei. Não tínhamos voltado a falar dele desde a noite no meu apartamento. Ela não tinha me contado nada nem eu havia perguntado. Suponho que se perguntei então foi porque tive certa sensação de adeus. Embora segunda-feira nos víssemos no edifício sem nome, e talvez mais um ou outro dia.

— Não está mal. Não joga mais — respondeu.

Trocamos um beijo e eu a vi desaparecer, para dentro, para baixo, o metrô de Londres fica tão fundo. Talvez ela invejasse que eu pudesse não continuar no grupo, como havia anunciado. Que para mim ainda fosse possível me desligar dele, tinha permanecido muito menos tempo. Ela também, não havia nada que a impedisse de fazê-lo, em princípio. Mas certamente Tupra quereria conservá-la a qualquer preço, como os outros, eu também. Ele ia dando seus passos necessários e devia confiar em que não nos afugentava com eles, quem sabe os dosava e media levando também isso em conta, calculando quando estávamos curtidos para suportar certas convulsões. Havia muito poucas pessoas com nossa maldição ou dom, cada vez menos, segundo Wheeler, e ele tinha vivido em suficientes épocas para notar isso sem se enganar. "Quase não há mais gente assim, Jacobo. Nunca houve muita, pouquíssima na verdade, daí quão reduzido foi sempre o grupo, e quão disperso. Mas nestes tempos, a escassez é absoluta, não é trivialidade nem exagero dizer que estamos em vias de galopante extinção. Nossos tempos se tornaram sem graça, melindrosos, hipócritas para dizer a verdade. Ninguém quer ver nada do que se deve ver, nem se atreve a olhar, menos ainda a fazer ou arriscar uma aposta, a se precaver, a prever, a julgar, não digamos a prejulgar, que é ofensa capital. Ninguém mais ousa dizer ou reconhecer consigo mesmo que vê o que vê, o que tantas vezes está aí, calado ou quiçá muito lacônico, mas manifesto. Ninguém quer saber; e saber de antemão, bem, disso têm horror, horror biográfico e horror moral." E em outra ocasião, em outro contexto, tinha me advertido: "Você deve ter presente que a maioria das pessoas é tonta. Tonta e frívola e crédula, você não sabe até que ponto, uma permanente folha em branco sem a menor marca nem resistência".

Não, Tupra não devia estar disposto a nos perder sem mais nem menos, a nós, que o servíamos. Eu não acreditava ter contraído ainda graves dívidas nem fidelidades para com ele, nem estabelecido laços demasiado fortes; não tinha me envolvido, nem enredado, nem amarrado, eu não iria sacar a faca para cortar nenhum vínculo dos que acabam apertando. Havia tentado enganá-lo a respeito de Incompara, mas agora, com a história de Dearlove, embora não fosse a mesma coisa, estávamos mais ou menos quites. A jovem Pérez Nuix, em compensação, era provável que ele a tivesse cercado por vários lados, que para ela não houvesse fácil separação ou possibilidade de desertar. Lembrei-me do comentário de Reresby quando congelou no vídeo a imagem do pai espancado, o pobre homem imóvel na mesa de bilhar, sangrando pelo nariz e pelas sobrancelhas, talvez pelos pômulos e por outras brechas, uma massa informe cheia de cortes e inchada, eu também tinha quebrado uma mão e cortado um pômulo com aparente frieza, ou talvez com frieza verdadeira, como havia sido capaz. Tupra dissera: "Aqui não se joga fora nada, não se entrega nem se destrói nada, e essa surra está em lugar seguro aqui, não é para ninguém vê-la. Talvez um dia convenha mostrá-la a Pat, isso sim, quem sabe, para convencê-la de alguma coisa, de que fique, de que não vá embora, nunca se sabe". Talvez ele a mostrasse dizendo a ela: "Não vai querer que isso torne a acontecer com seu pai". "Que sorte", pensei, "minha família estar longe, eu estar tão sozinho aqui em Londres." Mas talvez ele não precisasse chegar a tanto para convencer Pat: afinal de contas, apesar de meio espanhola, prestava serviço ao país dela. Eu não.

Naquela noite dormi mal porque tinha decidido levantar bem cedo. Não ia passar todo um domingo de braços cruzados em Londres, ruminando, sem ter o que fazer (tinha concluído tudo o que estava pendente antes de viajar), com a tevê me espreitando e esperando que chegasse segunda-feira para eu ver Tupra. Fazia muito tempo que não visitava Wheeler e além do mais tinha carregado aquele pesado presente para ele desde Madri, todo o trajeto: o grande livro, em dois volumes e com caixa, de cartazes propagandísticos da nossa Guerra Civil que eu tinha comprado para ele num sebo, havia vários — e não só espanhóis, e prospectos — com o mesmo motivo ou parecido da "*careless talk*" ou "conversa imprudente". E, quando custa para a gente levar uma coisa, sente impaciência para entregá-la, ainda mais se está convencido de que agradará ao destinatário. Na noite de sábado, quando voltei da estação de metrô de Baker Street, já era um pouco tarde para telefonar, de modo que decidi aparecer em Oxford de manhã e avisá-lo de lá, não haveria nenhum problema, ele mal saía de casa e ficaria certamente encantado com que eu fosse à sua casa à beira do rio Cherwell e ficasse para almoçar, ou passasse o dia inteiro em sua companhia.

Assim, fui para a estação de Paddington, da qual tantas vezes havia partido durante meu já distante tempo oxfordiano, e peguei um trem antes das oito da manhã sem me dar conta de que era dos mais lentos, com baldeação e espera incluídas em Didcot. Naquela estação semiabandonada eu tinha aguardado muitos minutos somados, durante o que ainda era minha juventude mais ou menos, e numa ocasião tivera a convicção de perder algo importante por não ter me atrevido a falar — ou quase — com uma mulher que também esperava o trem atrasado que devia nos levar a Oxford, e da qual, enquanto matávamos o tempo fumando, o facho de luz temerosa que tínhamos perto iluminava não só as pontas dos seus cigarros jogadas no chão junto das minhas (que época tão tolerante), seus sapatos ingleses de adolescente ou de bailarina ingênua, com fivela e saltinho bem baixo e a ponta arredondada, e seus tornozelos aperfeiçoados pela penumbra. Depois, quando já a bordo do trem demorado pude ver bem seu rosto, soube e sei agora que é a mulher que ao primeiro olhar mais me comoveu ao longo da minha juventude, embora não me escape que esse comentário só pode acompanhar, segundo a tradição da literatura e da realidade, aquelas mulheres que os homens jovens não chegam a conhecer. Naquele tempo Luisa ainda não tinha cruzado comigo e minha amante era Clare Bayes, e eu nem sequer conhecia meu rosto de então, e mesmo assim interpretava aquela jovem da estação de Didcot.

O trem parou nas habituais Slough e Reading, e também em Maidenhead e em Twyford e em Tilehurst e em Pangbourne, e depois de mais de uma hora desci ali, em Didcot, onde tinha de aguardar vários minutos — aquelas plataformas de estação tão familiares — o aparecimento de outro trem lerdo e relutante. E foi naquele lugar, enquanto rememorava difusamente a jovem noturna cujo rosto esqueci logo mas não suas cores (amarelo, azul, rosa, branco, vermelho; e no pescoço usava um colar de pérolas), que descobri que não era apenas a vontade de tornar a vê-lo e a impaciência por observar seus olhos quando os pousasse com surpresa naqueles cartazes da *careless talk* na Espanha o que tinha me feito levantar tão cedo para pegar aquele trem e visitar sem mais demora Wheeler, mas sim a necessidade de lhe contar o que tinha acontecido comigo e, secundariamente, lhe pedir explicações. Não o que tinha acontecido comigo em Madri, disso ele não tinha a mais remota culpa (e falando com propriedade tampouco tinha acontecido nada comigo, eu é que tinha feito algo). Mas sim o que tinha me acontecido com Dearlove, afinal de contas Peter é que tinha me metido naquele grupo ao qual pertencera em outros tempos e que tinha me recomendado; propiciara meu encontro com Tupra e me submetera a uma pequena prova que agora me parecia inocente e idiota — perfeita para que eu não medisse o risco —, e me informara o resultado. Talvez ele próprio tivesse escrito o relatório sobre mim do velho arquivo: "É como se ele não se conhecesse muito. Não se pensa, embora creia que sim (também não acredita com grande afinco)...". Era ele, em todo caso, que revelara a mim mesmo minhas supostas habilidades e me captara para aquele trabalho, para utilizar o verbo clássico.

Uma vez em Oxford, caminhei da estação até o Hotel Randolph e de lá telefonei para ele (agora que sabia que Luisa tinha celular, talvez eu devesse arranjar um, são instrumentos de espreita mas oferecem comodidades). A senhora Berry atendeu e nem julgou necessário passar para Peter. Ela o consultaria, mas tinha certeza de que minha visita alegraria o dia dele. "Disse que venha logo, Jack. Quando quiser", confirmou em poucos segundos. "Vai ficar para almoçar conosco? Bom, o professor não o deixará ir embora antes."

Ao entrar na sala tive um instante de alarme — não chegou a pânico —, porque vi Peter com o rosto um tanto afilado, como costuma acontecer com as pessoas a quem a morte já está rondando sem muita pressa, com o relógio ainda não na mão mas apenas à vista. Essa impressão diminuiu em poucos instantes e a dei por falsa, mas também pode ter se devido a um acostumamento rápido, como o que se produz quando se vê um amigo muito engordado ou emagrecido ou envelhecido desde a vez anterior, e há que levar a cabo uma espécie de correção da perspectiva, até que o novo volume ou a nova idade assentem em nossa retina e voltemos a reconhecer plenamente o amigo. Ele estava sentado na sua poltrona como meu pai na dele, com os pés num pufe e os jornais de domingo esparramados numa mesinha a seu lado. A bengala estava pendurada no encosto. Fez uma tentativa de se levantar para me receber, mas eu o impedi. Pelo seu refestelamento achei improvável que pudesse se sentar tão facilmente na escada, como tinha feito na noite do seu jantar, já tarde. Pus a mão em seu ombro e apertei-o com suave ou contido afeto, foi o máximo a que me atrevi, na Inglaterra as pessoas mal se tocam. Estava perfeitamente vestido, com gravata e sapatos de cadarço e uma jaqueta de tricô ou suéter aberto, era um costume da sua geração, creio eu, ou pelo menos eu o tinha visto também em meu pai, que sempre estava em casa como se fosse sair a qualquer momento. Não podia esperar. Sentei-me num banquinho próximo e a primeira coisa que fiz, depois das quatro frases de boas-vindas e cumprimentos, foi tirar da minha sacola o pacote com *A Guerra Civil em dois mil cartazes*, da próxima vez que fosse a Madri teria de procurar outro exemplar para mim, era um livro fantástico, estava convencido de que Wheeler o apreciaria e aproveitaria muito, assim como a senhora Berry, que instei a que ficasse conosco e o visse também. Mas ela preferiu não ficar ("Em outro momento eu o estudo com calma. Obrigada, Jack").

Pretextou afazeres e nos deixou, mas ao longo da manhã passou por ali várias vezes, entrou e saiu, sempre estava por perto, sempre à mão.

— Olhe, Peter — falei, abrindo o primeiro volume —, o livro reproduz também alguns cartazes estrangeiros, e pus uns papeizinhos amarelos nos relacionados com a conversa imprudente, parece que a recomendação foi uma constante em muitos lugares. A campanha britânica foi imitada pelos americanos quando entraram por fim na guerra, com um pouco de cafonice ou sensacionalismo às vezes, claro. — E mostrei um prospecto com um cachorrinho que chorava por seu dono marinheiro, morto "... por causa de alguém que falou!", ou, como diríamos em espanhol mais apropriadamente, "... porque alguém deixou escapar a língua!"; outra na qual aparecia uma grande mão peluda com condecoração e anel nazistas e a legenda: "Prêmio para as conversas imprudentes. Não falem de movimentos de tropas, rotas de navios nem equipamento bélico"; e uma terceira, mais sóbria, em que uns olhos rasgados e intensos assomavam sob um capacete alemão: "Ele está te vigiando". — E há dois cartazes ingleses que não creio que tenha me mostrado, mas o senhor certamente se lembrará deles. — E apontei para um bem sucinto, que dizia somente "Falar mata" ou "A conversa mata", e na parte inferior se via um marinheiro se afogando por culpa indireta dela, ou vai ver direta; e outro, assinado por Bruce Bairnsfather, que reproduzia seu célebre soldado da Primeira Guerra Mundial, "Old Bill", ao lado do filho mobilizado para a Segunda: "Até as paredes...", lia-se na parte superior, junto de uma cruz gamada e nela uma enorme orelha: "Até a vista, papai! Estão nos transferindo para... Opa, quase me escapa!". E chamei sua atenção para um francês, assinado por Paul Colin: "Silêncio. O inimigo espreita as confidências de vocês", e para um finlandês, mas em sueco, que mostrava uns lábios de mulher, carnudos e ver-

...because somebody talked!

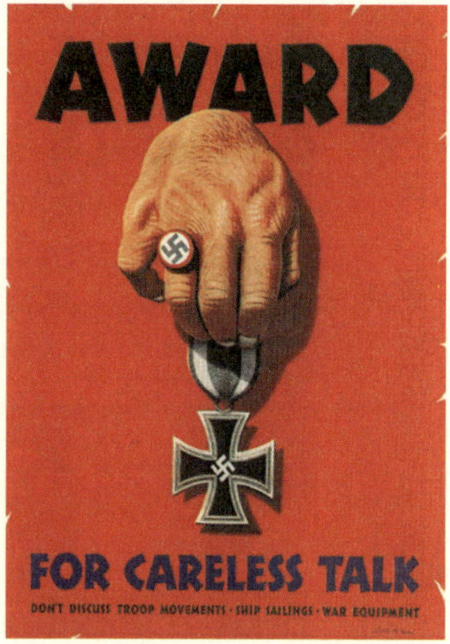
AWARD
FOR CARELESS TALK
DON'T DISCUSS TROOP MOVEMENTS · SHIP SAILINGS · WAR EQUIPMENT

HE'S
WATCHING
YOU

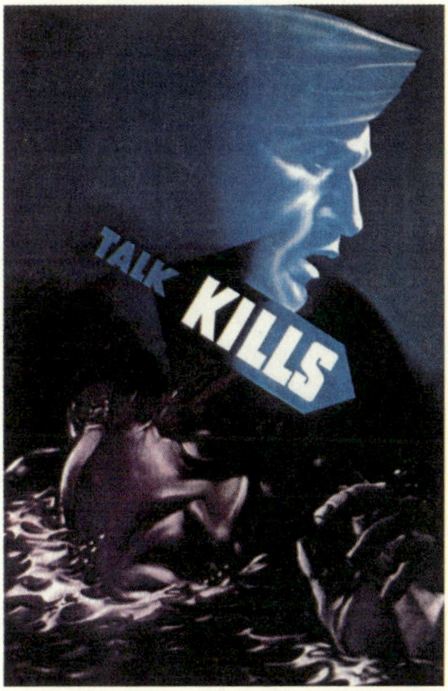
TALK
KILLS

EVEN THE WALLS--
Bruce Bairnsfather
S'long Dad! We're shiftin' to...
Blimey, I nearly said it!

SILENCE
PAUL COLIN
L'ENNEMI GUETTE VOS
CONFIDENCES

Болтать–
врагу
помогать!

Stärk
fronten här hemma-
Bygg dammar
för ryktena!

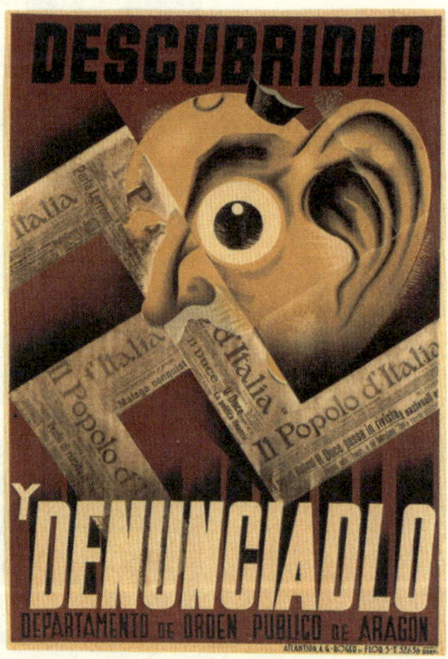
DESCUBRIDLO
Il Popolo d'Italia
Y DENUNCIADLO
DEPARTAMENTO DE ORDEN PUBLICO DE ARAGON

melhos, fechados por um tremendo cadeado, e o texto pelo visto rezava: "Apoie os combatentes na retaguarda. Não propague boatos!"; e para um russo em que a metade da cara do indivíduo à escuta escurecia e, para completar, apareciam nessa metade esquerda um monóculo e um bigode e uma ombreira de militar (um aspecto sinistro, em suma). — E aqui estão os espanhóis — acrescentei, procurando-os mais no segundo volume, embora estivessem repartidos nos dois. — Veja, estes são por força anteriores aos britânicos e aos outros.

Wheeler foi olhando os cartazes detidamente e com indubitável interesse, quase com fascínio, e depois de um momento de silêncio disse:

— São diferentes. Há mais ódio neles.

— Nos espanhóis?

— Sim, perceba que os nossos, e também os dos outros países, preveniam principalmente sobre o perigo e instavam a calar, a extremar a discrição e as precauções, mas não demonizavam o inimigo oculto nem insistiam em seu rastreamento, sua perseguição e sua destruição, é curioso. Quase nem o vituperavam. Talvez porque tivéssemos consciência de que fazíamos a mesma coisa que ele quando podíamos, na Alemanha e na Europa ocupada. E de que numa guerra é de se esperar (e portanto não se pode reprovar muito, propagandas à parte) que cada lado recorra ao que estiver a seu alcance para ganhá-la, sem limites, ou só com os limites que a opinião pública exige. O que, é claro, não significa que se respeitem de fato os limites que se garante não ultrapassar oficialmente, mas que cada lado se excede em sigilo, em segredo, não reconhecendo ou até negando que assim faça. Mas olhe este: "Descubram-no e denunciem-no", e o espião é apresentado como um monstro de vista e audição elefânticos e também de olfato, é relacionado ao fascismo italiano e não sei se além disso leva um gorro de padre na calva, está vendo, o que

DESCUBRID Y APLASTAD SIN
PIEDAD A LA 5ª COLUMNA

la bestia
acecha
¡CUIDADO AL HABLAR!
CNT
FAI

cuidado con lo que haces
el enemigo te mira
un plano que traces,
un documento que
muestres,
puede ocasionar
muchos muertos
EL ESPIA
VE

cuidado con lo que hablas
el enemigo te oye
EL ESPIA
OYE
una palabra imprudente puede ocasionar muchas muertes

ayuda al gobierno a perseguir al espia
MUCHO
OJO
CAMARADA
Ayudas a la guerra si denuncias al espia. Aqui, escondido entre nosotros, trabaja para que maten a nuestros soldados en el frente. Es uno de los cómplices de los bombardeos.

MINISTERIO
INSTRUCCION PUBLICA
DIRECCION GRAL DE BELLAS ARTES
CONTRA
EL ESPIONAJE
¡MILICIANOS!
No deis detalles sobre la situacion de los frentes
Ni a los camaradas
Ni a los hermanos
Ni a las novias
OBREROS LITOGRAFOS
LIT-GAL

você vê? E não falemos deste outro: "Descubram e esmaguem sem dó a quinta coluna", cujos membros aparecem como um punhado de bandidos rapaces e sanguinários à luz da lanterna, com a sola de um sapatão a ponto de aniquilá-los e um porrete nodoso para massacrá-los. Claro que esse cartaz é do partido comunista, dominado pelos stalinistas soviéticos, e eles incitavam a caça sem trégua ao inimigo e ao indefinido e a matá-los sem contemplação, tal como os franquistas do outro lado. E observe o seguinte: chama quem escuta de "a besta": "A besta espreita. Cuidado ao falar!", e usa uma coroa na cabeça e uma cruz no peito pendendo de um colar, não é?, tem algo de feminino por isso. Está se caracterizando o emboscado, está se dizendo quem e como é, o assinalando. Já estes outros cartazes, em compensação, os do famoso Renau com o olho e a orelha e o da Direção Geral de Belas-Artes dirigido aos milicianos, esses sim se parecem mais com os nossos, são menos agressivos, mais defensivos, mais preventivos, mais neutros, não acha? Alertam contra a espionagem e pronto. O texto do último podia estar perfeitamente num dos britânicos posteriores: "Não deem detalhes sobre a situação das frentes. Nem aos camaradas. Nem aos irmãos. Nem às namoradas". As malditas namoradas. Eram demasiadamente incorporadas à nossa vida, e elas nos incorporavam demasiadamente à vida delas, quando ninguém devia ter confiança em ninguém. Muito interessante este livro, Jacobo, muitíssimo obrigado por pensar em mim e trazê-lo da Espanha, do jeito que pesa. — Ficou pensativo uns segundos, depois acrescentou: — Sim, é muito gritante esse ódio. É diferente. Não sei se aqui o conhecemos da mesma maneira.

— Talvez em nossa guerra fosse preciso descrever e caracterizar mais o espião — notei —, porque eram mais indistinguíveis e era mais fácil para eles fingir e se esconder. Leve em conta que todos falávamos a mesma língua, por exemplo, o que não acontecia aqui, contra os nazistas.

Wheeler me lançou um daqueles olhares seus de fugaz irritação ou de brasa — os olhos minerais, como bolas de gude quase roxas ou ametistas ou calcedônias, ou eram grãos de granada quando ficavam miúdos — que faziam você sentir que disse uma besteira. Era então que mais se parecia com Toby Rylands.

— Garanto que a maioria dos que espionavam aqui sabia inglês como você e como eu. Ou melhor que você, provavelmente. Eram alemães que tinham vivido aqui na infância, ou que tinham pai ou mãe ingleses. Também havia ingleses de pura cepa, renegados, e bastantes irlandeses fanáticos. Acontecia a mesma coisa com quem espionava para nós na Alemanha ou na Áustria. Falavam um alemão excelente. O de Valerie, minha mulher, era impecável, sem rastro de sotaque. Não, não era isso, Jacobo. Quando passei por lá, pela guerra de vocês, notei isso já *in loco*. Havia um ódio abrangente que explodia à menor faísca e que não estava disposto a levar em consideração nenhum outro fator, nenhum matiz, nenhum outro elemento. Um inimigo podia ser uma boa pessoa e ter sido generoso com seus adversários políticos, ou mostrar piedade, ou podia se ver que era um pobre-diabo inofensivo, como tantos professores primários que foram fuzilados pelas bestas de um lado e não poucas freiras pelas do outro. Nada disso importava. Um inimigo nominal era sobretudo isto, um inimigo; não se podia poupar sua vida nem lhe aplicar nenhum atenuante, como se não se visse diferença entre ter matado ou delatado alguém e se limitar a ter certas crenças ou ideias ou meramente preferências, não sei se me explico. Bom, você deve saber disso por seu pai. A nós, estrangeiros, tentavam contagiar com esse ódio, mas claro que ele não era compartilhável, não nesse grau. Foi uma coisa estranha, a guerra de vocês, não creio que tenha havido outra igual. Nem mesmo outras guerras civis em outros lugares. Havia uma proximidade excessiva na vida espanhola de então, não deve ser assim agora. — "É sim", pensei, "até certo ponto." — As cidades não eram grandes e todo mundo estava sempre na rua, nos cafés e nos bares. Era impossível, não sei como dizer, eludir essa proximidade epidérmica, que é a que gera o afeto mas também o rancor e o ódio. Já para nossa população, os alemães eram distantes, quase abstratos.

Não tinha passado despercebida a menção à sua mulher, Val ou Valerie. Mas ainda me parecia mais interessante que pela primeira vez ele se referisse abertamente à sua passagem por meu país durante a guerra, não fazia muito que eu tinha ficado sabendo da sua participação nela, da qual nunca me falara antes. Fitei seu rosto afilado — "Sim, seus traços se aguçaram e ele olha como meu pai", pensei ou me recordei com muita pena: "esse olhar insondável" — e me ocorreu que vai ver ele sabia que já não lhe restava muito tempo, e quando alguém sabe disso tem de tomar decisões definitivas sobre os episódios e fatos que, se não contá-los a ninguém, não haverá mais possibilidade de que venham a ser sabidos. ("Não é só que a gente envelhece e desaparece", tinha dito o coitado e condenado Dearlove em Edimburgo, "mas que também irão desaparecendo os que podem falar de mim, como se todos sofressem uma maldição"; e quem está livre de pensar assim). É um momento por força delicado: nele é preciso discernir irremediavelmente o que se quer que seja ignorado para sempre — que não compute, que não se conheça, que se apague, que não exista — e o que talvez se prefere que um dia se possa averiguar e recuperar, para que o que houve sussurre a alguém: "Eu fui", e os demais não digam: "Não, isso não foi, nunca houve, não cruzou o mundo nem pisou a terra, não existiu e nunca aconteceu". (Ou nem sequer isso, porque para negar é preciso ter sido testemunha.) Se alguém cala absolutamente, estará impedindo até mesmo a curiosidade alheia, e portanto uma indagação remota, futura. Wheeler, afinal de contas, deve ter notado que na noite do seu jantar eu lhe perguntara como tinha havido por bem chamar-se na Espanha e que, se ele tivesse me revelado, eu teria ido imediatamente procurar esse nome nos índices onomásticos de todos os livros à mão, em sua biblioteca da guerra, na estante oeste, e mais tarde nas duas outras. De fato, ele é que tinha me dado a ideia, ela nem me passara pela cabeça: talvez por simples vaidade congênita, ufana, ou talvez mais intencionalmente, para que depois de inoculá-la em mim eu não me conformasse mais e não soltasse aquela presa, ele sabia bem que eu não costumava soltá-las, como ele próprio e como Tupra. Talvez agora estivesse disposto a me proporcionar alguns dados e alimentar minha imaginação, antes que fosse tarde demais e já não pudesse alimentar nem dirigir nem maquinar nem encenar nem configurar nada. Antes que ficasse à inteira mercê dos vivos, que quase nunca são piedosos com os mortos recentes. "Isso é querer saber demais, Jacobo", tinha me respondido. "Pelo menos por esta noite. Outro dia, veremos." Talvez houvesse chegado esse dia.

— O que o senhor fez na guerra da Espanha, Peter? — perguntei sem preâmbulos. — Quanto tempo esteve lá? Não muito, suponho. Da outra vez me disse que só tinha passado por ela. Com quem esteve? Onde esteve?

Wheeler sorriu divertido como naquela noite, quando havia jogado com minha curiosidade recém-desperta e tinha me dito coisas como "Se um dia você tivesse me perguntado... Você nunca mostrou o menor interesse em sabê-lo. Não teve nenhuma curiosidade por minhas andanças peninsulares. Você deveria ter aproveitado outras ocasiões passadas, está vendo? A gente tem de pensar nas coisas a tempo, ou antecipá-las". Levou a mão ao encosto da poltrona e tateou sem sucesso. Queria a bengala e não a achava sem se virar. Levantei, peguei-a e entreguei a ele, acreditando que ia se pôr de pé com ajuda dela. Mas se limitou a cruzá-la sobre o colo, ou antes, apoiou as pontas nos braços da poltrona e agarrou a bengala com as duas mãos, como se fosse uma vara de saltar ou um dardo de arremesso.

— Bom, estive lá duas vezes, mas as duas por pouco tempo — respondeu, a princípio mesmo lentamente, como se não quisesse de modo algum que a informação saísse, as palavras; como se estivesse obrigando sua língua a se antecipar à sua decisão plena, à decisão de me contar, ainda não cabalmente tomada: afinal, podia desejar fazê-lo mas, como tinha me explicado com certa vergonha, não estar autorizado. — A primeira foi em março de 1937. Em companhia do doutor Hewlett Johnson, cujo nome você não deve conhecer. Mas talvez tenha ouvido seu apelido, o de então e o de mais tarde, "o Deão Vermelho". — Falávamos em inglês, "*the Red Dean*", foi o que disse. Claro que conhecia, claro que tinha ouvido. Na verdade, não acreditava.

— O bandido Deão de Canterbury! — exclamei em espanhol. — Não me diga que o conheceu.

— *I beg your pardon?* — disse momentaneamente desconcertado pela intrusão da minha língua e por aquela maneira estranha de chamá-lo.

— Meu pai, como talvez o senhor se lembre, alguma vez ele deve ter lhe contado, foi preso pouco antes de terminar a guerra. E o acusaram de vários falsos delitos, entre eles, assim o ouvi dizer várias vezes, de ter sido "o acompanhante voluntário na Espanha do bandido Deão de Canterbury", que tal? Por culpa indireta desse estranho clérigo, e claro que inconsciente e involuntária, estive a ponto de não nascer, Peter, e nenhum dos meus irmãos. Quero dizer que o normal teria sido que tivessem condenado meu pai sem mais aquela e o houvessem fuzilado, o senhor sabe: foram pegá-lo em maio de 39, apenas um mês e meio depois os franquistas entraram em Madri, e naqueles dias os delatores, embora fossem meros cidadãos comuns, não tinham de provar a culpa de ninguém, os acusados é que tinham de provar sua inocência, e me diga como meu pai podia demonstrar *nunca* ter visto na vida aquele Deão cantuariense — eu não disse essa palavra estranha, mas sim "*Canterburian*" —, ou a falsidade das outras acusações, que eram muito mais graves. Teve uma sorte imensa e após uns meses de cárcere saiu absolvido, mas depois sofreu represálias durante anos. Mas imagine só...

— É uma coincidência assombrosa — Wheeler me interrompeu. "*That's a striking coincidence*", disse. — Na verdade, muito assombrosa. Mas me deixe continuar contando senão perco o fio da meada. — Era como se não desse importância à coincidência e estas lhe parecessem a coisa mais natural do mundo, como para Pérez Nuix e para mim mesmo. Ou então, pensei, se estava há tempos elaborando seu próximo encontro comigo, esperando que este se produzisse, que eu me dignasse vir vê-lo, tinha calculado bem o que pensava me contar, a informação parcial que ia me dar, e não queria se afastar do seu roteiro com imprevistos nem distrações nem interrupções (ele nunca perdia o fio da meada). Se fosse esta última coisa, ele não teria outro remédio senão suportar pelo menos uma, quando lhe relatasse o ocorrido com Dearlove e lhe pedisse, se não explicações, um pronunciamento sobre o proceder de Tupra. Assim, deixou de lado meu pai e continuou, ainda com lentidão, talvez como se recitasse algo previamente memorizado: — Fomos os primeiros a romper o bloqueio naval dos nacionais (sempre me pareceu escandaloso que se chamassem assim) no golfo de Biscaia. Zarpamos em Bermeo, perto de Bilbao, numa canhoneira francesa, e aportamos em Saint-Jean-de-Luz sem o menor percalço, apesar dos extensos e acreditados rumores de que estava tudo minado. Era uma mentira franquista, mas muito eficaz, porque impedia que os navios se aventurassem e chegassem víveres ao País Basco. O Deão relatou nossa travessia ao *The Manchester Guardian*, e uns dias depois um navio mercante, o *Seven Seas Spray*, tentou a sorte no outro sentido, partindo de Saint-Jean-de-Luz quando a noite já tinha caído. E na manhã seguinte, quando entrou em Bilbao pela barra, sem ter visto minas nem navios de guerra durante a viagem, as pessoas da cidade, famintas, se apinharam no cais e aclamaram o capitão, que estava no passadiço com sua filha, gritando: "Vivam os marinheiros ingleses! Viva a liberdade!". Parece que foi emocionante. Nós abrimos o caminho. Pena que tenhamos feito o trajeto inverso. Aquele capitão se chamava Roberts. — Wheeler, com os olhos bem abertos, ficou um momento sonhador, como se revivesse o que não tinha vivido mas do que se sentia artífice em parte. Depois continuou: — Antes tínhamos visto o bombardeio de Durango. Não nos pegou lá por dez minutos, aconteceu quando nos aproximávamos pela estrada. Nós o vimos de uma ladeira, à distância. Vimos os aviões se aproximarem, eram Junkers 52, alemães. Depois ouvimos um grande rugido e sobre a cidade se ergueu uma imensa nuvem negra. Estava quase completamente destruída quando entramos, mais tarde, já caída a noite. De acordo com as primeiras estimativas, tinha havido uns duzentos civis mortos e uns oitocentos feridos, entre eles dois padres e treze freiras. Naquela mesma noite, do quartel-general de Franco foi anunciado ao mundo pelo rádio que os vermelhos tinham explodido igrejas e matado freiras em Durango, no catolicíssimo País Basco. Também dois padres quando diziam a missa, um deles quando estava dando a comunhão aos fiéis e o outro bem no momento da consagração. Tudo isso era verdade: as freiras tinham tombado na capela de Santa Susana, um padre na igreja dos jesuítas e o outro na de Santa María, que eles tinham bombardeado, assim como o Convento dos Agostinhos. Eu me lembro dos nomes, ou foram os que me disseram. Mas não tinham sido os vermelhos, e sim os Junkers. Isso foi no dia 31 de março. — Ficou calado um instante, com expressão encolerizada, como se recuperasse sua cólera de então: fazia uns setenta anos. — Assim era a guerra de vocês. Uma mentira depois da outra, muitas por dia e em toda parte, é como uma inundação, algo que arrasa e afoga. Quando você tenta desmontar uma, já tem dez novas na manhã seguinte. Não há como dar conta do recado. Você deixa para lá, desiste. Muita gente dedicada a elas, é uma força tremenda, impossível de deter. Foi minha primeira guerra vivida, eu não estava acostumado, em todas há muitas mentiras, são parte fundamental delas, se não seu principal ingrediente. E o pior é que a gente nunca desmente nada em definitivo. Por muitos anos que passem, sempre há pessoas dispostas a fazer perdurar o velho embuste, qualquer um, até os mais inverossímeis e malucos. Não há nenhum que se apague totalmente.

— Por isso o melhor seria que nunca ninguém contasse nada, não é isso, Peter? — disse a ele, citando-o. Era o que ele tinha me dito justo antes do almoço, no domingo daquele já antigo fim de semana, enquanto a senhora Berry nos fazia sinais da janela.

Ele não se lembrava ou não se deu conta de que eu o citava, ou então deixou passar. Acariciou a cicatriz que tinha do lado esquerdo do queixo, comprida e funda, eu nunca tinha visto esse seu gesto, ele nunca a tocava nem a mencionava, e portanto eu tampouco havia perguntado sobre ela. Se para ele não existia, tinha de respeitar isso. Eu achava que era de guerra.

— Oh, não, eu também aprendi a mentir, mais para a frente. Contar a verdade também não é melhor, acredite. As consequências às vezes são idênticas. — Mas não se demorou nessa observação, continuou relatando de maneira um tanto esquemática, como se houvesse traçado um plano narrativo para aquele dia, isto é, para o seguinte dia em que eu fosse visitá-lo: — Estivemos brevemente em Madri, em Valência e em Barcelona, depois voltei para a Inglaterra. Minha segunda visita foi um ano mais tarde, no verão de 38. Dessa vez meu guia lá, ou antes meu impulsor, foi Alan Hillgarth, o chefe da nossa Inteligência Naval na Espanha. Embora ele estivesse quase sempre em Mallorca (onde nasceu Jocelyn, o historiador, você conhece, não?), me encomendou a tarefa de vigiar e controlar os movimentos dos navios de guerra franquistas nos portos do golfo de Biscaia, já que se supunha que eu tinha adquirido algum conhecimento da região. A maioria, é claro, era de navios alemães e italianos, que desde 1936 haviam fustigado e atacado a frota mercante britânica tanto no Cantábrico como no Mediterrâneo, de modo que o almirantado estava interessado em contar com a maior informação possível sobre suas características e paradeiros. Viajei na qualidade de pesquisador da universidade, com o pretexto de explorar e revirar os velhos e desorganizados arquivos espanhóis, e creio que tenha feito isso, dessa época datam alguns dos meus achados como hispanista e lusitanista: em Portugal, para onde me deportaram, comecei a preparar minha tese sobre as fontes de Fernão Lopes, o cronista do século XIV, você sabe. — Na verdade eu não tinha a menor ideia. — Mas, bem, isso é à parte. Nas ilhas Cíes, quando estava tirando fotos do cruzador *Canarias*, um dos poucos navios da Armada espanhola que no início das hostilidades tinham se passado para o bando faccioso, como o chamavam, a Guardia Civil me deteve. Me revistaram, claro, e encontraram material comprometedor, fotográfico sobretudo. O normal era que me executassem, você pode imaginar. Estávamos em plena guerra. — Wheeler fez uma pausa. Embora contasse daquela maneira um tanto mecânica, quase como se os fatos não tivessem acontecido com ele, sabia quando convinha prolongar minimamente a incerteza.

— E como o senhor saiu dessa? — perguntei para agradá-lo.

— Tive sorte. Como seu pai. Como qualquer sobrevivente de qualquer guerra. Me levaram numa lancha até o Hotel Atlântico, no porto de Vigo, e ali dois oficiais das SS me interrogaram. — "Sempre os hotéis transformados em delegacias ou cárceres", pensei, "como aquele de Alcalá de Henares em que torturaram Nin, e talvez o tenham esfolado vivo." — Em 1935 eu tinha passado parte do verão na Baviera, num acampamento das Juventudes Hitleristas, por razões... digamos biográficas que não vêm ao caso. Ao saberem disso e comprovarem que era verdade e que eu sabia do que falava, me convidaram para jantar com eles. Isso me salvou a vida. Foram feitas consultas ao governo de Burgos e, pelo que fiquei sabendo, foi Franco em pessoa que deu a ordem de perdoarem minha vida e somente me expulsarem. Depois de algumas tretas para obter os vistos de saída, me levaram até a ponta internacional de Tuy para eu atravessar até Portugal. Esse foi o trajeto mais lento, quero dizer mais longo da minha vida, a pé com minha mala cheia de livros. Duas metralhadoras alemãs apontavam para minhas costas de modo que eu não desviasse do caminho, e em frente havia guardas portugueses armados. E o rio Minho a meus pés. Pareceu-me tão largo, talvez não fosse. Então, como você está vendo, apesar do nefasto que foi para a história do seu país e de tanta gente, para minha história pessoal Franco foi decisivo. Um paradoxo, não? Um paradoxo um pouco feio para mim, reconheço. Pouco lisonjeiro, em certo sentido, dever a vida à clemência de quem não a teve com quase ninguém. Como homem provinciano e ignorante que era, suponho que os estrangeiros cultos o impressionavam. — Riu brevemente de sua própria e pequena malícia, eu também ri por cortesia. Depois acrescentou: — *Passei* pela guerra de vocês, nada mais, como eu te disse: ainda utilizo com precisão as palavras. Nenhuma das minhas estadias durou muito tempo, e nenhum dos meus nomes teria por que figurar no índice onomástico dos livros sobre a contenda. As coisas que fiz lá não são muito dignas de se contar, e mesmo assim seu relato resulta ridículo agora. Também resultaria o das minhas atividades posteriores, já durante nossa guerra, se bem que umas tenham sido mais vistosas ou mais daninhas e de maior importância objetiva. Toby tinha razão no que te disse faz anos: os fatos de guerra soam pueris nos tempos de relativa paz, se assemelham imperdoavelmente à mentira, à bazófia, à fábula. Acho que já te disse: a mim mesmo parecem fictícios, ou quase fantasiosos, episódios que eu vivi. Custo a acreditar, por exemplo, em minha função de defensor, acompanhante, escolta e até espada de Dâmocles dos duques de Windsor no verão de 1940. Esse foi um dos meus primeiros "encargos especiais", conforme o termo do *Who's Who*, lembra? Hoje vejo isso como um sonho. E que tenha sido no estrangeiro sem dúvida contribui para isso.

Eu me lembrava perfeitamente, como cada palavra das que tinha lido ali por insistência dele. E também entendia sua sensação: "*But that was in another country*...".

— Os duques de Windsor? — perguntei. — Está se referindo ao ex-rei Eduardo VIII e à sua mulher divorciada pela qual abdicou, aquela americana feia, Wallis Simpson? — Como quase todo mundo, tinha lido sobre o casal supostamente apaixonado e visto fotos de ambos em revistas e livros. Ela, se não me lembrava mal, tinha uma figura enxuta, um penteado como o da governanta de *Rebeca* de Hitchcock e lábios muito finos tipo vermelho cicatriz. Um estilo de mulher oposto, como dizer, ao de Jayne Mansfield. — Espada de Dâmocles? Como espada?

— Não era tão feia assim — contestou Wheeler. — Ou melhor, sim, mas tinha algo inquietante pessoalmente. — Hesitou um instante. — Suponho que posso te contar isso, afinal foi uma missão inócua. — A palavra que empregou em inglês foi "*harmless*", literalmente "sem prejuízo" ou "sem dano". — Embora também pareça embuste. Me encarregaram de escoltá-los de Madri a Lisboa, e de que, lá, me assegurasse de que embarcavam como previsto rumo às Bahamas. Talvez você se lembre de que ele passou a guerra lá, como governador dessas ilhas, foi uma maneira de mantê-los longe com o maior decoro possível. Ambos tinham passado por uma etapa embaraçosa, digamos germanófila, de fato tinham visitado Hitler incógnitos, corria à boca miúda, antes de 39, claro. O boato carecia de fundamento, mas em todo caso temia-se como a peste que pudessem cair nas mãos dos nazistas. Que a Gestapo os sequestrasse e os levasse para a Alemanha, claro, mas também que eles desertassem. Que virassem casaca, vai. Churchill era muito desconfiado e não descartava que, se um dia nos invadissem como o resto da Europa, os alemães repusessem no trono o antigo Eduardo VIII como monarca títere. De modo que entregaram uma pistola para mim e outra para um oficial naval da NID (pouca escolta, na realidade, quando penso: hoje seria inimaginável) — eu conhecia aquela sigla: Naval Intelligence Division — e insinuaram que fizéssemos uso delas ao menor risco de perder os duques vergonhosamente, por vontade deles ou não.

— Uso contra os próprios duques? — interrompi-o. — Contra um ex-rei? Ou contra a Gestapo? — Aquilo tudo soava mesmo a embuste, embora seguramente não fosse.

— Contra a Gestapo, nem precisava dizer, embora não teríamos tido muito que fazer, temo. Entendemos que contra os duques, claro. Melhor mortos do que em poder de Hitler.

— Entendemos? Insinuaram? — Essas fórmulas tinham me surpreendido. — Quer dizer que não ordenaram às claras?

— Era uma mania no MI6, falar por subentendidos. Mas você logo aprendia a decifrá-los, principalmente se houvesse estado em Oxford. Não sei se continuam com esse costume agora. O que nos disseram foi, mais ou menos: "Em hipótese alguma devem cair em mãos inimigas. Seria preferível ter de chorá-los". — A expressão inglesa que empregou foi "... *to mourn them*", que também poderia se traduzir como "... guardar luto por eles". A verdade é que eu teria entendido a mesma coisa que ele e que o oficial da NID com o qual havia compartilhado responsabilidades. E a este se referiu na sequência, em tom divertido, quase jocoso ou de mexerico: — Sabe quem era o capitão de fragata que me acompanhava, não sabe? — Disse "*Commander*", que, se não me engano, na Marinha espanhola corresponde a essa patente.

— Não — respondi. — Como poderia saber?

— É verdade, quase ninguém nunca soube. Nem seus biógrafos. — Chamou então. — Estelle! — E retificou automaticamente: havia uma testemunha, embora eu fosse de confiança e já o tivesse ouvido chamá-la algumas vezes por seu nome de batismo. — Mrs. Berry! — A senhora Berry apareceu no mesmo instante, estava por perto o tempo todo, a seu serviço sempre. — Podia me trazer o passaporte do marinheiro de chocolate, por favor? A senhora sabe onde está. Quero mostrá-lo a Jacobo. — "*The Chocolate Sailor*", foi o que ele disse literalmente. — Você vai ver, nem imagina quem é, vai achar muita graça. — E quando ao cabo de alguns minutos a senhora Berry reapareceu e lhe entregou um documento (ouvi-a subir e descer a escada, até o último andar), mostrou-o para mim com uma expressão quase infantil de tímido orgulho e acrescentou: — Olhe.

Era um salvo-conduto ou "Passaporte de Correio Diplomático", conforme se lia no topo, emitido pelo embaixador britânico na minha cidade natal e válido apenas para uma ida a Gibraltar e volta a Madri, com data de 16 de fevereiro de 1941, em plena Segunda Guerra Mundial, e depois renovado e válido para viajar a Londres via Lisboa, com data de dez dias depois. "Pelo

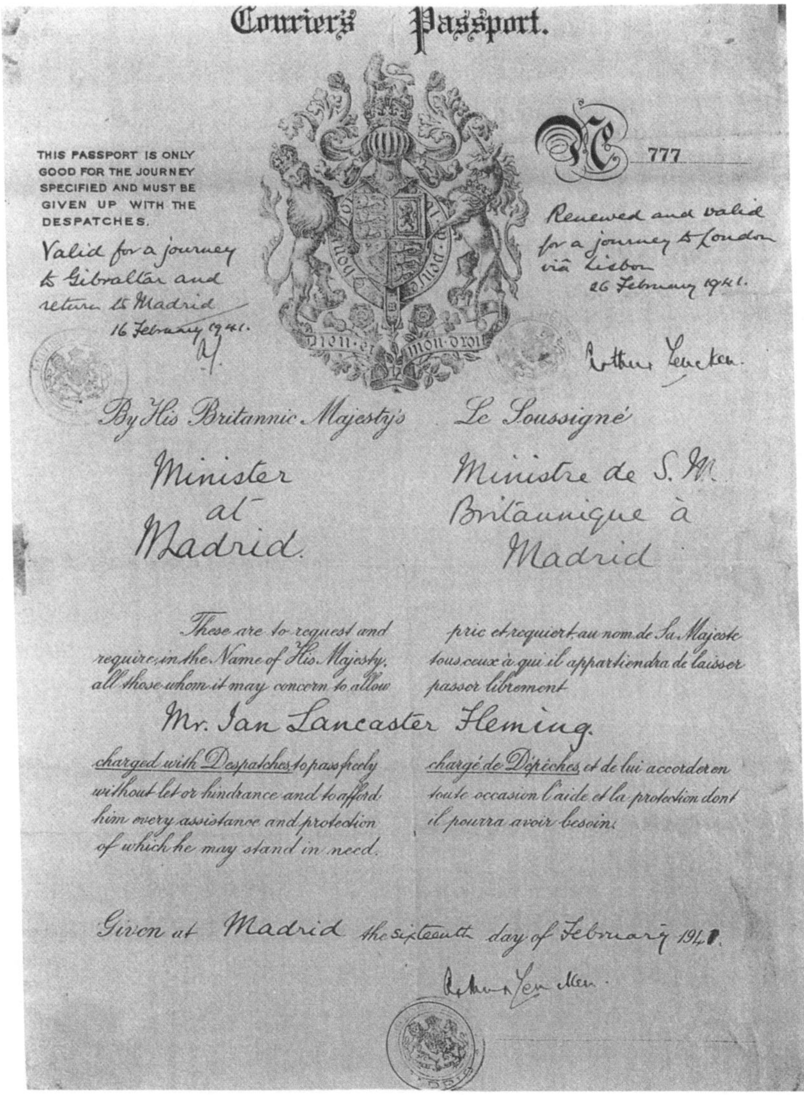

Courier's Passport.

№ 777

THIS PASSPORT IS ONLY GOOD FOR THE JOURNEY SPECIFIED AND MUST BE GIVEN UP WITH THE DESPATCHES.

Valid for a journey to Gibraltar and return to Madrid 16 February 1941.

Renewed and valid for a journey to London via Lisbon 26 February 1941.

Arthur Yencken

Dieu et mon droit

By His Britannic Majesty's	Le Soussigné
Minister at Madrid.	Ministre de S. M. Britannique à Madrid

These are to request and require, in the Name of His Majesty, all those whom it may concern to allow	prie et requiert, au nom de Sa Majesté tous ceux à qui il appartiendra de laisser passer librement

Mr. Ian Lancaster Fleming

charged with Despatches to pass freely without let or hindrance and to afford him every assistance and protection of which he may stand in need.	chargé de Dépêches et de lui accorder en toute occasion l'aide et la protection dont il pourra avoir besoin.

Given at Madrid the sixteenth day of February 1941.

Arthur Yencken

presente se pede e requer, em nome de Sua Majestade", rezava o texto caligráfico, "a quantos competirem, que permitam ao senhor Ian Lancaster Fleming, *portando despachos*, passar livremente sem obstáculo nem impedimento, e que lhe proporcionem toda a ajuda e a proteção de que possa ter necessidade."

— Ora vejam — disse sem alarde. — Ian Fleming. — Minha falta de surpresa pareceu decepcionar um pouco Wheeler. Ele não sabia que eu tinha xeretado as dedicatórias que o criador de James Bond tinha posto nos exemplares dos seus livros ("*To Peter Wheeler who may know better. Salud*!"), e que a amizade ou o convívio de ambos, portanto, não me pegava totalmente desprevenido. "Quer dizer que compartilharam aventuras", pensei. — Quer dizer que compartilharam aventuras na Espanha, quando ele ainda não escrevia. Incrível. — Acrescentei isso para animá-lo.

— Este passaporte é do ano seguinte. Ele me deu mais tarde, quando já tinha ficado famoso, como recordação da nossa estada em Portugal, mais que na Espanha. Permanecemos ancorados ao frívolo par de junho a agosto. Mrs. Simpson, quero dizer, a duquesa, não estava disposta a partir para o seu exílio, como eles viam a coisa, sem seu guarda-roupa, seus casacos e sua roupa de cama real, sua prataria e sua porcelana de mesa, que deviam vir de Paris, via Madri, em oito Hispano-Suíças fretados pelo multimilionário Calouste Gulbenkian, uma viagem arriscada naqueles dias. (Curiosamente, por certo, foi naquele ano que Gulbenkian, armênio de origem, foi declarado "inimigo por decreto" — ele disse "*Enemy under the Act*", supus que significava algo assim —, perdeu por isso a nacionalidade britânica e se fez persa; de modo que, quando ajudou os duques, não sei se ainda era amigo ou já inimigo.) Portanto foi preciso esperar em Estoril, a cujo cassino nos víamos obrigados a acompanhá-los todas as noites, Ian Fleming ou eu, ou mais frequentemente os dois, por segurança. Não é por nada que nas histórias de James Bond apareçam tantos cassinos, desde os anos 20 ele conhecia bem os de Deauville, Le Touquet, depois Biarritz, adorava jogar, sobretudo bacará, o que era uma verdadeira sorte porque a duquesa se divertia mais com ele. (Embora nunca ganhasse muito e até perdesse, era um jogador conservador, de apostas baixas, não como seu personagem.) Quanto ao duque, pelo menos tinha um pouco de conversa. Tivemos um convívio aborrecido mas cordial: ele tinha estado aqui, em Magdalen, de modo que sempre me restava a alternativa de lhe contar fofocas de Oxford quando não sabia mais como entretê-lo. Ele ouvia com estupefação, sobretudo as sexuais, com uma ponta de ingenuidade talvez fingida. Mas não sabia rir. Um homem insípido e talvez não muito sagaz, mas agradavelmente mundano e, claro, educado: afinal de contas, não se pode negar que vinha de boa família. — E Peter riu de novo com sua piadinha. — Por fim, um dia, conseguimos que o casal real embarcasse são e salvo, com a prataria e a porcelana e a roupa de cama, num destróier britânico fundeado no Tejo, e com alívio os vimos distanciar-se pelo Atlântico, rumo às Bahamas. Então nos separamos, Ian Fleming e eu, e não tornamos a nos encontrar até bem depois. Ele foi assistente pessoal do contra-almirante Godfrey, e também teve muito contato com Hillgarth e com Sefton Delmer, creio que estiveram juntos em Moscou e que colaborou com ele no jogo negro do PWE... — "*The black game*", disse. Eu tinha ouvido uma vez da jovem Pérez Nuix a expressão "*black gamblers*", ou tinha sido "*wet gamblers*" quem sabe, tinha me feito imaginar uns jogadores em todo caso. Aquela sigla eu não conhecia, PWE. Mas não queria interromper Wheeler. — Claro que nos perdemos de vista durante a guerra, era normal, um ia daqui para lá, para onde o destinassem, e se despedia de cada pessoa com plena consciência de que o mais provável era que não voltasse a vê-la. Não pelo acaso, mas pela morte fácil. De um, do outro ou dos dois... Acontecia comigo e Valerie cada vez que eu partia e me despedia dela... Cada vez que eu partia... — A voz tinha ido minguando até quase ficar um fio, ao dizer essas últimas frases: certamente tinha se cansado de falar. Não prosseguiu. Apoiou os braços na bengala cruzada nos da poltrona, como se tivesse realizado um esforço com eles e necessitasse repousá-los. Eu o vi cansado e com o olhar um pouco ausente. — A propaganda negra de Sefton Delmer, foi isso — acrescentou absorto, depois se calou de novo. Talvez houvesse recordado demais. Mecanicamente a princípio e animadamente depois, sim, mas todas as recordações trazem outras e sempre há um momento em que se chega a uma triste, mais cedo ou mais tarde, a uma perda, a uma saudade, a uma infelicidade das que não se inventam. A gente fica então com o olhar baixo ou perdido, e para de falar, se cala.

— Não sei quem era Sefton Delmer, Peter — falei. — Nem tampouco o que é o PWE.

Ergueu a vista, fixou-a em mim, ainda com cansaço. Com estranheza também. Disse:

— Por que estamos falando disso? Não sei de onde veio, esqueci. — Eu também tinha esquecido, essa era a verdade. — E por que você não me conta nada? Por algum motivo veio hoje sem avisar, não? Estou encantado em te ver, mas me diga, por que veio assim hoje?

Tinha razão. Pouca coisa escapava de Wheeler, embora sua cabeça pudesse não ser a de sempre e ele prestasse menos atenção no exterior e estivesse desenvolvendo uma espécie de loquaz ensimesmamento (eu supunha que, quando estava sozinho, um ensimesmamento puro e simples). Sim, para alguma coisa eu tinha ido a Oxford, para alguma coisa tinha ido naquele domingo desterrado do infinito até sua casa à beira do rio Cherwell, cujo rumor sossegado ou lânguido se ouvia muito fraco de onde estávamos, mas se ouvia, eu lembrava do que meu pensamento havia atribuído a ele quando por fim adormeceu, muito tarde, na noite em que eu tinha conhecido Tupra ali no decorrer de um jantar: "Eu sou o rio, sou o rio e portanto um fio de continuidade entre vivos e mortos tal como os contos que nos falam de noite, eu me assemelho aos tempos e também aos fatos, sou o rio. Mas o rio é o rio. E nada mais". Eu tinha ido contar a Wheeler o que havia acontecido comigo, ou antes, o que eu tinha feito — na realidade não havia acontecido nada comigo: na verdade outros é que haviam saído perdendo — e perguntar se ele podia ter previsto algo assim quando me introduziu no grupo a que ele havia pertencido. Quer dizer, até que ponto ele sabia onde estava me metendo com seus ofícios de intermediário e a que riscos me submetia. Ele devia estar a par das consequências que podiam ter os relatórios e do uso que às vezes lhes eram dados, um uso imediato e prático, em meu caso criminoso e desapiedado. Se em tempos de relativa paz o resultado de um deles era um homicídio e uma prisão escandalosa, a morte de uma pessoa inocente e a ruína de outra induzida a ser culpada, provavelmente durante a guerra, quando o grupo tinha se criado e não havia muita margem para comprovações e era preciso tomar decisões rápidas, a interpretação de pessoas ou a tradução de vidas ou a antecipação de histórias teria provocado a eliminação de gente e desastres e calamidades. Muito embora, além disso, houvesse contribuído para evitá-las, disso eu não tinha dúvida. Talvez Wheeler tivesse se visto na época numa situação parecida com a minha de agora, e ele não era uma pessoa sem escrúpulos, assim teria espalhado em seus dias surtos de cólera, e de malária, e de peste, esse não era o Wheeler que eu conhecia. Talvez não tivesse matado um só, mas muitos, por causa das palavras destes, e talvez quem não devia. Mas, se lhe houvesse ocorrido isso, sempre teria tido o consolo, a justificativa, o pretexto de estar em guerra. Eu não tinha.

— Sim, vim hoje por alguma coisa, Peter — reconheci. Eu o pus ciente e lhe expliquei o acontecido, como tinha feito com Pérez Nuix na noite anterior.

Wheeler me ouviu em silêncio, sem me interromper em nenhum instante, agora com a bengala em posição vertical, apoiada no chão, e a palma no rosto num gesto de escuta. Contei do primeiro jantar com Dearlove e contei de Edimburgo, além do mais assim descansava sua língua cansada. Falei das minhas suspeitas — não, eram certezas — a respeito do crime sobre o qual a imprensa tanto especulava naqueles dias, eu o imaginava a par.

— Sim, li no jornal. — E roçou os que tinha à mão com a ponta dos dedos, como se temesse se manchar. — Os desprezíveis jornais de domingo vêm hoje cheios disso, e mrs. Berry, que assiste televisão mais do que eu, também comentou o caso horrorizada e escandalizada. E muito decepcionada: ela gosta da música desse Dearlove, pelo visto. Tem gostos que desconheço. — Fez uma pausa e acrescentou, como se emitisse um parecer: — Nunca tinha me ocorrido que vocês tivessem algo a ver com isso. É surpreendente que esse grupo ainda me surpreenda. Se bem que as coisas tenham mudado mais do que eu posso imaginar, claro. — Pensou mais um pouco, depois disse: — Não sei, Jacobo. Não sei como anda Tupra, ele me telefona pouco e me conta menos ainda. Quanto mais velho a gente fica mais vai afastando todos, não os censuro. — Mas havia censura sim, também para comigo, nessa frase. — Claro, é o estilo de Tupra quando não age por impulso e se dá tempo; na medida em que o conheço, não muito: Toby o conhecia mais a fundo. Quer dizer, o que foi seu discípulo, o que ele era antes. Tenho dificuldade em imaginar que perigo podia representar esse cantor, para lhe armar uma cilada e tirá-lo do caminho. Mas nada é descartável, pouco a pouco se aprende a não descartar a periculosidade de ninguém. Todo mundo a tem em princípio, é assim que os que nos dedicamos a isso temos de ver a coisa. E isso é proteger os outros, porque se não nos resguardarmos não protegeremos ninguém. Parece que você não se enganou, em todo caso, se seus vaticínios foram cumpridos tão ao pé da letra. Esse indivíduo era um perigo real, um desaforado, é evidente. Um homicida. Você não devia se atormentar muito com isso.

— Continua não se importando que eu fume, não é? — Negou com a cabeça, ofereci meu maço, tornou a negar, acendi um

Karelias. — Temo que tenham se cumprido somente porque eu os emiti, Peter — falei. — Não é tão fácil. A coisa não aconteceu sem mais nem menos, naturalmente, espontaneamente. Houve cálculo e artifício, houve uma maquinação, uma montagem, uma mão informada à qual eu havia feito a sugestão, como se fosse um Iago. Sem meus prognósticos nada teria acontecido, seguramente, e Dearlove não seria um homicida. E morreu um rapaz que não tinha nada a ver com a história. Talvez nem sequer tenha chegado a receber pelo encargo. Duvido que Tupra tenha adiantado o pagamento. Eu não sei como vou viver com isso. — Wheeler guardou silêncio. Ficou olhando para mim com a mão no queixo, com atenção e meditação, um pouco como se eu lhe resultasse novo, ou como se se perguntasse o que fazer comigo ante uma situação sem remédio, mais do que imprevista. Nem sequer fez "Humm", permaneceu calado olhando para mim. — Quando me meteu nisso — perguntei então —, o senhor sabia que algo assim podia ocorrer? Que o que o senhor chamou de meu dom ou minha capacidade pudesse servir para isso, para que uma pessoa morresse e outra fosse parar na cadeia? Para que se tomassem medidas tão drásticas, para mudar tanto as vidas, até para acabar com uma? Eu não acredito que possa continuar nesse trabalho. Prefiro que o senhor saiba antes que qualquer outro, antes que Tupra. Afinal, foi o senhor que me levou até ele e quem me falou do grupo.

Então me dei conta de que ele tinha voltado a engasgar, de que a voz não lhe saía, ou eram as palavras, de que sua momentânea afasia o havia assaltado de novo, segundo ele não fisiológica, mas como se a vontade se fosse: era a terceira vez que eu assistia a isso, logo não podia ser tão infrequente quanto me dissera. Tal como nas duas ocasiões anteriores, não tinha ocorrido na metade de uma frase que eu pudesse ajudá-lo a concluir com conjecturas, como se faz com os gagos, mas de saída. Além disso, porém, não apontava nada que me servisse para me orientar (uma almofada da primeira, o cartoon original de Eric Fraser na segunda, esvoaçado pelo helicóptero). Com a mão se limitou a me fazer um gesto de que tivesse paciência, de que esperasse, como se ele soubesse que ia passar logo e que o melhor era que o deixasse tranquilo, que não acrescentasse mais perguntas às que já tinha feito, que não o apressasse. Estava com os lábios outra vez apertados, como se houvessem se colado e lhe custasse abri-los. O semblante não havia mudado, no entanto, continuava sendo de atenção e meditação, como se se preparasse para me dizer o que fosse me dizer na medida em que pudesse, quando recuperasse a fala ou liberasse o vocábulo que tinha ficado entalado. Isso aconteceu por fim ao cabo de uns dois minutos. Não fez nenhuma referência à sua dificuldade, me respondeu como se esse lapso mudo não tivesse existido:

— O problema não é o grupo, Jacobo — disse. — Você vai ver, mas não é por deixá-lo que você vai estar mais a salvo de que volte a ocorrer o que sente que ocorreu com você. Na realidade não ocorreu *com você*. Simplesmente ocorreu, e essa classe de coisas pode se dar em qualquer lugar. Ninguém pode controlar a utilização que se faz das suas ideias e das suas palavras, nem prever inteiramente suas consequências últimas. Em geral na vida. Em nenhum caso. Não tem sentido você me perguntar se eu sabia ou não sabia: ninguém nunca sabe o que deflagra, em nenhuma circunstância, e tudo pode servir para qualquer coisa, para esta e para sua contrária. Não havia aqui mais perigo de que você desencadeasse desgraças do que teria havido se não houvesse saído da sua casa de Madri, do lado de Luisa. — Lembrei-me de Custardoy por um instante, da minha mão com a pistola e da sua mão arrebentada. Wheeler, com sua voz já recobrada, continuava olhando fixamente para mim, como se me analisasse. Não pude evitar de me sentir observado, mais ainda: espiado, decifrado, destrinchado. Em seguida acrescentou, como se depois do exame se atrevesse a dar um diagnóstico: — Sim, você vai poder viver com isso, não se preocupe. Ao contrário de Valerie, você vai poder viver com seu caso, ou com o que você fez seu. Por estranho que pareça, em alguns aspectos eu te conheço melhor que a ela. Você, nós estudamos; ela, não chegamos a tempo.

Não soube sobre o que lhe perguntar antes, se sobre meu estudo ou sobre Valerie, sua mulher que ele já tinha mencionado outra vez, naquele domingo a língua a cortejava. Pensei que, se eu demonstrasse demasiada curiosidade pela sorte dela, ele podia se retrair e me responder de novo: "Isso... Deixe eu lhe contar outro dia, está bem? Se não vir inconveniente". Era possível que não houvesse mais outro dia. Era melhor que esse relato viesse por si só, se viesse.

— Vocês me estudaram — repeti. — Vi um relatório sobre mim num velho arquivo do escritório. Quem o escreveu? Foi o senhor mesmo?

— Oh não, não fui eu, eu nunca escrevi relatórios, só os fiz de viva voz, você sabe, me limitando ao essencial, além do mais; o outro, que burocrático, que chateação. Não, deve ter sido o Toby, na época em que você ensinou em Oxford. Foi ele que te descobriu, se me permite a expressão. O primeiro que falou de você, a mim e imagino que a outros. Ele que descobriu seus bons dotes, acho que já te disse isso, faz o quê, quinze anos? Vinte? Não, não deve ser tanto.

Não me pareceu muito verossímil. Podia ser, mas nesse caso, quem eram o "você" e o "ela" a que o relatório aludia? "... quase dá medo imaginar o que ele sabe, quanto vê e quanto sabe. De mim, de você, dela. Sabe mais de nós do que nós mesmos. Quero dizer, do nosso caráter. Ou, melhor ainda, de nossos moldes. Com um saber que nos é alheio." Talvez "você" fosse Cromer-Blake, meu outro amigo oxfordiano daquela etapa e que também era muito amigo de Rylands; e então "ela" tinha de ser Clare Bayes, minha ex-amante de juventude que eu nunca tinha voltado a ver. Mas isso significaria que Cromer-Blake também tinha pertencido ao grupo, e não combinava nada com ele; mas quem sabe, em Oxford todo mundo dissimula tanto... Nisso não acreditei em Wheeler. Supus que não queria me dizer quem tinha falado de mim por escrito, e era fácil atribuí-lo a um morto. Ou me confessar que tinha sido ele, certamente. O pudor sempre o espreitava, até quando o perdia um pouco, como naquele domingo.

— O que aconteceu com sua mulher, o que aconteceu com Valerie? — E de novo tive uma sensação de abuso nos lábios, de profanação ao pronunciar o nome dela.

Agora ele levou a mão à testa, a que mantivera na face e no queixo anteriormente, com a outra segurava a bengala, ou antes, a empunhava com força. Semicerrou os olhos como fazem os míopes para enxergar melhor à distância e já não os dirigiu a mim, e sim mais além, a algum ponto do jardim ou do rio, através das janelas.

— Não calculamos bem, ou nem sequer me ocorreu fazer o cálculo. Se o grupo tivesse sido criado antes, se quem quer que seja tivesse tido a ideia uns meses antes (Vivian, Menzies, Cowgill ou Crossman, ou pode ser até que tenha sido o próprio Delmer, ou até o próprio Churchill), talvez não se tivesse permitido que ela fosse tão longe. Eu pelo menos não a teria deixado, suponho. Eles sim: não se detinham diante de nada. — Disse isso em espanhol, *pararse en barras*. — Mas eu não estive muito tempo aqui durante a guerra, com meus "encargos especiais"; só vinha de vez em quando e por um breve período, de modo que provavelmente não teria podido impedir mesmo. — Parou. Deve ter pensado que já tinha começado. Que mesmo assim podia parar. Creio que decidiu não se propor o dilema e simplesmente prosseguiu. — Valerie, como quase todo mundo na época, queria colaborar, ajudar no que fosse. Falava alemão muito bem, como te disse, porque havia passado muitos verões da sua infância e adolescência com uma família austríaca que tinha uma velha amizade com seus pais, e a filha mais nova daquele casal era mais ou menos da sua idade; tinham outras três mais velhas, a primogênita tinha uns dez anos a mais. Ela ia a Melk no verão, às margens do Danúbio, na Baixa Áustria, onde fica a famosa abadia beneditina, você sabe, o monastério barroco... — Viu que eu não reagia, de modo que acrescentou, como num parêntese: — (não faz mal, você não conhece)... e a menina da sua idade passava o Natal com ela na Inglaterra. Quando estourou a guerra, Valerie pensou em se oferecer como infiltrada, em ser destinada à Alemanha. Mas sabia que não era muito valente, que teria fraquejado facilmente e teria sido descoberta logo. Tinha muito boa vontade e era inteligente, mas lhe faltava caráter para uma atividade assim. Faltavam-lhe segurança e capacidade de fingimento, sem dúvida capacidade de engano. Nunca teria sido uma boa espiã. Ao contrário do que a gente às vezes crê, a maioria das pessoas não sabe, não pode fazer isso. Além do mais, era muito mocinha, dezenove anos quando a guerra começou, eu era sete mais velho e agora tantos anos, não deveria continuar aumentando-os. — Olhou para a mão com resignação como se o constatasse nela, venosa, enrugada, com manchas. — Dedicou-se a trabalhos de tradução e interpretação para o Foreign Office, até que em agosto de 1941 toda a propaganda, a branca e a negra, passou a ser competência do PWE, e este recrutou todo o pessoal que pôde com bons conhecimentos de alemão. O Political Warfare Executive — por fim me explicou, e eu traduzi instantaneamente para mim mesmo, de forma aproximativa: "O Executivo da Guerra Política", pensei; "ou o Executivo Político da Guerra; ou quem sabe seria mais adequado 'do Guerrear'". — Achei bom para ela.

Bastante seguro. Eu não queria que ela corresse riscos, quero dizer excessivos, que ficasse muito exposta, porque obviamente riscos todo mundo corria, tanto no front como na retaguarda, você sabe disso. O PWE foi um departamento secreto e temporário, existiu apenas durante a guerra e começou a se desmantelar mal a rendição incondicional alemã foi firmada, no dia 7 de maio de 45. Nem mesmo seu nome e sua sigla foram de domínio público até muito depois. Muita da gente que trabalhava nele ignorava, na verdade, que trabalhava nele, e acreditava prestar serviços no PID do Foreign Office, o Political Intelligence Department, em princípio uma pequena seção secreta do Ministério. Os que cuidavam da propaganda branca (as emissões da BBC para a Alemanha e a Europa ocupada, por exemplo, ou os panfletos que a RAF jogava em suas incursões, com imprenta do Governo de Sua Majestade e tudo) costumavam desconhecer totalmente que também existia a propaganda negra, e até a cinzenta, que era levada a cabo por colegas deles, em divisões à parte e no maior segredo. A enorme vantagem da negra era que nunca se admitia sua origem britânica e, é claro, se negava nossa autoria quando necessário. E que, como consequência disso, é lógico, se agia com as mãos livres, praticamente sem limites. Leve em conta que oficialmente nós não fazíamos certas coisas, embora as fizéssemos por baixo do pano. Nunca as reconhecemos, entre outros motivos porque muito poucos sabiam que na realidade eram feitas. Quando Richard Crossman falou do PWE nos anos 70, num artigo relacionado com o caso Watergate que fez furor então (eu me lembro que lorde Ritchie-Calder e outros intervieram), admitiu que houve aqui durante a guerra o que ele chamou de “um governo interno”, com normas e códigos completamente diferentes dos do governo público e visível, e acrescentou que era um aparato necessário na guerra total. Crossman foi um dos homens importantes do PWE, embora não tanto quanto Sefton Delmer, que era um gênio e criou um novo conceito de guerra psicológica meramente destrutiva. Crossman tinha chegado a ser ministro do Gabinete com Harold Wilson, nos anos 60, de modo que era voz respeitada e não se podia contradizê-lo sem mais nem menos...

Wheeler parou. Pensei que devia ter se cansado de novo ou que estava com a boca seca de tanto falar. Era incrível como conservava fluida a palavra quando não engasgava, ainda que fosse com aquela loquacidade ensimesmada em que provavelmente tinha voltado a cair. Perguntei-me quando voltaríamos à jovem Valerie, já sempre jovem e cada dia mais moça que ele. Perguntei-lhe se queria beber alguma coisa, ele disse que água e que me servisse do que quisesse, que pedisse à senhora Berry, desculpou-se por não ter me oferecido nada até então. Respondi que iria à cozinha eu mesmo, preferia não incomodá-la. Trouxe água para ele e, depois de abrir uma cerveja gelada para mim, aproveitei para satisfazer uma curiosidade menor:

— A propaganda negra também era chamada de "jogo negro"? São a mesma coisa? Antes o senhor tinha utilizado essa expressão.

— Sim — respondeu. — Bom, não só a propaganda. Todas as operações negras. Não sei se também foi Crossman ou Delmer que inventou essa expressão. De acordo com eles, os americanos, que copiaram em parte de nós a subversão e desde então adoram aplicá-la (com certa pastosidade, isso sim), nunca aprenderam a exercê-la como nós, como um jogo dentro da seriedade. Nem, o que é pior, a renunciar a ela em tempos de paz. Houve um livro que faz vinte ou vinte e cinco anos se intitulava assim, *The Black Game*. Eu o li, é de um tal Howe.

— Você sabe se ela também foi chamada de "jogo úmido"? — "*The wet game*", foi o que eu disse, agora tinha quase certeza de que era "*wet gamblers*" o que havia saído dos lábios de Pérez Nuix na noite da sua visita sem avisar.

— Isso eu ouvi menos, mas pode ser que sim. Talvez porque as operações negras acarretavam com frequência derramamento de sangue. As brancas, em compensação, raras vezes; eram secas. Mas onde estávamos mesmo? — acrescentou com um pouco de irritação. — Por que estou te contando isso? Ai, meu Deus, tornei a me esquecer. — Em inglês disse "*Oh dear me*", que não tem equivalente exato em espanhol, na realidade não mencionou Deus. Talvez sua memória já não abarcasse tanto, desde o princípio de uma história até seu fim. Talvez só nisso se notava sua decadência recente. Perdia de vista o fio inicial, mas também o recuperava com um leve empurrão.

— O senhor me falava da sua mulher — soprei, ajudei-o. — Do que ela fez durante a guerra.

— Ah, sim, eu ia te contar a morte de Valerie, já que você quer saber, não é a primeira vez que me pergunta — respondeu. — Mas é importante você saber o que era o PWE e como funcionava. Onde ela se meteu, e a que se acostumou. Em certo sentido, Sefton Delmer foi quem houve de mais parecido com o "*Bomber*" Harris, embora não tivesse aviões nem tropas sob seu mando, só especialistas em engano e falsificação. — E ao ver que o nome de Harris não me dizia nada, acrescentou: — Arthur Harris, o Marechal do Ar, foi ele que mandou assar cinquenta mil hamburgueses e cento e cinquenta mil desdrenses no fim da guerra com a cínica pretensão de estar atacando objetivos militares, e também arrasou Colônia e Frankfurt, Düsseldorf e Mannheim, era um homem implacável e com demasiado poder, quase um psicopata para o qual valia tudo para esmagar o inimigo e ganhar. — Então me lembrei do que ele tinha me falado da outra vez: "Li faz uns meses num livro de Knightley que o chefe de Bombardeios, sir Arthur Harris, tachava de amadores, irresponsáveis e mendazes" os membros do SOE, os encarregados do assassinato de Heydrich com balas untadas de toxina botulínica e de tantas outras operações de sabotagem, destruição e terror. — De acordo com Crossman, permitiu-se que ambos, Harris e Delmer, e provavelmente foram os únicos em seus respectivos setores, travassem a guerra total com a qual Göring e Goebbels haviam ameaçado mas na verdade nunca levaram a cabo. Deixaram Delmer, concretamente, superar os próprios nazistas (quer dizer, cair mais baixo) em mentiras, calúnias, manipulações e invenção de notícias e engano da população inimiga. A propaganda negra, como os bombardeios estratégicos, era niilista em seus fins e unicamente destrutiva em seus efeitos, como também reconheceu o próprio Crossman. Revelou-se, isso sim, uma arma tremendamente eficaz e por isso todo mundo a utiliza agora, hoje em dia, sem a menor apreensão. Sefton Delmer era um gênio, ninguém discute isso. Nascido em Berlim, de pai australiano — "Mais um inglês postiço", pensei, "quantos há" —, tinha estudado lá e depois aqui, em Oxford; antes da guerra, como correspondente do *The Daily Express* em Berlim, havia conhecido Ernst Röhm e, através dele, Hitler, Göring, Goebbels, Himmler. Entendia perfeitamente o caráter e a psicologia alemães, a tal ponto que todos esses antecedentes o tornaram suspeito aos olhos britânicos ao estourar a guerra, e não lhe permitiram ocupar nenhum posto de responsabilidade enquanto os serviços de segurança não o observassem e dessem sua aprovação, como você pode imaginar. Das pessoas que trabalhavam com ele exigia absolutos segredo, disciplina e determinação, ou, em outras palavras, absoluta falta de escrúpulos. Pouco a pouco foi incorporando à sua equipe alguns alemães: ex-brigadistas internacionais, emigrantes, refugiados, depois alguns prisioneiros de guerra dispostos a colaborar, um desertor importante que escapara para Londres depois do fracassado atentado contra Hitler em julho de 1944, e até um ex-membro das SS. Dizia a todos os que chegavam a Woburn, onde ficava o departamento: "Travamos contra Hitler uma espécie de guerra de engenhos total. Vale tudo, contanto que sirva para acelerar o fim da guerra e a derrota completa do Reich. Se os senhores tiverem o menor escrúpulo em relação ao que aqui se pode exigir que os senhores façam contra seus compatriotas, devem dizer agora. Eu entenderei. Nesse caso, no entanto, não nos servirão e sem dúvida se encontrará outra tarefa para os senhores. Mas, se querem se unir a mim, devo avisar que na minha unidade estamos dispostos a todas as jogadas sujas que pudermos conceber. Não há nenhum canal obstruído de antemão. Quanto mais sujas, melhor. Mentiras, escutas, desfalques, traição, falsificações, difamação, acirramento, falsos testemunhos e acusações, tergiversação, qualquer coisa. Até o puro e simples assassinato, não se esqueçam". — "*Sheer murder*", foi a expressão que empregou. — Valerie ouviu isso mais de uma vez. Chegou a estar bem próxima dele.

Wheeler ficou pensativo, talvez se lembrando de Valerie perto de Sefton Delmer. Agora levou a mão aos lábios e acariciou-os suavemente. Depois voltou a passar o polegar pela cicatriz do queixo, era curioso que eu nunca tivesse visto esse gesto seu até aquele dia. Perguntei-me se estaria me convidando a indagar também por ela. Mas, enquanto ele não a mencionasse, eu me absteria.

— E quais eram essas jogadas sujas? Em que consistia exatamente o jogo negro? — perguntei.

— Bem, só conhecemos a maioria das suas atividades muito depois de terminada a guerra. Claro, falsificavam de tudo. Esse serviço foi extraordinário, uma das coisas em que nos destacamos: emissoras de rádio, documentos de qualquer classe, inclusive ordens de figurões do Reich, como o general Von Falkenhorst que estava no comando das tropas na Noruega; licenças para soldados, passes para ter acesso a instalações e lugares vitais, circulares, panfletos, selos, carimbos, envelopes e papel de correspondência, até maços de cigarros, me lembro de ter visto uns que se chamavam Efka-"Pyramiden", tudo tinha sempre de passar por genuinamente alemão, ou pelo menos, quando isso não era possível, fabricado na Alemanha ou na Áustria, isso criava neles a desagradável impressão de que tínhamos mais infiltrados lá do que tínhamos na verdade, de que contávamos com muita gente escondida em seu território, dotada de infraestrutura e meios, e com grande capacidade operacional, o que não só os inquietava, mas os fazia consagrar esforços a perseguir e caçar fantasmas. Com o rádio chegávamos a todas as partes, até aos submarinos, cujas tripulações tinham a desmoralizante sensação de estar sendo vigiadas por nós e de não poder esconder suas posições. Mas o principal era inimistar os alemães entre si e lhes causar dano, tanto em nível coletivo como individual, provocar desconfiança entre eles e fazê-los temer uns aos outros. E, claro, quando era factível, eliminar ou fazer cair em desgraça altos funcionários civis ou militares. A sessão negra do PWE imprimiu cartazes de "Procura-se" contra oficiais das SS, acusando-os de traidores, desertores, farsantes ou criminosos perseguidos pelas autoridades: incitava-se a atirar neles mal os avistassem e se ofereciam recompensas de dez mil marcos ou mais, e garantia-se que até as Cruzes de Ferro de primeira classe que pudessem exibir eram meras falsificações. Tudo era muito calculado. Houve uns, apoiados por uma campanha radiofônica, contra o Reichkommissar Ley, um peso-pesado do partido nazista, de vida um tanto dissoluta, em que este era acusado de se apropriar de cupons de racionamento, e o doutor Ley se viu obrigado a desmentir indignado a acusação: "Eu sou um consumidor normal!", bramou pelo rádio. — E Wheeler não pôde evitar de rir um pouco, ao rememorar aquilo que talvez a própria Valerie tinha lhe contado entre risos, infringindo assim a Official Secrets Act a que devia estar sujeita. — Emitiram uns selos com a imagem do ambicioso Himmler no lugar da habitual de Hitler, com a intenção de indispô-los, de que este último desse mais crédito aos insistentes boatos de que o primeiro se propunha suplantá-lo como Führer, e pôr assim o ministro sob suspeição. Mas houve coisas mais sérias ainda, e mais úmidas. Uma prática frequente de Delmer era enviar cartas falsas aos familiares dos soldados alemães que morriam de seus ferimentos nos hospitais militares da Itália. Interceptavam-se os cabogramas não cifrados que os diretores destes mandavam para as autoridades do partido na Alemanha, com todos os dados do caído e as coordenadas dos parentes. As cartas forjadas pela equipe de Delmer, em perfeito alemão e com timbre de cada hospital, eram supostamente escritas por um companheiro de farda ou por uma enfermeira comovidos que teriam permanecido junto do falecido até o último instante, e o que costumavam contar, horrorizados, era que o soldado na verdade tinha sido assassinado mediante uma injeção letal por ordem de seus superiores, quando estes eram informados de que não voltaria a ser útil para o combate. Os médicos nazistas necessitavam da sua cama para recuperar os que poderiam voltar logo para o front, de modo que se livravam dos feridos graves sem compaixão nem agradecimento, cruel e expeditivamente, como se fossem lixo. Não que escapasse a Delmer e à sua unidade que a verdadeira crueldade era a deles, extrema, ao dar a crer semelhante falácia (verossímil, de resto) a uma desolada viúva, a pais idosos ou a filhos órfãos. Mas, se isso servia para criar descontentamento e rancor entre a população, baixar o moral dos combatentes, desunir a tropa e propiciar deserções, ficava acima de qualquer outra consideração. Não se esqueça, Jacobo, que aquela guerra foi vivida como uma guerra de sobrevivência. E foi, era mesmo. E que nelas os limites do que se pode fazer vão se ampliando constantemente, quase sem a gente se dar conta. Os tempos de paz depois julgam severamente os tempos de guerra, e eu não sei até que ponto podem fazê-lo. São dois tempos que se excluem, cada um é inconcebível no outro, e a gente tende a não se dar conta disso. Mas mesmo assim há coisas que parecem condenáveis, sim, inclusive enquanto acontecem ou estão sendo feitas no tempo mais permissivo, e como você vê, na realidade todas essas... vilezas, sim, suponho... também eram ocultadas em sua época, quando se travava a guerra sem conhecer seu desenlace. A unidade de Sefton Delmer não existia oficialmente, e a ordem dada a todos os seus integrantes era de negá-la (negar a si mesmos, portanto) perante todo mundo, inclusive às outras organizações quase igualmente secretas (mas não tanto), como o SOE, ou como nós mais tarde, silenciosos e silenciados por motivos de outra índole, por sigilo e discrição, mais do que nada. Note que ao terminar a guerra não só dissolveram logo o PWE, como também as instruções dadas a seus membros negros foram mais ou menos deste teor: "Durante anos nos abstivemos de falar do nosso trabalho com qualquer pessoa alheia à nossa unidade, de modo que pouco se sabe de nós e das nossas técnicas. As pessoas podem ter suas desconfianças, mas não sabem de ciência certa. Queremos que continuem igualzinho, que as coisas se mantenham assim. Que nada nem ninguém leve vocês a se vangloriar das tarefas que levamos a cabo, das trapaças e ciladas que armamos para o inimigo. Se começarmos a nos gabar das nossas engenhosidades, sabe lá onde isso vai parar. De modo que bico calado". — "*So mum's the word*", foi o que disse Wheeler aqui, e me pareceu ter visto a expressão em algum dos cartazes da *careless talk*. — "A propaganda tem de ser uma coisa de que justamente não se fale." Era sem dúvida por prudência — continuou Wheeler —, mas também, creio eu, porque aquele trabalho não era de modo algum de lhes dar orgulho, e na etapa final da guerra ainda menos do que em qualquer outra. Valerie não sentiu esse orgulho, à boa-fé... — Disse isso em seu espanhol livresco, "*a fe mía*". — Quando os civis alemães estavam mais desesperados e confusos, acrescentou-se mais confusão e desespero através das nossas rádios impostoras. Avisamos, por exemplo, que por todo o país circulava uma enorme quantidade de marcos falsos, o que fez que os alemães não confiassem mais nem na sua própria moeda nem no próximo que a passava. Mas o pior foi depois dos brutais bombardeios de Harris e dos americanos, e também quando as tropas já invadiam a Alemanha, as nossas pelo oeste e as russas pelo leste. Durante as incursões aéreas, as emissoras alemãs paravam de transmitir para não servir de baliza aos aviões da RAF ou da USAF. Mas numa questão de segundos, não me pergunte como, Delmer e os dele conseguiam ocupar suas frequências, simulavam reiniciar as transmissões normais em seu alemão sem mácula, e lançavam mensagens desconcertantes, desorientadoras, contraproducentes ou contraditórias, para causar o maior estrago possível e semear o caos. Inicialmente, tinha-se aconselhado aos sobreviventes das cidades arrasadas (Hamburgo, Bremen, Colônia, Dresden, Leipzig e tantas outras) a não se moverem, a não abandonarem seus respectivos lugares e a aguardar neles a chegada de socorro. Delmer, parece que instado pelo próprio Churchill, ordenou o contrário, fazendo passar seu comunicado por um aviso oficial do Reich, obviamente. Sua equipe disse à gente que no centro e no sul da Alemanha tinham se estabelecido sete zonas "livres de bombas", para as quais os refugiados podiam se dirigir e nas quais estariam a salvo de mais ataques aéreos inimigos. Garantiram que representantes neutros da Cruz Vermelha em Berlim haviam informado as autoridades do Reich de que o próprio Eisenhower ia declarar seguras essas sete áreas e que os bancos já estavam transportando para lá seus valores. Claro que era tudo falso, mas surtiu um tremendo efeito. As estradas foram inundadas por famílias inteiras que fugiam para aquelas zonas imaginárias, com seus filhos andrajosos, seus feridos e seus poucos pertences metidos em carroças, ônibus caindo aos pedaços que ficavam sem gasolina, e até em carros fúnebres, no que encontrassem para sair de seus infernos. O caos foi total. Essa quantidade de gente apinhada nas estradas bloqueou várias delas e dificultou todo o trabalho defensivo do Exército, que não sabia como evitá-la, onde metê-la nem como afastá-la. Que fazer com ela. E é de se supor que muitos daqueles inconvenientes apavorados que se lançaram em massa na busca de fantasmais zonas seguras, e que talvez houvessem sobrevivido se tivessem ficado quietos entre as ruínas das suas cidades, tenham morrido sob novas bombas, porque não havia zonas seguras em lugar nenhum da Alemanha, ou só nos já destruídos.

Wheeler parou e bebeu água com avidez, acabou o copo inteiro de um só gole ou antes com vários goles lentos e prolongados, como bebem as crianças quando têm muita sede mas não cabe tanto líquido nelas de uma vez e precisam fazer pausas para recuperar o fôlego, sem afastar os lábios da borda em nenhum instante, como se temessem que de outro modo alguém fosse lhes tirar o copo. Depois chamou a senhora Berry, pediu mais água e que trouxesse para mim umas azeitonas para acompanhar minha cerveja. "É assim que vocês bebem na Espanha, não é?, beliscando alguma coisa para que o álcool não suba à cabeça", disse. "Tenho umas de lá, do seu país, com limão, creio que são andaluzas. Muito boas. Podem-se comprar na Taylor's, quase em frente de onde você morou, pelo que sei." Sim, eu me lembrava bem daquela loja de comestíveis. Embora fosse bastante cara, eu tinha me alimentado de seus produtos frívolos em grande medida, durante meus anos em Oxford (nunca fui cozinheiro). Disse à senhora Berry que não se incomodasse por mim, que não precisava, mas Wheeler já as pedira e ela lhe fazia a vontade. Quando se foi e eu estava com minhas azeitonas na frente — mas ela nunca ia de todo embora, continuava entrando e saindo a cada instante, silenciosa e atarefada —, perguntei a Wheeler:

— E foi a isso que sua mulher se acostumou, Peter? Ao que o senhor chamou de essas vilezas? Suponho que na época não eram vistas como tais. E pode ser que sejam agora mas que então não fossem. Só parte da luta. — Fiquei pensando com um pouco de perplexidade, porque não conseguia entender o que eu próprio tinha dito. De modo que acrescentei: — Não sei se isso é possível. Que algo seja certo quando se faz, ou pelo menos justificável, e não seja quando já se fez, sendo sempre a mesma coisa. Quero dizer: não sei se uma mesma coisa pode ser diferente quando é presente ou quando já é passado, quando ainda é ato ou é lembrança... Bem, enfim, não ligue para o que eu disse.

Wheeler olhou para mim como se efetivamente tivesse se perdido na minha confusão, e não me respondeu de imediato, quer dizer, pareceu não ligar para o que eu disse.

— Num dos volumes da sua autobiografia — disse —, não me lembro se o que se chamava *Trail Sinister* ou *Black Boomerang* (li quando foram publicados nos anos 60, em parte para ver se Valerie era mencionada ou aludida em algum momento; mas não, não era, nem tampouco o caso em que ela teve maior participação e iniciativa), Sefton Delmer contava que viajou à Alemanha em fins de março de 45 e que viu o espetáculo com seus próprios olhos, o mesmo que tinha visto anteriormente na Espanha nos últimos dias da guerra de vocês (também estivera lá como correspondente estrangeiro) e na Polônia e na França: as pessoas fugindo sem saber para onde iam e atravessando sucessivas paisagens de ruínas, arrastando consigo o pouco que lhes havia restado ou que haviam podido enfiar em seus precários veículos que não funcionavam, ou indo a pé pelas estradas e pelos campos com crianças muito pequenas nas costas e os olhares ausentes ou aterrorizados, às vezes com crianças já mortas que não se decidiam a enterrar na metade de uma trilha, ou das quais não se atreviam a se desprender e que continuavam carregando como se fossem efígies, sem o menor sentido... E Sefton Delmer dizia que não parou para perguntar a ninguém se o que os levara a se lançar nos caminhos e a empreender seus percursos sem rumo haviam sido porventura as mensagens da rádio Colônia ou da rádio Frankfurt, cujas frequências ele tinha ocupado. "Eu não queria saber. Temia que a resposta pudesse ser 'sim'", lembro que ele escreveu. Ele mesmo se dava conta então, portanto. Mas tinha feito e teria feito de novo, como quase todo mundo fazia tudo, como quase todo mundo faz tudo nas guerras. O que vai surgindo, são muito poucas as ideias que nelas não se põem em prática. O que passa pela cabeça de alguém para prejudicar o inimigo quase sempre acaba tendo sinal verde, embora depois não se reconheça publicamente. A coisa foi tão eficaz e tão grave que as autoridades nazistas se viram obrigadas a renunciar às ondas de rádio para dar ordens e instruções à população. Tiveram de recorrer à radiotransmissão por cabo telegráfico, coisa em que nós não podíamos nos insinuar, porém muito mais difícil e de alcance restringido. Acredito que Delmer e seu jogo negro tenham contribuído para isso. Não sei se para ganhar a guerra, mas com certeza para ganhá-la mais depressa.

Agora Wheeler pareceu cansado de verdade. A qualquer momento podia abandonar seu relato, deixar o resto para outro dia, se calar, talvez passar o trinco definitivamente. Podia até se arrepender de ter começado. Eu não queria me arriscar a isso, porque talvez nunca mais o encontrasse naquela disposição faladora — para ele a palavra seria "*talkative*" —, dado como era por norma a guardar suas histórias. "Na realidade nem sei se voltarei mais a encontrá-lo", pensei, "se dentro em breve for embora daqui e regressar à Espanha. O mais provável é que depois não torne a vê-lo." De modo que ousei insistir e até apressá-lo.

— E o que aconteceu com Valerie? — Já não me importava pronunciar seu nome. — O que foi esse caso em que ela teve maior participação? Maior iniciativa, o senhor falou.

Wheeler inclinou um pouco o torso para a frente, apoiou as duas mãos juntas no cabo da bengala, que havia depositado verticalmente entre as pernas, e o queixo sobre as mãos, tive a sensação de que era uma maneira de pegar impulso ou de se preparar para um esforço. Seus olhos se avivaram e sua voz saiu mais forte, ela tinha ido se enfraquecendo à medida que falava. Ocorreu-me que talvez nunca tivesse contado, ou fazia muito tempo e a muito poucas pessoas, o que seguramente ia me contar. Ainda não o dava por certo.

— Bom, não sei até que ponto você está familiarizado com as leis raciais nazistas — falou.

— Pouco, para dizer a verdade — respondi na mesma hora; não desejava que se produzissem pausas. — Tenho uma vaga ideia geral, como quase todo mundo.

— Eram muito detalhistas, quase arrevesadas, e além do mais foram mudando, de 1933 em diante. Sua aplicação também variava conforme os intérpretes e os organismos. A do Ministério do Interior era menos estrita que a do doutor Adolf Wagner, principal autoridade do partido nazista na matéria, e a deste era por sua vez menos exigente que a das SS, por exemplo. Mas o que interessa é o seguinte: era considerado "judeu" quem tivesse três ou quatro avós dessa raça, sem que nenhum outro fator importasse; "meio judeus" e, portanto, "judeus" na prática (acabavam sendo tratados como tais, salvo raríssimas exceções), quem tivesse avós judeus e pertencesse a essa religião ou fosse casado com uma pessoa judia na data da entrada em vigor das Leis; em compensação, era *Mischlinge* de primeiro grau, mestiço, quem igualmente tivesse metade de seus avós judeus mas não professasse a religião nem tivesse cônjuge dessa raça; por último, era *Mischlinge* de segundo grau quem descendesse de um só avó "contaminante" e de três "gentios", isto é, "arianos" ou o que os nazistas chamavam de "alemães". A diferença era fundamental, porque os de segundo grau em geral foram deixados em paz, e alguns até obtiveram o Certificado de Sangue Alemão, depois de um estudo de cada caso por Hitler em pessoa, que ao que parece considerava o assunto bastante importante para arranjar e dedicar tempo a examinar esses requerimentos e se pronunciar sobre a "requalificação" ou não de cada indivíduo que a solicitasse, e foram uns tantos milhares. Devia fazê-lo em seu ritmo, é claro, suponho que não devia ter muita pressa para decidir, ao contrário dos interessados: uns pediam para passar de "judeus" a *Mischlinge* de primeiro grau, os de primeiro para de segundo, e os de segundo aspiravam à "arianização" e ao certificado. Não foram poucos os que se suicidaram ao se ver finalmente adscritos à "judiaria". As pessoas duvidosas tinham tamanho pânico disso que houve numerosas tentativas, algumas com êxito, de falsificação, substituição, ocultação e destruição de velhos registros de nascimento de avós, sobretudo entre 1933 e 1939, depois foi quase impossível. Muitos funcionários de prefeituras, ou de registros civis, ou de onde fossem guardados, faziam desaparecer documentos comprometedores em troca de abusivas somas em dinheiro ou até de propriedades; às vezes, inclusive, mediante oportunos incêndios parciais de arquivos ou pragas de ratos muito seletivos. Ou então a falsificação que traziam era perfeita, com papel antigo e tudo, aceitavam fazer a mudança e converter um avô ou avó judeus em católicos e protestantes, com alteração do sobrenome incluída. Nas povoações não muito grandes foi frequente, era mais fácil. Claro que esses funcionários quase nunca destruíam de verdade o documento substituído ou subtraído, a não ser que quem pagasse exigisse que o entregasse para se encarregar ele próprio do seu desaparecimento. Não costumava ser assim, os judeus não podiam impor muitas condições, e o funcionário o guardava para o que pudesse acontecer no futuro. As provas, por assim dizer, se volatilizavam apenas temporariamente. Vamos, me sirva um pouco de xerez agora — acrescentou Wheeler, como se relatar aquilo tudo o tivesse animado. Falar de história muitas vezes anima os velhos.

— Tem alguma preferência? — perguntei, apontando para uma estante alta com garrafas, à minha direita.

— Qualquer uma dessas — disse. Levantei-me, servi o xerez, entreguei-lhe, tomou dois golinhos e continuou (agora eu não temia que ele se interrompesse): — Quando, com o passar do tempo, se descobria um "judeu" ou "meio judeu" disfarçado de "quarto de judeu", ou um de primeiro grau, um *Mischling*, disfarçado de mestiço de segundo grau ou de "ariano", pouco contava o que as Leis estipulassem: seu destino dependia, sobretudo, de quem fosse o descobridor e de seu capricho, e de quem o denunciasse. Não era a mesma coisa levar a história à polícia local ou a um simples prefeito, e às SS ou à Gestapo. Podia não acontecer nada com ele, que fizessem vista grossa, ou que ele fosse parar num campo de concentração com a família inteira, em represália pela fraude. Não sei se você sabe o que disse numa ocasião Göring ou Goebbels, um dos dois, não me lembro, deve ter sido Göring: "É judeu quem eu disser que é, e ponto". Ao que parece, quando disse isso não foi para "judaizar" alguém, mas para o oposto, porque lhe convinha. Ao contrário do que comumente se acredita, e da própria propaganda nazista, houve muitos *Mischlinge* e até "meio judeus" que serviram com lealdade ao Reich, até no Exército ou em cargos de responsabilidade, administrativos ou do partido. Faz uns anos saiu um livro intitulado *Hitler's Jewish Soldiers*, de um tal Bryan Rigg, você leu?, em que são contados uns tantos casos muitos sugestivos. Um "meio judeu" chamado Goldberg, que era louro de olhos azuis, apareceu fotografado e posto nas nuvens na imprensa propagandística como "o soldado alemão ideal", que tal? Houve coronéis, generais e almirantes que eram "meio judeus" ou "um quarto", se bem que Hitler tenha tratado de declará-los convenientemente "arianos". No entanto, no caso de um tenente-coronel, Ernst Bloch, igual ao filósofo, veterano da Primeira Guerra, foi preciso retificar e destituí-lo por um protesto pessoal de Himmler. O que foi dele depois disso não sei ou não me lembro: sabe lá se saiu do comando de tropas e foi se consumir num campo, se caiu totalmente em desgraça. Muito dependia do acaso, ou de se a pessoa contava com a amizade ou o favorecimento de algum alto dirigente. Para o marechal de campo Milch, por exemplo, em compensação, que era "meio judeu", seu amigo Göring arranjou uma prova falsa (forjou-a) demonstrativa de que na realidade não era filho de seu pai oficial "plenamente judeu", mas do amante "ariano" da mãe, a qual, se viva, não se sabe o que diria da revelação extraordinária, tivesse ou não tido o tal amante. Milch foi requalificado como "ariano" e condecorado com a Ritterkreuz por sua atuação na Noruega. Como está vendo, era uma bênção ser bastardo na Alemanha daqueles tempos. — Wheeler tornou a rir brevemente, um riso zombeteiro que me lembrava o tão característico de seu irmão, Toby. — Onde estávamos mesmo, Jacobo? Lamento esses hiatos de memória, só acontece com a memória imediata. Com eles e esses momentos de afasia, daqui a pouco não vou poder contar mais nada.

"Não está tão mal a ponto de não se dar conta", pensei, "já é alguma coisa. Mas esses vazios não teriam se produzido faz um ano nem faz uns meses. Parece como se ele e meu pai andassem ao mesmo tempo, ao mesmo passo, embora Peter esteja mais inteiro. Apesar de ser um ano mais velho, certamente vai durar mais. Que pena quando os dois não estiverem mais aqui. Que pena."

— Continuava tendo a ver com sua mulher — respondi. — O senhor deve saber melhor. Com a morte dela. Assim acredito.

— Oh, sim — respondeu ele —, tem muito a ver, ou tudo. Sim. Sim. — E ao repetir essa palavra pareceu atar de novo o fio. — Na seção negra do PWE, como te disse, havia gente que nem sequer sabia que trabalhava para ela, nem da sua existência. Valerie, é claro, ignorava. Mas havia um sujeito que provavelmente sabia muito bem e aparecia por Woburn ou por Milton Bryant só de vez em quando, com uma bateria de ideias e aparente autonomia, até em relação a Delmer. Ele se chamava Jefferys, com quase toda a certeza um pseudônimo, e sua mente era diabólica, ou assim me contava Valerie quando eu vinha da Jamaica ou da Costa do Ouro ou do Ceilão, de onde me houvessem destinado, e nos víamos por um par de semanas ou uns dias. A missão daquele Jefferys era idear transtornos, problemas em que, por mais secundários e singulares que fossem, os alemães se vissem obrigados a prestar atenção e tentar remediar. E também esporeava o pessoal, pelo visto era único nisso.

— Espalhar surtos de cólera? — Não pude evitar de perguntar. Mas ele não se deu por achado, talvez já não se lembrasse das suas palavras a esse respeito.

— Exato. Ou mesmo que fossem só de varicela. Todos tínhamos a convicção, em todas as divisões, seções, unidades e grupos, no SIS em geral, no SOE, no PWE, no OIC e na NID, na PWB e claro no SHAEFF, de que qualquer contrariedade que os distraísse do que era importante, que os afastasse de seus afazeres bélicos ou os fizesse transcurar deles ou que os entorpecesse, que reduzisse o mínimo que fosse de sua eficácia, nos favorecia enormemente e nos ajudava a ganhar tempo quando ainda esperávamos que os americanos (que lerdos e hesitantes foram; depois se gabam) se decidissem a entrar na guerra. Tratava-se de manter ocupado o maior número possível de homens com minúcias incômodas ou de aspecto perigoso. Cada vez que os nazistas tinham de deslocar um soldado ou um membro da Gestapo para alguma tarefa inesperada e alheia à própria guerra, isso valia a pena e nos dava alguma vantagem, ou era este nosso sentimento: o do nosso absoluto desespero até dezembro de 41, mais de dois anos resistindo sozinhos. Aquele Jefferys chegava, se instalava uma semana, dava uma multidão de instruções, despendia uma energia frenética e estimulava as pessoas dali a também conceberem artimanhas e truques para causar o maior dano. Era um tipo entusiasta, hiperativo, febril e contagioso, que elevava muito o ânimo porque dava importância a tudo. Para ele, qualquer coisa, qualquer empurrão ou rasteira podia ser útil. Se numa cidade alemã ou da Europa ocupada, por exemplo, se produziam assassinatos ou roubos contínuos nas casas; se edifícios e hotéis pegavam fogo ou se declarava uma epidemia, mesmo que fosse de gripe, ou se falhava o abastecimento do que fosse, da luz, do gás, do carvão ou da água; se faltava remédio nos hospitais ou se os alimentos se deterioravam, tudo isso servia. A acumulação de inconvenientes e calamidades, de crimes, cria insegurança, desconfiança e intranquilidade, e ter de se ocupar de muitas coisas ao mesmo tempo é o que mais desgasta e exaspera. Quanto mais descentrados estivessem os nazistas, quanto mais atarefados em assuntos não vitais, mais possibilidades tínhamos de atingi-los nos assuntos vitais.

— Não me diga que houve assassinatos comuns que na realidade não eram. Não me diga que vocês planejaram e executaram assassinatos a esmo, de civis.

Wheeler fez um gesto ambíguo com a mão aberta na altura da têmpora, como se levantasse lateralmente a aba de um chapéu imaginário.

— Não, não creio. Apesar de Sefton Delmer ser um *bon*

vivant e um pragmático que não criava problemas a si mesmo, sem maiores considerações quanto à aplicação da subversão para minar e destruir o inimigo, e aparentemente é verdade que no meio daquilo tudo era visto comendo, bebendo e rindo com gosto, como se nada o afetasse, tinha um resto de consciência. É o que se diz. Segundo Hemingway, que esteve com ele em Madri durante a guerra de vocês, os dois como correspondentes, parecia "um roliço bispo inglês". — Disse "*a ruddy English bishop*", e esse primeiro adjetivo também pode significar "rubicundo". — Outros achavam-no parecido com Henrique VIII, porque era grande e puxando para gordo, com olhos quase saltados e uma tez avermelhada. — "*Florid*", foi a palavra aqui. — E, como as giletes escasseassem, deixou a barba crescer durante a guerra. Mas é claro que Jefferys, sim, propôs provocar, ou que se cometessem diretamente assassinatos não políticos: hoje seriam terroristas. Com certeza que não lhe deram ouvidos nisso, e além do mais o SOE, e seus colaboradores locais em cada país, já tinham bastantes objetivos por sua conta, sobretudo militares. Nas sabotagens e torpedeamentos sim, a maioria de suas exuberantes ideias costumava ser bem recebida. Valerie lhe deu uma. A Valerie ocorreu uma. — E sem transição, o tom de Wheeler, justo ao dizer estas últimas frases, se fez muito mais sombrio. Tomou outros dois goles do seu xerez, tornou a cruzar a bengala sobre os braços da poltrona, agarrou-se nela com uma só mão, como se fosse uma barra na qual se firmasse, e continuou sem hesitações; tinha decidido contar e ia me contar. — Todo mundo queria ajudar naqueles dias, Jacobo. Foi incrível como o país se uniu, primeiro para se defender, depois para destroçar os nazistas. Para nós que sobrevivemos, o que aconteceu na época de Thatcher, com a ridícula guerra das ilhas Falklands e as pessoas tão exibidas e inflamadas, foi uma vergonha, um arremedo grotesco daquela outra, uma coisa artificial, uma farsa. Justamente então, na guerra, não houve nada de exibicionismo nem de patriotismo de *vaudeville*. — Wheeler pronunciou à francesa, como meu pai também teria feito. — As pessoas resistiram e não estufaram o peito, mal se gabaram do que quer que fosse. Todos fizeram o que estava a seu alcance e, salvo raras exceções, ninguém pendurou medalhas. Eram tempos verdadeiros, não de mentira, não de espetáculo. Jefferys era um estímulo, um acicate durante suas estadas em Wolburn, quero dizer em Milton Bryant, e Valerie desejava ajudar no possível, contribuir ao máximo. Ela se desdobrava. Bom. A irmã mais velha da sua amiga austríaca, a que tinha uns dez anos mais que elas, Ilse seu nome, tinha um namorado quando Valerie ainda ia passar suas temporadas em Melk com aquela família Mauthner, e chegou a encontrá-lo em vários verões. O namorado era um nazista convicto já então, estou falando de 1929 ou 30 a 1934 ou 35, que foi quando Valerie parou de ir lá e sua amiga de retribuir com a visita natalina, aos catorze ou quinze anos. A irmã mais velha e o namorado tinham se casado por fim em 1932 ou 33 e tinham se mudado para a Alemanha, e a irmã mais moça, Maria, com a qual Valerie se correspondia durante o resto do ano e continuou a se corresponder até pouco antes da guerra, tinha lhe falado da preocupação que aquele casamento, aliás esperável, havia causado na família. No fundo, os Mauthner contavam com que não fosse celebrado nunca, com que Ilse e o namorado rompessem antes, como acontece com frequência com casais que começam muito moços. Aquele homem se chamava Rendl...

Aqui não pude evitar interrompê-lo.

— Rendel? *R*, *e*, *n*, *d*, *e*, *l*? — soletrei no mesmo instante.

— Não. Na Áustria se escrevia sem o segundo *e* — respondeu. — Mas sim, o Rendel que você conhece e que Tupra tem às suas ordens é neto deles, da irmã mais velha e de seu marido. Bem, eu não tive contato com ele, só com o pai e muito pouco.

O pai dele, filho de Ilse, só ajudei economicamente e para que viesse para a Inglaterra na época, ainda menino; depois preferi não ter contato. Mas essa é outra história. Ou em todo caso não nos precipitemos. O marido, Rendl, e isso era sabido por sua família política, tinha uma avó judia, falecida antes que ele nascesse, logo era "um quarto de judeu", um *Mischling* de segundo grau. Com estes, como te disse, no mais das vezes não acontecia nada, eram considerados do lado "alemão" e eram assimilados, embora não pudessem aspirar, teoricamente, a certos postos importantes. Mas nem o pai de Mauthner nem a mãe, nem portanto as outras irmãs, gostavam daquele quarto de origem. Não porque fossem nazistas, ao que parece eram apenas apolíticos, isto é, passivos e com o tempo, suponho, quase nazificados, quando mais não fosse pelo medo que qualquer "contaminação" causava naqueles tempos. Leve em consideração que as Leis de Nuremberg foram aprovadas em 1935, mas na realidade não fizeram mais que regulamentar muitas medidas que já tinham sido tomadas oficiosamente antes disso contra os judeus (a coisa vinha de longe) e dar caráter oficial e legal a uma situação de fato: a enorme aversão social e a discriminação contra eles. Contudo, Rendl poderia ter vivido mais ou menos tranquilo com isso, se não tivesse sido tão nazi. Aspirava a entrar para as SS, o que conseguiu logo depois de se casar. Mas para isso teve de dar sumiço previamente naquela avó judia, imagino que pagando caro para as autoridades de onde ela teria nascido, como fizeram tantos outros. E em consequência disso, da sua ocultação, ou da sua falsificação, da sua impostura, a "mácula" se transformou em segredo que devia ser guardado com o máximo zelo, e assim foi comunicado a todas as filhas de Mauthner enquanto a "limpeza" nos registros foi efetiva. Mas para uma delas já era tarde.

— Ela tinha contado para Valerie. Quero dizer para sua mulher, Peter — retifiquei desta vez na hora.

Wheeler notou meu reparo. Poucas coisas ainda lhe escapavam.

— Não se preocupe por chamá-la de Valerie, pode chamar. E ainda não era minha mulher então. Então ela se chamava Valerie Harwood e não podia imaginar quase nada do que lhe aconteceria. Nem sequer a mim podia imaginar, ainda não nos conhecíamos. Sim, Maria Mauthner tinha contado a uma amiga que ia se transformar em inimiga alguns anos mais tarde. Não pessoal, é claro, mas... como poderia dizer, nacional, política, patriótica? Não sei que classe de inimigo as pessoas são nas guerras. Você odeia desconhecidos completos e velhos amigos, odeia globalmente, um país inteiro ou vários. Se você pensar um pouco, é muito esquisito. Não tem o menor sentido e é um grande desperdício. Maria não só já tinha falado daquilo, mas continuou falando nos anos seguintes, por carta. Eram amigas desde pequenas, confiavam uma na outra, se falavam com naturalidade, se davam notícias. Valerie soube que Ilse tivera três filhos em seu casamento, um menino e duas meninas, o primogênito ela até chegou a conhecer em sua última visita a Melk, recém-nascido, em 34 ou 35. Também soube que Rendl, que ela sempre tinha considerado um imbecil quando o encontrava nos verões, uma espécie de pré-fanático, estava fazendo veloz carreira nas SS; e quando as duas moças pararam de se corresponder, em 39, sabia que ele tinha alcançado a patente de major, ou de capitão, numa divisão de cavalaria daquele corpo. Uma delas, aliás, a trigésima terceira, teve triste fama (para nós, alegre) porque foi aniquilada na batalha de Budapeste em 1945, não sei se ele pertencia a esta. Em todo caso dá na mesma, na época Rendl já não estava na cavalaria nem nas SS, mas provavelmente num campo de concentração, numa vala comum ou incinerado.

— O que aconteceu? — perguntei para que não abandonasse o relato recordando fatos de guerra.

Wheeler acabou seu xerez e expressou suas dúvidas sobre se tomava outro. Eu o animei, me levantei para servi-lo, ele olhou para o ponto em que a senhora Berry costumava aparecer, e então a ouvimos começar a tocar piano no andar de cima, no quarto vazio onde só se podia fazer isso, sentar-se ao instrumento: talvez fosse sua hora de praticar, sempre antes do almoço, pelo menos aos domingos desterrados do infinito. Wheeler apontou com um dedo para o teto e em seguida para a garrafa.

— Você já sabe, não é, Jacobo? Aconteceu o que você imagina. Valerie me contou que teve dúvidas e que gostaria de saber minha opinião. Mas eu estava longe, quase sempre longe, e as comunicações eram difíceis e breves, não nos dava tempo para inquietações. Quando ela contou para Jefferys, já fazia três ou quatro anos que não tivera contato com Maria, não sabia nem mesmo se ela estava viva. E além do mais tudo parece menos intenso, tudo se dilui no passado, e as amizades da infância são as que ficam borradas mais rapidamente, tanto mais porque as crianças deixam de sê-lo e mudam, se safam da sua infância e a renegam até a verem bem distante, e só então têm saudades dela. Jefferys apelava para a inventiva e para um remoto, indireto, improvável heroísmo de seus jogadores negros, dos que estavam a par de sê-los e dos que se acreditavam brancos — obviamente sua expressão foi "*black gamblers*", — dizia a eles: "Qualquer coisa, por menor que seja e embora lhes pareça uma bobagem, não guardem, exponham-na: porque pode vir a ser vital, ajudar a salvar vidas inglesas e ganhar esta guerra". Queria atividade incessante, iniciativas, maquinações, engenho, mais ideias, e Valerie deu a dela, ou ele tirou uma do que ela lhe disse: "Hartmut Rendl, oficial das SS, com patente de major ou de capitão no mínimo, se nos últimos anos não foi promovido, é um *Mischling* por parte de uma avó judia, e além do mais destruiu ou falsificou documentos para que isso não constasse em nenhum lugar e assim poder ingressar nas SS, o corpo racialmente mais puro do Reich e o principal executor das atrocidades". Rendl era um membro dele, um criminoso e um imbecil, não havia por que ter dúvidas ou escrúpulos, não é difícil imaginar a excitação que uma coisa dessas deve ter produzido em Jefferys, e no próprio Delmer quando chegou a ele. Faltou tempo para porem a engrenagem em movimento: não só se encarregaram de que a informação sobre Rendl chegasse aos ouvidos do alto comando das SS e, se possível, aos de seu chefe, o irascível e purgativo Himmler, mas que vissem nisso uma nova frente para a propaganda negra. Começaram a falsificar certidões de nascimento e atas de registro que acusassem de "judeus", "meio judeus" ou "mestiços de primeiro grau" oficiais do Exército, destacados funcionários do governo e até figuras do partido nazista. Não muitos, claro, não se podia exagerar a "praga", mas, espaçando as denúncias, alguns sim, uns mais verossímeis que outros, ou com maior fundamento. Não era um trabalho fácil, mas em matéria de falsificação o PWE foi excelente: graças a um colecionador, contavam com jogos tipográficos e moldes alemães que iam do século XVII até o século XX (ou matrizes, ou como se diga, não entendo nada de impressão), dos chamados *Fraktur*, isto é, de letra gótica. E ainda que mais cedo ou mais tarde descobrissem as fraudes (e nem todas foram descobertas), enquanto os nazistas levavam a cabo suas investigações e verificavam cada processo sob repentina suspeita... Bem, valia a pena obrigá-los a se ocupar de semelhante sandice que não tinha nada a ver com a guerra, fazer perderem tempo revirando velhos arquivos de prefeituras e paróquias (no século XIX muitos judeus alemães e austríacos tinham se convertido ao cristianismo, sobretudo ao catolicismo) e causar desconfiança à gente deles, já te disse que uma das prioridades de Delmer era pôr alemães uns contra os outros. Ainda mais quando a coisa colava e trazia com ela a destituição ou a desgraça de um coronel, de um general ou de um almirante, ou de um hierarca do partido. Trabalho que nos poupavam, e pânico e desmoralização em suas fileiras. Pensar que havia infiltrados em seus corpos mais seletos, ou que a *Wehrmacht* estava infestada de "ratos", e que além do mais ninguém estava a salvo de "revisões" além da sua lealdade e de seus méritos, representava um golpe para eles, por mais idiota que agora nos pareça o caso. Não foi uma jogada muito limpa. Claro que foi negra em mais de um sentido, porque o que fizeram foi se aproveitar do aspecto mais cruel e repugnante do Reich, explorá-lo, e no fundo propiciar a perseguição de mais judeus, verdadeiros ou imaginários. Mas eram judeus muito particulares, de qualquer modo, os que fossem de fato, "meio" ou "um quarto". Não eram pobre gente inocente: acima de tudo eram nazistas convictos e ativos, que lutavam contra os nossos ou caçavam "judeus plenos" ou ambas as coisas, de modo que não preocupou ninguém, em Milton Bryant, a possível indecência daquela tática, baseada em acusações falsas e pior ainda quando não eram, como no caso de Rendl. Naquelas circunstâncias era normal que não tirasse o sono de ninguém. No entanto Delmer preferiu não mencioná-la em sua autobiografia, que eu me lembre. O meu também não teria tirado, como não me tiraram tantas coisas que me coube fazer e fiz. Algumas das que vi, isso sim, era diferente, é mais fácil a gente arcar com o que é seu. — Fez uma breve pausa, como se pusesse um ponto e parágrafo, ou antes, como se abrisse um longo parêntese, e desviou o olhar para o lado de fora, para o rio. — Só uma vez desobedeci a uma ordem, na travessia de Colombo para Cingapura. Já era tenente-coronel então. Levava um agente indiano recrutado primeiro pelos japoneses e depois, sob ameaça de execução imediata, convertido em agente duplo por nós, que eu tinha interrogado e treinado em Colombo. Com a guerra já perto do fim, me disseram que dispusesse dele durante aquela viagem, não servia mais. — *"To dis-*

pose of him", foi o que disse, e naquele contexto me pareceu entender bem o que significava. — Insinuaram que eu procurasse um túmulo úmido. — Aqui a expressão foi "*a watery grave*", "aquoso", e isso já não dava margem a dúvidas. — Seu codinome era "Carbuncle", e ele também esperava a mesma coisa, estou convencido, encontrá-lo durante a travessia. Talvez tenha sido sua convicção, sua quase conformidade, o que me fez ver que não era o momento. Ele havia jogado com os japoneses e conosco, como todos os agentes duplos, mas afinal de contas uma mentira dele tinha nos ajudado a interceptar e pôr a pique, diante de Penang, o cruzador pesado japonês *Haguro*, em maio de 45. Afinal de contas, ele tinha sido o veículo da nossa cilada. Não sei bem por que fiz isso, por que desobedeci. Não via com clareza por que tinha de me desfazer dele, e os Serviços Secretos também estavam cheios de idiotas. Se ele não nos servia, aos japoneses menos ainda: se caísse nas mãos deles lhe dariam rápida sepultura, úmida ou seca, ou o deixariam apodrecer à intempérie para que os porcos o comessem. Eu tinha visto o que haviam feito nas ilhas Andaman: parte da população nativa amontoada em barcaças e canhoneada da guarnição, tiro ao alvo, quando já estava em águas profundas e distantes; decapitações, estupros terríveis, seios cortados, mas não com machadinhas nem espada, e sim arrancados aos bofetões, um desfile de soldados, um depois do outro com todas as suas forças, cumprindo ordens de um comandante cujas atrocidades de anos, durante a longa ocupação das ilhas, me coube investigar quando as libertamos. Estava farto... Hoje se diz, se lê às vezes que a violência é aditiva, ou que, uma vez que se experimenta exercê-la ou contemplá-la, já não importa tanto, você se acostuma. Na minha experiência isso é totalmente falso, uma história de imbecis para imbecis. Dá para aguentar certas doses, e até mais do que se imagina, mas no fim, não é que enfastie, é que esgota e desmorona... E remói, e não se esquece... Ao aportar em Cingapura, desembarquei com "Carbuncle" ainda algemado, pulso com pulso, coisa das mais incômodas, já experimentou uma vez? Dei uma olhada de cima e de esguelha, ele era muito mais baixo. Parecia na verdade surpreso por ter chegado ao destino, por voltar a pisar na terra. Então peguei a chave, abri as algemas enquanto ele olhava atônito para mim, e disse: "Vá à merda!" — "*Fuck off*!", foi o que na realidade disse Peter, levemente mais grosseiro que o castelhano. — Deu no pé, e o vi desaparecer entre a multidão do porto. Sim, eu estava farto... E me esperava mais ainda...

Ficou calado olhando para o aprazível rio com o qual eu tinha me familiarizado muitos anos antes na casa do seu irmão Rylands, como se ainda visse nele seu prisioneiro "Carbuncle" misturando-se à turba no cais distante. Eu tinha visto esse olhar em meu pai, mais de uma vez, e também nele quando havia seguido com passo parcimonioso a senhora Berry e eu até o pé da escada para ver o ponto que eu assinalava no alto do primeiro lance, onde havia encontrado a mancha de sangue durante minha noite de febre na sua casa, depois de ter ficado sozinho consultando livros: uns olhos muito abertos que lhe conferiam uma expressão contraditória, quase de um menino que descobre ou vê algo pela primeira vez, algo que não o assusta nem o repele nem tampouco o atrai, mas que lhe produz pasmo, ou algum saber intuitivo, ou então uma espécie de encantamento.

Wheeler tomou agora um longo gole d'água, quase inconscientemente, não era de estranhar que tivesse sede, estava falando havia um bom tempo e no final tinha derivado para a sua loquacidade ensimesmada. Salvo num, eu havia temido a todo momento que ele decidisse parar, pelo cansaço ou por um ataque mais prolongado de afasia ou porque se arrependesse de repente por estar me contando tanto. Nunca tinha me contado tanto da sua vida antiga, na realidade quase nada. "Por que estará contando agora", pensei. "Não é também que eu tenha insistido muito, nem rogado, nem que o tivesse bajulado. Eu não sou de arrancar nada. Devia perguntar por que antes de nos despedirmos, se tiver uma brecha." Aquilo tudo me interessava muitíssimo, mas, se eu o deixasse ir para o Sudeste da Ásia das suas missões, correria o risco de não voltar de lá, ou de voltar tarde demais, quando a senhora Berry já nos chamasse para almoçar, como uma mãe chama seus filhos. Não é que eu pensasse que diante dela Wheeler fosse se calar, ou que àquela altura tivesse muitos segredos para ela, em todo caso não os relativos à morte de Valerie, que era o que eu mais queria saber naquele instante, talvez porque havia estado com minha mulher até pouco antes e a sentira em perigo; mas com as narrações é preciso ter cuidado, às vezes não admitem testemunhas, nem sequer mudas, e se elas existem, se suspendem. O piano da senhora Berry continuava soando, ela tocava de novo música bem alegre, me pareceu desta vez que eram peças do italiano Clementi, que também tinha vivido um bom tempo em Londres, mais um exilado, peças do seu popular método *Gradus ad Parnassum* ou talvez fossem sonatas, outro músico demolido por Mozart, que além do mais — nunca foi, ao que parece, um bom colega — havia atribuído a ele uma habilidade mecânica e com isso o arrasara, talvez porque Clementi tinha ousado medir-se com ele em Viena perante o imperador, os dois como intérpretes virtuosos.

— O que aconteceu com Rendl? — Decidi fazer Peter voltar aonde estava. Mas agora não me atrevi a trazê-lo de volta a Valerie diretamente. Se ficasse insistindo, podia acabar perdendo-a.

— Oh, sim, desculpe. Por isso não gosto de contar histórias, menos ainda no meu estado atual. Volta e meia vou pulando de galho em galho, de uma história para outra, e não sei se elas têm interesse. O ideal seria que sim, não é?, que tivessem tanto os galhos como as raízes e o tronco.

— Têm enorme interesse, Peter. Essa história do "Carbuncle"... eu não a conhecia, é óbvio. Mas estou curioso por saber o que aconteceu com Rendl.

— Nem você nem ninguém a conhecia. Até hoje — respondeu, e me pareceu notar em seu tom que queria frisar devidamente a importância daquele fato. — Nem mesmo mrs. Berry, nem mesmo Toby. Nem mesmo Tupra, que é tão enxerido com o passado. Acho que te disse uma vez, teoricamente ainda não estou autorizado a contar em que consistiram meus "encargos especiais" entre 36 e 46, nem alguns de depois tampouco, e respeitei isso. Até hoje. Claro que dizer "ainda" no meu caso chega a ser irônico e de mau gosto, a permissão não vai me chegar a tempo. No caso "Carbuncle" há mais um motivo para me calar, porque meus superiores nunca souberam que o deixei solto. Não que tivesse ocorrido comigo nada muito grave por desobedecer a essa ordem, não éramos como os alemães nem como os russos, e não pus ninguém em perigo. Mas preferi dizer a eles que havia procurado um túmulo úmido para ele durante a travessia, conforme tinham sugerido. Afinal de contas, aquele indivíduo ia estar tão desaparecido, ia ser tão inencontrável quanto no fundo do estreito de Malaca com um absurdo equipamento de golfe amarrado no pescoço, o qual de fato obriguei-o a carregar durante a viagem e que depois deixei que alguém me surrupiasse no porto. (Sim, creio que havia idiotas nos Serviços Secretos, foram eles que me impingiram os tacos.) Depois de ter passado a perna nos japoneses, ele era o principal interessado em que o supusessem morto, e não havia o menor risco de que tornasse a aparecer na frente de um britânico, nem pintado. — Esta última expressão ele disse em espanhol, talvez porque em inglês não haja equivalente exato, não tão gráfico. Também tinha recorrido à minha língua ao dizer "pular de galho em galho" e havia continuado a metáfora na dele, eram misturas frequentes entre nós, como haviam sido entre Cromer-Blake e eu em minha etapa de Oxford. — Quanto a Rendl, bom: não é só que tudo tem seu tempo para ser acreditado, mas que além disso tivemos o azar de que em seu caso a acusação não era falsa e de que não militava na *Wehrmacht* regular, digamos, onde talvez não tivesse acontecido nada com ele além de receber uma repreensão, uma detenção ou um rebaixamento, ou as três coisas. Ou se houvesse sido um dirigente do partido: ali, a fraude, com sorte e dependendo das suas amizades e da sua eficiência, poderia ter passado em branco. — Notei que havia empregado a primeira pessoa do plural, que tinha dito impropriamente "tivemos". — As SS, em compensação, contava-se, exigiam de seus membros uma pureza de sangue "alemão" confirmada desde 1750, pelo menos em teoria e em princípio. Himmler deve ter se dado conta de que a maioria dos aspirantes não era capaz de rastrear suas origens até tão longe e de que seu corpo podia ficar rapidamente desguarnecido, quando começou a sofrer baixas de guerra. De modo que desde 1940 as SS se nutriram em boa medida de voluntários de países considerados "germânicos", sobretudo as Waffen-SS, a seção armada, de combate, que se encheu de holandeses, flamengos, noruegueses e dinamarqueses. E já mais tarde, no fim, admitiram também voluntários "não germânicos", franceses, italianos, valões, ucranianos, bielorrussos, lituanos, estonianos, inclusive albaneses. Houve até uma Legião Indiana, e divisões muçulmanas, me lembro da Skanderbeg e da Kama (e havia uma terceira, agora me falta o nome), olhe que fim levou a pureza ariana. Tiveram até um diminuto British Free Corps, que lhes serviu mais que tudo para fazer propaganda. Mas aquela severidade inicial dos anos 20 e 30 te dá uma ideia de quão inadmissível era que um oficial já veterano descendesse de uma judia não precisamente remota, uma avó, e que houvesse mentido a esse respeito e dado sumiço em documentos para ocultar o fato e "contaminar" o corpo. Enquanto durou a guerra não soubemos com exatidão o que tinha sido feito de Rendl depois do seu desmascaramento por nós, mas sim que a denúncia deve ter surtido efeito, porque seu nome desapareceu das listas de oficiais que caíam periodicamente nas mãos do MI6 ou do PWE. Jefferys, ou Delmer, ou os alemães do leste faziam chegar as acusações às autoridades nazistas através dos nossos infiltrados, e estas efetuavam suas pesquisas, suponho. Isso era relativamente fácil, sobretudo nos países ocupados, onde contávamos com colaboradores locais. Depois já não se tratava tanto de obter informações dos resultados, saber que boatos nossos haviam colado e qual tinha sido o destino dos afetados. Que falsificações tinham passado por autênticas e quais não, salvo quando se comprovava que o "judeu" ou "meio judeu" forjado permanecia em seu posto, sem destituição nem rebaixamento nem nada. De Rendl, sim, soubemos que, sem ter sido declarado nem dado como morto, em ação ou na retaguarda, tinha deixado de ser major ou capitão ou o que quer que fosse então. Não constava mais.

— E Valerie ficou contente com isso? Quero dizer, isso a satisfez? — perguntei. Aí vi a oportunidade de recordar a pessoa que mais me interessava. Foi uma ingenuidade da minha parte, também era a que mais interessava a Wheeler e nem por um momento a tinha esquecido. Na realidade ele nunca chegou a perder totalmente o fio, em minha presença.

Levou um braço à testa — ou foi o punho à têmpora —, como se de repente doesse muito ou estivesse verificando se tinha ficado com febre, ou foi um gesto de pesadelo, quem sabe. Fosse como fosse, foi o mesmo de quando por fim abriu os olhos e destapou os ouvidos depois das caprichosas passagens do helicóptero que soava como uma matraca gigante ou como um velho Sikorsky H-5, "só seu barulho provocava o pânico", naquele outro domingo já distante em seu jardim à beira-rio, sentados os dois nas cadeiras cobertas por lonas ou capas impermeáveis de cor clara, sobre aqueles móveis disfarçados de mamutes ou de fantasmas acorrentados, quando eu ainda não pertencia ao grupo e ele me captou e propôs que me integrasse a ele e dele fizesse parte. Demorou um pouco para responder e temi que tivesse engasgado de novo com alguma palavra. Mas não foi isso, e talvez sim — pensei um pouco mais tarde — que preferia não me deixar ver por inteiro seu rosto enquanto contava o que ainda não havia contado, ou que procurava manter o braço ou o punho bem perto dos olhos, para tapá-los num segundo como eu havia estado tentado a fazer várias vezes — e em alguma havia cedido, se bem me lembrava — durante a projeção dos vídeos de Tupra em sua casa. Como se quisesse estar pronto para se esconder ou para enfiar a cabeça debaixo da asa.

— Isso a satisfez — repetiu. — Sim, pode-se dizer que sim, suponho. A ideia tinha sido dela, e foi sua primeira contribuição pessoal, individual, distinta, ao desenvolvimento da guerra ou à busca da vitória. Foi felicitada por Jefferys numa das suas visitas seguintes. Já te disse, ele vinha uma semana, deixava um rio de ideias e ia embora, e não voltava a aparecer antes de um mês ou mais. Nunca voltei a ouvir falar dele nem vi seu nome em nenhum livro, por isso estou convencido de que era um pseudônimo. Sefton Delmer não o menciona, sabe-se lá quem era ele na realidade. Mas também a deixou insatisfeita, com certo amargor. Ela se perguntava por Ilse, pela mulher de Rendl, de vez em quando se perguntava em que situação teria ficado depois da defenestração do marido. Ele era um inimigo nosso e não um sujeito qualquer, não um pobre recruta mas um nazista voluntário, empenhado em pertencer às SS. Além do mais, era um completo imbecil; mas também era o cunhado da sua velha amiga, e o marido da irmã mais velha que sempre tinha sido afetuosa e paciente com ela. A guerra, no entanto, não dava tempo, nem para as dúvidas nem para os remorsos nem para nada. Por esse motivo algumas pessoas se lembram dos períodos de guerra como os mais vitais da sua existência, como os mais eufóricos, e até sentem saudade deles mais tarde, em certo sentido. As guerras são o pior, mas nelas se vive com uma intensidade desconhecida, o bom que têm é que impedem que a gente se preocupe com bobagens ou se deprima, ou se dedique a implicar com os que estão ao redor. Não há tempo para nada disso, vai-se de uma coisa a outra sem parar, de uma angústia a um sobressalto, de um terror a uma explosão de alegria, e todos os dias são o último, melhor ainda, o único. Você age, você *é* ombro a ombro, todo mundo está ocupado em sobreviver, em derrotar a besta, em se salvar e salvar os outros, e há muito companheirismo se o pânico não se alastrar. Aqui não se alastrou. Você deve ter ouvido seu pai e outros contarem, sua guerra também foi assim.

— Sim, ouvi contar. Não tanto meu pai que, embora muito jovem, já era adulto quando começou, quanto os que ainda eram garotos então. Imagino que só se pode ter saudade desses períodos quando se sai vencedor deles, considere isso, Peter. Para meu pai não pôde ser a mesma coisa que para vocês.

— Sim, nisso você tem razão. Não posso conceber que tivéssemos perdido, e nesse caso, provavelmente, só me lembraria do horror. Ou teria feito o possível para esquecê-lo, e talvez tivesse conseguido, com grande esforço. É difícil imaginar. Não sei, não posso saber. — E Wheeler tirou o braço da testa, pôs a mão numa face e ficou matutando, como se nunca lhe houvesse ocorrido pensar naquilo.

— E o que aconteceu? Que mais. — Era o que Tupra sempre

me pedia durante nossas sessões, "O que mais, conte mais". Eu já não voltaria a fazê-lo nem voltaria a tê-las, isso estava decidido.

— O ruim veio depois do fim da guerra, quando todo o país ergueu a cabeça para olhar à sua volta e alguns, não muitos, deram de pensar no que tinha acontecido, e no que haviam visto, e em como haviam vivido, e no que tinham se visto obrigados a fazer. Uns meses depois da rendição, Valerie recebeu uma carta da sua amiga Maria. Não tinham mantido nenhum contato desde 1939, desde antes de estourar a guerra. Maria nem sabia que Valerie estava casada e que seu sobrenome agora era Wheeler. Nós nos conhecemos em 1940 e nos casamos em 41, pouco antes de eu fazer vinte e oito e ela já com vinte e um. A verdade é que elas nem sabiam, nenhuma das duas, se a outra estava viva. Maria enviou a carta para a casa dos pais de Val e a mãe dela encaminhou-a para Oxford, onde acabávamos de nos instalar depois que fui eleito *fellow* do Queen's College, em 46. O pai dela tinha morrido num dos bombardeios de Londres. Valerie teve no primeiro momento um arroubo de alegria, que só durou o que ela demorou para abrir o envelope. Aquela carta foi nossa condenação. Bem, suponho que é justo dizer que sobretudo a dela. — E quando Peter acrescentou isso me vieram à memória, como uma premonição, um eco, as palavras que eu tinha ouvido de Tupra na casa dele: "A gente não deseja, mas sempre prefere que morra quem está a seu lado, numa missão ou numa batalha, numa esquadrilha aérea ou sob um bombardeio ou nas trincheiras, quando existiam, num assalto na rua ou a uma loja, ou num sequestro de turistas, num terremoto, numa explosão, num atentado, num incêndio, tanto faz: o companheiro, o irmão, o pai ou até o filho, ainda que seja pequeno. E também a amada, também a amada, em vez de nós mesmos". — Eu não estava quando ela a recebeu e a leu, ela me mostrou depois, ou melhor, traduziu para mim: embora Maria falasse inglês, o alemão de Valerie era melhor, e se escreviam nessa língua. Era uma carta comprida mas não muito, quero dizer que não era tanto que pudesse explicar o que havia sido dela durante todos os anos da guerra: resumia o mais importante. Também tinha se casado e se chamava Hafenrichter agora, mas seu marido havia caído na frente russa e era viúva. Vivia com dificuldades ou sobrevivia na zona internacional de Viena (você sabe que, como Berlim, Viena foi dividida em quatro: americana, britânica, russa e francesa, e o centro era internacional, ou seja, controlado e patrulhado ao mesmo tempo pelas quatro potências). Falava da sua penúria atual, a mesma situação dramática das cidades alemãs, talvez com menos devastação apenas, e lhe pedia ajuda, mas não especificava de que tipo, se dinheiro, remédios, roupa, víveres... Seus pais tinham morrido, o senhor e a senhora Mauthner, assim como uma das quatro irmãs, a terceira, e também dava por morta a mais velha, Ilse, desaparecida com as filhas pequenas. Dos Rendl só restava o menino, do qual ela tinha se encarregado e que desejava mandar agora para a Inglaterra, para o que também solicitava a ajuda de Valerie, se possível: o menino havia passado por muitas agruras, na Áustria o aguardava um futuro negro, cheio de miséria, e ela mal podia sustentar a si mesma. Mas o pior foi que... — A voz de Wheeler fraquejou e hesitou por um instante; mas se recompôs. — O pior foi que explicava o que havia acontecido: "Não sei como", dizia a ela, e foi essa a frase que atormentou Valerie desde que a leu até a sua morte, a que acabou com ela: "Não sei como", dizia, as SS haviam descoberto que Rendl tinha uma avó judia e que havia pago subornos para suprimi-la dos registros. Só que os documentos em questão não haviam sido destruídos, mas apenas subtraídos e substituídos por outros, falsos; reapareceram e se comprovou a veracidade da denúncia. As SS eram muito estritas a respeito da ascendência racial, contava Maria imaginando que Valerie não tinha por que estar ciente, e ao que parece o caso chegou aos ouvidos do próprio

Himmler, que ficou furioso com o logro e decidiu dar uma lição, mais que tudo para fazer que os oficiais das SS que pudessem estar na mesma situação de Rendl confessassem voluntariamente, prometendo que, se assim fizessem, seria mais benevolente com eles do que com o camarada impostor, ou não tão severo. Essa descoberta, somada aos rumores de que até Heydrich era "meio judeu", que circularam depois da sua morte — "Heydrich", pensei, "que morreu lentamente e em meio a grandes dores, pelas balas envenenadas, untadas" —, levou-o a desconfiar, conforme se soube mais tarde, que seu puríssimo corpo teria se convertido, de fato, desde a promulgação das Leis de Nuremberg, num refúgio de *Mischlinge* e até de "meio judeus", com o seguinte raciocínio, próprio de uma mente tão doentia como a dele: há melhor esconderijo para a caça que se camuflar de caçador? Ou não tão doentia, se se pensar na de Delmer ou sobretudo na de Jefferys, capazes de urdir os mais tortuosos planos e maquinações. Ou na minha, sei lá. Todos tínhamos mentes de guerra, na guerra não fica uma sadia e algumas não se recuperam nunca. Mas voltando à carta: Maria tinha conseguido saber que Rendl, e foi esse o castigo exemplar, havia sido transferido para um campo de concentração como prisioneiro, apesar de não ser na realidade mais que "um quarto", e que um dia a Gestapo tinha se apresentado em sua casa em Munique, onde agora viviam, e levado as meninas. O menino não porque quando aconteceu estava em Melk com os avós, e depois, passado o momento inicial de ira, não se incomodaram em ir buscá-lo. Quando Ilse perguntou horrorizada a que se devia aquilo, a única coisa que responderam foi que as meninas eram judias e que contra ela não havia nada; se quisesse acompanhá-las, problema dela. Propriamente, aquelas meninas eram apenas "um oitavo de judeu", e normalmente seriam "alemãs" para todos os efeitos. Mas foi esta a represália, foi esta a lição: transformar em "judeus plenos" os descendentes do que havia enganado, do que tinha ludibriado. Afinal, como disse Göring, ou Goebbels, ou talvez tenha sido o próprio Himmler: "É judeu quem eu disser que é, e ponto". Nada disso transpirou, é claro, teria causado uma péssima impressão; fez-se saber somente aos oficiais das SS, para que tomassem cuidado, e por isso o PWE não teve notícia. As SS eram muito dadas ao segredo e aos rituais pueris. — Disse "*secrecy*", e não "*secret*"; alguns diriam hoje "secretismo". — Segundo os vizinhos que assistiram à cena, Ilse entrou com as meninas no carro que as levava, e nunca mais se soube de nenhuma das três. Era de supor que, uma vez num campo de concentração, o rastro delas teria sido perdido e também teriam esquecido sua "origem", isto é, por que estavam ali, e teriam passado a ser, efetivamente, nada mais que outras judias, ou "dissidentes" no melhor dos casos; não, melhor não: o destino destes era o mesmo. Maria não queria se enganar com fantasias, não tinha nenhuma esperança. Dava as três como mortas, sobretudo desde que se soube das câmaras de gás, já sem lugar para especulações e dúvidas, e dos extermínios em massa. Era isso o que contava a carta, Jacobo. Maria se despedia dizendo não saber se Valerie continuava viva e se algum dia aquelas linhas chegariam aos seus olhos. Mas pedia que, se chegassem, lhe desse notícias e lhe desse uma mão, principalmente com o filho de Ilse, com o pequeno Rendl. Devia ter então uns dez ou onze anos. — Wheeler fez uma pausa, tomou fôlego e acrescentou: — Quem dera aquelas linhas nunca tivessem chegado a seus olhos. Quem dera não tivessem lhe contado. Eu não a teria visto se matar. Nem teria ficado sozinho e triste.

Wheeler então ficou calado e pensativo e tornou a levar o dorso da mão à testa, como para secar um suor súbito ou como se tirasse de novo a temperatura. "Dá-me tua mão e passeemos", citei para mim mesmo. "Por estes campos da minha terra, margeados de olivais poeirentos, vou caminhando sozinho, triste, cansado, pensativo e velho." Conhecia esse poema desde a infância, era o que Antonio Machado tinha dito à sua esposa menina já morta, Leonor, morta de tuberculose aos dezoito anos. Valerie não tinha morrido, mas tinha se matado com alguns anos mais, não muitos, olhando para seu próprio relógio de areia e segurando-o em sua mão. Mas também havia deixado Peter do mesmo modo, sozinho, triste, cansado, pensativo e velho. Por mais que tivesse feito depois.

Podia ter esperado aquela revelação depois de tudo o que Wheeler fora me relatando, mas fiquei tão paralisado que não soube o que dizer na hora. E, como ele não continuasse falando de imediato, mencionei uma coisa que não pude evitar de lembrar, mesmo que a risco de desviar seu pensamento para outro lado e perder o final da história:

— Isso foi o que Toby me disse que tinha acontecido com ele. Contei para o senhor, lembra? — E também me veio à memória a irritada surpresa de Wheeler ao ouvir aquilo de mim. "Ele disse isso, 'vi se matar...'?", havia repetido com um sobressalto, sem terminar a frase. — Que tinha visto a pessoa que amava se matar.

Wheeler reagiu no ato, mas agora foi mais comiserativo.

— Sim. Isso me decepcionou, me irritou um pouco quando você me contou. Mas o que você sabia. Nunca aconteceu uma coisa assim com ele; mas ele gostava de se fazer de misterioso e dar a entender que tinha um passado mais turbulento, ou mais trágico, do que na verdade tinha; não era pouco, aliás: ele também passou maus bocados, como todo mundo que atravessa uma guerra prolongada. Sem dúvida se apropriou da minha história quando te disse isso, para enfeitar um pouco mais a dele. É o lado ruim que tem o contar, que a maioria logo esquece como ou através de quem ficou sabendo o que sabe, e há gente que até acredita ter vivido ou ter dado origem a elas, o que for, um relato, uma ideia, uma opinião, uma anedota, um chiste, um aforismo, uma história, um estilo, às vezes até um texto inteiro, dos quais se apropriam jactanciosamente, ou talvez saibam sim que estão roubando mas afastam isso de seu pensamento e assim escondem o fato de si mesmos. É uma coisa bem do nosso tempo, que não respeita as prioridades. Talvez eu não devesse me irritar como me irritei, com o pobre Toby, retrospectivamente. — Wheeler parou, tomou dois goles de xerez e depois murmurou sem vontade, quase com aversão: — Para sorte dele, nunca teve de ver isso. As tragédias, é melhor se poupar delas. Nada pode compensá-las. Contá-las, está claro que não.

— Como foi? — E minha educação me levou a acrescentar o que já tinha dito a ele numa outra ocasião, mas desta vez tive de me forçar para poder fazer o que desde criança tinham me ensinado, que nunca se deve pressionar ninguém. — Se não quiser, não conte, Peter.

Temia que a senhora Berry fechasse o piano e descesse a qualquer momento e por assim dizer quebrasse o encanto, embora ainda nos chegasse discretamente sua música, me pareceu que agora interpretava Scarlatti, sempre peças alegres, por acaso de desterrados, Scarlatti passara meia vida na Espanha e ao que parece tinha morrido lá sem que se soubesse bem como nem onde nem se tinha túmulo, do mesmo modo que Boccherini; em Madri provavelmente, os dois em minha cidade mal enterrados. País indiferente aos méritos e aos serviços prestados. País indiferente a tudo, sobretudo ao que já não existe, ou à matéria passada.

— Não é agradável de recordar, nem tampouco de ouvir, Jacobo. Mas creio que apesar de tudo posso contar a você. Algum dia a gente tem de contar as coisas, suponho, passado muito tempo, para que não pareça que não aconteceram ou que foram só um pesadelo — Peter me respondeu. — "Não sei como", Maria tinha escrito em sua carta, e Valerie, desde que a leu, não parou de repetir, às vezes inclusive em alemão como se falasse com ela: "Mas eu sei como, eu sei como, sei muito bem, na realidade fui eu quem fez as SS saber". E também se recriminava insistentemente: "As crianças. Como não pensei em Ilse e nas crianças. Devia ter pensado neles, como é possível. E em vez disso nem os levei em conta". Passou os últimos dias da sua vida atormentada, num verdadeiro inferno, e em nenhum momento pensou em responder à amiga. "Prefiro que me creia morta", dizia. "Não poderia suportar lhe confessar." "E se não confessar e se limitar a ajudá-la?", eu tentava convencê-la. "Talvez fosse possível fazermos alguma coisa pelo menino, conseguir algum tipo de visto, e uma bolsa, sei lá, eu podia falar com as pessoas e dar uma mão para ela, economicamente." Sempre tive dinheiro de família, meu avô materno, Thomas Wheeler, vendeu muito bem os jornais de que era dono na Nova Zelândia e na Austrália, e coube a Toby e a mim, ainda bem moços, uma boa herança na sua morte. Até propus a ela que adotássemos o jovem Rendl, com o entusiasmo nulo que essa ideia me provocava. Mas Val estava paralisada pelo horror e pelo pesar, não queria saber de nada, não reagia. Passava as noites em claro e, se em algum instante caía rendida, despertava sobressaltada no meio da noite, chorando, empapada de suor, e me dizia com uma angústia exaltada: "As meninas. Se pelo menos eu houvesse averiguado a história com meus próprios meios, quem sabe eu teria algum direito, quem sabe, não creio. Mas sabia por Maria, e a traí sem pensar, como pude fazer isso, como não me dei conta. E aquelas meninas mortas por minha culpa num campo, não deviam entender nada, e sua mãe que entrou no carro com elas, que mais ia fazer a coitada, Deus do céu...". — Wheeler parou um momento e mordiscou o indicador, pensativo e tenso. ("O pesar rondou tua cama", citei para mim mesmo.) Depois falou: — A traição não estava em sua essência, e a delação muito menos. Mais ainda, essas eram as últimas coisas de que teria sido capaz em circunstâncias normais. Era uma pessoa excelente, na qual se podia confiar às cegas. Era a antítese da má-fé, da insídia, não sei como dizer: era uma pessoa limpa. Mas a guerra transtorna tudo, ou cria duplas lealdades inconciliáveis. Tampouco estava em sua essência poupar esforços, não colaborar com seu país ao máximo quando a sobrevivência dele estava em jogo. Ela já tinha atravessado na garganta o fato de não ter tido coragem para se infiltrar em território inimigo, de modo que teria sido impossível guardar para si aquele dado, sobre Hartmut Rendl, uma vez convencida de que comunicá-lo era importante e podia salvar vidas inglesas. Mas agora sua perspectiva havia mudado, como acontece sempre em tempos de paz, exceto para os que sabem que o tempo da guerra espreita constantemente e está na virada da esquina, embora ninguém mais acredite; e o que na paz nos parece condenável, espantoso e exagerado, poderia se repetir amanhã com o consentimento da nação inteira. "Crimes de guerra", chamam hoje a qualquer coisa, como se a guerra não consistisse no cometimento de crimes, de antemão perdoados em sua grande maioria. Mas agora Valerie não conseguia ver a utilidade, de que modo o que ela havia contado, a ideia que tinha dado, haviam contribuído para a vitória. Melhor dizendo, estava certa de que se tivesse ficado calada o resultado teria sido o mesmo. E sem dúvida não lhe faltava razão, como teriam tido todos os outros britânicos com respeito a seu grãozinho de areia pessoal, com exceções muito contadas. É o que também acontece nas guerras, Jacobo. Faz-se todo o necessário, e isso inclui o desnecessário. Mas ninguém distingue uma coisa da outra nesses dias. Na hora de destruir o inimigo, inclusive só de vencê-lo, é impossível medir o que de fato causa dano a ele e o que é matar seus cavalos, ou lancear mouros mortos, como vocês dizem, ou fazer lenha de árvore caída. — Wheeler disse estas duas últimas expressões na minha língua. — Tentei mostrar isso a ela por todos os meios: "Valerie, era a guerra", eu dizia, "e na guerra os soldados matam às vezes até seus companheiros, você sabe o que é o fogo amigo; ou comandantes sacrificam suas próprias tropas, mandam-nas para o matadouro e nem sempre isso serve para alguma coisa: pense em Gallípoli, em Chunuk Bair, em Suvla, e não tenha dúvida de que com os anos saberemos de casos parecidos e igualmente sangrentos nesta nossa guerra recém-ganha. Em todas elas caem inocentes e se cometem erros e frivolidades, e sempre há políticos e militares imbecis ou inescrupulosos, em toda parte. Em todas há superfluidades. O que você acha, que eu não fiz coisas repugnantes, se as considero agora, ou no futuro, que talvez eu poderia ter evitado? Fiz em Kingston, e também em Accra, e em Colombo. Agora elas o são, e serão mais ainda dentro de algum tempo, quanto mais distantes, mas na época não eram. E é isso que não se pode fazer, olhá-las fora das suas circunstâncias e a frio. A vista não volta atrás depois de uma guerra, entende isso? Para poder continuar vivendo".

Wheeler parou de novo, desta vez, mais que tudo, para tomar fôlego. Era óbvio que precisava. Tinha o olhar um tanto extraviado, voltado para a escada sem vê-la. Senti-o muito cansado e ao mesmo tempo agitado, como se tivesse revivido demais da conta aquelas palavras ditas a Valerie um século antes, quem sabe na cama rondada, talvez quando ela o despertava com seu pranto e seus pesadelos que correspondiam à realidade, e são esses os que não aguentamos, quando a vigília repete o que disse o sonho: "Pese eu agora como chumbo sobre tua alma, e sente a pontada do alfinete em teu peito. Desespera e morre". Esperei. Esperei. Esperei. E por fim disse:

— Pelo que entendi não adiantou nada.

— Não, não serviu, e o pior é que eu já sabia. Sabia que

tudo seria inútil, que sua vida tinha se distorcido totalmente e que nunca mais endireitaria. Naquela época eu já fazia parte do grupo, que foi criado tarde demais para salvar sua vida. Não é que meu dom, minha capacidade de interpretação fosse menor antes disso, claro, mas a gente acopla nossa visão à tarefa que leva a cabo, e aguça essa visão, e se acostuma a deslindar e a aprofundar o que virá amanhã. Você também deve ter notado essa mudança, esse aumento de perspicácia, desde que está com Tupra, estou enganado?

— Não, não está. Agora estou mais alerta. E tendo a interpretar tudo, até quando não estou trabalhando e ninguém vai me pedir um relatório do que percebo. — E aproveitei para perguntar algo que não encaixava, ainda que a risco de perder um tempo precioso e de que a senhora Berry nos interrompesse: — Se bem me lembro, Peter, a primeira vez que o senhor me falou do grupo me disse que Valerie já tinha morrido — "*...that Valerie was already dead*", foram as minhas palavras — quando Menzies ou Vivian ou quem quer que seja teve a ideia. Não entendo, se o grupo se formou durante a guerra.

Wheeler pareceu desconcertado, perplexo. Ficou pensando uns momentos e depois disse em espanhol, com o rosto iluminado de quem atinou com a solução de um pequeno enigma (até o fim ele desfrutou das curiosidades linguísticas):

— Ah. Ah. Deve ter sido um problema de ambiguidade, ou de má compreensão sua, Jacobo. Se eu disse, como você disse agora, "*she was already dead*", sem dúvida isso equivaleria na sua língua a "já estava morta", mas no sentido coloquial, figurado, de já estava condenada, não de que tinha morrido literalmente. — E aqui passou para o inglês de novo, porque naquela altura era evidente que lhe cansava mais falar numa língua estrangeira. — O que eu quis dizer foi provavelmente que então já era tarde demais, que ela já tinha feito o que depois a levaria a se matar, que sua sorte estava selada. E foi isso: se o grupo tivesse sido criado antes, pode ser que alguém houvesse diagnosticado, certamente eu mesmo com o olhar espreitante, treinado, alerta, que assim como Valerie não tinha ido longe como espiã, e disso ela estava consciente, tampouco estava habilitada para a propaganda negra, demasiado suja para seus escrúpulos e para sua aversão ao logro. Ainda menos para pôr em risco ou sacrificar vidas de inocentes, por mais alemãs que fossem. Você sabe: passo a passo a gente vai fazendo coisas para as quais não sente ter estômago ou não está capacitado, e na guerra se puxa muito pelas pessoas, ou são elas mesmas que insensivelmente se puxam além das suas forças, embora só se arrebentem quando tudo acabou. Se alguém houvesse visto suas limitações a tempo, talvez a tivessem retirado de Milton Bryant. Eles a teriam devolvido ao Foreign Office, não sei, ou a teriam limitado apenas à propaganda branca. — Wheeler passou a mão na testa, quase esfregou agora. — Às vezes eu me digo que deveria ter sabido disso, de qualquer modo. Mas é fácil se recriminar depois que o touro passou, como vocês dizem, quando se conhece a dimensão dos fatos. Eu nem sequer estava muito a par do que Valerie fazia no PWE, a milhares de milhas na maior parte do tempo. E ela nem sequer jamais mencionou para mim aquele termo, "propaganda negra", logo é possível que a praticasse ignorando sua existência, melhor dizendo, seu conceito. Também é possível que até comigo fosse discreta, cumprindo ordens. Não sei. Se Delmer era diabólico, aquele Jefferys seria Lúcifer em pessoa. — Fez uma pausa mínima e acrescentou: — Ficarei sem saber quem era, quem se escondia detrás desse nome. Já tenho muito pouco tempo, Jacobo. Quase nada.

A música parou de soar, e poucos segundos depois ouvi os passos da senhora Berry descendo a escada. "Pronto, acabou", pensei. "Vou ficar sem saber como Valerie se matou e por que Peter viu, embora eu tenha em princípio mais tempo, e não quase nada. E por que não impediu, se chegou a ver." E acrescentei para mim mesmo: "Mas tampouco poderei me queixar. Hoje averiguei muito, e nem tinha vindo para isso". Mas a senhora Berry não entrou na sala nem nos chamou para o almoço, foi direto para a cozinha e ali a ouvi ir e vir. Talvez ainda dispuséssemos de tempo, se ela tinha de ultimar os preparativos e eu me apressasse.

— Como Valerie se matou, Peter? — perguntei, agora já sem o menor tato. — E como é que o senhor viu?

Wheeler se remexeu na poltrona, procurou até encontrar uma melhor posição e levou o polegar perto da axila; colocou-o quase debaixo dela, virado, como se fosse um chicote diminuto, e me deu a impressão de que nele descarregava todo o peso do seu tórax. Era como se necessitasse se apoiar em algo, embora fosse simbólico: um pobre polegar, por mais que seus dedos fossem compridos.

— Morávamos então numa casa parecida com esta, só que toda ela menor — me disse —, de dois ou três andares, conforme se considerasse, porque o último era bem pequeno, com uma *chambre de bonne* somente, por assim dizer, que utilizávamos de vez em quando para alguma visita. Ficava, fica em Plantation Road, perto de onde você morou. Bem acima do meu salário de então, claro, mas o dinheiro herdado me permitia esses privilégios, sempre me permitiu. Bem, ao fim de quatro noites agitadas e em claro quase permanente — "Sim, o pesar rondou e rondou tua cama", repeti para mim mesmo —, Valerie me convenceu a ir dormir naquele quartinho do último andar, para que descansasse um pouco até ela se acalmar, esperava que não durasse muitos dias mais o círculo vicioso de pesadelos e insônia, de se detestar acordada e entrar em pânico dormindo, de não se suportar nem no sono nem na vigília. Me angustiava deixá-la sem companhia durante aquelas horas noturnas, porque sem dúvida eram as piores e as mais difíceis de atravessar, mas também pensei que ela talvez precisasse passá-las a sós para começar a se recobrar, que podia lhe convir que eu não estivesse ali a seu lado para falar com ela e tentar consolá-la e lhe perguntar, para arrazoar e argumentar, mas isso também não tinha adiantado nada durante quatro dias e quatro noites em claro, nenhum progresso. Não sei: quando uma situação não muda, você pensa qualquer coisa. Eu me lembro que me deitei intranquilo, com a porta aberta para poder ouvi-la se me chamasse, eu acudiria de imediato, só um andar nos separava, dois breves lances de degraus. Mas tinha tanto esgotamento acumulado que não demorei a adormecer. Deve ter sido irresistível, porque nem sequer apaguei a luz da mesa de cabeceira, nem fechei o livrinho que estava lendo, ficou em cima da colcha. Só acordei de madrugada e devo ter permanecido totalmente imóvel, porque foi só então, e não antes, que o livro caiu no chão, quase sem fazer barulho: era *Little Gidding*, o último dos *Quartetos*, na edição de capa mole da Faber, disso a gente não esquece, ainda era recente então e eu não tinha podido ler durante a guerra, no Ceilão não chegavam essas coisas, nem na Costa do Ouro. — E em seguida murmurou o que com toda a certeza eram versos ou fragmentos de versos avulsos: — "*Ash on an old man's sleeve... This is the death of air... the constitution of silence... What we call the beginning is often the end...*", tudo isso, não? — Ou seja: "Cinzas na manga de um velho... Esta é a morte do ar... a constituição do silêncio... O que chamamos de princípio muitas vezes é o fim...". E depois prosseguiu: — Quer dizer que não foi a queda do livro que me acordou, não sei o que foi. Levei uns segundos para entender que estava na *chambre de bonne* sozinho e para lembrar por quê. Peguei o volume e deixei-o na mesinha, olhei o relógio, eram quase quatro da manhã, apaguei a luz num gesto maquinal, não com a intenção de dormir de novo, a intranquilidade voltara.

Preferi, decidi ir até nosso quarto, espiar sem entrar se Valerie dormia ou não, e perguntar se necessitava de alguma coisa ou não; ou se por acaso queria que eu ficasse lá. Pus meu robe e desci com cuidado, para não acordá-la se houvesse adormecido, e então a vi onde não tinha de estar, sentada no alto do primeiro lance da escada, logo de costas para mim. — Wheeler apontou com o dedo para a sua esquerda e para cima, para o alto do primeiro lance da escada da sua casa de agora, à beira do rio Cherwell e não em Plantation Road. — Bem ali, onde você diz ter visto uma mancha de sangue. É curioso, não? Eu a vi vestida, não de camisola nem de penhoar, como se não tivesse se deitado ou se fosse sair, e foi isso que mais estranhei, durante o pouquíssimo tempo que tive para estranhar. Mas não me alarmei, a verdade é que nunca, nunca, nem naqueles fugazes instantes nem anteriormente, me ocorreu desconfiar, me ocorreu temer que ela fosse fazer o que fez, nem uma só vez. Aí eu falhei. Meu dom, ou minha faculdade, ou minha capacidade, como quiser chamar, a que vocês têm, Tupra e você e essa moça meio espanhola, a que Toby teve e tantas vezes eu tive em assuntos que não me diziam respeito, fracassou estrepitosamente naquela ocasião. Como pude não adivinhar, como pude não ver, como é que não tive o menor estalo, tenho me perguntado desde o ano de 1946. Como fui tão estupidamente otimista, confiante, inconsciente, como nada me avisou. Muito tempo, não? No que mais nos concerne, nunca queremos perceber os avisos, porque a verdade é que sempre existem. De tudo. A gente nunca está disposto a esperar pelo pior. — Agora Wheeler tapou os olhos com a mão, como uma viseira inclinada para baixo, talvez como eu tinha posto a minha em algum momento enquanto via e não via os espantosos vídeos de Tupra naquela noite em que ele foi Reresby. — Eu compreendia seu desgosto, sua consciência pesada, até seu horror — voltou a falar Wheeler com a vista oculta. — Mas pensei que passaria ou amainaria mais cedo ou mais tarde, como em quase todo mundo passou o que tinha visto ou feito na guerra, o que tinha perdido e o que tinha sofrido. Até certo ponto, é claro, o suficiente para viver. É uma das coisas que o tempo de paz traz para as pessoas que não continuam em guerra, a alguns toca prosseguir, vigiar. Traz o esquecimento, pelo menos superficial, ou a sensação de que foi tudo um sonho. Ainda que se repita todas as noites e durante o dia espreite: só um sonho ruim. Péssimo. Mas tínhamos ganhado, afinal de contas. "Valerie", falei, foi a única coisa que me deu tempo de dizer. Ela estava com os cabelos presos. Não se virou, mas vi sua nuca e suas costas estremecerem e em seguida cair com violência para trás, ao mesmo tempo que soava o estampido. Só então, em meio ao meu desespero e à minha incredulidade, me dei conta de que ela estivera sentada ali, sabe lá quanto tempo, com a espingarda de caça nas mãos apontada para o coração. Talvez tenha ficado hesitando, ou aguardando o momento de maior coragem, ela que tinha tão pouca. Com certeza eu fui o sinal, foi minha presença, minha voz, foi ouvir seu nome. — "Estranho ter de se desprender até do próprio nome. Estranho não continuar desejando os desejos. E penosa a tarefa de estar morto..." — Com certeza ela pensou que eu iria lhe tirar a arma com um tapa e que já não haveria outros momentos depois, não sei. — "*And indeed there won't be time to wonder, 'Do I dare?' and 'Do I dare?' Do I dare disturb the universe? Time to turn back and descend the stair... And in short, I am afraid...*" Não, já não haverá tempo para eu me perguntar se me atrevo e me atrevo, se me atrevo a perturbar o universo, tempo para me virar e descer a escada... E em resumo tenho medo... Assim, será melhor não esperar. — Ficou estirada ali. — E Wheeler voltou a apontar para o alto do primeiro lance da escada da sua casa de agora. Onde eu tinha descoberto a mancha de sangue e tinha limpado com tanto afinco e dificuldade. — Custou apagar aquele sangue. Brotou, manou, embora eu tenha tamponado o orifício imediatamente, com toalhas. Sabia que já estava morta e mesmo assim tapei. Ela tinha se vestido e se arrumado, tinha prendido os cabelos na nuca, tinha pintado os lábios para me dizer adeus, era uma questão de educação, da época, de sua hoje já antiquíssima educação, ela nunca recebeu uma visita nem saiu na rua sem se pintar... E, quando não sobrava mais nenhum vestígio, continuei vendo o sangue. — "A última coisa a sair seria a auréola", pensei. "Ou seriam várias, porque deve ter havido mais de uma mancha, e talvez um fio de sangue." — E então eu me mudei, não podia permanecer ali.

— Mas ainda não veio para cá, não é, Peter? — perguntei.

— Não, me mudei para meus aposentos no *college* e fiquei lá três anos, preferia ter gente ao meu redor. Mas veja você: uma noite, uma só noite, deixei de vigiar seu sono ou não sono, e Valerie se matou. Não pude viver com aquilo. E eu não o previ. Nunca imaginei, nem sequer quando me mandou para o andar de cima, para a *chambre de bonne*. O pretexto era bom e eu estava desprevenido: foi a primeira vez que me enganou. Depois, você não sabe quantas vezes pensei se teria chegado a tempo, se tivesse demorado menos em me dar conta de onde eu estava, ao acordar — "*Don't linger or delay*", pensei —, ou se não houvesse pegado o livro no chão, ou se não houvesse apagado a luz, ou se não houvesse vestido o robe, ou se houvesse descido os dois lances mais depressa, ou se houvesse descido com o mesmo cuidado mas sem abrir a boca, sem pronunciar seu nome, sem fazê-la saber que eu estava ali. Bobagens. Mas a gente as pensa sem parar. — "Manchado de sangue e culpado, culpadamente desperto", recordei. — Passado um tempo, escrevi a Maria Mauthner, me apresentei, ela não sabia nada de mim. Disse que Val tinha morrido, mas não quando nem como nem por quê. A guerra, disse, isso bastava. Ajudei seu sobrinho a vir para a Inglaterra, mas não quis conviver com ele, teria sido como olhar para a espingarda de Val. E também ajudei o filho dela, o Rendel que você conhece: parece que não é ruim no grupo, mas não é tão capacitado quanto Tupra ou você, falta visão. Pelo menos tem um bom emprego. A minha, minha visão, melhorou muito desde então, garanto. Jurei para mim mesmo que nunca mais tornaria a deixar passar nada parecido com ninguém, por não ser capaz ou não me atrever a enxergar. Ainda que ninguém fosse mais me importar tanto, é claro: a maioria das pessoas que depois observei e interpretei, sobre a qual dei pareceres, da qual disse se podia servir ou não e para quê, não me importou nem a metade da metade. Mas pelo menos posso te dizer, sem medo de errar, que você sim poderá viver com sua história, com o que veio me contar, porque te custa imaginar-se responsável, ao contrário do que acontecia com ela. — "Sim", pensei, "eu sempre poderei me dizer amanhã: 'Oh não, eu não queria, não tive nada com isso, aconteceu independentemente da minha vontade, como nas fumaças tortuosas do sonho, isso foi coisa da minha vida teórica ou entre parênteses, daquela que na realidade não conta, passou apenas em parte e sem meu consentimento pleno, afinal de contas eu não me sei nem me vejo, não me ausculto nem me investigo, não me presto atenção e renunciei a me entender, conforme o relatório do velho arquivo com o cabeçalho '*Deza, Jacques*'. E além do mais foi em outro país'. E então o juiz diria: 'Aqui não há causa, não há procedência'." — Além do mais, você é feito de outro material e pertence a outro tempo, Jacobo, muito mais leve. Não, você não é como Valerie, não se preocupe. Na verdade, ninguém mais foi, durante todos esses anos em que eu não a vi. Ou só em meus sonhos, de vez em quando. — "Dá-me tua mão e passeemos. Por estes campos da minha terra..." Wheeler tirou a mão dos olhos e me fitou com surpresa, ou com sobressalto, como se saísse agora de um longo sonho. Ou vai ver que abriu muito os olhos como se viesse pela primeira vez ao mundo, com um olhar tão inescrutável quanto o das crianças de poucas semanas ou dias, que observam, suponho, esse novo lugar em que as jogaram e talvez tentem decifrar nossos costumes e descobrir aqueles que serão os delas. Notei-o muito cansado e muito pálido, temi no ato por sua saúde. Me deu vontade de pôr a mão em seu ombro, como em meu pai dias atrás. Olhou para as azeitonas, pegou e comeu duas de uma vez. Depois tomou um pouco mais de xerez e a cor voltou ao seu rosto, talvez houvesse sofrido uma breve queda de pressão. Fiquei totalmente tranquilo quando, ao voltar a falar, ouvi um outro tom de voz e compreendi que a evocação, o relato, havia chegado ao fim: — Vamos, pergunte à senhora Berry se já não está na hora do almoço — pediu. — Não sei por que não nos chama, já faz um tempinho que parou de tocar.

Agora continuo morando sozinho porém não mais em outro país, e sim novamente em Madri. Ou talvez more semissozinho, se é que se pode falar assim. Creio que já estou de volta há quase tanto tempo quanto permaneci em Londres, minha segunda estadia inglesa, mais estonteante que a primeira, no entanto menos transformadora, porque eu já tinha uma idade na qual é muito difícil mudar, quase só dá para se certificar do que a gente traz dentro das veias e confirmar. Agora tenho um pouco mais. Morreram meu pai e sir Peter Wheeler, o primeiro apenas uma semana depois daquele último domingo em Oxford, não tão desterrado do infinito quanto do passado. Foi a morte dele, na verdade, que precipitou meu regresso à cidade natal, para estar com seus netos e meus irmãos e ir ao enterro. No túmulo em que está minha mãe restava um lugar vazio para ele. Ninguém mais caberá ali. Foi minha irmã que me fez saber, ligou para Londres e me disse: "Papai morreu. O coração parou faz meia hora. Você sabe que ele estava muito mal, mas ainda não esperávamos por isso. Ontem mesmo conversei com ele. Como sempre, perguntou por você, mas convencido de que você ainda continuava em Oxford, dando aula. Você vai vir, não é?". Respondi que sim, que iria imediatamente. De modo que fui, consolei e fui consolado, vi Luisa somente no enterro e lá ela me abraçou para me consolar também e voltei a Londres, para fechar o apartamento ingenuamente mobiliado e deixar todas as coisas em ordem antes da minha partida definitiva, que em todo caso convinha agora apressar, havia muita coisa com que me ocupar em Madri: casa, móveis, livros, alguns quadros — a cópia da *Anunciação* —, meus filhos doentes, uma modesta herança ou nem tanto; e começar a recordar. Além de a sós, em companhia dos outros.

Já não dependia de deixar as coisas em ordem com Tupra, elas haviam ficado claras e quase resolvidas no dia seguinte àquele domingo com Wheeler, em sua sala do edifício sem nome (deve continuar sem, é de se supor). Como tinha me anunciado Beryl ou quem se negou a me dizer se ela era ou não, Tupra já estava lá na segunda-feira quando cheguei, de volta da sua viagem ou ausência de fim de semana. Nossa conversa foi muito breve, entre outras razões porque foi uma repetição, quero dizer que já tínhamos tido uma idêntica, tanto tempo atrás que eu ainda o chamava de mr. Tupra. Fui direto para a sua porta mal entrei, só dei bom-dia a Rendel e à jovem Pérez Nuix ao cruzar com eles, Mulryan eu não vi, talvez estivesse trancado com ele. Bati.

"Sim, quem é?", perguntou Tupra de dentro.

E eu respondi absurdamente:

"Sou eu", omitindo meu nome, como se eu fosse dos que nunca se lembram de que "eu" nunca é ninguém, dos que estão certos de ocupar muito ou bastante os pensamentos da pessoa que procuram, dos que não têm dúvida de que vão ser reconhecidos sem necessidade de mais nada — quem mais poderia ser —, desde a primeira palavra e o primeiro instante. Suponho que confundi meu ponto de vista com o dele, às vezes acreditamos que nossa urgência é universal: eu estava havia muitas horas impaciente por vê-lo e pedir-lhe explicações e até me defrontar com ele. Mas Tupra não tinha impaciência alguma, provavelmente eu era apenas um assunto ou elemento mais, um subordinado que se reintegrava depois de duas semanas de licença em seu país de origem, creio que esquecia com frequência de que eu ainda não era inglês. Ao não obter resposta imediata e me dar conta da minha ingenuidade ou presunção, acrescentei: "Sou eu, Bertram, Jack". Aceitei me chamar por um nome que não era o meu até o fim, foi o máximo que aceitei enquanto tive como trabalho remunerado ouvir e atentar e interpretar e contar. Mas pelo menos não o chamei de Bertie naquela ocasião.

"Entre, Jack", respondeu.

De modo que abri a porta e entrei. Ele estava sentado à sua mesa, tomando notas ou escrevendo algo nuns papéis. Na verdade, não levantou a vista quando entrei.

"Bertram", falei, mas ele me interrompeu:

"Um momento, Jack, deixe eu terminar isto." Esperei um minuto ou foram dois ou talvez três, o suficiente em todo caso para prever que ia acontecer o que aconteceu. Sentei na cadeira em frente a ele, tirei um cigarro e acendi. Ele pegou automaticamente seus Rameses II, o faraônico maço vermelho em cima da mesa. Em teoria, era proibido fumar em qualquer dependência oficial, mas eu não imaginava ninguém impedindo Tupra de inalar e exalar fumaça, nem tampouco lavrando um protesto por ele fazê-lo. Alguma vantagem tinha de haver no fato de aquele edifício carecer de nome e nosso grupo também, a de que este quase não existisse, mais ou menos como o da propaganda negra do PWE e de Delmer e Jefferys durante a guerra. Terminou por fim suas anotações e então pegou e acendeu um dos seus cigarros preciosos. "Diga, Jack, como foi lá." Em seu tom não havia nada de particular, nem sequer interrogação, como se se interessasse rotineiramente por uma encomenda simples que tivesse me feito no dia anterior. "Me disseram em casa que você ligou sábado por algo urgente. Problemas com seu problema em Madri?"

Mas não respondi à sua pergunta, e fui direto ao assunto sem mais delongas:

"O que aconteceu com Dearlove e aquele rapaz russo, o que foi que você fez", perguntei. "Você me sujou, fui eu que te dei a ideia, porra." E o palavrão me saiu em espanhol, *joder*, porque era o que minha indignação pedia, apesar de estar falando em inglês. Ficou uns segundos olhando para mim com seus olhos azuis ou cinzentos — eram cinzentos naquela luz —, através das suas pestanas compridas e densas, de serem invejadas por quase qualquer mulher e receadas por quase qualquer homem, aquele olhar pálido que resultava no entanto zombeteiro mesmo sem a intenção de sê-lo, expressivo até nos momentos de inexpressividade como aquele, acolhedor ou apreciativo, olhos aos quais nunca era indiferente o que tinham diante de si. E me respondeu com o mesmo tom, idêntico, com que tinha me dito: "Vi sim", quando eu lhe havia perguntado naquela sala, noutra montanha de séculos atrás, se ele tinha ficado sabendo do fracassado golpe na Venezuela, e tinha me ocorrido que ele talvez houvesse malogrado por não termos visto — por eu não ter percebido — suficiente determinação no general ou cabo Bonanza, a primeira pessoa que traduzi para ele ou sobre a qual improvisei um relatório ou lhe brindei com minha interpretação.

"Está em todos os jornais, o que aconteceu." Talvez ele tenha aproveitado meu extemporâneo palavrão espanhol, incompreensível para ele, para fingir que tinha ouvido apenas minha primeira frase e não fazer caso das demais. Ou não, não fingia, era uma maneira de me dizer que o resto lhe parecia improcedente e que não ia admitir. "Você deve ter lido. Até na imprensa espanhola, suponho, você não disse que ele era famoso por lá?

Sobretudo... onde mesmo, no País Basco?" Sua memória nunca lhe falhou. "E você já tinha me avisado em Edimburgo que Dearlove podia cometer qualquer barbaridade para que pelo menos fosse recordado por ela, sempre tão preocupado com sua posteridade. Que podia manchar sua vida e assim ingressar na comunidade Kennedy-Mansfield, pouca fé em que sua música perdurasse, não é mesmo? Pois é. Você teve olho, estava claro que podia acabar mal. E deliberadamente, ainda por cima." Eu tinha me esquecido daquela opinião complementar minha, ele em compensação não, e agora a utilizava como álibi. Compreendi que ele não ia entrar no assunto, que nem sequer ia se prestar à conversa, eu continuava sendo um empregado que cumpria as minhas tarefas e por isso me pagava bem, eu não tinha direito de perguntar pelos objetivos nem pelos porquês, muito menos ainda de lhe pedir explicações ou fazer recriminações, era assim que ele via a coisa. Talvez pelo apreço que tinha por mim, por seu passageiro xodó por mim, estivesse me pondo em meu devido lugar apenas de forma indireta, quase tácita, com dissimulação. Compreendi isso melhor ainda quando ele acrescentou: "Mais alguma coisa, Jack?". Era a mesma pergunta que havia acrescentado naquela distante ocasião, depois de me responder secamente: "Vi sim". Não, ele não costumava me comunicar meus acertos nem meus desacertos, nem seus motivos nem seus fins, nem seus pactos nem suas transações ou encomendas. Já tinha feito bastante ao me dizer agora "Você teve olho". Creio que foi essa, na verdade, a única vez que me felicitou.

"Sim, mais uma coisa", respondi. "Tenho de ir embora, vou voltar para Madri. As coisas se complicaram um pouco lá, é muito demorado explicar, aborreceria você. Mas não posso continuar em Londres. Não me resta outro remédio senão deixar o trabalho. Por isso liguei para você sábado em sua casa, para comunicar o mais cedo possível, caso você quisesse procurar um substituto. Nisso, obviamente, não posso te ajudar."

Joguei a mesma cartada que ele, recorri a um álibi aceitável, preferia não enfrentá-lo, não insistir, afinal ele seria em breve apenas passado para mim, matéria muda, ou talvez sonho, como eu para ele. Mas estou certo de que também entendeu a verdadeira razão do meu abandono. Deve ter lhe parecido ridícula. Não o manifestou.

"Como quiser", disse com frieza. "Você é que sabe."

"Se te convier, posso continuar vindo estes dias, até ir embora", acrescentei.

"Ótimo", disse ele. "Assim algumas coisas não ficam pela metade. Mas também não é preciso. Faça como preferir. De verdade." Em seu tom não havia propriamente despeito, mas secura, ou uma indiferença não sei se simulada ou recém-adquirida. Em todo caso, era nova. Tanto fazia para ele se eu viesse ou não.

"Vamos vendo, então. Se puder, virei um dia ou outro. Embora tenha muitos preparativos a fazer."

"Certo. Mais alguma coisa, Jack?", repetiu e pegou a caneta como se se dispusesse a prosseguir suas anotações quando eu saísse da sala.

E desta vez respondi a mesma coisa que da vez anterior:

"Mais nada, mr. Tupra." Chamei-o assim.

Levantei-me e me dirigi para a porta, e quando estava a ponto de abri-la sua voz me reteve:

"Uma curiosidade, mr. Deza." Ao me devolver o tratamento, entendi que havia achado graça no que eu tinha lhe dado extemporaneamente, para lhe dar adeus. Virei-me e me pareceu ver o final de um sorriso, uma sombra, em seus moles e carnudos lábios um pouco africanos, ou antes, indianos ou eram eslavos ou talvez sioux. "Resolveu o assunto de Madri? Encarregou-se daquele sujeito da sua mulher? Tirou-o fora do quadro?"

Fiquei parado um instante. Pensei.

"Acho que sim", respondi.

Agora sorriu abertamente, brandindo a caneta na mão como se me repreendesse com ela:

"Cuidado, Jack. Se você só acha, é que não tirou."

Não voltei a aparecer no edifício, de modo que foi a última vez que o vi. Mas me lembro dele mais do que imaginava, agora em Madri. Apesar daquele final um tanto abrupto, apesar da possível decepção que devo ter lhe causado e da decepção certa que ele me causou, é alguém com quem sinto que ainda poderia contar. Num momento de dificuldade ou de desconcerto, de apuros, inclusive de perigo. Alguém a quem eu poderia telefonar qualquer dia e pedir conselho ou orientação, sobretudo nos assuntos em que não sei me conduzir muito bem. E agora que Wheeler morreu, é como se Tupra, estranhamente — quem sabe se por sua vinculação com Rylands, o irmão de quem foi discípulo —, fosse o mais próximo que me resta dele, embora só na memória e na imaginação: seu inesperado substituto ou sucessor, quase sua herança, nesse permanente processo de renovação das figuras perdidas da nossa vida, nesse escandaloso e persistente esforço para cobrir todo cargo vacante, nessa falta de resignação a que se reduza o elenco sem o qual nos suportamos mal e mal nos sustentamos; ou é esse mecanismo ou movimento substitutivo universal contínuo que ao ser de todos é nosso, e assim aceitamos ser arremedos, e viver cada vez mais rodeados deles.

Peter morreu seis meses depois de meu pai, embora fosse uns oito mais velho. A senhora Berry telefonou para mim em Madri, foi muito sucinta, pertencia à geração econômica e talvez tivesse muito presente que estava ligando para o estrangeiro. Ou talvez fosse seu estilo, de extremada discrição. "*Sir Peter passed away last night, Jack*", ela me disse com o eufemismo de rigor. "Sir Peter faleceu ontem à noite, Jack", isso foi tudo. Ou melhor, acrescentou: "Só queria que o senhor soubesse. Não me parecia justo" — "*fair*" foi o adjetivo — "que o acreditasse vivo quando já não está". E quando tentei averiguar como havia acontecido e a causa, se limitou a me responder "Nada inesperado. Eu já estava esperando há semanas", e a anunciar que me escreveria depois. Nem sequer pude lhe perguntar para quem teria sido "*unfair*", se para Peter ou para mim. (Mas certamente era para os dois.) Uns dias mais tarde me lembrei que na Inglaterra se demora muito para sepultar os mortos, em comparação com a Espanha, e que talvez ainda estivesse a tempo de viajar para Oxford a fim de assistir ao enterro. Assim, liguei várias vezes e em diferentes horas, mas ninguém atendeu. Talvez a senhora Berry tivesse ido morar com algum familiar, houvesse abandonado a casa mal seu patrão morreu, e me dei conta de que não podia me dirigir a quase mais ninguém em busca de informação. A Tupra, mas não o fiz: aquela não era exatamente uma situação de dificuldade, nem de desconcerto, de apuros nem de perigo, e ele tampouco tinha se dignado a me comunicar por conta própria o passamento. Assaltou-me a sensação — ou foi uma superstição — de não querer gastar inutilmente um cartucho, como se com ele eu os tivesse contados ao longo das nossas respectivas vidas. Tampouco a jovem Pérez Nuix se deu ao trabalho de me avisar: embora não houvesse conhecido Peter pessoalmente, devia estar a par. Podia ligar para algum dos meus ex-colegas, para Kavanagh ou Dewar ou para o Frasco lorde Rymer ou até para Clare Bayes — que ideia —, mas fazia muito tempo que havia perdido o contato com todos eles. Podia tentar com Queen's ou Exeter, os *colleges* a que Peter estivera ligado, mas era quase certo que sua burocracia me mandaria infrutuosamente de delegação em delegação. Reconheço que tive preguiça, a recordação e a pena não têm por que se fazer presentes nas ocasiões sociais. Estava muito atarefado em Madri. Teria precisado tirar a poeira do barrete e da toga. Deixei para lá.

A carta da senhora Berry demorou mais de dois meses a chegar. Desculpava-se pelo atraso, tivera de cuidar de quase tudo, até do *Memorial Service*, espécie de funeral que acabava de ser celebrado, lá costumam fazê-lo bastante tempo depois da morte. Ela teve a amabilidade de me enviar uma participação do ofício fúnebre, com o programa de hinos e leituras. Embora Wheeler não fosse religioso, tinha preferido recorrer aos ritos da Igreja anglicana, já que, explicava a senhora Berry, "ele detestava as cerimônias improvisadas, essas paródias laicas que hoje tanto abundam". O ofício tivera lugar na University Church of St. Mary the Virgin, de Oxford, eu me lembrava bem dela, ali o cardeal Newman havia pregado antes da sua conversão. Tocou-se Bach, Gilles e o sossegado e irônico *Carillon des morts* de Michel Corrette; cantaram-se hinos; leram-se passagens do Eclesiástico ("... ele conserva os ditos dos homens famosos e penetra nas sutilezas das parábolas; indaga o sentido oculto dos provérbios e estuda sem cessar as sentenças enigmáticas... viaja por países estrangeiros, porque conhece por experiência o bom e o mau dos homens... Muitos louvarão sua inteligência, que nunca cairá no esquecimento; sua lembrança não se apagará jamais e seu nome viverá para sempre... Se viver muito tempo, terá mais renome que outros mil; se entrar no repouso, isso lhe bastará"), assim como o prólogo de *La Celestina* na tradução de James Mabbe de 1605 e um fragmento de um romance de um autor contemporâneo pelo que sentia apreço; e haviam feito seu elogio alguns de seus ex-colegas da Universidade, entre eles Dewar, o Inquisidor, ou o Martelo, ou o Carniceiro, que fora especialmente apropriado e comovente. Tudo segundo as muito precisas indicações que o próprio Wheeler havia deixado por escrito.

A senhora Berry também incluía uma foto colorida de Peter

("Creio que o senhor gostará de conservá-la", dizia), de uns tantos anos atrás. Agora eu a tenho emoldurada no meu escritório e olho-a com frequência, para que a passagem do tempo não comece a esfumar seu rosto e alguém ainda o veja. Lá está, com a toga de *Doctor of Letters*. "É tecido escarlate com debruns ou rebordos de seda cinzenta, assim como as mangas", ilustrava-me a senhora Berry. "A de sir Peter pertenceu ao doutor Dacre Balsdon, e o cinzento havia perdido parcialmente sua cor, até parecer um azulado sujo ou um rosa acinzentado: provavelmente havia estado exposta à chuva. Tirei a foto no dia em que recebeu esse título, em Radcliffe Square. Pena que tenha tirado o barrete para posar." Na realidade, utilizava a intraduzível palavra específica, "*mortarboard*". Sob a toga Peter usava o terno escuro com gravata borboleta branca que se chama em seu conjunto "*subfusc*", obrigatório em algumas cerimônias. E assim está ele agora em meu escritório, fixado para sempre num dia distante, de quando eu ainda não o conhecia. A verdade é que não mudou muito desde então até seu fim. Reconheço-o perfeitamente quando olha para mim com os olhos um pouco apertados, e dá para ver bem a cicatriz do lado esquerdo do queixo. Acabei não lhe perguntando como a tinha feito. Lembro-me de ter ainda hesitado em fazê-lo naquele último domingo, depois do almoço, quando já me dispunha a ir para a estação a fim de voltar para Londres e ele me acompanhou até a porta se apoiando mais que nunca em sua bengala. Notei então suas pernas mais frágeis do que qualquer vez anterior, mas sem dúvida ainda eram capazes de levá-lo pela casa e pelo jardim, e também de subi-lo até seu quarto no primeiro andar. Mas o vi muito cansado e não queria fazê-lo falar mais, de modo que preferi perguntar outra coisa, só mais uma, ao lhe dizer adeus:

"Por que me contou tudo isso hoje, Peter? Acredite, me interessou muitíssimo, fiquei com vontade de saber muito mais.

Mas acho estranho que tenha me falado de tantas coisas, depois de tantos anos de nos conhecermos e de nunca termos dito uma só palavra sobre nenhuma delas. E uma vez, aliás, o senhor me disse: 'Na realidade, ninguém nunca deveria contar nada', está lembrado?"

Wheeler sorriu para mim com um misto de melancolia e de malícia, ambas foram muito tênues, quase imperceptíveis. Juntou as duas mãos sobre a bengala e me respondeu:

"Assim é, Jacobo, ninguém nunca deveria contar nada... até que você mesmo seja passado, até seu final. O meu avança ligeiro e já bate na porta com insistência. Você tem de ir entendendo a fraqueza, haverá um dia que ela alcançará você. E ao chegar esse momento, cabe a você decidir se alguma coisa deve ficar apagada para sempre, como se não houvesse ocorrido nem houvesse tido cabimento no mundo, ou se lhe dá uma oportunidade de..." Hesitou um instante, procurou a palavra, não deve ter encontrado a justa, se conformou com a aproximação: "... de flutuar. De que mais alguém possa investigá-la ou contá-la. De que não se perca inteiramente. Entenda-me: não estou te pedindo nada, nem isso nem o contrário. Nem sequer estou convencido de ter agido bem, quer dizer, de ter agido como eu queria. Neste último trecho não sei mais quais são meus desejos, nem se os tenho. É estranho, a vontade parece se inibir, se subtrair até o fim. Quando você sair por esta porta e se afastar, provavelmente me arrependerei. Mas me consta que mrs. Berry, que conhece a maior parte, jamais dirá uma palavra a ninguém quando eu não estiver mais aqui. No seu caso, não estou tão seguro, em compensação, e assim deixo à sua escolha. Talvez eu prefira que você se cale, pode ser muito bem. Mas ao mesmo tempo me tranquiliza pensar que com você minha história ainda poderia...". Voltou a procurar outra palavra melhor, mas continuou sem dar com ela:

"... Sim, ainda poderia flutuar. E na verdade não é mais que isso, Jacobo: só flutuar".

E eu pensei, e continuei pensando já a caminho de Paddington, no trem: "Ele me escolheu como auréola, como o que resiste a sair e a se apagar e a desaparecer, ou que se aferra à louça ou ao chão e custa mais para sair. Nem mesmo sabe se quer que eu me encarregue de limpá-la — 'a constituição do silêncio' —, ou que não esfregue com muita força e deixe uma sombra de marca, um eco de eco, um fragmento de circunferência, uma mínima curva, um vestígio, uma cinza que possa dizer 'Eu fui' ou 'Ainda sou, logo é seguro que fui: você me vê e você me viu', e impeça que os outros digam "Não, isso não foi, nunca houve, não cruzou o mundo nem pisou na terra, não existiu e nunca aconteceu".

Daquele sangue na escada, a senhora Berry também me falou em sua carta. Não pôde evitar ouvir parte da nossa conversa enquanto ia e vinha na cozinha, e entrava e saía, naquele último domingo em que os visitei (o verbo que empregava era "*to overhear*", que implica involuntariedade), e como Wheeler se referia de passagem à mancha como se tivesse sido produto da minha imaginação ("Bem ali, onde você diz ter visto..."). Sentia-se mal por ter mentido a mim na época, por ter fingido não saber de nada, por ter me feito duvidar do que eu havia visto, talvez. Rogava-me que a desculpasse. "Sir Peter morreu de câncer do pulmão", escrevia. "No fundo sabia, apesar de não ter querido saber. Não houve meio de que fosse ao médico, até que eu levei um em casa muito tarde, um amigo meu, quando não se podia fazer mais nada, e esse médico omitiu o diagnóstico diante dele: para que contar então, ele só o confirmou a mim. Por sorte sua morte foi súbita, por embolia pulmonar maciça, segundo me explicou o doutor. Não teve uma longa agonia e viveu aceitavelmente até o fim." E ao ler isso me lembrei que da primeira vez que Wheeler sofreu uma afasia em minha presença — quando engasgou com a tola palavra "almofada" —, eu tinha perguntado a ele se havia consultado um médico e ele me respondera com despreocupação: "Não, não, não é coisa fisiológica, disso tenho plena certeza. É só um instante, como se a vontade se retirasse. É como um anúncio, ou uma presciência...". E, como não houvesse terminado a frase e eu lhe perguntei uma presciência de quê, ele me disse e ao mesmo tempo não disse: "Não pergunte o que já sabe, Jacobo, não é do seu estilo".

"O caso é que seu único sintoma, durante quase todo o tempo", continuava a senhora Berry empregando um termo sem dúvida aprendido com seu amigo médico, "foi uma ou outra expectoração hemoptíica, quer dizer, com sangue." E eu pensei ao ler esse parágrafo: "Boa parte do que nos afeta e determina está oculto". "Costumavam ser involuntárias, produzidas por uma só tosse forte e breve, e às vezes nem se dava conta de que havia manchado; lembre-se de que, embora não parecesse, sir Peter já tinha muitos anos. De modo que é impossível estarmos seguros, mas pode ser isso o que o senhor encontrou naquela noite no alto do primeiro lance, e limpou com tanto esmero. Muito lhe agradeço agora, porque era tarefa minha. Num dia normal teria sido estranho que algo assim me passasse despercebido, mas naquele sábado estive ocupadíssima com os preparativos do jantar, tanta gente, e se bem me lembro o senhor apontou para a madeira, não a parte central atapetada, onde tudo é mais visível. Mas em sua última visita, quando ouvi sir Peter falar do sangue da mulher dele no alto daquele primeiro lance, sessenta anos atrás e em outra casa, bem, fiquei aflita com que o senhor pudesse crer ter visto algo sobrenatural ou visões, e tinha de avisá-lo dessa possibilidade. Espero que saiba me perdoar por minha atitude falsamente incrédula de há tempos. Mas não podia mencionar então algo que sir Peter desejava ignorar. Bem, a verdade é que ele nunca fez caso e até o fim quis ignorar. Na verdade morreu sem saber que morria, morreu sem acreditar que morria. Para ele, uma sorte." ("*Lucky him*", escrevia.) E então eu me lembrei de duas coisas que tinha ouvido Wheeler me dizer em diferentes contextos e ocasiões: "Tudo pode ser deformado, torcido, anulado, apagado, se você foi sentenciado sabendo ou sem saber, e se você nem sabe, então está inerme, perdido". E também havia opinado ou julgado: "E, assim, hoje ninguém quer inteirar-se do que vê nem do que acontece nem do que no fundo sabe, do que já se intui que será instável e móvel ou, inclusive, será nada, ou em certo sentido não terá sido. Ninguém está disposto portanto a saber com certeza nada, porque as certezas foram abolidas, como se estivessem empestadas. E assim vamos, e assim vai o mundo".

Sim, agora vivo em Madri de novo, e aqui também tudo aponta para isso, assim creio. Voltei a trabalhar com um ex-sócio, o financista Estévez, o sócio que tive durante uns anos depois da minha etapa em Oxford, quando me casei com Luisa. Já não se faz chamar de "impulsor", como em nossa sociedade primeira, tornou-se importante demais para vaidades nominais, não precisa delas. Contatei-o de Londres, para ver que possibilidades havia ante meu regresso iminente: embora tivesse poupado bastante, previa muitos gastos em Madri. E ao lhe contar por telefone o que havia sido de mim nos últimos tempos, sumariamente, notei que minha passagem pelo MI6 o impressionava, embora houvesse sido num grupo tão desconhecido e estranho como o do edifício sem nome, do qual nunca falam os livros — tão etéreo, tão fantasmal que nem sequer exigia de seus membros a nacionalidade britânica nem nenhum juramento —, e eu não pudesse lhe apresentar provas, mas só conhecimentos. Também não quis lhe dar muitos detalhes, ou os que dei foram inventados. Fosse como fosse, me integrou logo em seus projetos e confia no meu critério, sobretudo com as pessoas. De modo que ainda as interpreto, para ele, de vez em quando, e, dado meu serviço anterior — dados meus precedentes —, me ouve sempre como a um oráculo. Com ele ganho dinheiro suficiente para poder pagar um *bottox* a Luisa, se lhe der na telha um dia, ou qualquer outra coisa para melhorar seu aspecto, se tiver esse pânico, não creio, não faz parte do seu caráter. Ainda acho que está tão bom quanto antes de eu ir, quero dizer para a Inglaterra e de casa, quero dizer o aspecto. E também o vejo naquilo que não pude ver durante muito tempo mas outro viu na minha ausência. Se não vivo sozinho, mas semissozinho, é porque busco ou visito meus filhos quase todo dia, e Luisa vem à minha casa algumas tardes, deixando-os com outra baby-sitter, a severa polonesa Mercedes se casou e se estabeleceu por sua conta, parece que montou um negócio.

É isso que Luisa quer, que cada um tenha sua casa, e talvez por isso não tenha chegado a dizer o que eu desejava ouvir ou ler dela durante meu tempo solitário em Londres, e estonteante mais tarde: "Venha, venha, eu estava tão errada antes. Ocupe de novo este lugar a meu lado, eu não soube entender você. Venha. Venha comigo. Aqui não tem ninguém, volte, meu fantasma já se foi, pode ocupar o lugar dele e afugentar sua carne. Ele se transformou em nada e seu tempo não avança. O que foi já não terá sido. Então, suponho, fique aqui para sempre". Não, ela não me disse isso nem nada parecido, mas em compensação disse outras coisas, às vezes desconcertantes: nos melhores momentos ou mais ardentes e alegres, quando vem me ver em minha casa como deve ter ido à de Custardoy durante muitos meses, me diz: "Prometa que continuaremos sempre assim, como estamos, que nunca mais viveremos juntos". Talvez ela tenha razão, talvez seja a única forma para permanecermos atentos: não nos dar por certos, nem mesmo por presentes.

Não esqueci o que Custardoy me disse, nem uma palavra,

qualquer dado que a mente registra fica nela até que o esquecimento o alcance, e o esquecimento é sempre distorcido; não me esqueci das suas insinuações, ou na verdade foram mais que isso ("Cada sexualidade é uma sexualidade", soltou com cafonice antiga, arrastando cada frase como uma caixinha de música, "com uma pessoa se manifesta inteira com outras não. Nunca aconteceu com você? Bom, o que você quer que eu diga, rapaz, eu não sabia."), e em certas ocasiões me senti tentado a maltratar um pouco Luisa, a experimentar como quem não quer a coisa, distraída ou acidentalmente, para ver como ela reage, se porventura aceita segurando a respiração e sem protesto, para saber como responde. Mas sempre me refreei e assim continuarei, tenho certeza, porque isso equivaleria a dar a Custardoy algum crédito e a me expor a um novo veneno, com o de Tupra já tive o bastante, ou era antes o de Reresby, naquela noite. E também supunha um perigo, embora remoto: o de pôr a mim mesmo no lugar do homem mais temido, o sujeito tortuoso das minhas figurações que quem sabe uma noite de chuva e reclusão cerre suas manzorras no pescoço de Luisa — seus dedos são como teclas — enquanto as crianças — minhas crianças — espiam tudo de um canto comprimindo-se contra a parede como se quisessem que esta cedesse e desaparecesse, e com ela a visão atroz e o impedido choro que anseia por brotar mas não consegue, o pesadelo, e o barulho prolongado e esquisito que a mãe faz ao morrer. ("A gente não deseja, mas sempre prefere que morra quem está a seu lado", disse Reresby naquela noite. "E também a amada, também a amada, em vez de nós mesmos.") Não, a gente não deve se insinuar, se aproximar, não deve margear o tempo, as tentações nem as circunstâncias que por fim possam conduzir à consumação nenhuma probabilidade levada dentro das veias, as nossas, e a de matar eu já levo, sei disso agora, já sabia antes e sei mais agora. Melhor é fugir de tudo e se manter à distância, mais vale evitar tudo, e não roçá-lo nem em sonhos. ("Continue, continue sonhando, com morte e fatos sangrentos"), para que nem mesmo neles possam nos dizer: "Tua mulher, essa desditosa Luisa, tua mulher, Jacques ou Jacobo ou Jack, Iago ou Jaime, que nunca dormiu uma hora tranquila contigo porque os nomes não te mudam... Caia eu agora como chumbo sobre tua alma, e sente a pontada do alfinete em teu peito: desespera e morre". Mas não, isso não vai acontecer, isso não acontece. Mais vale se afastar.

Um dia me aproximei do seu bairro, o de Custardoy, normalmente procuro evitá-lo na medida do possível, que não é muita, em pleno centro. Não é por nada, é só que os lugares ficam marcados pelo que a gente fez neles, mais inclusive do que pelo que fizeram na gente, e então se produz algo levemente parecido — uma simples sombra, um arremedo, uma ridicularia, incomparável — com a aversão aos lugares, com o ódio espacial, o que sentiram os nazistas pela aldeia de Lídice que reduziram a escombros e arrasaram e apagaram do mapa e por tantas populações do continente, e talvez Valerie Harwood por Milton Bryant e Woburn, e Peter Wheeler por Plantation Road, essa bonita e frondosa rua de Oxford, e eu mesmo pelo edifício sem nome próximo de Vauxhall Cross e da indiscreta sede do Secret Intelligence Service com sua espécie de farol ou de zigurate sobre o Tâmisa, por onde nunca me aventuro em princípio quando vou alguma vez a Londres, quando volto com Luisa ou sem ela, deixei dinheiro lá em algumas contas, da Espanha nunca se sabe se a gente vai ter de sair correndo. Mas havia sim algo de ódio espacial pela Bailén e Mayor de minha parte, era inconsciente, na realidade gosto do lugar, apesar de os diferentes prefeitos broncos da cidade o terem destroçado conscientemente, o máximo que puderam. Passava eu pela frente do Palácio Real, onde às vezes vou ver exposições e que já não dá para avistar de nenhum ponto de Madri, a não ser que você se plante ali mesmo, uma das vistas que esses prefeitos idiotas, urbanistas e arquitetos venais furtaram sem consideração dos madrilenhos e dos visitantes, e além do mais estupidamente. Vinha de umas andanças para lá da praça de Espanha quando cruzei com duas policiais montadas, patrulham a cavalo por ali desde que enterraram o trânsito nesta capital dos túneis, um cavalo branco e outro preto, e a verdade é que passei tão perto do branco que quase rocei nele e senti seu bafo, a gente se dá conta da altura enorme do animal quando está a seu lado. Não tinha dado cinco passos depois de cruzar com elas quando notei às minhas costas a agitação ou a rebeldia dos animais: o cachorro de uma transeunte tinha desandado a latir para eles e a acossá-los, e o cavalo branco se assustou, empinou e esteve a ponto de se desbocar, tentou sair correndo ao longo de uns metros, enquanto o cachorro — tis tis tis, passos suaves, era um pointer como o de Pérez Nuix, só que de cabeça marrom e pintado — se excitava mais ainda com as corridas freadas aos escorregões e o barulho semiveloz dos cascos e se obstinava em seus latidos. A policial logo dominou sua montaria, não sem uma ponta de alarme e de esforço: teve de fazê-lo dar várias voltas em círculo para obrigá-lo a renunciar ao galope e conseguir acalmá-lo, e a dona do cachorro afastou-o aos puxões e pôs fim às suas correrias — o tis tis tis muito mais triste —, ao mesmo tempo que lhe impunha silêncio. O outro cavalo, o negro, não se alterou a mínima, nem com as bravatas do pointer nem com o espanto do seu colega, era menos delicado. O barulho dos cascos logo se tornou mais lento, e, quando o momentâneo alvoroço amainou, a policial e seu cavalo ficaram um instante parados, recortados contra a real fachada, enquanto ela acariciava seu pescoço e terminava de acalmá-lo, ante o olhar de um par de sentinelas, vestidos de oitocentistas, que não alteraram sua posição hierática junto das suas guaritas, à porta do palácio. Não estávamos longe do monumento ao capitão Melgar, com seu legionário desproporcionalmente pequeno, uma espécie de Beau Geste anão, trepando por suas barbas, ou antes pelos bigodes.

Vi então que, entre as pessoas que tinham parado para olhar o minúsculo incidente (eu, uma delas), havia surgido um desses espontâneos que sempre surgem em qualquer vicissitude ou altercação, em busca de protagonismo. É como se com sua atitude dissessem: "Eu resolvo isso num instante", ou "Vou pôr esses energúmenos nos eixos e fazer que a paz impere, para pasmo dos passantes". Sua intervenção era desnecessária, a ginete se arranjava sozinha para apaziguar sua montaria, mas aquele homem tinha se aproximado delas, em três passadas e, como se fosse um perito em doma ou algo do gênero, dava umas palmadinhas no pescoço do animal, e também acariciava seu focinho e lhe sussurrava palavras misteriosas ou triviais. A primeira coisa que me chamou a atenção foi aquela luva, destacava-se a luva preta de couro sobre o pelo branco do cavalo, era um dia de primavera nublado mas nada frio, cobrir as mãos parecia excêntrico, ainda mais cobrir uma só, porque ao estender a outra e pô-la no lombo vi que ela estava desnuda, a direita, e me deu tempo de pensar: "Bem maneta... Vai ver que a mão esquerda nunca sarou direito e usa luva por isso, para esconder uma deformidade ou cicatrizes, sei lá, talvez nunca mais a mostre". Então ele se virou para mim, na hora em que eu pensava aquilo, foi simultâneo — não para outra pessoa mas para mim, como se já tivesse me visto antes do incidente dos animais e soubesse onde eu estava, ou talvez viesse me seguindo —, e olhou para mim com seus olhos inconfundíveis, obscenos e broncos e frios, muito negros e enormes e um tanto separados, quase sem pestanas, e essa carência e essa separação tornam insuportável seu olhar obsceno para as mulheres que conquista ou compra e para os homens com que rivaliza, e comigo não só rivalizava, como além disso me odiava com a mesma intensidade, intacta, de quando nos perdemos de vista naquela única vez que estive em sua casa, com uma velha Llama e um atiçador na mão e com luvas como as de Reresby no banheiro dos deficientes e como agora aquela sua sem par. Mas na realidade não era o mesmo ódio, não era idêntico: ali, em frente ao Palácio Real, já não era velho nem impotente nem sem consequências nem frustrado, nem estava tingido de temor ou de susto, nem era como o das crianças, aprisionadas em seus corpos de criança, nem como o de um adolescente raivoso que contempla o rápido transcorrer do mundo que não se digna a incorporá-lo nem como o de um preso pelo qual ninguém para nem se refreia nem espera; e seu olhar já não estava turvo mas era inequívoco e nítido.

Havia demorado uns segundos para reconhecê-lo porque Custardoy não estava de chapéu nem de costeleta nem de bigode, ou disso só uma sombra, como se estivesse começando a deixá-lo crescer de novo depois de uma temporada raspado. Acariciava o cavalo com sua mão esquerda enluvada e murmurava frases curtas, mas eu não sabia mais se as dirigia ao animal ou à policial — que o deixava fazer com complacência, vai ver já estava conquistada, com suas botas de cano alto como as de uma distante cigana inglesa, oxfordiana — ou a mim, sabendo que para mim eram inaudíveis. E ao ver a maneira como me fitava, com ódio mas também com algo mais, com desplante, com ameaça adiada e sem pressa, disposta a *linger* e *delay* quanto bem entendesse ou precisasse, minha expressão mudou com toda certeza e pensei: "Maldito seja. Não o tirei fora do quadro, não totalmente, não me assegurei disso. Esse homem talvez se atreva a vir atrás de mim ou de nós dois, de mim e de Luisa, ou de nós quatro, sabe-se lá se das crianças também. Eu o humilhei, eu lhe causei dano e tirei dele quem ele amava. Deveria tê-lo tirado ou apagado para sempre do quadro, como se fosse uma mancha de sangue". E de repente cruzou por minha mente como um relâmpago uma imagem — como um relâmpago por ser breve, não por ser fulgurante, era aterradora, nauseabunda, sórdida; ou foi como um raio silente que despedaça calando — que tinha visto nos vídeos de Tupra, com um cavalo obrigado, uma mulher indefesa, e não pude deixar de associar Custardoy aos homens bem-vestidos que assistiam ao espetáculo debaixo dos toldos brancos, vermelhos, verdes, de bigodes bastos e chapéus texanos a maioria deles. Se bem que agora Custardoy já não estivesse de chapéu e quase sem bigode, mas eu tinha visto os dele, e as marcas de sua deterioração. É o ruim dos venenos inoculados, assim que entram pelos olhos ou pelos ouvidos não há como extirpá-los, aí se instalam e não há remédio e reaparecem se misturando com qualquer coisa ou pessoa e contaminando, e dizendo em cada ocasião, repetindo, insistindo: "Pese isto sobre tua alma".

Eu também fiquei olhando para ele uns segundos, antes de dar meia-volta e seguir meu caminho. Não sei se por minha vez com ódio, mas pode ser, é bem possível, sobretudo quando o vi fazer uma coisa que me inquietou e não me agradou nada: com a mão direita, a mão nua e sadia, com a qual pintava, tirou do bolso da calça um relógio de corrente e olhou a hora com estranha e detida atenção. Inicialmente pensei que se tratasse de mais uma originalidade, uma nova; já que havia renunciado ao rabicho, de alguma forma tinha de salientar que era um artístico, como o chamara minha irmã quando eu ainda não o tinha visto; e usar um relógio desse tipo no século XXI estava em consonância com isso, seguramente, do seu estúpido ponto de vista de boêmio arcaico. Mas ato contínuo me ocorreu outra possibilidade: "talvez não use relógio de pulso pelo mesmo motivo que usa uma luva", pensei, "porque teria de levantá-la cada vez que fosse consultá-lo. Talvez eu tenha lhe deixado mesmo a mão irrecuperável, desfeita, se bem que do corte no rosto, em compensação, não vejo sinal. Seja como for, não gosto dessa imagem, com seu relógio antiquado na mão, fitando-o, porque talvez esteja contando meu tempo". Não quis mais vê-la, e quando já tinha me afastado uns passos voltei a pensar, talvez para conjurá-la ou foi para me animar: "Mas agora sei que eu também sou capaz de contar o tempo dele, em meu humor irado; já o contei uma vez e parei a conta, ele sabe disso, teve sorte, porque estive a ponto de terminá-la. Isso o dissuadirá de vir. E, se mesmo assim um dia se aproximar, veremos quem tem de se desprender antes do nome".

Pode-se viver com uma ameaça adiada, porque ela sempre pode não se consumar, e com isso há que contar em princípio. Às vezes vemos o que se avizinha e mesmo assim não damos importância, e talvez não seja só pelo que Wheeler me disse, porque detestamos a incerteza, porque ninguém ousa mais dizer ou reconhecer que vê o que vê, o que muitas vezes está aí, talvez calado ou talvez muito lacônico, mas manifesto; porque ninguém quer saber, e saber de antemão, bem, a isso se tem horror, horror biográfico e horror moral; porque todos preferimos ser uns néscios completos em sentido estrito, o do sentido latino do termo que nossos dicionários ainda acolhem: "ignorante e que não sabe o que podia ou devia saber", isto é, o que ignora conscientemente e com vontade de ignorar, o que se recusa a se pôr a par e abomina aprender. "O satisfeito insipiente", como disse Wheeler com seu empolamento de que sinto falta. Não, talvez seja também porque tememos desperdiçar a vida com nossas precauções e suspeitas e nossas visões e alertas, e porque não há como nos ocultar que de tudo sempre haverá um final sabido, e então, no adeus, quando formos passado ou nosso final avançar ligeiro e já bater na porta com insistência, tudo nos parecerá vão e ingênuo: para que fez isso, dirão de você, para que tanta inquietação e a aceleração do pulso, para que aquele movimento e aquele sobressalto; e de mim dirão: por que falou, ou calou, ou guardou tantas ausências, para que aquela vertigem, tantas dúvidas e tamanho tormento, para que deu aqueles e tantos passos. E de nós dois dirão: por que se enfrentaram e para que tanto esforço, para que guerrearam em vez de olhar e ficar quietos, por que não souberam se ver ou continuar se vendo, e para que tanto sonho e aquele arranhão, minha dor, minha palavra, sua febre, nosso veneno e a sombra, e tantas dúvidas, e tamanho tormento.

Eu tinha marcado encontro com Luisa naquela tarde: nos vemos duas ou três vezes por semana, nessa trégua já longa que estamos nos dando. Mais ainda, ela tem minhas chaves e às vezes chega mais cedo, e então me espera já instalada em minha casa, exatamente como Tupra acreditava que alguém me esperava em Londres naquela noite do veneno e da dança, quando ali nunca havia ninguém me aguardando, nem que pudesse apagar as luzes quando eu não estava, minhas luzes acesas sempre para eu não encontrar tudo às escuras. Ninguém tinha minhas chaves e ali nunca ninguém me esperava. O porteiro me disse: "Está lá em cima a senhora, sua amiga. Levou um pacote que trouxeram para o senhor, dei a ela". O homem vê algo marital na gente, mas para ele não está muito claro, vacila. Eu disse a ele que Luisa é minha mulher, e mesmo assim não sei se ele acredita totalmente, ou talvez não entenda que nesse caso ela venha e vá.

Antes de abrir a porta ouvi-a trautear lá dentro, agora cantarola o tempo todo e voltou a rir muito, comigo e sem mim, suponho, já não me regateia seus risos e tomara que isso dure, se possível para sempre, é o que penso. Sua volta não tem nada a ver com a de Beryl e Tupra, segundo minhas interpretações remotas e se de fato voltaram, isso nunca fiquei sabendo: aqui não há interesse, ou não é espúrio, nem clandestinidade tampouco. É indubitável que diverte e é bom para Luisa que nos vejamos assim, de vez em quando, que não vivamos mais juntos, mas não sei se ela se cansará disso um dia, começa a deixar roupa na minha casa. Para mim as coisas estão bem assim, afinal de contas em Londres me acostumei a estar só, como Wheeler me dizia no início paternalmente, e às vezes preciso continuar estando, creio que não poderia suportar a companhia permanente de ninguém e nunca poder olhar a sós o mundo da minha janela, o mundo orientado e vivo ao que imagino ainda pertencer. Abri a porta e vi na mesa da sala o pacote que o porteiro havia entregado a Luisa, ela estava na cozinha, continuava cantarolando sem perceber minha chegada. Examinei-o, vinha de Berlim, sapatos Von Tuchinsky, ao qual, já que tem minhas medidas, continuo encomendando um par de vez em quando, são muito caros. Sempre me lembro de Tupra quando os recebo, embora nunca deixe de tê-lo vagamente presente, como se fosse um amigo com o qual a gente continua contando — isso é estranho — e a quem pode recorrer. Não o fiz, por ora.

Naquela tarde eu o tinha ainda mais presente, depois do encontro mudo com Custardoy, com dois ou três animais como testemunhas indiferentes. Durante o caminho para minha casa eu tinha pensado mais uma coisa, tinha pensado: "O medo que não quis infundir em De la Garza quando fui à sua embaixada, o pânico que me repugnou lhe inspirar, gostaria em compensação de ter visto na cara de Custardoy e em seu comportamento. Nele o susto todo já passou, ou, se resta alguma coisa — e alguma coisa deve restar por força —, não demonstra. Nada sai como queremos ou como prevemos, ou vai ver que continuo sendo demasiado hesitante, com Tupra nunca teria acontecido algo assim, Tupra o teria suprimido do quadro quando ele estava em sua beirada, e agora terei de vigiar os cantos deste, para a eventualidade de tornar a deslizar para dentro, desta vez com espada ou com lança, se bem que para isso talvez falte tempo, porque o medo nunca se perde de todo, uma vez que o conhecemos". Ainda me rondavam esses pensamentos. Luisa me notou taciturno, talvez um tanto preocupado até, reagi pouco a suas piadas, torna a fazer muitas.

— O que foi? — perguntou. — Aconteceu alguma coisa?

— Alguma coisa? — respondi entre desconfiado e absorto. — O que você quer dizer? De que tipo?

— Alguma coisa de ruim, quero dizer.

Sim, tinha me acontecido algo de ruim, e não, não tinha me acontecido nada de ruim. Nada de anômalo, em todo caso. Alguém faz mal a alguém e este se transforma em inimigo. Ou faz um mal e cria um inimigo para si. Basta respirar, ambas as coisas acontecem muito mais do que imaginamos, muitas vezes sem querer e sem nos darmos conta, convém estar atentos e olhar os rostos, e mesmo assim demasiadas vezes não nos inteiramos. Eu tinha me inteirado bem aquela tarde, e inteirar-se já é uma vantagem. Mas a Luisa eu não podia dizer, não podia falar disso, não podia contar meu encontro. Mal nos perguntamos sobre nosso tempo de separação absoluta, melhor não fazer isso. Ela nunca me falou de Custardoy, eu tampouco a ela, nunca saberei quanto o quis ou quanto o temeu. Talvez seja a única coisa sobre a qual jamais poderei lhe dizer nada, nem mesmo quando eu for passado ou meu final avançar ligeiro e já bater na porta com insistência, porque creio conhecer seu rosto e aposto que tudo, até sua maneira de se lembrar de mim. Talvez por isso, e também por isso estou contente normalmente, trauteio e cantarolo às vezes como ela faz, e tenho uma tendência a entoar ou assobiar aquela canção com tantos títulos, irlandesa ou do Oeste ("Nanná naranniaro nannara nanniaro", assim soa ou vai a melodia sempre), "*The Bard of Armagh*", que vaticinava: "E quando os braços frios do Sargento Morte me abraçarem"; ou "*Doc Holliday*", que primeiro se justificava: "Mas os homens que matei deveriam ter me deixado em paz", e depois se lamentava: "Mas aqui estou agora, só e abandonado, com a morte em meus pulmões estou hoje morrendo"; ou "*The Streets of Laredo*", cuja letra é a que eu sei melhor e que portanto cantarolo em voz alta ou dentro de mim, quem sabe se como lembrança, sobretudo esta estrofe que termina pedindo: "*But please not one word of all this shall you mention, when others should ask for my story to hear*". Ou o que é a mesma coisa na minha língua: "Mas não mencione nem uma palavra disso tudo, por favor, quando outros te pedirem para ouvir minha história".

— Não, nada de ruim.

Maio de 2007

(Fim do terceiro e último volume de *Seu rosto amanhã*.)

Agradecimentos

Ao longo da escrita dos três volumes de *Seu rosto amanhã*, várias pessoas me ajudaram em algum momento: com um dado, uma imagem, uma palavra estrangeira, uma informação histórica, uma orientação geográfica, uma indicação médica, um termo taurino, versos, algum conselho que contribuísse para a precisão do relato ou guardando as duas únicas cópias do original (eu ainda escrevo à máquina) enquanto este permaneceu incompleto. São as seguintes: Julia Altares, John Ashbery, Antony Beevor, Inés Blanca, Nick Clapton, Margaret Jull Costa, Agustín Díaz Yanes, Paul Ingendaay, Antonio Iriarte, Mercedes López-Ballesteros, Carme López Mercader, Ian Michael, César Pérez Gracia, Arturo Pérez-Reverte, Daniella Pittarello, Eric Southworth, Bruce Taylor e o doutor José Manuel Vidal. A todos, meu mais profundo agradecimento.

Menção à parte merecem meu pai, Julián Marías, e sir Peter Russell, que nasceu Peter Wheeler, sem cujas vidas tomadas de empréstimo este livro não teria existido. Descansem ambos agora, também na ficção destas páginas.

Javier Marías

ESTA OBRA FOI COMPOSTA EM ELECTRA PELO ESTÚDIO O.L.M. E IMPRESSA
EM OFSETE PELA GEOGRÁFICA SOBRE PAPEL PÓLEN SOFT DA SUZANO
PAPEL E CELULOSE PARA A EDITORA SCHWARCZ EM SETEMBRO DE 2010